久々の御手洗登場ですよ。
ハインリッヒとのコンビ、
楽しんでいただければと
思います。

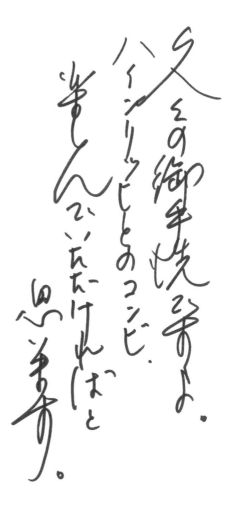

島田荘司

印刷
簽名版

「這是睽違已久的御手洗作品喔。
希望各位會喜歡他跟海因里希的搭檔。」—島田莊司閱讀島田莊司的作品，往往給予我「科學除魅」的淋漓暢快，這本《迷迭香的甜美氣息》也不例外。看御手洗潔施展身手之前得先體會事件的離奇不可解，再結合歷史事件、各式雜學、腦科學及醫學、甚至帶點時事批判的國際關係援引，在層層疊疊的故事中感受推理解謎的迷人滋味，不能不佩服作家一路走來的堅持，也嘆服他持續探究書寫可能性的熱情。

——推理評論人．原生電子推理雜誌《PUZZLE》主編／冬陽

島田莊司的推理作品，往往將謎團套用童話／神話／傳說的情境，使其染上華麗、壯闊的史詩色彩，待讀者醉心於迷人的幻想氛圍之際，最終讓謎團收束於科學理論、邏輯的範疇。本書作為謎團的框架舞劇《史卡博羅慶典》除了上述用途外，甚至還映照出悲劇女主角一生的曲折故事，虛實互相烘托，體現極致的人文關懷。

——推理作家．島田莊司推理小說獎首獎得主／寵物先生

本書在御手洗潔的長篇當中，算是相當平易近人的一本，從書名和開頭的事件，可以很順暢銜接案件、傳說、背後隱喻的人事物。故事裡除了依然有基於邏輯的離奇謎團，佐以幾段歷史與社會反思的描寫，正是島田莊司對本格推理深奧理解之處。

——千魚出版發行人．資深編輯／呂尚燁

島田莊司是極少數理論與實踐並重的本格推理作家，四十三年以來一直堅持著自己的創作理念。《迷迭香的甜美氣息》是御手洗潔久違七年的全新故事，帶領讀者造訪七〇和九〇年代的紐約，以目擊者足足有二千人的迷人奇觀「死者之舞」為故事揭開序幕，讓人重嚐新本格萌芽破土時的感動。

——推理作家．評論人／冒業

第一章 死者之舞 005
第二章 天鵝之歌 041
第三章 猶太人與日本人 175
第四章 十等分主義王國 223
第五章 愛麗絲時間 321
第六章 鐵幕的另一側 365
第七章 七點之門 441
第八章 天鵝迴廊 557
尾聲 勿忘草 635
致繁體中文版的讀者朋友們——《迷迭香的甜美氣息》誕生緣由 645
解說
奇想與救贖——重嚐二十世紀本格的芬芳 649

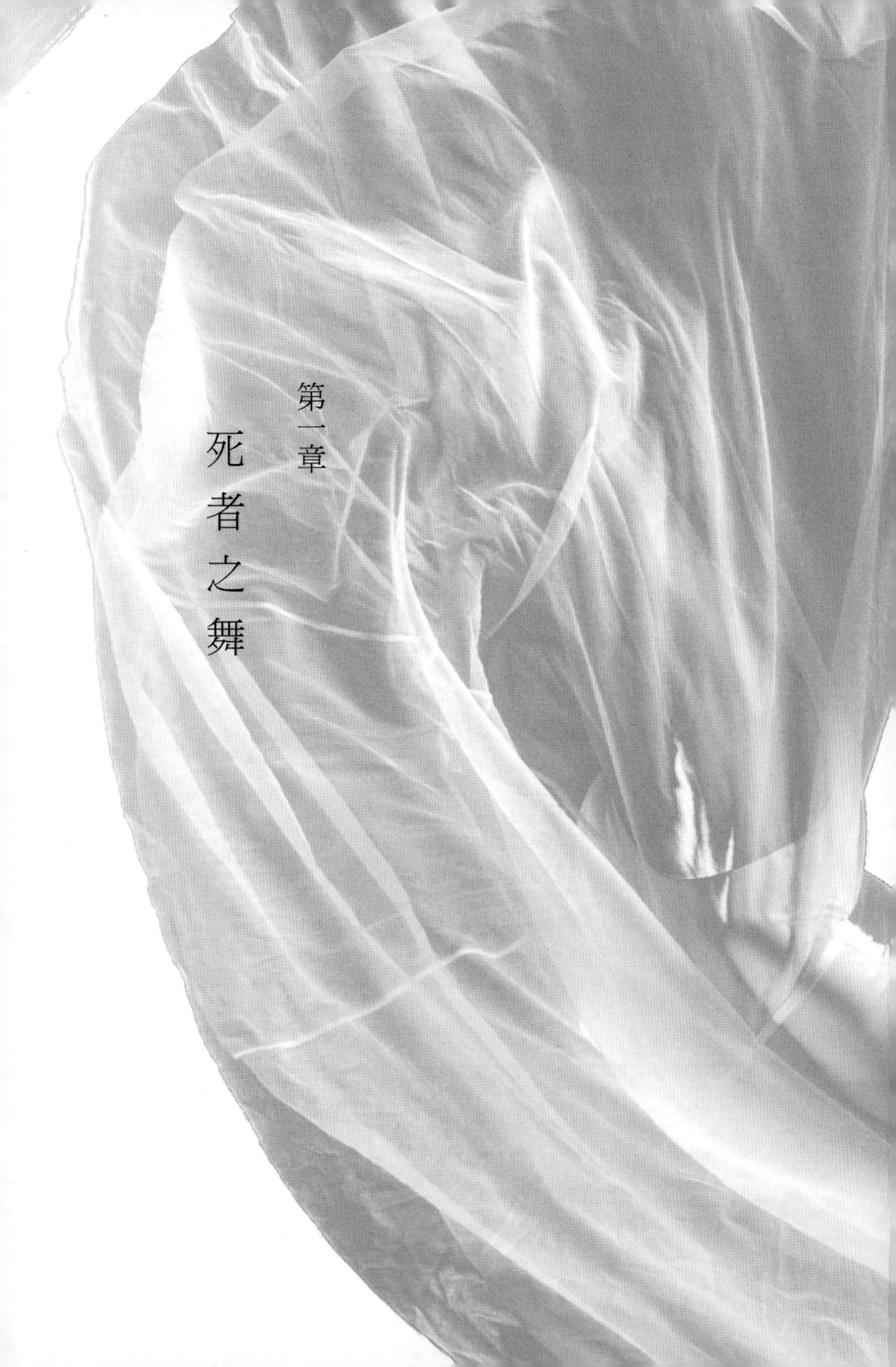

第一章　死者之舞

1

一九七七年十月十一日的晚上，紐約市警理查．艾軒鮑爾警督為了拿自己忘在警局的傘，折回他那玻璃帷幕的個人辦公室，抓起自己桌子抽屜裡的折疊傘後又回到走廊上。外頭正飄著濛濛細雨，不得不再跑回來一趟。

經過刑事部的辦公室前，剛好看見羅恩．摩根警監正一臉嚴肅地講著電話。只見他拿起原子筆，打算在手邊的便條紙上寫筆記時，卻又放棄這個念頭，將筆放了下來。

從他凝重的表情可以想見電話那頭肯定發生了什麼重大案件。不料下一瞬間，警監鬍子底下的嘴唇浮現笑意，這讓艾軒鮑爾警督不禁停下原本要直接走過去的腳步。

他和羅恩是老交情了，深知這個人的習性。羅恩剛才的表情無疑是接獲重大刑案的報告時會出現的模樣，恐怕是兇殺案吧。就算不是兇殺案，肯定也是非同小可的案件。但他臉上卻浮現了笑意，表示電話另一邊的應該是熟人。既然如此，他勢必得親力親為，今晚大概要徹夜工作了吧。

其他人似乎都回去了，辦公室裡空蕩蕩的。羅恩掛斷電話，和一旁還沒走的部下丹尼爾．卡登說了些什麼，想必是在轉述剛才電話的內容。只見丹尼爾聽得臉色大變，果然是非比尋常的案件。與羅恩討論了幾句後，丹尼爾便衝向了走廊。他要去的地方應該是鑑識調查科吧。

視線回到刑事部的辦公室，羅恩按下內線電話，大概是要請鑑識調查科幫忙。講完電話，他又按下另一組內線電話。不用想也知道電話那頭的人是誰。從羅恩這一連串的舉動看下來，肯定是打給公關負責人。都猜到這一步了，艾軒鮑爾警督隨即走進刑事部辦公室。

「警督。」

羅恩看到他之後便喊了一聲。

「您還沒走啊。」

「大案子嗎？」

艾軒鮑爾問道。

「是的。」

羅恩急切地回答，一副想要盡快破案的樣子。

「你要出動嗎？」

「對。」

「往中央公園的方向嗎？」

艾軒鮑爾又問。

「如果是沃爾菲勒中心，我們的方向一樣。可以在西街一一四號的轉角放我下車嗎？」

聽到這裡，摩根警監臉色丕變，目瞪口呆地當場愣住了。因為他一句話都沒回應，艾軒鮑爾只好又接著問下去。

「我猜錯了嗎？」

「您怎麼知道？」

眼前的警監大驚失色地反問。

「很簡單啊。你剛才接到一通電話，電話那頭通知你發生了重大刑案。可是打電話告知的應該是你熟識的朋友。從你的態度和丹尼爾後來驚慌失措的模樣，可以看出這個案子的事態嚴重到必須要請公關部門準備召開記者會的地步，於是我想起你有個名叫史考特．漢米爾頓的朋友是劇場導演。而他目前正在沃爾菲勒中心五十樓的芭蕾舞劇場執導《史卡博羅慶典》的公演吧。」

羅恩放棄掙扎似地點了點頭。

「不愧是被大家譽為福爾摩斯的警督啊。《史卡博羅慶典》的主角法蘭契絲卡．克雷斯潘死了。」

「什麼！你是說克雷斯潘嗎？」

這次換成艾軒鮑爾大吃一驚。

「她可是舉世聞名的芭蕾舞者。這下子真的碰上大案了。」

「《史卡博羅慶典》一共有四幕。第二幕與第三幕之間有三十分鐘的休息時間。克雷斯潘小姐會利用那段時間在自己位於同一層樓的專用休息室裡休息。」

「那就是案發時間嗎？」

「是的。」

「是他殺嗎？」

「看起來是的。因為頭部有很深的傷口，額頭淌著血，人就倒在休息室裡。」

「被打死的。」

「是的。」

「這可是歷史性的重大刑案，可能會引起大騷動呢。」

「就是說啊。」

「畢卡索、克雷斯潘、伯恩斯坦可是連我也認識的名人。凶手呢？」
「還沒抓到。首席舞者休息室裡面設有安裝全身鏡的更衣室、洗手間、浴室，但是並沒有人躲在裡面。發現屍體的工作人員們好像都檢查過了。」
「工作人員？」
「公演的工作人員現在全都聚集在案發現場的房間裡。包括劇場老闆、經紀人、交響樂團的指揮家、與死者共演的男舞者、導演……」
「五個人啊。」
「他們號稱是克雷斯潘的五位騎士。」
「那間休息室只有一個出入口嗎？」
「只有一扇通往走廊的門。聽說堅固的橡木門從內側鎖上了，打不開。」
悶哼一聲後，警督微微一笑。
「密室嗎？」
羅恩無言頷首。
「看來媒體要樂壞了。」
「因為主角遲遲不見人影，所以騎士們就破門而入了。」
「窗戶呢？」
「畢竟是五十樓，窗戶是固定式的。」
「打不開啊。」

「打不開。玻璃很厚，聽說就連子彈也射不穿。我們要現在出發嗎？」

「走吧。」

丹尼爾．卡登刑警負責開車，一行人前往現場。

「如果看到一半就要他們回家，劇場現在肯定亂成一團吧。」

「可以想像呢。」

「門票錢能退嗎？至少退一半。」

「這我就不清楚了。」

「傳說的芭蕾舞者，人生最後的舞台竟然是演出到一半就謝幕了嗎。」

「這應該也會成為傳說吧。」

羅恩．摩根警監說道。

理查．艾軒鮑爾警督用車上的電話打給紐約芭蕾振興財團的理事。他與理事比爾．休瓦茨是多年好友。警督心想，這次或許能打聽到一些只有自己能問到的內幕。

他在秘書接起電話後報上了名字，被告知理事現在應該在一一一號的可納爾。可納爾是他常去的會員制酒吧。因此艾軒鮑爾要丹尼爾在西街一一一號的十字路口讓自己下車。

「您不去現場嗎？」

被羅恩一問，他搖搖頭。

「我先去向芭蕾舞界的大老打聽消息。」

艾軒鮑爾回答。

下了公務車，濛濛細雨雖然淋濕了頸項，所幸雨勢不大。艾軒鮑爾關上車門，微微舉起右手向他們道別，隨即轉身走向位於老舊大樓裡的酒吧。距離很短，穿過馬路就到了。因此他沒有撐傘，只是加快了腳步。

酒吧在三十一樓，印象中天氣好的時候可以遠眺帝國大廈和克萊斯勒大廈，但今晚下雨又起霧，能見度大概沒有那麼高吧。

酒吧取名可納爾，或許是因為嚮往西海岸吧。東岸其實也沒那麼多雨，只不過他每次來這裡，通常都會碰上這種陰雨綿綿的夜晚。不知何故，下雨的夜晚總是讓他想來杯蘇格蘭威士忌。是因為英國人的血統作祟嗎。

走進英國風的木造室內空間，沙發座位只有小貓兩三隻，客人主要都坐在吧檯前。將大衣交給服務生後，他在吧檯席的中央發現比爾．休瓦茨理事穿著粗花呢外套的修長背影。

「比爾。」

艾軒鮑爾警督走向友人，出聲叫喚。

或許是在模仿錢德勒[1]，他啜飲著雞尾酒——應該是螺絲起子。

理事抬起頭，慢慢地轉了過來，看著艾軒鮑爾。

「哎呀，我還以為是誰呢，居然是警察的大人物大駕光臨啊。但願不是有什麼壞消息要告訴我。」

你的預感沒錯。警督心裡這麼想著，然後問他：

1　雷蒙．錢德勒，美國知名推理小說家。他筆下的私家偵探菲力普．馬羅乃是冷硬派作品中的代表性人物。

「你一個人嗎？」

警督顧慮著朋友身旁的人問道。但他們顯然不認識。

「對啊……」

朋友意興闌珊地回答，看來已經有些醉意。

「要不要換去沙發那邊聊？」

警督單刀直入的邀請好像令理事大吃一驚。只見他看著警官朋友的臉，眼神充滿不安。警督點頭示意。

「你猜對了，比爾。不是好消息。」

警督附在他耳邊低語，小聲地接著說：

「我不想讓其他人聽見。」

理事放棄掙扎，搖搖晃晃地站起來。

「我要一杯蘇格蘭威士忌。」

警督對站在吧檯裡的酒保說道。

「再給他一杯螺絲起子。」

警督低頭看著這位嬌小朋友的肩膀，邊走邊告訴友人：

「或許你會覺得我是不速之客，但這是大家今晚的命運。」

接著兩人面對面坐在空蕩蕩的沙發席。望向窗子，果然起霧了，除了隔壁的建築物，什麼也看不見。

「這種下雨的晚上……」

休瓦茨理事坐下後就慢條斯理地說了起來。

「有些事我還真不想知道。」

什麼事?警督想問，但是又把話吞了回去。他自己也很疲勞，情緒上不是很想說話。不過理事自顧自地開口了。

「像是要開始打仗了，又或者是總統死了……」

警督聽了之後點點頭。他想附和，卻又沉默不語。

「也別提醒我什麼『你已經上了年紀，差不多該讓出理事的職位了』。我不想再喪失更多活力了。」

「不是那種事……」

警督說道，旋又喃喃自語起來。

「不過或許也差不多。」

「說吧。我已經做好覺悟了。」

理事的語氣不失男子氣概。

克雷斯潘死後，紐約的芭蕾舞界將會岌岌可危，那麼與他卸下理事一職其實也沒什麼太大的差別。休瓦茨理事受到的衝擊都差不多。無論如何，他現在所屬的世界將土崩瓦解。一旦失去了克雷斯潘，芭蕾舞界的魅力將大打折扣。不，影響可能更加深遠。

「就在剛才，法蘭契絲卡．克雷斯潘過世了。」

警督開門見山地告訴他。兜圈子的說法只會讓他失去耐性。

他沒聽見嗎?起初警督心中浮現了這個疑問。因為休瓦茨那張百無聊賴的臉沒有絲毫變化。

然而，衝擊的波紋開始慢慢地在他的表情浮現，可以感受到萬念俱灰的強烈失落感。接下來，表情逐漸垮在臉上，了無生氣，連一句話也說不出來，理事就像是變成了人偶。整整三分鐘，他就像一具木雕人偶那樣持續癱坐在沙發上。

這個時候，酒保送上螺絲起子、冰塊和蘇格蘭威士忌。等到他將東西放到桌上並轉身離去後，理事才軟弱無力地幽幽開口。可以的話，他絕對是不想開口的，肯定今天一整個晚上都不想說半句話。

「真正的絕望就是這麼回事吧，理查。」

感覺他好不容易才從擠出這句話，嗓音沙啞，完全就是老人的樣子。

「我這才知道，再也沒有比冷冷雨夜的曼哈頓更適合作為聽到這個噩耗的舞台了吧。我用一生守護的就是芭蕾舞的世界，而她的才能則是支撐世界的頂梁柱。所以當我知道這個支柱已經不存在了……」

警督默默地啜飲蘇格蘭威士忌。

「她才三十多歲啊，死得太早了。」

「就是說啊。」

「我還無法相信這件事是真的。她還正值鼎盛，精力充沛，接下來才是大放異彩、每天都在世界各地的劇場創造傳說的時候。」

「確實如此呢。」

「她的舞蹈自由奔放。彷彿什麼動作都難不倒她，如果是天鵝的角色，活像下一秒就要破空而去。那個在全世界火裡來、水裡去的女性竟然就這麼死了？」

「這麼厲害嗎？」

「就是這麼厲害。真希望你能告訴我這個噩耗是騙人的，但你大概無意撤回前言吧。」

警督默認。

「很遺憾。」

「沒有人會相信這個噩耗喔，無論你問誰都一樣。只要是對芭蕾舞有一點點概念、只要是看過她跳芭蕾舞的人，沒有人會相信的。」

「嗯嗯。」

「如果不是你，我也不會相信這種鬼話。此時此刻，她應該正在沃爾菲勒中心跳《史卡博羅慶典》吧。我記得今天晚上是最後一場演出。所以呢，她到底是怎麼死的？」

「是在四幕芭蕾中的……」

「啊，對了，那齣芭蕾舞劇一共有四幕。」

理事似乎逐漸感到憤怒。

「第二幕與第三幕之間的休息時間，她在自己專用的休息室被人打了頭部。」

「頭？被打了嗎？你的意思是被毆打致死？」

「我們家的員警正趕過去。確切的情況目前還在調查，所以暫時還說不準。不過，至少看起來是這樣的。而且現場是密室。」

理事甚至忘了要喝螺絲起子。

「密室？」

「休息室從裡面鎖上了。」

「這個晚上到底怎麼了！」

理事像是在宣洩恨意般說道。

「事情怎麼會變成這樣！難得我們生長在芭蕾舞界發展得如日中天的時代，誰能料到居然會以這種方式畫下句點。」

他說得痛苦萬分。

「就算知道凶手是誰，也絕對不要告訴我。一想到那傢伙破壞了多麼珍貴的人事物，我就氣得渾身發抖。我永遠不會原諒那個人。」

接著，理事提出一個乍看之下毫無關係的問題。

「理查，你年輕時想過要闖出一番名堂嗎？」

「我早忘了……」

警督回答。

「我高中成績意外不錯，所以大家都對我充滿期待。」

理事點點頭，開始說道。

「我有想過喔，希望能夠功成名就。我也跳過芭蕾舞，大家都說我很有天分。因為在故鄉拿過好幾次冠軍，所以我也曾深信不疑，認為自己將來必定能成為背負起這項文化的人。」

說到這裡，他似是忍不住噗哧一笑。

「結果卻變成這副德性。每晚流連酒吧，不是猛灌波本酒，就是喝螺絲起子。我還真是沒用啊，就連今晚聽到法蘭契絲卡．克雷斯潘的死訊，也完全束手無策。」

這時，他仰頭凝視了天花板片刻。

「比爾．休瓦茨已經垂垂老矣。不管問哪個熱愛芭蕾舞的人，都沒有人聽過我的名字。我將在沒沒無名的情況下為自己的人生畫下句點。當時有誰能預料到我將會迎來這樣的晚年呢。我不是沒努力過。我比任何人都努力鍛鍊、努力習舞，甚至還曾跳到都暈倒了。可惜，還是徒勞無功。」

警督靜靜地聽著。因為他覺得這樣比較好。

「所以我希望至少能成為天才背後的助力。為了幫助那位來自歐洲的女孩，我盡了全力，貢獻我所有的心力。但這一切突然在今晚戛然而止。感覺眼前突然推出一個白板，上頭告訴我可以了，到此為止，辛苦你了，回家路上要小心。哎，我真是做夢也想不到。」

警督又點了點頭。

「她就這麼不聲不響地離開了，連一句道別的話也沒有……我的人生……到底算什麼啊。聽到這個消息，我除了不知所措也不能怎樣。從明天起，我該為了什麼傾注心力才好。」

「其實你並不是真的想問。」

警督這麼回應。

「你根本不需要我這種外行人的意見吧。」

「嗯嗯，是不需要。」

理事粗魯地回答。

「你是很棒的朋友喔，理查，我非常感謝你。這樣就夠了。只是今晚，就算這只酒杯斟滿了安樂死的藥，我也會甘之如飴地一飲而盡。」

他又說道。

沉默持續了好一會兒，或許警督再也承受不了尷尬的氣氛，便開口。

「你是理事，眼下先盡全力做好自己的工作吧。」

「因為沒有其他人能辦到嘛。」

理事這麼回應。

「我對這項工作充滿自信。大概沒有人能做得比我更好吧。我也交出了漂亮的成績單。只是不知道為什麼，結果還是不行。毫無成就感。即使身為理事，我依舊是個無名之輩。」

「有這麼慘嗎？」

「就是如此。也可能是出於嫉妒吧，因為我曾經和法蘭契絲卡談過一段戀愛。不知怎地，大家都避著我，對我這個人諱莫如深，所以誰也不記得我的名字。」

「克雷斯潘有姊妹嗎？」

「沒有。她孑然一身。也沒有父親。母親恐怕在集中營裡被殺了。有人說她父親是集中營的德國醫生，但誰也不知道真偽。畢竟那是個顛沛流離的時代。」

警督邊聽邊點頭附和，然後這麼說道。

「你剛才問我接下來該為什麼傾注心力才好。」

理事慢條斯理地揚起臉反問。

「有嗎？」

然後他喝了一口螺絲起子，又接著說：

「我忘了。」

「有沒有人想置克雷斯潘於死地?」

警督再次直言不諱地詢問。今晚會來這裡找他,就是為了問這個問題。

「你說什麼?」

理事啞然失語。

「你跟克雷斯潘的關係很親密吧?」

理事點頭。

「無論是過去、現在,還是原本應該到來的未來,再也沒有人比你更了解她的人生吧?不是嗎?」

「確實沒有人比我更了解,這點我有自信。就算她現在已經結婚了,我也會比她的丈夫更了解她。我知道她的一切。你想問什麼?」

「我現在只想知道一件事,那就是有沒有人想除掉法蘭契絲卡·克雷斯潘。」

「原來是這麼回事啊。」

理事像是大失所望地嘟囔。

「對。」

「警督親自出馬問案嗎?」

理事說到這裡便沉默不語。警督也耐著性子等他開口。

「怎麼可能有啊!」

理事抬起頭來,斬釘截鐵地斷言。

「如果是流亡的時期還另當別論,但現在已經一九七七年了,這個世界上不可能有人想置法蘭契絲卡·

克雷斯潘於死地。我這麼問吧，會有人想殺害畢卡索嗎？怎麼可能！殺掉繪畫界的巨匠、被譽為稀世珍寶的明日之星到底對誰有好處？只會成為時代的罪人，遺臭萬年。試問誰會做這種吃力不討好的蠢事。」

「會不會她看似年輕，其實已經六十歲了？這也並非不可能吧？」

「她才三十多，這毫無疑問。」

「芭蕾舞的競爭對手呢？」

「要是真有對手的話那該有多好啊。世上根本沒有人能代替她。」

「那麼戀愛呢？有沒有糾纏不清的男女關係？」

「誰都可能有這方面的問題，就她沒有。」

「你怎麼能說得如此篤定，她結婚了嗎？」

「現在沒有婚姻關係。」

「那就有可能是婚姻問題談不攏啊。」

「不可能。」

「她不想結婚嗎？」

「不想。」

理事想也不想地斷言。

「是嘛。難道她都沒有談過戀愛嗎？」

「談得可多了。但她從來沒有因此引起任何問題。她一向很慎重地避開所有糾紛。交往時絕不腳踏兩條船，萬一她察覺對方有絲毫三心二意的跡象，就會立刻抽身。從不說謊，也沒借過錢。有權有勢的男人向她示好，她也不會逮住機會利用對方，更沒想過要向任何人炫耀。」
警督低笑出聲。
「有這種三十多歲的女性嗎？」
「有啊，法蘭契絲卡就是。她十幾二十歲的時候就經歷過這一切，所以到了三十大關後已經變得非常老成，就像是直覺反應那樣知道媒體會寫出什麼樣的報導。」
警督又笑了。
「和她比起來，美國的演藝圈簡直是小貓的集團，只會小打小鬧地聞風起舞。」
「她到底過著什麼樣的人生？」
「說出來會讓你嚇壞的人生。」
「她出過傳記嗎？」
「還沒有。接下來就會大出特出吧。」
「她在哪裡出生？」
「波蘭的比克瑙。」
「波蘭的比克瑙？那……難不成……」
「沒錯，就是納粹的奧斯威辛集中營。她在那裡出生，也是在集中營裡學會芭蕾的。幾乎是會走路的同時就會跳舞了。收容者中有個知名的芭蕾舞蹈家教她跳舞。因為她實在太天賦異秉了，居然能倖存到戰爭結束，真是奇蹟啊。戰後被代替父母照顧她的收容者帶到莫斯科，加入國營的芭蕾舞團。無奈舞團內有個由國家培養、家世比較好的舞者搶走了首席舞者的地位。同一時間，代替父母照顧她的人也不幸去世，於是鬱鬱不得志的法蘭契絲卡轉戰東德。」

「鐵幕的另一邊嗎？」

「沒錯。她在那邊嶄露頭角，後來利用去倫敦公演的機會流亡海外。如何？是不是波瀾萬丈的人生？」

「嗯，真是戲劇化。」

「後來去了倫敦、巴黎，輾轉又來到美國，自在地徜徉於自由的空氣中，全世界都知道她的名字。」

「原來如此啊。」

「然後是今天晚上，她的人生猝不及防地落幕了。要是我有文采的話也會想替她寫傳記，肯定會很有趣。歐洲的四〇年代、五〇年代風起雲湧，與現在截然不同，是個躁動、瘋狂的世界。徹底的殺戮、共產主義抬頭。她曾在那樣的氛圍之中結婚、與愛人共度過一段時光。因此她已經不會再犯年輕女孩才會犯的錯了。」

「孩子呢？她不想有孩子嗎？」

「她好像生過小孩，但據說孩子夭折了。總而言之，她在三十歲以前就已經走完女人一生大部分要走的路。」

「真是動盪啊。」

「她也算是時代巨浪下的犧牲者。」

「圍繞在她身邊的男人包括德國人、波蘭人、俄羅斯人、英國人、法國人和美國人吧。」

「如果是出生在那個時代的歐洲女性，那也難怪了。更別說她還處於漩渦的中心。這些經驗也讓她的芭蕾更上一層樓。像她這樣的舞者，恐怕不會再出現第二個了。」

「你為什麼知道得這麼清楚？」

「因為我們曾經交往過。我是真心的，付出所能付出的一切，但我總覺得再繼續交往下去，我只會成為她的絆腳石，所以我退出了。再加上我們歲數差得有點多，我不想變成她的負擔。」

「沒有人想殺她啊……」

「現場是密室吧？我記得你說過休息室是密室狀態。既然如此，想進也進不去吧。」

警督點頭。

「我是說過，但還是想打聽一下。就算可能性微乎其微，也想知道誰有動機。」

「硬要說的話，我吧。」

理事正經八百地回答。

「我不想把她的才能交給任何人。」

「你是認真的嗎？」

「是啊，認真的。但是我有不在場證明。我今天一直待在辦公室裡，有人可以作證。接著我就到這裡來了，從頭到尾沒在人前消失超過十分鐘。」

「和她短暫交往過的男人。」

「我啊。」

「除了你以外呢？」

「還有好幾個。像是舞台劇演員馬特·雷蒙斯。他和法蘭契絲卡交往了一年多，直到去年才分手。他是紐約一家名叫百都的經紀公司旗下的藝人。在他之前是名叫哈利·索爾茲曼的作家，這個人住在波士頓，和法蘭契絲卡也交往一年左右。再之前是史提夫·奧蘭迪，這一個住在倫敦，也是舞者。大概就是這樣了，可是我實在不覺得他們會對法蘭契絲卡下毒手。畢竟都是過去的事了，沒必要因此搞砸自己的人生。而且每次分手應該都是和平分手。」

警督拿出記事本，記下理事說的話。

「還有呢？」

「還有沃爾菲勒的總帥，但他已經是個老人了。」

「他是金主嗎？」

理事點頭如搗蒜。

「他是整個芭蕾舞界的大贊助者。不過，我沒聽說他跟法蘭契絲卡之間有任何不愉快，他們的關係應該很平穩。」

「但，確實有人有殺死她的動機。」

「她真的是被殺死的嗎？會不會只是偶然的意外？」

「這是美國芭蕾舞界大老的意見嗎？你真的這樣想嗎？」

「我才不是什麼大老，但我確實是這樣想的。她的死並不是她一個人的事。那將會使得芭蕾舞這項偉大的藝術從地球上消失，沒有任何人能從中撈到任何好處。如果是耶和華或惡魔的作為就當我沒說吧。」

「這樣啊。」

「我實在不認為三十歲以後過得那麼小心翼翼的她會讓誰懷恨在心。」

「你甚至不相信她已經死了吧？」

理事猛點頭。

「她是被神祝福的女人。」

「是嗎。」

「我是說真的，理查。你大概不相信吧。有人殺害了她，神絕對不會容許這種事情的。我總覺得這一定是哪裡搞錯了。」

「但克雷斯潘並不是女神。」

「重點是，怎麼會發生這種事？我想不透。到底有什麼深仇大恨需要殺人，而且還是將人打死呢。」

「嗯嗯。」

「她很冷靜。也不嫉妒任何人。信守承諾、從不遲到、完美地完成每項工作。我從來沒見過她有對哪個人大小聲的。」

「這樣啊。」

「還有一件事很不可思議。」

「什麼事？」

「法蘭契絲卡做事絕對不會半途而廢。」

「你說半途而廢？」

「對啊。她不是在第二幕與第三幕中間的休息時間死掉的嗎？」

「沒錯。」

「這麼一來，第三幕以後就演不下去了。」

「這不是理所當然的嗎。」

「劇場肯定會陷入前所未有的混亂吧。這種死法太不像她了。那孩子絕對不會拋下做到一半的工作，也從來沒有過表演到途中就放棄的紀錄。無論再怎麼困難，她都會堅持到底。她是責任感很強的孩子。」

聽到這裡，警督忍不住笑了。就算這位舞者的責任感再強，一旦遇害也無可奈何。只不過，事實並非他所想的那樣。

2

慘遭破壞的橡木門裡拉著黃色的封鎖線。理查·艾軒鮑爾警督走進克雷斯潘位於沃爾菲勒中心的休息室，只見四位鑑識調查科的人員正手忙腳亂地作業，房間中央偏後段的地板上蓋著塑膠布，那應該是克雷斯潘的遺體。

警督口頭慰勞他們一番後便關上門。但是因為門已經歪了，無可避免地出現了三角形的空隙。

地板是木質拼花材質，沒有鋪上地毯，因此可能會留下攻擊時產生的飛濺血跡，必須特別留意自己腳下走過的地方。

就在他走進房間內的同時，負責攝影的人正開著閃光燈拍照，但也隨即開始收拾器材，可見現場的攝影已經結束了。

右手邊有一扇大型的窗戶，窗戶前立著大型的人造花環。再過去有一條沿著牆壁通往後面的走道，走道盡頭及左手邊都有門，大概是更衣室或浴室。

走道轉角的牆壁做了一個固定式的衣櫃，打開衣櫃，裡頭隨即亮起一盞小燈，可以看到掛滿琳琅滿目的舞衣。全是芭蕾舞者穿的那種布料極少、類似泳裝的衣服。是叫蓬蓬裙嗎？總之是腰身縫著圓盤形荷葉邊的小裙子。

衣架掛著好幾套相同的服裝，應該是用來替換的戲服。即使是同款設計的舞衣，也分成白色和米色兩種。除了圓盤形荷葉邊的小裙子，也有蕾絲層層疊疊的長裙，也分成白色和米色。除此之外，還有好幾件用輕薄的布料製作的上衣。

下面有個大型抽屜也被拉了出來，顯然是還在蒐證，撒滿用來檢測指紋的銀色粉末。稍微看了一下，抽屜裡也都是衣服，只是數量沒那麼多。

左手邊的牆壁設置了高達天花板的大型收納架，架子頂板剛好落在一般人身高的位置，設計成除非是特別高挑的身材，否則就連男人都不會撞到頭的高度。左方是收攏的暗紅色簾子，只要拉上簾子，就不會看到裡頭收納的東西。

架子上擺了各式各樣應是用來搭建舞台用的大道具。像是用於公園場景的黑色金屬長椅，還躺著兩座路燈。也不乏以前的人出門旅行時經常會用到的皮革行李箱。旁邊則是大大小小貌似衣帽箱的箱子，其中有幾個被搬到地上，蓋子也掀了開來。原本應該是蓋上蓋子，一路堆到天花板吧。不知怎地，一旁還有幾雙靴子。

雖然只要踮起腳尖、打直背脊，即使是女人也能從架子上把箱子拿下來，不過底下有座梯子，所以應該是踩著梯子搬上搬下吧。

芭蕾舞者的遺體就躺在架子下方稍微前面一點的地方，旁邊是拉鍊式的大型行李箱，蓋子敞開。行李箱也以把手為中心撒滿了銀粉。

因為打開了，裡面有什麼東西一目了然，但沒有任何令人在意的物品，都是些應該是芭蕾舞者的行頭。其中還有看起來很昂貴、可能是銀狐的毛皮大衣。

行李箱前面的地上有個用白色膠帶貼起來的圓形，圓形裡有一把鑰匙，剛好落在距離遺體大概一碼的位置。

行李箱旁邊有幾只可能是從架子上卸下的衣箱，蓋子都被打開了。地板上有兩頂貌似原本收在箱子裡的女用帽子。

左手邊的牆壁前有張桌子，桌上放著茶壺和水杯。桌子旁邊是成套的椅子，對面則是皮革沙發。

「警督。」

鑑識現場負責人提姆．波頓正蹲在地上檢查地板，一看到艾軒鮑爾來了便發出驚呼。

「警督親自來到現場有什麼指教嗎？而且還是在這種深夜。」

「因為是芭蕾舞者的命案嘛。紐約芭蕾振興財團的理事是我的老朋友。理事說他對法蘭契絲卡．克雷斯潘瞭若指掌，所以我剛才和他談了這件事，向他問了關於克雷斯潘的過去以及交往過的男性等等。理事對克雷斯潘有非常特殊的情感。摩根警監呢？」

「警監在樓上的劇場老闆辦公室。我們要調查現場，所以他請相關人員移步到樓上，正在那裡向他們問話……」

「這樣啊。我晚點再去找他。克雷斯潘的死亡推定時刻是……」

「我看看……」

見提姆屈起左手，看向手錶，警督決定先說出自己的想法。因為他想知道的並不是克雷斯潘死於幾小時前之類的死亡推定時間範圍數字。

「今晚的演出是從七點開始，一共有四幕。分成上半場和下半場，上半場、也就是第二幕是在八點半結束。下半場的第三幕從九點開始。十點全劇終。上半場結束後，被害人於八點半回到這裡，休息三十分鐘，途中沒有繞去別的地方……對吧？」

「對。死亡推定時間就是這段期間，八點半到九點之間……」

「這是從體溫下降的程度來判斷嗎？」

「是的。」

警督點點頭。

「有沒有過大的誤差……」

「目前缺乏足以佐證誤差的可能性。」

「也就是說，可以斷定克雷斯潘是在結束第一幕與第二幕的演出後回到這裡，然後就在這裡遇害了？」

「基本上應該是這樣沒錯。芭蕾舞者結束演出後，從等在舞台側邊的經紀人手中接過這個房間的鑰匙，經過通道來到這扇門前，從走廊這一側插入鑰匙，開門進屋。一路上有許多目擊者，所以應該可以這麼斷定。」

「有目擊者？」

「是的。像是在舞台側邊給她鑰匙的經紀人。然後走廊右手邊的轉角處有張椅子，保全公司一個叫路吉的男子就坐在那邊。他親眼目睹芭蕾舞者從走廊那頭走來、經過自己面前、用鑰匙開門後進入房間的整個過程。丹尼爾現在已經過去路吉家求證了。」

「是這把鑰匙嗎？」

警督指著躺在地板上白色圓圈中央的鑰匙問道。

「是的。」

「唔嗯，這樣啊。也就是說，這段期間從舞台側邊一直到這個房間的門前，除了熟識的工作人員以外，克雷斯潘就沒有再碰到任何人了？」

提姆搖搖頭。

「沒有。」

「她的親朋好友都沒有人來找過她嗎？」

「沒有。既沒有在走廊上巧遇任何人，也沒有人在休息室等她。」

「有沒有可能凶手事先躲在房間裡等她？」

「這也不太可能。因為保全路吉在整個演出過程期間都守在這條走廊上，也沒去看表演。公演開始前，他就看到克雷斯潘小姐穿著自己平時的衣服從位於十層樓底下的住處上樓，走進這個房間。」

「但保全總要去上廁所吧。」

「演出中只去過一次。而且這裡離廁所很近，所以離開走廊的時間連十分鐘都不到。」

「這樣啊。這扇窗戶……」

警督慢條斯理地想走向窗子。

「可以過去嗎？」
「可以啊。那附近沒關係。」
「是固定式的呢。」
「完全打不開。不僅打不開，連子彈都射不穿。」
「嗯，總之芭蕾舞者也不是被射殺的。那邊的走道窗戶也一樣嗎？」
「一樣，都是固定式的窗戶。」
「任何人都無法從窗戶入侵嗎？」
「沒辦法。而且這裡是五十樓。」
「這棟建築物總共有五十一層樓吧？上面是劇場老闆的個人房間嗎？」
「總共五十六層樓。劇場內部的高度相當於六層樓。」
「把劇場設在五十樓算是很別出心裁的設計呢。有什麼用意嗎？」
「舞台後方是玻璃帷幕，平常放下捲簾，但有些劇碼好像會把捲簾拉起來，讓觀眾欣賞曼哈頓摩天大樓群的夜景。」
「嗯嗯。」
「您有向理事打聽到什麼有助於破案的情報嗎？」
「沒什麼特別的。對他而言似乎是天上掉下來的噩耗，為此憤憤不平。」
「可以想見呢。」
「還說凶手奪走的不只是克雷斯潘的生命。話說這麼一來，第三幕就沒有演出了吧？」

「應該是吧。這點不在我的管轄範圍內。」

警督微微頷首。

「觀眾肯定亂成一團吧。理事認為這點很不可思議。」

「怎麼說呢？」

「因為法蘭契絲卡・克雷斯潘從未在觀眾面前拋下舞台。說她是努力演出到最後一刻的完美藝術家。這大概是信徒的一廂情願吧。凶器是什麼？」

「沒有凶器。」

提姆回答。

「沒有？」

「對。」

「你剛剛說沒有？」

「是的。」

「沒有是什麼意思？那芭蕾舞者是怎麼死的？不是頭部遭到強力的打擊嗎？」

「沒錯，而且還是用非常重的物體毆打。」

「唔嗯。」

「我花了一個小時想找出那玩意兒，翻遍這個房間的每一個角落。架子上、架子上的箱子裡、行李箱裡、這邊的桌子、抽屜、浴室、廁所的馬桶、更衣室、衣櫥裡……都沒有找到類似的東西。」

提姆用戴著手套的手指來指去。

「這張桌子上有個筆架，筆架插著筆，旁邊有個墨水瓶，還有吸墨紙。抽屜裡有便條紙，然後是幾個信封。可是都找不到我要找的東西。」

警督一語不發地聽提姆說明。

「足以把一個人打死的物體。凶器若不是石頭或金屬，就是又粗又重的棒狀物。但這個房間裡不存在任何類似的東西。至少我是這麼認為的。」

「不存在凶器？到底是怎麼一回事？」

警督問道。

「請跟我來。」

只見提姆以說是畢恭畢敬也不為過的動作從架子上抽出竹子製的手杖，接著放倒在地上鋪的塑膠布上。很像以前卓別林拿在手裡的細拐杖。

「唯一可疑的只有這個……」

「這是小道具吧？」

「是的。可能是用這個打的。問題是，靠這玩意兒是殺不死人的。不過上頭有新的傷痕，還有大量克雷斯潘小姐清楚的指紋。」

「克雷斯潘是被害人，還有別人的指紋嗎？」

提姆左右擺頭。

「沒有。」

「沒有？血跡呢？」

「也沒有。」

「但是克雷斯潘遇害時應該有出血。」

「是有出血。」

「血應該噴得到處都是吧。」

提姆點頭。

「地板上有少許飛濺的血跡。」

「只有少許？」

「而且還被擦拭過。也就是說，有人打掃了房間，把血跡擦掉了。這張桌子也擦得一塵不染。」

「灰塵嗎？」

「想也知道凶手打掃的目的不是擦掉灰塵，而是想消除指紋和濺到的血跡吧。」

警督開始喃喃自語。

「然後是凶器。」

「沒錯，還有凶器。」

「意思是凶器被帶走了？凶手處理掉血跡和自己的指紋，還帶走凶器？」

「是的。」

「但是沒有人看見凶手進出這裡的身影。這裡是密室，沒有任何人能進來。」

「正是。」

彷彿要表示自己也束手無策，警督突然舉起雙手，轉身踱著方步，並發出沉吟的聲音。

默默地在房裡走了一圈後，他開口了。

「但這起命案無疑是凶手事先進到這個房間裡，等克雷斯潘結束第二幕的演出並回到這裡之後，就立刻殺死她，沒錯吧？」

但提姆並沒有點頭。

「這是唯一合理的解釋。」

「立刻動手嗎？」

「嗯，因為沒有爭執的痕跡。」

「這是為什麼呢？」

「芭蕾舞者為了休息而回到這裡後會做什麼？因為疲憊，肯定會坐在椅子上吧。比方說那個。」

警督指著椅子說。

「不是沙發嗎？」

「沙發太遠了。」

提姆還想說些什麼，旋即噤口不言。

「然後把手裡的鑰匙放在桌上。應該是這樣。」

「原來如此。」

「但鑰匙卻不在桌子上，而是地板。芭蕾舞者的衣服沒有口袋。也就是說，她應該是還沒坐到椅子上就遇害了。」

「嗯……」

「才剛進門就遭到攻擊，所以鑰匙才會掉在地上。就像現在這樣掉在屍體身邊。大概是遇襲時受到的衝擊讓鑰匙從手裡飛出去。」

「聽起來很合理，可惜事情並非如此。」

提姆說道。

「並非如此？怎麼說？」

「因為保全路吉曾經在克雷斯潘小姐離開樓下的住處到這裡來之前檢查過這個房間，無論是浴室、更衣室，還是這個衣櫃裡面。」

「竟然……」

「房裡沒有任何人。檢查過房間後，他就到走廊那邊坐下了，之後眼睛就一直盯著這扇門。」

伴隨著衝擊，警督一時半刻動彈不得。

「你剛才說過，到處都找不到凶器吧？」

警督好不容易才擠出這句話。

「我是說過。」

提姆回答。

「可以請你說明一下嗎？」

「好的。大家都說這根竹製拐杖就是凶器。」

逕自往前走的警督停下腳步，看著提姆。

「但你不這麼認為？」

「我不這麼認為。因為克雷斯潘小姐的頭蓋骨凹陷、骨折，傷害直達腦部。光靠這麼一根竹棒不可能對被害人的頭部造成那麼大的傷害。竹棒敲不碎人類的頭蓋骨。這是不可能辦到的。」

「這樣啊。」

警督抱著胳膊，嘆了一口氣。

「難以解釋呢。」

「我煩惱的是該怎麼向媒體說明。」

「確實如此。」

提姆說道，點頭附和。

「達尼怎麼說？」

達尼·萊弗里是公關負責人。不用想也知道這次的命案一定會引來大批的媒體。這個男人的任務就是負責向他們說明。

然而此時此刻，艾軒鮑爾警督和提姆都尚未認知到這起命案真正困難的謎團究竟何在。

警督在休息室裡走來走去，就在他整個人不經意地朝向歪斜的門板時，就經由門縫與站在走廊那邊的女孩對上了視線。

「不好意思，打擾一下。」

耳邊傳來女孩的聲音。門被破壞了，所以無法充分發揮隔絕閒雜人等的功能。警督在內心咂嘴，走向門口。

「請問克雷斯潘小姐怎麼了？我擔心到睡不著。」

「偵辦中的內容不能對外公開。」

警督快步地走向女孩說道。

「我是克雷斯潘小姐的支持者，在這裡工作。」

女孩這麼說。

「妳是這個劇場的人？」

警督回問。

「是的。」

仔細一看，女孩臉上還留著淚痕。

「都這個時間了，妳還是先回家比較好吧。」

「這裡有給員工過夜的休息室。可是我睡不著。克雷斯潘小姐沒事吧？」

「發生什麼了嗎？妳怎麼會這麼認為？」

「因為來了這麼多警察。而且工作人員都聚集在樓上戈登先生的房間裡接受警方問話。」

警督頷首。事已至此，想瞞也瞞不住。

「那塊塑膠布底下是什麼？」

女孩從稍微打開的門縫指向室內。警督兩手一攤。

「誰知道呢，請快點回去吧。明天消息大概就會見報了。根據警方的規定，在那之前請恕我們無可奉告。」

「要是克雷斯潘小姐有什麼三長兩短，我也無法再繼續從事這一行了。克雷斯潘小姐是我的一切，甚至是我活下去的理由。我能活到現在，都是因為崇拜她。」

女孩說道。

「明天就知道了。」

「明明是主角，最後謝幕的時候卻只有她沒出來。所以我們都在猜是不是出了什麼事。」

聽到這句話，警督整個人都愣住了。

「謝幕？」

「是啊。」

「最後？」

「對。她最後沒有出現。以前從來沒有發生過這樣的事，所以肯定發生什麼狀況了。明明她在第一、第二幕，還有第三、第四幕都跳得神采奕奕。」

「什麼！」

警督彷彿受到雷擊一樣，身子僵住了。

「妳說第三幕，還有第四幕？」

「對呀。」

「跳舞？克雷斯潘小姐嗎？」

「是的。」

「妳確定沒錯嗎？」

女孩被逼問得啞口無言，一時靜默無語，只能呆站在那裡，過了好一會兒才又開口。

「對。現場那麼多人都看見了。」
「妳確定沒錯，對吧？」
「我確定。因為我也看見了。當時我就站在走道的斜坡上。」
「那個人真的是克雷斯潘小姐嗎？」
「對啊，絕對是她。」
「妳沒有看錯嗎？說不定是別人。」
「為什麼會是別人？絕不可能是其他人。因為我的位置離舞台非常近，連臉都看得一清二楚。我的視力是二十／二十[2]。而且已經看她表演這麼多年了，不可能把別人誤認為克雷斯潘小姐。」
「克雷斯潘她一直跳到第四幕……」
「對呀，這有什麼問題嗎。除了最後沒有出來謝幕……」
「克雷斯潘真的跳到最後一刻嗎？」
警督還在重複。
「嗯嗯，跳得很棒喔。今天晚上的克雷斯潘小姐簡直太完美了。是她至今最完美的一次演出。」
警督一句話也說不出來，整個人動彈不得。
腦海中突然颳過一股強風。這究竟是怎麼一回事？

2　西方國家的視力檢測數值，表示受測者要站到相對較近的幾英尺處（前面的數字）才能看清楚正常視力從較遠處（後面的數字）就能看到的東西。換算成我們熟悉的小數點表示法，20／40即0．5、20／20為1．0。

第二章

天鵝之歌

1

一九七七年十月，細雨紛飛的紐約夜晚。位於曼哈頓沃爾菲勒中心五十樓的小數點芭蕾舞劇場正在進行近年來成為熱議話題的《史卡博羅慶典》公演。這是將法國作家瑪格麗特．沙岡撰寫的戲曲改編成芭蕾舞劇版的作品，音樂則出自聲名遠播的美國作曲家皮耶爾．歐康納之手。

故事描述蘇格蘭有一隻名叫凱蘿爾的天鵝，因為受到突然出現在湖畔的大鏡子吸引而放棄了遷徙。她張開羽翼、徹夜欣賞自己的模樣，不知不覺進入鏡中的世界，等到再從鏡子裡出來的時候，凱蘿爾竟然變成了人類女孩。接著她聽見了神諭，要她前往南方、參加在史卡博羅舉行的慶典，還說她會在那裡遇見命中註定的男子，從此過著幸福快樂的日子。

凱蘿爾還是天鵝時的情人拚命挽留，但是對人類社會滿懷憧憬的凱蘿爾一個字也聽不進去，毅然離開北方的湖泊，踏上前往南方的旅途。故鄉的情人則向她許下承諾：「無論多久，我都會一直等著妳回來。」

然而，沒想到凱蘿爾聽到的神諭其實是惡魔假扮成神明的耳語，史卡博羅的慶典其實是惡靈們一年一度齊聚一堂的祭典。英國各地的惡靈都會聚集在史卡博羅，而這場惡魔的祭典需要美麗的人類來獻祭。凱蘿爾正是被選中的活祭品。

凱蘿爾在途中遇到各式各樣的魔物，發生了非常多的慘事，但是她都一一克服，並受到一路上萍水相逢的親切城市居民以及心地善良的賣藝二人組幫助，繼續自己的旅程。城裡的女王對她青眼有加、王子也向她求婚，但凱蘿爾堅定拒絕，一心要前往史卡博羅。《史卡博羅慶典》就是這麼一個民間故事。

初演也是在這個沃爾菲勒中心五十樓的小數點芭蕾舞劇場舉行。這是因為瑪格麗特．沙岡旅居紐約時經常去沃爾菲勒中心旁邊的中央公園散步，在過程中構思出這個故事。芭蕾舞劇叫好又叫座，變成長期公演。到後來，《史卡博羅慶典》已經成為法蘭契絲卡．克雷斯潘的代表作，令她聲名大噪。

一九七七年的這個夜晚，主角天鵝凱蘿爾由名聲歷久不衰的法蘭契絲卡主演。與她演對手戲的男舞者也是歐洲無人不知、無人不曉的英國人傑瑞米．希利。交響樂團則是請出紐約愛樂交響樂團，由享譽全球的伯納德．科恩指揮。

長達十天的公演最後一天，也就是十月十一日這個頗有寒意的夜晚，在貴賓席欣賞下半場演出的英國戲劇評論家湯瑪斯．貝格爵士突然心裡一驚、放下了觀劇望遠鏡。與此同時，變成人類的凱蘿爾正在舞台上與惡靈們奮戰到筋疲力竭、跳著瀕死的舞蹈。

飾演天鵝的時候，凱蘿爾身上會穿著白衣裳，頭上戴著頭冠。化為人類時則換成米色的衣裳，頭上沒有頭冠。現在是人類的舞蹈，所以頭上只能看見紮起的黑髮。但他卻發現黑髮下方的白皙額頭、還有米色的衣裳都帶了點奇妙的紅色。看著看著，染上紅色的部分逐漸擴大，而且逐漸改變了形狀。

《史卡博羅慶典》分成上、下半場，各有兩幕，一共由四幕構成。首席舞者克雷斯潘獨舞的場面並不多，第一幕是天鵝們的群舞，接著是克雷斯潘站在中央跳舞。即使是獨舞的場景，舞台後方基本上也都有簇擁著她、圍成半圓形的群舞舞者。

群舞的演出也非常出色。女孩們舉起無數的手臂，然後再放下，動作靈活又整齊劃一的模樣活脫脫就是優雅的天鵝本身，令人情不自禁地看得心醉神迷。但即便她們的舞姿再優美，也完全掩蓋不了前方克雷斯潘的光芒。只見她宛如舞動翅膀似地揮動著赤裸的雙臂，時而彎曲、時而伸直的手臂與前傾的上半身既高雅又艷冠群芳，明明都是血肉之軀，卻讓人打從心底認定沒有任何一位舞者能表現出她所呈現的優雅、靈動、以及肖似雪白天鵝的表現張力。

第一幕、第二幕的克雷斯潘表現得實在太精彩了，完美的動作沒有一絲缺陷。貝格深信不疑，今晚她將寫下另一個傳說。然而等到休息時間結束、進入下半場以後，似乎發生了些微異狀。凱蘿爾四肢特有的俐落感以及獨特的表情似乎都消失了。她看上去有點累。接下來的動作彷彿都是出於身體記憶。感覺愈到尾聲愈疲憊，舞蹈洋溢的生命力也變得稀薄。

話雖如此，這個變化非常細微，如果是道行不深的芭蕾舞迷，大概也看不出個所以然來。唯有從小就開始欣賞芭蕾舞、看了五十年的貝格才能察覺到這些微乎其微的差別。這也要歸功於他近五年來幾乎只看克雷斯潘的演出，才會對她的動作瞭若指掌。無論是她細微的習慣動作、站在宏觀的角度俯瞰的理解，還是用上整個舞台、踩出每一步的用心，全部都逃不過貝格的法眼。她無疑是絕無僅有的天才，不只上半身的演技，就連小腿肚的一個小小動作，都能表現出細緻的情緒。

她額頭上那個到底是什麼？貝格一直覺得疑惑。而且隨著時間過去，形狀也跟著改變了。先是上下延伸成棒狀，再繼續往下延長。不會錯的。貝格心想，那怎麼看都是血跡。從頭髮間流到額頭，再緩緩地往眉心滴落。肯定沒錯。

看著看著，疑惑轉為確定。這不禁讓評論家開始思考。究竟出了什麼事啊？他也曾懷疑這是不是精心設計過的表演橋段，但貝格以前也看過《史卡博羅慶典》，在此之前他從未見過這樣的凱蘿爾。

還有一件令滿場觀眾大吃一驚的事，那就是芭蕾舞劇《史卡博羅慶典》在最近開始推出了兩種結局。《史卡博羅慶典》最廣為人知的結局是天鵝最後香消玉殞，以悲劇收場。但是礙於這種結局實在太悲傷了，於是實驗性地推出改訂版的結局——凱蘿爾活了下來，然後又變回天鵝，記取旅途中的教訓、回到在故鄉的湖泊等待她的良人身邊。沒想到這個結局意外大獲好評。

原作者沙岡本來不允許改動結局，但是沒過多久後她就過世了，所以改訂版也因此重見天日。沙岡沒有子女，所以也沒有人會抗議。因此最近會依照導演及舞者的偏好從兩種結局中任選一個版本來表演。

一九七七年在沃爾菲勒中心演出的《史卡博羅慶典》起用的是新結局。聽說主演的克雷斯潘本人比較喜歡這個版本。所以直到昨天的九個演出日中凱蘿爾都沒有死，活著迎接最終幕。然而就在最後一天、也就是今天晚上，第四幕的後半段愈靠近尾聲，凱蘿爾也肉眼可見地變得愈來愈虛弱。克雷斯潘此時此刻的舞蹈已失去上半場那種閃耀無比、震撼全場的存在感，逐漸變得跟在後面跳群舞的女孩們差不了多少。就像是只靠著慣性繼續揮動手臂，最後倒在舞台邊緣，沒有變回天鵝，就這麼嚥下了最後一口氣。觀眾無不為之愕然，甚至開始騷動。因為這跟他們知道的情節不一樣。

擠滿整個劇場的觀眾不見得都是凱蘿爾存活版本劇情的支持者，但他們大部分都是看了報紙上的劇評才來到劇場，期待看到充滿希望的結局，所以難免會覺得期待落空了。

全部的演出都結束後，布幕放了下來，但隔了一段時間又再拉起來，舞者們一個個站在舞台上列隊謝幕。所有人以整齊劃一的動作向觀眾們行禮，台下則以鼓掌聲回應。接著隊伍從中央分開，舞者們朝舞台側邊那一頭舉起手臂，這是請主角克雷斯潘上台的信號，所以觀眾都滿心期待。只不過，她遲遲沒有現身。湯瑪斯．貝格爵士緊緊握住觀劇望遠鏡，內心感到強烈的不安。他很擔心這跟剛才在凱蘿爾額頭上看到那疑似鮮血的痕跡有關。

法蘭契絲卡．克雷斯潘不僅是芭蕾舞界的瑰寶，演技也出神入化。貝格是舞台劇的評論家，芭蕾舞並非他的專業領域，可是他也看過無數次克雷斯潘的舞台演出。凱蘿爾揮動翅膀的力氣愈來愈小，終至筋疲力盡地嚥下最後一口氣。要說那是演技當然也說得通，但貝格總覺得事有蹊蹺。看在評論家眼中，其實克雷斯潘就連光是站著都很不容易，雙手已經舉不起來了。雙手舉不起來固然能將虛弱感傳達給觀眾，但動作也會變得一點也不美麗。芭蕾舞是一門藝術，如此欠缺美感可是不行的。即使奄奄一息、即使趴在地上死去，作為舞蹈的一環也不能毫無美感可言。

觀眾也都一頭霧水地靜觀其變，但取而代之的是演對手戲的男舞者傑瑞米．希利衝了出來，用比平常還要更誇張的動作打招呼，讓觀眾的注意力集中在自己身上，利用身為主演者之一的華麗舉動穩住場面。可是就連觀眾也看得出來他明顯是為了彌補凱蘿爾不見蹤影的空缺，所以才會那麼拚命。觀劇的人們裡頭也不乏相當內行的常客，他們大概都已經猜到可能是克雷斯潘出了什麼狀況。

但是看到血的貝格比他們嚴肅多了，他非常認真地看待這件事，擔心會不會是克雷斯潘的身子真的很虛弱。當然，他不會認為克雷斯潘真的就這麼死在舞台上了，可是她看起來確實非常疲憊。既然如此，這個結局可能不是故意為之，會不會是因為她真的已經跳不動了呢？

貝格想到這裡，也開始自問是不是想太多了。因為太過入戲，讓自己變成劇中登場的一員。我都幾歲的人啦。貝格忍不住自嘲，但是根據他看過無數次克雷斯潘跳舞的經驗，那顯然不是克雷斯潘的舞蹈風格。貝格深諳此道，看得出來其中微妙的差異。

可是劇場並沒有任何廣播，舞台就這麼落幕了。觀眾席天花板的燈光跟著亮起，貝格也就這麼被燦如白晝的光催促著。他站起身來並一頭霧水地拍手，之後就像是被觀眾推著走那樣、開始往出口的方向移動。

與大批觀眾一起站在電梯廳等候時，貝格深深陷入了迷惘。他心想先別離開劇場，直接過去休息室探望克雷斯潘，關心一下她的身體狀況。如果她平安無事，單純只是自己多心那自然是最好不過了。只要向克雷斯潘說聲謝謝、感謝她讓自己看到這麼精彩的表演，然後告退就行了。實際上，她上半場的演技確實很精彩。只是因為下半場出現了變化，自己才會這麼驚訝。再加上看到額頭的血跡不由得讓他大驚失色，內心才會充滿強烈的不安。

主要是恐懼吧。她如今正一肩扛起二十世紀的芭蕾舞界。克雷斯潘是本世紀最後一個能讓觀眾觀賞到稱得上芭蕾舞藝術的人。所以貝格無論如何都想搞清楚那個血跡是怎麼回事、想知道那到底是什麼。

問題是這有點困難。他見過克雷斯潘，不算全然陌生，但也稱不上熟識。她看起來已經累到不行了，貝格不希望因為自己前去拜訪又增加她的負擔。另一方面，自己雖然認識很多芭蕾舞界的相關人士，但這裡是美國，這次公演的劇團沒有他認識的人。因此直接拜訪並不是個好主意，對方可能要花上一段時間才能搞清楚他是誰。或許應該先撤退，一切等看了明天的報紙再說會比較妥當。

貝格與大批觀眾一起魚貫地走進大型電梯裡，從五十樓往下移動一段頗長的距離直至一樓。這寬廣的箱體裡異常安靜。基本上看完表演踏上歸途，觀眾通常都會興奮地高談闊論，可是今晚的電梯內卻是一片死寂，恐怕每個人內心都有某些介懷的地方，卻又不知道該怎麼用言語形容。

穿過敞開的大樓大門，來到了外頭，就突然感到強烈的濕氣。無論是廣場還是人行道都瀰漫著白色的霧氣，冰冷的綿綿細雨不斷地從天而降。現在還颳著風，寒意拂過了頸項。氣溫因為下雨的關係而驟降，潮濕的寒風也刺激著肌膚。此時在車道上熙來攘往的計程車，車頭燈射出有如利劍般的長長光線，在空氣中過招。觀眾們趁著尚未離開屋簷下找出包包裡的折傘，取下傘套並奮力撐開，好不容易才將身體納入傘下，走向雨中。沒帶傘的人只好冒著雨、小跑步衝向計程車或地鐵站。每個人都吐出白色的氣息，只要是紐約人都明白這場雨意味著冬天要來了。

貝格也從皮包裡翻出黑色的折傘，脫掉傘套後一口氣撐開。氣象報告早已預告今晚會下雨，所以他也把傘帶在身邊。就在貝格從傘下抬起頭來的時候，便看到幽暗的前方出現了不可思議的景象。濛濛煙雨的夜幕中佇立著一個舞者，正在不停地旋轉，那人踮著腳尖穿過計程車與計程車之間。時而沐浴在車頭燈的光線下，肩膀和腳都被照到白得發光，然後迅速地穿過寬敞的車道。

穿越車道後，舞者暫時鑽進噴水池對面的建築物陰影處，然後又出現在遠方，繼續穿過車道，最後消失在中央公園茂密的樹林裡。才剛剛離開劇場的觀眾情不自禁地發出夾雜歡呼的吐息，大家都停下腳步、望著舞者消失的方向看了好一會兒。貝格也不例外。表演還沒結束嗎？他心中這麼懷疑。如果真是這樣的話，不禁令人期待她是否會再伴隨舞蹈出現一次。

感覺像是不按牌理出牌的謝幕。剛才沒在舞台上現身的凱蘿爾，現在出現在與舞台相距遙遠的地面上，在曼哈頓的雨夜裡獨舞。

然而等了又等，她都沒有再出現。觀眾們這才恍然大悟，自己看到的是幻覺。似乎也才明白剛剛的幻覺有多麼非現實。這是十月十一日的曼哈頓、一個飄著霧雨的夜晚所發生的事。

2

至於劇場內部，無論是劇場老闆、法蘭契絲卡的經紀人、演對手戲的男舞者、還是導演及交響樂團的指揮，全都面臨他們職業生涯最大的危機。因為今晚這場公演結束的同時，二十世紀的芭蕾文化也將隨之告終。

飾演凱蘿爾的法蘭契絲卡．克雷斯潘沒有參與謝幕，一下台就從站在舞台側邊的經紀人傑克．李奇手中接過自己休息室的鑰匙，然後迅速地穿過舞台後的通道，經過走廊、進入自己專用的休息室。這段過程都分別被大批工作人員、坐在走廊上的保全人員目睹了。明明一會兒還要謝幕，所以大家都覺得很奇怪，但沒有人敢糾正名聲與地位兼具的首席舞者，除了默默目送之外什麼也不能做。

然後她就再也沒有離開過休息室了。即使公演結束，填滿觀眾席的近兩千名芭蕾舞迷都已經離開劇場、來到劇場要關門的時間，法蘭契絲卡都沒有現身。因此導演、演對手戲的男舞者、樂團指揮和經紀人等與她關係比較親近的工作人員都聚集在休息室前的走廊上猛敲門，呼喚房裡的法蘭契絲卡。

「克雷斯潘小姐。」

首先是劇場的老闆吉姆．戈登，他邊敲門邊呼喚大明星的名字，但是等了老半天都等不到回應。聚集在門口的眾人不由得面面相覷。他們一起經歷過無數次公演，過去從未發生過這種情況。

「法蘭契絲卡、法蘭契絲卡！」

演對手戲的男舞者傑瑞米．希利往前跨出一步，用力拍門，大聲喊著她的名字。但結果還是一樣，沒有反應。傑瑞米抓住門把試圖轉動，門鎖上了。應該是法蘭契絲卡從裡面鎖住的。

劇場導演史考特．漢米爾頓蹲在門前，將臉湊近地板。

「有光線從裡頭透出來。」

他看著門底下的縫隙說道。室內的燈是開著的。

眾人又再次大眼瞪小眼。大家已經從無數的推理電影中習得遇到這種情況時該怎麼辦。加上現場沒有其他的女性，或許也助長了他們選擇粗暴對應的決心。

傑瑞米對經紀人傑克．李奇使了個眼色，但是沒看向吉姆．戈登的臉。因為想也知道不適合找劇場老闆商量要把門弄破這種事。

他立刻採取行動，將身體撞向門板。可惜力道不足，堅固的橡木門文風不動。他往後退了一步，稍微助跑後又再度往門板撞過去。這次隱約聽見金屬配件被破壞的聲音。

傑瑞米瞥了體格魁梧的導演一眼，請他提供協助。史考特．漢米爾頓在學生時代是紐約大學最後一屆美式足球選手。NYU的美式足球隊在一九五二年迎來解散的命運。

史考特頓點頭，配合傑瑞米撞門的時機，助跑了幾步就把身體往門板撞上去。這次響起了木板破裂的刺耳聲響，只見門把附近冒出裂痕，漆成焦糖色的古老木門上也出現了白色的裂縫。傑瑞米繼續用力撞門，門板終於伴隨著轟然巨響而傾斜、開啟了。

眾人立刻蜂擁而入。果不其然，室內亮如白晝。而且，還異樣地安靜。

「啊！」

劇場老闆吉姆驚呼。

「這究竟是怎麼回事？」

跟剛才的舞台一模一樣的光景，天鵝倒在了房間的深處。

那是個身穿米色舞台裝的身影。享譽全球的首席芭蕾舞者跳到筋疲力盡、倒在地上的身影。

「法蘭契絲卡！」

傑瑞米也拉高嗓子吶喊。

「法蘭契絲卡！」

眾人一口一聲地呼喚，隨即衝到她的身邊，跪在木質拼花地板上。

唯有導演史考特．漢米爾頓直挺挺地站在原地不動。因為只有身為導演的他發現現場有個可疑的東西。芭蕾舞者身旁有一只大型行李箱，蓋子是關上的。

或許是因為已經很習慣與她有肢體接觸了，傑瑞米蹲下來、摸了把首席舞者背後裸露的肌膚，反射性地冒出一句話。

「已經涼了。」

聽到這句話，眾人都蹲到男舞者旁邊，依序將手心伸向法蘭契絲卡的背部，臉上隨即被絕望的陰影給籠罩。眾人最不樂見的情況就發生在眼前，釀成悲劇的可能性非常高。

傑瑞米接著抓起法蘭契絲卡的左手，找到脈搏的位置便用大拇指探測。大家都在等他開口，但內心已然做好準備了。不料，這時有個意想不到的人物在他開口前先大聲嚷嚷起來。

「哇啊！」

喊出聲的經紀人傑克一屁股跌坐在地上。

「這到底是……怎麼回事？」

他蹲在法蘭契絲卡頭頂那一邊，邊說邊以顫抖的食指碰了她頭頂的髮絲一下。那裡沾黏著黑褐色的血。紮起來的頭髮有一大部分都沾染了黏稠的血液。

「頭？她的頭受傷了嗎？」

指揮家伯納德．科恩問道。

傑克點點頭，用指尖輕輕地撫著法蘭契絲卡沾著血跡的髮。

首席舞者原本穿著變成天鵝時的白色舞衣，頭上戴著小頭冠。但是從第二幕開始就變成人類了，所以之後就要換上米色衣裳，頭上則沒有任何裝飾。

「咦？」

他又驚呼了一聲。因為指尖並沒有沾上法蘭契絲卡的血。

「是致命傷嗎？脈搏呢？還有救嗎？」

站在一旁的導演史考特向傑瑞米問道。後者用力搖搖頭，簡短地回答：

「沒有。」

「沒有？」

「嗯。已經死了。」

所有的人都大驚失色。

「你的意思是說，法蘭契絲卡死掉了？」

傑瑞米摸了摸芭蕾舞者裸露的背，又摸了摸左手，再慎重其事地探測手腕處的脈搏，然後再次搖頭。

接著以幾乎趴在地上的姿勢將臉貼在地毯上，觀察這位知名舞者的臉，接著將右手伸向她的眼皮。

「眼睛打不開。」

傑瑞米說道。

「這是什麼意思？」

「已經僵硬了。手腕也是。」

「僵硬？你是指已經開始屍僵了？怎麼可能？她明明才剛死沒多久啊。」

「額頭流著血。」

傑瑞米又接著說。

「果然沒錯啊。」

傑克在這時開口。

「果然？」

覺得似乎話中有話的導演隨即轉向經紀人問道。

「你說果然，是什麼意思？傑克。」

「最後我在舞台側邊遞給她這個房間的鑰匙時，好像看到她的額頭有一條血痕。因為太暗了，所以我還以為是自己看錯，原來她真的流血了。」

「這到底是怎麼一回事？到底發生什麼了？」

吉姆還在跳腳。他已經完全失去冷靜了。

「也就是說，她受了這麼重的傷，還繼續在舞台上演出？傑克，你是這個意思嗎？」

史考特臉色蒼白地問他。

傑克斂首低眉，輕輕點頭，然後轉向旁邊扯高了嗓門。

「喂，傑瑞米，你沒發現法蘭契絲卡的額頭在流血嗎？」

「她的額頭在第一幕、第二幕都沒有流血喔。我一直看著她的臉，看得很清楚。」

與法蘭契絲卡演對手戲的傑瑞米聲若宏鐘地斷言。

「第三幕呢？」

「你應該知道我和她的對手戲只有第一幕和第二幕而已吧。我是她故鄉湖泊的情人。第三幕……我沒注意到耶。接下來要到第四幕接近尾聲的地方才會再有對手戲，但今晚我根本沒有機會上場。因為她倒在舞台上了。」

「啊，說的也是。」

史考特露出苦澀的表情說道。演員任意調整演出內容，身為導演的自己感覺太沒面子了。

「下半場她幾乎都是一個人獨舞，沒有與情人角色的對手戲。」

他說的沒錯。傑瑞米演的是凱蘿爾天鵝時代的情人，但他被丟在故鄉了。凱蘿爾受到惡魔的欺騙，化為人類女孩的姿態，隻身踏上旅途。直到悲劇的結局——倘若採用悲劇的話——她都是一個人獨舞。但這次公演選擇的是活下來的劇情，所以最後一幕原本傑瑞米應該還有機會上場才對。

「慢、慢著。」

史考特呆站在原地，舉起雙手發難。

「所以她到底是在什麼時候出事的？第一幕、第二幕的時候，法蘭契絲卡的額頭還沒有血跡吧？傑克，你怎麼說？你不是在第二幕結束時在舞台旁邊給了她鑰匙嗎？」

經紀人立刻點頭。

「我給她了。」

「是這把鑰匙嗎？」

指揮家伯納德．科恩用鞋尖指向距離芭蕾舞者身體一碼的位置，那裡有把掉在地上的鑰匙。

「當時她有流血嗎？」
「沒有。」
「所以她是在第二幕與第三幕之間的休息時間變成這樣？」
《史卡博羅慶典》是將近三小時的表演，一個半小時的上半場與一個小時的下半場之間有將近三十分鐘的休息時間。舞者們會利用這段時間回休息室休息，主角法蘭契絲卡．克雷斯潘自然也不例外。會不會是那個時候被攻擊的呢？她有專用的休息室，所以誰也幫不了她。
「休息時間，法蘭契絲卡獨自在這裡休息的時候不幸遭人攻擊。情況會是這樣嗎？」
史考特提問。
「嗯。」
傑瑞米沉吟著不住點頭。
「問題是攻擊她的人是誰？是誰害她變成這樣的？那個時候根本沒有人進入這個房間，只有法蘭契絲卡自己一個人。保全就坐在走廊的椅子上監視。」
所有人都露出茫然的表情。
「而且這可是足以致命的重傷。」
「所以這是場意外。」
吉姆這麼強調。史考特聞言後沉默片刻，過了好一會兒才又開口。
「無論如何，受了這麼重的傷，她卻一聲不吭，用盡所有力氣出現在下半場的舞台上。而且還跳到最後一刻，等到回去休息室以後……才嚥下最後一口氣嗎。是這樣嗎？傑瑞米，會是這樣嗎？你覺得這個想法如何？」

「雖然超乎常人，但如果這是事實的話，可以說是專業的極致了。」

感動萬分地說出這句話的並不是傑瑞米，而是指揮家伯納德．科恩。

「萬一她沒有出現在有很多重頭戲的下半場，公演大概會變得亂七八糟吧，光是想像就讓我感到毛骨悚然。」

「到時候肯定非得退票不可。」

劇場老闆吉姆說道。

「沒錯，她救了你一命。」

「倘若這件事屬實的話，如此強烈的責任感已經超出常人的能力了。」

史考特接著補上一句。

「簡直是聖經的世界裡才有的故事，令人感動得五體投地。她已經超出常人的極限了。」

「如果是這樣，我倒是有個想法。」

傑瑞米以低沉的嗓音說出這句話。

「什麼想法？」

伯納德問他。

「上半場與下半場的她明顯判若兩人。」

「怎麼說？」

「很難用言語說明，我在舞台旁邊觀看時，第四幕的她顯然……對了，只能用顯然已經死掉了來形容。

全身冰冷，舞姿也有氣無力。那才不是活人的動作，活像是抽掉靈魂的人形物體，就是那種感覺的動作。」

「只剩下空殼嗎？」

史考特反問，傑瑞米則是深深頷首。

「沒錯，空殼，完全就是那種感覺。明明是法蘭契絲卡，卻又不是法蘭契絲卡，而是什麼別的東西在跳舞。」

「死者的舞蹈嗎？」

聽了這句話，傑瑞米沉默了半晌，然後點頭如搗蒜。

「死者嗎？有道理，死者啊……就是死者。難怪我一直覺得有點不太對勁。」

說到這裡，男舞者便閉口不言。

「這是什麼怪談啊。不世出的名伶從此又多了一個傳說，是這樣嗎？貫徹自我風格地走向人生終點。法蘭契絲卡的傳說將以這種方式畫下句點嗎？喂，到底怎樣啦？這就是她的宿命嗎……」

史考特鬼吼鬼叫到一個段落後，又接著說：

「這是我們凡人連做夢都不敢夢到的人生呢。」

「死者？」

吉姆有如朗讀散文似地大聲嚷嚷。

「死了？法蘭契絲卡．克雷斯潘已經不在了？」

「冷靜點，吉姆。」

伯納德安撫他。

「全球的芭蕾舞界已經失去了克雷斯潘？永遠失去她了？喂，別開玩笑了。如果這件事是真的，那我們該怎麼辦？今後這個世界又會變成什麼樣子？」

「這真是無與倫比的悲劇，空前絕後的悲劇。」

伯納德發出了哀嘆。

「放眼全世界，再也找不到能讓歌劇院座無虛席長達十天的舞者了。沒錯，再也找不到了。」

「她背負著我們的人生。我們就像嬰兒，緊緊地巴在她一個人的背上。」

史考特說道。

「五個長了鬍子的嬰兒嗎？這個比喻也太驚悚了。」

伯納德回應。

「事實擺在眼前。萬一這是兇殺案，凶手肯定不是我們。因為我們都蒙受了莫大的損失。」

史考特又說。

「喂，芭蕾舞這項文化就快要從這個世界上消失了。大家能接受這種事嗎？」

這時吉姆開始大聲嚷嚷。

「啊，我們的衣食父母也消失了。要來開家漢堡店嗎？」

史考特的話才剛說出口，伯納德就連忙制止他。

「總而言之，這到底是……啊，我知道這是場悲劇，我當然知道。但這是兇殺案嗎？還是……」

「只是意外！」

吉姆的聲音有些啞掉了。他每次太大聲說話，聲音就會變得沙啞。

「你說這是意外？」

「沒錯。剛才史考特不也說了嗎。失去她，我們一個個都要回家吃自己了。」

「因為要回家吃自己，所以是意外嗎？」

伯納德邊說邊露出了苦笑。

「失去母親的我們都得去孤兒院嗎。」

史考特這麼附和。

「不然你說說是誰下的毒手。還有，大家看這裡！」

吉姆指著地上的大行李箱。眾人抬頭看了看老闆和導演的臉，接著再望向地上的行李箱。

「肯定是這玩意兒害的。這個大行李箱從架子上滑落，砸中法蘭契絲卡的頭。」

吉姆邊說邊踮起腳尖，窺探架子深處。

休息室深處的牆邊安裝了巨大的架子，就像是上下鋪的床。上頭有很多大尺寸的衣帽箱及行李箱，還有路燈或公園長椅等大型道具。根據演出的內容，可以利用這些道具來練習動作。導演也會藉由這些道具來說明自己構思的橋段。

「要是踩在那個梯子上，大概就不會發生這種事了。」

他指著擺在深處牆邊的梯子說道。

「真是罪孽深重的架子，太危險了！」

傑克咬牙切齒地怒斥。

「竟然奪走了世界首席芭蕾舞者的生命！」

「行李箱怎麼會掉下來？」

伯納德提出疑問。

「還有你怎麼知道她沒有踩在梯子上？」

「而且還失手沒抓住。」

傑克也跟著附和。

「瞧這個大而無當的蠢架子幹了什麼好事，這種東西根本就沒必要留著。當初到底是誰裝的，快給我拆掉！」

這名劇場老闆氣沖沖地怒道。

「問題是她為什麼要拿行李箱？有那個必要嗎……」

「要換的衣服都在裡面吧。畢竟最後一場公演已經結束了，大概是要做一些離開這裡的準備。」

伯納德幫忙解釋。

「會在中場休息時間做這種事嗎！」

吉姆突然大喊。

「確實不太尋常。大概是真的有什麼必要吧。」

史考特則是冷靜地回答。

「等等，這怎麼可能！」

吉姆失聲叫喚。

「就是說啊，又不是天花板垮下來。這玩意兒能砸死一個人嗎？就只是一個行李箱罷了。而且裡面是衣服吧，應該不會很重。」

傑瑞米也表示同意。

「吉姆，你到底是怎麼想的？這是意外，還是他殺？」

這時，史考特這麼質問他。

「傑瑞米說的也沒錯。又不是整個架子都塌下來了，怎麼可能這樣就砸死人。」

伯納德也對這是場意外的說法表示存疑。

「可是法蘭契絲卡真的走了。而且就算裡面只放了衣服，行李箱本身也很重。」

吉姆說完，就準備將手伸向行李箱。

「別碰！」

史考特突然大喝一聲。

「也不要碰這邊的桌子、桌上的水壺、還有地上的鑰匙。我也想相信這是意外，但還是不能排除命案的可能性。」

「命案？」

此時的吉姆瞪大了眼睛回應。

「你說命案？所以你的意思是……」

「沒錯，吉姆。你大概不願意接受，但這是殺人案。我想說的是有這個可能性。既然如此，接下來就是警方的工作了。如果不想變成凶手，大家都不要留下任何指紋。」

「別傻了，史考特。你也看到了吧，這扇門非常堅固，門板非常厚，而且還鎖得密不透風，就連一隻老鼠都進不來。即使是以肌肉自豪、總是能高高舉起女舞者的傑瑞米，還有原本是美式足球運動員的你都得爭先恐後地撞門才能破壞我貴重的財產。」

「我承認撞門是有些欠缺思慮了，吉姆。總之先打電話報警……」

「且慢。你打算讓鑑識調查科的那些鄉下老頭肆無忌憚地檢查我們女神的身體嗎？」

「不然你說該怎麼辦。吉姆，要是你一直反對，可能會被當成犯人喔。」

「無論是鄉下老頭，還是大都會的菁英，眼下都需要驗屍。就算法蘭契絲卡是死於意外，也需要醫生開立死亡證明。」

伯納德打了圓場。

「被掉下來的行李箱打破頭的死亡證明嗎？哼，這我可不能接受。」

吉姆抵死不從。

「如果是這樣的話，中央車站的行李寄放處早就屍橫遍野了。」

「吉姆，你已經語無倫次了。」

史考特在一旁提醒他。

「沒錯。到底是他殺還是意外，選一個吧。」

伯納德也出言附和。

「行李箱的四個角都有金屬包邊，大概是被這個地方砸中才會流血。」

吉姆夢囈般地喃喃自語。

「喂，你還醒著嗎？吉姆。」

「你自己看嘛，史考特。現在這個房間裡，除了我們五個破門而入的人以外，根本沒有其他人。這不正是你們經常掛在嘴邊的密室嗎？」

「我哪有經常掛在嘴邊？我既不是推理小說作家，也不是私家偵探。」

「欸欸，你們有沒有聞到什麼味道？」

這個時候，傑瑞米皺著鼻子吸氣，壓低聲音說道。

「怎麼了？傑瑞米。有味道嗎？」

史考特反問。

「好像有什麼香香的氣味。」

「我只聞到血腥味。」

史考特像是不耐煩似地回應。

「還有死了一個人，不吉利、絕望的味道。」

「不是那些味道，是一股淡淡的……迷迭香的香味。」

傑瑞米說道。

「迷迭香？」

吉姆皺著眉頭大喊。

「那不重要！那種東西會殺人嗎？」

「我剛才在舞台旁邊也聞到了。與法蘭契絲卡擦身而過的時候，只不過……」

傑瑞米又迅速地在死者身邊蹲下。

「已經沒有了。從她身上消失了。」

執起法蘭契絲卡的右手後，傑瑞米就將她的手指舉到自己鼻尖。

「手上也沒有。吉姆，這個房間有迷迭香的盆栽嗎？」

「怎麼可能有。我從沒在這裡看過那種東西！」

這位劇場老闆繼續叫喊著。

「沒有喔。這裡只有玫瑰的人造花，還有用海芋和不知道什麼花製成的花環。法蘭契絲卡一向都說正式公演時不需要在休息室擺花，要我改放人造花。」

傑克邊說邊走到窗邊。那裡擺著用人造花做的大型花環。

「為什麼？」

「我也不清楚。」

傑克回過頭來，兩手一攤。

「你沒問過她嗎？」

「總之，這麼一來，各位紳士已經明白了吧，這裡除了我們五個大男人，只有人造花和嗅覺靈敏的舞者說的什麼香味。凶手根本不存在。所以這不是命案。恐怕要讓熱愛推理小說的諸君失望了。」

吉姆說道。

「欸欸，吉姆，到底是還不是，現在還說不準喔。衣櫃、浴室、更衣室都必須仔細地檢查一遍才行，結論先擱到那之後再下。說不定凶手現在還躲在這裡。」

傑瑞米說完便走向浴室。

「記得要隔著手帕再碰東西。」

史考特緊迫盯人地指示。

「聽見了嗎，各位。終於輪到名偵探大人出馬了。緊接在迷迭香的香味後，隔著手帕東摸西摸的傑瑞米要出動了。最後肯定是這樣——華生，給我一杯白蘭地，我要解開密室之謎了。」

「聽起來真不賴。」

「下齣戲就決定演這個了，史考特。」

「真是夠了，你們兩個太輕率了。我們的女神已經走了喔。」

伯納德斥責。

「所以我才說嘛，伯納德。別用這種扮家家酒式的偵探遊戲來面對這場可能會改變我們人生的悲劇。窗戶打不開，而且這裡是……瞧，朝著天空向上拔起的五十樓。」

吉姆指著窗戶說道。

「沒有任何人能進入這個房間，連鳥都飛不進來。既然如此，怎麼可能是兇殺案呢？再說了，這個劇場根本從來沒有發生過命案！」

「不管是哪個命案現場，都是要先有屍體才能成立嘛。」

史考特的語氣相當冷靜。

「世上可沒有每週都會出現屍體的知名命案現場。」

「就是說啊。」

伯納德跟著點頭。

「我說吉姆，我並不是要反對你的意見喔。我當然希望你是對的，畢竟我也不希望自己花了三十年苦心經營的名聲受損。」

史考特向他解釋。

「對吧，既然如此……」

「所以你還不願打電話報警嗎？」

劇場老闆沉默了好半晌，仍不服輸地強辯：

「問題是，到底要怎麼在這種沒有人能進來的場所殺人？」

「所以才說這整件事很懸疑嘛，吉姆。不可思議的殺人命案總是會在最不可能的情況下發生。」

「凶手躲在哪裡？」

「我正在找啊！」

傑瑞米的聲音從遠處傳來。

「小心點，傑瑞米，對方搞不好有槍。我不想再增加屍體了。唉，我也來幫忙吧！」

「對呀，要是連你都死了，知名的芭蕾舞者就真的要從世上絕跡了。」

「你身上有槍嗎？傑瑞米。」

傑克問他。

「沒有。」

傑瑞米和史考特一起搖頭。

「但也不能因為這樣就不調查吧。」

兩人用手帕包住手指，小心翼翼地打開休息室裡所有的門。沿著窗邊的走道往前走，左轉的地方是浴室，浴室對面是洗手間，盡頭則是設置全身鏡的更衣室。

回到大房間裡，他們又把衣櫃、衣櫃的抽屜都一一拉開來看。因為如果是小孩或個子嬌小的女性或許就能躲在裡面。調查不一會兒就結束了，因為休息室裡就只有幾個房間，除了他們幾個，沒有其他生物，也沒有任何異常。

慎重起見，也檢查了所有的窗戶。正如劇場老闆吉姆所說，厚重的窗戶全部都是固定式的，無法開關。而且這裡是遠離地面的五十樓。窗外是一片燈光幽暗的中央公園綠意。中間那片平坦的陰影大概是哈林湖的水面吧。

「聽我的勸不會錯，打電話報警吧。我在紐約市警裡有認識的人。」

「慢著，史考特，難道沒有更好的辦法嗎。畢竟到處都找不到凶手啊。」

吉姆還不死心。

「那是根據剛才的調查。但是換成專業人士應該會有什麼發現吧。」

「你認為這是兇殺案嗎？應該有更好的想法吧。」

「如果你有更好的想法，我倒是願聞其詳，吉姆。」

史考特停下動作問他。

「我的眼前從剛才就一直閃過明天早報可能會出現的聳動標題。」

此時吉姆岔開了話題，右手在空中畫了個圓弧。

「舉世聞名的首席舞者命喪劇場、原因不明的猝逝、受到詛咒的空中劇場、劇場老闆陷入半瘋狂狀態，自殺也不奇怪……等等、等等。」

「不會寫到這個地步吧。」

「誰知道呢，畢竟報社是大笨蛋的聚集地！紐約首屈一指的歌劇院今夜過後將搖身一變成為鬼屋。」

「死的可是法蘭契絲卡．克雷斯潘喔，全世界最有名的首席芭蕾舞者。要是隱瞞她的死訊，萬一哪天消息曝光，肯定會鬧得天翻地覆，然後整個頭版都是隱瞞死訊的大策士吉姆．戈恩的照片。」

「到時候你真的要自殺了。」

伯納德落井下石。

「就連在南極都能聽到你的臭名。」

傑克還補上了一刀。

「你打算在萬聖節與吸血鬼德古拉一別苗頭嗎？」

導演史考特說道，同時抓起了電話話筒。

3

史考特．漢米爾頓打完電話還不到十分鐘，紐約市警的羅恩．摩根警監就帶著四個部下，加上鑑識調查科、一群人聲勢浩大地趕到現場。聽聞被害人是聲名遠播的法蘭契絲卡．克雷斯潘，想必有很多人是自告奮勇要參與調查吧。

由於他們趕來的時間夠快，劇場老闆吉姆．戈恩、經紀人傑克．李奇、劇場導演史考特．漢米爾頓、演對手戲的男舞者傑瑞米．希利、指揮家伯納德．科恩都還沒離開。

羅恩．摩根警監是個留著口字鬍、體格壯碩的男人，與因為個子很高、私底下被戲稱為首席舞者起重機的傑瑞米，以及原本是紐約大學美式足球選手的史考特站在一起也毫不遜色。

鑑識調查科的工作人員擁向法蘭契絲卡的遺體。羅恩向史考特等人出示警徽、報上自己的姓名與身分後便開始提問。

「各位就是這位大名鼎鼎的芭蕾舞者的公演相關人員嗎？」

每個人都有自己的想法，所以態度也各有不同。有的站著不動、有的露出啞巴吃黃連的表情、還有人雙手插在口袋裡轉向一旁，不過他們都低垂著頭。

「我只認識這位史考特．漢米爾頓先生。」

「你最近好嗎？羅恩。這次要麻煩你了。」

導演爽朗地與他攀談。

「抱歉啊，你大概想回家跟家人吃晚餐吧。」

「我老婆早就放棄我了。比起這個，讓各位留到這麼晚真是不好意思，明天早上也要工作嗎？」

「今晚是最後一場公演，所以大家明天應該都是休假。命案發生在今天晚上真是不幸中的大幸。」

「是意外。」

立刻出言糾正的是劇場老闆吉姆。

「意外？」

摩根警監反問。
「我認為這不是殺人事件。」
「這位是?」
警監轉向史考特問道。
「這塊頑石是小數點芭蕾舞劇場的老闆吉姆・戈恩先生。」
「戈恩先生,你認為這是意外嗎?」
「沒錯。行李箱從架子上滑落,結果不幸砸中她的頭部。請不要信口開河地說這是一件兇殺案,以免嗜血的媒體像是看到獵物的鬣狗似地蜂擁而至。希望各位今後說話都能謹言慎行。」
劇場老闆忿忿不平地說道。
「提姆。」
警監出聲叫喚從剛才就一直蹲在芭蕾舞者旁邊的鑑識人員。提姆默默地抬起頭來。
「你對這位紳士的意見有什麼看法?她是死於意外嗎?是被從架子上掉落的行李箱砸中的嗎?」
名為提姆的男性搖頭,當場否定。
「不可能。」
「你說什麼!」
失聲吶喊不只是劇場老闆,還有經紀人傑克・李奇。
「你說不是這個行李箱害的?」
「如果是從樓上丟下來就算了,從這個架子上掉落的距離頂多只有二十公分。可是她的頭蓋骨凹陷了,傷害直達大腦。」

「那又怎樣？」

「必須要把遺體帶回去進行解剖以後才能斷定更正確的細節，但是從二十公分的高處掉落的物體不可能造成這麼嚴重的致命傷。這是從左後方大約五十度的角度用鈍器毆打所造成的傷勢。明顯是被人攻擊，不可能是意外。」

恐慌支配了在場的眾人。現場有如捅了馬蜂窩，五人的嘴裡不約而同地發出帶著衝擊的叫聲，並且在房間裡走來走去。指揮家高舉雙手、仰天長嘯，經紀人則是當場縮成一團，絕望得幾乎要直接倒下。

最為怒髮衝冠的無疑是劇場老闆吉姆。

「這完全是無稽之談！」

他開始吼叫。

「是胡說八道！」

「這是在妨害營運嗎？」

史考特還搧風點火。

「什麼？啊，沒錯。這麼莫名其妙、荒唐無稽、天理不容的事怎麼可能發生！人類絕對不可能做出這種事！」

「你為什麼會這麼想呢？」

警監冷靜地問他。

「警監，請別忘記，這裡可是五十樓啊。」

吉姆指向窗戶說道。

「就連鳥都很難飛上來。雖然有玻璃窗，但厚厚的防彈玻璃全都是固定式的，不僅無法不開、子彈也射不穿。通往走廊的門是又厚又堅固的橡木門。這兩位高壯的男士剛才同時撞了好幾次，好不容易才撞開。別說人了，就連一隻老鼠也進不來。所以根本不可能是兇殺案！」

警監沉默片刻，臉上掛著嚴肅的表情，思考了半晌後接著說：

「嗯哼，真有意思的證詞。」

「而且保全人員就坐在走廊上。」

這位劇場老闆繼續大喊著。

「你說有人在走廊上監視？」

警監有些不可置信。

「沒錯。」

「那個人呢？」

「已經回去了。因為誰也沒想到會發生這樣的事。而且那傢伙早在法蘭契絲卡進入這個房間以前就先進來檢查過一遍了。這是每天的例行公事，畢竟誰也不敢保證會不會有奇怪的支持者闖進來。」

「原來如此。」

警監點頭。

「那傢伙絕對信得過，我敢保證。打從他十幾歲的時候我們就認識了，他剛正不阿到簡直像是用尺畫出來的。他的太太是個廚藝很好的墨西哥人，她做的起司蛋糕……」

「對方夫人的資訊就不需要了，可以請教他的名字嗎？」

警監從懷裡拿出記事本，阻止劇場老闆再嘮叨下去。

「鮑伯．路吉。是曼哈頓北方保全公司的員工。」

吉姆回答。

「地址是？」

劇場老闆據實以告。警監寫下來後便撕下那頁，交給一旁的部下。

「丹尼爾，麻煩一下，可以請你馬上去確認嗎？」

部下應允，走出了房間。

「假如你說的都是真的，那就是他在撒謊。」

警監說道。

「這不可能！」

吉姆不假思索地駁斥。

「絕對不可能。殺了人的傢伙才不會說這種謊。一旦失去我的信任，他連生活都要出問題了。」

此時警監露出了「所以那又如何」的表情。

「鈍器啊，到底會藏在哪裡呢？」

指揮家伯納德．科恩在房間裡看了一圈，小聲問道。他朝著桌子走了幾步，接著自顧自地說：

「奪走她生命的鈍器會是這張椅子嗎？跟桌子是一套的。」

「不可能舉起來敲破她的頭吧。」

史考特面無表情地駁回。

「那張沙發呢？更不可能吧。」

「架子上有公園的長椅，還有路燈什麼的……」

「同樣不可能。除非凶手是大金剛。」

「那麼，我想請問其他幾位是……」

警監不理會他們的七嘴八舌，拿起記事本詢問眾人。

「請問各位尊姓大名。」

「我是這齣芭蕾舞劇的交響樂團指揮，伯納德．科恩。」

指揮家回答。

「嗯。我對音樂一竅不通，但也聽過你的名字，你很有名。」

「警監，還有那邊的那位鑑識人員。」

伯納德接著開口。

「嗯？」

警監心中開始戒備。

「你們剛才說了非常不得了的話。但唯有今晚，我也同意這個石頭腦袋劇場老闆的主張，這不可能是他殺。」

「怎麼說呢？」

「因為這位先生剛才——」

指揮家用右手指著鑑識隊的提姆。
「剛才說法蘭契絲卡是當場死亡，被我聽到了。」
「提姆，是這樣嗎？」
警監向提姆確認，後者點頭承認。
「是的。」
「這不可能。因為法蘭契絲卡第三幕也上台跳舞了。」
「第三幕也上台了？」
提姆驚駭地失聲反問。
「還有第四幕。幾千名觀眾都看到了。」
就連警監也啞口無言，整個人動彈不得。
「我也看到了。從樂池的指揮台可以清楚看到舞台上法蘭契絲卡的臉。」
「那麼克雷斯潘小姐可能是在第四幕結束時遇害。」
警監以冷靜的語氣說道。
「那也不可能。法蘭契絲卡應該是在第二幕與第三幕之間的休息時間出事的。因為狀況看起來就是那樣。」
史考特說。
「提姆，克雷斯潘小姐死後經過多久了？」
警監問道。

「一個半小時。」

提姆第一時間回答，恐慌又支配了在場的所有人。

「看吧，我說的沒錯。」

伯納德大聲吆喝。

「一個半小時，果然是這樣。」

史考特也從旁附和。

「舞台落幕到現在過了三十分鐘，從落幕再往前一個小時是第三幕與第四幕。如果是一個半小時前，正好是休息時間。」

伯納德邊看著錶邊分析。

「從屍體的狀態來看，也剛好指向休息時間。」

聽到這裡，摩根警監瞪圓了雙眼。

「你說什麼！」

在場的所有人都露出「我不是早就說過了嗎」的表情。

「提姆，這種事有可能發生嗎？」

警監重新轉向提姆問道。

「倘若是幽靈在跳舞，就有可能發生。」

鑑識人員不苟言笑地回答。

「被殺害之後又爬了起來，再回到舞台上。」

聽到這裡，在場的所有人都沉默了。

「怎麼可能！」

警監氣得跳腳。

「一定是哪裡弄錯了。我對怪談可是敬謝不敏。」

「我才沒有弄錯。」

提姆為自己辯白。

「這部分我們待會兒再討論。那這一位是？」

警監繼續詢問在場者的名字。

「我叫傑克·李奇，是法蘭契絲卡·克雷斯潘的經紀人。」

「嗯，李奇先生嗎。請問你擔任克雷斯潘小姐的經紀人已經很久了嗎？」

「差不多快五年了。」

「聽到剛才這些不可思議的經過，以你跟著克雷斯潘小姐這麼久的時間來看，請問有沒有什麼看法？」

「如果是她的話，確實有可能創造奇蹟呢。因為她曾經不止一次把不可能變成可能。」

「嗯嗯。那請問旁邊這位是？與克雷斯潘小姐演對手戲的人嗎？」

「我是傑瑞米·希利。」

「你是英國人吧。」

「是的。你真內行。」

「但凡紐約市民，沒有人不知道貴芭蕾舞團在此公演的事。報章雜誌有很多報導，連劇情都能知道個大概。」

「這樣啊。」

「紐約人很喜歡芭蕾舞，連不解風情的警察也不例外。對了，克雷斯潘小姐也是出身英國嗎？」

「她在英國待了很長一段時間，不過她是個到處漂泊的人。還有人說她是西班牙血統，但她其實是德國籍，也曾在東德嶄露頭角。不過我聽說她也在法國活動過。」

「這樣啊，那你呢？」

「我一直待在倫敦。」

「你跟她搭檔很久了嗎？」

「不，這次公演是我們第一次合作。」

「哦，這樣啊。那麼關於她的私生活或為人……」

「我一無所知。」

「關於這點，其他人也一樣嗎？」

被警監這麼一問，全部的人都猛點頭。

「史考特，你也是嗎？」

「我也差不多。因為她身上圍繞著太多傳說了。關於她的過去，我是也略有耳聞，但誰也不確定哪些是真的，也有可能全都是杜撰的產物。」

「巨星的過去通常都很神祕……」

「確實是這樣沒錯。」

劇場導演點了點頭。

「但最神祕的無疑就是今晚。」

「史考特，例如什麼樣的傳說？」

「我聽說她不是在達豪集中營，就是在奧斯威辛集中營出生、長大。」

「什麼？達豪？集中營？她是在納粹的集中營出生的嗎？奧斯威辛集中營在波蘭吧？」

「達豪集中營則是位在德國境內，建造於巴伐利亞邦的慕尼黑近郊。」

「集中營啊……」

饒是警監也大感驚訝了。

「全家都關押在集中營裡嗎？」

「我是這麼聽說的。等等，她好像沒有父親。」

「父母離婚嗎？」

「是的。又或者是根本沒結婚。」

「然後呢？」

「我只知道這些。」

「李奇先生，你是她的經紀人，沒聽她說過什麼嗎？」

「她說集中營有個很俊俏的醫生，名叫門格勒，非常照顧她，培養她長大。」

「是嗎。」

「表面上是很溫柔的叔叔，經常給孩子們麵包和餅乾糖果。」

「嗯嗯。」

「那個人對她非常親切。除此之外，集中營的猶太人之中有個很出名的舞者。那個人發現法蘭契絲卡出類拔萃的天分後，就從兩歲開始持續教她跳芭蕾。所以比起說話，她先學會了跳舞。」

「原來是這樣。所以才會有今天的她啊。」

「是的。」

「悲慘的出身、在納粹的集中營長大……也難怪她會那麼熱愛芭蕾。沒有異於常人的決心大概也成就不了現在的自己。」

經紀人猛點頭。

「那位老師也在法蘭契絲卡離開集中營之前就被殺害了。我無法想像那個環境有多可怕，更別說她當時只是個年幼的孩子。她的孩提時代就很不平凡。幸好法蘭契絲卡並未遇害，在一九四五年被解放了。」

「當時她的母親呢？」

「聽說母親在她剛懂事的時候就不在了。恐怕也是死在納粹手下吧。拜集中營其他囚犯的同情以及那個叫門格勒的醫生所賜，她才能順利長大。」

「那位醫生是德國人嗎？」

「是的。是個非常優秀、才華橫溢的人物，但同時也是希特勒的狂熱信徒。」

「哦。他在戰後過上什麼樣的人生？」

「門格勒逃到南美去了。他非常疼愛法蘭契絲卡，想帶著她一起過去。法蘭契絲卡當時還小，沒有自己的意見，一般來說應該會跟著一起走才對，但收容者們紛紛挺身而出保護她。後來集中營被解放、場面一度混亂時，她被一位女性收容者抱著逃走，所以才得以不用去南美。經過大概是這樣。」

「原來如此。克雷斯潘小姐是猶太人嗎？」

傑克搖搖頭。

「這只有神才知道了。不過，她看上去不像猶太教徒。也有人說她身上流著吉普賽的血液，這輩子都會過得驚濤駭浪。」

「吉普賽人……」

「也不是沒有可能。她有一些許自由奔放的地方。我不是說吉普賽人都是這樣，但她的感性確實跟我們非常不一樣。全心全意奉獻給芭蕾，甚至賭上自己的性命，是個渾身充滿熱情的人……」

「渾身充滿熱情？好比說？」

「這並不是我個人的意見，大家都這麼說喔。為了站上頂點，她什麼都可以犧牲。」

「什麼都可以犧牲……說得通俗一點，就是處處留情的意思……嗎？」

傑克含蓄地微微頷首。

「嗯，當然也包括這方面在內……」

「嗯嗯。你對這件事抱持反對意見嗎？」

但經紀人默不作聲。

「集中營不只猶太人，還關押了俄羅斯人、反納粹運動分子、吉普賽人、精神失常的人。沒錯，也包括身體有重大缺陷或殘疾的人。簡而言之，對打仗沒有貢獻的人在希特勒眼中都是毫無價值的螻蟻，全都都被關押在集中營內。他打算遲早要把這些人全都處理掉。」

指揮家伯納德．科恩說道。據說他也是猶太人。

這時，負責鑑識工作的提姆站起來，走到摩根的身邊，接著湊近他的耳朵，悄悄地說著什麼。警監緩緩點頭，然後轉身面向眾人開口。

「接下來將由鑑識調查科仔細調查這個房間。為了鎖定凶器、血跡的分布、被害人更正確的死亡推定時間等，要做的事多如牛毛。這個房間就交給他們，我們先移動到別的房間吧，我有很多事想請教大家。」

聽聞此言，大家都沉默了。

「有沒有適合的場所呢？沒有的話，只好麻煩各位隨我回警局一趟了。」

他都這麼說了，劇場老闆吉姆只好一副百般不情願地開口：

「那麼就去我的房間吧。我房裡有附設會客室，比這裡寬敞一點。」

「也是這層樓嗎？」

「在樓上。請跟我來。」

吉姆帶頭走向毀壞的門。

4

一行人在走廊上魚貫前行，他們沒有搭電梯，而是直接爬樓梯上樓。劇場老闆的房間就位於上樓後左手邊的電梯廳前。大概是考量到訪客的便利性，所以刻意設置在電梯旁邊。

吉姆從口袋裡掏出鑰匙插入門鎖，開門後，打開了右手邊牆上的電燈開關。鑲滿整片天花板的燈光立刻照亮了寬敞的房間。右手邊有幾張沙發和桌子，大概可以坐上十個人。

對面的窗邊有一張四周圍雕刻得很氣派的辦公桌和皮革旋轉椅。相較於剛才法蘭契絲卡的房間，這裡的窗戶沒那麼大片，這點倒是挺令人意外的。除了暗紅色的壁紙外，牆上還掛有一幅畫，裱在十分講究的畫框裡。

「真是個舒適的辦公室。」

警監表達自己的感想。吉姆則表示他是目前唯一一個進來這裡的警官。

「各位請坐，大家都累了吧。可惜秘書已經下班了，無法為大家泡茶，如果要喝酒的話，那邊就有酒吧，請自便。」

吉姆指著有點高度的吧檯。吧檯前面有一排鋼管椅，檯面擺滿各式各樣的高級酒。

「酒的話就恕我婉謝了，目前還是工作時間。」

警監婉拒，但沒有工作的其他人也並未走向吧檯，而是依言坐到沙發上。坐下後，大家才發現兩條腿都好痠。

不過，警監倒是沒坐下，他走到吉姆的辦公桌旁邊，然後將臉靠近窗玻璃往下看。

吉姆則是走到史考特身旁竊竊私語起來。

「你知道他為什麼要把我們趕出案發現場嗎？」

「是擔心我們在現場留下新的指紋或移動現場的物品吧。」

話才剛說完，吉姆立刻嗤之以鼻。

「才不是這樣，史考特。是因為他們要脫掉法蘭契絲卡的衣服。芭蕾舞界的瑰寶此時此刻正一絲不掛地被人檢查每一個毛細孔，還被拍下照片。至今高不可攀的一切正赤裸裸地呈現在那群男人面前，你不覺得很悲傷嗎？」

史考特點頭表示同意。

「確實如此。不過，如果她是被人殺害的，就應該把凶手揪出來，讓她能夠含冤得雪。這也是不得已的選擇。」

「哼，她被殺的那一刻就已經死不瞑目了。」

有個刑警來到這個房間的門口，把摩根警監找過去，兩人交頭接耳地不知討論了什麼。那不是剛才派去保全路吉家的人，所以應該與路吉無關。那會是什麼事呢？史考特遠遠地看著兩位警官，發揮想像力。

「真豪華的家具和壁紙，好像來到英國貴族的豪宅。」

兩位警官長談一番後，警監一個人走回來，對劇場老闆這麼說道。剛才的刑警則是返回樓下的案發現場。

「窗戶小了點，請問有什麼考量嗎？」

「因為我不喜歡玻璃帷幕的大樓。」

吉姆回答。

「所以也這麼交代建築師。近來曼哈頓的高樓大廈全都逐漸變成玻璃帷幕式的建築，實在太沒有情調了，也欠缺風雅。都是那個名叫密斯．凡德羅[3]的建築師不好。他好像曾表示以自己的觀點來看，不管牆壁是厚是薄，對大樓的強度都沒有絲毫貢獻。就算是那樣，也沒必要把所有房間的牆面都換成玻璃吧。如果全部換成玻璃牆面，就算買回名畫也沒地方掛，畫家的收入也會因此減少吧。玻璃帷幕的大樓將會扼殺藝術。我比較喜歡這種古典風格、宛如過往英國老房子的氣氛。」

「原來是這樣啊。」

說完，警監便在劇場老闆的對面坐下，然後開口問他。

「我可以抽菸嗎？」

「那個盒子裡有雪茄，不嫌棄的話請用。」

吉姆回答。

「哦，那我就不客氣了。」

警監說道，掀開雪茄的盒蓋。

「我喜歡雪茄的香味。香菸的煙會破壞所有藝術殘留的香氣。」

吉姆的語氣儼然一位藝術家。

「我同意。」

指揮家伯納德．科恩也附和。他同樣拿起一根雪茄，用桌上的打火機點火，接著直接轉身，用手中的打火機為警監點菸。摩根警監吸了一口雪茄後又開口。

「我可以理解這是空前絕後的歷史性悲劇。法蘭契絲卡．克雷斯潘小姐是一肩扛起芭蕾舞這項珍貴文化的至寶，是誰都無法取代的珍貴人才，沒錯吧？」

警監的這番話讓在場所有人都點頭如搗蒜。

---

3 路德維希．密斯．凡德羅。20世紀現代主義建築的代表性建築家。

「過了今晚，歷史大概就會改變吧。到了明年，世界上是不是還會存在芭蕾舞這種文化呢？我會祈求它的延續。」

伯納德語氣沉痛地說著。

「大概會被音樂劇取而代之吧。」

史考特回應。

「古典芭蕾已經失去了象徵。」

「如果事情演變成這樣，曼哈頓的責任可就更加重大了。」

「嗯，因為這裡是音樂劇的大本營嘛。」

史考特又接著附和。

「既然如此，無論如何都得將凶手逮捕歸案才行，這是我們目前被賦予的最重要的任務。」

「前提是真的是兇殺案。」

這個劇場老闆還沒有死心，又輕聲嘟囔了一句。

「聽起來是很棘手的命案。簡直就跟怪談沒兩樣。即便如此，我們也只能迎難而上。還希望大家能多多協助。」

眾人再次點點頭。

「首先，請問克雷斯潘小姐今年幾歲？各位知道她出生於哪一年，還有她在哪裡出生嗎？」

「她的生日是一九四二年一月十八日。」

經紀人傑克回答。

「我幫她辦過幾次慶生派對，所以記得很清楚。」

「哦，所以今年是……」

「三十五歲了。我猜應該誰也想不到吧。」

史考特接著說。

「直到最後的瞬間，她的肌肉和動作都跟二十多歲的時候沒什麼兩樣。她平常就會進行鍛鍊，也很節制自律。」

「像苦行僧那樣嗎？」

警監這麼一問，劇場導演不知怎地噗哧一笑，然後繼續說道：

「她不抽菸，酒也頂多只是抿個兩口的程度而已。更不會熬夜，一大早就起床，每天都去慢跑。聽說她每晚都要泡澡，早上還要再沖冷水澡。」

「原來如此，果然是苦行僧呢。」

「她希望盡可能延長自己身為第一線芭蕾舞者的人生。因為就是芭蕾舞將她從德國的那個地獄給拯救出來的。」

「你是指她用自己的人生對這項藝術報恩嗎？」

史考特微微頷首。

「體力一旦開始衰退就會兵敗如山倒。所以無論再怎麼辛苦，都應該維持下去。」

「我了解了。芭蕾舞者通常可以跳到幾歲呢？」

「首席舞者的話大概可以跳到四十歲左右吧。」

史考特才剛說完，伯納德便接了下去。

「幸好各種輔助技術日新月異，藝術生命也逐漸變得能夠延長。我認為如果是她的話，應該有辦法跳到六十歲。這也是我們大家的願望。」

「你也這麼認為嗎？史考特。」

警監向劇場導演問道。

「我當然也是啊。在座的所有人都是一樣的想法，打從心底這麼祈願。她是天選之人，能夠創造各種奇蹟。」

「就像今晚這樣。」

伯納德從旁插話。

「整件事聽起來很像怪談，但我們內心深處其實並不覺得這有任何問題。只覺得如果是她的話，也不是毫無可能。因為她是個擁有無比堅強意志的女性。」

「總會有人不這麼期望吧？史考特。雖然這大概很難以啟齒。」

「你是指競爭對手嗎？」

警監默默點了頭。

「這確實有必要調查。但實不相瞞，假若真的有那種人存在，我們不知道會有多高興呢。只不過……我就老實說了，沒那種人。她是個特別的人，非常非常獨特。業界不乏技術與才華兼備的舞者，但她並不是只有技術與才華而已。她身上有一股非比尋常的氣質。硬要說的話，她是時代的寵兒、是足以代表二十世紀的存在。」

「她一個人就能扛起整個二十世紀。」

伯納德說出充滿哲思的台詞。

「沒錯，就是這樣。因為她可是出生在納粹的集中營、在集中營裡開始跳舞的喔。每天都有身邊的人被送進毒氣室，一個接著一個消失。她的成長過程充滿了照顧她、與她談笑風生的人一一死去的殘酷事實。說得誇張一點，是希特勒那個狂人創造了她。這樣的芭蕾舞者，在這個世上還能找出第二個嗎？」

警監點了點頭。

「為了不被殺死，只能一直跳出最完美的舞蹈。那是足以令所有人嘆為觀止的舞，有的人歡呼喝采、有的人則是驚豔到說不出話來。就是那樣的舞蹈。就連納粹也難以狠下心來殺掉這樣的天才，你不覺得嗎？」

「嗯。簡直就像《天方夜譚》裡說故事的女孩呢。」

「正是如此。她就這樣艱難地活過一天又一天，當時的她才兩歲而已喔。法蘭契絲卡・克雷斯潘在兩歲的時候就知道該怎麼做才能活下去，一直以來都心無旁鶩地跳著舞。真的是如同字面意義般賭上了性命。跳得好的女孩要多少有多少，但那種光環可是完全不一樣。圍繞在克雷斯潘身上的傳說完全不是同一個等級。再優秀的女孩在她面前都會相形失色，因為層級差太遠了。是她的氣場讓劇場每個晚上都高朋滿座。觀眾是來見證歷史的，見證她一路走來的歷史。那才是所謂的傳說。而且她每一晚都在創造傳說。在巴黎、在倫敦、在紐約，從這個城市跳到那個城市。你想想看嘛，畢竟她可以說是和阿道夫・希特勒有所連結，縱然天底下有再多芭蕾舞者，但這樣的舞姬獨一無二，而且應該再也不會出現第二個了。」

警監深深地點頭。

「真是精彩的演講，史考特。我該為你鼓掌呢。」

警監這句話的語氣很鄭重。

「關於這點，我無意反駁。我很清楚她是鶴立雞群的絕世舞姬。對此我感到相當尊敬，也同意她非常嚴以律己。然而各位剛才提供的意見簡直與宗教無異。各位對法蘭契絲卡·克雷斯潘的看法，簡直就像是信仰。」

聽到這裡，沒有人發笑，只是微微點頭。

「簡直就像耶穌基督的復活。即使死於各各他山，大概也能再度復活。」

「聽你這麼一說，我才意識到或許真的是這樣沒錯。那麼偉大的女性不可能這麼輕易就死掉。」

史考特順著他的話回應。

「她應該是超乎常人的努力派。即使是這麼堅毅的女性，今晚也發生了悲劇。就連在集中營也能逃過一劫的強韌、貴重的生命，今晚已隨露珠一同消逝。僅僅存在了三十五年。」

聽到這裡，伯納德嘆了一口氣，然後開口說道：

「這場悲劇不應該發生。」

「確實是不該發生的悲劇。今晚，這個世界失去了見證歷史的人。事已至此，我們無論如何都得將毀滅珍貴歷史的惡徒繩之以法。獵犬為了緝查凶手，可能會多少有所冒犯，還請各位多多包涵。」

「嗯，我能理解。」

史考特說道。

「想說什麼都盡管說，不必客氣。畢竟這是一起殺人事件。」

警監點了個頭致意，然後慎重挑選詞彙後開口。

「我剛才形容她為苦行僧時，你露出了難以釋懷的表情。當我形容她處處留情的時候，李奇先生也就此打住，不再多言。就苦行僧來說，這實在有點前後矛盾呢。」

「離開集中營以後，她吃了很多苦。畢竟舉目無親嘛。」

史考特給出這個解釋。

「她沒有任何親人嗎？」

「不折不扣的孑然一身。沒有父母、也沒有親戚。她是獨生女，所以也沒有兄弟姊妹。因為她的母親並不是德國人，所以也沒有人肯收留她。集中營裡或許會有願意收留她的人，不過大家都死了。」

「她是在孤兒院長大的嗎？」

「不是，她去了蘇聯，在莫斯科成為一名真正的舞者。沒有人知道她在北國遭遇到什麼事，她也不讓人知道。但蘇聯可是專制的共產國家，可想而知應該發生過什麼。」

「原來如此。她被帶去蘇聯啦。」

「集中營有個代替父母照顧她的俄羅斯人。她被一起帶去莫斯科的郊外，後來那個人死了，於是她又回到東柏林。沒有人脈的話，光靠芭蕾舞特訓當然也是徒勞無功吧。關於她是怎麼爬到東德芭蕾舞界的第一線，箇中的曲折不難想像。聽說西柏林不加求證就描寫這部分的八卦雜誌堆得跟山一樣高。」

「你看過嗎？」

「沒有。」

史考特輕描淡寫地一語帶過，接著說：

「即使還懵懵懂懂，她大概也本能地領悟到，或許是因為受到門格勒的青睞，自己才能在集中營活下來。」

「門格勒，這個男人……」

「沒錯，完全可以成為小說的題材。優雅的姿態、不輸給演員的俊美容貌、討人喜歡的說話方式，但事實上他的真面目就是惡貫滿盈的魔鬼。猶太小孩的生命在他眼中，根本與白老鼠沒兩樣。」

「真虧她能在那種男人身邊活下來。」

「這也是個謎。或許有什麼原因，但事到如今已經不得而知了。」

「嗯嗯。」

「不清楚哪些是真的、哪些是假的。但若是拿那個傢伙喪心病狂的行為當成主題，大概足以讓好萊塢拍上十部恐怖電影吧。」

「人體實驗之類的嗎？」

劇場導演沒有回答，只是無言頷首。

「那個男人……」

警監正要開口，經紀人傑克便輕蔑地說：

「是個百分之百的變態。」

不過史考特倒是冷靜地詢問警監。

「羅恩啊，你是不是想說，那個男人該不會是法蘭契絲卡的父親？」

警監的表情有些遲疑，但還是點了個頭。

「嗯，沒錯。」

「確實不無可能，羅恩。這世上有太多相信這個可能性的好事之徒了。其中還包括歷史學者、研究納粹的人、崇拜瘋狂科學家的狂熱者……不計其數啊。」

「還有官能小說的愛讀者。」

劇場老闆吉姆插嘴。

「後來是在南美逮捕那個人的嗎？納粹的重刑犯應該不受時效限制。」

「沒有，沒逮到，他還在逃亡。」

「怎麼辦到的？」

「大概是靠著那副英俊的皮囊，在南美熱情如火的女人藏匿下苟延殘喘。現在應該也依舊好手好腳地活在某個地方。」

「如果要當變態，還得長得帥才行呢。」

傑克語出嘲諷。

「克雷斯潘小姐很有錢嗎？」

警監突然轉移了話題。

「咦？為什麼這麼問？要說有錢也算有錢吧。畢竟生活過得富足，又是名人。」

「還有企業家的贊助。」

指揮家伯納德補充。對此史考特則是輕輕點頭。警監仔細觀察他們的反應後，又繼續追問。

「她戴著耳環，雙手也有閃閃發光的鑽戒。芭蕾舞者都像這樣珠光寶氣地上台嗎？」

「你說她的雙手和耳朵都戴著鑽石？」

史考特驚訝地反問。

「沒錯。」

「我都沒注意到。」

說完後他攤開了雙手。

「悲劇的衝擊令我亂了方寸……好奇怪啊，她在舞台上一向很樸素的。傑克，是這樣沒錯吧？」

史考特轉身詢問經紀人，後者也點頭表示同意。

「至少在舞台上很樸素。法蘭契絲卡說她跳舞時完全不想在身上穿戴東西，有時連舞衣都想脫掉。傑瑞米，你有看到法蘭契絲卡的鑽石嗎？」

「有啊，我記得她戴著戒指。握過她的手也有戒指的觸感。」

男舞者回答。

「芭蕾舞者跳舞的時候會像這樣戴著戒指嗎？」

警監問道。

「因人而異吧。但我記得法蘭契絲卡平常是不會這樣的。」

「更別說又是鑽石戒指、鑽石耳環什麼的。」

「太不符合法蘭契絲卡的作風了。」

史考特狐疑地歪著腦袋。

「這不太像苦行僧吧。」

「有穿戴鑽石首飾的苦行僧嗎？」
吉姆笑著說。
「成為大明星之後，她也有所改變了嗎？」
史考特喃喃自語。
「等一下。」
吐出這句話的傑瑞米凝望著半空中。
「她今晚確實戴了戒指，可是昨天晚上沒有喔。」
隨即又接著說：
「沒錯，昨晚沒戴，兩隻手空空的，手指上什麼也沒有。我記得很清楚。」
「耳朵呢？」
傑瑞米的視線又再次看向半空中。
「印象中好像沒戴耳環。」
「確定嗎？」
史考特追問。
「嗯啊。」
「前天呢？再前一天呢？」
拉回視線後，傑瑞米沉默了好一會兒，最後搖搖頭。
「沒有。」

「真的嗎？」

他相當篤定地搖著頭說道。

「真的沒有。這次的公演過程中，不管是耳朵還是雙手的手指，都沒有戴上鑽石首飾。」

於是，所有的人又陷入短暫的沉默。最後率先打破沉默的人，是摩根警監。

「公演期間，赫赫有名的克雷斯潘小姐在跳舞時都沒有戴上鑽石戒指或耳環，平常練習的時候也沒有穿戴首飾的習慣，是這樣沒錯吧？」

「沒錯。我甚至沒看她戴過項鍊。」

搖著腦袋的史考特這麼強調。

「是你的要求嗎？」

警監詢問，但史考特又再次左右搖晃腦袋。

「不是。我才沒有提過這樣的要求。但是手環還是戒指什麼的，她確實從來沒有戴過。」

「也就是說，只有遇害當晚戴了一堆鑽石首飾。這是為什麼？她為什麼要這麼做？」

只見史考特抱著胳膊，然後又反問一次。

「為什麼呢？」

「就連你也不知道原因嗎？」

「不知道。」

「有沒有人知道呢？」

眾人都無言地搖起頭。

「根據鑑識調查科的人員判斷，似乎是相當昂貴的等級。」

「大概多貴？」

「警方內部並沒有這方面的專家，所以無法判斷正確的價格。不過戒指和耳環加起來大概輕輕鬆鬆就能超過十萬美元。」

「十萬啊！」

「如果是為了謀財，肯定會摸走吧。」

吉姆說道。

「有道理。」

史考特也表示贊同，接著喃喃自語。

「可是這並不能證明不是他殺。」

吉姆也沒有特別提出反駁。

「這些鑽石與她的死會有關係嗎？」

「問題就出在這裡，史考特。我們也想知道。」

警監這麼回答。

「各位有什麼看法呢？」

然而，全部的人繼續保持沉默。

「這是法蘭契絲卡・克雷斯潘小姐成為傑出的芭蕾舞者後第一次穿戴鑽石首飾上台，偏偏就在這個晚上遇害了。」

劇場老闆吉姆抬起那張寫滿抗議之情的臉，不過警監舉起了右手制止他。

「不管怎樣，她確實香消玉殞了。我實在不認為這兩件事毫無關聯。」

眾人再度陷入一片沉默。

5

「跟各位一樣，我也不希望偉大藝術家之死受到穿鑿附會的低俗揣測。但是我想各位也知道，我們生活的世界實在太無聊了，進行犯罪偵查的場合更是如此。我們必須要先確立一個固定的準則，所以還請各位再忍耐一下。」

「嗯，羅恩，我明白。但我擔心你只是在浪費時間。」

「你已經知道我要問什麼了嗎？史考特。」

警監問他。

「早猜到了，羅恩。法蘭契絲卡是藝術家、是舉世聞名的巨星，但同時也是一名女性。你想了解她的異性關係吧。」

「沒錯。」

警監點頭承認。

「因為感情糾紛，來找她報仇的男人；因為她的態度有問題，想對她施暴的男人；又或者是與她爭風吃醋的女人，憤然找上法蘭契絲卡談判、歇斯底里地大罵，結果法蘭契絲卡也不甘示弱。兩人瘋狂對罵的結果，她就遭到對方殺害……」

聽到這裡，現場的每一個人都開始竊竊私語。

「會不會太蠢了？」

警監重新對著七嘴八舌的眾人說：

「各位剛才說過克雷斯潘小姐為了出人頭地，甚至會不惜付出任何代價，也形容她是自由奔放的女性。難道是我誤會了嗎？」

「確實說過。」

傑克回答。

「但是法蘭契絲卡深知媒體有多麼下流，所以做事非常小心。她也很清楚報社那群人會想寫出什麼報導，亦即大眾想要看到什麼樣的報導。因此即使與男人交往，她也不會提出任何要求，絕不會惹出什麼差錯。有家室之類的危險情人，她是絕對不會靠近的。而且就算對某個人有好感，只要發現好像也有其他的女人喜歡他，就會立刻懸崖勒馬。更不會跟男人要錢。」

「她對金錢有潔癖呢。」

史考特也跟著附和。

「說起男女關係中的麻煩，若不是其中一方說謊、劈腿、借錢、逼對方結婚，就是被逼婚。明明知道男人對自己的心思，牽扯上以後卻又逃避的女人肯定會激怒男人的。但是法蘭契絲卡完全不會這樣。與男人交往時，她一向很誠實，信守承諾，從未提出過任何要求，也不會向周圍的人或媒體高調炫耀。無論對方是多麼有頭有臉的男人，她也不會利用對方。基本上都是由她出錢，而且絕對不會傷及對方的自尊。真的是非常不著痕跡的體貼呢。」

「她沒有結婚的打算嗎？」

史考特盯著半空中凝視了好一陣子。

「沒有吧。」

「既然不想結婚，還是會跟男人交往嗎？」

「嗯，總是會需要男人……」

「你的意思是？」

「她也有需求吧。」

「需求？」

「對啊，人類畢竟也是動物嘛。考慮到荷爾蒙在維持青春、體態、還有美容方面的重要性，她自有一套高明的盤算吧。」

「這種事，一般女性辦得到嗎？」

「她可不是一般女性。」

「她的慾望很淡薄嗎？」

「你是指床上那方面的慾望嗎？不不不，聽說有時還挺驚人的。」

「不曾因此出過問題嗎？」

「選對象的時候小心一點，留意不要腳踏兩條船，萬一出了什麼事就用金錢擺平吧。她從十幾歲的時候就在東柏林和莫斯科應付一些凡夫俗子，應付到千錘百鍊了。」

「這樣居然沒有鬧出醜聞，還真是了不起。對吧？李奇先生。」

「呃，這個嘛，偶爾還是會啦。」

傑克坦言。

「偶爾？」

「被男人拍下裸照之類的，曾發生過這種事。」

「但不可思議的是，她並沒有因此被打倒。真的是很特別的人呢。」

史考特相當佩服。

「畢竟出身自納粹的集中營嘛。那樣的地獄都走過一回了，這點小事根本算不了什麼。大概所有的欲望都解放了。」

吉姆說道。

「不過，集中營時期是她小時候的事吧。」

警監反問。

「因為她很聰明啊。而且最近已經完全沒有這方面的傳聞了，變得很安分。公演場次也多，根本沒時間玩樂。請容我再重複一遍，她是個很聰明的女人，絕對不會做出因為感情糾紛而被殺死的蠢事。」

「嗯嗯。我明白了，史考特。你非常信任她。但我記得各位剛才說過，克雷斯潘小姐背後有手頭闊綽的贊助者……」

史考特並不否認。

「嗯，這在這個業界裡早就是公開的祕密了，就算我想隱瞞，你遲早也會知道吧。一旦警方展開調查就更不用說了。」

「到時候確實瞞不住呢。」

「所以她完全沒有財務上的困擾。這棟沃爾菲勒中心的四十樓就有她的奢華住處，日子過得可富裕了。不光是這裡，她在倫敦和巴黎也都有房子。」

「她的贊助者那麼有錢嗎？」

「是全球數一數二的富豪。美國的財富有相當大一部分都是他們家族獨占的……」

「那個人該不會是這棟大樓的所有權人吧？」

「賓果，羅恩。聽說那個家族現在的總帥納森．沃爾菲勒就是她的金主。不過這個祕密還沒有很多人知道就是了。」

「我也聽過納森．沃爾菲勒的大名。這棟沃爾菲勒中心也是他蓋的吧？」

「沒錯。」

「但我記得他的年紀應該已經很大了。」

「快九十了。這有什麼問題嗎？」

史考特笑著問他。

「也就是說，舉世聞名的芭蕾舞者是他的情人嗎？」

史考特沒有回答這個問題，只是慢條斯理地點點頭。

「他是整個芭蕾舞文化界的大贊助者。據說他是真的理解、深愛著這項文化。」

警監似乎被說服了。

「如果此事屬實，那她確實有的是錢，沒必要向男朋友要求任何東西。」

「所以她可以說是已經得到芭蕾舞這項文化的一切了。」

「嗯？這句話是什麼意思？」

「我告訴你，羅恩。沃爾菲勒家族比我們還更在乎這項文化，甚至正在創造這項文化喔。《史卡博羅慶典》的原作者沙岡也是沃爾菲勒家族的人。」

「什麼？是這樣嗎？」

「沒錯。她是納森的弟媳。沃爾菲勒家族繼承祖先的遺志，一直都是近親聯姻。也就是利用血緣來鞏固資產，不讓家業落入外人之手。若是跟沒有血緣關係的人結婚，就會喪失繼承家產的權利。到現在還存在這樣的不成文規定呢。」

「哦。」

「換句話說，沙岡身上應該也流著沃爾菲勒的血。我猜沙岡的身體也有某些問題，所以沒有生養小孩。」

「不過，關於她是家族中樞成員之一、還知道家族的所有祕密。這個說法則完全是空穴來風。」

伯納德突然插話。

「猶太民族有太多祕密了。他們擁有強烈的優越感，而且又極為團結。整個民族就是一個智囊團。」

「說穿了，就是認為自己是被上帝選中的子民。」

史考特補充。

「這是猶太教的特色。」

伯納德表示同意。

「也可以這麼說。為了維持天選之人的地位，就有了各式各樣看在其他民族眼中顯得莫名其妙的戒律和祕密，以及意圖不明的儀式等等。」

伯納德．科恩就是猶太教徒，因此大概從小就對這些習慣耳濡目染。

「沙岡也很清楚這點。大家都說沙岡筆下的戲曲反映出這些民族性的戒律。」

「戒律嗎？有沒有什麼例子？」

警監追問。

「真要舉例的話可是沒完沒了。猶太人一直深信不移地遵循著如果你不是猶太教徒的話……不，就連教徒都會覺得不知其所以然的各種宗教方面的戒律。」

「像是斷食嗎？」

「斷食當然是其中之一。就連我這種態度散漫的人每年也都會斷食一次，嚴格的人每年甚至會斷食八次。關於食物的禁忌簡直不勝枚舉。猶太教徒的生活其實很無趣。」

「舉例來說？」

史考特問道。

「只能吃腳趾分成偶蹄而且會反芻的獸肉，所以牛肉可以吃，但豬肉不行。也不能吃沒有鱗片的魚，所以鰻魚就不能吃。」

「為什麼？有什麼科學上的根據嗎？」

「這我就不知道了。因為是神的教誨，信徒只能遵守。」
「也有一段期間不能吃麵包吧？」
史考特又問。
「你說的是逾越節[4]吧。不能吃發酵食品，麵包和酒也不行。無論壞朋友再怎麼引誘也不能屈服。」
「那要吃什麼？」
「沒有加入小麥和酵母的玉米麵包。」
「唔嗯。」
「都是些扁塌的麵包呢，再來就是米。」
「跟日本人一樣？」
「沒錯。這兩個民族其實有很多相似的習慣。」
「真的嗎？日本也有戒律嗎？」
「那倒是沒有。只有我們才要遵守戒律。這是為了讓現在過著好日子的我們別忘記祖先逃出埃及時的苦難。」
「原來如此。」
「光明節[5]的期間反而必須吃油炸的食物，所以連續一個禮拜都吃甜甜圈。」
「竟然有這種事！」

4 紀念並慶祝以色列人脫離埃及奴役的日子，從猶太曆正月十四日開始，為期七到八天。這段期間會食用逾越節晚餐以及無酵餅。
5 紀念西元前二世紀猶太人在瑪他提亞與其子猶大．馬加比等人的領導下反抗塞琉古帝國、奪回耶路撒冷聖殿並重修聖殿的日子，故又稱修殿節。從猶太曆九月二十五日開始，為期八天。

吉姆忍不住驚呼。

「原來這就是青少年長痘痘的元兇！」

「我也長了很多痘痘。這麼說來，也有不能同時吃肉類和乳製品的戒律。如果想吃，吃完肉之後就得等上六個小時才能吃乳製品。反之亦然。如果吃了乳製品，得等到四小時以後才能吃肉。」

「真的嗎？」

「還有安息日[6]的戒律。從星期五太陽下山到星期六太陽下山的這段期間不能使用任何電器產品，所以也不能搭電梯。」

「欸！那紐約人該怎麼辦？不就回不了位於五十樓的家了！」

「只能爬樓梯啦。」

「會死人的。」

「猶太人住的大樓到了安息日一定會出現每層樓都停的電梯。只要走進去，耐心等待，遲早能抵達五十樓的。」

「不按樓層的話，就算等到地老天荒，電梯也不會動啊。」

「按樓層按鈕是不行的。不按就沒事，因為不去按就不算是使用電器產品。只要等信仰其他宗教的人幫忙按就行了。也不能按關門，只能待在電梯裡。」

「要是沒有其他人怎麼辦？萬一電梯裡只有自己一個人，沒有其他宗教的信徒呢？」

「要是電梯客滿，但大家都是猶太教徒呢？」

就連吉姆也提出疑問。

「那也只能等了。」

伯納德輕描淡寫地回答。

「只能耐心等待，等基督教徒還是佛教徒進電梯。」

「想到猶太人過去遭受的迫害，這其實算不了什麼。」

「不僅如此。安息日不能用火，只能吃不用火煮食的料理。」

「什麼是不用火煮食的料理啊？」

「那還算是料理嗎？」

「日本料理就有這種類型啊，像是壽司之類的。啊，煮飯也要用火。」

「也不能用瓦斯爐或電磁爐嗎？」

「不行喔，吉姆。但如果是在星期五的白天就事先做好，那就沒問題了。」

「會冷掉吧。」

「沒錯。如果想吃冷食的話正好。如果不想吃冷食，也可以在星期五傍晚用瓦斯爐開小火加熱，星期六再放進鍋子裡。所以猶太人非常喜歡電烤盤。可以從星期五傍晚就開始通電，星期六再利用這個餘溫烹調。」

「真是神乎其技啊。」

「用電烤盤不算是作弊嗎？」

6　猶太教、基督教、伊斯蘭教等亞伯拉罕諸教中的休息日。三教對於休息日的思維與相關規矩都有所不同。

「神會容許的。」

「從這點也可以看出猶太人真的很聰明呢。從日常生活中學會如何鑽戒律的漏洞。」

「猶太人的成人式，男性是十三歲、女性十二歲，所以很早就成人了。迎接成人式的前一年要努力學習猶太聖經的內容。」

「哦。」

「猶太聖經以希伯來文寫成，因此又稱希伯來聖經。希伯來文類似阿拉伯文，所以猶太人至少都精通這兩種語言。這點很重要喔。但光是這樣還不行，必須完成自己對法典的解釋，在大家面前發表才行。這可以用來訓練大腦。」

「猶太人都很好學嘛。」

「這是因為從小就得熟讀聖書的關係。這也是猶太民族的義務。唯有記住聖書裡的知識，猶太民族才能成為猶太人。這是強制性的。」

「有哪些聖書？」

「十歲要讀《米示拿》。相傳這是完成於西元兩百年左右的口傳律法集。十三歲成人的時候則要遵守『誡命』。這是猶太的戒律。唯有遵守這個戒律，猶太民族才能成為猶太人。十五歲則是《塔木德》。這是遵守戒律者的應用篇，書中寫到各式各樣的議論。也有很多類似動腦問答的內容，可謂是為了從自己的角度對戒律提出解答的參考書籍。」

「猶太人擁有用故事包裝特殊戒律的才能。」

「如果真是如此，也是拜這些典籍所賜呢。」

聽了這些話，史考特陷入了沉思。

「猶太人具有編寫特殊的故事、建立獨特理論、製作暗號的天分。沃爾菲勒之所以能壯大到富可敵國，大概是因為他們在拿破崙戰爭的時代，利用暗號聯絡離散在歐洲各地的族人、互相通報戰爭的局勢吧。他們會藉由快速地傳播訊息來操作股價。」

「哦，我也聽過這個傳聞。沃爾菲勒家族有人開始出售英國的股票，其他人見狀，認為拿破崙贏定了，也跟著賣掉股票，結果沃爾菲勒家族再全部買回價格跌落谷底的股票。但現實中是拿破崙輸了，所以英國的股票飆漲，沃爾菲勒家族也因此在一夜之間成為歐洲最大的富豪。他們也很擅長製作暗號，據說從很早以前就開始這麼做了。」

出身英國的傑瑞米說道。

「因為猶太人長期處於被迫害的狀態嘛。由於找不到腳踏實地的職業，只能在當時被視為低三下四的金融業找活路。而且如果不團結起來的話，很快就會一敗塗地了。各式各樣的戒律、暗號、祕密儀式，或許就是為了強化團結所下的工夫。大家藉由這些戒律、暗號、祕密儀式來相互確認對方是不是同伴。」

伯納德這麼解釋。

「我從以前就有個疑問，現在的猶太人都是白人。但耶穌基督還有因為被羅馬打敗而流落在世界各地的以色列人民，其實原本都是偏淺黑的膚色，跟我們應該是不同的人種。」

史考特問道。

「據說是有歷史以後，融入了大量原本住在裏海和黑海間的可薩人。這是隱藏在漫長歷史中的祕密，內情極為複雜。但是不管怎麼說，像那樣的不同人種，只要仔細鑽研猶太教的奧義，也就是考試合格以後，就能成為猶太人了。為了與他們建立一體感，也需要這些乍看之下與眾不同的戒律。」

「猶太民族的戒律太多也太複雜了，多到根本記不住呢。從幾千年前的遠古時代就是這樣嗎？都沒有人抗議嗎？」

吉姆提出疑問。

「當然有啊。」

伯納德笑著回答。

「抗議的不是別人，正是耶穌基督本人。耶穌基督原本也是猶太教徒，因為他的父母都是猶太教徒。你們都認為耶穌是為了推廣基督教，才踏上傳教的旅程吧？從拿撒勒、從伯利恆出發。」

「不是嗎？」

「不是。耶穌基督走遍各地是為了宣揚猶太教。因為他信奉的也是猶太教。可是祂逐漸對於這些錯綜複雜的眾多戒律產生疑問。說穿了，猶太教的教義就是唯有遵守這些戒律之人、亦即只有猶太教徒才能得救。祂認為這樣太奇怪了，便開始朝著只要信奉神，任何人都能平等得到救贖的方向修正。」

「有道理啊。這些戒律讓猶太人認為自己是天選之人，同時也養成了對其他宗教信眾的輕蔑心。」

「史考特，我無法否定你的說法。《塔木德》裡面也有提到這一點。雖然這並非我們的本意。總之，耶穌基督提出的平等主義逐漸受到許多人民贊同，從此誕生了新的宗教。」

「原來是這樣啊。」

「問題是，猶太教的指導者們不可能接受基督教這個新興宗教，所以他們向當時主政的羅馬提出控訴，指控耶穌基督正在傳播危險的異端思想，應處以極刑。從此以後，猶太教徒與基督教徒便一再重複著深刻的對立。」

「基督徒永遠不會原諒背叛者猶大。另一方面，耶穌基督即使復活，猶太教徒也絕對不承認祂是救世主。」

摩根警監在這時舉起右手制止。

「宗教講座就到此為止吧，有機會再請你分享。但不管怎麼說，從我這個外人的角度來看，各位對於法蘭契絲卡·克雷斯潘的信賴真的幾乎可以稱之為信仰了。」

「唔嗯，或許是吧。」

史考特承認。

「沒錯。對耶穌基督的信仰也是這種感覺。她是特殊的、是與眾不同的。如果是她，肯定能一而再、再而三地創造奇蹟。只要是她做的事，無論什麼奇蹟我都會相信。從剛才開始確實都是這些論調。」

伯納德也表示同意。

「處理異性問題從未失手，絕對不會犯下任何愚蠢的錯誤。微不足道的醜聞也動搖不了她的地位。畢竟就連不幸身陷納粹的集中營，也能活著逃出生天。」

這次換成史考特點頭了。摩根警監在這裡停了下來，沉吟半晌以後又把頭抬起，然後說：

「假設克雷斯潘小姐是在第二幕與第三幕之間的休息時間遭受某種傷害，導致頭部受傷。儘管如此，她依然堅強地離開了休息室，朝著舞台走去……」

「嗯。」

史考特像是在喃喃自語似地應聲。

「當時你有跟她交談嗎？」
「沒有。」
史考特搖了搖頭後回答。
「有哪位跟她說過話嗎？」
警監轉頭問所有人，但每個人都搖頭。
「那麼演出結束以後，當她退到舞台旁邊，或是返回休息室的時候，有沒有人跟她說過話呢？」
眾人再次緩緩地左右搖頭。
「都沒有啊……」
警監思索片刻後又開了口。
「我有個問題。剛才各位都說克雷斯潘小姐是在上半場與下半場的中場休息時間遭遇不幸的。」
這次所有人聽完都點頭了。
「她的額頭有從傷口流出的血跡。」
眾人繼續點頭。
「她沒有注意到自己額頭的血跡就上台了。各位有發現這個狀況嗎？」
「我注意到了。在第四幕結束以後，我在舞台側邊把休息室的鑰匙交給法蘭契絲卡，就是在那個時候看到的。」
經紀人傑克回答。
「只有一次嗎？」

「只有一次。」

「其他時候呢？第三幕與第四幕之間，克雷斯潘小姐人在哪裡？」

「舞台側邊。」

「當時沒看到嗎？」

「因為那一帶很暗。」

「所以大家都沒有注意到……那，舞台上跳群舞的其他舞者呢？她們應該都有看到克雷斯潘小姐額頭上的血跡。畢竟舞台上的燈光那麼亮。」

劇場導演史考特慢條斯理地點點頭。

「大概看到了吧。應該有察覺到。」

「所以她們都沒有任何反應嗎？也沒有人提出疑問嗎？像是『克雷斯潘小姐，妳的額頭上有血跡』或是『妳怎麼流血了』之類的。」

史考特默默地想了一下。

「應該沒有人提起。畢竟對方是法蘭契絲卡．克雷斯潘，大概誰也不敢質疑吧。」

「是這樣的嗎？」

「那是她自己的責任範疇。大家光是要完成自己的工作就拚了老命。每一天每一夜都跟打仗一樣。」

「嗯嗯。」

悶哼一聲後，警監吐出一口大氣，雙手抱胸。

「確實，或許我們真的信奉著法蘭契絲卡這個宗教。」

指揮家伯納德打破了沉默。

「我們相信只要是由法蘭契絲卡領軍的公演，就一定不會失敗。我們根本不用擔心會不會成功，因為肯定會成功。放眼二十世紀，這樣的藝術家就只有她一個人。她就是如此突出的存在。」

摩根警監點頭表示同意。

「就如同你所說的一樣。所以各位就算聽到她被釘上十字架、香消玉殞，結果又復活了，想必也不會太過驚訝吧。」

眾人的嘴邊浮現出苦笑，無論是誰都不發一語、沉默以對。房間裡一時半刻被沉默給籠罩著。警監抽了一會兒雪茄，接著擺在菸灰缸邊緣，然後摘下了眼鏡，開始擦拭鏡片。

看著這一幕的史考特，好不容易擠出一句話。

「或許真的會相信吧。」

6

前往保全人員鮑伯．路吉的住處調查的丹尼爾．卡登刑警傳回了報告。根據他的說法，路吉把椅子拉到可以看見法蘭契絲卡．克雷斯潘休息室門口的走廊角落後，整場公演期間都一直坐在那裡。既沒看報紙，也沒看雜誌，就只是坐在那裡，盯著休息室的門口。路吉表示演出的時候，自己一向如此。

第三幕演出中，他曾經去上過一次廁所，除此之外從未離開自己的崗位。另一方面，自己守在走廊上監視的整段期間沒有任何人進入法蘭契絲卡．克雷斯潘的休息室，沒有人上前敲門、也沒有人出來，走廊上由始至終都像是墓地般死寂。廁所離自己坐的地方不遠，而且只是小解，所以離開的時間還不到五分鐘。

丹尼爾問他敢用自己的工作掛保證嗎，路吉斬釘截鐵地說可以。丹尼爾覺得法蘭契絲卡．克雷斯潘命案就是在那一瞬間成為了懸案，不禁啞口無言地呆站在走廊上，所有的質問話語都從腦海中蒸發殆盡。

不僅如此，路吉還提到一件事。早在克雷斯潘小姐從她位於同大樓四十樓的住家前往小數點劇場休息室上工的三十分鐘前，自己就先進到休息室裡檢查過了。他仔細地確認浴室、洗手間、更衣室的每一個角落，就連衣櫃都打開來看過。像克雷斯潘這種舉世聞名的名人，天曉得會不會有異常的崇拜者偷偷潛入，所以每次公演前都要先檢查過一遍。但當時沒有任何人躲在休息室，安全無虞。

整個第一幕、第二幕，還有休息時間都在他的監視之下。丹尼爾問他有沒有看見克雷斯潘小姐在休息時間結束後離開休息室，前往第三幕舞台的樣子。路吉想也不想就回答「有」。再問他們是否曾交談過，他表示自己「至今從未與她說過話」。問他克雷斯潘有什麼異狀，答案則是沒有。

再問他可有看到完成上半場的演出後返回休息室的克雷斯潘小姐，他說看到了，當時也沒有任何異狀。而且自己從第一幕開始之前就坐在走廊的椅子上，所以也有看到她在開演前穿著個人平時的衣服走進休息室，看不出有任何不對勁的樣子。路吉做好了倘若克雷斯潘小姐因為室內發生異狀而大聲呼叫的話、聽見呼喊的自己就要立刻衝進去的心理準備，一直在門外守著，但什麼也沒發生。

路吉住在一言以蔽之算是低收者居住的地區，那是一棟並不是很高級的低層大樓二樓。玄關門前是一條沒有擋雨牆的走廊，路吉走到門外接受刑警的問話，兩人靠在走廊的扶手上交談。家裡並不寬敞，小孩正跟母親吵著要睡覺，所以路吉希望能到外面去談。

路吉從懷裡拿出香菸，點火。刑警看得出來，他劃亮火柴的手指微微顫抖。只見他深深地吸進一口，似乎是為了安撫因為克雷斯潘的死所帶來的衝擊。家喻戶曉的芭蕾舞者之死，對他而言想必也是很大的打擊。

「我經常一個人在這裡抽菸。」

路吉說道，朝冰冷的霧雨吞雲吐霧。

「因為在室內抽菸會換來老婆和小孩的白眼。」

他這麼訴苦。

「也是，香菸對正在發育的孩子確實不好嘛。」

丹尼爾回應。

「你也有小孩嗎？」

路吉問他，但丹尼爾搖搖頭。

「這個城市沒有讓我想要跟對方守著方寸天地、過上一輩子的好女人。」

聽到這裡，路吉在陰暗中露出一抹苦笑。走廊天花板上的燈光很昏暗。

「或許是因為我平常面對的不是妓女，就是順手牽羊的女人，再不然就是被欺騙的富婆。」

「真是太慘了。」

聽到刑警這麼說，路吉也表示同情。

「尊夫人溫柔嗎？」

丹尼爾接著問道。

「這是偵查的問題嗎？」
路吉反問。
「不。」
丹尼爾回答。
「是我個人想知道。」
「再怎麼溫柔的女人，一起生活了十年也會開始作威作福、歇斯底里。女人只有一種，沒有分什麼溫柔的女人或不溫柔的女人。」
「是嗎？」
「再好再壞都只有一種，所以不要對女人有任何期待，要期待就期待小孩。小孩可好了，父母是他們唯一的依靠，關於跟父母一起生活的世界以外的東西，他們都一無所知，在長大成人前就只能依靠父母。所以啊，雖然我是絕對不會做出這種事啦，不過孩子就算被父母打罵，也會緊緊地抱住父母。因為他們離開父母就活不下去了。這樣的生物將會成為父母活下去的動力喔。」
「啊啊……大概是吧，我懂這種感覺。」
「男人的人生就是為了生兒育女，還有就是要保護他們、讓他們活下去。」
「原來如此。」
「尤其是我這種出生在貧民窟、除了打架以外什麼也不會的傢伙，根本不會去想明天的事。不料生存的理由就潛藏在這種沒什麼大不了的一成不變之中。雖然我以前無法理解。」
「孩子嗎？」

「在這個遍布高樓大廈的水泥叢林裡，還願意屈居於這種破爛公寓的二樓也是為了孩子。因為住在這裡不會有太大的危險，就算不小心掉下去也能得救吧。」

路吉說他喝了一杯啤酒。對他而言，晚餐一杯啤酒還在適量的範圍，不至於喝醉，所以口齒十分清晰，頭腦也很清楚。看在丹尼爾眼中就跟沒喝差不多。

「你很豁達呢。」

丹尼爾佩服地說。

「有嗎。」

路吉應了一句。

「不過，跟以前已經不一樣了，我現在很認真工作。因為有幸認識了目前這家公司的老闆以及吉姆．戈恩董事長。為了養家活口，毒品和威士忌我都戒掉了，啤酒也規定自己一罐為限。我早睡早起，走去公園再走回來。每天都這麼做喔，這都是為了維持體能，以免真正遇到壞人時無法派上用場。」

「為了孩子嗎？」

「沒錯，為了孩子。」

「這樣啊。」

丹尼爾的心情有些沉重。因為他最近開始放棄生兒育女的想望，再這樣下去，自己這輩子大概都不會有小孩了。

「也就是說，不管這個城市的惡意對你做了什麼，你都能沉得住氣，不與對方起衝突嗎？」

「對。與街頭的小混混拚個你死我活根本毫無意義。」

「很聰明。」

「我再也不想跟犯罪扯上關係了。但如果是為了孩子，事情則另當別論，就連殺人什麼的我也幹得出來喔。如果我犯了罪，那原因就只有這一個。除此之外完全沒有理由，不管是誰來說什麼都沒有用。因為老爸要是進監獄的話，孩子一定會走上歪路。」

「你對法蘭契絲卡．克雷斯潘小姐有什麼想法？」丹尼爾問道。

「聽說她被殺了，我嚇了一大跳。因為她不是那種會被殺的人。」

路吉一臉陰鬱地說。

「不是那種人？」

「沒錯。要是早知道會發生這種事，剛才我肯定不會時間到了就馬上下班。我後悔極了。要是我還在的話，肯定能保護她。」

「她是會讓你想保護的女性嗎？」

「這是我的工作。」

「也對。」

「不過我對她的印象還不錯。她沒做過任何惹人厭的事。雖然我們沒說過話，但她都會對我微笑。」

「沒有任性或傲慢的印象嗎？」

路吉搖頭。

「在他們的圈子裡我就不知道了，應該多多少少吧，我也看過這方面的報導。但我個人沒有這種印象。

她也不曾給我添過麻煩。」

「她是好人嗎？」

「就很一般。畢竟她從事的是那種光鮮亮麗的工作，那個世界很殘酷，想必忙得不可開交吧，不可能時時刻刻關心周圍的人們。在這種情況下，她還能釋出最基本的誠意，不曾讓與那個世界無關的人感受到她在工作上所受的氣或委屈。對我而言，這樣就夠了。對於負責保護她生命安全的人來說就是如此。」

「所以你才會認為她不是那種會被殺的人？」

路吉點頭。

「看在我眼中是如此。」

丹尼爾默默抱著胳膊。或許因為他一直保持沉默，路吉又接著往下說。

「至少我是這麼覺得啦。你現在跟我碰面，或許會覺得這個傢伙長成這樣，肯定不是什麼善類。」

「不，我……」

「無所謂。我以前聽過太多難聽的話，早就麻木了。但我其實很認真，並不是那種人喔。所以克雷斯潘小姐或許也跟我一樣。我不清楚那個圈子裡的人會怎麼想，可能也有人會覺得她是個可恨的女人吧。但至少我不討厭她。她只是個普通人，不應該被殺。」

「說到有誰會覺得她是個可恨的女人，你心裡有數嗎？」

路吉默默搖頭。

「這我就不清楚了。因為我跟他們並沒有深入的交情。我只是在公演期間拉張椅子坐在走廊上而已。我的工作就只是如果有流氓混混來找碴，就抓住他們的領子揍他們一頓，再把他們扔出去。不過就我所知，大家都很尊敬她，沒有人覺得她可恨。」

「是嗎。」

「對。所以我認為殺死她的傢伙是個喪心病狂。她那麼有才華，引領著全世界熱愛芭蕾的人。要是讓我知道凶手是誰，我絕對不會放過他。」

「你想怎麼做？」

「天曉得呢。」

路吉說道，兩手一攤。

「那傢伙害我丟了面子。我大概會把他打個半死，再丟進垃圾箱吧。」

「在那之前，請先打這支電話給我。」

丹尼爾說完便遞出名片。

「好的，沒問題。」

路吉接過來，看著名片說道。

丹尼爾．卡登刑警回到小數點劇場時，法蘭契絲卡．克雷斯潘的遺體已經搬走了，房間裡變得空蕩蕩的。鑑識調查科的人員也撤退了大半。現場只剩羅恩．摩根警監和一個名叫約翰．鄧肯的同仁還在。警監看到丹尼爾，便叫他立刻回警局。

「午夜十二點二十分將在警局一樓大廳舉行聯合記者會。唯有這樣才能趕著讓早報上架。為了各家報社媒體，我們也得陪著熬夜了。」

警監說道。

「還有四十分鐘。我已經把剛才從公演工作人員口中問到的證詞交給克隆，讓他帶回警局。他現在大概正在與公關部門的達尼研擬記者會的草稿。」

「公演的工作人員現在怎麼樣了？已經都回去了嗎？」

「那群人大概還在樓上劇場老闆的房間裡聊天吧。」

「因為明天休息嘛。公演已經結束了。」

「嗯，所以明天換我們忙了。」

正趴在桌上寫資料的約翰．鄧肯發難。

「豈止明天，那群人接下來可能要賦閒好幾年。法蘭契絲卡．克雷斯潘不在了，就算要聊到後天也沒關係。他們在這棟大樓裡好像都有自己過夜的房間，或許現在已經各自回房了。」

警監說。

「這樣啊。」

丹尼爾應聲，心想他們大概睡不著吧。

「話說回來，路吉那邊有什麼收穫？」

既然警監都問起了，丹尼爾就從口袋裡拿出記事本，逐一向警監報告自己剛才打聽到的線索。

「嗯，沒有特別值得留意的新情報呢。」

警監這麼說道。

「真的沒有。路吉說他公演期間一直坐在走廊上監視，也在克雷斯潘小姐過來準備演出之前就先進休息室仔細地檢查過一遍。」
「沒有人躲在裡面嗎？」
「沒有。」
「跟劇場老闆說的一樣呢。」
「是的。」
「路吉那個男人可信嗎？」
丹尼爾堅定地點頭打包票。他覺得路吉是自己這輩子見過、偵訊過的案件關係人裡最值得信任的那類人了。真要說出個理由的話，就是路吉的言行舉止看不到藥物或酒精的影響，以及他很孤獨這點。除了家人以外，他一無所有。
「我覺得可信。」
丹尼爾回答。
「很好，那你就趕快回去局裡，把這件事告訴公關部門的達尼。要是沒有時間討論，就由你直接告訴新聞記者。」
「我嗎？」
丹尼爾有些疑惑。
「沒錯，就是你。」
「這個任務未免也太重大了，我能勝任嗎……」
「別擔心。問題還在那之後。你得扛住那群報社的老油條猛烈的提問攻勢。」

「但關於鑑識方面的見解，還有或多或少對克雷斯潘小姐有殺意的人，這些事情我都不清楚……」

「關於那些事情，達尼已經多少有所掌握了。」

丹尼爾聽聞此言，沉默不語。若問他對這起錯綜複雜，甚至帶了點怪談要素的命案有什麼感想，老實說，他感覺自己有如墜入五里霧中。丹尼爾實在不相信根本沒看過現場的達尼．萊弗里已經對這起事件理解到能召開記者會的程度了。

達尼的口才非常好，可惜思考事情不夠深入，再加上隨興馬虎的性格，很容易衝動行事。丹尼爾不認為公關是他的天職。但如果性格太認真，或許也應付不了那些記者吧。

「你似乎很擔心。」

警監觀察丹尼爾的表情後說道。

「這一切才剛發生幾個小時，接下來才要去找可能存在動機的傢伙問案。所以現在就連神也沒有辦法開記者會。」

「記者會……」

「可以的話，我也不想開。但記者和世人都由不得我們裝死。所以有時候也需要打一下迷糊仗。」

「現在就是那個『有時候』嗎？」

丹尼爾問道。警監則是點了個頭。

「既然如此，那傢伙確實能勝任愉快。」

「是不是？」

警監露齒一笑。

「警監還不回警局嗎？」
「我在這裡還有事要做。對了，剛才發現了新的事實。」
「是什麼？」
「凶器。劇場老闆想起這張桌子上原本有仿造奧斯卡獎盃的裝飾品，是一尊鐵製的小金人雕像。」
「鐵製的雕像？」
「嗯嗯。很適合用來當成這起命案的凶器。」
「確實。那玩意兒現在在哪裡？」
「什麼？凶器嗎？」
「對呀。」
「沒找到。」
「沒找到？」
「沒錯。所以無法斷定那就是凶器。」
「這是什麼意思？」
「被凶手帶走了，如果那個真的是凶器的話。再不然就是劇場老闆記錯了。」
丹尼爾啞口無言地呆站在原地。又多了一個不解之謎，真是太棘手了。
「不過，這個房間感覺像是凶器的物品就只有那個了。」
遠處的約翰．鄧肯刑警發表意見。
「假如凶器不存在，就無法說明克雷斯潘的死因。」

「沒有那東西實際放在桌上的痕跡嗎？」

丹尼爾問同事。

「沒有。桌子擦過了。既沒有血跡，也沒有灰塵。」

「如果是凶手帶走的，就表示那個人曾經進入過這個房間。」

「不進來的話是要怎麼殺死克雷斯潘啊。」

鄧肯應聲。

問題是怎麼進來的？又要怎麼出去？丹尼爾默默思考。

「公務車在大門口等你，快點過去吧。」

警監下令，丹尼爾便放棄思考，將記事本收回口袋裡，走向電梯廳。

7

然而，丹尼爾擔心的事還是發生了。十月十二日凌晨在紐約北分局大廳召開的記者會，其支離破碎及亂七八糟的程度是他這輩子絕無僅有的經驗。

達尼．萊弗里報告到一個段落，緊接著丹尼爾針對保全證詞的報告也結束後，集結在紐約北分局大廳的記者們無不陷入極大的困惑與混亂。

「就結論來說，法蘭契絲卡．克雷斯潘究竟是他殺，還是該稱為原因不明的死亡？」

臨時安排的記者會上，坐在折疊椅上的一位記者開始發問。

「根據二位剛才的報告，這點交代得十分模糊。」

「頭版的標題沒頭緒啊！請問我們要怎麼寫才好？」

丹尼爾也覺得他們的不滿有理有據。換成自己是記者，他也會氣得跳腳吧。就在他思考該怎麼回答的時候，坐在台下的達尼氣憤得衝上台。

「標題要怎麼下是各位的工作吧。不要覺得連那種東西都要我們幫忙！」

因為他大聲地講出了這段話，引爆了記者們的不滿。

「不是只有標題，就連內容都不知該如何下筆耶。窗戶是固定窗、位於五十樓，而且走廊上還有人負責監視，是這樣沒錯吧？」

「對，就是這樣。」

「這麼一來，凶手不就無法進入命案現場了嗎？」

「進不去。」

「這樣還算是他殺嗎？」

「這是要怎麼殺人？」

嚷嚷聲也從後方傳來。

「我們只是傳達事實，請各位自行判斷！」

達尼大吼，此舉更令記者們怨聲載道。

「就是沒辦法判斷才要問啊！」

「可以由我們決定嗎？那真是太好了。要不要順便由我們決定凶手是誰，把名字也寫上去？」

記者的嗓門也大了起來，整個記者團的騷動也變得更激烈。

「我們的任務只是傳達事實。我已經完成自己的工作了，你們這些人應該也要這麼做吧，請完成自己的任務！」

達尼放話後便走向丹尼爾，附在他耳邊小聲說：

「接下來就交給我吧。」

於是丹尼爾便走下台，在一張靠牆邊的椅子上坐下。

「要怎麼消化聽到的事實全看各位的聰明才智，輪不到我下指導棋。但我可沒有要各位連凶手的名字都寫出來喔。如果有人知道凶手是誰，請務必告訴我。」

聽到這裡，大廳再度充滿此起彼落的不滿叫囂。達尼也失去耐心地大喊。

「吵死了。再吵下去，你們就聽不見我的聲音了，這樣也沒關係嗎？」

「你還問凶手是誰，這才是我們要問的吧。快告訴我們。」

「我只想趕快寫完報導，早點上床睡覺。」

又有其他的人表示抗議。

「喂，你們以為自己是誰啊！」

達尼終於發飆了。

「你們也有名字吧。如果想發言，至少也該報上你叫什麼名字、又是哪家報社的人，這是最基本的禮貌吧！不是嗎？如果想恣意咆哮，跟一群小狗有什麼兩樣。」

「哦，是嗎。他說今天是一群小狗狗的記者會喔。」

有人開始挑釁，引起一陣笑聲。

「喂，剛才那句話是誰說的？是哪邊的小狗來著？要發言的話請先給我舉手，等我說『OK』才可以發言，否則都給我回狗屋睡覺！」

接著，前方有個人畏畏縮縮地舉起了手。

「很好，先報上大名，然後是哪家報社來的。」

達尼盛氣凌人地發號施令。

「凱金恩．泰約。」

「什麼？凱基嗎？你是打哪兒來的？是哪一國的人？」

「我是芬蘭人。」

「芬蘭？喂，命案才發生三個半小時，竟然連芬蘭都知道消息了嗎？橫跨整個大西洋？」

「我們在聯合國總部大樓旁邊有間辦公室。」

記者回答。

「報社媒體的名字。」

「芭蕾時報。」

「芭蕾時報？沒聽過。難怪大半夜會有這麼多人，就連學校的校刊社也派人來嗎？這裡可不是高中的體育館喔。」

達尼拉高了嗓門。

「敝社不是學校校刊，已經有三十年的歷史了，是專門服務芭蕾舞愛好者的的報紙。法蘭契絲卡・克雷斯潘過世了，報導芭蕾舞新聞的記者當然要來關心吧。倒不如說我們才更應該要第一個趕來。」

「沒錯，別把我們跟幼兒園的好寶寶新聞混為一談！」

旁邊又有人叫囂，場內再度為之沸騰。

「到底在說什麼啊？你們從剛才開始就一直沒有職業操守地吵著要糖吃，任何人都會懷疑這裡是不是托兒所吧。」

「這次又變成托兒所了嗎……」

「下次的記者會禁止小鬼進入喔！」

「你不想聽聽好寶寶有什麼問題嗎？」

這時一位記者舉起右手。

「好吧，那邊的那位好寶寶請說。」

「克雷斯潘小姐死去的房間是她在小數點劇場專用的休息室對吧？」

「對。別讓我一再重複。」

「只有一扇堅固的橡木門連接走廊，而且上了鎖。窗戶也是固定式、裝設防彈玻璃。再加上位於五十樓的高度。這麼一來根本誰也進不去。」

「有完沒完啊！」

達尼露骨地表現出自己的不耐煩。

「但這才是重點吧。我們回到報社，必須連夜寫出報導。讀者只想知道一件事，那就是凶手是怎麼殺害克雷斯潘小姐的。」

「去問凶手啊。我們要是知道的話早就破案了。別忘了命案才剛發生！」

「要是看到沒有答案的報導，不用想也知道讀者一定會打電話來質問。話又說回來了，這個案子真的是他殺嗎？」

「叫他們打電話去問凶手。下個問題！」

「要怎麼報導也要去問凶手嗎？」

「誰啊！剛才是誰講了這麼無聊的蠢話。如果不想聽我說話，就快點給我滾回狗屋！」

「我有問題。」

又有其他人出聲，舉起了手。

「很好，你可以發言。」

達尼傲慢地指著對方。

「我是伯特．威廉斯，來自華爾街日報。」

「終於有一家像樣的報社了。想問什麼？」

「無論是什麼樣的事件，當辦案的專家看到現場，大概都能知道是他殺還是意外事件吧。現在這麼一個聞名世界的名人死掉了，卻連是不是他殺都還未明朗，簡直是前所未聞。」

「這是一起非常特殊的案件。」

「即便如此，現場有任何判斷是意外死亡也說得通的狀況嗎？」

「行李箱從架子上滑落。」

達尼這句話又引爆了場內熱議。

「行李箱嗎！」

「那玩意兒一定就是凶器。裡頭可能裝滿了金塊吧。」

有某個人這麼信口開河。

「這句話是誰說的？給我出列！解釋這麼多遍卻還是聽不懂人話的傢伙立刻給我滾出去！丹尼爾，把那傢伙揪出來。」

華爾街日報的記者伯特．威廉斯舉起手來安撫他。

「警官，還請手下留情。下次再有人敢胡說八道，就要他立刻回狗屋。我想請教那個行李箱裡面都裝了什麼？」

「銀狐大衣和芭蕾舞衣。」

台下開始竊竊私語。

「皮草啊。那應該很重吧。」

達尼正要轉過去對那個擅自發言的記者發難時，伯特間不容髮地接著說：

「鑑識隊的見解呢？」

「與那個行李箱無關。」

「也是呢！」

伯特回應的同時也搔了搔頭。

「皮草不會是凶器！」

「那凶器是什麼?」
伯特繼續追問。
「仿造奧斯卡小金人的雕像。」
達尼回答。
「那上頭沾有血跡嗎?還是有凶手的指紋?」
「沒有。」
「沒有?沒有血跡嗎?」
「凶器被帶走了。但劇場老闆表示他記得桌上有一尊雕像。」
記者沉默片刻。
「那就表示凶手曾經進到房間裡,是不是這樣呢?」
「對,看起來是這樣。」
「但是卻沒有人看到凶手。」
「沒有半個人看到凶手。無論是走廊上的保全、經紀人、還是導演或演對手戲的舞者。」
「一起演出的其他舞者呢?」
「都在被窩裡面!」
「真是難以置信。一般來說不會發生這種事吧。」
「所以我才一直告訴大家這個案子很特殊嘛。你們現在懂了吧。」
「現場的牆壁或桌子上有沒有留下指紋之類的痕跡?」

「完全沒有。也幾乎沒有血跡，擦得一乾二淨。」
「桌子上嗎？」
「整個房間。無論是地板還是牆壁，所有的痕跡都被消除了。」
「既然如此，乾脆連屍體都消失好了。這麼一來還能寫出精彩的報導。」
不知道是誰說出了這句話。
「就是說啊。正因為屍體留在房間，案情才會變得這麼離奇。主角明明在第三幕和第四幕都上台了，房裡卻留下早在第三幕演出開始前就遇害的屍體，兇手真的太會故布疑陣了。」
「喂，到底要我說幾遍你們才懂。發言前要先徵得我的許可。如果想說那些有的沒的，請回去狗屋再跟同伴們討論。只為了方便自己寫出報導，你們就希望兇手殺人嗎？」
「我們也跟你一樣搞不清楚現在的狀況。要是你肯說明得詳細一點，我們就能寫出報導了。所以我們要求的對象不是兇手，而是你。」
「你說什麼？」
「好好說明嘛。」
「完全聽不懂人話的一群小狗……」
「你也好不到哪裡去吧。警方明明去了現場，卻一問三不知，跟不會說英語的警犬有什麼兩樣。」
「什麼！」
感覺達尼的腦漿自此也開始沸騰了。
「剛才是哪個傢伙？給我滾出來！我要扭斷你的脖子，把你扔進哈德遜河！」

達尼氣急敗壞地衝進記者席、往聲音的來源處進攻。丹尼爾連忙推開椅子站起來，追上同事，並從背後架住他。

「冷靜點，達尼。」

丹尼爾苦苦相勸。

「遇到嘴巴這麼賤的混帳東西，誰冷靜得下來啊！」

丹尼爾將達尼拉回講台上，然後轉向記者席說道：

「請大家務必謹言慎行。再繼續胡說八道的話，記者會就到這裡結束！各位聽懂了嗎！」

回到台上後，達尼喘了一會兒大氣。

「深呼吸，達尼。」

丹尼爾在他耳邊低語，因此達尼照做了一段時間。

「這邊是紐約時報。」

這時有人舉手發言。達尼重新打起精神，指著他說：

「大報社啊。名字。」

「我叫克里斯多福・肯特。」

所有人聞言都望向聲音的主人。

「克里斯多福・肯特？好像在哪裡聽過這個名字。肯特，拜託你問點有意義的問題。」

「我想再請教一次死亡推定時間。」

肯特說道。

「我們的鑑識隊認為是八點半到九點之間。」
達尼說這句話的時候，呼吸還是很急促。
「限定在這麼明確的範圍內？這真的很罕見呢。」
「是啊，因為是上半場跟下半場之間的休息時間嘛。」
「調查小組起初都是這麼想吧。所以想當然耳，克雷斯潘小姐只完成了上半場共兩幕的演出，後半的演出應該就無法上台了，對嗎？」
達尼點頭後回答：
「那當然。趕到案發現場，從鑑識隊那邊得知死亡推定時間的人首先都會這麼想。」
「然而，沒想到第三幕還是照常揭幕，而且克雷斯潘小姐也上台了。接下來也跳完第四幕。現場兩千名觀眾都親眼看到了，因此各位非常驚訝。」
「沒錯，難以置信。」
「這根本就是怪談了。在第三幕、第四幕上場跳舞的真的是克雷斯潘小姐本人嗎？」
「指揮家伯納德．科恩先生表示他從樂池的指揮台近距離看見克雷斯潘小姐的臉，確定是她本人沒錯。除此之外，經紀人也在舞台旁邊待命，曾兩度親手將休息室的鑰匙交給克雷斯潘小姐，據他表示兩次都是本人。」
「嗯，好離奇的案件啊。也對，如果是其他人的話，要是突然得上場跳舞，大概也不知道該怎麼辦吧。」
「沒錯。」
「大概也不清楚舞台流程的編排吧。更重要的是，周圍的舞者應該也會覺得首席舞者的樣子不太對勁。」

「包含演對手戲的男舞者以及共演的舞者們，都沒有人表示那個人不是克雷斯潘小姐。」

「克雷斯潘小姐有姊妹嗎？」

「沒有。」

「母親呢？」

「早就死了。」

「親戚呢？例如堂姊妹或表姊妹。」

「也沒有。她沒有任何親人。」

「就算有，可能也無法跳得像她那麼好吧。」

旁邊有人喃喃低語。

「那麼，確定她真的死了嗎？確定克雷斯潘小姐真的死於休息時間嗎？」

「她頭部的傷勢沒那麼簡單。頭蓋骨凹陷、傷害直達大腦，當場死亡。」

「當場死亡……」

「對。遭受那種攻擊後，她完全沒有恢復意識的可能性。」

「這真是太嚴重了。完全沒有機會生還嗎？連百分之一的可能性也沒有？」

「沒有。連百分之一的可能性也沒有。」

「那就是幽靈幹的好事了。也就是說，下半場走上舞台跳舞的會不會是法蘭契絲卡·克雷斯潘的亡靈呢？」

「我雖然不喜歡怪力亂神的觀點，但鑑識隊裡確實也有人抱持這種論調。」
「是認真的嗎？」
「因為在這種條件下，除了這麼判斷也別無他法。我已經在本局服務了二十五年，還是第一次遇到這樣的案子。嗯，或許警察生涯發生一次這種無法解釋的神祕案件也無妨。」
「可是我們……」
「哦，你們就可憐了。不知道該下什麼標題、也不知道該怎麼寫，對吧？」
「是的。」
「但報紙還是要每天出刊，風雨無阻，對吧？」
「對。」
「或許明後天會有什麼新發現，到時候就知道標題該怎麼下了。」
「那已經太晚了吧。」
「別抱怨了。你們就是靠這個吃飯的，自己想辦法。別說你們，我們也是自顧不暇呢。」
達尼這句話的語氣毫不留情。

8

擠滿紐約北分局、吵吵鬧鬧的記者們貌似總算生出了報導。第二天一早，曼哈頓的各大報頭版都是這則歷史性的大新聞。電視、廣播也緊接著大幅報導，因此從十二日上午開始，全美都陷入大騷動，有如打開了地獄的蓋子。

不可思議又不幸的悲劇即刻傳至歐洲，再傳到亞洲，沒過多久，整個世界都陷入混亂的漩渦裡。最悲痛、最傷心的可能不是芭蕾舞界，而是紐約的猶太人社群。作為出身集中營的女性，法蘭契絲卡·克雷斯潘擁有得天獨厚的才能與號召力，不知不覺間已然成為白人系猶太人[7]的希望之星。紐約的猶太社會與中東的以色列都自發性地舉行了各式各樣的儀式來悼念這位不世出的天才，活動持續了好幾週。

先把這場世界級的大騷動擱在一邊，紐約北分局的刑警們正默默一一找上所有與小數點劇場演出的《史卡博羅慶典》有關的大批舞者及幕後人員問案。有很多女孩在天鵝模樣的凱蘿爾背後跳舞，男舞者也不在少數。但不分男女，沒有人覺得下半場的克雷斯潘另有其人。休息時間結束後，她看起來確實有幾分疲憊，感覺精彩程度要比上半場遜色了幾分，但誰也不認為那不是克雷斯潘本人。

正因如此，無論是舞台上的人，還是舞台下的指揮家伯納德·科恩、經紀人傑克·李奇，證詞全都一致。從以上的事實來判斷，要下半場的舞者們懷疑那到底是不是法蘭契絲卡·克雷斯潘本人，反而有點強人所難。

只有一位女舞者艾琳·仙諾告訴刑警一件耐人尋味的事。她在台上有個全場唯有一次與克雷斯潘牽手跳舞的場面，當時好像聞到了淡淡的迷迭香味。兩人分開時，香味還持續了一陣子。仙諾認為或許是轉移到自己的手指上了。

負責向她問話的是丹尼爾，因為這件事與英國舞者傑瑞米在案發現場所說過的話吻合，所以令他印象

7　例如阿什肯納茲猶太人。他們是在猶太人離散的過程中於德語圈國家或東歐諸國定居的人們或其子孫。

深刻。仙諾說那可能是肥皂或精油添加的香味，不過她自己沒用那種東西。可惜除了她以外，沒有其他舞者提到迷迭香的氣味。大概是因為只有仙諾有機會握到克雷斯潘的手吧。

在那之後，刑警們全都在問案時增加了迷迭香這個項目，詢問《史卡博羅慶典》的相關人士有沒有人持有、使用添加迷迭香香料的化妝品、精油、洗髮精等等。另外就是，是否有哪個人的家裡有迷迭香的盆栽或院子裡種植了迷迭香。但是並沒有這樣的人。每個人的家裡都沒有迷迭香盆栽、也沒有院子裡種了迷迭香的人、也找不到有誰使用添加迷迭香香料的精油或洗髮精。

法蘭契絲卡．克雷斯潘的住處位於沃爾菲勒中心的四十樓。刑警及大批鑑識人員也進到她家，對每一個角落進行了地毯式的搜索，但無論是陽台還是浴室都沒有找到迷迭香的盆栽或產品。梳妝台和抽屜裡擺滿無數的精油及洗髮精類產品，不過都沒有加入迷迭香的香料。

丹尼爾．卡登刑警又再次拜訪保全人員路吉的住家。他把這件事告訴路吉，並針對迷迭香的香料提問。路吉很驚訝，說他一點印象也沒有。丹尼爾也請他讓自己進屋確認，不過到處都沒有迷迭香的花盆、浴室也沒有關關產品，而路吉的妻子使用的化妝品也都沒有添加迷迭香的香料。臨走前，丹尼爾還滴水不漏地踏進公寓中庭及入口旁邊的花圃檢查，就連角落都不放過，可惜都沒有發現有種植迷迭香。

就在警方腳踏實地地查訪問案時，芭蕾舞界的瑰寶——法蘭契絲卡．克雷斯潘神祕死亡所造成的傷害已經無止盡地蔓延至全世界，街頭巷尾甚至為此展開論戰。這場騷動之所以遲遲無法平息下來，都得歸咎於丹尼爾他們的偵辦就連任何一片解答的拼圖也沒能撈出來。當悲劇的消息傳遍全世界、芭蕾舞愛好者們深沉的悲痛也告一段落以後，大家才開始意識到這起命案充滿了不合常理的謎團。克雷斯潘早在第三幕開始之前就死去了，那為何凱蘿爾還能出現在第三幕、第四幕的舞台上呢？而且命案現場是離地五十層樓高的密室。誰都進不去，當然也出不來。走廊上還有人監視，監視的人沒看到任何人，卻又沒有發現任何異狀。再說了，克雷斯潘非常嚴以律己，從未得罪過任何人。尊敬她的人多如過江之鯽，但是應該沒有人對她抱有殺意。

即使案發過了五天，跟羅恩．摩根警監接到導演來電、進入現場的那一瞬間相比，籠罩著這起大事件的迷霧依舊沒有任何改變。沒有人知道究竟是誰、又是用什麼方式殺害了芭蕾舞界的瑰寶，也不知道凶手究竟是如何進入現場、又是怎麼離開的。自然就沒有人能說明原本應該在上半場與下半場之間的休息時間就已當場死亡的天才舞者，為何到了下半場的第三、第四幕還能上場跳舞。

紐約市警的警官們自十月十一日起就陷入一籌莫展的困境。新聞記者和看了他們筆下報導的世人開始覺得平常態度傲慢自大的專業搜查官簡直太過無能，對警方感到很失望。各個領域的專家一致認為再這樣下去也不是辦法，於是紛紛從自己的專業角度提出很多意見。起初大家的膽子還沒那麼大，但就在報章雜誌及電視上充滿他們的言論後，受到刺激而暢所欲言的人也跟著增加，聲勢還愈來愈浩大，逐漸擴散到整個社會。

就像是在呼應那些人，紐約市民中愛好推理的人們也開始提出自己的解釋。就連平常不怎麼熱中推理的一般人也開始爭相發表自己的推論。一時之間，福爾摩斯們此起彼落的熱烈爭論充斥了整座曼哈頓島。

知名的英國戲劇評論家湯瑪斯．貝格爵士在自己下榻的麗思卡爾頓飯店舉行記者會，表示自己十月十一日在貴賓席欣賞了那場出事的最終公演，為助調查一臂之力，他詳細地敘述了自己觀察到的異狀。近五年來，他看了很多法蘭契絲卡．克雷斯潘的舞台演出，因此即便她的舞蹈出現了非常細微的變化或異常，也絕對逃不過他的法眼。十一日的上半場公演，她的演出堪稱完美，稱之為天鵝輓歌也不為過。燃盡生命之火的最後一夜，她呈現出三十五年的生涯中最美麗的舞姿。

然而到了下半場，第三幕開始出現了異狀。他透過觀劇望遠鏡發現她的額頭上有一道血跡。隨著劇情推演至倒在舞台上的第四幕後半段，感覺她的舞姿逐漸失去上半場的精彩度。而且那還是因為法蘭契絲卡·克雷斯潘擁有不世出的才華，才能繼續站在舞台上跳舞，若是換成尋常舞者，可能連站都站不穩吧。證據在於這十天的公演中，凱蘿爾直到前一天的演出都活著迎來了大結局。然而，最終日的凱蘿爾卻在最後一幕嚥下最後一口氣。那說不定是克雷斯潘自身造成的結局，因為她已經沒有體力再跳下去了。

第四幕，她的舞蹈已經不存在意識。本世紀最偉大的舞姬在最後一幕的時候已經死去了。這位老者顫抖著聲線說得極為肯定。

天鵝輓歌曲終人散，她的肉體讓我們見證奇蹟的演出，然後消逝。即使失去生命，她的肉體也不會輕易停止活動。這是被神祝福的才能。正因為知道這是她在人世間最後的演出，所以她的肉體平靜地迎向舞台。這與法蘭契絲卡的意志無關，而是由已經滲入體內、被記在身體每一個角落的肉體記憶做出動作的。

評論家湯瑪斯·貝格爵士說得極為肯定。

他已經高齡八十四歲，這場記者會或許也會是一首天鵝輓歌。燃燒自己最後的生命、熱烈地對法蘭契絲卡·克雷斯潘這位天才致上溢美之詞。兩個月後，貝格爵士病倒，並於一年後與世長辭。

法蘭契絲卡·克雷斯潘的信徒不只羅恩·摩根警監在案發當晚見到的那些圍繞在她身邊的人。人數遠遠超過一般社會大眾的想像，而且遍布全球。狂熱的支持者們看了描寫案發經過的新聞報導，繪聲繪影地說她即使頭部受到致命傷、在醫學意義上已然死亡，但身體仍執意朝著舞台走去，在神的支持下跳完第三、第四幕。在他們口中，她的一生無疑是現代的聖書，綜觀歷史也不乏這類聖人的例子。以高齡的英國評論家的證詞作為引爆點，更讓這個故事逐漸成為世人的普遍認知。

傳言開始失控，但是即便在這種情況下，芭蕾舞界反而不置一詞。許多知識分子都出了這方面的書，在大學執教鞭的權威也主動發表意見。電視台籌劃了特別節目，並邀請那些人當來賓，許多學者及宗教人士都提出各式各樣的意見。最後甚至連梵蒂岡都發表聲明，由教宗保祿六世代表天主教來公開發言。

或許是因為這一連串的騷動，終於促使那迪亞．諾姆發表高見。案發後過了三個月，時間來到隔年的一九七八年一月，美國 KM 大學的腦科學家、被視為將來最有機會拿下諾貝爾獎的那迪亞．諾姆教授所發表的見解給世人帶來了前所未有的衝擊。而且她所發表的論點確實也成了為世間騷動畫下休止符的關鍵一擊。

諾姆教授提出人類的大腦具有一種名為「自動駕駛（Auto Pilot）」的功能，根據自己多年來的研究成果，她認為可以用來解釋這起命案。其內容簡單整理如下。

自動駕駛經常被人們用「第六感」來稱呼，用來解釋人腦令人意想不到的能力，其中大部分都能經由反覆練習來徹底讓身體記住，再以熟練的行動表現出來。天才橫溢的運動選手下意識的反射動作就是很好的事例。如果要舉個一般人比較容易了解的例子，就像是開車。

開車時，人類其實很容易分心。受到心不在焉、胡思亂想的影響，經常會忘記自己正在開車。但就算忘記自己正在開車，人體也會配合目的做出應有的反應，很少發生重大的失誤。另一方面，開車時也會想起非常不愉快的體驗，使得內心充滿強烈的憤怒，甚至激動到忘我的地步。有人會大聲咆哮、揮舞拳頭，過度激動的話還會流淚。這種時候就可能會對駕駛造成影響，使人處於不能開車的狀態，最好立刻停車。

然而，根據諾姆教授的實驗，即使處於上述狀態，受試者開車的動作也不會出現危險的操作失誤，在迴避危機能力的行使方面，反而比平時還更能發揮到淋漓盡致。

因為是有些難以置信的結果，教授將這方面的狀況分得更細，也把實驗的次數增加了好幾倍，深入地進行研究、查證。然而單靠她的實驗室做出來的結果而言，能推翻上述實驗結果的案例並沒有增加。

如果讓受試者邊開車邊回答困難的問題，例如有點複雜的數學問題或是非常令人火冒三丈的問題，偶爾會看見他們一時忘了手中握著方向盤的樣子，但是很少出現滑出車道等險象環生的現象。還觀察到要是受試者方向盤往左打得太多，還會自動以相同的力道向右回正，反之亦然。

這是因為人類的大腦具有修正功能，即使這個功能忙得不可開交，本人也毫無自覺，繼續在不專心的情況下開車。換句話說，這種情緒的表露並不會對駕駛這項行為造成負面的影響。

據說這是大腦「前扣帶迴皮質」的作用。前扣帶迴皮質除了調節血壓及心跳等自律功能之外，還具有酬賞預測、決策、共鳴、情感等認知功能。

前扣帶迴皮質一共有四種功能，分別是大腦前側的「執行」、後側的「評價」、背側的「認知」、腹側的「情感」。另外，前扣帶迴皮質除了前額葉皮質和頂葉外，也與運動系統及額葉眼動區相連，負責處理由上而下與由下而上的刺激，也是負責管理對大腦其他區域控制的管制塔。一般認為前扣帶迴皮質與學習初期或是解決問題時那種必須特別努力的任務有關。已經有很多研究結果顯示檢測錯誤、預測問題、製造動機、調節情緒反應等功能都出自前扣帶迴皮質的機能。

從這裡延伸出去，已知人腦天生就具有來自前扣帶迴皮質的「自動操作功能」後，這項功能如今已逐漸成為學術界的主流，並且被學者稱為「自動駕駛」。

為了解救深受不安與妄想所苦的患者，切除扣帶迴皮質的「前額葉切除術」手術在一九七八年的現在被視為有效的療法。精神外科這種概念的未來也被認為很有發展性。已確定接受過這種切除手術的患者喪失了「自動駕駛」的功能，足以證明前述的想法有其正當性。

世上有許多無法以人類的智慧或常識理解的神祕現象。即使乍看之下無法以一般的觀念去理解，但透過應用、擴展對「自動駕駛」功能的理解，經常可以得到解釋。

以巴西的職業足球比賽為例，某場由里約布蘭科出戰聖荷西的比賽就發生過一起事件。聖荷西的馬可·維尼修斯在終場哨聲響起前一刻進球，當觀眾報以熱烈的歡呼時，他也不支倒地，被緊急送往醫務室，經確認不治身亡。幾天後，官方宣布維尼修斯的心肺功能早在倒地前十分鐘左右就已經失去作用，以醫學的角度來說，他在踢進那一球的瞬間其實早就已經死亡了，因而引發一陣大騷動，甚至成為了傳說。

即使肉體死亡，但一流選手無論如何都想進球的決心，讓大腦內的前扣帶迴皮質異常活化，促使球技已達爐火純青境界的肉體依然能在無意識的情況下繼續比賽。從這個例子不難看出上述的推論也並非那麼荒誕無稽。早在古希臘時代，人們就已經知道人類會做出這種超越常識的舉動，稱之為「自動人」現象。

又或者在日本也曾出現過以下的報告。某次發生重大鐵路意外時，火車駕駛員衝向後方已經翻覆的車廂，進行救援乘客的行動。許多人都目擊到他指揮其他人救災的模樣，不過駕駛員救援到一半突然倒地不起。後來驗屍報告指出，他的肉體早在意外發生的當下就已經死亡了。這也可以視為是駕駛員的強烈罪惡感與責任感，驅使他的肉體在死亡後仍然能在無意識的情況下展開行動的「自動人」現象。

得知這些事件的報告時，諾姆教授表示，如果將去年十月發生在小數點劇場的芭蕾舞者法蘭契絲卡·克雷斯潘那起匪夷所思的死亡事件解釋為一種自動人現象，倒也不是完全說不通。

這起命案尚未做出是意外還是他殺的結論，即使同意與犯罪有關的推測，對接下來的洞察也沒有影響。

如同巴西的馬可．維尼修斯的案例，技術純熟到已經登峰造極的專業芭蕾舞者克雷斯潘，在死去後還是依照原本的計畫繼續展現出已經浸染到四肢百骸的專業舞蹈動作。身為腦科學的專家，她也深深受到這個看法的吸引。

以上是她發表在腦科學專業期刊的論述，後來她又接受兩次電視台的採訪，也一再陳述相同的說法。大眾起初很困惑，也有人不以為然，但是沒有能夠反駁那迪亞．諾姆教授的專家，所以美國人也漸漸接受了這套說法，而這個解釋也開始深植人心。因為除此之外，縱使想破了頭，也無法理解法蘭契絲卡．克雷斯潘這樁玄之又玄的事件。

然而，即使現象方面能夠得到一個說法，但事件本身還是充滿犯罪的氣息。假如這是一起命案的話，凶手是誰？凶器的下落為何？凶手又是怎麼進出現場？完全沒有人能回答這些疑問。況且解決這些問題也不是腦科學家的工作。

9

丹尼爾．卡登刑警走出二樓平常用來開偵查會議的 B 會議室，下到一樓，在大廳停下腳步。

「丹尼爾。」

背後傳來呼喚聲，丹尼爾因而回過頭去。只見理查．艾軒鮑爾警督右手端著咖啡杯，從樓梯後面走了出來，目光銳利如鷹眼地看著丹尼爾。

「剛才那場會議的內容是什麼？與克雷斯潘命案有關嗎？」
丹尼爾無言頷首。
「大家現在都為此傷透腦筋。是在聽專家的演講嗎？」
「是的。」
「哪方面的專家？」
「好像是心理學的權威……」
「有幫助嗎？」
「沒有。他說是兩千人的集體幻覺。還說在剛結束的大戰中，比利時也發生過類似的事。」
丹尼爾邊說邊左右搖頭。
「明明狀況根本不一樣。不是野外的戰場上，而是日常生活中的劇場裡面，所有人都很放鬆地欣賞音樂與舞蹈，根本沒有人認為自己會有生命危險。更何況，演出還用十六釐米的膠卷拍下來了，雖然今天沒有準備就是了。但難道就連攝影機也產生幻覺了嗎……」
警督聽到這裡，點了兩三下頭。
「真是的，大家到底在想什麼呀。」
「整個美國都一樣。」
警督說道。
「為了想盡辦法解釋這個現象，所有的人都瘋了。就連一般知識分子也說出像是三歲孩童那種前言不搭後語的言論。從各界的權威到賣熱狗的老爹，全國都在演一齣可能會在歷史上留名的鬧劇。」

「因為案件還被籠罩在迷霧之中嘛。」

警督點頭表示同意。

「真是不可理喻！接下來大概連專門研究幽靈的人都會找上警察吧。然後是捧著水晶球的算命老奶奶。」

「克雷斯潘在五十樓的休息室遇害，這點沒錯吧，丹尼爾。」

警督舉起右手問道，制止他再繼續沒完沒了地抱怨下去。

「是啊，沒錯。」

丹尼爾回答，說明現場的狀況。

「芭蕾舞者的屍體並未移動。現場的地板上殘留著些許飛濺的血跡。大部分被擦掉了，有些血跡暈開了。凶手大概很著急吧。」

「那個高度就連中央公園的鴿子和烏鴉都很難飛上去，而且窗戶是固定式的，完全是個密不透風的密室，對吧？」

警督追問。

「您說得沒錯。」

「沒有人進去，同樣也沒有人出來。」

「就是這點令我們傷透腦筋。」

「為什麼會知道沒有人進去，也沒有人出來呢？丹尼爾。」

「因為有人在看著……」

「因為有人在走廊上監視，對吧？」

「對。警督應該也有所耳聞。」

警督聞言，豎起一根食指，目不轉睛地盯著丹尼爾的臉，然後這麼說：

「鮑伯．路吉。」

「咦？」

丹尼爾意外到說不出話來。

「假設你說的都對，那麼最可疑的莫過於路吉了。」

「路吉嗎？」

這位刑警的身體僵住了。

「沒錯。我說的不對嗎？除此之外沒有別人了。」

丹尼爾啞口無言。

「你有嚴謹地追問過他嗎？」

「沒有。」

丹尼爾搖頭。

「沒有人能進去，也沒有人能出來的密室。而且遠在五十層樓的高度，堅固的橡木門還上了鎖，請問有比這更嚴密的密室嗎……」

「沒有。」

「是誰製造出這樣的密室？」

「製造？」

「直到他說出那番證詞以前，那個密室並沒有那麼嚴密。是誰保證密室固若金湯的？正是那個男人的證詞。只有一個人宣稱自己待在走廊上，監視著案發現場的那道橡木門，並保證沒有任何人靠近。整個密室就全靠這個男人的證詞支撐，除此之外根本沒有其他的目擊者。」

「……」

「只有這個男人表示沒有人進去，也不存在犯案後從那裡面出來的人。」

警督說道。

「可是，這樣就傷腦筋了。密室狀態會讓事情變得很棘手。不是嗎？」

「確實很困擾。」

「那麼就更應該繼續追問路吉了。只要那個傢伙說謊，密室就成立了，做法再簡單不過。就是因為那傢伙這麼說，現場才會形成密室。在那之前，才沒有什麼密室。你到底在猶豫什麼呢？」

這時的丹尼爾一句話也說不出來。

「如今前後左右都是高聳入雲的牆壁，而且所有的牆壁都牢不可破吧。」

丹尼爾點點頭。

「既然如此，只有一個出口，那就是路吉的嘴巴。」

然而唯有這點，丹尼爾無法點頭同意。

「還有其他突破口嗎？丹尼爾。難道還有其他可能性嗎？」

「太扯了。」

丹尼爾好不容易才擠出這句話。

「為什麼很扯？」

「呃，我不是在說警督。」

「倘若還有別人能製造密室或支持這個密室論點，我也不會這麼說。但眼下就只有路吉一個人。所有的謎團全都出自於這個男人之口，才導致從腦科學家到心理學家、再到捧著水晶球的算命師都在舞台旁邊排隊等著出場，不是嗎？」

「呃，確實如此……」

「只有一個人的話，想怎麼扯謊都可以。誰都沒有進入那個房間，也沒有人出來，我親眼盯著呢。這種程度的謊言，任何人都說得出來。」

「是這樣沒錯，可是在我二十年的警官生涯中，那傢伙算是我認為最信得過的那一類。」

「這只是你的直覺吧。」

「是的……」

「重大刑案的犯人是個眼神清澈、看起來很正直的男人，這種例子要多少有多少。我只相信邏輯，而非直覺。這次的命案只需要有憑有據的邏輯論證，除此之外不需要其他答案。」

丹尼爾低垂視線，陷入沉思。然後慢條斯理地點點頭，但顯然並未心服口服。

「路吉並不是牧師的兒子之類的人物吧？」

警督問道。

「他說他是貧民階層出身，高中時代是個血氣方剛的傢伙。」

警督冷哼一聲。

「真輝煌的過去。所以你到底在猶豫什麼呢？丹尼爾。」

「警督，您的意思是說，路吉闖進休息室，殺害了赫赫有名的芭蕾舞者，然後走出房間，鎖門，坐回椅子上，謊稱自己從未離開嗎？」

「我只是說，他是唯一能這麼做的人。」

「動機是什麼呢？」

「你說動機？」

「沒錯。案發後，路吉的生活沒有絲毫改變，無論是案發前還是現在都很平靜。路吉和芭蕾舞者沒有往來，兩人也沒有血緣關係。假設有人想殺死芭蕾舞者，委託路吉動手行兇，但是也看不出來路吉有收到錢的跡象。既然如此，他為何要殺人呢？克雷斯潘死了，萬一讓路吉服務的公司商譽因此一落千丈，他的收入可能會減少，沒有任何好處。」

「這點只要經過調查就會知道了。」

「我已經調查過了，也調查了克雷斯潘，我蒐集到的資料幾乎可以寫一本她的傳記。到底是誰？為什麼要殺死這位舉世聞名的女性？難道是想打擊芭蕾舞的知名度、讓觀眾轉投音樂劇懷抱的百老匯大老闆嗎？」

「我就是要你去調查這個啊，丹尼爾。」

「休息室的門要怎麼鎖上？如果沒有鑰匙，就無法從走廊這一頭為那扇門上鎖。」

警督不發一語地聽他說。

「難道是事先打好備份鑰匙嗎？路吉自從成為北方保全的員工之後，一直是公司裡最模範的保全人員，連違規停車都沒有發生過。」

「哦，是嗎。」

「克雷斯潘也是。不同於那些有錢人的妻子或好萊塢那些自甘墮落的傢伙，她的生活根本是禁慾克己的寫照。滴酒不沾，當然也跟毒品無緣，就連低俗的緋聞都沒有。」

「就我所知也是這樣，所以這起命案的偵辦才會擱淺不是嗎？」

「凶器又怎麼說？」

「什麼意思？」

「凶器是什麼？又藏在哪裡？」

「桌上不是有仿照奧斯卡小金人製作的雕像嗎？我聽說克雷斯潘是被那個砸死的。」

「我可以說句話嗎？」

「請說。」

「那玩意兒不見了。」

「動手行兇後，只要藏在上衣裡，在回家的途中丟掉就行了。」

「這未免太不合理。」

「怎麼說？劇場老闆、演對手戲的舞者、還有劇場導演發現克雷斯潘的屍體時，那傢伙已經回家了，並沒有接受搜身檢查。」

「那是偶然。路吉應該也預料到很可能要搜身檢查。萬一真的被要求搜身檢查呢？」

警督無言以對。

「假如那傢伙就是兇手，這肯定是有計畫的殺人吧。再怎麼樣也應該事先準備好更理想的凶器。能確實致對方於死地，而且體積更小、更容易隱藏的凶器。但這次的凶手卻空手而來，臨時抓住剛好擺在現場的物品行兇。」

「有什麼問題嗎？」

「這必須建立在原本無意殺死對方、一氣之下才動手行兇的前提之下。克雷斯潘與路吉根本不熟，有可能講出令他氣到想要動手殺人的話嗎？他只是個保全人員喔。」

「這很難說吧。」

「本案明顯是熟人行兇的命案。芭蕾舞者對認識的人說了什麼不該說的話，才因此激怒了對方。」

「這只是你的想像。」

警督說得不留情面，丹尼爾則是默不作聲地佇立在原地。

「丹尼爾，我懂你的心情，但不能再耗下去了。再拖下去，命案真的會踏入迷宮。一旦身陷迷宮，後續的記者會可就不像上次那麼輕鬆了，我們的立場會變得更加為難。報社出席的人數也會是上次的好幾倍，因為全世界的媒體都會蜂擁而上。他們的問題也會更犀利，嚴厲批評北分局眼睜睜地坐視殺死歷史性地位的大藝術家的兇手逍遙法外。」

丹尼爾抬起頭來仰望天花板。

「久經沙場的老江湖都會從世界各地趕來，你有被他們生吞活剝的覺悟嗎？電視台及電影界也會派人來採訪，人數會多到這個大廳都擠不下吧。難道你要去借麥迪遜廣場花園[8]開記者會嗎？」

「那就是達尼．萊弗里的戰場了。」

「就算是他也沒有勝算。對手可是來自世界各地的媒體聯合大軍，我們紐約北分局的醜態將會實況轉播到全世界，與公關部門的男人被擊倒的畫面一起播出。」

「這對那傢伙而言或許是很好的一帖猛藥……」

「世人可不這麼覺得。」

警督毫不留情地打斷他。

「我不知道萊弗里會有什麼下場。大家的焦點只會集中在紐約北分局身上。」

「公關負責人被擔架抬出記者會場，我們則被記者逼問得手足無措，命案陷入膠著，被當成靈異事件，警方輸得一敗塗地。」

「恕我孤陋寡聞，我還沒看過比這個更丟臉的新聞。就連傑利．路易斯的警察電影都沒這麼扯。」

「要是死者不是這麼有名的舞蹈家就好了……」

「我也有同感。」

警督微微露出了潔白的牙齒。

「我再去找一次路吉。」

丹尼爾認輸了。

「也帶克隆一起去。」

「那也要他還在辦公室才行。這個時間，他通常已經到哪個現場辦案了……」

8 位於紐約的世界知名場館。除了是美國職業籃球的紐約尼克隊與美國職業冰球紐約遊騎兵隊的主場之外，也經常成為許多大型體育賽事、藝能表演、政治活動的舉辦場地。

「丹尼爾！」

頭上傳來喊他名字的叫聲，讓他抬頭一看。羅恩．摩根警監正倚著樓梯頂端的扶手站在那邊。

「掌握到馬特．雷蒙斯的行蹤了，你馬上跟克隆一起去找他。」

「地點在哪？」

「很近。就在南布朗克斯區一家叫 Tico Tico 的 Live House。」

「Live House？」

「沒錯，而且他現在剛好有空。快去。」

疾駛的車上，丹尼爾與克隆由始至終不發一語。

馬特．雷蒙斯正獨自在 Tico Tico 後台的狹小休息室裡吞雲吐霧。丹尼爾與克隆出示警徽後就慢慢走進去。馬特驚訝地站起來，將菸按熄在煙灰缸裡。

因為馬特伸手，丹尼爾只得與他握手。克隆也一臉不情願地照做。

「是為了法蘭契絲卡．克雷斯潘的命案吧？」

馬特先聲奪人，克隆點點頭說：

「聽說你消失了四、五天。」

馬特也點頭回應。他坐回椅子上，兩個警官也跟著坐下。

「你上哪去了？」

丹尼爾問道，馬特露出苦笑。

「刑警大人都說我遠走高飛了。才沒有這回事呢，我在安大略湖邊失魂落魄地呆坐了好幾天。聽說法蘭契絲卡死了，而且還是被人殺死的，我簡直嚇傻了。真是不敢相信，居然有人忍心殺死那樣的女人。她可是空前絕後的大人物啊。」

「你說你沒有遠走高飛？」

「當然沒有啊。因為這邊有工作，所以回來了。」

「你是演員吧，這裡好像是Live House。」

丹尼爾反問。

「最近光靠演奏吸引不了客人，得加上主持人串場，稍微插科打諢一下。我會說一些笑話，而且也不討厭這種事。」

「什麼時候輪到你上場？」

「還有三十分鐘的休息時間。很夠用吧，反正我又不是凶手。你們到底想問什麼？」

「你與克雷斯潘小姐交往過吧？」

克隆問道。

「嗯，如果那也稱得上是交往的話。」

「這句話是什麼意思？」

「你們不是也意想不到嗎？懷疑在這麼小的Live House裡插科打諢的男人真的曾經跟世界知名的芭蕾舞者交往過嗎？」

兩位刑警無言頷首。

「再怎麼打腫臉充胖子也稱不上交往吧。我不知道你們聽到的內容是怎樣，但我只有在每個月她有空的時候陪她幾次。或許是芭蕾舞的世界太嚴苛了，她渴望一點歡笑，會要我想一些有趣的笑話，利用見面的時候逗她開心。通常是在我們吃過飯，或者是鑑賞完她感興趣的音樂、繪畫之後。」

「你的意思是說你們沒有交往？」

「我都可以，隨你們愛怎麼解釋。就像法蘭契絲卡．克雷斯潘有專屬的素食廚師。而我則是專門負責講笑話的人。」

「專門？」

馬特聞言點點頭。

「除了你還有別人嗎？」

「應該沒有了。她是這麼說的，而且她也真的沒什麼時間吧。頂多還有專屬訓練員。她說如果不笑的話，身體就會不舒服，也不利於養顏美容。」

「如果她死掉的話……」

「廚師和訓練員都會失業吧。但我的場合是沒有收她的錢的。只不過啊，我真的無法接受呢。我很喜歡她，她是我很重要的人。我也沒有其他女朋友，或許我不過就是她的支持者罷了，但她對我多多少少應該也有一點意思吧。」

「她這麼說過嗎？」

克隆不客氣地追問。馬特則是點頭承認。

「說過。所以我們之間並不是完全沒有情愫。我不知道你們會怎麼想，但我連碰她一根手指頭都不敢奢望。假如法蘭契絲卡真是遭人殺害，我對凶手的恨意絕對不會輸給其他人。」

「所以才會大受打擊嗎？」

丹尼爾問道。

「這還用說嗎。所以我才會到湖邊去。」

「你們交往了多久？」

「只有一年。」

「你怎麼會認識這麼有名的人？」

「就算是我這樣的人也不會只能接這種工作。我在紐約劇場演過《馬克白[9]》喔。」

「演主角嗎？」

「怎麼可能！我演的是僕人領班，那是個很好的角色。也不知道法蘭契絲卡在想什麼，居然請經紀人交給我一封信。於是我們就共進午餐，當時我甚至連她是誰都不知道呢。直到見了幾次面以後，才逐漸變得熟絡。」

「然後就知道她是誰了？」

「嗯嗯。」

「有沒有覺得喜出望外？」

「倒也還好。因為我對芭蕾舞幾乎沒有任何概念。」

「她看上你哪一點？」

---

9 莎士比亞的代表作之一。與《哈姆雷特》、《奧賽羅》《李爾王》並列莎士比亞的四大悲劇。描述將軍馬克白因為預言而萌生了野心，殺害主君後登上王位。之後卻因為來自內外的猜忌與敵意，並在自責與罪惡感的折磨下陷入混亂與癲狂，最後走向了毀滅。

「臉吧。她說我雖然不是絕世美男子，卻是她喜歡的長相。說自己是很注重外貌的人，但是對比自己有名的人不感興趣，不管對方是男是女。還說自己想要培養別人。」

「她沒有培養芭蕾舞者嗎？你應該不跳芭蕾吧？」

「不跳。她對芭蕾舞者也沒興趣。」

「卻喜歡你的臉？」

「對呀，臉，還有身體吧。除此之外，她對什麼都不感興趣。」

「你的笑話呢？」

「哦，對，還有笑話。可是那也是交往之後的事……除此之外，她對我的一切都沒興趣。這也難怪，我又沒有錢，甚至可說是什麼也沒有。但她對我非常好，我也從她身上學到很多東西，所以我很感謝她。」

「例如什麼？」

「你是指學到什麼嗎？那可不是三言兩語就能說明的。」

「與芭蕾舞有關嗎？」

馬特搖頭。

「無關。我對芭蕾舞一無所知。」

「如果換成芭蕾舞者，她可以教對方很多東西吧。」

「她說芭蕾舞者不行。因為大家基本上都已經養成習慣了。就算是她也對這個部分無計可施。」

「是不好的習慣嗎？」

「那是她的價值觀吧。她認為大家都太依賴形式了，靠那種方法雖然也能成為一流的舞蹈家，但只能騙騙那些同樣信奉形式的評論家。如果想站上歷史的頂點，就不能流於形式，必須所有的動作都像水一樣自然、流暢，同時還需要具備綜觀大局的視野。如果這整個圈子都成了形式的集合體，芭蕾的發展就會止步於此，文化也無法長久流傳下去。」

「我們聽不懂這句話的意思，你能理解嗎？」

馬特點頭如搗蒜。

「嗯，我想我應該大致明白喔。從站在舞台上工作的角度來說，我們是一樣的。但是憑良心說……哇哈哈哈，我其實有聽沒有懂呢。我們的格局果然完全不一樣。老實說，我這種人根本沒資格當她的男朋友。我不希望她認為我們共度的時間是浪費青春……但我其實沒什麼成長。當然這都是我不好，並不是她的錯。她是個天才、是世界上獨一無二的舞蹈家。所以我根本不敢奢望能跟她一起走完人生……但我做夢也沒想到結局竟然會是這樣。一條珍貴的生命就這麼失去了。」

「會有人想殺害這樣的天才嗎？」

馬特聞言，立刻搖頭強調。

「這確實很像刑警會問的問題呢，但真的沒有這種人。殺死法蘭契絲卡·克雷斯潘有什麼好處？完全沒有。她的死是全人類的損失啊。」

「全人類的損失……就沒有人能從中得利嗎？」

接著馬特又繼續用力搖頭。

「我覺得沒有。就拿這座島上的中央公園來說好了，你認為市民中有人會因為破壞那座公園而得利嗎？這兩件事是同樣的道理。每個人都需要中央公園，只是程度有高有低。而她正是這種極少數、屬於全人類的存在，怎麼可以殺死她。」

「你有聽她提起過競爭對手嗎？」

「競爭對手？怎麼可能。早就沒有人能與她競爭了。她就是這麼絕對的存在。就算真有競爭對手，法蘭契絲卡一死，就連競爭對手也無立足之地了。因為芭蕾這項文化本身就要滅亡了。」

「原來如此。」

兩位刑警點點頭。

「芭蕾以外的領域也沒關係，你有聽說過哪個人討厭或仇視她嗎？」

「一次也沒有。」

馬特不假思索地回答。

10

丹尼爾．卡登刑警離開 Tico Tico 後就與克隆分開，自己去吃了點晚餐才回到北分局。刑警辦公室只剩羅恩．摩根警監一個人，其他的刑警都出去了。

「哦，丹尼爾，你回來啦。」

警監向他打招呼。

「我回來了。」

丹尼爾回應。

「與馬特接觸的感覺如何？」

「您沒從克隆那邊聽說嗎？」

「聽了，但我也想聽聽你的意見。」

「與他無關。」

丹尼爾很篤定。

「不是他幹的嗎？」

「不是。」

「馬特和鮑伯都是清白的嗎？」

「是的。」

「給你看一樣好東西。」

警監說道。

「是什麼？」

摩根警監打開抽屜，拿出一張照片，遞到丹尼爾的面前。

照片中是掛在某堵牆上的畫框。

「這是什麼？」

「南布朗克斯區有間名叫 Polifemo 的義大利餐廳，這是掛在那邊牆上的素描。看得出來畫的是幾件芭蕾舞者的舞衣。是直接用鉛筆畫在素描本上的。」

丹尼爾拿起照片，湊到眼前端詳。

「你猜是誰畫的？」

「不知道。感覺畫技不是很出色，這幅畫很重要嗎？」

「很重要喔。」

「誰畫的？」

「你看右下角，有署名。」

接著丹尼爾的視線轉往右下角。因為照片不大張，所以手寫的小字很難辨認。經過一陣勞心費力以後才能勉強認出那個手寫字寫的是「克雷斯潘」。

「克雷斯潘？」

「賓果。這好像是法蘭契絲卡．克雷斯潘畫的素描。」

「哦，她還會畫畫啊。」

「這應該是自己的舞衣設計圖吧。說她是萬能的天才也不為過呢。簡直是女版的達文西。」

「很有才華的人。然後呢？」

「我有個朋友是這家店的常客，是他告訴我這幅畫的存在。你猜 Polifemo 的老闆是從誰的手中買下這幅畫的？」

警監說到這裡就只是看著丹尼爾的臉。賣關子的態度令丹尼爾有些不滿。

「是誰呢？」

「你很欣賞的鮑伯．路吉。」

警監公布答案，令丹尼爾大吃一驚。
「鮑伯？真的是鮑伯．路吉嗎？」
「這麼一來，那傢伙說他和克雷斯潘根本沒往來、也沒說過話的證詞就令人存疑了。」
丹尼爾大受衝擊，無法做出任何反應。
「您是說路吉手上有克雷斯潘小姐畫的素描，而且還將素描賣給餐廳老闆？」
「正是。」
「那傢伙現在人在哪裡？」
「五樓的拘留室。」
「您把他抓來了嗎？」
「是警督的命令。警督說他跟你說過了。」
「他是告訴過我了，但我並沒有被說服。警監被說服了嗎？」
「我只有被這幅畫說服。所以想直接問問當事人。」
「那，他說了嗎？」
「交代得不清不楚，所以現在還在樓上。」
警監指著天花板。
「我去找他。」
丹尼爾說完就立刻走向電梯。
「他會告訴你嗎？」

「至少會比對警督說的要多一點。」

「光是信任並不是種才能喔，丹尼爾。」

警監的話語從背後傳來。

上到五樓，丹尼爾便要求與鮑伯·路吉會面。管理員要他在會面室稍候，但丹尼爾表示事態緊急，想直接隔著鐵柵門與路吉對話。詢問房間的位置後便走進了拘留室。職員在前面帶路，他像是追趕那樣迅速地跟在職員背後。

「路吉。」

走到其中一間雜居房前面，丹尼爾直呼收容者的名字。原本低著頭站在雙層床前的男人揚起臉，隔著鐵柵門看向這邊。丹尼爾走向鐵柵門，而職員則是返回自己的工作崗位。

「這不是卡登警官嗎。」

鮑伯·路吉說道。

「鮑伯，這是怎麼回事？我不贊成他們這麼做。」

「贊成的人也很多吧。」

路吉稍微靠近鐵柵門，平靜地說道。

「你不是告訴我，你跟法蘭契絲卡·克雷斯潘不熟嗎？你打算收回這句話嗎？」

丹尼爾劈頭第一句就展開質問。

「怎麼可能。」

路吉回答。

「我對你說過的每一句話都是真的。我跟克雷斯潘小姐真的就像是陌生人一樣，也不曾跟她交談過。」

丹尼爾隔著鐵柵門一瞬也不瞬地注視路吉的雙眼，路吉並未避開他的目光。

「我可以相信你嗎？」

丹尼爾問他。

「從現在直到往後都可以嗎？」

「那是當然。」

路吉拍胸脯保證。

「你不會讓我後悔吧？」

「只要你別讓自己後悔。」

路吉直言。

「我知道你一直都很相信我，所以我不想背叛你。我說的話沒有半句虛假，現在也是一樣。」

聽到這裡，丹尼爾停頓一拍，然後才說：

「既然如此，你怎麼會有克雷斯潘小姐的畫？為什麼又把畫賣給南布朗克斯區的餐廳？你從來沒有跟我說起這件事。」

「你又沒問我。如果你問了，我自然就會告訴你。」

「你說什麼？」

刑警的神經受到某種刺激。因為這句話聽起來就像是犯罪者經常掛在嘴邊的藉口。

「既然沒有往來，她的畫怎麼會在你手上？」

「那個是我從休息室的垃圾桶裡面撿來的。」
「你撿來的？從垃圾桶裡？」
「我經常要提前檢查每個房間，無論是浴室內、抽屜中，還是垃圾桶裡面。因為裡頭可能藏了什麼危險物品。」
「你是在公演開始前撿到的嗎？」
「更早之前喔，卡登警官。在克雷斯潘小姐從四十樓上來、進入休息室之前，我就在垃圾桶裡看到那張素描了。當時清潔人員大概還沒進來打掃，再不然就是沒檢查垃圾筒。」
「嗯。」
「那是一張清潔人員如果進來打掃就一定會收走丟掉的紙屑。我拿出來看，心想大概是鉛筆的塗鴉吧，舞者經常會隨手塗鴉。我覺得畫得還不錯，所以就拿到走廊那邊，坐在椅子上欣賞。我也曾想過是不是該還給克雷斯潘小姐，但她應該已經不要了，所以才會丟進垃圾桶吧。」
「嗯嗯。」
「於是我折起來，放進上衣的口袋裡，然後就忘了這件事，不小心帶回家了。我在那個劇場擔任保全，不知不覺間也成了她的支持者，所以我把畫用圖釘固定在寢室的牆上，每晚欣賞。我不了解繪畫的價值，只是覺得好像可以從這張隨手畫下的塗鴉窺見她腦海中在想些什麼，然後就會感到很開心。那是我們這種外行人做夢也無法觸及的世界，總覺得非常珍貴呢。」
「嗯。」
「我去 Polifemo 的時候跟老闆安東尼聊到這件事，他就叫我拿給他看。安東尼老爹說自己是克雷斯潘小姐的支持者。於是過了幾天，我再去吃飯時就帶了素描給他看。老爹很熱情地拜託我用兩百美元賣給他。他心裡大概也有要藉由這張畫來吸引客人的盤算吧，但我覺得無所謂，所以就賣給他了。」

「等一下，那張素描上有克雷斯潘小姐的簽名喔。真的是她不要的嗎？」

「哦，那是安東尼老爹那傢伙自己寫的啦，大概是模仿克雷斯潘小姐在其他地方的簽名。我在垃圾桶裡找到這張紙時，上面並沒有簽名。」

「哦，這樣啊。」

接著丹尼爾又追問了一次。

「你沒有騙我吧？」

路吉指天咒地地發誓：

「我向上帝發誓。不過我還是覺得有點良心不安，後來遇到經紀人的時候就向他說了這件事，也表示可以把錢還給他，但是他要我留著。經紀人說以前也發生過類似的事，要我別放在心上。所以我用那筆錢買了花，然後擺到休息室的桌上，算是一點微不足道的回禮。事情就是這樣，你可以向經紀人求證，我想他應該還記得吧。」

丹尼爾點點頭，稍微思索了半晌。還不知道該怎麼向摩根警監交代，但他認為路吉的話應該可以相信。

「我相信你喔，鮑伯。」

「那真是感激不盡。但還是請你查證後再說吧。我既沒有說謊，也沒必要說謊。歡迎你去調查。」

「我相信你，但這件事極為特殊。」

丹尼爾說道。

「特殊到我都快瘋了。牽涉到太多的人，風波也鬧得太大太廣。我還是第一次遇到這種案子。」

「因為她是能夠在歷史上留名的人嘛。」

「這也是一個原因，但主要是克雷斯潘小姐如果真的死於他殺，截至目前都完全找不到凶手的影子。而且現場還是密不透風的密室。芭蕾舞者遇害後，既沒有人進得去，也沒有人出得來。」

「嗯，確實沒錯。」

「還有，想必你也知道吧，鮑伯。製造出這種無法解釋的狀況的人，就是你。」

「我嗎？」

路吉不可置信地瞪大雙眼。

「沒錯。就是你，從你的嘴巴裡。」

「從我的嘴巴？」

「沒錯，鮑伯。只要稍有差池，這次的事件就會陷入非同小可的狀態。這可不是普通的殺人命案。換成平常的情況，凶手應該能輕鬆進入命案現場所在的休息室，殺死赫赫有名的芭蕾舞者，然後再從容不迫地離開案發現場。前提是只要你沒有在走廊上認真監視。」

「哦，原來如此。原來是這麼回事啊。」

路吉頻頻點頭，一副這才理解事情嚴重性的樣子。

「對調查小組而言，你現在是非常棘手的存在。因為你才是造成這個固若金湯密室的始作俑者。要是沒有你的話……大家現在都開始這麼想了。」

「怎麼會這樣，別開玩笑了。我根本不曉得事情會變成這樣啊！」

「只要你改變證詞。只要你一句話，這起事件就能輕易地解決。」
「我要怎麼改變證詞？」
「只要說你坐在走廊上監視時曾經離開過一個小時，去哪裡喝一杯就行了。」
聽到這句話，路吉哈哈大笑起來，接著說：
「別開玩笑了。」
「只要那一小時剛好涵蓋上半場和下半場之間的休息時間就行了。這麼一來，殺人凶手就有辦法進入休息室，殺死芭蕾舞者，再大搖大擺地離開。」
「有道理，但我不能撒謊。這是我做人的底限。很抱歉我無法做這種交易。」
「我想也是，我很清楚你是這種人。」
「嗯嗯。但我到底該怎麼做才好？」
路吉問道。
「只能繼續說實話了，鮑伯。不過，那幅畫確實讓你的立場變得有點不利。北分局的警官們就是因為那幅畫才開始懷疑你是不是還有什麼做賊心虛的事。」
「哦，我懂了，原來是這樣啊。你們以為只要把我關在這裡幾天，我就會改口，說我一直待在走廊上監視都是騙人的。」
丹尼爾無話可說，就這麼站在那裡。過了好一會兒才微微頷首。
「我好像落入非常麻煩的處境了。」
鐵柵門另一邊的路吉一副垂頭喪氣的樣子。

「從卡登警官剛才講的話聽下來，就算改口說我一直在走廊上監視是騙人的，我也無法回到兒子身邊。因為接下來你們又會質問我為何要撒謊，是不是我自己闖入休息室，殺死克雷斯潘小姐吧。」

雖然不是百分之百同意，丹尼爾也不得不在內心點頭。可以想像警局的同事恐怕會來這一招。

這是偶爾會出現的典型冤案構圖，沒想到自己會牽扯進來。在前面搖旗吶喊的就是艾軒鮑爾警督，這也讓一切變得更加棘手。

「真是麻煩的蟻穴地獄啊。愈是掙扎，事情就變得更加複雜、往更加麻煩的地方陷進去。」

聽路吉這麼抱怨，丹尼爾覺得他比喻得很好。

「我到底該怎麼做才好呢？」

他接著問道。

「不管怎樣，我都不會說謊。說謊只會讓情況更嚴重。」

「嗯。無論如何，你都沒必要跟警方交易。」

丹尼爾也贊成。

「希望你能貫徹誠實的言行。」

「沒問題，但這麼一來，你們大概叫我『快說實話、快說實話』，像這樣一直逼問吧。」

路吉憂心忡忡。

「我會盡可能站在你這邊，幫你說話的。」

丹尼爾安慰他。不過他也知道自己人微言輕，不確定能有多少效果。

「我這輩子都遵循自己的信仰，正直地活到現在。如果有懷疑，就相信對方；如果有爭執，就原諒對方。我一直都相信這句話，也一直都照著做，沒想到結果竟然是這樣啊。」

他在鐵柵門內喃喃自語。

「有悲傷的地方就有喜悅、有黑暗的地方就有光明、有恨的地方就有愛。」

丹尼爾也接著說。

「有絕望的地方就有希望。沒錯，這是我最喜歡的聖人教誨。」

路吉說道。

「我也是。」

丹尼爾附和。

「我也由衷相信這份祈禱。比起被愛，要更珍惜愛人的心。因為我們都是透過給予而得到、因為原諒而被原諒的。」

「啊，沒錯，卡登刑警。能遇見你，我覺得很幸運。這也是信仰的指引吧。我現在最擔心的是兒子。我是不是說過這件事？」

「你是說過。」

丹尼爾回答。

「我一直相信，只要我認真做人，就絕對不會淪落到這種地方。因此一直拚命遵守聖人的教誨，循規蹈距。沒想到真是人算不如天算。」

「只有一個方法能扭轉現在的局面。」

丹尼爾說道。

「什麼方法？」

「找到真兇。」

「哦……」

接著，路吉大失所望地嘟囔。

「你對於殺害克雷斯潘小姐的人沒有任何頭緒嗎？鮑伯。在休息時間進入休息室的人……」

鮑伯．路吉嘆了一口氣，然後說道：

「我真的沒有頭緒。更何況……」

路吉欲言又止。

「更何況什麼？」

「有我在門口監視，那個人怎麼可能進得去啊。」

有道理，丹尼爾抱著胳膊，無言地點點頭。因為他也有同感。

第三章

猶太人與日本人

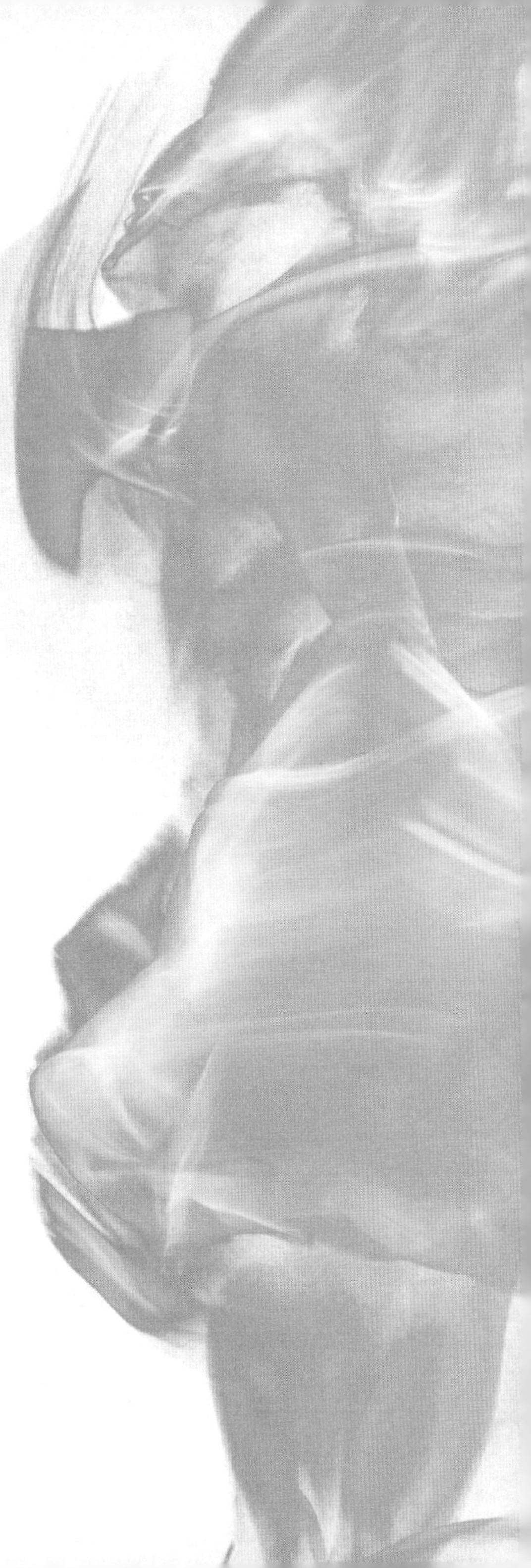

1

刑事部辦公室前的走廊角落有處吸菸區，丹尼爾·卡登刑警坐在這裡、望著窗外的濛濛細雨。他並不是想抽菸，而是因為這裡擺了沙發，所以他很喜歡，經常趁著沒有人吞雲吐霧的時候到這邊小憩片刻。

他想著鮑伯·路吉的事。該怎麼從拘留室救出那傢伙呢？要是等到被起訴、送進看守所就來不及了。一旦對上法官或陪審員，勢必得提出新證據。根據他過去無數次的經驗，無論出示什麼新證據，都會以已經在某某程序時一併審理過了，稱不上「新」證據為由，不被採信。無論偵辦時出現過什麼樣的事實，皆與案件的內容有關，所以也稱不上是獨立的事實，基本上都已經在審理的過程中提到，很難被視為新證據。這點丹尼爾早已深有體會。

人在雜居房中的路吉大概做夢也沒想到自己會被逮捕吧。肯定完全不認為自己可能會以殺人罪嫌被起訴。丹尼爾與他心意相通，所以很清楚這點。他現在肯定還以為這只是警方的誤會，自己不用多久就能離開這裡。路吉與克雷斯潘並無深交，不僅沒有殺人動機，而且殺死克雷斯潘對他也沒有任何好處。自己只是與本案無關的平凡市民，被捕無疑只是天外飛來橫禍，萬萬沒想到自己陷入的狀況可沒這麼簡單。

這起命案有多離奇，救出路吉就有多困難。至少看在警方眼中，現場的狀況可以說是無計可施，只有路吉這個突破口。假使丹尼爾沒有見過路吉幾次、而且這起命案的偵辦又與自己無關的話，或許他也會覺得所有的問題都出在路吉身上。確實如警督所說，假如路吉說自己一直待在走廊上的證詞都是一派胡言，這樁前所未聞的命案就能迎刃而解。所以警方是不可能放掉路吉的。這起重要的命案事關北分局的顏面，而路吉是唯一一縷微弱的希望。

路吉還沒搞清楚，因為完全找不到其他可能性，負責偵辦的單位是不可能讓他離開的。因為當他走出警局的那一瞬間，警方肯定又會陷入五里霧中。整個紐約北分局的面子都賭在路吉一個人身上，這點令丹尼爾氣憤難耐。誰也不認為案子破不了是因為自己無能。為了自己的面子，北分局正打算不管三七二十一地犧牲路吉這位善良市民的生活與名譽。

丹尼爾陷入沉思。自己從高中時代就一直很孤獨，因此很能理解路吉陷入的困境。那傢伙的孤鳥性格，並不是因為品格低下而受到周圍的排擠。正好相反。正因為周圍的人都太低俗了，他不想為了換取周圍的友情而選擇跟大家同流合污，所以才被孤立。當這種情況長此以往，不知不覺間，反而會感到這樣很自在。這一點格外令丹尼爾有所共感。就像自己不會接觸犯罪一樣，這個男人也沒道理輕率地經手壞事。丹尼爾對此深信不疑，也希望自己沒有相信錯人。這是自己的信念。倘若能夠輕易地參與犯罪，那傢伙就不會這麼孤獨了。因為若是處於惡劣的環境，與別人同流合污還是比較輕鬆。

丹尼爾非常不喜歡這個念頭，有點像是在為自己辯解，但這畢竟是自己守護多年的信念，不想事到如今才丟在地上踐踏。路吉的信念——自己也是一樣——即為他的生存之道，一旦失去，就相當於失去活下去的理由，至關重要。與此同時，丹尼爾也開始對自己身為警官的能力竟如此匱乏而感到絕望。要是自己有能力偵破這起命案，就能立刻擺脫這個困境了——

「丹尼爾，你在這裡嗎？」

有人大聲喊他。抬頭一看，原來是克隆。

思考被打斷，丹尼爾有些不快，所以只是盯著踩著大步走向自己的克隆那魁梧的身軀、一聲不吭地等他先開口。克隆似乎有事找他，但肯定不是什麼了不起的大事。接著，克隆這麼說道。

「丹尼爾！哥倫比亞大學、醫學系。」

「嗯？你在說什麼？」

丹尼爾不耐煩地反問。他想再獨自思考一下。

「哥倫比亞大學怎麼了？」

丹尼爾一頭霧水地反問。比起語焉不詳的哥倫比亞大學，他覺得眼前的濛濛細雨更有價值。

「腦神經外科的教授好像要在醫學系第一教室舉行Q&A授課。」

「教授？給誰上課？」

「醫學生。開給醫學生上的特別講座。那是他的專有名詞，想必不是很重要。」

「怎麼了？你要去聽嗎？這吹的是什麼風啊，你打算警察不幹了，去當醫生嗎？」

「你也要去，丹尼爾。快站起來。」

聽到這裡，丹尼爾苦笑。

「不好意思，克隆。我沒有辭掉刑警工作的意思。」

「馬泰歐·休斯特倫。」

「誰？」

「波蘭裔的猶太人，曾經被關押在納粹的集中營，因為是醫大的學生，所以在集中營裡成為門格勒的助手。這個人還活著，而且找到他了。」

「哦。那還真是寶貴的收穫啊。這個人在美國嗎？」

「門格勒的人體實驗惡名昭彰。這個人有時會協助門格勒進行人體實驗。沒錯，他人就在美國。」

克隆氣喘吁吁地說著。
「哦，是嘛。」
丹尼爾興趣缺缺。比起這種事，他覺得小數點劇場的密室要來得重要多了。
「聽說門格勒做了某項實驗——人神共憤的人體改造。」
丹尼爾點點頭。
「這我也聽說過，好像是真的。那是人類史上不堪回首的黑歷史，真的不可原諒。」
「你認為門格勒想製造出什麼樣的人呢？丹尼爾。」
「納粹的人體實驗有很多說法。我從小到大也看過好幾本那方面的書。所以事到如今就算再聽到什麼……頂多也只會生氣，不至於激動了。」
「無痛症。」
克隆說道。
「你說什麼？」
丹尼爾反問。
「是無痛症喔，丹尼爾。」
「無痛症……」
「沒錯。如果有無痛症的軍隊，就算中彈，大概也感受不到疼痛。」
即使聽到克隆的說明，丹尼爾一時半刻也無言以對，就連要思考他在說什麼都覺得好麻煩，所以好一會兒都沒有任何反應。直到這句話逐漸變成與自己的腦海中揮之不去的離奇事件相關的咒語而浮現出來。

這個念頭最後具備了宛如詛咒般的重量，並開始閃閃發光。

「你剛剛是說無痛症嗎！」

丹尼爾大聲嚷嚷，從沙發上跳起來，然後迅速穿上原本拿在手上的外套，朝克隆說道：

「你還站在這裡做什麼？動作快點！」

「別這麼激動嘛，丹尼爾。」

克隆邊笑邊說，同時也邁開腳步。

「你似乎終於意識到這件事的嚴重性了，丹尼爾。」

「我注意到了。」

他簡短地回答。

感覺自己的思緒開始突飛猛進。無痛症？是無痛症嗎？

丹尼爾聽說過這件事，也看過一些醫學相關的書。書上說只要變成對疼痛毫無知覺的人，就感受不到肉體的苦痛。乍看之下好像會變得很輕鬆，事實上非常危險。因為就算受到瀕死的重傷，或是會導致死亡的重病發作了，如果沒有痛覺就無法察覺到異狀，一不小心就會一命嗚呼。疼痛其實是感知生命危險的訊號，要是當事人沒有意識到會骨折或脫臼、不假思索地從高處跳下來，或者是持續做出粗暴的舉動，因而一再骨折，身體就會受到破壞。

只不過，如果上述的情況發生在軍隊，那可就另當別論了。倘若人數多到足以構成小隊或中隊，希特勒大概會眉開眼笑地手舞足蹈吧。由無痛症士兵組織的部隊就算在突擊時被敵方子彈擊中，只要腳還沒斷就能繼續進攻、只要手還沒斷就能繼續射擊。這種部隊看在盟軍眼中應該與不死之身無異吧。

就算最後陣亡，戰死原本就被視為戰場上的每個人都可能發生的日常。這種情況下，軍醫會不斷地在前線檢查士兵的身體。如果受傷，就算本人沒知覺，軍醫也會發現異狀，進行處置。看在周圍的人眼中，此人仍與正常人無異，只會覺得這個士兵驍勇善戰。以最前線的觀點來看，也只能看到這種人的優點。以上情況雖然僅限於戰場，但確實沒有任何壞處，無論是對將領而言，還是對士兵本人而言皆是如此。

所以希特勒才會想大量製造出這樣的人。倘若全歐洲統一戰線的話，這場仗永遠也打不完。所以他才想用人工的方式創造出無痛症的嬰兒。想也知道白老鼠就是可以由他們任意宰割的猶太人。如果能夠成功，這批嬰兒長大以後很可能就會成為全世界最強悍的軍隊。

以前在一本不入流的書上看過，納粹利用猶太人的女孩做實驗，試圖培養出猩猩或人猿與人類的混血生物。假如人類女孩的子宮真的能孕育出這樣的生物，就算這種類人猿的智慧不及人類也不是什麼大問題。只要教會他們衝鋒陷陣與射擊就行了。只要能辦到這點，就能創造出不怕死的敢死隊。對將領而言，等於得到不管死了多少都不會覺得可惜的棄子士兵。

然而，如果是無痛症人類的話，顯然要比上面提到的棄子士兵還更管用、更為強大。因為他們的智慧與健全的人類無異，唯獨沒有痛覺。這種為戰爭而誕生的人類即使在普通時候比較弱勢，放在戰時反而成了高等人類。在那個人間如同煉獄的時代、在那個猶太人不被納粹根視為人類的時代、在那個再怎麼邪惡的妄想都能被容許的瘋狂時代，想要實現這個計畫的意圖自然也是可以被允許的。當時的德國就是處於這麼一個宛如惡夢的時代。

不，現在不是討論這個的時候。問題不在這裡。萬一這種傷天害理的實驗真的在四〇年代的集中營成功了……當時出生的猶太人嬰兒現在差不多是三十多歲左右。丹尼爾不由得萌生了一個想法，那樣的嬰兒或許是這起發生在曼哈頓摩天大樓的離奇命案最合理的解答。或許這才是唯一僅有的答案。這個想法令丹尼爾莫名激動。

萬一法蘭契絲卡・克雷斯潘真的是無痛症……那這起命案就能從完全意想不到的角度得到解釋了。克雷斯潘的頭部受到重擊，甚至頭蓋骨都出現了凹陷骨折。但如果她患有無痛症，即使受到致命傷也能渾然不覺地繼續跳舞。

不，就算察覺到也無所謂。即使是象徵死亡訊號的劇痛，也無法阻止她的行動。責任感異常強烈的她選擇離開休息室，前往舞台，肅穆地完成下半場的表演。這就是這起不可思議命案的解答！

走進哥倫比亞大學醫學系的第一教室，大約有三分之二的座位都已經坐滿了，上了年紀的人寥寥可數，幾乎都是學生的樣子。後方還有很多空位，於是兩位刑警便在後面坐下。

「目前無痛症正以被指定為重大傷病為目標。」

看上去還很年輕的男人這麼說道。看來他就是教授吧，因為身上穿著白衣。

「好像是這樣呢。我戰後就離開醫學工作崗位了，所以不是很清楚。」

外貌有些年紀的男人回答。看來這位就是曾經待過集中營的休斯特倫。

「但似乎還需要很多時間。先天性的無痛症患者幾乎沒有治癒的病例。因為要恢復正常幾乎是遙不可及的奢望。我自己也見過幾個無痛症的患者，有個病人就算針插在自己身上也感覺不到疼痛。即使知道被針插了，卻沒有任何應有的反應。雖然有類似我們對疼痛的感受，但她的反應卻是咯咯笑，而且一笑就停不下來，咯咯咯地笑個沒完。」

「哦。」

「您見過那種人嗎？」

教授問他。

「我沒有遇過。那個時候的集中營就像是人間地獄，不管發生什麼事，都不是受試者能笑得出來的環境。我雖然還不到六十歲，但是如你所見，已經是個垂垂老矣的老人。我猜這是因為在波蘭經歷過那些異常遭遇的關係。那種環境只會破壞人類的尊嚴。」

教授點頭，接著說道。

「我想您說得沒錯。對於那些會因此笑出來的患者，我們稱之為痛覺說示不能症。這種患者對於痛覺的刺激多半會以大笑來反應，絕對不會喊痛。我懷疑這也許跟哺乳動物的進化和人類的心理問題有很深的關係。這種笑並不是因為很可笑所以才笑出來的合理反應，我認為他們笑是為了讓身邊的人知道『這是錯誤的訊息喔』，是一種與生俱來的條件反射。他們想告訴與自己有相同基因的近親者『這是錯誤的訊息，不要把寶貴的時間或勞力浪費在這上頭』。」

「之所以會說是錯誤的訊息，是因為患者明明感受到類似疼痛的感覺，但大腦卻拒絕理解為疼痛嗎？」

待過集中營的休斯特倫問道。

「正是。杏仁核會在大腦內部傳遞疼痛的訊息，接著輸送到其他的邊緣系統，再傳到前扣帶迴皮質，產生對疼痛的情緒反應。當我們感受到這些痛苦、不舒服的感覺，就會採取必要的行動。但無痛症的情況就像是那些管路的某處斷掉了。」

「原來如此，門格勒確實認為只要切斷體內的某段管路就好了。但這個想法是正確的嗎？」

「以我看診的那位患者為例，為她的大腦做過CT斷層掃描後，發現位於側面、被稱為島葉部位的旁邊受到損傷。島葉會接收內臟及皮膚釋放的痛覺訊息。這位患者的島葉本身沒問題，因此還是會接收到正常的疼痛訊號，但是因為疼痛是具有很多種層次的感覺，倘若理解為單一的感覺，就會產生誤解，這就等於從島葉傳遞到杏仁核，或是傳送到邊緣系統的管路有某個地方斷線了。」

教授解釋。

「原來如此。問題不是出在體內，而是大腦啊。門格勒也認為終究還是要針對腦部下手，但是隔著堅硬的頭蓋骨，著實拿大腦沒輒，所以才想切斷體內的神經。當時已經研究到評估要切斷哪裡的神經了。」

「明明大腦的一部分已經發出危險訊號，卻沒能將確認的訊號送到腦的另一個部位前扣帶迴皮質，所以她腦海中才會產生『這是錯誤訊息』的結論，也才會因此笑出來，而且一旦開始笑就停不下來。」

「原來是這樣，真是耐人尋味的現象呢。戰後的腦科學已經進步到這個程度啦。」

「集中營沒進行過與大腦相關的不人道實驗嗎？」

「就我所知並沒有。我只記得集中營裡有位高齡的患者因為腦中風，後來才變成無痛症。」

「嗯，偶爾也會出現這種情況。」

「所以門格勒便想著如何讓這一類的老年人吃很多肉、喝大量的酒，引發人為的腦中風。只可惜實行起來並不順利，並沒有引發腦中風。而且在當時那個時代，打開頭蓋骨、進行手術，再把頭蓋骨縫起來、然後讓病人恢復的理論根本還不完整。」

「因為腦血管堵塞或出血不見得會引發無痛症，不過就是偶發的病例。雖然從各種角度推敲過腦中風造成無痛症的機制，但目前尚未找到正確答案。」

「我聽說無痛症是傳遺領域的問題，屬於基因方面的疾病。」
「沒錯。就我所知道的例子，巴基斯坦有個分出三家血脈的家系中，曾有一家竟出現六名少年都是無痛症患者的案例。那六名少年以外的其他族人還有人利用自己的無痛症在街頭賣藝表演，但最後跳樓尋短了。又或者是有另一個與他們相同家系的少年咬斷了一截舌頭……」
「這麼看來，無痛症根本無法給人帶來幸福呢。」
「調查這些巴基斯坦人以後，報告指出，這種狀態被稱為體染色體隱性遺傳疾病，出現在染色體2q24.3的位置。這部分包括人稱SCN9A的基因，分析這些基因的核酸序列後，發現三個不同的純合子無意義突變。據說SCN9A是人類痛覺上不可或缺的要素，而且是只此一家、別無分號的必要要素。」
「處於第二次世界大戰期間的那個時代還沒發現基因的奧妙。美國的華生與英國的克里克、威爾金斯也是一九六二年才得到諾貝爾獎吧。」
「是的。」
「真令人驚訝。發現基因也不過就是短短十幾年前的事。四〇年代就連這麼基本的概念也沒有，想也知道改造人類根本是天方夜譚。人類真是太妄自尊大了。」
「想必是戰爭對人類做出了愚蠢的要求。」
「一切都是戰爭的錯。要是能打從心裡這麼想還樂得輕鬆。人類藉由基因這個設計圖來成長，當體內的各種功能逐漸趨於完備、成熟的同時也會開始當機、生病吧。畸形也是其中之一。門格勒在研究所進行的研究五花八門，真的是相當多樣化。大部分都是為了配合軍需的要求，但也有基於那傢伙個人興趣的各種驚世駭俗研究。其中確實也有很多不能說出口的可怕計畫。不過現在回想起來，其實都還處於極為幼稚的摸索階段，就像是幼兒園的黏土勞作那樣。至於最關鍵的基因，世人根本還不知道它的存在，也不明白其原理，這種情況下就妄想改造人類的身體、創造出能用來作戰的人造戰士，簡直是狂妄至極。話說，無痛症是先天的疾病，所以應該從嬰兒時期就能確認患病吧？」

「可以。以剛生下來、放進保溫箱的個案來說，因為不會流汗的關係，體溫很容易過高，周圍的人就會因此發現異狀。」

「無痛症的人不會流汗嗎？」

「大部分的病例都會這樣，稱為先天性無痛無汗症。這是因為支配汗腺的交感神經節後纖維缺損或減少，所以儘管有外分泌汗腺，也不會出汗。」

「原來是這樣啊。沒辦法排汗絕對很痛苦吧。而且肯定從小就動不動受傷。」

「沒錯。大部分的患者都從孩提時代就有反覆發高燒、受傷、骨折、自殘等狀況，有時候還會出現心智發育遲緩的現象，真的是令家長傷透腦筋。」

「小時候就算打針也不會哭吧。」

「確實是這樣呢。」

「到了長牙的年紀，牙齒咬破舌頭或嘴唇、頰黏膜的狀況也時有所聞。」

「這種自傷行為要多少有多少。通常也都有熱性痙攣的經驗。相反地，冬天很容易失溫，非常危險。牙齒咬傷舌頭、咬破手指形成外傷，但即使化膿也不會喊疼，所以很容易小病拖成大病。因為沒有對痛楚的防禦力，很容易擺出不合人體工學的姿勢，像是過度伸展或彎曲關節，因此股關節等外傷性關節脫臼也會一再發生。」

「好嚴重啊。」

「您在集中營內見過這種病例的人嗎？」

「這倒是沒有。」

休斯特倫搖頭。

「那麼集中營並沒有成功創造出無痛症的人類對嗎？」

這位波蘭人聽到這裡又搖搖頭。

「沒有成功。雖然我並沒有全面參與門格勒的人體改造實驗，但是僅就我所知的範圍來說，那個研究所並沒有創造出這種人類的事實。」

「也對。如果只是稍微從外科手術的構想出發，無異於紙上談兵呢。」

「可能會演變成腦內手術吧，但就如同剛才我們提過的，以當時的知識還力有未逮。」

「是的。」

「如果是現在的話，不知道有沒有辦法創造呢？」

「唯有操縱基因的核酸序列才有可能，但是以現階段的技術來說還做不到。目前也還沒有創造無痛無汗的核酸序列手法。」

「倘若能解開這個手法……」

「就算解開，終點也還是遙不可及。必須將改寫過的基因放入受精卵，再放回子宮，靜待其著床，光是這樣的成功率就已經微乎其微了。即使成功著床，生出眾望所歸的嬰兒……」

「也得再等二十年才能長大成人。」

「要是戰爭能拖上二十年倒也罷了。但是在那之前，這種經人工操作的個體就會先患上重病。而且很可能是人類尚未知曉的重病。」

「嗯，不僅會生重病，也不見得一定會變成無痛人。」

「是的。萬一無法如願，又得從頭再製造一個無痛人。可能還沒製造出來，研究者就先離世了。」

「有道理。這項工程未免太過浩大了。」

在那之後又回答了現場學生提出的幾個問題，特別講座就結束了。兩位刑警起身走向講台，攔住才剛步下講台的兩位講者，站著聊了幾句。出示警徽後，丹尼爾便發問：

「請問無痛症的患者小時候會遭遇什麼一定會發生的意外嗎？像是反覆的骨折或關節脫臼、發高燒的痙攣等等。」

白衣教授回答：

「倘若家長對無痛無汗症有深入的了解就能避免。但如果是一般人，必定會經歷上述的意外。」

「沒有例外嗎？像是一次也沒有骨折或脫臼過的無痛症患者。即使身邊負責養育的人沒有絲毫關於這種病的知識。」

教授搖頭。

「就我所知並沒有。」

「假設門格勒在集中營裡成功創造出無痛症患者，而且戰爭結束時，那個人還在女性的子宮裡呢？因為還沒生出來，所以當時無從得知，但事實上已經成功了。這個可能性……」

丹尼爾這次改問休斯特倫。

「沒有這種可能性。」

這位前集中營收容者回答。

「集中營被解放的時候並沒有懷孕的受試者。至少我待的集中營研究所裡沒有。更何況，以我們當時孱弱的知識，根本創造不出無痛症的人。」

休斯特倫說得斬釘截鐵。

2

丹尼爾立刻打電話給克雷斯潘的前男友馬特，問他克雷斯潘平常會不會流汗、日常生活中有沒有痛覺。馬特回答克雷斯潘流不流汗他不清楚，但確實有痛覺。不僅能感受到痛楚，還很怕痛，經常抱怨腰痛或背痛，所以少不了訓練員的按摩。丹尼爾大失所望地掛斷電話。

克隆的著眼點很棒，但這條線似乎猜錯了。不過，根據哥倫比亞大學教授的見解，無痛症通常都會併發無汗症，但也有少數例外，有的無痛症患者是會流汗的。或許克雷斯潘就是這種患者，怕痛只是裝出來的。

然而，除非養育者對無痛症有很深的理解，否則無痛症患者小時候通常會頻繁地骨折或脫臼、熱性痙攣，無一例外。克雷斯潘沒有父母、而且小時候生活在暗無天日的集中營。假如她有無痛症，沒理由能逃過頻繁骨折或脫臼、熱性痙攣的悲劇。如今聲名遠播、已然成為傳說的克雷斯潘如果在孩提時代一天到晚受傷，那群為了想挖掘她的八卦而殺紅眼的記者不可能放過這麼珍貴的談資。集中營的伙伴也不太可能守口如瓶，所以全世界大概都會知道克雷斯潘小時候經常有骨折或脫臼的毛病。可是都沒有聽說過這方面的話題，因此丹尼爾認為這個方向可能錯了。

儘管如此，丹尼爾還是抱著一線希望，希望克雷斯潘的怕痛只是演出來的。如果是真的感受不到疼痛的人，為了掩人耳目，很可能會下意識地表現得過於誇張，導致周圍的人都以為她很怕痛也說不定。即使有人作證克雷斯潘會流汗，但光是這樣也無法證明她不是無痛症患者。有少數的無痛症者也會流汗，她或許就是那極少數的例外。

這種想法實在很一廂情願，不過丹尼爾還是去電小數點劇場的老闆吉姆．戈登的辦公室。接起電話的是秘書，對方說戈登去華盛頓特區出差了。丹尼爾問他何時回來，秘書回答戈登說過明天早上就會進公司。問秘書確定嗎，對方表示戈登是這麼說的，至於確不確定，自己也說不準。戈登目前人在電話聯絡不到的地方，無法確認。秘書還說戈登偶爾會這樣。

這是指戈登偶爾會不知去向的意思嗎？秘書說倒也不是，只是電話無法聯絡而已。又問戈登通常是幾點進公司，秘書回答上午十點。於是丹尼爾向對方表明自己明天早上十點再打，便掛斷電話。

再回到拘留室找路吉。隔著鐵柵門，他的狀態乍看之下與先前無異，但是看得出來有些憔悴。路吉本來就是沉默寡言的男人，這下子更沉默了。丹尼爾不禁心想，他的內心果然受傷了。

丹尼爾問他想不想抽菸。如果只是抽根菸，以自己的權限還能通融一下。畢竟自己也無法再為他做更多事了。

「不用了。」路吉回答。「沒那個心情。」

丹尼爾點點頭，向他說明剛才的調查，問他克雷斯潘可曾表現出任何無痛症患者的跡象、還有會跟常人一樣流汗嗎等問題。

聽到無痛症這個陌生的字眼，路吉有些訝異。稍微思考了半晌後，表示自己雖然不了解無痛症，但克雷斯潘應該會流汗。他曾經去過排練時的舞台側邊，當時克雷斯潘的脖子上圍著毛巾。如果克雷斯潘不會流汗的話，自然沒必要圍毛巾。

路吉問警方還做了哪些調查，但是當丹尼爾回答只有這樣時，即使路吉努力表現出不動聲色、面無表情的模樣，但任誰都看得出來他很失望。似乎是覺得就連站在偵察犯罪專業第一線的人，竟然都只有這些發現。不用他挑明說，丹尼爾自己也很沮喪。但無奈的是當下確實沒有任何靈感。

隔天早上十點整，丹尼爾敲了敲戈登位於小數點劇場五十一樓的辦公室大門。秘書的聲音從裡面傳來，他進屋後出示警徽、表示自己是昨晚打電話過來的人。眼前年約五十開外的秘書露出充滿歉意的表情。

「真對不起，刑警先生，老闆還沒來。而且他也沒有任何交代。」

「他經常這樣嗎？」

丹尼爾問道。

「最近才這樣……老闆他本來就是陰晴不定的性子，最近更是喪失了工作的動力。」

秘書解釋。

丹尼爾毫不介意地點點頭。他能了解戈登的心情，因為自己的心情也好不到哪裡去。這顯然是受到克雷斯潘命案的不良影響。明明很清楚自己該做什麼，也自認很有幹勁，但內心還是源源不絕地湧出萎靡不振的無力感。

「我可以在這裡等一下嗎？」

丹尼爾詢問。

「當然可以。請坐。我稍候為您送上咖啡。」

秘書體貼地應允。

丹尼爾坐在旁邊的皮革沙發上，拿出裝有香菸的菸盒，猶豫了半晌。但是他並沒有很想抽，又想到路吉的處境，結果又直接蓋上盒子，抱著胳膊陷入了沉思。

自己的能力如此平庸，令他非常不甘心。再怎麼絞盡腦汁也沒有任何想法。五十樓的空中密室之謎完全超出自己的能力範圍，這點丹尼爾心知肚明。單就這次的命案現場來看，他至今經歷過的其他現場在狀況方面都還更複雜一些，也因此產生了讓自己全力思考、全力行動的目的。就算想不出任何辦法，至少也該善盡刑警的職責。

然而小數點劇場五十樓的現場實在過於簡單，這讓丹尼爾傷透腦筋。就像一堵平坦的高牆，因為太過單純了，反而令人束手無策。當眼前豎立著這樣的一堵高牆，自己究竟能做什麼呢？沒有任何突起或紋路，也沒有任何可以踩腳的地方，只是高高地擋在跟前，有如不鏽鋼那樣光滑。這堵牆好像在冷冷地告訴他：像你這種程度的人，還是快點摸摸鼻子回家吧。

享譽全球的芭蕾舞者死在誰也進不去的空中密室，這種狀況簡直匪夷所思。既然如此，自己到底該怎麼行動、還能怎麼調查、又該去找誰才好？更別說遇害的芭蕾舞者在被殺之後還繼續登上舞台跳舞。

咖啡端到眼前的桌上，丹尼爾向秘書道謝後拿起咖啡杯，啜飲一口，接著是三十分鐘碌碌無為的虛度光陰。但是，吉姆．戈登始終沒有現身。不僅如此，就連秘書面前的電話也沒響過一次。感覺得不到任何與吉姆有關的線索。喝光咖啡的丹尼爾在時間過去四十分鐘後，就開始思考是不是該改天再來。雖然接下來沒打算去任何地方，但是再繼續坐下去，等於是向周遭的人宣傳紐約北分局正處於束手無策的狀態。

「要不要再來一杯咖啡呢？」

這時祕書剛好問他，於是丹尼爾當機立斷地站起來。

「謝謝，不用了。我改天再來。」

說完就走向秘書的辦公桌，取出自己的名片遞給對方。

「如果知道戈登先生後續的行程，還請務必與我聯繫。我會等他有空時再登門拜訪。」

秘書連聲道歉，或許是真的覺得很抱歉，他起身把丹尼爾送到門口。丹尼爾微微點頭示意，離開了辦公室。秘書緩緩地關上門。

心想就這樣直接打道回府實在太沒意義了，所以丹尼爾在那層樓的走廊上繞了一會兒，看看牆壁。原本以為牆上會有幾幅畫，可惜並沒有掛。

繞了一圈後走下樓梯，來到劇場前面，接著又開始在劇場周遭的走廊上漫步。內心逐漸浮現出散步的感覺，即使此舉仍屬調查，心情卻莫名其妙地愉悅，因此不免有些歉疚。

信步前行，打算將這層樓也繞一圈，這時他發現雖然牆上還是沒有掛畫，但是有鑲嵌在牆上的石板浮雕。那是擺放沙發、打造成宛如大廳空間的一隅。丹尼爾好奇地停下腳步，靠近凝視。

定睛細看，看起來像是石板的東西其實不是真的石材，而是樹脂製品。就像是模仿從中東某處遺跡挖出來的貴重物所打造的，又或者是仿造實際挖掘出來的石板所做的複製品。年代看來並不久遠，恐怕是與建這座劇場的時候做的吧。

上層浮雕是亞伯拉罕、以撒、雅各、約瑟、摩西、大衛、所羅門等舊約聖經中耳熟能詳的登場人物，都是猶太教的偉人們。

亞伯拉罕的名字下還有神對他許下的承諾：「為你祝福的，我必賜福給他；詛咒你的，我必詛咒他。」右邊則以裝飾性的文字宣告著聖地耶路撒冷的別名「錫安（ZION）」。石板呈現長方形，左右較長、上下較短，意圖讓人從左邊念到右邊。占據了劇場大廳的大範圍牆面。雕刻在石板上的文字大概是猶太的敘事詩吧。

文字的留白處描繪著壁畫風格的繪畫，以阿拉伯風的抽象圖案填滿空隙。

往右走，「失落的約櫃」幾個字映入眼簾。相關的說明文字裡隱約可見「契約之櫃」的字眼，還有「以色列的三種神器」。丹尼爾不是猶太人，但記憶深處總覺得好像在哪裡聽過、看過這些文字。

在劇場的牆壁埋入這些猶太教的歷史，也是因為打造這個劇場的人物——不，不只如此，應該說是建設這整棟摩天大樓的納森．沃爾菲勒這位美國大富豪是猶太人的關係吧。

石板上的文字量驚人，而且其中也有很多顯然不是英文的句子，似乎要花很多時間才能看完，所以丹尼爾一時半刻無法理解這塊石板究竟是想對紐約市民訴說什麼才打造的。

然而，既然鑲嵌在猶太人建造的劇場牆壁上，肯定是猶太人的民族主張吧，至少丹尼爾是這麼認為的。只不過，他總覺得跟一般的意圖略有不同。第六感告訴他，這塊石板蘊藏了更多特別的意圖，否則根本不需要做得這麼大。既然如此，丹尼爾只想趕快請教熟知相關領域的人，以得到適當的說明。

「警官！」

突然有人大聲喊他，望向左手邊，有個身材頎長的瘦削男人快步走向自己。直到男人來到了眼前、看清他的長相，才想起是曾經在案發現場那個休息室裡見過的人。印象中跟音樂方面有關，好像是指揮家的樣子。是那個在克雷斯潘參與演出的芭蕾舞劇《史卡博羅慶典》中負責指揮交響樂團的人。

「我是伯納德．科恩。」

指揮家報出了名字。

「原來是科恩先生。」

丹尼爾也向他問好。

「我去樓上的辦公室時，秘書告訴我卡登警官剛走，人應該還在附近，或許還沒走遠……」

「我確實煩惱到走不開呢。」

丹尼爾自嘲。

「我想請教一下關於法蘭契絲卡命案的偵辦進度。」

他的話都還沒說完，丹尼爾的表情就黯淡下來，於是科恩小心翼翼地接著說：

「當然，在警方可以透露的範圍內就行了。我們身為法蘭契絲卡的朋友，都非常擔心，到現在還遲遲無法走出憂鬱的心情。大家都說如果有自己可以幫得上忙的地方，什麼都願意做。」

縱使言者無心，但聽在丹尼爾耳中無疑就是一種壓力，令他無地自容，感覺好像遭受了指責。默默承受了一會兒這種情緒之後，丹尼爾便問他克雷斯潘有沒有可能是無痛症患者，並且提及納粹曾在克雷斯潘出生的奧斯威辛集中營進行製造無痛症士兵的研究。

「我常看到法蘭契絲卡擦汗喔。」

指揮家這麼回答。
「只不過，如果你問我她是不是無痛症，我只能說確實有這方面的可能性。」
說完這句話以後，他又繼續往下補充。
「我從來沒聽過她訴苦，也親眼目睹過兩次她狠狠慘摔的場面，但是又馬上站起來，彷彿什麼事也沒發生過似地繼續跳舞。這麼說來，她看起來確實很像完全感覺不到痛楚呢。」
伯納德說到這裡，又思考了半晌。
「她這個人有太多傳說了，今天又要再增加一個無痛症嗎。」
說是這麼說，但他顯然沒有太當真。
於是丹尼爾簡單扼要地說明自己在偵辦上的推論。眼前的指揮家默不作聲地聽完，只說了一句感想⋯⋯
「真是棘手的案件啊。」
「這塊石板啊⋯⋯」
丹尼爾將話題引導到牆上的石板。
「以摩西的十誡來說，未免太大了點。」
伯納德立刻回應。
「十誡應該是可以拿在手裡的大小。」
丹尼爾點頭附和。
「雖然與本案無關，我對十誡也稍微有點概念。刻意用石板的樣式來呈現，顯然是意識到十誡。」
「你是指納森．沃爾菲勒嗎？」

丹尼爾問道。

「是的。」

伯納德點點頭。

「這裡有關於十誡石板的記述。」

他往前跨出一步，指著石板上寫著「失落的約櫃」的地方說道。那排說明的上方也能看到「三種神器」的文字，大概是關於神器的說明吧。

「這些文字是要傳達什麼關於十誡的內容嗎？」

丹尼爾追問。

「不，不是那樣的。」

盛名遠播的猶太人指揮家不假思索地搖頭。

「只是詳細地寫著舊約聖經提到的猶太教歷史以及圍繞猶太教歷史的謎團。」

「謎團？」

「是的。」

「什麼樣的謎團？」

「猶太民族充滿了不可思議的謎團。畢竟是被神選中的民族。」

「原因為何呢？神為什麼會選擇猶太人？」

「擔綱向全人類傳福音的管道。」

「透過猶太人向全人類傳福音嗎？」

「是的。或許正因為這裡掛了這塊石板，才會觸發法蘭契絲卡那起匪夷所思的案件。」

「這塊石板……」

「你能注意到這塊石板，真是太有眼光了，警官！」

被對方這麼一說，丹尼爾愣住了。因為他完全沒有這麼想過。眼前這個猶太人的意思，是這塊石板跟那起事件有所關聯嗎？

「與克雷斯潘小姐的命案有關嗎？」

「恐怕有。」

伯納德說道。

「這塊石板嗎？」

「你不是已經調查過了嗎？」

丹尼爾耐心地等他說下去。

「是猶太教。無論是這塊石板，還是克雷斯潘的命案都只是結果。這次法蘭契絲卡主演的《史卡博羅慶典》也是，它的原型《兔子的冒險》也是以舊約聖經為基礎。沙岡也是確實意識到這點，再將其反映在作品，引用得十分具體。」

「可以麻煩你解說一下這塊石板到底想要表達什麼嗎？不好意思，我對舊約聖經及猶太教的知識少得可憐，就連上面那串亞伯拉罕、以撒、雅各的名字……」

「沒問題，如果你有需要的話，我很樂意為你解說。因為我有時候也會從事這方面的工作。」

「感激不盡，神的使者。」

丹尼爾想也不想就說出這句話，不過並沒有開玩笑的意思。

「這是一個家族。始祖為亞伯拉罕，以撒是他的兒子，雅各則是以撒的兒子，雅各的兒子是約瑟……一路延續下去。」

「原來如此，所以這是族譜的說明……」

「這塊石板充滿了暗示喔，警官。石板的訊息訴說著古代以色列王國的猶太人、以色列人、甚至還有遠古的日本。」

「日本？」

丹尼爾發出不可置信的驚呼。

「還有日本？為什麼呢？」

突如其來的訊息令丹尼爾呆若木雞。

「沒錯。看在我們美國人眼中，日本是一個漂浮在大海西方盡頭、不可思議的島國，這塊石板也提到了那座島嶼的人民。更不可思議的是，猶太人的謎團居然指向日本。解開這個謎團的鑰匙不在中東、也不在埃及、更不在羅馬，而是遠在西方盡頭的日本。就在日本的京都。能解開這個謎團的民族就只有日本人。這塊石板是這麼告訴大家的。」

「什麼！」

丹尼爾不自覺拉高了音量。

「你說只有日本人才能解開謎團？」

不知怎地，克雷斯潘遇害的現場突然浮現在丹尼爾腦海之中。

「很難以置信吧，警官。你相信神嗎？」
「雖然我經常翹掉星期天的禮拜，但我自認是相信神的。」
「可是如果說造物主創造出世間萬物，你是不是半信半疑呢？」
丹尼爾又一聲不吭地等他說下去。
「那麼，如果說神選擇了猶太人作為傳道的角色，來向人類傳福音呢……」
因為丹尼爾繼續保持沉默，指揮家忍不住笑了。
「我能理解喔。人皆如此。大家都相信神，但那只是一般的儀式，就像看到紅燈會停下來那樣。一般人應該都會這麼想，如果神真的存在，我希望能看到確切的證據，沒錯吧？」
「嗯……」
丹尼爾無法不老實承認。
「所以才有了這塊石板。開頭的第一句話就是在講這個。十八世紀，普魯士的偉人——腓特烈大帝也是這麼想的，所以找來家臣中號稱最聰明的尚．巴蒂斯特．德．柏耶，問他這個世界上是不是真的有神。」
「哦。」
「而他回答『有』。」
「喔！」
「於是大帝接著說『那給我看證據吧』。至於柏耶則是不為所動地回答『陛下，猶太人就是證據』。」
丹尼爾默默聽著。
「他還說神對猶太人的承諾一一實現了。」

「嗯嗯。」

「就寫在這裡。」

「請問是什麼承諾？」

「我順著石板說下去吧。你看這裡。這張族譜可有意思了。猶太教的創始者亞伯拉罕有兩位妻子，第一任妻子是猶太人撒拉。」

「撒拉……」

「對。但是撒拉一直生不出孩子來，於是在撒拉的勸說下，就讓一個埃及女奴為亞伯拉罕生孩子。那位女性名叫夏甲。」

「夏甲。」

「沒錯。夏甲產下的子嗣叫以實瑪利。但撒拉急了，於是努力想讓自己懷孕，終於也生了兒子，那個孩子就是以撒。然後以撒之子雅各、雅各之子約瑟……一代接著一代，這些人成為了猶太教信徒的祖先。」

「原來如此。」

「另一方面，埃及人夏甲生下的兒子則成了伊斯蘭教信徒的祖先。換句話說，猶太教與伊斯蘭教的祖先其實是同父異母的兄弟，不應該是敵對關係。亞伯拉罕同時也是伊斯蘭教之父，所以這兩種宗教爭得你死我活著實愚不可及。說穿了，兩者之間的爭鬥並不是宗教戰爭，而是繼承權之爭。」

「爭奪繼承權啊……」

「是的。歸根究底，他們的鬥爭不外乎哪邊的土地能挖出石油，其實充滿了功利主義。」

「亞伯拉罕呢？」

「如同我前面所說，神在所有人類中選擇了他。他原本住在東邊的巴比倫，神要他立刻前往自己的領地迦南，也就是現在的以色列。」

「應許之地……」

「正是。那個時候，神命令亞伯拉罕前往迦南，還告訴他『為你祝福的，我必賜福給他；詛咒你的，我必詛咒他』。這是神的承諾。猶太教的歷史就這麼開始了。」

「嗯嗯。」

「這個承諾後來還發展成歷史上的事實。有猶太人參與國政或教育、生產領域的國家通常都發展得有聲有色。基於重視多子多孫多福氣的教義，猶太人生了很多小孩，因此受到先住民排擠，被趕出國家。結果，那個國家很快就沒落了。當被驅趕的猶太人遷徙到另一個國家，該國就會取代前者，取得霸權，如此周而復始。歷史依循神的承諾發展。」

「這就是所謂的祝福嗎？那些國家是……」

「首先是葡萄牙。原本微不足道的國家發展成獨霸一方的海洋大國。接著是隔壁的西班牙。這兩個國家依序將東方世界納為自己的殖民地，成長為泱泱大國。因為兩國起初都不管居民的宗教信仰，要相信什麼神都可以。說得更正確一點，穆斯林認為只要滿足條件的人都是受啟示者，接受基督教、猶太教的信仰。因為猶太教徒並沒有自己的安住之地，後來便大舉遷徙至這座半島。可是當國家變得富強以後，西班牙卻要求人民信仰天主教，並開始迫害已經成為國內一大勢力的猶太教徒，於是猶太人又移居到小國荷蘭。

接下來，荷蘭就趁勢掘起，在海上乘風破浪。他們前往東方，獲得了許多殖民地，還拿下非洲南端的好望角。因為這裡是通往東方的航路要衝。同一時間，西班牙、葡萄牙則逐漸沒落。但問題是荷蘭日後也重蹈前面兩個國家的覆轍。在富國強兵後，又開始迫害已經變成一大勢力的異教徒，並強迫他們信奉新教。所以猶太人只好又逃離荷蘭，前往英國。

英國起初對猶太教很寬容，也允許教徒們從事自己的宗教活動。果不其然，這次換英國有了爆發性的擴張，還陸續吸收西班牙、葡萄牙的殖民地。如你所知，號稱日不落國的大英帝國就此誕生。還出了班傑明．迪斯雷利這種擁有以色列姓氏的首相，他善用羅斯柴爾德家族遍布全歐洲的情報網，掌握蘇伊士運河的動靜，搶在法國之前拿下這個要衝的利權，獨占東方的貿易。這其實是荷蘭以前慣用的手法，到了這個時代則是英國的全盛期。另一方面，荷蘭的江河日下則是肉眼可見。

猶太人無論去到哪裡都是異鄉人。當美國在新大陸這塊土地上掘起，他們便離開英國，前往美國。因為所有人在新大陸都是異鄉人，既然同為異鄉人，就不用擔心受到歧視。之後美國如何勢不可擋地強勢興起，你已經知道了。如今美國已經成為實力堅強、勇冠世界的超級大國。這種令人嘆為觀止的掘起速度，與神的福音之名真是太契合了。」

「原來如此，神的預言都正確地具現了嗎……」

丹尼爾心悅誠服地說。

「是的。柏耶所說的就是這個意思。」

「亞伯拉罕的子孫帶來猶太教的發展……與此同時，伊斯蘭的歷史……」

「你說的沒錯，伊斯蘭教一直要到很久以後才開花結果。三大宗教的發展關係是基督教先否定猶太教、伊斯蘭教再否定基督教。所以當時是猶太教風起雲湧的時代。」

「那是西元前的事吧？」

「你是指三大宗教嗎？沒錯。在那之後又過了很長一段時間，基督才誕生。神為了試探亞伯拉罕的忠心，命令亞伯拉罕將自己的兒子獻給神。亞伯拉罕迫不得已，只好帶著兒子以撒爬上摩利亞山，也就是今天的耶路撒冷。亞伯拉罕讓兒子躺在岩石上，接著將刀子高舉過頭，準備刺向少年的胸口。就在他正要一刀刺下的瞬間，神出聲制止他，並且對他說：『到此為止，亞伯拉罕，我明白了，我充分理解你的忠心，不必殺死兒子。』」

「啊，我聽過這個故事。這個故事很有名呢。」

丹尼爾盯著貌似寫著這個故事的部分說道。石板上描繪了躺在岩石上的少年。

「是啊。於是亞伯拉罕以一頭公牛代替兒子獻給神。後來他的兒子以撒長大成人，生下雅各，展開了古代以色列王國的歷史。」

「哦，原來是這麼回事啊。」

「雅各是個身強體壯的男人，能與神摔角。一番鏖戰後，他把神給扔了出去，因為他竟然打敗了神。於是神給予祝福、賜名以色列（Israel）。『Isra』是古希伯來語『神』的意思，而『el』則是『勝利』的意思。所以這個名字就是『勝過神的人』的意思。英雄雅各建立了猶太人的國家，取名『以色列』。以上是古代以色列王國的起源。」

「我了解了，原來有一段這樣的歷史啊。」

丹尼爾說道。

「這是舊約聖經中創世紀第三十二章的故事。雅各長大後生了十二個兒子，這十二個兒子分散在以色列全境，各有各的管轄地區，並各自擔任部族長，治理國家。這便是所謂的以色列十二支派。這部分的說明也寫在石板的這一帶。」

伯納德用手指著石板的一部分。

「這些孩子裡就屬約瑟特別聰明，嫉妒他的兄長們將他丟進井裡，三番四復想致他於死地。最後他還被當成奴隸，賣到埃及。

幸好約瑟真的很聰明，又有人格魅力，逐漸在埃及嶄露頭角。猶太人紛紛自以色列輾轉聚集在他的身邊，在埃及形成一大勢力。他們生了很多小孩，開始擠壓到埃及人的生存空間。備受威脅的埃及人抓捕他們後就當成奴隸使喚。從此以後，猶太人在埃及受苦受難的時代開始了。所幸過了四百三十年後，摩西這位救世主出現了，帶領上百萬名遭受迫害的猶太人奴隸逃離埃及。」

「《出埃及記》嗎。他們前往的是應許之地吧？」

「是的。途中經過西奈山，被神授予十誡。不料猶太人在旅途中開始起了內訌。人民懷疑摩西的統率力，質疑他雖然自稱是神的使者，但是否真有受到神的囑託。

摩西不得不向人們證明自己真的能與神溝通，同時也不得不讓大家見識一下神託附於自己身上的意志。於是他將手中的拐杖高舉過頭，宣布要讓大家見識神的力量。說時遲、那時快，舉到頭上的拐杖開始冒出新芽、伸出枝葉、開出杏花。人民親眼目睹這樣的神蹟，全都誠惶誠恐地趴伏在地上，發誓要聽從摩西的領導。

逃出埃及的猶太人穿過神為他們打開的海中通路，好不容易抵達了迦南，加入十二支派、成為以色列的國民。

後來，以色列王國出現了繼承亞伯拉罕血脈的英雄大衛，整合了十二支派，讓以色列成為統一的國家，逐漸將國家帶上繁榮之路。到了大衛的兒子所羅門當國王的時代，以色列開始在中東地區脫穎而出，迎來盛況空前的榮景。

所羅門王在丘陵上建造巨大的聖殿，也就是所謂的所羅門聖殿。雖然如今已不復見，但支撐聖殿的基底石牆吸引了來自世界各地的猶太人到此將額頭靠上去、進行祈禱。這就是很有名的『哭牆』[10]。」

石板上也能看到「哭牆」的繪畫。

「哦，『哭牆』原來在那個地方呀。」

「以色列在所羅門王的時代迎來空前的繁榮，但同時也產生了危險因子。」

「是什麼？」

「所羅門王從世界各地娶了上千名妃子。正確地說是七百名王妃與三百名側室。那些妃子們從世界各地帶來各式各樣的宗教，讓國內逐漸陷入混亂。」

「原來如此，伴隨繁榮而來的危機啊。」

「沒錯。所羅門王死後，約束力也不存在了，國家因此分裂成南北兩邊，亦即北部的以色列王國和南部的猶太王國。以色列王國的首都是撒馬利亞、猶太王國的首都則是耶路撒冷。西元前七二二年，北邊的以色列王國被亞述侵略，就此滅亡。就在這個時候出現了一個重大的謎團，問題就出在這裡。」

「是什麼？」

「以色列王國滅亡時，亞伯拉罕末裔之中的十個支派也被帶到亞述。後來他們逃離亞述，就此下落不明。那些人到底上哪兒去了，至今仍是未解之謎。」

「喔喔。」

「完全不知所蹤。這塊石板也提到了這件事。」
「流浪的撒馬利亞人……」
丹尼爾念出石板上的一段文字。
「消失的十個支派。最近有傳聞指出其中一支部族就居住在位於印度東北方的西藏山中。」
「真的嗎？」
「以色列的偵查機構『Amishav』預計最近要去當地調查。當地似乎稱那些人為瑪拿西族，但目前還無法確定真偽。」
「石板上也寫了這件事嗎？」
「是的。建國之父摩西命人製作『約櫃』。神聖的約櫃底部兩邊各有一根長長的棍子，好讓人可以扛在肩膀上搬運。相傳絕對不能拔出棍子。」
「裡面裝了什麼東西？」
「以色列人看得比性命還重要的寶物『三種神器』。包含櫃子在內，過去曾被合稱為『所羅門的寶藏』。」
「曾被合稱？為什麼是過去式？」
「因為這也不見了。現在下落不明。所以世人稱之為『失落的約櫃』。」
「這樣啊，這就是大名鼎鼎的『失落的約櫃』……那具體而言，『三種神器』又是指哪三種神器呢？」
「首先是神在西奈山賜給摩西的石板『十誡』。顧名思義是刻著猶太教十條誡律的石板。其次是『亞

10　原名西牆。所羅門聖殿（第一聖殿）毀於戰爭後，於原址重建第二聖殿。現今大家認知中的哭牆，為大希律王擴建第二聖殿的工程中圍繞聖殿的西牆部分。

倫杖』。這是逃離埃及之際，摩西帶在身上，然後神讓杖上開出杏花的奇蹟手杖。」

「嗯。」

「最後一項是『嗎哪罐』。」

「這個是？」

「食物取之不盡、用之不竭的神奇容器。裝有這三件神器的箱子即為『約櫃』，又稱『所羅門的寶藏』，也是以色列人之所以存在的理由。」

「原來是這樣。」

「但是隨著以色列王國滅亡，這個約櫃也不知去向了。現在全世界正以猶太教徒為中心，拚命地尋找失落的所羅門寶藏，但目前尚未尋獲。也有說法認為是被羅馬搶走的，據說是被一個名叫烏撒的人搬到羅馬，但誰也不知道是真是假。」

「我懂了。那南邊的王國又是什麼情況呢？」

「猶太王國在西元前五八六年被新巴比倫滅了，國民都被帶到巴比倫當奴隸，這就是名為『巴比倫之囚』的事件。後來在四十七年後的西元前五三九年遭受阿契美尼德王朝居魯士二世的侵略，巴比倫滅亡，猶太人奴隸重獲自由。」

「哦，那他們回國了嗎？」

「沒有。他們已是第二代、第三代的猶太人，對迦南之地並不抱有鄉愁。因此是先回去的猶太教神職人員們為了喚醒其他人的民族自覺，著手編纂說明以色列歷史的書籍，也就是舊約聖經。」

「哦！原來舊約聖經是這麼來的呀。」

「是的。從而喚醒大家的民族意識，在回國以後，所有的人同心協力、胼手胝足地重建國家。所以神應許的以色列王國在那之後又持續下來了，並沒有消滅。當時猶太民族尚未離散到世界各地。後來又經過數百年的歲月，終於進入耶穌基督的時代。」

「原來如此，真是無比漫長的歷史啊。簡直是一篇壯闊的史詩。」

「沒有錯。早在比耶穌基督的時代還更久遠的從前，神就答應要祝福猶太人民了。」

「為你祝福的，我必賜福於他。」

「對，正是如此。與此同時，神也承諾要在人間創造千禧王國。」

「千禧？」

「又稱彌賽亞。意指成為王的救世主。這是希伯來文。基督則是希臘文。」

「是這個意思啊。」

「王國需要三樣東西，也就是國王、國土與國民。國土指的是應許之地，神已經給予迦南之地了。國民當然是猶太人。再來只剩永恆的國王。但神也做出了冷酷的預言，若是人民膽敢拒絕這位國王，神會連根刨起那片土地，讓宮殿毀於一旦，成為永遠的笑柄。」

「好嚴厲的警告啊。」

「的確很嚴厲。誕生於此地的耶穌基督順從天命，畢生奉獻於宣揚猶太教。不過卻對這個宗教的排他性、執著於天選之人的要素感到疑惑，於是就將教義改變為平等地祝福所有人。這件事惹毛了猶太教徒，不承認耶穌基督是神派遣的彌賽亞。」

「怎麼會變成這樣。」

「這個問題直到今天依舊無解。猶太人至今仍不承認耶穌基督是得到天啟的預言家。而且當時猶太教徒也開始腐敗，於是耶穌基督與那些人辯論，一一駁斥他們的論點、讓他們非常沒面子。所以這些人為了除掉耶穌基督，開始無的放矢地指控他是敗壞道德及風紀的犯罪者。他們的主張廣為流傳，逐漸形成國民之間的輿論，最後居然請求羅馬總督對耶穌基督處以極刑。」

「是耶穌基督的門徒猶大去告的密吧？」

「據說他為了區區的三十枚銀幣出賣了耶穌基督。羅馬總督因此掌握到耶穌基督的行程，先下手為強限制他的行動。為了滿足國民的要求，決定處死耶穌基督。」

「所以說，歸根究底還是猶太人殺了祂。」

「就是如此，完全是受到族人的背叛。刑場設在各各他山。背叛耶穌基督的人其實不只猶大。所以當耶穌基督被釘上十字架，十二位門徒全都逃竄得無影無蹤。」

「嗯。」

「處死耶穌基督的各各他山後來建了聖墓教堂。耐人尋味的是，這座教堂是後來由羅馬所興建的。如今吸引了全世界的基督教徒前來朝聖，成為名聞遐邇的聖地。」

「羅馬後來將基督教定為國教呢？」

「是啊。猶太教原本只是一個地方宗教，而基督教也只是其中的一個分支而已，今天之所以能成為跨越國界的宗教，都要歸功於羅馬與傳教士保羅的才幹。猶太教的傳播曾遇到語言高牆的阻礙，後來因為羅馬帝國幅員遼闊，在語言上做了一定程度的統一，基督教才能一口氣推廣到全世界。」

「原來如此。」

「可惜保羅以外的傳教士的能力、魅力都良莠不齊，導致基督教的教義在歐洲各地的解釋莫衷一是，產生混亂。因此出現了了統一的需求，新約聖經就這麼被催生出來了。」

「啊，是這麼一回事啊。」

「是的。然而殺了耶穌基督後，羅馬仍不承認基督教，也不承認猶太教，將耶路撒冷的神殿破壞得體無完膚，只剩下遍地瓦礫，從此以後也不曾再重建神殿。」

「成為笑柄……」

「嗯。自此猶太王國滅亡，猶太人被趕回祖先之地，不只北部的以色列人，南部的猶太人也陷入顛沛流離的亡國命運。直到一九四八年以色列建國前，猶太人在長達兩千年的歲月之中都是失去國家庇護的流浪民族，居無定所地在世界各地移動。」

「這是因為他們不承認耶穌基督是教世主，甚至還害祂被殺害的懲罰嗎？」

「你說的沒錯。猶太人因此承受了兩千年的刑罰。」

「真的好苛刻啊。不過這也是沒辦法的事情吧。」

「都怪我們民族罪孽深重。」

「嗯嗯。那麼，關於日本的部分……」

「以色列的十支派在西元前七二二年被逐出祖國。根據該國的史書記載，日本建國於西元前六六〇年，與祖國滅亡相隔約六十年，非常吻合十支派橫跨中東、沿著中國沙漠之路抵達日本、重建家園的時間。」

「你的意思是，猶太人變成日本人嗎……」

丹尼爾再次大驚失色地喊了出來。

「國籍是古代以色列人。雖然在人種上屬於同一種民族，但他們是北方的民族，南方的猶太王國國民才是猶太人。」

不過丹尼爾無法接受這套說詞。

「可是，猶太人和極東地區的日本人樣貌不同吧。」

「不，包括耶穌基督在內，古代以色列王國時代的猶太民族是有色人種，被稱為閃族人。雖然頭髮是鬈的。」

「唔嗯，你是想說兩者很相似嗎？」

「緬甸的瑪拿西族，臉就跟日本人長得一樣。」

「但他們現在是白人，就跟你一樣。」

「那是因為現在的猶太人大部分都是改信猶太教的可薩王國的末裔。他們的統治階層是突厥系，但完全就是白人。至於閃族完全是不同的人種。」

「既然如此，為什麼會扯到日本呢？以色列民族有什麼非要去日本的理由嗎？極東地區有什麼吸引猶太人的地方？」

「領導者自有他們的理由。」

「怎麼說？」

「舊約聖經的《以賽亞書》有段預言是這麼說的。稱神的榮光將籠罩極東之地、太陽升起的地方。」

「所以要照做嗎？庶民也願意去嗎？」

「庶民的想法可能不太一樣吧。至於打算要走陸路逃往東邊時，當時通往東方的大道之中最為人所熟知的莫過於絲路。順著絲路往前走，結果就逃到名為日本的島上了。」

「這樣啊。」

「再往前就是大海，無法再前進一步。對於絕大多數的猶太人而言，就只是這樣而已。所以這座島嶼就像水庫的漂流木般擋下了所有來自西方的文化遺產。這大概是所有人只是默默地往東走的結果。既然從西邊出發，自然會抵達東邊的盡頭。」

「並不是特別把日本視為目的地嗎？」

「假如絲路前方是菲律賓，他們大概就會在菲律賓建國吧。文化也好、逃亡的民族也好，基本上多半都是沒有意識的漂流木。」

「原來如此。因為只是想盡可能地遠離追兵。」

「是的。」

「所以，日本有這方面的證據嗎？」

「多得跟什麼似的。」

「真的假的？」

「我並沒有誇張，這是非常顯而易見的事實，要多少就能舉出多少。例如古希伯來文，亦即所謂的阿拉美語，會稱大衛或所羅門等偉大的統治者為『My Gdwl』。日本自古以來也稱統治者為『Mikado[11]』，這兩個字的發音大同小異。日本的『Mikado』也被稱為『Sumera Mikoto[12]』，這個發音聽在通曉阿拉美語、古希伯來文的人耳中就很像『撒馬利亞的大王』。」

11　みかど，漢字可寫成「帝」。

12　すめらみこと，漢字可寫成「天皇」。

「撒馬利亞是？」

「剛剛有提到過，就是古代以色列王國的首都。」

「原來是這樣。也就是說，就像是紐約市長那樣的存在嗎？」

「對。撒馬利亞市長。換言之，對於從西方盡頭漂流過去的人而言，這句話就像是由他們帶到這塊極東土地的。來自撒馬利亞的流亡人民大概承襲了以色列時代的習慣，把誕生於異鄉的領導者稱為『撒馬利亞的大王』吧。結果被日本的先住民聽見了，即使不明白其意義，也在不知不覺間記了下來。」

「還有其他的嗎？」

「還有很多喔。日本皇室的徽章是十六瓣的菊花，以色列也有類似的花，但不是菊花，而是杏花。猶太皇室的徽章就是十六瓣的杏花，乍看之下毫無二致。」

「嗯嗯，這會是偶然嗎？」

「或許是吧。但如果硬要說一切都是偶然……」

「有道理，要是有太多偶然……」

「還有一種東西很明顯就是有所關聯，讓人難以反駁。」

「是什麼呢？」

「神話。十九世紀前，日本有個名叫諏訪的神社每逢祭典都有在神明前演出的儀式。神社的神官會用桑樹皮製成的繩子把一個少年綁在柱子上，揮舞短刀、作勢要刺進少年的胸口。但就在即將見血的千鈞一髮之際，另一位神官會跑過來阻止他、救少年一命。這樣的短劇一直連綿不斷地上演到近世。」

「啊，那很像亞伯拉罕和以撒……」

「沒錯。簡直是一模一樣的故事呢。」

「日本也有亞伯拉罕的傳說嗎？」

「這倒是沒有。只是唐突地擷取出這個故事來演出。即使問了現居日本的拉比[13]，他們也不知道原因。只知道這是從以前流傳下來的劇碼，即使不懂意思，每逢祭典還是都會上演。到了後來，人們也改用七十五頭鹿來代替少年的生命、作為活祭品獻給神明。」

「改用鹿嗎？」

「因為諏訪那邊沒有羊。不過附近的森林有很多鹿，所以就改用鹿獻祭。而且神社位在一座名叫『Moriya』的山裡。」

「哦，Moriya……」

「是的。完全就是舊約聖經故事裡的發音[14]。這間諏訪神社供奉的神明叫『Mishaguji 神[15]』。這是降臨在樹木、竹子、岩石等各種東西上的精靈之名，一般認為是從古希伯來文『Miisakuji』變化而來。」

「Miisakuji，這是什麼意思？」

「意指源自以撒的神。」

「哦，所以說……」

「除此之外還有許多與以色列神話相同的地方。例如亞伯拉罕的妻子撒拉因為夏甲生下兒子而心生嫉妒，便要亞伯拉罕趕她出去。亞伯拉罕不知該如何是好，但結果還是給了食物後，就將夏甲母子流放荒野。夏甲抱著孩子在野外徘徊，實在走投無路了，可是又不忍心看著孩子死去，最後只好將孩子放在樹下，轉

---

13 猶太教中通曉《塔納赫》和《塔木德》等經典，受人尊敬的聖職者兼指導者。

14 もりや。漢字寫成「守屋」。舊約聖經《創世紀》中，神要求亞伯拉罕在摩利亞山（Moriah）獻上兒子的性命。兩者發音相近。

15 ミシャグジ神，漢字寫法在諏訪當地就有「御社宮司」、「御社宮神」等多種組合。

身離去。

日本的歷史書籍《古事記》也有類似的故事，一位名叫八上比賣的女性用布把孩子包起來，掛在樹枝上後逕自離去。

又或者是雅各娶了一對姊妹，妹妹拉結貌美如花，姊姊利亞則沒有那麼漂亮。而日本的《古事記》也提到有個神明娶了一對姊妹後建國的故事。其中的妹妹木花之佐久夜毘賣同樣貌美如花，但姊姊石長比賣卻長得很醜陋。

除此之外，有個名為大國主命的神也留下了逸聞。他被壞心眼的哥哥們欺負，差點卡在樹洞裡被殺死。哥哥們還曾用燒紅的大石頭偽裝成山豬、要他好好抓住。舊約聖經也有大同小異的故事。如果還要堅持這一切都是巧合，反而有點牽強吧。」

「說的也是。」

「這些都可以視為由來自西方的民族將故事帶進日本的例子。而且這裡還寫了在剛剛提到的那位大國主命的時代所發生的『讓國』一事。」

指揮家指著石板的一角說道。

「這個故事聽在我們耳中，意味十分深長。大國主命是日本一個名為出雲之地的王。在他的時代，有股名叫瓊瓊杵尊的勢力出現在他面前、要求大國主命把國家讓出來，於是大國主命並沒有抗爭，就把國家讓給了瓊瓊杵尊。」

「哦。」

「這被解讀為遠從西方跋山涉水進入日本的古代以色列王國勢力開始統治日本的故事。」

「嗯，竟然是這樣啊……」

「對。這個神話裡的瓊瓊杵尊被解讀為雅各。因為這位神祇正是剛才提到娶了一對姊妹，妹妹貌美如花、姊姊很醜陋的建國之神。」

「雅各嗎？可是……」

「沒錯。事實上並不是雅各，時代也不一樣。他與木花之佐久夜毘賣生下的孩子，後來有個子孫名叫神武，是日本第一位天皇。這件事發生在西元前六六〇年。」

「唔嗯。」

「從兩國的神話也可以看出以色列與日本有著深厚的淵源。再舉一個例子，日本皇族也有所謂的『三種神器』。不僅神器數量相同，而且全世界持有『三種神器』的民族，就只有以色列與日本而已。」

「其他國家沒有嗎？」

「隔壁的蘇美人也有類似的傳說，但這大概是受到以色列的影響吧，除此之外從來沒看過其他例子。」

「嗯。日本的『三種神器』具體而言是什麼樣的東西呢？」

「劍和鏡，還有玉石。」

「一點也不像呢。」

「是不像。但日本大多數的祭典都一定會出現名為『神轎』的神聖座駕。其構造與約櫃其實具有異曲同工之妙。這個神聖的箱子底部有兩根棍子，由許多人扛著搬運。這個構造就跟『約櫃』一模一樣。」

「這樣啊。」

「京都是我們十分嚮往的日本古都，這個美麗的古都有個人稱『Gion Matsuri（祇園祭）』的祭典。」

「好像是很盛大的祭典呢，為期一個月。」
「是的。這裡的『Gion』其實就是猶太王國的聖地——耶路撒冷的別名。」
「啊，真的是這樣耶。」
「對吧。」
「就是這裡寫的『ZION』嗎？」
「是的。也有說法指出這個名稱原本是經由印度而來。除此之外，還有無數個日本祭典是起源於古代以色列王國儀式的說法。」
「可以舉幾個例子來聽聽嗎？」
「以色列也有所謂的『錫安祭』。兩者都是為了祈禱驅除疫病，但以色列的錫安祭還有為了慶祝從諾亞洪水倖存的意義。」
「嗯嗯。」
「京都的祇園祭中還有所謂的前祭。這是以華麗的花車繞行於古都市內為主的祭典，固定在每年的七月十七日舉行，而這天剛好也是諾亞洪水退去的日子。」
「喔喔！也太巧了吧。」
「在祇園祭活動拖著名為山鉾的美麗花車時，日本人會發出『enyaraya』這種不可思議的吆喝聲，互相鼓勵。聽在以色列人的耳裡，這就像是讚美神的阿拉美語，換句話說，聽起來很像古希伯來語。」
「所以是什麼意思？」
「聽起來就像是在說『吾神啊，我讚美您』。以色列人正確的發音是『any ahalel yah』，可能是在漫長的歲月中發生了變化。」

「京都人知道這件事嗎？」

「問日本人這句話是什麼意思，他們也完全不知道。對他們而言，就只是吆喝打氣的喊聲，並沒有什麼特別的意義。就只是自古以來代代相傳，於是耳朵自然而然便記住了，嘴巴也就能自然而然地喊出來。」

「聽起來好有意思啊。」

「日本人在祭典活動中要集合眾人之力時，會發出『yoisho』或『dokkoisho』的吆喝聲。在阿拉美語中，『yoisho』就是『yeshua』，表示『神啊請幫助我』的意思；『dokkoisho』則是『dokheh yeshu』，表示『神啊請幫助我，結束這場苦難吧』的意思。日本人不明白這些話的意義，只是不假思索地記住、把它們講出來而已。因為是從前一代一代傳下來、在祭典時使用的吆喝聲，人們才以為本來就是要這樣喊吧。他們平常幾乎不太使用這些字句。」

「喔喔。」

「還有，日本人抬神轎時會發出『essa hoisa』的喊聲。同樣的，聽在懂阿拉美語的人耳裡，『essa』是『救世主』，『hoisa』則是『搬運』的意思。」

「竟然是這樣啊！」

「以撒之子雅各能與神摔角。日本人的角力稱為『Sumo（相撲）』。你應該聽過吧，那是日本從古代傳承到現在的格鬥技。」

「嗯嗯，這個我知道。」

「古希伯來語也有『shumo』這個單字。」

「也是格鬥技的意思嗎？」

「不是，不知何故，在古希伯來語是『名字』的意思。」

「名字……」

「不過，日文的相撲說不定是雅各從神那裡領受『以色列』這個名字時，人們不慎會錯意而流傳下來的結果。」

「嗯。」

「而且這項格鬥技中也有疑似起源自阿拉美語，亦即古希伯來語的吆喝聲。」

「像是什麼？」

「裁判會不斷地對選手發出『hakkeyoi』或『nokotta』等喊聲。在古希伯來語中，『hakke』是『扔出去』、『yoi』是『進攻』、『nokotta』是『丟出去了』的意思。」

「喔喔。」

「相撲也是一種宗教儀式，為了讓名為土俵的擂台保持清淨，選手們會在擂台上撒鹽。而古代的以色列也有用鹽驅邪的習慣。」

「聽起來是決定性的證據呢。那麼失落的約櫃就在日本嗎？」

「這真是令人振奮的推論啊。Amishav 也想過這個可能性，曾多次派遣調查團前往日本，但還沒有任何發現。那座以 Moriya 為名的山也被認為可能是用來藏約櫃的地點，吸引了來自世界各地的猶太人。」

「對了，我有個問題。」

「請說。」

「為你祝福的，我必賜福給他；詛咒你的，我必詛咒他。」
「嗯。」
「神是這麼對亞伯拉罕說的吧？」
「對。」
「那麼日本人也受到了祝福嗎？」
丹尼爾問道，伯納德則是點頭回應。
「你說的沒錯。非常難得的是，日本沒有絲毫的反猶太主義，可以說是已開發國家中唯一沒有反猶太主義的國家、民族。日本不僅沒有迫害猶太人、將他們趕出國土的歷史，反而幫助過猶太人好幾次。」
「你是指杉原千畝[16]吧。」
「他也是其中之一。明明沒有什麼特別的理由，但日本人不知為何就是喜歡猶太人。大概是建國以來，去到日本的以色列人已經與日本人同化，幾乎變成同一個民族了。日本列島或許也是以色列民族的應許之地吧。」
「日本現在具有全球第二大的經濟規模，僅次於美國。」
伯納德點頭稱是。
「阿拉美語與日語有許多發音差不多的單字。像是拍手，阿拉美語是『hakasya』，日語是『hakushu』。描述水結冰的阿拉美語是『kor』，日語是『kooru』。流淚的阿拉美語是『nahaku』，日語是『naku』。表示傷腦筋的阿拉美語和日語都是『komaru』。寫字的阿拉美語和日語都是『kaku』。阿拉美語用

16 日本外交官。二戰期間，他於駐立陶宛日本領事館擔任領事代理，因為對於受到納粹迫害而流離失所的難民深感同情，他不顧上級命令、擅自簽發大量簽證給難民，拯救了很多人的性命。其中大多是猶太人。他也因此被譽為「東方的辛德勒」。

『syamurai』稱呼戰士，日語則是『samurai』。還有，阿拉美語和日語都有appare、damare這兩個單字，且意思幾乎都等同於『得到榮譽』與『閉嘴』。」

「嗯……」

「據說這兩種語言有共同發音的單字至少有三千個之多。日本小孩有種遊戲叫『jan、ken、pon[17]』，如果轉換成阿拉美語的話，『jan』是『隱藏』、『ken』是『準備』、『pon』是『來吧』的意思。」

「哦！」

「日本的北方地區流傳著一首名為『Sōran Bushi[18]』的民謠，裡頭有『yāren、sōran』的吆喝聲。跟祇園祭的吆喝聲一樣，日本人根本不知道那是什麼意思，只有懂阿拉美語的人才知曉箇中的奧祕。『yāren』是『歡喜高歌』的意思，而『sōran』則是『獨唱』，也就是『一個人歌唱』的意思。

還有很多喔。像是日本也有加入『cyoi』或是『yasaeenyan』等吆喝聲的民謠，『cyoi』是『前進』，『yasae．enyan』則是『筆直前進』的意思。」

聽著聽著，丹尼爾抱起了雙臂。

「那些內容也記載在這塊石板上面嗎？」

「就寫在這裡。」

指揮家指著後半段的一部分。

17　就是我們所熟悉的「剪刀石頭布」。
18　原文為「ソーラン節」，流傳於北海道日本海沿岸的漁師民謠。

第四章

十等分主義王國

1

在蘇格蘭的約拿湖出生、長大的凱蘿爾與約瑟夫是一對許下山盟海誓的戀人。他們都住在約拿湖畔，從小相親相愛地一起成長，從未吵過架。

秋去冬來，約拿湖的湖面大部分都結冰了，不再適合天鵝居住。氣溫下降的話甚至可能危及生命。每次同伴聚會時，大家都在討論要不要像凱蘿爾他們的祖先們以前採取的對策那樣，組隊飛往南方尚未結冰的湖泊過冬，但大家都不想再跑這麼遠了。一來是可能會受到外敵的攻擊，但更重要的還是作為中繼站的湖泊及池塘早已消失大半。夫妻或情侶夜間只要相互依偎取暖，就能撐過一個月。只要撐到春天，就能再度過一年。真正痛苦的時間基本上也就那一個月。比起花上好幾週的時間長途飛行帶來的痛苦與危險，以不變應萬變還比較安全。

秋季接近尾聲，凱蘿爾仍每天唱著自己擅長的歌。到了冬天，隨著天寒地凍、雪花飄落，生物們便從湖邊消聲匿跡，天鵝們也無法自由活動。凱蘿爾並不討厭與約瑟夫彼此貼著翅膀、一動也不動地依偎，但寒氣會傷害喉嚨，所以無法再唱歌了。因此，冬天對於凱蘿爾而言就是個漫長又無趣的季節。

可是只要春天到來，就會有很多快樂的事等著她。當天氣變暖，湖面的冰層也融化，志同道合的女孩們就會聚在一起跳舞。張開羽翼，振翅高飛，盡情在空中翩翩起舞。當女孩們產生默契、練成美麗的群舞時，就會叫上青年們，展現絕美的舞姿。大家都感動不已，為她們鼓掌喝采，凱蘿爾也會欣喜地引吭高歌。

隨著春意漸濃，湖畔花朵齊放，馥郁的香氣乘著和暖的風掠過湖面，大家都變得充滿行動力。開始有些情侶會在花香的驅使下離開約拿湖，享受長達數日的遠行。

約瑟夫很受歡迎，他經常撇下凱蘿爾，與男性友人們出門短期旅行。凱蘿爾不願他離開，但他的男性友人們可不答應。於是約瑟夫便邀請凱蘿爾同行。如果是跟約瑟夫的兩人世界就算了，要跟那麼一大群天鵝同進同出，凱蘿爾實在是提不起勁來。她只喜歡跟約瑟夫單獨行動。

某一天，凱蘿爾獨自在湖面上滑行時，突然聽見微風中傳來悠揚的笛聲。凱蘿爾不知是什麼聲音，於是停下划水的腳步。與此同時，音樂也靜止了。過了好一會兒，樹林間突然出現一個美麗的人類女孩。女孩慢慢地走到湖邊，坐在石頭上，就這麼一直凝望著湖面。凱蘿爾也停在水面，目不轉睛地凝視著女孩的身影。又過了好一會兒，女孩將手中的長笛拿到嘴邊，開始緩緩地吹奏。

岸邊傳來美妙的音樂，感覺周圍的顏色都變了。迎風而來的旋律實在太美，令凱蘿爾十分著迷，為了聽得更清楚一點，她一寸寸朝岸邊靠近。這時，人類女孩也發現了凱蘿爾。女孩放下長笛，嫣然微笑，舉起右手，朝凱蘿爾揮了揮。

「妳喜歡這首曲子嗎？」

女孩問她，凱蘿爾慢條斯理地微彎修長的脖子，以表達贊同之意。於是女孩又將長笛拿到嘴邊，繼續吹奏。

那是首非常靜謐、非常溫柔的曲子。凱蘿爾動也不動地漂浮在水面上傾聽，捨不得離去。儘管她的位置與岸邊有段距離，但來自森林的微風仍將花香與音樂一併吹送過來，因此能將旋律都聽個一清二楚。不需要靠得太近，所以不會有危險。

美妙的旋律向凱蘿爾訴說人世間的美好，讓凱蘿爾感受到知性、富含想像力、且能認知美的價值何在的高尚心靈。天鵝們的世界裡沒有這樣的東西。

不知不覺間，凱蘿爾開始幻想自己像這個人一樣，變成漂亮的人類女孩，在林中小徑中漫步。她對人類生活的家庭並非一無所知。屋子裡有暖爐，暖爐裡總是升著溫暖的火，因此縱使下雪，室內想必也很溫暖吧。那會是多麼舒適的世界啊。凱蘿爾聽著笛聲思考。她心想就算身體無法再像這樣浮在水面上、就算無法再跟往常一樣戲水，大概也不會感到難受吧。

一曲既罷，人類女孩站起來，彎下上身，向凱蘿爾行了個表示「感謝聆聽」的禮。凱蘿爾也滿心感動，也伸長上身，張開雙翅擺動著，向對方表示「妳演奏得很棒」。

似乎是理解了凱蘿爾想表達的意思，女孩面露微笑，揮揮手後便轉過身去，消失在森林裡。凱蘿爾知道前面有幾戶人類居住、貌似別墅的小房子，心想女孩大概是從城裡面來這邊度假的。

隔天、再隔天，凱蘿爾都因為想聽那個人類女孩吹笛子，又游過湖面、前往那個女孩所在的岸邊。可惜都未能再見到女孩。她大概回到有許多朋友的遙遠都會了吧。

凱蘿爾知道人類的城市是怎麼一回事。她曾經從高空俯瞰過好多次。從高處俯瞰的人類生活非常無趣，大家都住在蓋得密不透風的小房子裡。凱蘿爾總是揮舞著翅膀心想，自己才不要生活在那種箱子裡呢。才不要終其一生、都在過無法像現在這樣於廣闊的天空中翱翔的日子呢——她曾經是這麼想的。

然而，上次聽到的音樂改變了凱蘿爾的想法。她從音樂中感受到與翱翔天空無異的自由。人類肯定是因為無法飛上天空，才會創造出那樣的旋律吧。她是這麼認為的。無法飛翔的痛苦化為音符，展翅高飛。另一方面，就算終其一生都只能活在狹小的箱子裡，只要能看著暖爐的火光、每天聆聽那種音樂，然後身邊還有個心愛的他，即使是嚴寒的冬天，或許也能變得很快樂。

這種感覺很像在月光下做夢。而這同時也是可怕的幻想，可以預料到將遭遇各種危險。孤身一人闖進一無所知的人類世界，自己能夠活下去嗎？要是約瑟夫不在身邊，自己能承受寂寞嗎？能交到像約瑟夫那樣的人類戀人嗎？與人類的男性一起生活究竟是什麼樣的感覺呢？人類男性會善待自己嗎？

然後，她還思考自己是不是也能吹奏那種笛子。心想要是能吹奏的話那該有多好。心想如果能與暖爐、音樂、心愛的人一起生活，就算要放棄飛翔的樂趣，每天匍匐在地上生活，或許也能忍受。以前從未有過類似的想法。她一直以為世界上沒有比鳥類的生活還更理想的模式。聽了那陣笛聲之後，想法也隨之改變了。音樂的力量竟是如此強大，不僅讓凱蘿爾產生這樣的想法，還教會她只要懷抱夢想，就能讓心靈振翅翱翔。

傍晚六點，湖面彷彿罩上一層黑色的斗篷，世界也暗了下來。夜幕低垂，倘若沒有月光，約拿湖周圍的世界就會陷入無邊無際的黑暗。即使明白女孩不會出現，也聽不見音樂，還沒有任何人在那裡，凱蘿爾仍一再前往女孩待過的岸邊。幻想只要烏雲散盡，明月露臉，就能在月光粼粼的水面盡頭再次聽到那陣笛聲。

過了幾天，凱蘿爾又來到女孩吹笛的岸邊，周圍的森林上空閃爍著金色光芒，夕陽逐漸落下。湖面上的空氣十分冷冽，整個世界即將籠罩在夜色中。到了晚上七點，一切就會沉入深不見底的黑暗裡。雖然沒有去過，但那總讓凱蘿爾聯想到約拿湖的湖底，而且是最深的地方。

雲突然動了，四周圍也亮了起來。月亮露出了面容。就在那一刻，凱蘿爾看見岸上有個奇怪的東西。像是一片扁扁、薄薄的板子獨自立在水邊，沐浴在月光之下。

凱蘿爾這輩子從未見過那種東西。那到底是什麼玩意兒？她感到一頭霧水。恐懼湧上心頭，令人不敢靠近，一時之間只能在水面來來去去地觀察。

或許是可怕的怪物布下的陷阱，用來捕捉天鵝。聽說肚子餓的人類會去抓天鵝，然後再宰了吃掉。

問題是……自己的好奇心很強，可能沒辦法不確認一下就打道回府，那是自己最大的弱點——凱蘿爾停在水面上思考。她很了解自己。如果那是陷阱的話，輸給好奇心的自己肯定會上勾吧。

因為已經來來回回好多趟，等了半天卻什麼事也沒發生，因此凱蘿爾戰戰兢兢地游向那塊板子。愈靠近岸邊，愈能感受到湖面的波動。凱蘿爾慢慢地、慢慢地撥開灑滿月光的水波前進。水波前端的皎潔月色，也隨著她的靠近碎成片片。

等到靠近一看，這才發現板子非常大塊，從旁邊看的話就儼然一塊門板。換句話說，看起來就像是通往別處的入口。擦得亮晶晶的門反射著月光，光可鑑人。頂著恐懼再靠近一些，發現那塊板子比門還大。

凱蘿爾終於抵達岸邊。明明怕得渾身發抖，可是又沒辦法抑制想去看看的念頭。自己從以前就是這樣。明明比任何人都還膽小，卻又熱愛冒險，想探索自己不知道的世界，完全無法壓抑求知的欲望。腳底終於踩到水底的砂礫，凱蘿爾借力使力地讓身子離開水面。身體突然變得好重，失去了待在水裡時的自由自在。

凱蘿爾走到板子前，停下腳步，與此同時也大吃一驚，嚇得往後退了一大步。因為眼前出現了一隻天鵝。不過她很快就反應過來那是自己，提心弔膽地又往前探頭探腦。原來是一面鏡子。

岸邊怎麼會突然出現一面這麼大的鏡子。而且還是在這種夜幕低垂的時刻。究竟是怎麼回事？

凱蘿爾讓夜晚的鏡子映照出自己的全身，鏡子裡雪白的大天鵝讓凱蘿爾覺得好親切，萌生一種想要一直看下去的感受。

她也曾經看著朋友的模樣，想像自己的樣子。但是這種方法還是不夠完善。如今第一次在鏡子裡看到自己的模樣，才明白與想像中略有出入。這才知道自己的存在所散發的氣息，在周遭看來是什麼模樣。

能從客觀的角度審視自己是一件可喜的事。自己身邊也有很多天鵝，但鏡中的這隻天鵝與其他天鵝都不一樣，看起來特別有氣質、特別與眾不同。凱蘿爾下意識地認為只有自己跟大家不一樣。

感覺喜悅正源源不絕地湧上心頭。就像突然颳起一陣強風，凱蘿爾迎著風，提醒自己不要得意忘形。明明無意飛翔，但回過神來，兩邊的翅膀已經移開了身體，內心充滿想張開翅膀的欲望。凱蘿爾挺起上半身，伸直頸項，盡情地展開雙翼，揮了揮翅膀。然後，她不由得輕聲驚呼。

眼前的鏡子裡有隻美麗、潔白、優雅的鳥。偌大的雙翼伸展到極限，美得不像是這世間存在之物。凱蘿爾就這麼張開雙翼，頓時停止了所有的動作，看得出神。她舉起、放下右邊的翅膀，再揮揮兩邊的翅膀，確認鏡中那隻美麗至極的生物真的是自己嗎。鏡子裡的鳥也擺出相同的動作。確定是自己沒錯後，滿心喜悅令凱蘿爾不禁淚盈於睫。啊……這真是太幸福了。凱蘿爾不厭其煩地持續活動自己的身體，一再確認。打從心底感動萬分，樂在其中。心想，這片湖泊再也沒有比自己更美麗的鳥了。

拍拍翅膀，然後再張開，凱蘿爾就這麼持續舞動雙翼，接著收起來。隔了好一會兒，又再次張開翅膀。一而再、再而三地重複以上的動作，絲毫不覺得累，只有深深的喜悅。

「把翅膀探進鏡子裡。」

突然傳來這樣的聲音，讓凱蘿爾嚇了一跳。聲音彷彿是從遠方的森林深處傳來，又彷彿來自背後的湖面。

凱蘿爾回頭張望，然後又伸長脖子，望向森林深處的那片黑暗。什麼也沒看見。

閉上雙眼，沉思半晌。但腦中一片空白，只有剛才聽見的聲音反覆響起，一再迴盪。

那無疑是一種誘惑，而且不容她抵抗。凱蘿爾感覺自己受到那個聲音的命令，小心翼翼地將右邊的翅膀靠向鏡面。雪白的羽翼前端碰到鏡面，強烈的恐懼倏地湧上心頭，凱蘿爾趕緊收回翅膀。

再次閉上雙眼，調勻呼吸，試圖重新打起精神。然後，她又聽見了那個聲音。

「來吧，凱蘿爾，鼓起勇氣，把翅膀前端探進鏡子裡。」

在聲音的催促下，凱蘿爾再次將翅膀貼向鏡面。等等，她明明貼到鏡面上了，卻沒有碰到鏡面時的那種堅硬觸感。那個感覺就跟凱蘿爾剛才離開的水面一樣，冰冷且柔軟地接住、然後接納了翅膀的前端。翅膀就像是沉入水裡，毫無阻礙地被吸進鏡子裡。

凱蘿爾嚇了一大跳，翅膀前端有種彷彿被什麼東西給抓住的感覺。直覺告訴自己，一旦放鬆的話，全身都會被拉進鏡子裡。萬一被拉進鏡子裡……一想到這裡，凱蘿爾覺得全身的羽毛都要站起來了，身子僵住、動彈不得。她雙腳拚命使勁，想留在鏡子的另一頭。就在這個時候，又聽見了那個聲音。

「凱蘿爾，妳不想變成人類女孩嗎？」

那一瞬間，凱蘿爾鬆懈了。因為她這時才首度意識到，自己想變成人類女孩的念頭是如此的強烈。她做夢也沒想過自己竟然會這麼渴望。

「變成人類，然後到南方參加史卡博羅慶典吧。這不是一段很漫長的旅程。只要去到那裡，妳就能遇見理想中的男人，從此過著幸福快樂的生活喔。」

「真的嗎？沒有騙我？」

凱蘿爾大聲確認。如果是真的，那該有多好呀。可是，可是——

「看看翅膀吧。妳自己的翅膀。」

又聽見聲音了。凱蘿爾曲起翅膀。只見穿過鏡中的右邊翅膀已經變成人類的右手。纖細白皙的五根手指映入眼簾。

「啊！」

凱蘿爾驚呼。

「那是妳的右手喔。」

那個聲音說道。

「可是我……害怕獨自一個人！」

凱蘿爾喊了出來。這時那個聲音又告訴她：

「只有妳一個人能通過鏡子。」

這句衝擊性的話語讓她因此沉默不語。過了好一會兒才開口。

「真的可以得到幸福嗎？」

凱蘿爾大聲追問，可是卻得不到回答。她先是受到衝擊，隨即而來的是強烈的不安。那會是真的嗎？萬一並非如此——

就會是地獄。

強烈的恐懼感令凱蘿爾硬生生地收回羽翼。那需要非常大的力氣。

凱蘿爾「啊！」地慘叫了一聲，跌坐在地上。因為把翅膀收回來相當費勁，所以抽出來的同時也讓她往後翻了一圈。

她急忙檢查自己的身體，右手已經變回天鵝的雪白羽翼。心想這真是太好了，也感到如釋重負。因為這股安心的感覺真的非常強烈，於是凱蘿爾在放下心中大石的同時也深深地自我反省，發誓絕對不再做這麼危險的事了。這是不能做的事。她趕緊轉身背對鏡子，衝進水裡、拚命游向湖心，頭也不回地返回自己位於湖中央小島上的家。

這時感覺附近傳來了「啪沙啪沙」的響亮振翅聲。三隻大天鵝動作粗魯地在眼前降落、於前方激起了大水花。

「凱蘿爾！」

有人大聲地呼喚自己的名字。因為是熟悉的聲音，凱蘿爾抬頭一看，就看到三隻天鵝的其中之一正回頭看著凱蘿爾，然後朝這邊游過來。是約瑟夫。

「凱蘿爾，我回來了。」

約瑟夫說道。

「啊，太好了，約瑟夫。我好害怕喔，別再離開我了。」

凱蘿爾說完便緊緊地抱住戀人。

「約瑟夫，明天見啦。這次要去南邊！」

約瑟夫的朋友大喊。

「我知道了。」

約瑟夫回答。

「你又要出門嗎？」

凱蘿爾向戀人問道。

「嗯。」

約瑟夫回答。凱蘿爾接著苦苦哀求他不要去。

「別丟下我一個人啦。」

「可是朋友是很重要的。而且我們已經約好了。」

約瑟夫這句話的語氣有點不悅。

「旅途中的天空很漂亮。無論是天空、雲朵，還是地上的綠意都很美。而且我很快就會回來了。」

「不行啦！」

凱蘿爾哭了起來，約瑟夫說了句「傻瓜」，便開始安慰她。

「別離開我。」

「不會有事的。」

約瑟夫想也不想就回應。

「旅行是我的生存意義，別阻止我。」然後他又再說了一次：「不會有事的。」

怎麼可能會沒事。凱蘿爾心想。約瑟夫什麼都不知道，才會對於跟朋友一起冒險那麼熱中。一想到這裡，凱蘿爾覺得兩人的心開始漸行漸遠。她多希望約瑟夫能緊緊地抱住自己。

2

度過一個無法入眠的夜晚，第二天一早，凱蘿爾就目送約瑟夫與他的兩個朋友前往南方的湖泊旅行。

約瑟夫似乎依舊什麼也沒在思考的樣子，還在那邊跟朋友們嬉笑打鬧。

凱蘿爾對約瑟夫並沒有不滿，但他似乎覺得只有凱蘿爾的兩人世界很無趣，經常與男性友人計畫外出冒險。其實自己並不討厭冒險，她確實也經常覺得生活索然無味。約瑟夫說來說去都是同樣的話。因為他對生活沒有任何想法，對美好的事物也說不出什麼特別了不起的感想。所以才會導致他對生活感到厭煩，進而尋求與伙伴們一同冒險。自己幾乎沒有從他身上學到什麼東西，而且凱蘿爾總覺得他搞錯順序了。比起伙伴，應該要先顧慮我不是嗎？再這樣下去，就算與約瑟夫一起生活，他會花多少時間陪在自己妻子的身邊呢。畢竟他更喜歡跟一群男性友人去遊山玩水。

悶悶不樂地過完一天，凱蘿爾又來到昨天出現鏡子的岸邊看看，可是什麼也沒有。鏡子消失了。一想到自己已經完全失去變成人類的機會，凱蘿爾不禁悲從中來。

凱蘿爾將脖子往後彎，把頭埋進羽翼裡，以夢遊般的心情回到湖中小島的岸邊。倘若昨晚不顧一切地進入鏡子裡，自己現在應該已經變成人類了。這麼一來，大概再也無法變回天鵝了吧。不管她願不願意，從那一刻起，自己將被捲入冒險之中，或許會遭遇驚心動魄的事，甚至可能會丟掉小命也說不定。但即使演變成那樣的情況，或許自己也能死而無憾吧。

太陽開始西斜，凱蘿爾坐不住，結果又獨自游向那面鏡子出現的岸邊。

眼下太陽已經完全沒入地平線，今晚晴朗無雲，月光皎潔明亮，所以即便身在遠處也能看清楚相當遙遠的水面和彼方的岸邊。岸邊的砂礫上沒看到鏡子。凱蘿爾心想果然沒錯，鏡子不會再出現了。自己放走了千載難逢的機會。

沒有風、也不起波紋的湖面瀰漫著黯淡的氣氛，時間來到了晚間七點。就在這個時候，突然發現遠處的岸邊出現了鏡子。凱蘿爾此時才恍然大悟，那面鏡子要到晚上七點才會出現。如果真是如此，機會就不會只有一次。今天晚上、明天晚上、後天晚上，到了每個晚上的七點，鏡子就會出現。

可是就算鏡子出現，凱蘿爾也始終沒有勇氣靠近。她迷惘地漂浮在水面上，遲遲無法下定決心。凱蘿爾原地徘徊了好久好久，卻怎麼也無心回家，最後終於按捺不住、朝著鏡子游了過去。凱蘿爾清清楚楚地記得，自己穿過鏡面的右邊翅膀變成人類白皙、纖細、美麗的手。想忘也忘不了。內心湧起「想再看一次」的強烈欲望。如果今晚還能看到的話——

正面面向鏡子，就看到一隻雪白的天鵝慢悠悠地靠近鏡子的景象。凱蘿爾也覺得自己的模樣美極了，為自己感到驕傲。沒多久，兩隻腳掌感受到水底小石子的觸感。凱蘿爾踩著石頭、探出水面，用兩條腿走向鏡子。已經是第二次了，所以不像昨晚那麼害怕。

站在鏡子前面，盯著天鵝的身影看了好一會兒，凱蘿爾又張開羽翼，試著將右邊的翅膀靠近鏡子表面。稍稍遲疑之後，她便不顧一切地伸進去。而且今天還勇敢地探得比昨天更深一點，然後試著在鏡子裡稍微彎曲看看。只見鏡子裡又出現人類美麗的右手與纖細的手臂。多美啊，凱蘿爾心想，出神凝望了好一會兒。

好美的形狀。即使在月光下也能看見肌膚雪白、細緻的紋理。那是人類女孩的手。看到人類女孩的手，勇氣也跟著湧現，凱蘿爾繼續把身體探入得更深一些、擺出往鏡面靠上去的姿勢。接著，鏡子裡出現了一截纖瘦的白皙肩膀。

除此之外，身體沒有感覺到任何異常。既不會痛，也沒有壓迫感，反而受到想再探進去一點看看的誘惑。凱蘿爾與這股誘惑對抗了一會兒，無奈不安勝過好奇，她用力地抽出身體。然後又順利變回雪白的天鵝身體，但是在鬆了一口氣的同時，也覺得有點遺憾。我這輩子都只會是一隻鳥了。完全抽出身體後，凱蘿爾蹲在鏡子前，一動也不動地想了好一會兒。自己接下來該何去何從呢——

然後，凱蘿爾不自覺地起身，轉身跳進湖水裡，逃命似地游向中央。不過只是待在水面上划水，並沒有回家。她在看得見鏡子的位置游來游去，癡癡地盯著岸上的鏡子。不曉得鏡子什麼時候會消失。太陽升起的時候沒有看到鏡子。也就是說，鏡子會一直待在那個地方、直到破曉嗎——

盯著看了一小時左右，鏡子突然不見了。當下的時刻是八點，看來鏡子大概只會出現一小時。

回到位於湖中央小島上的家，凱蘿爾毫無睡意，一直在思考。煩惱了半天，深知自己想變成人類的欲望將一天比一天還強烈。直到幾天前，她都還沒有想變成人類的想法，如今那個念頭卻強烈到難以壓抑的地步。

這都要怪第一天晚上聽到的那個聲音。去南方參加史卡博羅慶典。去到那裡就能遇見理想中的男人、過著幸福快樂的生……那句話令她在意得不得了，深深地打動她的心，無法將之從記憶中抹去。而約瑟夫的態度也讓她產生懷疑。雖然希望他緊緊地擁抱自己、雖然希望他強勢地要求自己哪裡也不准去，然而約瑟夫卻一天到晚不在家，比起戀人還更重視男性友人。要是他的態度能更明確一點，自己的心也不會這麼搖擺不定。

第二天早上，凱蘿爾頂著一張睡眠不足的臉繼續煩惱。但是相較於昨晚之前的狀況，感受略有不同。太陽下山後，那面鏡子肯定還會於今晚七點出現在岸邊。然後今天晚上，她是真的想要走進去看看。隨著太陽升起，這個想法凌駕了一切。一夜過去，內心竟然產生了勇氣，就連自己也感到意外。隨著日上三竿，勇氣轉換成了決心，而且愈來愈強烈。

她游到湖中央，慢條斯理地在水面上旋轉，將周圍的一切深深地烙印在腦海中。或許今晚就要告別眼前的風景了。與這個令人懷念的地方、森林以及湖泊說再見。一旦穿過那面鏡子、踏上了旅程，自己還能再回到這裡嗎？

一定可以的。凱蘿爾如此相信，只要自己抱持強烈的意志，就一定能回來吧。這點無庸置疑。不過，就算回來，也無法確定能不能再變回天鵝。這一切全掌握在把自己變成人類的神的一念之間。遺憾的是，自己沒有自由變化的力量，萬一變不回來，就是要與約瑟夫永別了。

快接近日落時分時，凱蘿爾下定了決心。她去找了和約瑟夫一起旅行的男性友人的女友，請她代為傳話。如果自己從這片湖泊消失了，請約瑟夫就當自己去旅行了。但入冬以前一定會回來，所以希望他能等自己。對方問她要去哪裡，凱蘿爾只說要去南方。對方又問她一個人嗎，凱蘿爾回答是的。雖然對方露出不明所以的表情，但凱蘿爾只丟下一句「拜託妳了」便匆匆忙忙地離開。

回到小島的岸邊，她獨自靜靜地等待日落，一如遷徙過冬前，必須先好好儲備體力。因為不希望姊妹們多問，凱蘿爾遠離大家、獨自鑽進沒有其他人的蘆葦叢裡，靜待時間流逝。

不多時，陽光開始西斜，當金黃色的夕陽餘暉也消失後，暮色漸漸籠罩大地。心想已經不用擔心會被發現了，凱蘿爾便走出蘆葦叢、耐心地躲在廣闊岸邊的岩石後面。確定太陽已經完全隱沒在地平線下、即使離開岩石的掩護也沒關係後，就浮在水面上等待。今晚的天空是整片厚重的黑雲，沒有月光也沒有星光，湖面被漆黑包圍，不用擔憂自己會被任何人看見，於是凱蘿爾便大大方方地漂在水面上。

將近七點時，凱蘿爾開始緩緩游動、靜靜地游向鏡子出現的岸邊。

在湖面上等到七點，四周已經暗到看不清了，不過她知道鏡子已經出現在岸邊的砂礫上，所以凱蘿爾悄悄地靠近，一如往常不發出水聲、踏上了岸邊。

站在鏡子前，再次張開翅膀，揮舞羽翼。今晚暗到只能看見輪廓，但凱蘿爾依舊落落大方、美艷動人，這點滿足了凱蘿爾的自尊心。她喜不自勝地享受著這種心情，靜靜地待了好一會兒。因為她逐漸明白是自信與優越感讓自己產生勇氣。

看了一段時間後，她靠向了鏡子、再次將右側的翅膀伸進鏡子裡。今晚毫不遲疑地緊接著探入左側的翅膀。然後就像是要飛進去似地、一鼓作氣從頭部開始鑽進鏡子裡。

感覺有東西在拉扯自己。進入鏡中的過程沒有絲毫抵抗感，彷彿受到某種力量的牽引，上半身已經先進到鏡子裡面了。接著，全身就這麼穿入鏡子另一側的世界。驚人的是，她就直接摔了進去，翅膀前端碰到另一邊的砂礫。凱蘿爾不禁感到困惑，因為沒有受到任何阻力。接下來，她整個人撞向地面，感受到碰撞的疼痛感。

她很擔心還會發生什麼，但什麼也沒發生。自己只是移動了非常短的距離。但這整個行為都是不曾體驗過的事情。凱蘿爾從未感到這麼害怕、這麼疼痛。不管是肉體還是精神面皆是如此。

自己身上究竟發生了什麼事？不可思議的是，她突然全身都感覺到寒意。好像有什麼冰冷到快要結凍的東西猝不及防地敲打著自己的身體，讓人忍不住發出悲鳴。

她知道這種感覺。是雨。只是以前從來沒有像這樣直接讓雨打在自己身上。身體好痛。雖然不至於痛到無法承受，但原來被雨滴打到竟然會這麼痛啊。

凱蘿爾慢條斯理地撐起上半身，隨即發出驚呼。因為兩邊的翅膀都消失了。試著舉起手來看，從身體長出了兩條前端有五根手指、沒有任何東西遮蔽的手臂。

雨水持續打在身上，連肩膀也痛了起來。伸手一摸，原來現在肩膀也是裸露在外的。視線往下移，兩條大腿也是一絲不掛。那是一雙人類女孩的腿。凱蘿爾此時才突然意識到「啊，是我的腿」。她驚慌失措地抱住自己的身體。因為自己未著片縷，兩個乳房也裸露著，持續受到雨水的洗禮。摸了摸頭，是一頭長髮。頭髮垂到胸前，稍微遮住了乳房。

可是這也太赤裸了吧。身上一塊布都沒有，完全沒有受到任何保護。凱蘿爾這輩子看過人類很多次，但從沒見過像自己這樣赤身露體的人。人類的身上永遠覆蓋著五顏六色的布料，就像天鵝們的羽毛一樣。凱蘿爾還以為那是與生俱來的，實際上並非如此。原來那是他們自己準備、用來保護身體的東西。

此時此刻，雨滴持續敲打著凱蘿爾毫無防備的肌膚，全身又冷又痛。自己才剛剛穿過鏡子、從天鵝變成人類。所以身上沒有任何保護自己的衣物，會赤身裸體也誠屬自然。

沒有羽毛保護、裸露在外的身體。真是令人不安啊。明明是人類，卻以這副德性走在森林裡，這是能被允許的嗎？要是被其他人看見，不會挨罵嗎？不知道。直到前一刻還是天鵝的自己不可能知道答案。

龐大的恐懼感讓凱蘿爾動彈不得，當場蹲下了好一段時間。都已經變成人類了，如今卻產生強烈的迷惘，一步也不敢動。如果是現在這個地方，因為鏡子就在旁邊，或許還能變回天鵝。要是離開此地，可能就再也回不去了。想到這裡，凱蘿爾突然覺得好害怕、好無助，哭了好久好久。

大哭一場、心情平靜下來後，凱蘿爾魂不守舍地用兩條腿站起來。膝蓋及腳踝感到些許疼痛，但不要緊，還在可以忍受的範圍內。腳下的砂地突然變得好遠，嚇了她一大跳。過去上岸的時候從來沒有從這麼高的高度望向地面。

試著慢慢地往前走。不只膝蓋，整條腿都好痛。或許是因為天氣太冷的關係，連腳底也痛了起來。大概是因為光著雙腳的緣故吧。不僅如此，由於變得離地面太遠的關係，想直挺挺地站好都有困難。至於要在保持身體直立的情況下前進就更加困難了，因為要維持平衡就已經煞費苦心。啊，好辛苦喔。沒想到人類要移動居然這麼不容易。自己真的能扮演好人類的角色嗎？凱蘿爾感受到強烈的不安。

凱蘿爾轉來轉去，心想到底該怎麼辦才好。眼前還能看見自己至今生活的湖泊。雨水落在整個湖面上，大概形成了無數的漣漪吧。但因為夜色之深，幾乎什麼也看不見，不過還是可以從聲音和氣息推敲出來。自己的故鄉就在那裡，但不知怎麼地，她已經不想回去了。我已經變成人類，離開了水域。現在自己已經沒有信心能再像從前那樣輕輕鬆鬆地漂在水面上了。所以水面感覺已經離自己好遠好遠，變成一個寒氣逼人的地方。

凱蘿爾頓時注意到一件事，為此大吃一驚。鏡子不見了。已經消失了，這讓她深受打擊，因為變回天鵝的選項也跟著消失，自己再也回不去、再也變不回天鵝了。她已經變成人類女孩，不會再有雪白的羽毛保護自己的身體，也失去了翱翔九霄的翅膀。或許，這會是永遠的失去。

實在冷到受不了，渾身發顫，抖個不停。人類竟然是這麼柔弱的生物啊。冬天已近尾聲，但入夜以後還是很冷。更何況今晚還下著雨。凱蘿爾不由得萌生再繼續淋雨的話，可能就會冷入骨髓、直接一命嗚呼的預感。天鵝的身體有保護全身的羽毛，真是上天的恩賜啊。

凱蘿爾思考著接下來該何去何從。眼下跟她在湖中央的家裡想像過無數次的狀況大同小異。自己已經是一個人類的女孩，但是在人類的世界裡卻舉目無親。都已經求助無門了，居然還赤身裸體，所以得先躲起來才行。問題是要躲去哪裡？自己對人類的世界實在一無所知。想到這裡，感覺眼淚就快掉下來了。

總之她想先走到森林的盡頭再說。樹林間有條小徑，她以前曾經在空中看過，也知道那條小徑通往人類的聚落，該聚落裡有幾戶人家。自己現在也是人類了，或許能向他們求助。但願人類是願意幫助同伴的善良生物。

變成人類的凱蘿爾踩著腳底下的草，戒慎恐懼地撥開草叢前進，走進森林。森林裡的雨勢小多了，身體也變得比較輕鬆。然後，她忍不住輕聲驚呼，因為空氣中瀰漫著一股嗆鼻的迷迭香香味。

隨著她一步一步前進，雨聲也愈來愈大。隨著音量無限地增大，感覺整座森林都在搖晃，迷迭香的香味也更加濃郁了。迷迭香的森林。因為夜色太暗，看不清楚周遭環境，但腳邊肯定有迷迭香的灌木叢吧。它們被雨打濕後，就散發出強烈的香味。

雨聲要比雨滴還更震撼人心，因為那是雨滴敲打無數葉片形成的噪音。明明每個聲音單獨拎出來都顯得很微弱，可是一旦打在多不勝數的葉片上之後，竟然能形成這麼可怕、幾乎要壓倒黑夜的轟然巨響，讓孱弱的自己害怕、膽怯。先前的凱蘿爾對此一無所知。這個世界處處都充滿了她不曉得的事。

她到處尋找有沒有可以用來蔽體的布，哪怕只有一塊也好。一絲不掛的身體毫無防備，實在太危險了。不小心點的話，哪怕是一根樹枝都能讓自己受重傷。人類真的是很脆弱的生物呢。鳥類可以藉由飛行來逃離危險，可是人類沒有翅膀，而且還是一個這麼柔弱的女孩，光是要逃跑都相當困難。不過，自己現在一無所有。她很懷疑有誰會想攻擊這麼一個沒有價值的人類。

覺得自己走了好遠的路。身體都冷到骨子裡，就快要不行了。雖然雨聲還是一樣嚇人，但迷迭香的香味消失了。因為沒有月光的關係，所以幾乎看不見前路，這點也與方才無異。害怕有什麼可怕的東西從森林裡跑出來的膽怯湧上心頭，還不習慣驅使的雙腿也疲憊不堪，膝蓋開始顫抖，再也走不動了。最後，凱蘿爾終於原地蹲了下來。

雙手撐在草地上，感覺雨滴順著樹梢滴落在手背。無論是肩膀、背部、雙腳、還是裸露的臀部，都遭受雨水毫不留情地打擊。生而為人，居然是這麼辛苦的一件事啊。要是沒有衣服、房屋、暖爐的保護，應該很快就會死掉了。

後悔莫及的情緒正在翻騰。早知道就不要變成人類了。一點也不開心，根本沒有什麼美好的體驗、沒有什麼令人躍躍欲試的事。不如繼續當一隻天鵝，既沒有煩惱，每天還能過得暖和、幸福。然而她卻不懂得感謝這樣的生活，還魯莽地想成為人類。化為人類還不到一個小時，她就已經快被強烈的後悔念頭給淹沒了，傷心欲絕。

就在這個時候，凱蘿爾聽見熟悉的聲音。當整個世界都充滿絕望的雨聲時，那個聲音就是潛藏在雨聲背後的救贖。雖然非常微弱，但是感覺好懷念、好溫暖，凱蘿爾沒有漏聽這個聲音。感覺那是上天朝她伸出的援手，令她悠然神往，一直聽到渾然忘我。她想起來了，那是長笛靜謐而優美的旋律。

手還是撐著草地、雨點還打在裸背上，但凱蘿爾依舊屏氣凝神地聆聽。聽著聽著，雖然只有一點點，但原本寒意滲入骨子裡的身體稍微恢復了活力。她靜靜等待能量的蓄積，然後用盡那股力氣抓住身邊的樹枝、奮力朝著音樂的來源處站了起來。接著右腳往前跨出一步，然後一步一步、一步一步地往前走。心想不管怎樣，先往前走再說。如果不做點什麼，自己一定會死在這裡的。

速度雖然緩慢，但還是有確實地前進。此時，前方寒冷黑暗的枝葉間隙隱約透出了橘色的燈光。是人類的家。自己終於走到有人居住的地方了。而且長笛的旋律好像就是從那戶亮著燈的屋子裡傳出來的。

朝著燈光走去的途中，凱蘿爾這才反應過來。無情的雨勢又變大了。不，不對，是因為她已經穿出森林的關係。冰寒刺骨的雨開始擊打全身，感覺好痛。但耳朵變得輕鬆許多，因為雨勢造成的噪音已經消失了。

步出森林以後，草原上就只有凱蘿爾一個人茫然佇立。周圍沒有任何的遮蔽物，腳邊只有高度蓋過腳踝的草。搖撼森林的雨聲消失了。長笛的旋律漸強，已經可以聽得一清二楚。

受到笛聲的激勵，凱蘿爾抱著冷得顫抖不止的身體，拚命踩著草地往前走。筆直地朝著那戶傳出笛聲的人家前進。

她來到了窗邊，靠近窗玻璃，只見被雨點敲打的玻璃另一頭是白色的窗簾。拉上的窗簾有一道縫，從縫隙裡可以看到正在吹長笛的女孩。女孩穿著明亮的茶色衣服，坐在椅子上。房裡設有暖爐，正燃燒著小簇的火焰。燈火通明，看起來暖烘烘的。這番光景映入眼簾，讓凱蘿爾的眼前變得模糊，意識也逐漸遠去。體力已然耗盡，她的雙腳發抖，膝蓋發軟，就快要站不住了。

眼下再也無法進行思考，凱蘿爾舉起右手、用指甲敲了敲窗玻璃。已經沒有餘裕再顧及戒心還是什麼了，腦海中盡是一片空白。一時之間什麼也沒發生，可能是因為雨聲太吵的關係。凱蘿爾不死心地再敲了一次、然後又是一次。敲了幾次後，笛聲終於戛然而止，放下長笛的女孩站起身來，走向窗戶。

女孩的臉出現在玻璃後面，用指尖撥開窗簾，靠近到鼻子幾乎就要貼上玻璃了。要是沒有玻璃擋著，凱蘿爾的手大概會直接觸碰到女孩的臉頰。果然是那個女孩。是那個在岸邊吹長笛的女孩，不會錯的。她看著凱蘿爾被雨淋得狼狽不堪的身體，然後視線往下移，落在凱蘿爾貼著濕髮的乳房上，隨即倒抽了一口氣、張開嘴巴，想必是快要發出驚呼了吧。但是她沒有叫出聲音來，而是突然離開窗邊，跑出了房間，看上去應該是要衝向玄關吧。

右手邊一段距離外的門扉氣勢驚人地開啟，女孩衝進雨中。她朝著凱蘿爾跑來，然後從背後抱住凱蘿爾赤裸的身軀，並且緊緊擁住她的肩膀，這才讓凱蘿爾還能勉強站立。否則再過個一秒，凱蘿爾可能立刻就要昏倒了。

「妳一個人嗎？發生什麼事了？」

女孩尖叫著問她。

凱蘿爾能理解她在問什麼，所以即使意識已經逐漸模糊，仍然拚命點頭。

「怎麼了？到底出了什麼事？」

女孩問道。但凱蘿爾已經沒有力氣說明了。況且這也不是有辦法說明的狀況。就算說了，女孩大概也不會相信。

「快進來。妳的身體好冷啊，總之先取暖再說。妳竟然沒穿衣服，這樣會生病的耶。到底出了什麼事？有人脫掉妳的衣服嗎？還是有人傷害妳嗎？」

凱蘿爾不明白這些問題的意思，只能愣在那裡。她像是被女孩抱著拖動似地進了屋子。踏進玄關後，有如置身於夢境中的溫暖讓她的意識瞬間飄遠，凱蘿爾當場跪在地上，失去了意識。

3

凱蘿爾做了一個夢。

雪白的野兔在眼前奔跑，蹦蹦跳跳地右轉繞過由大塊茶色岩石形成的轉角。凱蘿爾追上去，前方是一片草香味近乎嗆鼻的綠意。茂密叢生的樹木填滿了整個空間，彷彿是要尋找是否還有空隙，恣意伸展的枝頭長滿了無數的葉子。葉片的數量多到隔絕上空的陽光，因此森林裡感覺有些陰暗。

地面宛如一片由草織就的地毯。有高的草、也有矮的草，一條羊腸小徑從它們之間筆直地向前延伸，小徑左右兩邊都開滿了惹人憐愛的小花。白色的花、紫色的花、黃色的花、還有花瓣呈現條紋模樣的花。每種花都長得不太一樣，散發出獨自的香味，跑在前面的小兔子捲起一陣風、形成漩渦，各式各樣的香味也因此撩撥著鼻腔。那是因為凱蘿爾也跟在後面、追著兔子跑的緣故。啊……她這下才意識到，是因為自己在奔跑，所以花香才會瞬息萬變。

怎麼會有這麼多香味呢，花的香味有這麼多種類啊。凱蘿爾邊跑邊覺得佩服。她都不知道，森林原來是這麼多彩多姿的世界。她想放慢腳步，仔細地聞聞每種花的香味，可是現在得快點追上兔子才行。凱蘿爾認為自己必須這麼做，渾然忘我地狂奔。因為有人命令我要追上兔子。誰？我不知道，肯定是神吧。

冷不防，有個東西撞上右臂與側腹，凱蘿爾往左彈開，險些就要偏離小徑，衝進草原。她努力調整姿勢，與此同時——

「哎呀，請見諒！」

是女孩的聲音，聽起來感覺距離自己不遠。定睛一看，有個穿著寬鬆長裙的女孩就跑在她身邊。紅色的裙子上散布著小巧的圓點，金色的頭髮在腦後紮成一束、於身後迎風飄揚。

「哎呀，妳怎麼沒穿衣服！」

看到凱蘿爾的樣子，小女孩驚訝地說。

「不可以不穿衣服喔，太危險了。快穿上衣服！」

小女孩叫嚷著。

「我也想穿衣服啊。可是我沒有衣服！」

凱蘿爾也邊跑邊用喊的回話。

啊，這是一場夢吧。在心中喊出這句話之後，凱蘿爾這麼想著。因為呼吸一點也不困難。如果是現實的話，這樣又跑又叫肯定會喘不過氣來。可是她現在很輕鬆，所以凱蘿爾理解到這不是現實。

「喂，妳要去哪裡？」

穿著紅色圓點裙的小女孩問她。

「不知道。我只是跟著兔子跑。」

凱蘿爾回答。

「妳叫什麼名字？」

凱蘿爾接著詢問。

「愛麗絲。」

小女孩回答。

「問你喔，愛麗絲，那隻兔子要去哪裡啊？」

凱蘿爾繼續追問。

「他在追逐跳躍的時間。妳瞧，他在看錶對吧。」

愛麗絲告訴凱蘿爾。她說的沒錯，兔子邊跑邊從背心的口袋掏出懷錶，看著錶面的數字。他看的不是懷錶，而是時間。他在確認時間。

「他為什麼要看時間？」
「因為他的時間跟我們不一樣。如果不經常確認時間，就會跑到另一個世界去喔。」
「跑到另一個世界？」
由於不明白對方的意思，凱蘿爾隨即反問。
「那些人沒有深夜也沒有正午喔。所以時間跟我們不一樣。」
「咦？什麼意思？」
凱蘿爾聽不懂，想搞清楚這句話的意思，於是又大聲問道。就在那一瞬間，身體輕飄飄地浮起來。地面從腳下消失了。
「啊，已經七點了！」
耳邊傳來自稱愛麗絲的少女的叫聲。
「什麼？什麼意思？我不懂妳的意思！」
凱蘿爾吶喊。
「我們要在這裡分開了。一定要找到衣服穿喔，不可以光著身子。」
愛麗絲的聲音迴盪在耳邊，不過那個聲音正以飛快的速度爬升、上升到遙遠的高度，然後消失不見。看看周遭，身邊竟有土牆正以驚人的氣勢上升。凱蘿爾大吃一驚，正心想怎麼會這樣呢，但隨即就反應過來了。並不是牆壁上升，而是凱蘿爾自己在往下掉。而且速度飛快，彷彿身體失去了重量。試著動動手腳，確實感受到輕盈與失重感。啊，凱蘿爾恍然大悟。地面出現一個洞，自己掉進洞裡了。這是個又大又深的洞。至於她怎麼會發現，是因為身體還在墜落。不斷墜落，沒完沒了，完全沒有要著地的感覺。

察覺到周圍有大量亮晶晶的東西跟著自己一起往下墜。凱蘿爾猜想大概是樹葉，但仔細看並不是。那是懷錶。是剛才跑在自己前面的兔子從背心口袋拿出來看的懷錶。

許許多多的懷錶正閃閃發光地與凱蘿爾一起往洞穴的底部墜落。因為很薄，所以是輕飄飄地左右搖晃、慢吞吞地往下掉。然而再仔細觀察，就注意到懷錶的兩根指針正以驚人的轉速瘋狂旋轉。這麼一來，凱蘿爾明白剛才那個女孩想表達什麼了。他的時間跟我們不一樣。有另一種時間在流動。剛才兔子看的懷錶，上頭的兩根指針大概也都轉得這麼快吧。

背部擦過了樹葉，然後是腰，再來是側腹，擦到好幾次。啊，凱蘿爾猜想應該是樹枝吧。碰到好幾次樹枝後，她終於在某個地方落地。掉在厚厚地堆積在洞穴底部的草上。

凱蘿爾起身，從草上跳下來，四周是高聳參天、壁立千仞的懸崖峭壁。哦，凱蘿爾懂了，這裡是洞穴底部。褐色的岩壁一直延伸到頭頂上，再一直一直往上延伸，在視線勉強可及的高度可以看見繁茂的樹葉。

懸崖中途也有些綠意。低矮的樹木宛如貼著垂直的崖壁而生，它們的根部一帶也長了草。那裡有塊非常狹窄的平坦空地，有如細細長長的桌子，植物拚命地攀附在那裡生長。

凱蘿爾站的地面也有綠意。腳下是一片面積很大的平坦廣場，長滿矮小的草，密密麻麻地填滿整個廣場。就算光著腳丫在上頭跑來跑去，腳底也不會痛。凱蘿爾就這麼孤零零地獨自站在這裡。

「凱蘿爾，妳的身體好美啊。」

耳邊傳來女人的聲音，讓凱蘿爾驚訝地往上方看去，因為聲音聽起來像是從空中飄下來的。但是，到處都找不到聲音的主人。凱蘿爾東張西望地搜尋懸崖的各個角落，都遍尋不得聲音主人的身影。

凱蘿爾將視線轉往自己的身體。

果然還是赤身露體。身上還是沒有一片人類平常用來包住身體的布。未著片縷的身體依舊毫無防備，但這個世界已經不下雨了，也沒有風，柔和的陽光照亮四周，所以一點也不冷，身體也不再顫抖了。

「如果擁有如此美麗的身體，妳完全沒有穿衣服的必要呢。」

又聽見女人的聲音了。是這樣的嗎？這樣可以嗎？凱蘿爾在心中自問。

「這樣的日子，就連鑲嵌在牆上的化石也應該跟妳一樣曬曬太陽，然後再沐浴於清風的吹拂之下呢。」

緊接著，岩壁有個地方開始小塊小塊地剝落。一隻奇特的大魚從岩壁游向空中。而且魚游出來的地方還開了一個大洞。在空中游了一會兒後，那條魚隨即長出手腳，並且伸長了腳、站到地面上。

「我是腔棘魚喔。」

外貌十分奇特、給人幾分怪誕印象的魚這麼自我介紹。他的臉還是綠色的。

「聽過嗎？我的名字。」

他問凱蘿爾。

「抱歉，我不知道。」

凱蘿爾向他道歉。

「沒關係。」

腔棘魚豪爽地回答。

「無妨。因為妳才剛變成人類吧？大概還沒上過學。」

「對。」

凱蘿爾回答。

「我還沒去過學校。一定要上學嗎？」

腔棘魚開始跳起舞來，但他驀地停下腳步，先停止動作，再面向凱蘿爾說：

「妳剛剛問我一定要上學嗎？」

「嗯。因為我對這個世界一無所知。」

「妳肯定是這麼想的吧。如果不去上學，就會跟不上別人。沒有教養的人類無法活在這個世界上，會被大家嘲笑，也會被理想的男性看不起。」

凱蘿爾默不作聲，他說的一點也沒錯，自己確實這樣想過。可是他怎麼會知道自己的想法呢？

「不去也沒關係，學校那種地方，簡直無聊透頂！」

腔棘魚粗聲粗氣地一口咬定。

「因為人類根本什麼也不懂。學了一堆錯誤的東西，還自以為了解這個世界。」

「真的嗎？」

「沒錯。妳知道進化論嗎……應該不知道吧。」

凱蘿爾左右搖晃腦袋。

「人類啊，相信自己是從猿猴一點一滴進化，身材變高、腦袋變聰明，然後就演變成人類。因為學校就是這麼教的。記住學校教的東西、考試考高分，就自以為真的變成了不起的人。」

「嗯嗯。」

「恐龍也是。說什麼恐龍是從這麼小的蜥蜴逐漸變大，最後變得像山一樣巨大。還有，因為每天都想著希望能在天空飛行，於是有的恐龍的身體就長出五顏六色的羽毛，雙手也變成翅膀。起初只能張開翅膀，從長得很高的樹上起飛、在空中滑翔，後來學會如何揮動翅膀，就開始能直接飛上高空。真是無聊透頂啊。好，大家可以出來了！」

長出手腳的腔棘魚高聲一呼，許多地方的岩石表面就開始東一塊、西一塊地崩落，好像有什麼生物正掙扎著想從岩石裡跑出來。凱蘿爾目不轉睛地盯著岩壁，只見岩壁表面浮現出各式各樣種類的生物形狀。

「這是化石。」

腔棘魚洋洋得意地說。

「這裡是化石之谷。大家的姿勢都很痛苦對吧？」

他指著岩石，開始說明。

「這是始祖鳥，是一種鳥類喔。人類相信始祖鳥是世界上最早出現的鳥。學校告訴他們始祖鳥也是由恐龍進化而來。當始祖鳥繼續逐步進化，就成了各式各樣的鳥。學校居然教他們這麼奇怪的事，而人類也相信了。」

「我也是鳥喔。」

「我是穿過鏡子才變成人類的。」

凱蘿爾說道。

「這樣啊，那真是辛苦妳了。演變成鳥之前的恐龍跟我們一樣，都是棲息在海中的魚類。一部分的魚類長出肺部，從水中遷移到陸地上，先變成兩棲類，然後又進化成爬蟲類，甚至變成鳥。妳覺得這麼荒謬的事有可能發生嗎？」

凱蘿爾無從得知。

「妳看這塊化石，妳的同伴始祖鳥變成這麼委屈的模樣了，脖子向後彎折，翅膀還不自然地張開，骨頭都折斷了。」

「哎呀，好可憐！」

「人類啊，認為所有的生物死後都會自然變成化石。」

「這也是學校教的嗎？」

凱蘿爾大聲問道。

「沒錯！」

腔棘魚驚訝地說。

「妳好聰明啊，會舉一反三呢。就像這樣，學校教的很多都是騙人的。生物死後絕對不會自然而然地變成化石。不管是魚還是鯨魚，只要死了、躺在海底，肉就會被別的魚或微生物吃掉。就算只剩下白骨，也還有其他會吃骨頭的生物，所以完全不會留下殘骸，只會消失得一乾二淨，才不會變成什麼化石。」

「那化石是怎麼來的？」

有隻輕巧地從岩壁上跳下來、體型跟凱蘿爾差不多的恐龍出來接話了。恐龍背上長了很多刺，刺與刺中間還有半透明的薄膜，形狀有如東洋的扇子。

「這些化石都是因為突如其來的天災而死去的生物。因為被砂石或泥土壓扁，死得相當突然。所以大家才會呈現這麼痛苦的姿勢喔。」

「是這樣啊？」

凱蘿爾驚感到訝異。

「嗯，就是這樣喔。因此所有的生物都不會進化，只有或多或少的變化。」

腔棘魚從旁插嘴。

「以我們腔棘魚為例，從四億年前的地層以化石的樣貌被挖掘出來的腔棘魚，與至今仍生活在深海中的我們一模一樣，完全沒有進化喔。」

「真的假的？」

凱蘿爾有些不可置信地反問。

「真的啊。其實那些棲息在世界各地、色彩繽紛的鳥類也一樣。從誕生的那一刻起就是現在的模樣，未來也永遠不會改變。因為現在映入大家眼簾的就是最美麗的樣子，根本不需要改變。神早已創造出如此美麗且協調的風景。」

「嗯。」

聽到這裡，凱蘿爾接受了他的說詞。她想起自己還是天鵝的時候，也曾在湖面上感嘆過無數次，眼前真是美麗的景色啊。

腔棘魚又說：

「人類一廂情願地想出進化論這種無稽之談，還以為自己是世界上最聰明的生物，結果根本是一派胡言。世上有無數的動物，大家打從出生就是現在的樣子，就這樣以相同的模樣生活了好幾億年，完全沒有進化。因為現在就是完成式。妳也這麼認為吧？」

「是的。」

凱蘿爾回答。

「如果無法適應這個世界，只會死絕而已，才不會進化。」

「說的沒錯，我也一直都是現在這個模樣，沒有任何變化，也不打算變化。我們保持現在的模樣就好了。一旦活不下去，就迎接滅亡。」

背後長著扇子的恐龍也表示同意。

「無論是大型的恐龍、像蜥蜴那麼小的恐龍、還是我這種中型的恐龍，大家一直是這個模樣，可沒有進化喔。」

「大家都是由神所創造出來的嗎？」

凱蘿爾問道。

「嗯，肯定是。」

中型的恐龍回應。

「空中飛翔的鳥有大有小，各自擁有令人眼睛為之一亮的鮮豔色彩，紅色、藍色、黃色……」

「是大家合力創造出這個世界的美麗風景呢。」

腔棘魚接著說。凱蘿爾也點點頭，內心深處也存在著這樣的自負。當自己還是天鵝的時候，也對這個世界的美景做出了一定的貢獻。

「在地上四處遊走的獸類有大有小、有強有弱、有美有醜，水中的魚類也是一樣的。而且水中也有獸類的同伴呢，他們也都出自造物主之手。造物主考慮到這塊大地上的平衡，所以才創造出大家。一直是這樣的，絕對不會改變。因為這裡是神的花園啊。」

恐龍也點頭附和。

「才沒有所謂的進化，頂多只有或多或少的變化。因此光是這樣就已經美不勝收了。完美得令人看了悠然神往。這是藝術喔、就像繪畫喔。由完美的比例構成，不需要改良。也因此完全沒有理由需要改變。」

始祖鳥不知在什麼時候也爬出了岩石，站到凱蘿爾的面前。並且在不知不覺間伸出修長的手腳，開始跳舞。

接下來，千奇百怪的生物陸續從岩壁裡爬出來，也跟著加入了手舞足蹈的行列。數量愈來愈多，幾乎就要填滿整座廣場。大家開始轉圈、跳舞。凱蘿爾始終佇立在原地，凝視著眼前的光景。眼前的這一幕確實五彩斑斕，宛如繪畫般美麗。

4

驀地睜開雙眼，心想自己做了一個好奇怪的夢。是個很長、很長，而且至今不曾看過，十分奇怪，但也十分真實的夢。

凱蘿爾伸出右邊的翅膀，檢查身旁的水面，可是完全感受不到水的冷度、也沒有水面受到衝擊後濺起彈跳水滴的那種特有觸感，取而代之的是滑順、如同乾布般的觸感。用力拍動翅膀後，只換回尖銳的摩擦聲響。

咦？就在感到疑惑的瞬間，凱蘿爾想起來了，嚇得跳起來。她坐起上半身，就感覺到乳房在胸前搖晃，同時也感受到赤裸的臀部坐在布上的感覺。

陰暗的空間泛著藍色，因此並非全然的黑暗。這裡是哪裡？內心這麼想的同時，凱蘿爾把右邊的翅膀舉到面前來看。因為翅膀好像被有如羽毛般柔軟的物體給包住了，於是她連忙抽出，只見眼前出現一條人類的手臂，前端還長著五根細細的手指。這時她才終於想起自己變成人類了。最難以置信、比做夢還更像夢境的現實竟然還在持續中。這並不是一場夢。

「妳醒啦？」

耳邊傳來人類女孩的聲音，高亢中充滿溫柔細緻的體貼。望向聲音的來處，窗邊的長沙發椅上出現一抹纖細的身影。是昨晚救了自己的人。自己現在正在她的家裡。凱蘿爾這時也清楚地回想起那些難以置信的事。

「已經天亮囉。」

「天亮？」

「嗯，妳睡得好熟啊。感覺如何？身體有什麼不對勁嗎？」

凱蘿爾緩緩地把兩條腿伸出蓋在身上的東西，膝蓋並攏。她按著太陽穴，不知道該怎麼回答。

「這裡有點痛……」

「頭痛啊。因為妳沒穿衣服還淋了很久的雨嘛，可能是感冒了。等一下，我馬上拿藥來給妳。」

女孩輕快地站起來，穿過房間，把門打開走了出去，不一會兒就拿著裝了熱水的杯子回來。因為還冒著蒸氣，看得出來是熱水。女孩先走到窗邊，打開黃色的小燈。光線雖然微弱，但已經習慣黑暗的雙眼現在也清楚地將井然有序的房間盡收眼底。

「還在下雨呢。」

女孩看著窗外說完，便轉過身來，走向凱蘿爾的床邊。
「配這杯熱水把藥吃了吧。很快就會好了。」
女孩遞出杯子和一顆小小圓圓的白色藥丸。凱蘿爾用才剛變成自己一部分的人類手掌心接了過來。
凱蘿爾先喝一口熱水。光是溫熱感就讓她舒服許多。
「啊，好多了。」
凱蘿爾說道。
「那就接著把藥吃下去吧。這種藥很有效喔。」
女孩說道。凱蘿爾有些害怕、遲疑，但也不能糟蹋對方的心意，因此一口氣配著熱水把藥吞了。
「這樣就行了。沒有發燒吧。」
她伸手摸了摸凱蘿爾的額頭。
「有點燙呢，躺下來吧。」
說完便按住凱蘿爾的身體，讓她躺回床上。還把柔軟的物體蓋在她身上。那玩意兒非常舒服，凱蘿爾知道人類都是這樣睡覺的。果然跟她還是天鵝的時候，邊觀察人類的住家邊想像的一樣，那玩意兒的觸感非常舒服。
「妳叫什麼名字？」
女孩問她。
「凱蘿爾。」
凱蘿爾想也不想地回答。這個名字頓時浮現腦海，因此她毫不遲疑地開口。

「我是艾莎。」

女孩自我介紹。

「我可以問妳一個問題嗎?妳為什麼沒穿衣服?」

艾莎接著問，但凱蘿爾沉默以對。因為唯有這個問題，她不知道該怎麼回答。就算說了艾莎大概也不會相信，凱蘿爾不希望對方覺得自己腦筋有問題。雖然她有想過要說個高明的善意謊言來推托，不過頭腦還昏昏沉沉的，一時半刻實在轉不過來。

「妳被欺負了嗎?」

被這麼問了，凱蘿爾也只能搖頭。

「為什麼會來我家這邊?」

艾莎這次問了一個凱蘿爾可以回答的問題。但如果據實以告，接下來的內容可能又會牛頭不對馬嘴。

「我聽到笛聲，所以被吸引了……」

「我的長笛嗎?」

艾莎問道，凱蘿爾以點頭代替回應。

「妳怎麼知道是我吹的?」

「我以前在湖邊聽妳吹過。」

凱蘿爾說道。她想讓艾莎知道這件事。

「咦?妳聽過我吹長笛嗎?」

凱蘿爾又點點頭，然後告訴她:

「我很喜歡妳的笛聲。」

這完完全全就是她的真心話。

「妳是在哪裡聽到的？我每次都會先確認周圍沒有其他人才開始吹。」

艾莎像是低語似地說道。

「所以是在哪裡呀？」

女孩追問。因為覺得這並不是不能回答，於是凱蘿爾坦誠地說：

「在湖上。」

女孩聞言瞪大了雙眼，這個表情十分迷人。不一會兒，她的表情逐漸鬆弛，接著開始捧腹大笑，笑得前仰後合。笑的時候，女孩的臉頰上浮現深深的酒窩，還露出潔白的貝齒。

「湖上只有天鵝吧。」

女孩笑著說。凱蘿爾不知該做何反應才好，只好也跟著微笑，不發一語。「我就是那隻天鵝」，這句話已經來到嘴邊了，可是說不出口。

「再睡一下吧。」

女孩說完，拉扯小燈下面的繩索，把燈關了。這麼一來，房間又跟剛才一樣籠罩在一片藍色之中，不過沒有那麼暗了。天色也比剛才更亮一點，幾乎不需要燈光就能看清屋裡的模樣。凱蘿爾心想，這是自己變成人類以後迎接的第一個天亮呢。

「想上廁所嗎？」

艾莎問她。

「不用。」

凱蘿爾回答。

「那就安心睡吧。家裡現在只有我一個人。」

艾莎躺在長沙發椅上說道。

「妳那裡會不會不舒服？」

凱蘿爾問她。覺得只有自己躺在這麼舒適的床上實在很不好意思。

「我跟妳換吧。」

「不用了，別擔心我。妳有點發燒。而且我喜歡這裡，一個人獨處時也經常在這張沙發上睡覺。」

艾莎告訴她。

凱蘿爾感到過意不去，她想要回答艾莎剛才的問題。所以這麼說道：

「我沒有衣服是因為……」

「明天一起去找吧。我們身材差不多，我的衣服妳一定能穿。」

艾莎提議。

這讓凱蘿爾更覺得過意不去了。

「謝謝妳。不好意思。」

凱蘿爾向她道歉。

那天早上稍晚的時間，因為聽見艾莎開門的聲音，凱蘿爾再度醒來。

「吵醒妳啦?抱歉。」
艾莎對她說。
「感覺怎麼樣?」
「沒問題,已經好多了。」
凱蘿爾回答。
「是嗎?」
艾莎邊說邊走向凱蘿爾,把手放在她的額頭上。
「真的耶,已經退燒了。」
說完後又問:
「妳好強壯啊。能下床嗎?我們去找衣服。」
「可以嗎?」
凱蘿爾反問,掀開蓋在自己身上的東西,接著坐起來、將右腳先踩到地上。
「哇!」
艾莎驚呼。
「妳真的好大膽耶,我喜歡!可是這樣不好啦。」
「為什麼?」
「女孩子不可以讓別人看見自己的身體喔。」
「為什麼呢?」

「妳好像從舊約聖經走出來的人喔，都不會害臊嗎？」

凱蘿爾無話可說。因為她聽不懂這個問題的意思。

「特別是絕對不能在男人的面前這麼做喔。」

凱蘿爾依舊默不作聲。

「妳還問為什麼。嗯……該怎麼說呢，因為這樣會生小孩，所以……嗯，也罷，既然妳不覺得害羞就算了。啊，也對，根本沒必要害羞。因為妳的身體美極了，就像米開朗基羅的畫一樣耶。確實沒必要遮遮掩掩的。那些大道理都只是人類沒有用處的智慧。跟我來。我開了暖氣，已經不冷了。」

艾莎穿過走廊，走進另一個細細長長的小房間，赤裸的凱蘿爾也跟在後面。

「來，這是內褲。不好意思啊，妳就先穿我的舊衣服吧。然後這是胸罩，我猜大小應該合身。」

凱蘿爾不知所措地接過內衣褲。

「不知道怎麼穿嗎？像這樣。」

艾莎繞到凱蘿爾背後，幫她扣上內衣的鉤子。

「這樣就穿上了。別擔心，都洗過了，很乾淨喔。」

接著幫她穿上內褲。

「如何啊，凱蘿爾，穿起來的感覺如何？」

凱蘿爾試著走了兩、三步後說：

「好緊。我想脫掉。」

「不行喔，不可以脫掉！再來是上衣。還有裙子。」

艾莎拿出一堆衣服來給她看，凱蘿爾下意識只想選擇白色的衣物。還沒有擺脫天鵝時代的記憶，所以白色能令她感到安心。

「妳接下來有什麼打算？有什麼計畫嗎？」

因為艾莎這麼問，凱蘿爾點了點頭，把計畫告訴她。

「我想去史卡博羅。」

「史卡博羅？為什麼？」

艾莎繼續追問，凱蘿爾只能回答那裡有春天的祭典。

「妳要去史卡博羅做什麼啊？史卡博羅在好遠好遠的南方，很遠喔。女孩子一個人長途旅行太危險了，勸妳打消念頭。而且為什麼是史卡博羅呢？妳在那裡有朋友嗎？還是妳的父母在那裡？」

「神要我去的。」

被逼問到沒辦法了，凱蘿爾只好據實以告。

「神要妳去？哦……那就沒辦法了。」

艾莎回應。

「妳真的好奇怪呀。」

「對。」

凱蘿爾老實回答，這讓艾莎笑了出來。

「如果妳要去史卡博羅，最好別穿白色喔。白色是很好看沒錯，但弄髒了就會很明顯。外面還很冷，穿這種茶色或灰色的衣服比較好。沉穩的顏色反而會襯托出妳的美貌喔。總之妳先穿上這件衣服，來吃早餐吧。我已經準備好了，跟我來。」

艾莎催促她。

吃早餐的時候，艾莎也邊吃邊問了她好多問題。

「如果妳要去旅行，一定要住旅館。晚上總不能在外面過夜吧？」

或許吧。凱蘿爾心想。

「既然如此就需要錢。妳身上應該沒有錢吧。我也不是有錢人，所以只能資助妳一點……傷腦筋，妳打算怎麼辦呢？」

凱蘿爾答不上來。

「……就算問妳好像也問不出個所以然呢。好吧，我送你一段路好了。我爸媽住在愛丁堡，我陪妳到那裡，在那之前我們就結伴一起走吧。那條路應該也會通到史卡博羅。途中我再教妳各種旅行的方式。」

艾莎說道。

「謝謝。」

凱蘿爾表達了謝意。

5

吃完早餐後，兩人又喝了茶，休息三十分鐘才走出家門。艾莎原本就預定要在今天早上前往愛丁堡，所以已經把行李裝進了小小的旅行箱裡。凱蘿爾表示要幫她拿，不過艾莎說不用了。

「妳拿這個吧。」

接著遞給她一個用拼布做成的袋子，然後找到什麼舊內衣褲或換洗衣物就順手塞進去。

「好了，這些內衣褲送給妳，穿膩了可以直接丟掉沒關係。」

艾莎說道。

「還有這個，帽子。外頭太陽大，還是戴著帽子比較好，曬黑就糟糕了。」

說完後，艾莎自己也戴上一頂類似的小巧帽子，然後將垂落臉頰兩邊的緞帶在下巴打個結。

「妳也這麼做吧。」

既然她都說了，凱蘿爾也有樣學樣地照做。

離開艾莎家，兩人穿過繁花似錦、令人感覺很舒服的小徑往前走，來到了大街上。外頭的陽光果然直射臉龐。

凱蘿爾這才明白，人類的肌膚是裸露在外的，所以必須像這樣在身上穿戴各種東西來覆蓋住才行。

「可以搭驛站馬車去愛丁堡。但是從這裡出發的馬車只到中途的昆斯費里，所以要換車。」

艾莎說明。

「這裡離驛站馬車的車站有點遠喔。還好嗎？走得動嗎？」

「嗯。」

雖然凱蘿爾不假思索地回答，但艾莎的語氣有些擔心。

「妳看起來有點腳步虛浮，沒發燒吧？」

說完，她又伸手去摸凱蘿爾帽子底下的額頭。

「沒有耶。」

艾莎不解地喃喃自語。但凱蘿爾知道問題出在哪裡。這不是因為發燒，而是自己還沒習慣用人類的腳走路的關係。

兩人走了一段路後，背後傳來只有一匹馬的馬車靠近的馬蹄聲。

「嗨，艾莎。」

男人毫不避諱地直呼艾莎的名字，將馬車停在兩人身邊。

「早安啊！妳要去哪裡？還有妳身邊那位漂亮的小姐，早安！」

男人取下帽子向她們行禮。他的身上穿著看起來很乾淨的黑色上衣，下面則是火紅的鮮豔長褲。

「我要回愛丁堡。」

艾莎笑著回答。這兩個人看起來很熟。

「這位是妳的親戚嗎？總覺得妳們長得有點像耶。」

男人說道。

「不是啦，這是我的朋友凱蘿爾。」

艾莎分別介紹兩人，並告訴凱蘿爾這個男人是附近某宅邸的車伕。凱蘿爾微微低頭致意。

「早安。」

凱蘿爾向他問好，正要學男人取下帽子，卻遭到艾莎的制止。

「沒關係，淑女不用摘帽子。」

艾莎解釋給她聽。

「哦，真是有禮貌的小姐，家教肯定很好。」

車伕稱讚。

「不過不用以那麼恭敬的語氣跟我這種人說話喔。我只是巴恩哈特老爺家的佣人。要坐車嗎？二位。我可以送妳們到昆斯費里。我們家的老爺是個大好人，放了我今天和明天兩天假，真是感激不盡。」

他高聲地說。

「太好了，凱蘿爾，讓他送我們一程吧！」

艾莎高興得都快要飛上天了。

「來吧，快上車、快上車！」

車伕邊說邊回頭為她們打開後方的門。

「凱蘿爾要去史卡博羅，你能送她到史卡博羅嗎？」

艾莎上車後便問他。

「哎呀，應該沒辦法耶。史卡博羅太遠了，光靠這傢伙是去不了的。」

車伕指著唯一的一匹馬說道。

「要出發了，小姐們，抓緊囉！」

馬車開始往前移動。
「我是卡爾。」
車伕一邊駕著馬車、一邊對凱蘿爾說。
「凱蘿爾小姐，妳非去史卡博羅不可嗎？」
「對。」
凱蘿爾回答。
「妳去史卡博羅做什麼？」
又被問了同樣的問題，凱蘿爾沉默不語。因為這實在很難說明。
「凱蘿爾想去看看史卡博羅的慶典。」
艾莎替她回答。
「慶典？一個人嗎？妳在史卡博羅有認識的人嗎？」
「好像沒有。」
「這樣不行喔，小姐。像妳這麼年輕的女孩，這麼做實在太危險了。我不會害妳的，別一個人旅行。」
卡爾勸她。
「路上有很多心術不正的男人。」
「那你介紹一個可以放心信賴的人給她嘛。」
「肯陪她一起去史卡博羅的人嗎？不好意思，我不認識那樣的人。」
卡爾說。

「啊，真是太可惜了。」

艾莎說道。

接下來，卡爾告訴凱蘿爾很多關於史卡博羅的事，幾乎可以說是知無不言、言無不盡，似乎想盡可能助她一臂之力。

說到一個段落後，話題換成這一帶景色優美的場所、美味的餐廳、可以買來送人的特產、香醇的葡萄酒等等，還告訴她這一帶釀造的蘇格蘭威士忌到底有多麼好喝。凱蘿爾默默地聽他高談闊論，但一點興趣也沒有，所以完全沒有反應。至於艾莎的情況也差不多。

卡爾不知是說累了，還是已經沒有話題可講了，也跟著沉默下來。但他顯然不是耐得住默不作聲的人，這次開始引吭唱歌。唱的好像是當地的古老民謠。一個人獨自駕駛馬車時，他大概都是像這樣唱歌打發寂寥的，後面有載人的時候才會大聲說話。

卡爾的歌聲十分優美，頭髮迎風飛揚，看樣子每天都在唱歌。而且好像曾在哪裡聽過他唱的歌詞。大概是天鵝時代飛到某個城市的時候聽到，或是曾聽見來湖邊野餐的人唱過。

因為卡爾一再重複唱了幾次，凱蘿爾都聽到會背了，於是便小聲地跟著唱，這讓卡爾讚不絕口：「小姐唱得真好，嗓音好美，再唱大聲一點。」於是凱蘿爾就有些認真地跟著一起唱。唱著唱著，凱蘿爾覺得好簡單，一路聽下來，自己連和聲都會唱了。

艾莎也低調地加入合唱，一曲既罷立刻鼓掌、大大稱讚凱蘿爾。

「妳唱得好棒啊，真有才華。」

艾莎邊說邊握住她的手。

「妳該不會是森林的妖精吧？擁有天生的美嗓，所以名字才叫凱蘿爾（歌曲的意思）。」

然後，卡爾或許是來勁了，把一首首自己知道的歌都唱給她聽。只聽了一會兒，凱蘿爾就全都會唱了。她也不知道自己擁有這種能力。

如此這般，前往昆斯費里的路途中，凱蘿爾都樂不可支。到了中午，卡爾將馬車停在河畔，叫兩人一起下到岸邊的草原上。那裡好像是他最喜歡的地方。

昨夜的雨好像騙人的一樣，眼下晴空萬里，透亮的雲朵飄浮在碧藍如洗的天空。清風徐來，但一點也不冷，是個令人感到心曠神怡的日子。凱蘿爾抬頭仰望空中，回想與同伴們一起飛過那片天空的日子。自己現在已經沒有翅膀了，還能像先前那樣展翅高飛的日子還有機會再回來嗎？雖然很懷念，但並不難受。凱蘿爾現在只想享受人類的生活。

「怎麼啦，小姐，為什麼那麼認真地看著天空。」

聽到卡爾開口，往他那邊一看，人已經坐在岸邊長了草的土堤上了。

「嗯，沒什麼，只是覺得天空好漂亮啊。」

凱蘿爾回答。

「我很喜歡這裡，河水清澈見底，四周開滿繁花不是嗎？」

「真的耶。」

凱蘿爾發現從空中往下看固然很美，但是置身於大地，欣賞身邊的花、聞到花的香氣更能獲得多樣化的體驗。

「我很想讓小姐們見識一下這個地方。」

他這麼說。
「來吃午飯吧。我準備了三明治。」
艾莎一邊大聲呼喚、一邊走下土堤。
「我有這個。」
只見卡爾從上衣口袋取出一個紙袋後打開，拿出蒸熟的馬鈴薯給她們看。
「喔！看起來很好吃耶，不過你也吃個三明治嘛，我做了很多呢。」
艾莎說道。
「謝謝，我待會兒再享用。」
卡爾說完便開始剝去馬鈴薯的皮。
「能與兩位這麼漂亮的小姐共進午餐，即使是寒酸的馬鈴薯也跟魚子醬一樣美味呢。」
卡爾對兩人說。
「真會說話。」
說完，艾莎就遞出一個三明治給凱蘿爾。
「謝謝。」
凱蘿爾道謝。
用餐的過程中，花香及背後的植物氣味陣陣撲鼻而來，鳥囀聲源源不絕於耳。凱蘿爾心想這就是人類的生活啊，因而大受感動。偶爾會吹過一陣強風，讓凱蘿爾按住了帽子。因為綁著緞帶，倒是不用擔心飛走。凱蘿爾想起留在故鄉湖邊的男朋友，但是並沒有想見面的念頭。她只想暫時以現在的模樣過日子。

不過，再過一陣子她就要與艾莎分開了。好不容易交到這個朋友。不知是明天還是後天，凱蘿爾又要再變回孤身一人。想到變回一個人之後的事，強烈的不安就襲上心頭。接下來的每一天或許再也不會出現願意幫助自己的人。搞不好還可能會遇到壞人吧。

儘管如此，她還是想去史卡博羅看看。就算只有自己一個人，也要努力撐到史卡博羅。能遇見理想中的男人。這句話鮮明地烙印在腦子裡，令她難以忘記。要不是聽了這句話，凱蘿爾大概不會產生就算要冒這麼大的險、也要堅持到底的勇氣吧。

結束人類世界愉快的午餐時光，又跳上卡爾的馬車，往昆斯費里的方向前進。途中每次經過風景優美的地方，卡爾就會停下馬車，讓她們欣賞美景。有瀑布，也有繁花盛開的森林，所到之處皆有大量的鳥類。還有長著可食用野生水果的地方，那裡充滿香甜的氣味，簡直與樂園無異。卡爾知道很多這種地方，也不吝於告訴她們。每次得知大地上的喜悅都令凱蘿爾感動莫名。過去從空中俯瞰時，曾與同伴們討論過自己才不喜歡這種匍匐在地面、有如螻蟻般的生活。沒想到人世間竟然存在著當時壓根兒都想像不到的喜悅。

馬車駛入昆斯費里的街道時已是日暮時分，聚落的石造房屋開始點亮黃色的電燈。電燈還沒有在大眾社會普及，只有有錢人才買得起。艾莎與卡爾先前已經告訴過她這件事。這個城市有許多透出明亮燈光的窗戶，大概都是比較富裕的人住在這裡吧。

一行人前往艾莎與卡爾認識的旅舍，將馬車停在旅舍後院。凱蘿爾與艾莎幫忙餵馬吃草、喝鹽水，再繞回到正面。艾莎與凱蘿爾一個房間、卡爾則訂了傭人用的小房間。放下少得可憐的行李和帽子後，他們走出旅舍，在商店林立的街道漫步了一會兒，這時就聽見了熱鬧的音樂聲。由石頭砌成的廣場上燒起了紅通通的篝火，有大批的男女正配合音樂跳著民族舞。從未見過的光景令凱蘿爾駐足觀看。

「感興趣嗎？」

艾莎問道。

「好棒啊。」

凱蘿爾回答。放眼望去的一切都好稀奇。除了在台上演奏樂器的男性們，還有女孩們那轉圈跳舞時大大張開的華麗裙子，都相當引人注目。

「我們也來跳舞吧！」

艾莎提議，然後拉著凱蘿爾的手加入跳舞的圈圈。沒想到，原本只是待在旁邊遠遠看著的年輕男人衝了過來，牽起凱蘿爾的手邀她作為舞伴。至於艾莎眼前也出現了另一位年輕人。不過卡爾未能加入，反而被大家要求移去旁邊的圈圈。卡爾一臉遺憾地攤開雙手，移動到旁邊的人群之中。

「怎麼了？」

凱蘿爾問艾莎。

「明明還有其他女生。」

其實，現在卡爾也正在邀請站在遠處的女生一同加入隔壁的圈圈。

「因為這個圈圈只能有十個人。」

艾莎告訴她。

「當加入的人數湊滿十個就不能再加入了，第十一個人要另外找別的圈圈。」

「為什麼呢？」

凱蘿爾又問道。

「因為十是很重要的數字。每十個數為一個單位，一旦累積到十，就要往前進一位。不管是人數還是天數，我們世界都是由這樣的規定構成。」

聽完艾莎解釋，凱蘿爾「嗯」了一聲。

「一個月有十天，十個月為一年。每十年就要改年號。等到集滿十個年號，就會進入下一個世紀。」

「這樣啊。」

「這是一定要遵守的規定喔。是這個世界相當重要的規定。」

「嗯嗯，我懂了。」

凱蘿爾不是很清楚，但還是點點頭。

「街道也不例外。十個街區形成一個地方，十個地方形成一個縣，集滿十個縣之後就會成為一個國家。」

「嗯嗯。」

「這叫作十進位法。如果違反十進位法，就會受到嚴厲的懲罰。這點非常重要，所以一定要記住喔，凱蘿爾。這個世界的一切都是在這個法則下運行。萬事萬物皆以十為一個單位。」

「了解。」

凱蘿爾回應，也告訴自己一定要牢記在心。

「小姐，沒見過妳呢。」

每跳完一首歌，共舞的男性就會換人。這時剛從旁邊移動過來的年輕人向凱蘿爾搭話。

「嗯。」

凱蘿爾回應。

「妳不是這個城市的人吧。」

「不是。」

「妳的民族舞跳得很好耶，經常跳舞嗎？」

年輕人問道。

「今晚是第一次。」

凱蘿爾的回答令他大吃一驚。

「這是第一次？」

「嗯，我也是第一次聽到這首曲子。」

「這樣還能跳得這麼好？每個舞步都踩在拍子上。妳是天生的舞者吧？」

「真的嗎？」

雖然凱蘿爾聞言很訝異，但同時也覺得很開心。

跳舞真的很快樂。看在凱蘿爾眼中，大家的動作確實都很平凡，只是重複著規定好的舞步，沒有人想在動作上多下一點工夫。放開男性舞伴的手轉圈時，大家都慢吞吞地只轉一圈，但凱蘿爾能夠轉兩圈。她感覺自己的身體想要這麼做，因此每當機會來臨，凱蘿爾就會嘗試一下。

如此一來，大家都對她刮目相看。

「哇！妳好厲害啊，凱蘿爾。」

在一旁跳舞的艾莎讚嘆，有好幾個男人也為她鼓掌，凱蘿爾不禁有些得意。等到轉圈的時機來了，男人們都異口同聲地要求她再來一次、再來一次，所以凱蘿爾又身輕如燕地轉了兩圈。這次換來了歡聲雷動，掌聲比前一次還更加熱烈。

「妳好厲害呀！」

凱蘿爾的年輕舞伴當著她的面大聲嚷嚷。他露出潔白的牙齒，滿是笑意的眼底明顯浮現出對凱蘿爾的尊敬。

「妳的身體穩定性很出色喔！」

凱蘿爾很開心，湧現一股不可思議的情緒。因為這對凱蘿爾而言簡直是易如反掌，她反而很好奇其他的女生為什麼不這麼做。如果有需要的話，她甚至能轉上三圈。但大家為什麼都慢條斯理地踩著平凡的舞步，滿足於只轉一圈呢？

一曲既罷，眼前的年輕人發表自己的感想：

「妳跟我們完全不一樣呢。肯定生來就不一樣。妳是天生的舞者，動作十分優美。我們跳舞只是因為好玩，不過就是村子祭典的餘興節目而已，但妳是專業的。妳應該以此為業。」

凱蘿爾嫣然一笑，微側臻首。真的是這樣嗎？她不禁在心中自問。雖然自己也不清楚，不過感覺好像是有人在命令她多動一點、而且要繼續再動得更多才行。

圍成一圈跳舞的十個人被帶到樂隊前的大桌，眾人站到桌子旁邊。這時有個長著白鬍子的大叔拿了一大盤派過來，「磅」地一聲放在桌上。

一個年長的女性拿起放在桌上的刀，示意讓大家各自用刀子切來吃。就在女人正要先切下一刀的時候，一個年長的男性說了聲「等一下」，讓她停下手邊的動作。

女人狐疑地看著他，問道：「怎麼了？」

男人說道：「這樣不太公平，均等地切成十人份會比較好吧。就用這把刀子切成十等分，再分給大家吃。」

「啊，說的也是，這麼一來就公平了。」

另一個男性也附和。

「這樣比較妥當呢。」

此時年長女姓接著開口。

「可是誰會切呢？」

女性環顧眾人問道。

「誰能把這個派切成十等分。」

一問之下，所有人都沉默了。因為要切成十等分實在太困難了，誰也辦不到。

艾莎凝視眼前的派，一番思索後說道：

「先從正中央垂直切開，這樣就變成兩半了。然後再從正中央由左而右橫切一刀，這麼一來……」

「會變成四塊。」

年長的女性幫腔。然後艾莎又接著說：

「再從正中央各自切開……」

「這樣就有八塊。但我們有十個人，不夠分呢。」

年長的女性說道。

「再從正中央切開呢……」

「那就會變成十六塊，這樣又太多了。」

「啊，說的也是……」

艾莎說完便仰天一嘆，放棄思考。

「行不通呢。」

「絕對沒辦法切成十等分啦。再怎麼努力也辦不到。所以大家輪流切一點吧。」

「請等一下。」

開口的是將自己的右手舉到面前、直勾勾地盯著看的凱蘿爾。

凝視右手，彷彿能看見天鵝時代的雪白羽翼。在還是天鵝的時候，凱蘿爾經常與十隻感情特別好的同伴一起玩。無論是圍著圈跳舞、還是飛上空中的時候，都是十隻天鵝同心協力完成。當大家在水面轉圈時，必須伸出右邊的翅膀在中央交疊，以大家的翅膀前端為圓心，小心不要偏移、勾勒出圓形。

「我，說不定辦得到。」

凱蘿爾下定決心，毛遂自薦。

「妳辦得到嗎？凱蘿爾。」

艾莎憂心忡忡地小聲問她。

「嗯，我一定能辦到。」

凱蘿爾鼓起勇氣說。

「先把這個派切成兩半……」

凱蘿爾從年長的女性手中接過刀子，先把派切成兩半。
「只要再把兩邊都切成五等分就行了對吧？」
「嗯，沒錯。五乘以二等於十。妳有辦法嗎？」
年長的女性說。
「我試試看。」
凱蘿爾回答。
從正上方俯視派皮，想像五隻雪白的羽翼重合其上。凱蘿爾用刀子順著那些羽翼下刀，由上往下一刀、兩刀、三刀、四刀。等到她將身體從派的上方移開時，派已經分毫不差地變成五等分了。
四周想起了如雷般的歡呼聲。男性們一擁而上，將凱蘿爾圍在中間，他們紛紛舉起右手，輕拍凱蘿爾的肩膀。
「太厲害了！妳真的是天才耶！」
眾人七嘴八舌地稱讚她。
「真的太棒了！妳是怎麼辦到的？」
「天才、妳太聰明了！」
「呃，沒那麼了不起啦。不過還是謝謝大家的讚美。」
凱蘿爾不知所措地回應。說真的，她感到很疑惑。這麼簡單的事，為什麼大家會驚訝成這樣呢？
年長的女性順著凱蘿爾切開的線延長到另外半塊，最後整個派就被均勻地切成十等分了。
「來，大家吃吧。」

聽見騷動後，其他圈圈的人也圍了過來。看到均等地切成十片的派，無不大聲歡呼。

「這也太神奇了吧。到底是怎麼辦到的？」

眾人一口一聲地問道，這也令凱蘿爾逐漸害怕起來。這種小事怎麼會讓大家激動成這樣呢。

「國內沒有人能做到這件事喔。明明是這麼必要的事情，卻誰也辦不到。妳可以成為這個國家的女王喔。」

聽到這句話，凱蘿爾忍不住笑了出來。要是這樣就能當上女王的話，誰還要勤勤懇懇地過日子啊。只要每天切派，總有一天就能將世界納入掌中。既不需要軍隊，也不需要兵器。

其他人也要求凱蘿爾幫忙切派，於是她移動到隔壁的桌子，幫他們把派也切成十等分。

「凱蘿爾，妳真了不起，竟然有這麼厲害的本事。」

她望向說這句話的男性，結果是卡爾。

「妳是被上天選中的人。能和妳當朋友是我的榮幸。」

卡爾說完，就在一旁的兩只玻璃杯中斟滿葡萄酒，然後再將其中一杯遞給凱蘿爾。

「為妳的天分乾杯！」

語畢，卡爾高舉起酒杯。

「等等！」

只見艾莎跑過來，也為自己倒了一杯葡萄酒，然後也舉起酒杯，大聲地說：

「乾杯，凱蘿爾！」

6

當晚，兩人到浴室洗了澡。因為這裡有浴缸，所以凱蘿爾表示想放水泡澡，沒想到卻被艾莎勸阻。根據艾莎的說法，這一帶的水質不太好，泡澡反而會讓皮膚變差。所以最後就只沖了個澡。

躺在關燈的房間床上，這時睡在一旁的艾莎問她：

「凱蘿爾，妳到底是怎麼做到的？」

凱蘿爾又嚇了一跳，將身體轉向艾莎。

「妳是指把派切成十等分的事嗎？」

「對呀，好厲害。妳真的好厲害呀。」

艾莎興奮地問她。

「我也不知道。試了就辦到了。」

凱蘿爾只能這麼回答。

她今天才發現，當天鵝拚命伸長自己的翅膀，翅膀前端剛好會形成半圓的五分之一的角度。還是天鵝時從來都沒有思考過這一點，但說穿了也就是這麼回事。因為當她們在水面上圍成一圈跳舞時，都是十隻圍成一圈。

自己有辦法讓記憶中同伴們的翅膀前端清晰地浮現在眼前，所以才能切成五分之一。只要沿著翅膀就能切出五分之一的大小。因為練習群舞時很認真，那個畫面已經烙印在腦海裡了，就只是這樣而已。可是她不能告訴艾莎，就算說了，艾莎也不會相信的。

「問妳喔，艾莎。」

這次換凱蘿爾發問。

「為什麼大家會對這點小事感到這麼激動啊？竟然還說我是天才。這明明只是微不足道的小事。」

「對於辦得到的人來說或許沒什麼。可是那樣的人就是所謂的天才喔。」

「我才不是什麼天才呢。」

凱蘿爾駁斥。

「妳太謙虛了。」

艾莎笑著說。

「這不是謙虛喔。」

「但妳真的很有舞蹈天賦呢。」

如果是指舞蹈的話，凱蘿爾確實也有同感。自己在天鵝時代也跳得比同伴還好。是不是天才暫且不得而知，但她認為自己多少有點這方面的天分。

「而且歌也唱得很好。這些都是所謂的天賦喔。妳是為了唱歌、跳舞而誕生的人。該不會是森林裡的妖精吧？妳應該不是人類。一定是哪裡搞錯了，才會來到我們的世界。我很清楚喔，因為我們都是女孩子嘛。」

黑暗中，凱蘿爾不自覺地點頭。

「妳一絲不掛地出現在雨夜的森林裡。問妳為什麼沒穿衣服，妳也答不上來。而且絲毫不以為恥，顯然就不是普通人呢。妳並不是人類。妳擁有不可思議的力量，是森林的妖精喔。」

艾莎的判斷其實說中了許多真相。凱蘿爾不是人類，而是天鵝。即使在天鵝群裡面是極其平凡的能力，一旦進入人類的集團，就成了能夠被譽為天才的特殊技能。肯定是這樣沒錯。人類的生活習慣中也頻繁地出現舞蹈，大概要比自己還是天鵝的時候要更為頻繁。

「只是把派分成十等分而已，就是天才嗎？」

話一說出口，凱蘿爾不禁覺得有些荒謬，忍不住笑得花枝亂顫。這真的就像是在開玩笑。如果是這種程度的小事，在茫茫人海之中，肯定還是有很多人類能辦到吧。

「我們從孩提時代就被學校的老師教導，均等地把各式各樣的東西分成十等分、公平地分配給十個人是很重要的。這件事非常重要，但也非常困難。尤其是若能把圓形的東西分割成十人份，那個人肯定是天才。老師經常對我們說，這是神賦予那個人的使命。所以大家才會認為妳是特別的人喔。因為我們從小就是接受這樣的教育。」

「嗯嗯。」

這聽起來感覺很莫名其妙。

「可是應該還有其他人能辦得到啊。」

「沒有。」

艾莎如此斷言。

「至少我這輩子從未見過。時至今日，我也活了一定的歲數了。就連我自己也做不到。」

「妳只是不做而已吧。」

凱蘿爾說道。

「試試看，其實很簡單喔。」

「不。」

艾莎搖頭。

「十等分是非常、非常重要的事。但也是最困難的事。任誰也辦不到。」

「有這麼重要嗎？」

「那是我們活下去的基礎。十進位法是生活的原理。要是沒有了十進位法，所有人都無法生存。」

「沒有了十進位法就會死掉嗎？」

凱蘿爾打算開開玩笑，於是這麼反問。

「妳想想看嘛，沒有日曆也沒有時間的話，是要怎麼活下去呢？這麼一來也不會有金錢制度。不光是錢而已，還不能做各種計算。連工作都沒辦法做，也無法跟朋友約見面喔。」

聽到這裡，凱蘿爾沉默不語。她沒想過這方面的情況。

「正因為是這麼重要的事，所以誰也不敢隨便嘗試，會緊張得要命。」

「老師是這麼教的嗎？」

凱蘿爾回想昨晚做的夢。夢境裡，腔棘魚告訴她，人類都得去上學，但學校根本沒必要存在，因為老師每天教的東西都是錯的，可是學生卻要牢牢地記住那些錯誤的教誨。

艾莎說的並沒有錯，但凱蘿爾認為大家其實沒必要那麼緊張。十進位法是很重要沒錯，但也是因為這樣才更不該害怕、反而要去親近重要的東西才對。這就跟不能親近壞人，但是要親近重要的人、與其建立良好的關係是一樣的。

「總而言之，這個國家沒有像妳這麼能幹的人，大家才會都很尊敬妳。所以妳一定能出人頭地，成為一個偉大的人。」

「女生也可以出人頭地嗎？」

凱蘿爾又笑了。

「也對，女性就算出人頭地也沒有用。還是遇到優秀的男人、結婚、生子會比較好吧。雖然最近也有強悍的女性橫空出世，宣言即便不靠男人也能夠活下去……」

「哦？妳不贊成這種論調嗎？」

凱蘿爾問她。

「不贊成。」

艾莎想也不想就回答。

「我覺得辦不到。妳呢？」

「我也不行。我無法獨自生活。我想遇見理想的男人。」

凱蘿爾回答。

「妳去史卡博羅就是為了遇見好男人嗎？」

心事被戳破，凱蘿爾一句話也說不出來。

可以想見艾莎現在肯定在黑暗中笑得一臉不懷好意。

「我就知道是這樣。因為妳一直堅持要去史卡博羅。肯定就是這麼回事。有人要幫妳介紹嗎？」

「沒有。是神明的旨意。」

「說妳會遇到好男人？」

「嗯。」

「這樣啊，那我也要去。」

「咦？」

凱蘿爾嚇了一跳。

「然後把那個男人搶過來。」

「欸？」

「開玩笑的啦。」

黑暗中，凱蘿爾鬆了一口氣。

「我在愛丁堡還有約，想去也去不了。不過如果是這樣的話，真的是再怎麼危險也會讓人想去呢。我明白了。」

「嗯……」

凱蘿爾有些迷惘地回應。或許她的決心還不到堅若磐石的地步。內心充滿了強烈的不安，害怕得不得了。可以的話，真希望艾莎也能一起去。可是又想到艾莎長得很標緻，性格也很好，說不定真的會變成自己的勁敵。她喜歡艾莎，不想與她有什麼爭執。更別說還是為了男人，她死都不願意。既然如此，還是自己一個人去好了。

「明天就要和卡爾道別了呢。」

凱蘿爾說道。

「嗯，他也有工作要做吧，大概明天早上就得回艾德拉了。」
凱蘿爾這時才知道人類管那一帶叫艾德拉。
「他是個好人，能遇見他真是太幸運了。」
這是凱蘿爾的真心話。
「艾莎，妳也是。能遇見妳，真的讓我非常感激。要是沒有妳的話，我可能早就死在雨中了。」
「對呀，千萬別再光溜溜地在雨中亂跑喔。」
艾莎笑著打趣。
「妳真的很特別。快睡吧。」
接著又這麼催促凱蘿爾。

第二天一早，有人敲她們的房門，艾莎出去應門，原來是卡爾。卡爾說旅舍的廚師想見凱蘿爾。於是凱蘿爾留下要梳妝打扮的艾莎，獨自隨卡爾前往廚房。

走進廚房，幾位廚師在濕答答的桌上擺滿了許多西瓜等水果，其中一位廚師擺出一顆還連著蒂頭的西瓜給他們看，問凱蘿爾能不能將其分成十等分。「聽說妳能做到這件事。」看樣子，凱蘿爾昨晚在民族舞會場的創舉已經傳開了。

凱蘿爾從正上方俯視西瓜，將西瓜切成十等分，廚師們瞬間響起熱烈的歡呼聲，拍打彼此的肩膀。他們還說接下來就要端給客人吃，還要在咖啡廳販賣，如果凱蘿爾能將所有的西瓜都切成十等分，就免除他們的住宿費。

雖然很花時間，但是為了艾莎和卡爾，凱蘿爾還是照辦了。最後不僅免除三個人的住宿費，還一起享用了多了西瓜的早餐，三個人吃得非常盡興。

吃完早餐，凱蘿爾戴上帽子去街上散步，順便觀光。經過咖啡廳或餐廳前都有人向凱蘿爾搭話，歡迎她的掌聲此起彼落。經過一家披薩店時，老闆表示會付她酬勞，委託她將幾塊披薩切成十等分。被帶到店內後，只見裡面有幾張圓形的大桌子，每張桌子周圍都擺放了十張椅子。

路過蛋糕店，這裡的老闆也衝出來大喊：「耶！找到天才了。」然後苦苦哀求說：「小姐，我會付妳錢的，請妳將我們家的蛋糕切成十等分吧。」昆斯費里市內的小蛋糕基本上都切成四等分來賣，不過大蛋糕無論如何都要切成十等分。可是店員實在太不會切了，不管換誰來切，都還是會被客人投訴。

經過製造家具的工廠前，老闆也拜託她為圓桌的周圍畫上十個相同的圖案。這裡付給她的酬勞是最高的。就像這樣，凱蘿爾利用午餐前的勞動時間就賺到了前往史卡博羅的旅費。因為艾莎和卡爾都知道凱蘿爾身無分文，所以很替她高興。

「太好了，這麼一來就可以稍微放心了。」

艾莎說道。

「對呀，身無分文太危險了。」

卡爾也是一臉真摯。

7

前往昆斯費里的馬車站尋找會駛向愛丁堡的馬車，一下子就找到了，而且馬上就要出發，所以兩人連忙上車。車上已經有三位同行者，並肩坐在面朝前進方向的位置，分別是母親與一男一女的小孩。

「那我就回艾德拉了。」

卡爾來到馬車車窗下，與凱蘿爾道別。

「就此別過了，卡爾，我會想念你的。」

凱蘿爾依依不捨地用雙手握住卡爾的手。

「謝謝你告訴我各式各樣的事情，我真的很開心。」

凱蘿爾說道。

「我也是啊，凱蘿爾。很高興認識妳，如果妳有機會來艾德拉，要再來找我喔。只要問附近的人，大家都會知道巴恩哈特老爺的宅邸在哪裡。」

「嗯，我知道，我也是那一帶的人。」

「咦？是這樣啊？」

卡爾露出驚訝的表情。

「但我從來沒見過妳耶。」

他會這麼說也是理所當然的，因為凱蘿爾直到最近才變成人類。

「像妳這麼引人注目的女孩……」

「我還是會回去的。到時候再見吧！」

凱蘿爾打斷他。

「妳還會再唱歌給我聽嗎？」

卡爾問道。

「那當然啊，我也很期待喔。」

「艾莎倒是很快就能再見到了。」

「對呀，再過十天，我打算再回趟艾德拉。不練習長笛不行呢。」

「哦，妳吹的長笛可好聽了。我等妳回來喔。」

從車身劇烈搖晃可以猜到車伕已經爬上了前方的座位。卡爾見狀，依依不捨地往後退，離馬車遠一點。

「我們要出發了，各位都準備好了嗎？」

車伕轉過頭來問大家。馬車有頂蓋，所以看不見車伕的臉。

「準備好了！」

艾莎精神抖擻地回答，車伕朝馬揮了一鞭，馬車開始往前走。卡爾一路退到幾乎要貼著酒場的石牆，向她們揮手。艾莎與凱蘿爾也將臉湊到窗邊，朝他揮手。

「再見。」

凱蘿爾大聲道別。車窗外，卡爾的身影逐漸往後方移動。凱蘿爾按著帽子，探出身體，目送他的身影逐漸遠去。

「啊，看不到了。」

凱蘿爾坐回椅子上。

「接下來只剩我們兩個去愛丁堡了。」

艾莎說道。

「妳們要去愛丁堡啊。」

坐在對面的母親主動開口向她們搭話。

凱蘿爾點點頭，回應的則是艾莎。

「是的。」

「我也要去愛丁堡，這一路上請多多指教。」

母親說完，凱蘿爾與艾莎便朝她點頭致意。

「我叫瑪格麗特，這兩個孩子，哥哥是約翰、妹妹是琳達。快打招呼呀。」

在母親的要求下，兄妹彎下頭說：「姊姊好。」

「我們要回弗林特里奇的家。」

瑪格麗特告訴她們。

凱蘿爾有一瞬間覺得這兩個孩子好可愛，但這種心情正逐漸淡去。因為這對兄妹——尤其是哥哥——半刻也靜不下來。在母親腿上爬上爬下不說，甚至還把手撐在地板上倒立，樂此不疲。沾滿泥巴的鞋子肆無忌憚地倒向她們衣服的胸口位置。艾莎氣得柳眉倒豎。

「不可以喔，約翰。」

瑪格麗特出聲制止。她抓住男孩的腳，姑且先罵了他一頓，但語氣毫無威嚴，起不了半點規勸男孩胡鬧舉動的作用。男孩倒立了好長一段時間，雙腳亂踢亂動，在場的女孩們如果不小心提防，下巴可能就會被踢到。馬車左搖右晃，所以這也是意料中的事。要是有誰能夠在這種交通工具裡倒立還不會亂動，那個人肯定是天才。

明知兒子可能會弄髒面前兩位淑女的衣服，瑪格麗特卻不敢真正對孩子動怒。不僅如此，總覺得她還對兩位年輕女孩表現出驕傲自滿的態度。凱蘿爾想不通她為何如此，看樣子是誕下子嗣、而且還是兩個孩子的事實轉化成母親的優越感，所以斥責孩子的態度就像是在鬧著玩似的。凱蘿爾想不明白，但這一切似乎惹惱了艾莎，笑容從她臉上消失。

「沉眠於墓地時，」男孩維持倒立的姿勢，開始唱起歌來。

艾莎靠向凱蘿爾，在她耳邊低語：「好想真的把他塞進墓地裡啊。」

「人會得到安寧。再也不用擔心生病，也不會受到死亡陰影的威脅。」

男孩貼近地面、唱著十分成熟的歌詞。結果瑪格麗特也一起唱了起來。

「回想起來，山谷裡的黃鶯、屋簷下的雲雀都開心地鳴叫，繁縷和攀緣薔薇也爭奇鬥妍地盛放，有如裝飾在貴婦人肩上的蕾絲。我住的山谷綠意盎然。那是我的驕傲，比生財的礦脈、比金山銀山更令我驕傲。」

男孩倒立著，以快要踢到女孩們下巴的姿勢高歌，在瑪格麗特跟著一起唱和以後，妹妹也以稚嫩的嗓音加入。

「坐在石頭上，閉起雙眼，我的心思便會飄回那座美麗的山谷，回到養育我的大自然。」

接著，有個優美純淨的聲音揉合了這段歌詞。起初只是輕聲哼唱，此時隨即接上美麗的歌詞。

「天空澄淨，風流雲轉，倒映在清澈的水面，洗滌我的心靈。」

艾莎抬起頭來，只見歌聲來自一旁的凱蘿爾。悠揚、動人的美聲時而與旋律交織成和弦，迴盪在狹窄的馬車裡。

「啊，好好聽呀。」

瑪格麗特停止唱歌，對凱蘿爾說道。跑到母親裙襬下的男孩也從前方探出頭來、驚訝地看著凱蘿爾。

「妳聽過這首歌啊？」

瑪格麗特一臉訝異地問她。

「沒有。」

凱蘿爾回答。

「外地人應該不知道這首歌。妳明明沒聽過，卻還是會唱？」

這位母親瞪圓了眼睛。

「是的，因為我總覺得有點懷念，好像在哪裡聽過。」

凱蘿爾解釋。

「這應該不太可能。」

瑪格麗特說道。

「這首歌只在弗林特里奇傳唱。我們也是在弗林特里奇的教堂學會的。在我聽過的所有歌曲裡面，這是我最喜歡的一首。妳來過弗林特里奇嗎？」

凱蘿爾歪著頭想了一下。就連調皮的約翰此刻也動也不動、靜靜地望著她的臉。真是令人莫名感佩。

「沒有。」

凱蘿爾回答。因為她真的毫無印象。可能是在某個城市的上空聽過。可是她不知道城市的名字，所以無從判斷是不是弗林特里奇。

「好成熟的聲音、真的好好聽啊。妳看起來還很年輕，竟然能發出那麼成熟的聲音。不僅如此，還懂得怎麼和聲呢。」

「不管是什麼歌，凱蘿爾都能隨心所欲地和聲。」

艾莎從旁插話。

「這是與生俱來的才能喔。明明沒有上過專門教唱歌的學校，也沒有拜師學習過。」

「真的嗎？」

眼前的母親再次瞠目結舌。

「既然如此，妳一定不是普通人。」

「好像天鵝啊！」

調皮的約翰突然沒頭沒腦地冒出這句話。凱蘿爾嚇了一跳，心想孩童的直覺果然很敏銳。

「凱蘿爾很厲害喔，還能把派切成十等分。」

艾莎引以為傲地接著說。

「把派切成十等分？真的嗎？用了什麼機器？」

「沒有用任何機器喔。」

艾莎似乎想報一箭之仇，這時對這位母親說話的態度有點盛氣凌人。瑪格麗特大吃一驚，好一陣子說不出話。

「如果是真的，妳無疑是被神給選中的人。」

她的語氣像是在喃喃自語。

「妳應該會被稱為女王陛下。」

瑪格麗特這麼說道。

「女王陛下？」

艾莎震驚地反問。

「聽說朱伯利的國王正在尋找這樣的人。」

「朱伯利？」

「我的故鄉。國王正在找具有音樂天分、還能將派切成十片的人。」

「凱蘿爾，那不就是妳嗎。」

艾莎笑著說。

愛丁堡在一處形成高台的岩石懸崖下方設置了馬車站，他們一行人抵達了那裡。該處停了大量的馬車，有些正要出發前往別的城市。

下了驛站馬車，兩人就與帶著孩子的瑪格麗特道別。艾莎牽起凱蘿爾的手，走在寬廣的馬車站尋找前往史卡博羅的馬車。艾莎顯然很熟悉這座城市，但好像沒有去過南方，所以不知道該搭哪一輛馬車才好。

接連問過好幾位車伕後，艾莎要凱蘿爾在旁邊等一下，接著走向正在燒起篝火的一群男人，然後開始與他們交談。講了好久，才總算回到凱蘿爾身邊說：

「他們說有馬車要去錫登港。那裡有開往史卡博羅的帆船。只要能搭上那艘船，通常花個一天就能抵達史卡博羅了，走吧。」

凱蘿爾聽話地背起手提袋。

「我已經付過錢了。」

艾莎又接著說道，這讓凱蘿爾覺得很過意不去。

「真不好意思啊，艾莎，讓妳破費了。」

「別這麼說，凱蘿爾，我只能幫妳到這裡了，再來要靠妳自己囉。」

「嗯。」

「加油。無論發生天大的困難都不要認輸喔。」

「嗯，我會努力的。」

艾莎在篝火前介紹一個留鬍子的男人給凱蘿爾認識。

「哦，小姐，妳要去史卡博羅啊。」

男人問凱蘿爾。

「對。」

「所以才想去錫登港嗎？」

「對。」

「那就走吧，馬車差不多要出發了。」

男人說道。

凱蘿爾與艾莎並肩走向這位車伕的馬車。

「那麼，我們真的要道別了，凱蘿爾。這裡再往前走一段就是我家了。」

「非常感謝妳的照顧，艾莎，能夠遇見妳，我真的非常幸運。」

「確實沒錯。」

艾莎笑著回應。

「要是沒有遇見我，沒穿衣服的妳不是被狼吃掉，就是在那之前就先凍死了。」

「真的非常謝謝妳，艾莎。妳是我的救命恩人。」

「就是說啊，我真是放心不下妳。」

這次換成凱蘿爾笑著說：

「我懂。我覺得你肯定會這麼想的。」

「妳太漫不經心了，乾脆別去遠在天邊的史卡博羅，跟我一起回家吧，一定會很開心喔……但就算我這麼說，妳也聽不進去吧。」

凱蘿爾只能沉默。

「沒關係啦，妳是有才華的人。要相信神會因為捨不得妳的天分，絕對會出手幫助妳。」

「欸，竟然連神都被抬出來啦，她有這麼厲害的天分嗎？」

車伕回頭問。

「對呀。你知道了肯定也會大吃一驚喔。」

艾莎告訴他。

「這就是我的馬車。快上車吧。」

車伕語畢，凱蘿爾就回過頭去，看到艾莎敞開了雙臂，凱蘿爾就衝進她懷裡。兩人緊緊相擁，淚水情不自禁地奪眶而出。

「要保重，有一天你一定要回艾德拉喔。」

「好。」

「我們說好了。等妳找到理想中的他，一定要回來喔。」

「找得到嗎。」

「要帶他一起來喔。好讓我有機會橫刀奪愛。」

「才不要呢。」

「開玩笑的啦。那你多多保重了。」

艾莎放開她。凱蘿爾擦乾眼淚，坐上馬車。

坐在面向前進方向的椅子上，從窗戶探出臉。站在車窗下的艾莎朝她投來一個飛吻，凱蘿爾也有樣學樣。與此同時，兩個抱著行李箱的青年從艾莎背後拚命跑過來。

「等等我們，我們要上車！」

其中一人大喊。

「我們這輛車要去錫登港，你們去那裡嗎？」

「對，沒錯。我們要去搭船！」

青年大喊。兩人抓住馬車，以極為粗魯的動作跳上車，讓車身劇烈傾斜。

「啊，已經有客人了，妳也要去錫登嗎？小姐。」

青年氣喘如牛地問道。

「是的。」

凱蘿爾回答。

「妳該不會也要搭船吧？」

「對，我要搭船。」

「要去哪裡的船？」

「史卡博羅。」

「哦，這真是太巧了，我們也是！」

「途中有伴了呢。」

另一位青年關上車門後說道。

「艾莎，我有旅伴了。」

凱蘿爾向車窗下的艾莎報告。

「你們可要好好保護我心愛的妹妹喔。」

艾莎吩咐兩位青年。

「沒問題，包在我身上，這位姊姊。」

男人輕佻地回答。

「出發了！」

車伕大喝一聲，朝兩匹馬揮鞭，馬車開始前進。
站在原地揮手的艾莎，她的笑容開始愈變愈小。
「這位姊姊，保重啊。妳妹妹就交給我們。」
「我們會平安送她到史卡博羅，妳就放心地好好工作吧。」
他們也從車窗探出臉大喊。
「妳姊姊好漂亮啊。」
其中一人親暱地向凱蘿爾搭話，後者微笑點頭。
「妳去史卡博羅是要參加慶典嗎？」
「對。」
凱蘿爾回答。
「妳是歌手嗎？」
凱蘿爾搖頭。
「那麼是舞者嗎？」
她又繼續搖頭，於是對方露出狐疑的表情。
「咦，妳看起來明明不是歌手就是舞者啊。我們要上台演出喔。」
「欸，真的嗎？」
凱蘿爾驚訝地反問。
「我們是喜劇演員，還會彈手風琴。」

「既然妳要參加慶典，一定要來聽我們表演喔。」
「好。」
既然兩人都這麼說了，凱蘿爾也答應他們。這麼一來就有人帶路了，她感到很慶幸。
「多多指教，小姐。」
對方伸出手來，凱蘿爾也與他們握手。
「請兩位多多指教。」
「嗯。對了，妳叫什麼名字？」
「凱蘿爾。」
「凱蘿爾啊，這個名字聽起來就很會唱歌呢。我們是傑思羅和哈比。」
「請多多指教，傑思羅。」
凱蘿爾也向對方致意。
「我們的名字也充滿了喜劇演員的風格吧。」
哈比問道。

8

抵達後一看，才發現錫登港這個地方簡直擠得一蹋糊塗，凱蘿爾一行人的馬車以近乎插隊的方式停在塞在路上的一大群馬車後方。

「實在沒辦法送各位到港口的馬車站，太花時間了。不過已經可以看到船了，不如就在這裡下車吧？」

車伕轉頭問三位乘客。

「到這裡就行了，兄弟。妳也沒問題吧？凱蘿爾。」

凱蘿爾點點頭。

「好，走吧！」

兩位喜劇演員推開馬車門，準備抱著行李箱跳下車。先下車那個接住另一個人的行李箱，等伙伴下車。然後兩人接住凱蘿爾的提袋後，又不約而同地伸手從兩側撐住凱蘿爾的身體，護她安全地下車。

「謝謝你們。」

凱蘿爾向兩人道謝。

「就是那艘船，快走吧。」

其中一人指著前方的帆船，拉起凱蘿爾的手。已經能看到船身了，不過還有一段距離。

碼頭人滿為患。三人撥開肩上扛著圓筒狀大布袋的魁梧船員、一大群跟在女性背後的小孩、以及步履蹣跚的老年人，緩慢地往另一頭的中型帆船前進。廣大的港口涇渭分明地分成兩組人馬，一邊是看起來很有錢、衣著打扮很乾淨的貴婦；另一邊是髒兮兮的勞工及未成年的少年。雙方界線分明、絕對不會混雜在一塊兒。

有錢人集團中瀰漫著脂粉及高級香水的氣味、窮人集團則散發出蓬頭垢面的臭氣及汗臭味。三人穿過陣陣香水氣息，加入貧困氣味的集團，跟著人群朝著船走去。

相當於兩個集團的中央位置有一棟頂著綠色尖屋頂的小小建築物，一行人逐漸朝它靠近，原來那是船票的售票處。因為兩位喜劇演員也是要買前往史卡博羅的船票，於是凱蘿爾把錢給他們、請他們一起幫自己買。

「我們要坐的是便宜的船底部大船艙，妳能接受嗎？」

喜劇演員問她，凱蘿爾點頭回答：「沒問題。」反正她也沒什麼錢，買不起更貴的船票，光是能搭上船就已經謝天謝地了。

喜劇演員顯然已經很習慣坐船了，如入無人之境地撥開窮人的集團、走向售票窗口買了船票。凱蘿爾接過船票，四下張望。這群衣衫襤褸的人大概都是坐船底的伙伴。不過凱蘿爾一點也不在意。她不懂有錢人與窮人的差別，也完全沒有想成為有錢人的想法。

二人組牽著凱蘿爾的手往前擠，人潮逐漸形成長長的隊伍，三人就跟在最後面。已經離目的地的船很近了。望向人龍的前端，前面的人正爬上架在船舷邊的長舷梯。已經開始登船了。

「你們很習慣搭船嗎？」

凱蘿爾詢問傑思羅和哈比。

「嗯，我從這麼小的時候就開始坐船了。」

傑思羅伸出雙手的掌心，在身體前面比劃。

「那是貓咪吧。」

他的搭擋說。

「你比得也太小隻了。就連嬰兒也沒有那麼小。人類的小孩大概這麼大吧。」

他將右手的掌心置於自己的大腿附近，用來示意小孩的身高。
「因為我特別矮小嘛。我爸是賣馬鈴薯的，我還能爬到天平上玩呢。」
「你是拇指公主嗎。那麼小的小不點兒不能搭船喔。」
「為何。」
「因為船身稍微搖晃一下，你就會從排水口滑溜溜地流進大海裡。」
「今天也會晃得很厲害喔。」
排在前面的男人突然轉過身來對他們說。
「怎麼說？」
「海面似乎不太平靜。這一帶還在河道上，尚未進入出海口，所以還感覺不出來。」
「真的假的。」
「你看看那片雲，可能會變成暴風雨喔。」
男人指著空中。有道理，不知不覺間，雲層變得好厚，而且正在緩慢地移動。大概是上空有風吧。
「即使上船，今天可能也要在船上過一晚，最好有心理準備。」
「無法出航嗎？」
「有這個可能。」
「要在船底過夜啊，真受不了。」
傑思羅抱怨。
「但願沒有老鼠。」

哈比也跟著發牢騷。

「想也知道不可能沒有。住得近的最好先回家一趟，睡一覺之後明天再來。」

「那才是不可能，太遠了。」

哈比說道。

「更何況我離開故鄉時還說了大話，揚言十年都不回去。」

「要是只出來一天就回去，面子要往哪擱啊。」

「嗯，會被笑到孫子那一代喔。」

忍受一陣子排隊之苦，終於輪到他們爬上登船舷梯了。沿著船內的樓梯一直往下走，進入平底船艙。學著走在前面的人把鞋子放進鞋櫃後，便走到船底鋪著薄墊的大空間正中央坐下。可是等他們暫且安頓後，一個小時過去了、兩個小時過去了，船身只是緩緩地上上下下，完全沒有要出發的跡象。真的被剛才在碼頭遇到的那個男人說中了。

後來有個船員拿著搖鈴，踩著極為緩慢的步伐走來向大家宣布。「各位先生，各位女士。如果有人趕時間的話真的不好意思，今晚必須待在港口觀察情況了，等明天早上天亮再出發。如果有哪位肚子餓了，前面的區域有販售蒸馬鈴薯，可以買來填填肚子。」

「我老婆在史卡博羅的醫院，今天就要生了。」

有人大聲吼叫。

「我老婆在等我！」

「你的孩子會等你的。」

船員說道。
「在肚子裡等嗎。」
男人反唇相譏。
「這話聽起來讓人不太舒服。」
「這位老兄，你先冷靜一下。就算現在趕到醫院，你也幫不上忙。」
其中一位乘客打圓場。
「孩子生下來以後，過了一段時間會比較可愛喔。」
另一位男士說道。
「對呀，剛出生的嬰兒很恐怖喔。今晚就老老實實地睡覺吧。」
船員丟下這句話便走開了。
「果然要在這裡睡覺啊。」
傑思羅表示不滿。
「這下開心的只有跳蚤，今晚可以吸血吸到飽了。有這麼多人，可以開一整晚的狂歡派對呢。」
「別不知福了，兄弟。能與這麼漂亮的美人一起待在這裡，那可比露宿街頭好多了。簡直是置身天堂。」
哈比邊說邊躺下。他們就這麼靜靜地待了一會兒，實在沒有什麼特別的事可做，真的太無聊了。無論是他們兩人還是其他乘客們，很快就感到煩躁了。
「啊，好無聊啊。喂，小兄弟們，你們是喜劇演員吧，唱首歌來聽聽嘛。」

旁邊的乘客說道，還遞出自己帶來的烏克麗麗。

「包在我身上。」

哈比爽快地答應，開始彈奏烏克麗麗，唱起船歌。歌詞很莫名其妙，是在描述有個好事的男人一直以來都在市場賣南瓜，後來過膩了這樣的生活，就跑去遙遠的南方海域採椰子。是一首搞笑的歌曲。

然後他的搭擋站了起來，配合歌聲誇張地擺動身體、跳起奇怪的舞。所有待在平底船艙的人都鼓噪著為他喝采，幫忙打拍子。其他擅長舞蹈的男人也站起來，打著拍子加入舞蹈，氣氛變得愈來愈熱烈。一個、兩個，在場的男人們紛紛起身，跳舞的人也持續在增加。眾人在平底船艙裡圍成一圈，手舞足蹈起來。

局勢演變到這裡，凱蘿爾也忍不住了，起身加入大家。這麼一來，其他跳舞的人都停下來，「哦哦」的驚呼此起彼落、引發了另一種騷動。每個人都對凱蘿爾靈動的舉手投足驚豔不已，至於兩個喜劇演員更是雙眼圓睜。

「妳到底是誰啊？是有名的舞者嗎？」

傑思羅問她。凱蘿爾笑而不答，只是繼續舞動。因為即使想回答也無法回答。她變成人類之後的體驗還太少了。

「你再唱一下剛才的歌。」

凱蘿爾要求哈比。

哈比彷彿這才想起來似地再次彈奏烏克麗麗，又開始高歌。但這次的歌詞是在講被貓追得四處逃竄的小鴨，完全是另一首歌。

「喂，不是這首歌吧，兄弟。唱椰子的歌！」

其中一位客人糾正他。

於是哈比又唱起剛才那首尋找椰子的歌。

「對啦，就是這首。」

傑思羅附和。

與此同時，凱蘿爾突然開始和聲，這讓大家都驚訝到停止跳舞。因為凱蘿爾的朗朗歌聲實在太美妙了，震撼了所有人的心靈。

但凱蘿爾也因此嚇得停在原地。

「怎麼了？各位。」

凱蘿爾一問，眾人這才回過神來，又開始跳舞。每個人的視線都落在凱蘿爾穠纖合度的勻稱身材上。而且她的動作十分俐落，有如行雲流水，令所有人都移不開目光。

「真傷腦筋。妳一開始唱歌跳舞，大家就會停下來看妳。」

傑思羅大聲說道。

「那我坐下來吧。」

「這可不行。」

傑思羅語畢，又再次問她。

「妳到底是哪裡的女神呢？妳是從哪邊來的？」

傑思羅邊說邊翻找自己的行李，取出手風琴加入演奏。船艙內的歌聲及歡聲笑語更加盛況空前，眾人的聲音在音量增加的同時也被牆壁及天花板反彈，迴盪在室內，偌大的平底船艙頓時變成音樂會場。

「妳真的是天才耶，凱蘿爾。」
曲子結束後，傑思羅忍不住讚嘆。
「我在這個國家還沒見過像妳這樣的天才。」
「一點也沒錯。」
哈比也同意。
「我說凱蘿爾，妳要不要跟我們合作啊？我們組成樂團，在國內巡迴表演。不，不只這個國家，還要去世界各地巡迴演出。三個人一起發大財吧。」
兩人異口同聲地說。但是就連他們的盛情邀請也被在場眾人的掌聲給淹沒了。觀眾們興奮地湧上前來，拍拍凱蘿爾的肩膀、七嘴八舌地讚美她：「很榮幸認識妳！」
「真是個好主意，兄弟。樂團要叫什麼名字？」
傑思羅問哈比。
「我想想喔，『歌姬與偉大的水手』如何？」
「偉大的水手會待在這種船底嗎！」
旁邊的乘客取笑他們。
「如果是偉大的船員應該會待在船長室吧。」
「等我賺了大錢就會買一艘船，然後前往遙遠的印度洋，帶上你們一起長途旅行，這麼一來大家就沒話說了吧。」
「去印度做什麼？」

「這還用說嗎，當然是在海邊建一座白色的城堡，過著奢侈的生活啊。」

「讓美麗的印度女孩服侍自己嗎？」

「只要有這位歌姬就夠了。」

傑思羅回答時，不知從哪兒傳來搖鈴的脆響，大概是樓上吧。緊接著，有兩個船員搖搖晃晃地下樓。一人提著小桌、腋下夾著搖鈴，另一人捧著疊了好幾片派的托盤。

「喂，來幫忙！」

捧著派的船員大叫。

「如果你們想吃派的話！」

聽到這句話，傑思羅和哈比趕緊衝上前去。傑思羅幫忙抬起桌子的一邊，哈比則是接過搖鈴。

「這是吹什麼風來著，沒有人點什麼派啊。」

哈比問船員。

「這是船長招待的。」

提著桌子的船員慢條斯理地走到船艙中央對眾人說道。

「為了感謝大家讓我們欣賞優美的舞蹈與歌聲。」

「既然如此，這些派理應都屬於這位歌姬。」

幫忙扶著托盤的男人說。

「喂，你想害我們家的歌姬變胖嗎？」

傑思羅抗議。

「妳吃得了這麼多嗎？」

另一個男人問道，凱蘿爾笑著搖頭。

「怎麼可能，我們家的歌姬又不是牛。」

哈比邊說邊將手中的搖鈴晃得噹啷作響，大聲反駁。

「喂，各位，有派吃了。」

船員從哈比手中拿回搖鈴。

「別隨便亂搖。船員工會對搖的方式有嚴格的規定。」

「現在是放飯時間。這時不搖，還要等到什麼時候。」

「只要能將派分成十等分，這些派就隨你們吃。」

船員從口袋裡拿出刀子，放在派的旁邊。

「這也太過分了吧，老大哥。派就擺在我們面前，結果看得到、吃不到。」

傑思羅發出不平之鳴。

「這也是船員工會的嚴格規定嗎。」

「沒錯，正是如此。」

「這個規定太不合理了，我肚子好餓。」

「我沒說不能吃，只是不切一切的話，就沒辦法分給大家吧。」

「話是沒錯啦，但是要切成十等分也太強人所難了。」

「沒有人會切啦。」

哈比也發難。

「放眼全國也沒人會切。」

「我有辦法切喔。」

凱蘿爾開口了。接下來，她當著所有屏息以待的人面前拿起刀子，在眾人的注視下，將身子彎向疊在一起的派，然後完美地把它們切成十等分。

所有人都高聲歡呼、擠到了凱蘿爾的身邊，然後又再次拍拍她的肩頭大肆讚美一番。一口一聲的天才、歌姬，對她讚不絕口。

9

凱蘿爾在黑暗中倏地睜開雙眼。已經熄燈了，眾人都在夢鄉之中。

他們一直喧鬧到三更半夜。男人們用不知道是誰帶來的威士忌到處乾杯，如今全都爛醉如泥地呼呼大睡。定睛一看，感覺好像真的已經與自己組成三人樂團的傑思羅和哈比都張開嘴巴，睡得一臉呆滯，表情十分滑稽。眼前的這幅情景，就像是這兩個喜劇演員的舞台演出一般。

船身一陣劇烈搖晃。是要出發了嗎？凱蘿爾心想。直覺告訴她，船正搖搖晃晃地前進。大概是船長判斷已經可以在海上航行。如果是那樣的話，船長的判斷顯然錯了。因為船身搖晃得非常劇烈，感覺浪潮洶湧。或許船長是覺得不能一直像這樣杵在港口，若是這種程度的風浪應該還能克服。

「喂，現在是怎樣，出航了？」

耳邊傳來男人竊竊私語的聲音。聽起來好像是昨天嚷嚷著妻子就快要生了的那個男人。

「真有勇氣啊，即使頂著暴風雨也要勇往直前嗎。」

「才不是這樣，是因為停泊在港口要付錢。」

同伴告訴他。

「港口的收費很貴。」

「萬一遇難沉船，損失會更慘重吧。」

「喂，快睡吧。」

另一個男人的聲音傳來。

「風浪太大，現在船也出海了。別聊天了，不快點躺下來的話會暈船喔。」

同伴勸他，男人總算又躺了回去。

「別吐喔，已經不是小孩子了。」

凱蘿爾聽著男人們的對話，慢慢地坐起來，因為她忍不住想看看驚濤駭浪的大海。自己正置身於狂風暴雨的大海上，光是想像在還是天鵝的時代無緣得見的風景，就覺得興奮不已。以前雖然也曾遇過暴風雨，但著實無法在強風的吹襲下繼續飛行，所以團體的領導者總是會命令大家躲進森林裡的樹蔭底下，靜待風雨過去。可是從那一刻起，想親眼見識狂風暴雨的大海究竟長什麼樣子的願望就一直蟄伏在她體內。

凱蘿爾起身，穿上鞋子，彎腰駝背地在因為船身搖晃而不斷發出響亮軋吱聲的船艙內前進。走到樓梯邊，牢牢地抓住扶手，小心不要掉下去、一步步地拾級而上。她穿過在港口上船時曾通過的門，頭上就是通往甲板的出入口，這時強風的喧囂愈來愈大聲。拍打在甲板上的海浪、水花四濺的巨響。強烈的恐懼頓時湧上心頭，但也同時產生令人躍躍欲試的刺激。凱蘿爾感覺內心充滿期待。

用害怕到發抖的手推開艙門，凱蘿爾心驚膽戰地將臉探出到甲板上。飛濺的浪花和雨水無情地打在臉上。雨勢並沒有那麼驚人，但風勢很強。她心想一直開著艙門不太好，水可能會跑進船艙。於是凱蘿爾連忙走到甲板上，關閉艙門。

沒想到猛烈的風幾乎就要讓人站不穩，如果不抓著什麼東西的話感覺就會被風吹走。風變成一陣一陣的強風，將凱蘿爾的頭髮吹得亂七八糟，即使用雙手壓住，也沒有任何效果。昨晚睡覺之前把帽子脫下來，收進袋子裡了，現在整個袋子還留在船艙底層。

甲板不停地劇烈上下晃動，忽而被海浪舉得高高的、忽而大幅下沉。凱蘿爾實在站不住，顫巍巍地跪坐在甲板上，往旁邊瞥了一眼，不由得大聲尖叫起來。因為甲板的另一頭聳立著一座黑鴉鴉的巨大山丘。這個時候，她還不知道那是什麼。下一瞬間，巨大的山逐漸下沉，凱蘿爾連同甲板被高高地舉了起來。

按住幾乎要被強風捲走的頭髮，凱蘿爾坐在甲板上不斷尖叫。自己的身體在濕淋淋的甲板上時而前後、時而左右地滑來滑去。萬一真的滑出去，肯定會一路滑到墜海。凱蘿爾嚇得魂飛魄散。剛才那個不是山丘，而是海水。滔天巨浪有如魔物，化成了一座山，出現在船邊。凱蘿爾有生以來第一次看到這個畫面。她從來都不知道水可以變成巨大的塊狀物，就連想也沒有想像過。

一下子直達天際、下一瞬間又宛如墜入低谷，不斷地上下劇烈搖動的海面實在太可怕了，凱蘿爾不由得被一股不明所以的想哭情緒襲擊，但不知為何，她也同時感到強烈的喜悅。那是直擊心靈的喜悅。眼前是一心想毀滅自己的魔物，自己則是被獻祭的活祭品。一想到這裡，強烈的恐懼感也讓淚水潰堤。與此同時，難以言喻的衝動也不可思議地襲上心頭。

凱蘿爾一次又一次地放聲尖叫，也想將恐懼訴諸言語從嘴裡吐出。如果不把嗓門扯到最大，可能就無法聽見自己的聲音吧。因為風聲實在太吵了，大海不斷咆哮的聲音也太大了。然而就在同一時間，竟然能感受到強烈的喜悅。就連自己也無法說明這種心情。

不知尖叫到第幾次後，凱蘿爾突然覺得有哪裡不對勁，於是便豎起耳朵。明明自己已經閉嘴了，震耳欲聾的風聲以及大海從遠處的水平線席捲而來的低沉咆哮中卻彷彿還藏著細微的女性高音。那是什麼聲音？凱蘿爾再次側耳傾聽。懷疑是不是自己的錯覺。

砰！水構成的塊狀物打中了她的背部，讓她彈向甲板。好痛。凱蘿爾隨即大驚失色地回過神來，趴在甲板上。海水嘩啦嘩啦地流經自己身旁，身體也因為海水而載浮載沉地在甲板上滑行了好幾公尺。

將雙手插進甲板片的縫隙，好不容易止住滑行。與此同時，又聽見了女人扯著喉嚨的哭叫聲。是人類的聲音嗎？不是動物，而是人類？那還真是讓人訝異。

聲音意外地靠近。凱蘿爾撐起上半身，揚起臉，承受擊打眼皮的雨點，開始尋找那個聲音的主人。一番東張西望後，只見有個女人抱著年幼的孩童，佇立於飛濺而起的白色水花裡。

女人哭著、叫著。下一瞬間，她經不住甲板的傾斜與強風，倒在甲板上。但就算倒在地上，依舊緊緊地抱住孩子，不肯鬆手。

危險！凱蘿爾心想。不快點進船艙的話，母子兩人都會掉進海裡。

母親掙扎著，想要站起來，但地板很滑，腳下沒踩穩，人又倒在甲板上。海浪蓋過她的身體，懷中的小孩懼怕得號啕大哭。

「危險！」

凱蘿爾大喊。

「快進船艙。不然會掉進海裡！」

喊叫的同時，凱蘿爾連忙站起來，抓緊風勢稍歇的空檔衝向那對母子。她小心翼翼地在滑溜溜的甲板上狂奔，好不容易碰到了那個抱著孩子、愣愣地待在原地不動的母親身體。

「快進去。不能待在這裡！這裡太危險了！」

母親的哭喊打斷凱蘿爾的呼喚。

「約翰！」

「咦？」

凱蘿爾大吃一驚。她好像聽過這個女人的聲音。下意識望向對方的臉，雖然女人渾身濕透、哭喪著臉，但無疑就是和她們一起搭馬車從昆斯費里出發的瑪格麗特。

「瑪格麗特！」

凱蘿爾驚呼，但瑪格麗特顯然沒有餘力回應她的呼喚。

「約翰、約翰他！」

瑪格麗特大吼大叫，甩開凱蘿爾的手，衝了出去。凱蘿爾用盡全身的力氣從背後架住她，拚命阻止。

「約翰掉進海裡了！」

這位母親還在哭喊。因為此時她的嘴巴就在自己耳邊，所以凱蘿爾這次聽得很清楚。

「欸，約翰嗎？」

凱蘿爾的記憶瞬間在腦海中回溯，搭乘馬車前往愛丁堡的經過在眼前重現。男孩的鞋在自己的鼻子前搖來晃去。一路上都在馬車裡倒立的調皮小孩。那孩子掉進海裡了？

「我的兒子被海浪捲走了！」

瑪格麗特又開始哭喊，手指著前方的大海。眼前是受到狂風吹襲、不斷上下翻湧的凶猛海水。

視線越過船尾的扶手仔細一看，有如巨人的胸膛般劇烈起伏的大海上有個小小的黑點。

那個小黑點是男孩的頭嗎？凱蘿爾拚命思考。那是約翰？是方才剛掉進海裡的約翰嗎？但是那個黑點正緩緩地逐漸漂向遠處。

「救救他、救救他！救救我的兒子。拜託，快點救他，我求求妳了！」

在瑪格麗特又哭又叫的時候，黑點又繼續漂向遠方。

無計可施了。凱蘿爾立刻反應過來。要是海象平穩的場合就算了，這種狂風暴雨的日子，人類著實束手無策。

不過……凱蘿爾仍在絞盡腦汁地想辦法。就在內心猶豫不決的時候，孩子的頭仍逐漸遠離。現在還看得到，知道他在什麼地方。但只要稍微閃神，就再也無法在這片無邊無際的大海中鎖定那顆頭了。在這陣暴風雨中，唯有這一點是可以確定的。

「沒辦法了，放棄吧！」

背後傳來男人宏亮的聲音。

「風雨這麼大，已經救不回來了。就當他運氣不好，放棄吧。現在跳進海裡等同於送死，沒有辦法救了！」

男人以不輸給狂風暴雨的音量大喊。定睛一看，是個蓄鬍的高壯男人。

「這種天氣為什麼要讓孩子上甲板呢？」

他大聲訓斥。

「是孩子自己跑出來的！」

「身為母親，怎麼可以讓孩子到處亂跑。啊，妳做什麼。慢著！」

男人大喊起來。因為凱蘿爾正朝著大海衝過去。

「慢著、慢著，妳想做什麼，找死嗎！」

狂風中，凱蘿爾加快速度，跨過船尾的扶手，撲向了那片不斷劇烈起伏的巨人胸膛。

凱蘿爾滿腦子都是天鵝時代的記憶。我才不怕水呢。比起陸地，我更熟悉水性。無論風浪再怎麼大，我也不在乎。而且要是有什麼狀況——凱蘿爾想得天真，但是她已經沒有在真正遭遇危險之際可以飛向天空的翅膀了。而且那是人類的小孩，人類無法在水中存活，或許已經淹死了，這麼一來，就算救起來也沒用。然而就在她理解到這一點的瞬間，身體早已經飄浮在半空中了。

不知不覺，海面愈來愈靠近，全身深深地栽進海裡。在所有噪音頓時消失殆盡的寂靜水中世界奮力前進、然後再次浮到充滿噪音的水面上時，凱蘿爾已經孤身處在急速下降的浪濤之中，並且不顧一切地游著。接著，浪濤又慢慢地往上翻起。只見烏雲罩頂的天空離自己愈來愈近。

凱蘿爾順勢游上浪濤、翻越被風打碎的海浪頂部，再順著浪的走勢往下游。凱蘿爾忘我地思考，只要再翻過兩座巨浪山頭，應該就能去到那孩子所在的海域了。剛才她確實清楚地看到那個黑點。如果不馬上跳進海裡，就再也追不上那孩子了。所以她才不會顧一切地縱身一躍。

凱蘿爾拚命地往前游，游過兩座有如高山的浪頭。當她翻越第二座山頭往下游的時候，就看見前方的浪濤山。這裡應該就能看到孩子露出海面的頭了。但就在下一個瞬間，凱蘿爾不禁傻住了。不見了？沒看到那孩子的頭。

絕望竄過全身，這時凱蘿爾才終於注意到大海那令人魂飛魄散的轟然巨響，嚇得蜷縮起身子。她意識到一切都結束了，自己即將要死在這裡，心中浮現了洶湧的後悔念頭。當如同山峰的海浪高高地翻騰到空中，周圍變得比黑夜還要暗。萬分絕望。啊，到此為止了嗎。凱蘿爾心想。自己什麼也做不到。體力無以為繼的她從水面稍微探出臉，大口呼吸。體力即將來到用盡的臨界點，感覺肺也好痛。才游這麼一小段距離而已，人類這種生物未免也太脆弱了。自己只有這麼一點力量，居然採取如此瘋狂的行動，簡直是有勇無謀。啊，早知道真不該一躍而下。凱蘿爾忍不住這麼想。

這時，海面高高隆起，也將凱蘿爾在海中載浮載沉的身體往上抬。月光微微露臉，照亮了四周，於是凱蘿爾連忙在月光下東張西望。險象環生的大海發出驚心動魄的駭人巨響，劇烈翻湧的塊狀海浪形成了高聳入雲的山。凱蘿爾驀然回過神來。眼前依舊是絕望的現實。這不是夢。自己還處於難以置信的困境中，正要死於水的蹂躪。然而更難以置信的是，自己還活著。眼下得再翻過這座水之山才行。如果還找不到孩子的話，就只能死心了。

凱蘿爾咬緊牙關，擺動著累得快要動彈不得的手腳，奮力往前游。可是就算找到孩子又能怎麼樣呢。現在已經無法再回到船上，船早就消失在遙遠的彼方，之後只能往陸地前進。得抱著孩子，朝著陸地游過去。她是知道陸地的方向，但問題是游得到那裡嗎？自己還有體力游向陸地嗎？

凱蘿爾上氣不接下氣地游到大浪頂端，從頂端望向旁邊的海浪。

「找到了！」

凱蘿爾忍不住歡呼。看到了孩子那小小的、黑黑的頭部，正在浪濤山相當於谷底的位置載浮載沉。雖然位於底部，不過大概還活著。

凱蘿爾使盡湧現的力氣，拚命地翻過滔天巨浪，朝著小孩游了過去。

第五章

愛麗絲時間

1

走出影城，御手洗潔默默步下石階，就這麼穿過鋪設石板路的車道，在湖邊停下腳步。他凝望水面，然後漫無目的地往前走。影城蓋在里拉湖畔，而他很喜歡里拉湖。忘了是什麼時候，他曾經告訴過我，自己從來到這座城市的那天就愛上里拉湖了。每次要想事情的時候經常會獨自在湖邊漫步。

他的腦海中顯然充滿了剛才看到的匪夷所思故事。每次碰到難解的問題，他總是會想走動走動。現在之所以不發一語地持續邁開步伐，無非是因為大腦剛才已經接收了足夠的刺激。

我們剛看完電影《法蘭契絲卡．克雷斯潘的奇蹟》。我認為這部以一九七七年發生在紐約的真實事件為題材拍成的電影絕對不可錯過，於是就硬拉著他去看。不世出的天才芭蕾舞者——法蘭契絲卡．克雷斯潘在紐約一棟摩天大樓五十樓的小數點劇場休息室內慘遭殺害，卻在醫學上認定死亡後仍繼續上台跳舞……電影將這至今仍家喻戶曉、已成為傳說的事件忠實地進行了影像化。

除了克雷斯潘在舞台上翩然起舞的身影外，電影還將由瑪格麗特．沙岡創作、也是作為該事件中上演的芭蕾舞劇故事文本的奇幻小說一併影像化。因此整部電影不僅充滿幻想般的趣味，甚至比沙岡自己建構的幻想世界還更不可思議。因為劇情畢竟是源自於不世出的天才舞姬在死後仍繼續展現舞姿到落幕的真實事件。

這個事件烙印在舞迷的記憶裡，被他們口耳相傳。不只支持者飽受衝擊，就連其他領域的文化人，乃至於一般人都知道這件事。隨著時間經過變成了傳說，世間也產出了許多書籍和紀錄片，最後終於被好萊塢拍成電影。美國人拍的電影也在我們所在的國家瑞典上映，因此我硬是拖著我的朋友潔去看。

季節為初春三月，斯德哥爾摩還春寒料峭，我和潔都穿著大衣。潔雙手插在口袋裡，在水邊走了好長一段時間，我默默地跟在他背後，不敢打擾他的思緒。認識他很久了，這點規矩我還懂。半晌後，潔終於停下腳步，回過頭來對我說：

「電影看完了，海因里希。下個問題是什麼？」

「潔，你這麼聰明，想必已經知道我想問什麼了。」

我回答。

潔又往前走，提起一件乍聽之下毫無關係的事。

「斯德哥爾摩是北國城市，春天的腳步還很遙遠。但是在這個時期的日本，有些品種的櫻花已經開了。春天的腳步已經踏上那個極東之國。啊，對了，海因里希，這個推理沒有那麼困難喔。而且為什麼要問我？這件事明明距離我那麼遙遠。」

「電影裡不是有出現一個名叫伯納德．科恩的指揮家嗎？那個人是《史卡博羅慶典》的指揮。」

「嗯，是有這號人物呢。」

「他是猶太人，而他是這麼說的：能解開這個謎團的就只有日本人。」

聽聞此言，潔驚訝地看了我一眼。

「日本人？」

「跟距離無關，這件事只有你能勝任。」

「所以你才帶我來看電影？」

「沒錯。」

我坦然承認。

「只有日本人才能解開謎團？為什麼？」

「這我就不知道了，但是在二十年前，大名鼎鼎的指揮家就是這麼說的。如果是你的話應該會知道箇中緣由吧？」

我反問他，但潔只是搖搖頭。

「我不知道。」

「是嗎。」

「二十年的過往啊。」

「正確地說，是已經過了二十年。」

我略加修正。

「已經是那麼久遠的往事，確實足以讓事件變成傳說。」

「一點也沒錯，所有的事情都風化了。」

潔表示同意。

「無論是目擊者的記憶，還是體驗談。」

「大部分的相關人士都過世了。」

我補充說明。

「是嗎。」

潔說道，看了一下天空。

「那些人當中，要是有人指望著破案，肯定是覺得非常不甘心吧。」

我點點頭。

「然而事到如今，一切幾乎只存在於那部電影裡。」

潔的視線落在水面上，然後這麼說道。看他的樣子似乎對於那些人的不甘心感同身受。

「那就是一切了。」

這我也同意。

「但是謎團的懸疑感並未風化喔，潔。反而令人愈來愈感興趣了。二十年來，都在等待有能之人去解開這個謎團。當事人一直困在這段無比漫長、有如永夜般的時間裡。」

「你對這起事件很清楚嗎？」

潔問我，我點點頭。

「至少比一般人了解。因為我大致上研究過一番。」

「風化會讓重要的線索也跟著散失喔。好比說……」

「你先等等。」

我舉起右手打斷潔說話，然後順勢揮了揮舉起的右手，攔下迎面而來的計程車。

「可以請你先上車嗎？」

我指著停下來的計程車說道。

「要去哪裡？」

「去一個很適合聽你暢所欲言的地方。」

於是潔便隨我坐進計程車的後座。

「麻煩到瑞典皇家歌劇院。」

我告訴司機。

「世間萬物都有其適合的場所喔。如果要思考達爾文的進化論，就要去英國的森林或加拉巴哥群島；如果要討論萬有引力的法則……」

「要在蘋果樹底下嗎？」

我深深頷首。

「關於法蘭契絲卡．克雷斯潘之謎，如果要聽御手洗潔解謎的話……」

「要說解謎還言之過早。」

潔打斷我。

「我對一切都還一無所知，就連謎題也是剛剛才聽到而已。我就跟剛才那部電影的製作方一樣，什麼都不知道。」

「和製作方一樣？」

「他們也很困惑吧。不知道克雷斯潘遇害後是否又爬起來完成第三幕的舞台，或是其實肉體一直躺在休息室，實際上是靈魂來到了舞台上。」

「嗯，解釋眾說紛紜呢。除此之外還有無痛症的假說。」

「你說無痛症？」

潔雙眼圓睜。

「對，第二次世界大戰時，希特勒想用人工的方式打造一支無痛症的軍隊，命令門格勒對此進行研究。」

「原來如此。如果是無痛症確實對軍隊很方便呢。即使中彈，只要不是致命傷的話，還是能繼續衝鋒陷陣吧。」

「沒錯，事後再來慢慢治療就行了。」

「可是無痛症的人小時候多半都有脫臼或骨折的體驗，也有人只是咬到舌頭就搞到化膿，再加上無痛症通常都會併發無汗症，很容易發高燒，基本上都會讓父母傷透腦筋。克雷斯潘也有這樣的過去嗎？」

我用力搖頭。

「沒有。話說回來，在集中營長大的她本來就舉目無親。待在集中營的期間也沒有這方面的傳聞。」

「那麼，應該可以先排除這個方向了。」

「這樣啊。我們到了，下車吧。」

說完我便將車資交給司機，迅速地下了計程車。

皇家歌劇院前面有座巨大的階梯。距離春天的到來還很遠，所以階梯上沒什麼人。我用下巴對身後的潔示意，一馬當先地爬上階梯。

階梯一共有兩層，第一層的階梯盡頭是個規模不大的廣場。穿過廣場後還有一層階梯，從那裡爬上去之後才會抵達劇場的正門。途中那個廣場擺了一些長椅，正中央有一座噴水池，噴水池前方則設置了一尊芭蕾舞者的雕像。雕像擺出了踮起腳尖、舉起右手、左手平舉到胸前的姿勢。

雕像背後的水面掀起微微的漣漪。平靜無風，所以大概是噴水池落下的水花所激起的波紋。宛如雨點般的水花打在水面上，掀起了波瀾。這時我感到脖子處泛起一陣涼意，於是下意識地豎起大衣的領子，等著朋友跟上來。

潔還是老樣子，雙手插在大衣口袋裡，一步一步地走向池邊。

「在這裡也出現了呢。」

「沒錯。這座雕像就是克雷斯潘。來，開始吧。」

我靠在噴水池周圍的欄杆上說。

「開始什麼？」

「潔，你以前就聽過這起事件嗎？法蘭契絲卡·克雷斯潘的奇蹟。死後仍站上舞台的舞姬傳說。」

「不知道。」

「那你怎麼看？」

「不可思議的事件。很有詩意。非常吸引人。」

潔坦率地回答。

「彷彿散發出氣息是嗎？像是充滿魅力、甘醇、帶著琥珀色的香氣。」

「嗯，有如剛開封的白蘭地。」

「珍貴得不像是可以在這個世界聞到的神祕香氣。所以潔，你不想挑戰看看嗎？」

「既然如此就讓我看看克雷斯潘的遺體，我要看的是她頭部的傷，而不是這座雕像。我想知道湯瑪斯·貝格爵士說他從觀眾席看到克雷斯潘額頭的血跡是什麼樣的情況，也想仔細觀察那個被稱為密室的休息室。特別是地板的每一個角落。」

「你的意思是可能有密道？」

「我曾跟你提過寄木細工[19]這種工藝品吧。我想檢查每一個接縫處，包括上頭的灰塵沾附方式、擦傷的痕跡，以及所有的窗戶及窗框。聽說窗戶都是固定式的，但我還是想知道嚴密的程度。」

「我很清楚你有一雙與眾不同的慧眼，擁有比世上任何人都更加特別的切入點。但紐約市警的鑑識調查科已經徹底檢查過了。他們很專業，不是你所想像的那種蠢蛋。」

「是嗎，那就好。」

「潔，我無意批評你。倒不如說我比任何人都還要尊敬你。」

「等等，我也沒有要批判的意思。這是一樁美麗的事件，就像一位在頸項圍著絲巾的貴婦。以有如盎格魯撒克遜人般端正的美貌迷住了所有熱愛推理的人。」

「嗯嗯。」

「又像是一幅名畫，凡是熱愛繪畫的人都無法抵抗。問題是，克雷斯潘的頭部究竟是傷到什麼程度？屬於哪一類的傷？還有其深度足以直接損傷大腦嗎？」

「聽說是這樣沒錯。」

「那又是傷到大腦的哪個部分？以布羅德曼分區來說屬於第幾區？是否喪失了身體機能？再拉回無痛症，如果是無痛症的患者，受到這種程度的傷還能站起來嗎？」

「真想讓你會一會相關人士啊，潔。只可惜大部分的相關人士都已經蒙主寵召了。即使還有人健在，也都住在很遙遠的他方。你相信大腦有自動駕駛功能嗎？」

---

19 藉由組合拼接各式各樣的木材、運用色調或紋路差異來構成和風意象圖案的木製工藝品。是日本神奈川縣箱根町的知名傳統工藝品。其中有種被稱為「祕密箱」（或稱細工箱、機關箱）的製品必須要在眾多花紋中找出機關、透過依序按壓或移動木片的過程才能打開盒子。

「我當然相信。」

潔這麼回答。

「那迪亞．諾姆的自動人學說呢？」

「聽起來很有意思呢，部分高能力者或許真能引發那種現象吧，但無法套用到這次的案子上。」

「怎麼說？」

「時間太長了。就算真的出現了所謂的自動人現象，頂多也只能撐上五分鐘。縱使加上萬能之神的加持，也不可能超過十分鐘。無論這個人擁有能力再卓越的肌肉，能與死神拔河的時間也短得可憐。」

「是嗎？」

「我已經說得很保留了。基本上，這種事就常理來說根本不可能發生。」

「也就是說，克雷斯潘在第三幕、第四幕跳了整整一個小時的舞，這種事也是不可能發生的嗎？」

「沒錯。不可能。除非大腦沒有受到任何損傷，那就另當別論。」

「那就更不可能了。雖然我沒有這方面的專業知識。」

「所以隔著大西洋無論討論再多也沒用。只要沒有看到傷口的話，說什麼都是紙上談兵。」

「說的也是。但就算想看，過了二十年，遺體也早已風化了吧。」

潔點頭附和。

「即便是那迪亞．諾姆……」

「嗯？」

「即便是那迪亞．諾姆的研究成果也無法解釋這起事件吧。雖說她曾經是最有機會拿下諾貝爾獎的人。」

「最近有很多反對意見呢。」

「如何?你對這個案子有興趣嗎?」

潔對我的問題報以苦笑。

「可有興趣了,有興趣到就連現在無計可施地站在這裡都令我感到痛苦萬分的程度。」

「你想挑戰這個截至目前為止還沒有人能解開的謎團嗎?」

「對於這樣的問題,我的答案一向是『yes』。她彷彿也在我耳邊低語,叫我前往紐約。」

潔指著眼前這個銅製的舞者。

「我想看到所有的材料。這麼一來,肯定能推導出至今沒有人注意到的解答。」

「嗯,你一定辦得到。所以我才會找你來看電影。」

「但是這一切全都已經埋葬在大海的彼方、時光的彼方。而且堆積如山的工作也讓我忙得焦頭爛額,實在不好意思請假。」

「這樣啊。」

「為了調查二十年前的命案,所以我要請假去紐約一陣子。如果你是院長的話,你會答應嗎?不用想也知道他會怎麼回答。所以在剛看完電影的現在這個時刻,我能說的就只有這麼多了。去喝杯熱飲吧,這裡好冷。」

他說完後,我就接受潔的提議,站了起來。

「不過,海因里希,倘若法之女神希望本案水落石出,不久的將來肯定還會再發生什麼事喔,絕對不會到此為止的。」

潔自信滿滿地說。

「即使已經過了二十年？」

「根據我的經驗，通常是這樣沒錯。或許是微乎其微的漣漪、也或許是乍看之下沒有任何關聯性的小事。世人肯定留意不到吧，但我們應該能看出些許端倪。因為即使已經逐漸風化，我們今天也拿到開啟這件事的鑰匙了。今後應該要瞪大眼睛，注意報紙或網路上的新聞。」

潔這麼告訴我。

2

下午三點三十分，四名戴著蒙面頭套的男子闖入第三大道的聯邦銀行。其中兩人全速衝向行員的櫃台，一躍而上、跨過玻璃隔板，然後跳進窗口負責人及行員作業的內場，舉起機關槍朝天花板掃射。天花板的塗裝灰泥伴隨著巨響被打到體無完膚、大量碎片有如瀑布般落下，不一會兒便在地板和行員的桌上堆起一層厚厚的白色粉塵。女性行員的叫喊聲此起彼落。

「給我閉嘴！」

衝進辨公區的蒙面人先發制人地吼叫。

「誰再叫，我就用這玩意兒轟掉他的腦袋。」

蒙面人大聲宣告，又拿起機關槍再次朝著天花板掃射幾秒。其他同夥也同樣舉槍對著牆壁或天花板的方向掃射。因為那些地方都有監視器在盯著。

「雙手舉到頭上，全部站起來。還杵在櫃台前的人都給我後退！」

機關槍的槍口指著那些行員。

「如果不想受重傷的話就別磨蹭！生死就是幾秒內的事。你們最後能活著走出去，還是躺著被抬出去，就看自己的動作夠不夠快了。給我牢牢地記住！」

所有人皆以最快的速度連同椅子往後退。

「退到後面以後，馬上給我站起來！」

每個人都像是被電到似地彈起身子。

「起來以後就離開櫃台。動作快一點！手繼續舉在頭上。我們早就知道你們腳邊有緊急按鈕了。不要輕舉妄動。按了就死定了！」

發現對手不是外行人，行員們都露出驚恐的表情。

「乖乖照做就不會有生命危險。今晚是要跟家人一起看電視，還是滿身是血地倒在地板上，就看各位怎麼做了。

很好，再來請把入口的鐵捲門全部放下。今天不營業了。雖然時間還有點早，但沒關係。放下鐵門後，再鎖上所有的自動玻璃門。從那邊就可以鎖吧。快點！不要有片刻的猶豫。瞬間的遲疑都會要了你們的小命！」

行員們受制於蒙面人的下馬威，手忙腳亂地照做。原本有些心浮氣躁的蒙面人似乎覺得很滿意，置於槍枝保險裝置上的手指已經不在撥片的位置上下移動就是最好的證明。

此時一起跨過櫃台的同夥握緊機關槍，衝到牆邊。因為那裡有個穿制服的保全人員。他搶過保全的槍，將保全推向貌似帶頭者的蒙面人。

「你還有其他同伴嗎？」

帶頭的蒙面人問保全。保全搖頭。

「那好，你趴在這裡，不准離開我的視線。」

接著蒙面人的視線移向櫃台的另一邊，大聲咆哮：

「那邊的各位客戶，接下來換你們了。你們也趴在地上。如果不想變成屍體的話，就都不要動！」

站在櫃台外面的同夥也大聲複誦：

「聽見沒有，全都給我趴在地上！」

闖入辦公區這邊的帶頭者又接著開口。

「忍耐一下，很快就結束了。我無意殺死各位，但是如果有人不聽話，我也不會手下留情，這裡可能就會變成一片血海喔。如果不想看到血流成河，就像死人一樣給我老實一點，也不准私下交談。好，拿箱子來！」

帶頭者對守在櫃台外面的兩名同夥下令。接著他們就提起兩個有輪子的灰色行李箱，擱在玻璃隔板上往裡面遞過去。帶頭者依序接過行李箱，粗魯地把其中一個丟在地上，另一個放在旁邊的桌上。他解開扣環，打開蓋子。被用力掀開的蓋子撞擊到桌面，發出巨響。

「裝滿紙鈔，立刻！馬上！我知道這家分行現在大約有五百萬美元，快點把五百萬塞進這兩個箱子裡！」
幾名行員打開牆上的小型金庫，拿出一捆一捆的鈔票，搬過來塞進行李箱。
「給我用跑的！現在可不是看老爺爺或大叔跳舞的時間啊！」
行員依言加快腳步，搬運紙鈔。
「不好意思，我是分行長，那個……」
這時有個男人唯唯諾諾地向帶頭的蒙面人搭話。
「分行長有什麼事？」
帶頭的男人問他。
「那個，關於紙鈔啊……」
帶頭者伸出右手，掌心朝著分行長。
「哦，我們可不是外行人喔。我知道你想說什麼。你想說這裡只有一小部分的紙鈔，大部分都在地下室的金庫裡，對吧？」
「對，就是這樣。」
「地下室有人守著嗎？」
「沒有。」
「所以呢？你到底想說什麼？」
「只有我才能打開地下室的金庫。」
「那你也去吧。搭電梯下去。」

帶頭者立起扔在地上的另一個行李箱，用腳踢向分行長。附有輪子的行李箱慢慢地滑向分行長，撞到他的腳才停下來。

「裝不進去的話，還有這個。」

帶頭者又丟出一只黑色的帆布包。

「這傢伙負責監視你，再帶上一個外面的人一起去。」

帶頭者指著辦公區內的同夥，另一個站在外面的蒙面人也打開櫃台角落的小門，慢條斯理地走進來，手裡緊握著小型機關槍。

「我們的機關槍全都填滿了子彈，足以輕輕鬆鬆地殺死你們三十次喔。所以動作都給我小心點，稍有不慎就會立刻變成蜂窩喔。」

他邊說邊瞪著分行長。

「聽清楚了嗎？分行長。」

「清楚了。」

「早點結束這項對我們來說都是苦差事的任務吧。給你十五分鐘，晚一分鐘都會變成蜂窩。我們只要拿到錢就會離開這裡，不會傷害任何人，聽懂了嗎？」

分行長點頭如搗蒜，但接著又戰戰兢兢地開口。

「地下金庫的鈔票都是新鈔……」

「那又怎樣。」

「我是好意提醒你們，一樓的鈔票已經在市面上流通過了，但那些新鈔尚未在市面上流通，所以最好別打地下室那些錢的主意……」

「你是指國稅局嗎？那不關你的事，洗錢的事用不著你操心。照我說的做就好！」

在兩名蒙面人的催促下，分行長的身影消失在電梯裡。

「這裡所有的錢就只有這些嗎？」

帶頭者問一樓的行員。

「是的，只有這些。」

女性行員回答。皮箱已經裝了七分滿的紙鈔。帶頭者瞥了行李箱一眼，並未表示什麼。他慎重地將機關槍置於腰間，緩緩地蓋上行李箱，鎖上釦環。

「很好。你們該做的做完以後就給我趴在地上。快點，所有人都不例外！」

帶頭者大聲命令。

「就像這樣，當自己是死人，絕對不許動。」

在那之後，現場的動態全都停止了。帶頭的男人不再開口，只是毫不鬆懈地將機關槍慢慢地從左掃到右、再從右掃到左，威嚇在場的所有人。沉默占領了整個空間。

大約十分鐘後，電梯發出「叮！」的一聲，門打開了。兩個去地下室的蒙面人拖著行李箱出了電梯，朝帶頭者走過來。

三個人小聲地不曉得在討論什麼，只見帶頭者點點頭，拿出一個小袋子放在桌上。

「好了各位，把你們的手機放進袋子裡。櫃台外的人也是。交出手機，放在地上，滑向拿著機關槍的人。」

沒收櫃台內所有行員的手機後，他們又把袋子扔向櫃台外的同夥。站在外面的蒙面人也拾起地上的手機，收進袋子裡。

其中一個男人手裡拿了把鋼刀巡視櫃台，切斷所有電話及傳真機的線。結束之後，再盡數破壞櫃台下方的腳踏式緊急按鈕。

帶頭者檢查完畢，便自己拖著行李箱，慢吞吞地走向櫃台角落的小門，然後命令行員：

「喂，那邊那個，打開左邊出入口的自動門，把鐵捲門拉起一半，只能拉一半喔。接下來這點非常重要，你們要給我聽好了。乖乖地待在這裡三十分鐘，不准報警。我們手上有你們所有行員的地址，要是誰敢輕舉妄動，我們的同伴就會去你們家殺掉各位的家人，從老婆到小孩都不放過。聽清楚了嗎？我們背後有很大的組織，千萬別小看我們喔。只要再忍耐三十分鐘，就能重獲自由了。反正這也不是你們的錢嘛。」

然後他就從打開的出入口來到外頭，並脫下了頭套。但沒讓行員看到脫下頭套的臉。

「剛好四點。」

其中一人看著手錶說。

「太完美了。」

四個虎背熊腰的男人拖著附有輪子的行李箱在大街上狂奔，發出「喀啦喀啦」的聲響，實在很引人注目，聲音也很吵。因此路上也有人停下腳步，看向他們。

「喂，為什麼路上空蕩蕩的，這下糟了。」

夥伴中有人左顧右盼地說。

「跟說好的不一樣，感覺不太妙，到底出了什麼差錯。」

所有人的臉色都變了。

「扛著跑吧。」

「別傻了，這樣不只引人注目，還跑不快。FDR[20]就在前面。」

他們心急如焚地等到行人專用號誌變成綠燈，就立刻衝過馬路。

「混帳東西，到底是哪個笨蛋幹的好事！」

帶頭的男人臉色鐵青地說。

就在他們拖著兩個吵得要死的行李箱穿過大馬路時，就看到有輛警車停在前方。

看來不是接獲通報趕來的警官。因為對方的動作很遲鈍，充滿破綻。但似乎也被他們的舉動勾起好奇心，打算上前進行盤查。兩位男性警官與一名女性警官悠哉悠哉地走向他們前進路徑的前方，顯然要擋住他們的去路。

「可惡！怎麼會這樣！」

帶頭者低聲咒罵，然後躲進因為紅燈而放慢速度、慢吞吞地從面前經過的巴士車身後面，把行李箱一扔、拔腿就往右邊跑。

剩下三個男人頓時傻住了，因此遲疑了一下，隨著巴士駛過，他們也立刻轉身開始逃竄。警官見狀也愣了一下，隨即用最快的速度朝他們狂奔。

「站住！」

其中一名警官吶喊，拔出手槍，朝天空射擊以示警告。另外三個男人也丟下行李箱，逃之夭夭。想也

---

20 此指「FDR Drive」（Franklin D. Roosevelt East River Drive，羅斯福東河公園大道），位於紐約曼哈頓的繁忙道路。

知道帶著行李箱肯定跑不掉。

「閃開，大家把路空出來！」

警官邊吼叫邊持槍狂奔，路上的行人無不大驚失色地停下腳步，開始往左右散開躲避。

另一名警官跑向他們丟棄的行李箱，打開檢查。當大量的紙鈔映入眼簾時也嚇了一跳，意會到這是重大刑案，便瞄準前方正在逃逸的男人，開槍射擊男人的腳。所幸一發命中，男人翻了個跟斗後就倒在地上。

跑在前面的警官驚訝地回頭望向後方的同事。

「大量現金，大概有好幾萬美元。他們是銀行搶匪！」

開槍的警官回答。此時每個警官都拔出手槍、紛紛瞄準前方逃竄的男人們，開始朝他們的腳射擊。結果又射中其中一個男人的腳，讓他跌倒在地。

另一個還毫髮無傷，正使出吃奶的力氣逃跑。一名警官也毫不放棄地追了上去，邊跑還邊大聲警告前方的路人：

「把路讓開！大家快閃到一邊！我要開槍了！」

走在前方的路人急忙往左右兩邊閃開。右邊的人擠到車道上、左邊的人貼著大樓的外牆。銀行搶匪則是拚命在中間狂奔。跑了幾個路口後，速度開始漸漸慢下來了，最後終於上氣不接下氣地停下腳步，雙手撐著膝蓋大喊：

「別開槍！警官，不要開槍！」

「那好，雙手放在頭頂，跪在地上！」

趕來的警官大聲叫喊著。他們也跑得氣喘如牛，追上男人後便抓住他的肩膀，將雙手扭到背後，拷上手銬。

從後面追上來的警官放慢速度，不解地喃喃自語：

「這群人究竟是怎麼回事啊？」

3

下午四點十三分，地點是紐約靠近海邊的曼哈頓東村某棟高層大樓，蓋在這裡三樓屋頂處的露台上，有個臉上塗著綠色彩妝，穿著牛仔吊帶褲、上半身幾乎光溜溜的男人拿著喇叭型的擴音器，不知在吶喊什麼。

大樓是曼哈頓島標準的六十層摩天大樓，三樓的位置設有高低差、屋頂部分規畫成露台。男人就站在那裡，正朝著樓下鬼吼鬼叫。

男人的上半身從扶手上方探了出去，將喇叭型擴音器舉到嘴邊，先發表了哲學的高見，接著又對國際政治及國安問題高談闊論，然後話題再回到國內，大嘆內政的荒蕪及司法的墮落，並感嘆美國夢已接近尾聲、美國這座自由的燈塔即將倒塌，今後世界將往共產主義這個言論管制的黑暗存在靠攏。

吼叫過一輪後，男人宣布現在的情勢已經無可救藥，自己在這個了無生趣的社會已經活膩了，現在就要跳下去一了百了，請下面的行人務必小心。因為自己的死很崇高，不想連累任何人、更不希望成為三流報導的題材，所以希望大家能清出空間。男人就這麼指著樓下的人行道嚷嚷。

起初誰也不想搭理他，馬路上的行人繼續形色匆匆地來來去去，但是當他表示要跳樓自殺的時候，陸續開始有行人停下腳步。結果一個傳一個，有愈來愈多的人抬頭仰望。原本感覺只是酒鬼司空見慣的胡言亂語，後來逐漸演變成死亡秀。所有人都站在人行道上，空出中央的空間、圍成甜甜圈狀的人牆。

停留的人潮在人行道宛如水壩那樣擋住了其他人的去路，所以那些人也只好無奈地停下腳步，向周圍的人詢問出了什麼事，然後也跟著抬頭往上看，傾聽男人的主張。後來一旦聽出興趣，便停下來不走了。結果這樣的人愈來愈多，這座水壩也愈變愈龐大。

這時男人說的話還圍繞著能讓大家產生興趣的話題，所以還算吸引人。大家都停下腳步仰望上空，聽聽看他怎麼說。隨著時間一分一秒過去，還有人對男人說的話產生共鳴，頻頻點頭或為他拍手。不過要是掉下來就麻煩了，所以人行道中央依舊處於空蕩蕩的狀態。就這樣，甜甜圈狀的人群逐漸向外擴張，逐漸溢出人行道、滿到車道上，占據了人行道旁邊的車道。原本行駛在車道上的車輛到了人群前方也只好減速慢行，暫時停下來打方向燈，等左邊的車道空出來，再將行車路線移到左邊，才能慢慢地從人牆旁邊經過。但因為邊前進邊抬頭看露台，車速怎麼也快不起來，甚至還有駕駛乾脆停下來看熱鬧。這麼一來，就連車道也開始堵塞了。

說到興致來了，男人從露台探出身子，作勢要一躍而下。淹沒人行道的群眾中開始有女性發出尖叫，其餘的人則大聲制止他。群眾的反應逗樂了這個始作俑者，男人開始將上半身探到空中，再跨出一隻腳，在空中晃來晃去。女性見狀叫得愈來愈大聲，男人則是樂不可支地哈哈大笑。

從他愉快的樣子來看，根本沒有要跳下來的意思。看熱鬧的移開視線，百思不解地問旁邊的人他到底想做什麼。心想這傢伙顯然不想死，目的只是希望引起騷動、譁眾取寵。不過也不能掉以輕心。因為他可能已經嗑藥嗑到腦袋不清楚了，早已不知恐懼為何物，笑著笑著就這麼跳下來摔死也說不定。

男人好像是從四樓的窗戶來到露台上的。既然如此，群眾中有個人建議警察應該爬上四樓，從窗戶去到露台上制伏男人。

「看到警察，他反而會跳下去吧。」

旁邊的人提出反對意見。

「而且也有實際進行的困難。」

另一個人看著上面說。

「我剛剛一直在那棟大樓的窗口觀察。」

那人指著寬敞車道對面的大樓。

「聯邦銀行樓上嗎？」

「沒錯。窗戶都被那傢伙封死了，而且好像是用螺絲牢牢地固定住了，形成固若金湯的堡壘。板子好像還是鐵板呢。」

「用螺絲固定？」

「還用了鐵板？」

大家七嘴八舌地議論。竟然做到這個地步，還連鐵板都準備上了？有人開始質疑到底為什麼要做到這種程度。一般想自殺的人會做到這個地步嗎？

「這麼一來不就連子彈也射不穿了嗎。」

「那傢伙是認真的，尋死的意念非常堅定。」

剛剛還在對面觀察的男人說道。

作勢跳樓的男人貌似胡鬧，但決心可不是開玩笑的。竟然用螺絲封死自己的退路，現在他自己也沒辦法再退回大樓內了，不過似乎也沒有要回去的打算。這麼一來，除了跨過欄杆、縱身一躍以外，他已經沒有地方可離開了。

你的目的是什麼？有人朝上空大喊，而男人喊了回來：「我只想告別這個爛透的世界。」一心求死的人有必要鬧出這樣的場面嗎？底下的人開始思考。一般來說是不會有人這麼做的。既然如此，這場鬧劇對那傢伙來說肯定有什麼意義。問題是，究竟有何用意？

好像是有誰報警，此時警車抵達了。兩輛警車停在人行道旁，警官陸續下車。人行道上的群眾往左右散開，留下了預期男人可能會跳下來的空間。警官進入大樓，推開露台左右兩邊的窗戶——位於封死窗戶的左右兩側——探出上半身，不曉得對那個男人說了些什麼。大概是在阻止他做傻事吧。男人背後的三扇窗戶都封死了，只能從左右兩邊的窗戶喊話。

聽說發生這種騷動時，警方會派出專門與犯人對話的專家。此刻大概就是由那種人出馬勸說對方。專家的語氣十分冷靜，態度也很沉著，與露台上神經兮兮的男人形成強烈的對比。但專家沒有拿擴音器，所以聽不見他說了什麼。這點令擠在底下圍觀的群眾感到不滿，甚至還有人大聲抗議：「聽不見啦！」

男人轉身面向背後的警官，開始回話。手裡還是拿著擴音器，因此可以聽得很清楚。人行道上的群眾無不豎起耳朵。

男人依舊以裝瘋賣傻的口吻講著重複的內容。要警官等一下，馬上就結束了。男人一直重複這句話，然後突然把喇叭型的擴音器放在腳邊，開始跳起舞來。其中還加入了最近經常可以看到、宛如默劇般的動作。舞姿十分靈巧，看起來實在不像是外行人的表演，完全是可以藉此謀生的水準。這麼一來，大家也就更好奇這傢伙究竟是何方神聖了。莫非是專業的舞者嗎？

喔、喔！這時背後突然傳來怪聲，眾人都回頭去看，只見車道上出現一隻巨大的兔子偶，大家都嚇了一跳。巨大的兔子蹦來蹦去，忽而折起、忽而伸直長長的耳朵。兔子每跳一下，群眾便歡聲雷動。

這個發出怪聲的兔子也在聽男人說話，時而「喔！」地高呼、並筆直舉起右手的拳頭。那是表示同意的姿勢。因為男人話鋒一轉，談到必須立刻停止動物實驗。男人見狀也配合兔子舉起拳頭，大喊一聲「喔！」。

露台上的男人說他最痛恨的就是化妝品實驗。研發化妝水或乳液時，會將化妝水或乳液滴在兔子的眼睛上，觀察兔子會不會失明。之所以用兔子來做實驗，是因為兔子幾乎不會閉眼睛，對實驗而言非常方便。聽到這裡，兔子手舞足蹈地在車道上蹦蹦跳跳，似乎認為男人說得很好。

不只露台，觀眾們這次還得將視線放到背後的車道，並流露了滿臉笑意，甚至有人哈哈大笑，還有人拍起手來。男人繼續大談動物實驗的悲慘遭遇，像是將流浪狗用於燙傷藥的實驗時，會先燒傷狗的肚子及背部，再為狗擦藥，記錄其恢復的情況。為了進行這些實驗，對人類搖尾巴的忠犬會先被帶走，受到慘絕人寰的凌虐，反而是呲牙咧嘴的惡犬會因為人類嫌麻煩而逃過一劫。

男人繼續拿著擴音器，仰天長嘯。

「這個國家已經瘋了。各位不這麼認為嗎？因為知道建立殖民地、使喚奴隸做牛做馬的好處，正義已經消失了，只剩下金錢的邏輯。另一方面，有大部分的國民都從中學時代就開始嗑藥，把腦子都嗑壞了，麻痺了人類原本的感情。不只兔子和狗，無數的動物……不，不只動物，現在還有成千上萬的兒童被綁架。

就連天真無邪的年幼孩童也受到殘酷的虐待，每天都有人送命。只為了賺錢、為了從他們腦中萃取邪惡的藥物。

我要揭穿這一切。這大概會讓我與許多有錢人為敵，但我才不在乎。我賭上這條命了，因為這件事就連總統也涉入其中。顧客名單上，大人物、好萊塢名媛的名字等族繁不及備載。腐敗的政客當然也只會袖手旁觀，對被拐走的無辜稚子見死不救。你們到底為什麼從政呢？墮落的媒體也一樣，你們每天到底都在寫些什麼？從來都沒看過你們報導這些事實，這算什麼媒體啊！被錢收買，與政客沆瀣一氣，聯手遮掩惡魔幹的壞事！」

聽到這裡，兔子彷彿高興得忘了自己是誰，歡欣鼓舞地從車道衝向人行道，到處跑來跑去。來到人行道以後，蹦蹦跳跳了好一會兒，然後轉身面向車道，沿著人牆拚命亂跑。看熱鬧的觀眾也以視線追逐著兔子，甚至有人站在原地不住旋轉，跟著兔子一起動。

兔子停下腳步，伴隨歡聲朝著天空舉起拳頭，擺出萬歲的姿勢。然後慢慢地倒立，就這麼搖搖晃晃地在人行道上移動了好幾步。群眾紛紛認為這隻兔子也非等閒之輩，於是每走一步，群眾就送上熱烈的掌聲。

一陣大騷動後，大概是冷靜下來了，兔子轉身背對眾人、丟下看熱鬧的群眾，左搖右晃地在人行道上前進，沿著第三大道往南方走去。路過的行人無不驚訝地看著兔子，還以為是哪家購物中心或餐廳的宣傳活動。但兔子兩手空空，身體前後也都沒掛著廣告招牌，手裡也沒有手持看板。

就這樣走了三個路口。那個地方的人們耳邊突然傳來類似電子語音、擴音後的女性嗓音。那個金屬感的聲音有點歇斯底里，但並不亢奮，只是以極其自然的語氣重複以下的廣播：

「這輛車馬上就要爆炸了，請離車子遠一點。」

然後是「嗶——嗶——」的電子警告聲，響了一會兒後，女性的聲音再度響起。

「這輛車馬上就要爆炸了，請離車子遠一點。」

平淡地說完後又是電子警告聲，之後又是同一句話。

「這輛車馬上就要爆炸了，請離車子遠一點。」

定睛一看，人行道旁停了一輛類似郵務車的四方形白色廂型車。

周圍的人都陷入驚慌失措的狀態，其中不乏跑到遠方避難的人。還有人不顧一切地在人行道上前進、大搖大擺地靠近那輛車。也有人抓住那些行人的肩膀，苦口婆心地勸阻他們。

女性們一哄而散，躲到大樓的轉角，從角落探出臉來，提心弔膽地凝視白色廂型車。

人行道上的兔子也停下來端詳白色廂型車。從停車處隔著人行道可以看見大樓窗口出現搖晃的白色板子。應該是人們避免因車子爆炸而被震破的窗玻璃噴進室內的防護措施。兔子目不轉睛地注視這一切。

旁邊的大樓後門衝出了大批要避難的上班族，湧向第三大道，想盡量離車子遠一點。其中甚至還有打赤腳的女性。

這時又有警車到來。頭戴安全帽、手持防爆盾牌的警官三三兩兩地下車，踏上人行道。他們將紅白條紋、有如平交道柵欄的路障設置在人行道上，不讓民眾靠近廂型車。白色廂型車的另一邊也有別的警官正在進行相同的作業。

東村四十九街的大樓露台上，臉塗成綠色的男人仍在發表演說，過程中還載歌載舞。盡情舞動後，他又從地上拿起擴音器，這次開始談論起經濟問題，針對缺失滿滿的課稅問題高談闊論了一番。

「沒多久就要加稅了，加稅的結果只會增加失業者吧。當失業者愈來愈多，都市的治安就會惡化。警方的預算遭到削減，那些賣國的世界主義者將解散警察組織。他們主張有惡劣的警察殺害黑人、還表示白人警察才是萬惡的根源。不過這句話倒也有幾分真實，但也因為如此，治安與秩序都會陷入難以挽回的混亂。再也沒有人能阻止宵小搶劫有錢人家、攻擊雜貨店，大搖大擺地從店家帶走家具及食物。

喂，這是什麼?沒錯，是革命。即使是這個自由主義的國家也會發生革命。這顯然是服膺世界政府主義的全球主義者所打的如意算盤。美國即將發生革命。

最後只有全球化的金融商品能在這座島上東西南北暢行無阻。其實現在就已經是這樣了，不是嗎?為什麼要加稅?還不是因為有錢人不繳稅。都怪開曼群島、避稅天堂、德拉瓦州的那些混蛋。

聯邦所得稅、聯邦儲備銀行都是廢物!二〇一〇年代就存在的廢物都去吃屎吧。美國政府為什麼要胡亂印鈔票?因為要是沒有這筆錢，總統就會敗選，無法入主白宮。

富豪操縱總統，變得愈來愈有錢。即使遊手好閒，利息也會源源不絕地湧進他們的戶頭。就連飲酒作樂、在床上跟女人翻雲覆雨時，錢也會在他們的金庫裡自體繁殖。

窮人每天都要辛勤工作，可是卻愈做愈窮，小豬撲滿裡的錢本來就少得可憐，還愈來愈薄，最後連家都沒有了。失去家人，也失去健康。你以為賣給那些睡在公園裡的人的商品是勉強餬口的麵包嗎?才不是，是毒品!只有毒品大發利市。美國人從老人到年輕人都喪失了免疫力，光是得個感冒就可能會死人。感冒病毒破壞肺部，讓人無法呼吸，只能在無盡的痛苦迴圈中死去。要是全體市民請求政府做點什麼，而政府發錢救濟的話，不一會兒就成了共產主義。

那玩意兒比瘟疫更棘手。不知不覺間，言論管制也隨疾病一起蔓延，路上裝滿了監視器，媒體也只會播報對共產政府有利的垃圾新聞，讓國民變得愈來愈愚蠢。結果只有世界共產主義者賺得盆滿缽滿。他們很聰明，完全買通了媒體，繫上項圈好好馴養。

國境被破壞，人、物、錢都從美國出走，製造業從國內絕跡，變成只剩下金融商品、洗錢、以及拐賣兒童橫行的貧民窟。長大的女兒也被賣給有錢人，豈止百分之五十，百分之一的超級有錢人再過不久就要霸占這個國家高達百分之七十的財富。那些人才不會放棄印鈔票的權利，會用這些寫著數字、有如沃爾瑪傳單般大量印刷的紙張收賣總統、政客、軍人、警察、司法，讓他們成為自己的走狗。

這個國家的一切道德，無論是愛、體貼、還是正義感，全都可以用錢買下。百分之一的人鼓動如簧之舌，讓這一切變成自己的奴隸。警察根本不敢逮捕並制裁那些出賣美國、甘於成為共產主義奴隸的罪大惡極之輩。監獄裡關的都是一些順手牽羊、藥頭之類的小角色！」

男人口若懸河地雄辯滔滔，也開始在露台上走來走去，並不時蹲下身子，不曉得在做什麼。忙得不可開交的同時，也不忘繼續大聲疾呼：

「這個國家已經死亡了。曼哈頓島也死了。瞧，島上到處都是高聳入雲的墓碑，這裡是地獄底層的公墓。已經沒有以前西印度公司付給萊納佩人二十四美元的價值了[21]。」

「沒錯。」有觀眾出聲附和。男人的話說服了一部分的觀眾。接著男人指著地面那個附和的人說道：

「是不是，你很聰明，懂的人就懂。這裡連二十五美分硬幣的價值都沒有。在這座混帳公墓裡，只有共產主義行得通、只有共產主義能成長茁壯，而且成長速度十分驚人。或許有人會問到底哪裡驚人了，你想看嗎？那我就給你看，就像這樣！」

21　有說法認為荷蘭西印度公司於一六二六年以24美元左右的價格向當地的北美原住民萊納佩人買下了曼哈頓島。不過本說法偏向傳說，存在一些與現實不符的細節。

男人說到這裡，身旁突然出現一個巨大的紅色圓形物體。人行道上的群眾都嚇了一大跳。因為那個物體正在逐漸膨脹。

「瞧，就是這個，這就是共產主義。是要不了多久就會徹底統治我們的怪物。」

紅色的物體設計成暗喻地球的球體，在所有人仰望的上空變得愈來愈大。不一會兒就超過了男人的身高，而且還在不斷膨脹。很快就超出了露台的範圍、探出欄杆，一半以上的體積已經擴展到觀眾的頭上。

「是氣球！」

其中一位聽眾大喊。

如他所說，氣球悠然飄浮在空中。底下有條繩子，連繩子也開始緩緩上升。

說時遲、那時快，驚心動魄的景象發生了。男人的身體也一起飄浮在空中。看來是氣球正下方的繩子綁著可以踩腳的梯子。男人抓著繩子、站在梯子上冉冉上升。

「是廣告用的氣球！」

聽眾中有人說道，不知是基於喝采還是氣憤的心情，看熱鬧的人紛紛大聲鼓噪。

最近已經很少看到的廣告氣球突然出現在露台上，無聲無息地沿著摩天大樓的牆面往天空飛去。

男人的身影飛向空中。他臉上帶著笑意，興高采烈地朝底下的觀眾揮手。他的手中已經沒有擴音器了，只是落落大方地對底下展露笑容。觀眾中也有大聲歡呼、朝他揮手的人。

巨大的氣球加快速度，繼續上升，不一會兒就離開摩天大樓的牆面，爬升到比摩天大樓的頂層還要高的高度。男人的身體逐漸變得跟小指尖一樣小，乘著來自東河的風，飄向中央公園，最後消失在曼哈頓島上方蔚藍的天空裡。

「這是在搞什麼啊！」

等到男人的身影小到幾乎看不見後，一位觀眾錯愕地吶喊。

「他不是要跳樓嗎？」

聽聞此言，其他人也都互相點點頭，笑了出來。

「算了啦，總比褲管被血濺到要好。」

不知道是誰冒出這一句。

雖然很莫名其妙，但大家臉上都浮現出如釋重負的表情。畢竟不管是有人死掉、噴得到處都是的鮮血、頭蓋骨碎裂的聲音，都不是大家想面對的場面。

警官們也從窗戶撤退。就在那個瞬間，遠處傳來「轟隆」的爆炸聲。警官們似乎愣了一下，又探出臉及上半身，望向聲音的來處。

塞滿人行道的觀眾也轉向聲音傳來的方向，只見橘色的火球正從與他們所在的第三大道相隔一段距離的南方緩緩升起。貌似車門的東西在空中飛舞，然後響起刺耳的哀號、女人的尖叫。男人的吶喊聲也乘風而來，不知在喊些什麼，其中還有小孩子的哭聲。警官們衝下樓，匆匆地甩上警車的門，將油門踩到底，往發出爆炸聲的方向疾駛而去。

直到剛才眼中都只有綠臉男人、把道路擠得水洩不通的圍觀群眾頓時如鳥獸散，其中幾個人帶頭衝出去，其他人也飛快地奔往爆炸現場。

好幾輛警笛聲大作的警車從第三大道接連往南邊駛去。

這裡的秀好像落幕了，別的秀又在另一個地方開始了？許多人都開始懷疑，這裡是紐約嗎？但也沒有繼續細想。順著第三大道往下走，相隔幾個街區的南方有事正在發生。剛才觀看綠臉男人表演的所有人都快步走在第三大道上，趕赴傳出爆炸聲的現場。

露台上的秀到底有什麼用意？直到剛才都還感到不滿的人已經顧不得這件事。爆炸？什麼東西爆炸了？這次又怎麼了？曼哈頓東村出了什麼事？該不會是革命主義者的暴動吧？他們要在曼哈頓掀起革命嗎？不知不覺間受到了綠臉男人剛才的主張影響，所以很多人都開始這麼思考。是共產主義革命嗎？

綠臉男人抓住廣告氣球揚長而去的相反方向，將圍觀群眾拋在身後的兔子又回到從大樓通往東河的東四十九街人行道上，在路邊玩起小球雜耍。三顆球在他手上拋來拋去。拋完球之後，又換成了瓶子。兔子拿起三支長得很像保齡球的小瓶開始表演，技巧十分高明。孩子們紛紛駐足圍觀，在兔子的四周圍成一道人牆，一邊歡呼一邊看他表演。

還有人牽著父母的手，衝過人行道而來。警笛震天價響，把第三大道搞得跟戰場一樣，不過那都與相隔幾個街區的這裡無關。兔子在雜耍的空檔還加入了滑稽的動作，有如默劇的詼諧表演再次讓孩子們掀起歡聲雷動。

4

吊車停在沿著東河南北縱走的ＦＤＲ高速公路右側，正在進行拆除招牌的作業。一面寫著「Rabbit carries pizza」的舊招牌被卸到了地面上。

文字底下畫了一隻懷裡捧著裝有比薩的八角形紙盒、正在草原小徑上奔跑的兔子。不過圖案的顏色都已經褪得差不多了，整塊招牌都快變成白色。

兔子右手將裝有比薩的扁平紙盒捧在懷裡，左手拿著從背心口袋取出的懷錶，一臉認真地看時間。懷錶的右上角寫著「三十分鐘內送達！」的文字。草原另一邊能看到水面，再過去是鱗次櫛比的高樓大廈，看來這畫的應該是中央公園內的草原。兔子正在公園的步道上狂奔。

不過，最近都沒聽過兔子比薩之類的公司名字，大概是已經破產、關門大吉的店吧。所以高速公路旁也不再需要這麼大塊的招牌了。

兩個男人用起重機吊起兔子招牌，緩緩地放在FDR的行道樹與混凝土圍牆間，小心翼翼地立起來靠在牆上，邊做事邊聊天。

「嘿，比薩怎麼還沒來？」

「你是指愛麗絲的餐廳嗎？不會來了吧。時間到了，四點九分愛麗絲……」

男人看著手錶低語。

「究竟是怎麼回事？你有接到通知嗎？」

被問的男人搖搖頭。

「沒有。」

男人以悃然若失的表情回答。他離開招牌那裡，走下了斜坡，跳進車道裡。走在路緣石上，打開卡車的車門，然後跳上駕駛座。操縱油壓引擎，收回吊臂，慢慢地折疊好吊臂，降到貨斗上。接著又離開駕駛座，爬上貨斗，牢牢地固定好吊臂。最後再跳到長滿草的土堤上，走回那個有同伴等著他的招牌前，一屁股坐在地上。

等待的男人也在他旁邊坐下，兩人並肩遠眺航行在東河上的船。

這時，剛剛在招牌後面拆螺絲的兩個男人也下了廣告塔，站在他們身邊。

「比薩呢？」

兩人低頭看著同伴問道。

「我哪知。」

剛才收起吊臂、貌似頭頭的男人面無表情地回答。

「兔子大概在哪裡的路邊吃草吧。」

男人半開玩笑地說道，但其他人的臉上一絲笑意也沒有。

「這可不好笑。」

其中一人以低沉的嗓音說道。

「那個路邊野草可貴了。」

過了好一會兒，四人不發一語地看著河面。最後操作吊車的男人站起來，簡短地說：

「十四分愛麗絲，時間到。走吧。」

接著兩個人跳上吊車，另外兩人坐進後面一台卡車的駕駛座。

「我們可以開走這些車嗎？」

後面卡車上的人朝前面的吊車大聲詢問。

「可以，無所謂。」

貌似頭頭的男人回頭說。

「招牌呢？」

後面卡車上的人繼續追問。

「管他的。就這樣吧！」

貌似頭頭的男人下令。

兩輛大型車啟動後離去，只剩下兔子比薩那巨大的招牌靠著混凝土牆壁、孤零零地留在那裡。

五點十分，就在吊車於上城區從ＦＤＲ轉進一二五號線、經過與公園大道的轉角時，被兩輛白色救護車超車。它們在吊車的前面停了下來。駕駛座的車門開啟，兩個身穿白衣、貌似急救隊員的男子下車，打開後方的車門、拉出上頭放著擔架的推車，放到地上。其中一人小跑步來到吊車駕駛座的下方。

吊車搖下窗戶，駕駛者飛快地說：

「失敗了。」

「你說什麼？」

白衣男子把手貼在耳邊問道。

「沒必要了。沒有人受傷。」

白衣男子茫然地站在那裡，一臉有話想說的表情。

「已經不需要什麼救護車了！」

吊車上的男人丟下這句話，就踩下油門、轉動方向盤，迅速移到左邊的車道上。

兩個白衣急救隊員留在現場，一臉丈二金剛摸不著頭腦的表情，在覆蓋著白布的推車旁呆站了好一會兒。隨即重新打起精神，默默地推著推車，走向救護車的後方車門。

5

拋下同夥獨自逃跑、貌似帶頭者的男人穿街過巷、遠離現場，來到滿地垃圾的巷子深處、躲到垃圾箱後面，靜待恢復體力，以及日落的到來。

這段時間內，他一直在思考這個世界究竟出了什麼差錯。慎密的計畫竟然會出現破綻，這怎麼可能呢。雖然是個鋌而走險的工作，但只要一切按照計畫進行，其實整個作戰並不會太困難。與沙漠中的戰鬥相比，應該相對輕鬆才對。他不清楚伙伴們怎麼想，但自己事先評估過各種可能性，所以才能做出那樣的判斷。不管怎樣，心情都不愉快，而且是非常不愉快。原本一切都進行得非常順利，可以拿到令人難以想像的金錢，卻在一瞬間都煙消雲散。

男人站起來，打開垃圾箱的蓋子，翻找有沒有衣服可以穿。行員記得自己的穿著，不能就這麼走在大街上，必須改變造型才行。一直翻到垃圾桶底部，才終於找到一件破破爛爛的大衣。不知是沾到油污還是什麼，整件衣服髒兮兮的。不過沒有破，所以總比沒有好。男人把大衣拖出來，套在現在穿的黑色上衣外面。油污的臭味令人皺眉，但心情也因此冷靜下來。接著他便坐在垃圾箱旁邊的紙箱上，等待太陽下山。

同伴被抓了，但警察知道還有一隻漏網之魚，就算他們都是近視眼，也都看到自己逃跑了。或許也記得自己的穿著。被捕的同伴應該不會輕易地招出自己，但行員知道有幾個搶匪，所以警方很快就會知道抓到的銀行搶匪少了一個。如此一來，這座島上現在應該已經布下封鎖線了。

等到暮色籠罩這個城市，男人才走出巷子，戒慎恐懼地向西方走。邊走還邊仔細確認前方及周圍有沒有警車或警察。畢竟幹了那麼一場轟轟烈烈的銀行搶案，警方那邊應該也鬧得不可開交，因此不可能不鋪設嚴密的天羅地網。可能還動員了周圍的警局，讓所有目前有空的警察都在曼哈頓設下臨檢路障，進行地毯式的搜索。無論是公路，還是地下鐵，無一遺漏。

所以公車及計程車、地下鐵都不能坐。要是傻傻地跳上公車，萬一警察上車臨檢，等於是甕中捉鱉。雖然手上還有槍，不過沒什麼用處。就算以乘客為人質，自己沒有交通工具的話也跑不遠。

只不過，警方那些傢伙應該是這麼想的——這個逃亡的銀行搶匪肯定想逃離曼哈頓，不可能永遠耐著性子潛伏在這座狹小的島上。從這個角度來看，自己還有勝算。警方的封鎖線應該是以所有從曼哈頓島往外延伸的橋梁、地下鐵路線、公車路線為主。地面道路應該也都設下了關卡，但對於逃脫路線以外的地方應該就沒那麼嚴謹了。若是取道不引人注意的巷弄北上，或許能逃出警方的包圍網。

他來到可以看見大馬路的黑豆咖啡館，坐在吧台座位觀察外面的動靜，靜待時間過去。當時遠遠看見警察的身影，自己就立刻藉著巴士掩護逃跑了，所以警察應該沒看清楚他的模樣。但也不能太樂觀。現在應該慎重地判斷街上是否已布滿封鎖線了。

坐了一個小時左右，確定這附近的警力似乎並不森嚴後，男人離開咖啡館，順著通往哈林區的巷弄往北方走。平安無事地往北走了約十個路口後，警隊的身影映入眼簾，此路不通了。男人連忙躲進大樓的角落，避開他們的視線，並試著移動到隔壁巷子。結果那裡也出現了警察。他原本還期待如果是大馬路就算了，沒想到竟然連這裡也有警車設下路障，只留一個車道進行臨檢。這也導致路上開始塞車。

這個狀況倒是出乎意料。全紐約的警察果然都聚集到曼哈頓了，貌似在中城區的中央拉起一道隔絕東西的封鎖線。必須耐著性子等他們死心收工回局裡，才能穿過那條封鎖線。至於要花上一天、三天、還是更久，目前完全無法判斷。

貼著馬路旁的大樓牆邊，瞻前顧後地走了幾個路口後，前面有兩個拿著手電筒的警察正朝這邊走來，而且還帶著警犬。男人低聲咒罵，立刻轉進右手邊的巷子裡。他正在思考是要繼續北上，還是暫時先躲在垃圾箱後面，這時就發現有輛警車停在巷子前方，不但堵住了他的去路，還聚集了一群警察，其中幾人拿著手電筒，正打算展開巡邏。

男人心想大事不妙，心想是不是該先退回馬路上，再跑向與迎面而來的警官相反的方向，也就是往東邊逃跑。奈何為時已晚，現在回頭一定會被帶著警犬的警察看到。要是這樣還想跑，肯定會挨子彈吧。到此結束了嗎。就在他想著這麼一來也只能暫時躲進垃圾箱裡面的時候，就發現左前方有一處遊民的棲身地。各處都是地上鋪著藍色塑膠布、再沿著牆壁堆了幾個紙箱，或是搭起半個小型帳篷大小的家、外露的髒兮兮毛毯都跑到馬路上了。恐怕是多達十幾人的聚落。

男人躡手躡腳地走向帳篷區，掀起某個帳篷的一角，擅自闖了進去。在帳篷裡睡覺的男遊民被嚇得坐起來，就連身處黑暗之中也能看見他怒目圓睜，正要破口大罵的表情。

「兄弟，不好意思嚇到你了。請讓我在這裡休息一下，我快累死了。我不會打擾你睡覺，也會付你錢的。」

「你已經打擾到我了。」

遊民說。
「非常抱歉。」
男人道了歉，又從口袋裡掏出十美元紙鈔遞給對方。
「才十美元，在這個時代啥也買不了。」
遊民用那喝酒喝到嗓子壞掉的嘶啞聲音說道。於是男人又拿了一張十美元鈔票給他。
「再給我一張嘛。你吵到大爺我睡覺了耶。」
男人只好再給他一張。遊民似乎滿意了，又躺回去。
「跟飯店的收費沒兩樣呢。」
男人抱怨。
「那你可以滾一邊去啊，慢走不送。」
遊民不留情地回應。
「別這麼說，我非常喜歡這種帳篷。我曾經在露營拖車上住過很長一段時間。」
男人告訴對方。
「戶外很好睡喔。你沒有這種經驗嗎？」
「你是指露營拖車嗎？」
「對呀，很舒適喔。」
「我沒有駕照。」
遊民說道。

「這樣啊，那就沒辦法了。偶爾在海邊還是湖畔睡覺也挺不錯的。」
「既然那麼愜意，你為什麼不繼續呢？如果那種生活真的那麼棒，一直住在露營拖車上不就好了。」
遊民反問，男人則是點了點頭。
「你說的很有道理。是我太笨，早知道就不該放棄那樣的生活才對。」
男人以半真半假的語氣喃喃自語。
「這麼一來就能過上還算不錯的生活，或許還能跟這座島上的有錢人一樣奢侈也說不定。真是人在福中不知福。我為什麼要做這種蠢事呢……」
男人邊說邊躺下，然後把髒兮兮的毯子拉到胸口。
「出了什麼事啊？」
遊民問道，似乎對他產生了興趣。
「毒品啦……真想多吸一點啊……欸，不是啦，不是毒品的問題，都怪我什麼都沒有，偏偏就有那麼一點領導才能，也就是所謂的人望。結果反而被人望給害死了。那種東西根本只有百害而無一利嘛。」
「原來如此，不過這也沒什麼了不起的。」
或許這句話傷害了男人的自尊，男人沉默不語。過了一會兒才又重新打起精神似地說道：
「說的也是，確實沒什麼了不起，反正只是一群底層中的菁英，成不了氣候。」
「你用所謂的領導才能讓別人為你做事嗎？」
「是啊，還曾經一度呼風喚雨呢。在哈林區開了一家大胸俱樂部。」
「大胸俱樂部？那是什麼。」

「雇用胸脯大的女人在桌上跳舞，讓那些酒精中毒的糟老頭邊喝酒邊從底下看她們跳舞的小店。」

還以為遊民會嗤之以鼻，沒想到他並沒有恥笑自己，而是看著天花板，沉默了好一會兒才開口。

「我已經好多年沒去那種地方了呢。你店裡的女生漂亮嗎？」

「都是些熟女了。但世上無奇不有，有些男人就是喜歡那樣的女性，所以有時可以賺來不少錢。像是週五或週六晚上，或是萬聖節的晚上。醉鬼們會紛紛掏出皺巴巴的鈔票，在桌子上堆成一座小山。」

「聽起來挺不錯的呀。」

「你聽過洗錢嗎？」

「沒聽過。」

「當組織藉由不正當的手段得到一大筆錢的時候，就不能直接動用那筆錢。因為鈔票的號碼已經被記錄下來了，要是輕易使用的話，國稅局的人馬上就會找上門。」

「一大筆錢？十萬美元之類的嗎？」

「比那還要更多的錢。那些錢都不能用。」

「哦，我懂了。是偽鈔吧？」

「是真貨，但完全不能用。」

「聽起來好麻煩啊。不過這都與我無關。」

「如果跟你有關呢？」

「就算有關，又要花在哪裡呢？頂多去吃個漢堡，吃完以後再回到這個帳篷吧。」

「嗯啊，這個帳篷確實不賴。但黑手黨可沒這麼清心寡慾，只想好好地揮霍一番。所以就要透過洗錢這種方法，把這筆錢換成可以在世面上流通的錢。到了這個時候，我的店就派上用場了。從那一次開始，我就和那群人結下不解之緣。」

「是哦，所以那群人讓你賺到錢了？」

「多多少少吧。直到剛才都還有一大筆錢，如今卻連一毛錢都沒剩下。」

這時，外面傳來說話的聲音。疑似警察手電筒的光在帳篷上劃過一道光線。

「兄弟，要說我是你的家人！」

這個侵入者小聲地快速交代。

「是哥哥或弟弟都行，我給你一百美元。」

接著他迅速地用指尖沾上手上的泥巴，再塗到臉上，然後蓋上被子。同一時間，有人掀開了帳篷一角，手電筒刺眼的光束照亮了遊民的臉龐。

「喂，搞什麼。」

遊民大吼。

「紳士們，你們是遊民嗎？」

警官蹲下來問道。

「明知故問。我看起來像是有家可歸的人嗎？什麼事？有何貴幹？」

警官也照亮躺著裝睡的侵入者臉龐，繼續追問：

「你們是什麼關係？配偶嗎？還是兄弟？」

「他是我的表弟艾迪，我們已經一起生活很久了。有什麼問題嗎？」

「唔嗯。」

警官接著說道。

「小心點，有銀行搶匪正在這一帶徘徊，要是發現可疑分子請一定要通知警方。」

「知道啦。」

遊民回應完，警官便放下帳篷，站了起來。他跟同事交談幾句後，腳步聲便逐漸遠離。

「感謝你救我一命。」

侵入者微微直起上半身說。

「一百美元。」

帳篷主人刻不容緩地接著說。

「我可是冒了很大的險。」

「嗯，我明白，兄弟。我也不是小氣的人。」

侵入者從外套底下的上衣口袋裡掏出十張十美元鈔票交給他。

「而且說到做到。」

「原來你是銀行搶匪啊。」

「不是我。但好像是我認識的人幹的，警察搞錯對象，追著我不放。」

「你剛才不是說你沒有半毛錢嗎？」

「這是我最後的錢。真的只剩下零錢了。所以兄弟，可以請你再收留我一天嗎？我已經把所有的財產都給你了。」

「你想做什麼？警察可能還會再來搜索，你逃不掉的。」

「只要你肯收留我，我就能脫身。」

「要怎麼做？你就在那些傢伙的手掌心裡兜兜轉轉喔。不如主動投案，告訴警察他們追錯人了。」

「你認為警方會相信嗎？」

游民沉默了，過了一會兒才說：

「嗯，有道理。多少會有點麻煩。」

「而且我過去多少有些不好明說的經歷，實在不能跟警方打交道。」

「你要我怎麼幫你？我可不想惹麻煩。」

「很簡單，只要給我帶點麵包回來就行了，最好還有湯。這樣就好。」

「明天會有人來公園煮東西給大家吃。你也去吧。」

「我就不出去了。那裡頭都是警察。我想要安安靜靜地待在這裡。你可以帶回來給我嗎？」

「好吧。」

「感激不盡。對了，我先告訴你，就算你向警方出賣我也換不到錢喔。畢竟我不是重金懸賞的大人物。除了大胸俱樂部之外，我只是個微不足道的藥頭，警方才不會為我這種小角色付錢。」

「我才不會出賣你呢。我們已經是朋友了。不過你要逃到什麼時候啊？」

「直到警方離開這一帶為止。應該不會很久，頂多一兩天吧。好了兄弟，如果我們已經說好的話，我要先睡了。」

侵入者說道。

第六章

鐵幕的另一側

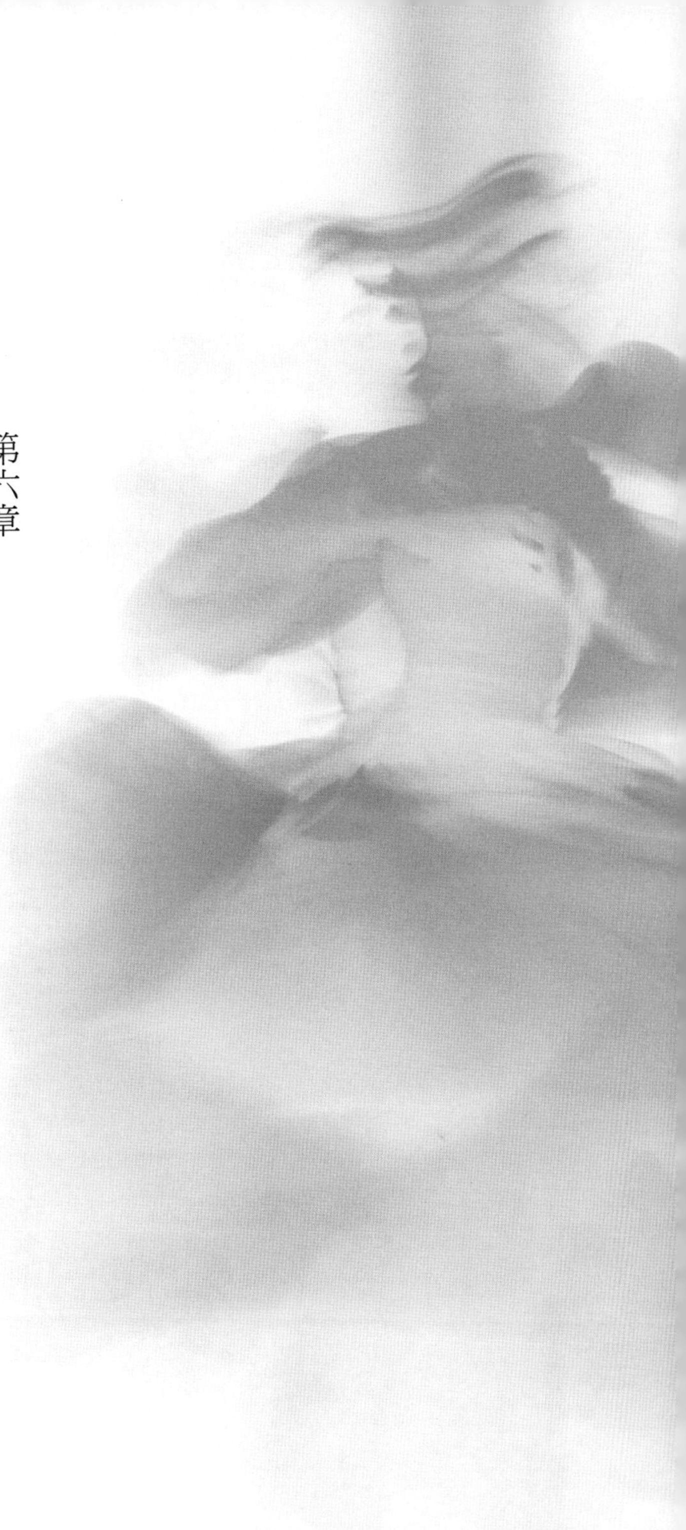

1

皇家歌劇院的小廳裡正在舉行中學生的芭蕾舞發表會，演出《史卡博羅慶典》的團體在兒童芭蕾舞教師艾格妮塔・卡琳的帶領下走進大廳，等候多時的我迫不及待地張開雙臂，逐一擁抱並稱讚她們。因為對她們來說，眼下無異於凱旋而歸。

「妳們表現得太好了。妳們是這個城市的驕傲，是將來一定能走上世界舞台的芭蕾舞團。身為妳們的朋友，我也覺得與有榮焉。」

我讚不絕口。

大廳裡還有其他芭蕾舞者團體和她們的親朋好友，擠得水泄不通。他們大概也說了大同小異的話。

「如何？還不錯吧？海因里希。」

艾格妮塔問我。

「太棒了。肯定是妳教得好，艾格妮塔。」

我對老師也毫不吝惜地表示讚美。

她面露微笑。

「謝謝你，海因里希。」

接著又補上一句：

「只有你一直都給我們這麼好的評價。」

「是嗎？那還真意外啊。」

我擠出完全難以置信的表情。
「芭蕾舞老師很辛苦喔。」
她對我吐苦水。
「怎麼說？」
「怎麼說呢，因為學生的父母多半也都是芭蕾舞者，其中不乏一些赫赫有名的人物。」
「嗯嗯。」
「那些人很嚴格喔。」
「海因里希叔叔，我們表現得好嗎？」
擔任主角的女孩大聲問道。
「非常好！尤其是妳演的凱蘿爾，簡直太完美了！有一天就能到紐約去公演了吧。」
「真的嗎？」
「當然是真的啊。國家的名譽就靠妳了。真令人期待。」
「那麼請給我獎勵。」
小小的首席舞者提出要求。
「咦？有獎勵啊？」
孩子們聽到獎勵，異口同聲地大合唱：「獎勵！獎勵！」
「不行喔，不可以造成別人困擾。」
艾格妮塔連忙阻止她們。

「沒關係啦。嗯，只要不是一克拉以上的鑽戒，都是小意思，包在我身上。」

我大方地說。

「欸，這樣不行喔，至少要一克拉。」

艾格妮塔突然冒出一句完全出乎我意料之外的反擊，我一時愣住。

「呃，等一下，那個……」

我拚命解釋。

「我懂妳的意思，但我認為把買戒指的錢挪出一部分用來買房子……比較合理。畢竟人又不能住在戒指上。」

可惜未能說服艾格妮塔。

「婚約是象徵永恆的儀式，收到的戒指將永遠在女人的手指上閃耀。而且沒有哪一對夫婦會永遠住在新婚時買的房子裡。」

我頓時有些茅塞頓開的感覺，但也不能這麼簡單就舉白旗投降。

「我至少有三個朋友目前還是和他們的另一半住在新婚時期的家裡。」

我試圖做無謂的抵抗。

「那是例外喔。你那些朋友大多是和父母一起住在豪宅裡吧。我們頂多只能住車站前的公寓。」

「你們要不要吃冰淇淋啊？」

這時，有個男人從旁邊跑出來打圓場。孩子們開心得齊聲歡呼，又開始七嘴八舌地高喊：「冰淇淋、冰淇淋。」

「潔！」

仔細一看男人的臉，居然是御手洗潔。

「到底是吹了什麼風啊，你怎麼會在這裡？你對兒童芭蕾有興趣嗎？」

「我不忍心看朋友被打得潰不成軍。」

潔迅速地輕聲說道。

我向他低頭表示謝意：「感謝救命之恩。」

「因為跳的是《史卡博羅慶典》嘛。我想先搞清楚這個故事。妳們表現得很好。為了獎勵妳們精彩的演出，這位叔叔現在要請大家吃冰淇淋。」

這句話引來孩子們熱烈的歡呼。

「喂，請不要擅自決定……」

艾格妮塔出聲抗議。

「你們還要繼續爭辯婚戒的克拉數嗎？海因里希，快去吧，孩子們等不及了。」

「沒問題。艾格妮塔，走吧。婚戒的事改天再討論。」

「那麼，各位改天見啦。我很期待妳們的下一場公演喔。」

闖入者朝飛奔而去的孩子們揮揮手，孩子們也很開心地與他揮手道別。

「潔，你呢？」

「我要回去了。我現在不想吃冰淇淋。」

「你居然會特地來看這種小孩子跳的芭蕾舞，難不成……法之女神引發了你說的第二起事件？」

這時，潔的臉上出現了有些複雜的表情。

「這件事可以之後再聊嗎。你剛吃了敗仗。」

「你是不是把我看得太扁了。」

「哦，我有嗎？」

「對我來說，現在沒有比克雷斯潘的命案更重要的事。」

「既然如此，海因里希，我就老實說了，確實發生了第二起事件。我甚至不記得自己的烏鴉嘴有這麼精準過。」

「什麼！」

我驚呼一聲，急切地翻找上衣內側的口袋，費了一番工夫才抽出大型皮夾。就連我都知道自己的臉色變了。

打開對折的皮夾，匆匆忙忙地掏出兩、三張鈔票，然後塞進了一臉不悅地站在旁邊的未婚妻手裡。

「用這些錢給孩子們買冰淇淋吧，我現在有更重要的工作要做。」

「什麼工作？」

如我所料，艾格妮塔的聲音嚴厲無比。但我顧不了這麼多，轉身走向潔。

「走吧，潔。隔壁開了一家很時髦的咖啡館。」我急不可待。「好像是來自美國的那家家喻戶曉的咖啡館，但你應該不介意吧。去那裡把詳情都告訴我。」

潔聞言露出可怕的表情，言簡意賅地說：

「別衝動，海因里希，這時選擇冰淇淋比較安全。」

「那你倒是說說看，有什麼比寫出暢銷全世界的作品還更重要的事。」

我這麼反駁。

「女性不會理解男人的這些理由。」

「明天見！」

我大聲地向未婚妻道別。

艾格妮塔頭也不回地轉身，開始訓斥吵鬧不休的孩子們，然後飛快地走出大廳。顯然非常生氣。

「你會後悔的，海因里希。」潔警告我。

「等暢銷書的版稅入袋，女人就會消氣了。」

我樂觀地說，率先邁開腳步。

走下右手邊能看到芭蕾舞者青銅像的劇場前石階，再穿過馬路，前方就是新開的連鎖咖啡館。推開咖啡館的門，讓潔坐在可以看到街道的位置後，我就火速地走向櫃台，買了兩杯紙杯裝的美式咖啡回來。

「好了，潔，開始吧。」

我將咖啡放在桌上，興奮地對他說道。

「在那之前，你是不是先傳個簡訊給對方比較好？畢竟你們歲數相差不少。」

潔一臉陰鬱地說。

「我剛才不是一直大力稱讚對方是培養芭蕾舞者的天才教師嗎。」

「有嗎？我只聽到你們對鑽戒克拉數大小的爭論。」

於是我姑且先拿起行動電話，手忙腳亂地打起簡訊來。

「好，傳過去了。」

聽到我這麼說，似乎就在等待這一刻到來，潔將幾張事先準備好的影印紙放在我面前。

「這是？」

「昨天的紐約時報和每日太陽報。」

潔說完便喝下一口我買來的咖啡。我迫不及待地開始讀那些英文報導。看完長篇大論的報導，我又再回頭從第一行看起，如此重複了好幾次。

「好奇特的報導啊。」

讀到已經充分理解後，我說出自己的想法。

「我還是第一次看到這種新聞報導，恐怕就連記者本人也不知道自己在寫什麼吧。」

「是嗎？」

「嗯，我也是寫作的人，所以很清楚喔。記者恐怕也很困惑、不確定該不該把這麼詭異的報導寫出來吧。同一天發生三起事件，而且幾乎是在同一時間、地點也都在曼哈頓島南邊，離得非常近。第一件是大案子，五百萬美元被搶的銀行搶案，但犯人不一會兒便落網了。」

「對，就在離開銀行的路上，被正在巡邏的警官撞個正著。雖然企圖逃跑，但沒過多久就被警方追上、逮捕歸案了。」

「沒錯。」

「你不覺得很奇怪嗎？」

「怎麼說？」

我這麼一問，潔竟然笑了。我的疑問應該沒有任何問題才對啊。

「雖說惡人自有天收，要是凡事都能這麼順利就好了。」

潔點點頭說道。

「你不覺得搶匪太愚蠢了嗎？竟然才一走出銀行就被逮了。而且就在銀行前面的馬路上。」

「但也不是不可能……你希望搶匪得手嗎？」

「如果是喜劇的話倒是不賴。不過銀行搶匪通常會準備一輛逃走用的汽車吧。這可是關係到五百萬美元的計畫耶。」

「嗯……但紐約的馬路很容易塞車……」

「那就騎機車啊。」

「說的也是……」

我苦惱地回應。

「如果你去搶銀行也會這麼做嗎？」

「嗯……首先我不會選擇搶銀行。」

聽到我這麼說，潔點點頭。

「我不喜歡飛車追逐。而且飛車追逐的下場通常都是鈔票撒了整條路，最後搶匪束手就擒的畫面。」

「嗯嗯，確實有這種鈔票滿天飛的畫面呢。」

「難道是搶匪打算攔計程車？」

「扛著幾個總計裝了五百萬美元的行李箱，還大搖大擺地招手攔計程車嗎？又不是順手牽羊偷T恤的扒手。」

「確實有點搞笑呢……」

「又不是小朋友的犯罪。通常都會事先擬訂計畫吧。搶匪們在銀行裡的犯行就非常俐落。」

「好像是呢。仔細思考、練習過搶錢的手法，但是卻沒有考慮到得手後的事……」

「正常的銀行搶匪會不考慮退路嗎？會做出得手後再攔計程車逃走的結論嗎？就連一般人都會想到在犯罪層出不窮的紐約，拖著一大筆錢走在路上一定會撞見巡邏中的員警。就算是對搶銀行再怎麼沒概念的人，至少也都會預料到巡邏員警的存在吧。」

「想到了又能怎樣？為了順利逃脫，難道要雇用奧運選手嗎？」

「如果雇用能臉不紅、氣不喘地只花十秒鐘就跑完百米的選手，說不定真能逃之夭夭。」

「或許吧。」

「如果不被行李箱耽誤的話。」

潔似乎覺得這實在太蠢了，暫時閉口不言。稍微想了一會兒又開口：

「我們也算是認識很久了，海因里希．休泰奧爾多。你也遇過不少刑事案件，結果就只能想到這些嗎？」

「因為我又不是當銀行搶匪的料。」

「的確不太適合。」

「所以呢？這是女神觸發的另一起事件嗎？」

我指著報導問他，潔微微頷首。

「你似乎不這麼認為呢。」

「誰會這麼認為啊。又沒有出現芭蕾舞者。」

「是沒有。」

「這不就結了。」

「你的意思是說，只要再死一個芭蕾舞者，而且她不一會兒就又站起來繼續跳舞，你就有辦法理解了嗎？」

「嗯，我可沒有這麼說……」

「世上可沒有這麼剛好的事。」

「我說你啊……可是這群冒冒失失、顯然腦袋不太聰明的銀行搶匪，還有那個在大樓露台上發表演說、疑似舞者的人……」

「還有爆炸的廂型車。」

「對，還有爆炸的廂型車。腦袋不太靈光的銀行搶匪、打算自殺卻還要先高談闊論一番的男人、還有爆炸的廂型車，這些到底跟不世出的天才舞姬法蘭契絲卡·克雷斯潘有什麼關聯？」

潔先以點頭回應我的疑問。

「就像政治與貪污一樣的關聯。」

「再怎麼說，這兩件事也八竿子打不到一塊兒去吧。你最近是不是太熱中於大腦的研究，比較少接觸刑事案件了？」

「確實是比較少接觸。」

「那麼請恕我失禮，你是不是沒弄清楚狀況，還是直覺出了差錯啊。到底要從哪個角度來看，才能把這兩件事扯在一起呢？」

「乍看之下確實毫無關係。」

「就算看一百遍也毫無關係。它們之間完全沒有共通點。再說了，想自殺的男人、腦袋不太靈光的銀行搶匪、爆炸的車子，這三起偶發事件根本連結不起來，應該就是三件毫無關係的事吧。難道你認為這三件事能連得起來嗎？」

「這就跟象鼻摸起來很像蛇、象腿摸起來很像圓柱是同樣的道理。」

「什麼意思啊？」

我目瞪口呆地問。

「想自殺的男人，他臉上塗了綠色的顏料。」

「那又怎樣？」

「《史卡博羅慶典》也出現過這種角色。」

「就這樣？光是這樣你就把他們連結在一起嗎？」

「當然不是。你認定那批銀行搶匪不太聰明，但真的是這樣嗎？」

「搶了五百萬美元，感覺似乎還想招搖地去攔計程車的人，智商能高到哪裡去？難道你要稱這群冒失鬼是天才智慧犯嗎？」

「不管怎麼說，我認為他們是讓人出乎意料的智慧犯。」

「你說什麼？讓人出乎意料的智慧犯會在銀行門口就被逮捕嗎？你是在開玩笑嗎？難不成你又在戲弄我了？」

「我很認真喔。這大概是我近幾年來最認真的一次。這批搶匪本來應該要大獲全勝的。」

我忍不住哈哈大笑。

「你老是這麼說，這次我可不會再上當了。這種瞻前不顧後的三流毛賊……」

「海因里希，你為什麼能說得這麼篤定呢？」

「就像是抓到強盜後才要去買手銬的警官，你認為這樣還不夠三流嗎？」

「太過巧妙的計畫，只要其中一個環節出現了偏差，看在他人眼中就會比三流還不如。」

「這算什麼巧妙的計畫啊。剛才那些中學生還更像是智慧犯，她們有時候還會擬訂更巧妙的計畫。」

「說的也是，她們現在就吃到冰淇淋了。」

「不過冰淇淋和五百萬美元倒也不能相提並論就是了……」

「從瞻前不顧後的角度來說，剛才的中學生其實也沒什麼差別呢。聽好了，海因里希，你應該這麼思考。」

潔探出了身子。

「哦，怎麼思考？」

我興致勃勃地反問。

「那批銀行搶匪之所以像是蠢蛋集團般演出了一場手忙腳亂的鬧劇，是因為他們離開銀行、帶著大筆現金逃跑的時候與警察碰個正著的關係，沒錯吧？」

「沒錯。」

我點點頭。

「所以三兩下就被抓了。而他們之所以會這麼輕易落網，是因為順利得手、逃離銀行、被警方逮捕後，那個鬧自殺的男人才利用廣告汽球離開露台，然後廂型車才緊接著爆炸。」

「啊……你想表達什麼？所以那又怎麼了嗎？」

「如果是大批看熱鬧的民眾形成人牆、圍觀那個綠臉男人鬧自殺，警官也趕來試圖說服他打消自殺的念頭，然後男人在眾目睽睽下利用廣告氣球飛上天空，緊接著廂型車爆炸。就在這個時候，搶匪們才帶著五百萬美元離開銀行呢？」

「咦……」

就算潔這麼說，我也需要一點時間思考，但隨即發出「啊！」的一聲。先把每件事拆開來再重新組合——我缺乏這樣的思維。

「懂了嗎？」

潔說道。

「這三起事件全都發生在第三大道的聯邦銀行周邊。破天荒的事件讓那一帶引發了大騷動。莫名其妙的男人抓住氣球飛向天際、警車紛紛駛向爆炸的廂型車、大批看熱鬧的人潮驚慌失措地抱頭鼠竄。不僅如此，還出現巨大的兔子偶，在路上蹦蹦跳跳、跑來跑去、用球瓶表演雜耍，受到孩子們喝采，混亂得猶如世界末日的狂歡。在這個時候，就算有幾個男人拖著行李箱走在馬路上，大概也不會引起旁人的注意吧。」

經友人這麼一說，我才恍然大悟，總算明白這一連串事件背後的深意。

潔凝視著默不作聲的我，然後問道：

「如何？你不覺得他們是讓人出乎意料的智慧犯嗎？」

即便如此，我仍一時半刻開不了口。過了好一會兒才終於擠出一句話。

「原來如此。這場亂七八糟的鬧劇其實是源自這個理由嗎……」

潔點點頭。

「沒錯。」

「這一連串匪夷所思的事件都是為了不讓大家注意到逃走的銀行搶匪才籌劃的嗎？」

「我是這麼想的。」

我嘆出一口氣，沉默了一段時間才又開口。

「有道理，這麼一來確實就能成功逃走……嗯……也確實是出乎意料的智慧犯……你說的沒錯。」

潔的嘴唇浮現一抹淺淺的笑意。

「懂了嗎？」

然後輕聲說道。

「人類的大腦很容易誤以為最早接收到的訊息就是事實。包括克雷斯潘的命案在內，所有的懸案都來自於這種思考習慣。無痛症？自動駕駛？集體錯覺？費盡千辛萬苦，只為了用最早接收到的訊息來解釋所有的狀況。」

「哦，是這樣的嗎？」

飽受衝擊的我變成乖巧的小綿羊，順從地點頭。

「可是、可是潔，等一下喔，假設你說的沒錯、假設你說的都是對的……不、不對，不能這麼說。才不是假設，你說的一點也沒錯，我佩服得五體投地。雖然我早就知道，但你真的好厲害、太驚人了。」

潔聞言哈哈大笑。

「厲害的不是我。而且海因里希，這只是迷宮的入口。現在就這麼驚訝的話，等到解開真正的謎團的時候，你豈不是要嚇破膽了。」

「對耶，你說的有道理。」

我不免有些意志消沉，沉默了半晌。過了好一會兒才重新打起精神說：

「可是……可是啊，潔。」

「怎麼了？」

像是陷入沉思的潔，此時露出略顯憂鬱的表情回應我。

「為什麼會出錯。計算得如此縝密的計畫，為什麼會出錯呢？」

「我現在就要思考這個問題。如果是因為什麼意外的話，又為什麼會出現這樣的意外。」

「嗯。」

「涉入本案的人數眾多，但只要對所有人都確實口頭交代清楚，應該不會出什麼大差錯才對。」

「對啊。」

「但還是出問題了，可見是沒有好好面對面交代清楚。」

「嗯。」

「為什麼不交代清楚呢？這裡頭肯定有錯綜複雜的原因。」

「唉……說的也是。」
「目前只知道一件事，那就是這才是關鍵所在。」
「關鍵？克雷斯潘命案的關鍵嗎？」
「一切的關鍵。因為這才是核心所在。」
「是你口中的女神賜予人類的關鍵鑰匙嗎？」
「正是。每個計畫都很完美，只要好好地組合起來，無疑就像一件天衣無縫的精密機械。然而一旦出錯，就只是一場腦袋不靈光的蠢蛋所演出的手忙腳亂鬧劇。」
「是因為每個團隊各自為政嗎？彼此完全不認識。」
我這麼猜測。
「有可能。」
潔點頭附和。
「可能是考慮到萬一有人被捕，只要各團隊都互不認識，就不用擔心會供出其他人。可能是一群完全不認識的人，或是各自住在不同地區的人，他們分別執行自己被交代的任務，所以根本不知道整個計畫到底都會發生什麼事。」
「是受到某個人的命令嗎。」
「一定是這樣。那個指揮官恐怕也不認識所有人。」
「究竟是什麼樣的一群人呢？指揮官又是什麼來歷？克雷斯潘那起不可思議的案子也是因為有人在背後發號施令嗎？」

「或許是曾經待過軍隊的人。」

潔喃喃自語。

「如果所有人的來路五花八門，就算想追查也追查不了。我們不過只是市井小民。」

「說這種喪氣話的人可寫不出能在全世界熱賣的書喔，海因里希。」

「啊？不管怎麼說，這個案件由始至終就是個謎。始於死後仍繼續跳舞的法蘭契絲卡．克雷斯潘，從頭到尾充滿了謎團。」

「你是這麼想的嗎？」

「或許是什麼龐大的組織，光憑我們這兩個市井小民恐怕無能為力。」

「不過，我發現提示了。」

「哪裡有提示？」

「就在這篇報導裡。這篇報導最了不起的地方就是寫出了正確的時刻。銀行裡好像還有沒被搶匪發現的監視器。而且城市大街上最近也裝了好多監視器。」

「嗯，畫面會顯示出正確的時間呢。」

「就是這麼回事。搶匪是在三點三十分闖入銀行。」

「好像是。」

「而且是分秒不差的三十分，真不可思議。」

「嗯。」

「不知道為什麼，他們先要求銀行拉起一半的鐵捲門，之後離開銀行的時候剛好是四點整。簡直就跟電視節目一樣準確。剛剛好在三十分鐘內完成搶案，不多也不少。」

「確實呢。」

「從這點可以看出，計畫是以分鐘為單位仔細擬訂，就跟時鐘一樣。」

「很像精密機械呢。」

「沒錯。但是想自殺的男人利用廣告氣球離開露台的時間卻是四點三十九分，這個時間就有點不上不下呢。」

「嗯。」

「廂型車則是於四點四十八分爆炸，這個時間也有點不上不下的。到底為什麼呢？這其中會有什麼原因嗎？」

「嗯……」

「簡直就像是銀行搶匪和另外兩批人的計畫是各自獨立的。」

「嗯……所以果然還是各自獨立的案件嗎。」

「不可能。再來是這件事與克雷斯潘命案的疑點究竟有什麼關聯呢？」

「嗯……」

我除了念念有詞，別無他法。

「如果預計四點四十八分爆炸，那群搶銀行的團夥應該要在四點四十八分離開銀行才對吧？」

潔說道。

「哦，確實是這樣呢。」

「我不覺得這種在分鐘部分不上不下的時間有什麼特別的意義。」

「應該沒有。」

「為了方便夥伴記憶，選擇整數的時刻會比較妥當。」

「就是說啊。但這跟事件應該無關……」

可是潔不以為然地搖頭。

「你錯了，我認為有關。」

他斬釘截鐵地斷定。

「是這樣嗎？」

「反過來的話就想得通了。假設是四點整爆炸，搶匪四十八分離開銀行，是不是就說得通了。」

「嗯……有道理。」

「一定有關，否則就稱不上是關鍵了。」

潔說道。

「等等，潔。所以克雷斯潘的命案也是以分鐘為單位的計畫嗎？」

只見他仰望天花板，一陣子後才開口。

「這部分還沒有搞清楚。倘若是有計畫的犯罪，或許是那樣沒錯。」

「有計畫的犯罪……」

「但看起來不像是那樣。有誰會因為天才芭蕾舞者香消玉殞、她的靈魂在那之後還能繼續跳舞而得利呢？沒有人能因為這樣賺到五百萬美元。」

「也是呢。」

我想了又想。

「那到底是為什麼呢……」

「誰知道呢。不過海因里希，你剛才說自己無能為力？」

「嗯。事情變得太離奇，我有點害怕。這件事輪不到我這種外行人出馬，就跟我不適合當銀行搶匪一樣。」

「不過，接下來就要輪到你出馬了。」

「欸？」

「沒有要你去搶銀行啦。我記得你會說德語吧？」

「可能比瑞典語還流利一點。」

「也懂俄語吧？」

「頂多只有日常對話和讀讀八卦雜誌的程度吧。」

「那就夠了。可以請你利用自己的語言天賦，盡可能詳細地調查法蘭契絲卡·克雷斯潘在蘇聯時代與東德時代的經過嗎。我想知道她在集中營裡發生過的事，也想知道關於她父母的種種。」

「也就是說……我必須來一趟當地採訪旅行嗎？」

「這方面你可不是外行人。對你這個專業的文字工作者而言，這件事易如反掌吧。跟鐵幕時代相比要輕鬆多了。」

「嗯，但還是個大工程呢。東德和蘇聯，或許將成為我截至目前的記者人生中最大的挑戰。」

「如果是世界級的暢銷作家，這點困難也是應該的。」
潔說道。
「現在終於到了讓你展現實力的時候了。」
「克雷斯潘在社會主義圈的人生有助於解開整個事件的謎團嗎？」
「就是這樣，全靠你了。」
「你是要搜集構築推理的材料嗎？」
「不是材料，是關鍵的那把鑰匙。鑰匙肯定就藏在那裡。非常重要的關鍵鑰匙。」
「非常重要的關鍵鑰匙……」
「沒有那把鑰匙，可能就解不開了。」
「既然是足以被你認定的的重要疑問，我自然是要全力以赴的。」
「拜託你了，這件事只有你辦得到。」
「如果能讓你滿意，我倒是欣然接受。」
「要是能找到鑰匙……」
友人的口中喃喃自語。
「嗯，要是能找到鑰匙？」
「下一步就是去紐約了。」
潔這麼說道。

2

在那之後過了一週，我撥了國際電話到潔在斯德哥爾摩大學的教授準備室。

「哈囉，潔。」

我才開口，潔的聲音就從遠方傳來。

「呦，是海因里希啊，我等你好久了。看樣子你過得還不錯呢。」

「聽得出來嗎？是還不錯，我現在人在柏林的東側，打聽到了不少事情，幾乎能馬上開始寫一本法蘭契絲卡・克雷斯潘的傳記了。」

聽到我這麼說，他附和：

「那不錯耶。」

「有個人曾經與法蘭契絲卡的母親一起待過達豪集中營，我有和對方的女兒碰面，可惜當事人已經過世了。」

「哦，這位女士的父親還是母親有見過法蘭契絲卡嗎？」

「是她的母親。她曾從母親那邊聽聞，艾莉西亞・克雷斯潘在達豪集中營的時候孑然一身，丈夫、女兒都沒有在身邊。」

「所以天才芭蕾舞者的母親名叫艾莉西亞啊。」

「沒錯。她原本好像也是舞者，只是沒有走上職業舞者這條路。」

「那她的工作是什麼？」

「她沒有工作，是格德勒．摩希的妻子。」

「姓氏不一樣呢。」

「在達豪集中營的時候改回舊姓。不知是被抓進集中營時就已經離婚了，還是丈夫與她死別了。總而言之，格德勒．摩希曾經擔任法蘭克福的市長，名聲還算響亮，據說是相當有權力的人物。他的祖先住在法蘭克福的猶太居住區，代代銷售古錢幣及家具、骨董、繪畫維生，這種家族在猶太人族群中很常見。」

「嗯。」

「格德勒的祖父成功地被黑森領主威廉選帝侯奉為古錢買賣的上賓，然後藉由這層關係在政界建立人脈，賺了很多錢，好像還跟其他有錢的猶太富豪設立了地方銀行。到了格德勒這一代，甚至還能出馬競選市長。」

「原來如此。」

「當選之後，他經常提供資金給其他的政治家同伴，所以地位比當地位高權重的人士還要高。他見到跟巡演樂團來到當地公演、擁有西班牙血統的艾莉西亞便一見鍾情，之後娶她為妻。據說艾莉西亞是個大美人。」

「到當地公演的巡演樂團？」

「是羅馬的樂團。」

「了解。」

「所以法蘭契絲卡的母親可能不是猶太人。」

「不，這很難說，因為伊比利半島有很多猶太人。」

「是嗎？」

「西班牙、葡萄牙信奉伊斯蘭教的時期很長，排斥猶太人的風氣比較不嚴重，所以古羅馬時代被逐出故里的猶太人都大量流入這兩個地方。你說她的丈夫曾提供選舉資金或活動資金給德國的政界？」

「是希特勒最痛恨的那種猶太人呢。對德國政界有影響力，被視為蠶食鯨吞國家中樞、掠奪德國人財富的罪魁禍首。所以艾莉西亞被捕、關押於達豪集中營的時候，身邊早已不見格德勒相伴、也沒有人在集中營見過他，恐怕早就已經遇害了。以上據傳都是艾莉西亞自己說的。」

「嗯。然後呢？」

「有一天，有個英俊的醫生出現在達豪集中營，帶走了幾個不到三十歲的女性，據說艾莉西亞也是其中之一。從此以後，艾莉西亞．克雷斯潘再也沒有回到達豪集中營。」

「你是指她最後死在奧斯威辛集中營嗎？」

「恐怕是。」

「那位英俊的醫生就是門格勒嗎？」

「正是。她被移送到門格勒所在的奧斯威辛集中營。然後有個與奧斯威辛集中營時代的艾莉西亞相識的人物，我也和對方的子孫見面了。」

「真有一套啊，海因里希。」

「而且這位也是在德國這裡鼎鼎大名的人物。因為認識集中營內的天才芭蕾舞者，曾多次出現在書籍及媒體上，得來全不費工夫。雖然我覺得她把那段歷史講得有點過於滾瓜爛熟，但聽起來不像說謊。」

「嗯。」

「她認識艾莉西亞的時候，艾莉西亞大腹便便，似乎已經懷孕了。他們懷疑孩子的父親就是門格勒。也有人說門格勒根本是從集中營挑選自己中意的女性來當愛人的，所以大概雖不中亦不遠矣。」

「嗯嗯。」

「更可怕的想法是，為了進行創造特殊人類的實驗，他需要能符合懷孕條件的適齡女性。即便是再特殊的人工生物，只要是人類的話，就需要人類女性的子宮才能誕生。然後一九四三年，他在集中營內建立了研究所。」

「不是沒有這個可能性。我以前也在波蘭見過從事這類實驗的高齡研究者。」

「當時的猶太人被當成不如人類的白老鼠看待，生殺大權全都操在德國人實驗者的手中。聽說門格勒本人也曾經用白老鼠這個詞彙來形容猶太人。」

「這當中也有來自希勒特的指示吧。」

「我是這麼想的。」

「所謂的特殊的人類，是指無痛症患者嗎？」

潔問道。

「這點無從確定。大家都說應該沒有人知道門格勒實驗的目的。」

「幾乎可以確定艾莉西亞生下的法蘭契絲卡並不是無痛症患者。她是在集中營內生產的嗎？」

「好像是。據說艾莉西亞一直抱著法蘭契絲卡餵奶，努力地養育她。」

「孩子沒有被帶走嗎？」

「沒有。聽說集中營的其他女性也幫忙製作離乳食、照顧法蘭契絲卡。因為法蘭契絲卡開始會走路的時候就會模仿母親跳舞，而且跳得非常好。集中營裡有位職業的男性芭蕾舞者，他也開始指導法蘭契絲卡跳舞。法蘭契絲卡的領悟力也相當高，逐漸發揮天分，從小就舞藝精湛。」

「嗯。」

「這個部分也曾白紙黑字無數次被寫進法蘭契絲卡的傳記裡，已經廣為世人所知了。」

「嗯。」

「然而法蘭契絲卡兩歲的時候，母親艾莉西亞就不在了。」

「不在了？」

「被納粹男人帶走了，從此再也沒有回到法蘭契絲卡身邊。大家都說可能是出了什麼狀況，最後被處刑了。」

「處死兩歲孩子的母親？太殘忍了吧。」

「大概是知道了某些集中營內的祕密，或是發生了什麼讓她活著就會很麻煩的狀況。明明是因為自身關係才讓對方懷孕的，真是太無情了。」

「或者是讓她接受了什麼人體實驗。」

「對。」

「結果不幸身故，或者是再也動彈不了，只能坐以待斃。法蘭契絲卡想必會到處尋找母親吧。」

「好像是這樣沒錯。那是幼兒無法理解的狀況，真的太可憐了。就算是因為戰爭，這也實在過於殘酷。法蘭契絲卡變成孤兒後，集中營裡有個名叫柳德米拉．艾德洛娃的俄羅斯女性因為於心不忍，因此視如己出地照顧她，等於是法蘭契絲卡在集中營裡的母親。」

「俄羅斯的女性嗎。」

「好像是莫斯科人。」

「如果代替母親照顧她的人是自由主義圈的人，法蘭契絲卡往後的命運應該會截然不同吧。」

「確實如此呢。因為蘇聯紅軍是解放柏林的急先鋒嘛。奧斯威辛集中營被解放的時候，這個消息也傳入收容者耳中，所以俄羅斯人的立場變得很優越，這個叫柳德米拉的人似乎也獲得了大家的敬重。聽說她對芭蕾舞也有很深的造詣。」

「之後她就收養了法蘭契絲卡嗎。」

「我猜是的。因為她明白這孩子的價值。指導法蘭契絲卡的男舞者好像也是俄羅斯人呢。換句話說，是俄羅斯人讓天才芭蕾舞者的資質開花結果。」

「這樣啊。」

「聽說當德國顯露敗象、那些擔綱刑務官的納粹軍人紛紛作鳥獸散時，門格勒進入營區，試圖帶走年幼的法蘭契絲卡。」

「當時她幾歲？」

「三歲。幸好柳德米拉緊緊地抱住法蘭契絲卡，死都不肯交給他。許多收容者也擋在門格勒面前，最後門格勒只好就這麼離開。這是德國還能作威作福的時候絕對不可能發生的事。」

「門格勒後來逃到南美對吧。」

「對。我也調查了約瑟夫．門格勒這個人。他逃亡至阿根廷，在布宜諾斯艾利斯住了一段時間，在那裡當人工流產醫生。一九五四年與妻子離婚，娶了弟弟卡爾的遺孀。自六〇年代開始輾轉流亡於巴西、智利以及南美各國，以逃避摩薩德[22]的追捕。後來在巴拉圭與巴西間來來去去，一九七九年，他在聖保羅州貝爾蒂奧加的海岸做海水浴時因為腦中風而溺斃，時年六十七歲。」

「嗯嗯，溺斃啊。」

「可以說是逃到最後一刻了。畢竟他沒有被捕、沒上法庭受審。摩薩德不止一次掌握到他潛伏在布宜諾斯艾利斯或聖保羅的情報，每次都只差那麼一步就能逮到他，結果還是被他給跑了。據說是為了優先逮捕艾希曼[23]那類納粹的重要人物，所以暫時沒空理他，要說幸運也真是幸運。」

「意思是如果逮捕門格勒，就可能打草驚蛇、導致躲在附近的艾希曼順利逃脫嗎？」

「應該就是這麼回事吧，至少會讓他發現摩薩德的動向。艾希曼扮演的角色要比門格勒重要多了。當然也有人認為是因為門格勒長得很英俊，所以有當地的女性願意幫助他逃走。」

「換言之，門格勒想帶著三歲的法蘭契絲卡．克雷斯潘去南美嗎？」

「我想是吧。但這個行為很不合邏輯，因為帶著孩子逃跑會絆手絆腳的。除非他認為法蘭契絲卡是自己的女兒，不然就是深愛著生下法蘭契絲卡的艾莉西亞。」

「又或者是有什麼必須要把法蘭契絲卡留在身邊的理由，觀察她的成長過程。」

潔提出假設。

「咦？這是什麼意思？」

「意思就是實驗還在繼續。倘若法蘭契絲卡是從門格勒的人體實驗結果所誕生的特殊人類，這個孩子

---

22 以色列情報及特殊使命局。世界知名的國家情治單位。

23 阿道夫．艾希曼。納粹親衛隊中校，種族滅絕計畫「猶太人問題的最終解決方案」的主要執行人之一。二戰後在阿根廷度過逃亡生活，後來被摩薩德逮捕、送往以色列審判，之後被問罪處刑。

的身上或許有什麼值得觀察的資料。」

「像是兒童的身體機能嗎？」

「如果是經由人工培育的身體，主治醫生肯定很在意實驗品是否能健全地發育吧。」

「嗯。」

「她會慢慢長大，變成少女，再變成成熟的女人。」

「當然也會獲得各種身為女性的機能。」

「沒錯。」

「這麼說來……確實有這個可能性呢。法蘭契絲卡．克雷斯潘作為舞者的那種得天獨厚的天分，莫非是經由門格勒的實驗人為操作的結果？」

「換言之，是門格勒提升了法蘭契絲卡的能力？」

「沒錯。經由他與納粹的科學之手。」

潔沉默了半晌，然後才開口說道：

「目前什麼都還說不準呢。再發展下去就是科幻小說的領域了。」

「就是說啊。」

「所以呢，代替母親照顧法蘭契絲卡的柳德米拉．艾德洛娃女士就把她帶走了？」

「盟軍解放奧斯威辛集中營後，柳德米拉帶著三歲的法蘭契絲卡回到莫斯科。集中營裡的母親成了法蘭契絲卡終生的母親，她們母女倆住進了莫斯科的公寓。後來法蘭契絲卡加入當地的芭蕾舞團跳舞。柳德米拉在孩提時代似乎就住在那裡，為了讓女兒能夠發揮所長，於是讓她加入了芭蕾舞團。我接下來就要飛到莫斯科，調查那邊的事情。」

「艾德洛娃女士還健在嗎？」

「不，她已經過世了。要是她還活著，法蘭契絲卡可能無法輕易下定決心要逃亡海外。」

「確實呢。」

「大概無法狠下心拋棄養大自己、來日無多的母親。畢竟養育之恩大如天。更何況自己是在集中營裡出生的，柳德米拉為了照顧她，應該也是拚上了老命。因此這些林林總總的要素都微妙地影響法蘭契絲卡的人生。是不是猶太人、是社會主義圈還是自由主義圈、在社會主義圈養大自己的母親的生死……」

潔這麼說。

「說的也是。但若不是待在共產主義圈，或許她就不會成長為那麼傑出的芭蕾舞者了。」

「嗯，或許是這樣吧。身在共產主義圈還是社會主義圈，傾注於芭蕾舞這項藝術的氣魄肯定是截然不同的……那麼，你可以再等我幾天嗎？」

「沒問題，我等你。」

得到潔的首肯後，我便掛斷了電話。

3

「哈囉，潔。」

又過了一週，我再次打電話給他。潔果然待在教授準備室。

「近況好嗎？」

我問他。

「好得不能再好了。你聽起來也挺不錯的，海因里希。」

「我現在人在聖彼得堡的餐廳，有很多收穫喔。關於法蘭契絲卡．克雷斯潘波瀾萬丈的人生。」

我這麼回應他。

「果然是波瀾萬丈的人生啊。」

「就連偉人傳記裡面的人物可能都沒有碰過她那樣的大風大浪呢。」

「這不是意料中的事嗎。」

「嗯，話是這麼說沒錯啦，但男女還是有別。男人和女人大概是完全不同的生物吧。」

「嗯嗯。」

「柳德米拉帶著年幼的法蘭契絲卡回到莫斯科，住進尼古拉街的老舊公寓裡。這裡離她以前住的地方很近，是很熱鬧的街區。柳德米拉就是從這裡跟隨經商的丈夫前往柏林，後來才被抓進集中營的。地點很方便，但是對她來說物價有點高，所以就請以前的朋友幫忙介紹，沒多久就搬到聖彼得堡去了。當時還叫做列寧格勒，地點在運河旁邊、沃茲涅先斯基橋的附近。」

「哦，我去過，那一帶很不錯喔。沃茲涅先斯基橋曾經出現在《罪與罰》裡。」

潔回應。

「沒錯。那裡有很多綠地，環境很好。雖然要走一段路，但鬧區還算是在徒步圈範圍內。」

「她的丈夫呢?」

「下落不明,恐怕是已經遇害了吧。畢竟她丈夫是猶太人。」

「柳德米拉呢?」

「你是指她是不是猶太人嗎?不知道耶。柳德米拉在公寓旁邊的麵包店工作,附近有家托兒所兼芭蕾舞教室,聽說柳德米拉每天把法蘭契絲卡寄放在那裡。所以母親上班的時候,法蘭契絲卡就一直待在那間芭蕾舞教室裡。」

「跳舞嗎?」

「那個年紀的小孩不是跳舞就是玩耍吧。她在那裡取了個俄羅斯名字,大家都喊她薇拉。薇拉・艾德洛娃。薇拉七歲時進了列寧格勒的芭蕾舞學校。」

「嗯。」

「在那裡,她終於嶄露頭角,開始征戰附近的兒童芭蕾比賽,而且戰無不勝、攻無不克。在芭蕾舞學校的成績也一直都是頂尖。因此芭蕾舞學校的老師都勸她加入莫斯科的國立莫斯科音樂劇場芭蕾舞團。因為薇拉絕對有那個資格。當然,校方也願意以最高的評價來推薦她。」

「哦哦。」

「於是柳德米拉就帶薇拉去莫斯科參加國立莫斯科音樂劇場芭蕾舞團的甄選。薇拉輕鬆過關斬將,因此母女又回到莫斯科,住在芭蕾舞團練習室的所在地——克里姆林宮附近的一間簡單公寓裡。柳德米拉則在離住處不遠的百貨公司地下街食品賣場販賣食材。

薇拉在那裡也逐漸大放異彩,加入足以代表舞團的候補獨舞陣容。該陣容的領先集團就等於整個國家的頂尖集團。柳德米拉也很欣慰，似乎也更加幹勁十足。法蘭契絲卡的未來也逐步開始擴展。因為只要能當上國立莫斯科音樂劇場芭蕾舞團的首席舞者，連家人都能過上好日子。身為母親自然也是卯足了全力，認為穩定的生活正等著母女倆。」

「原來如此。」

「然而還沒來得及享福，柳德米拉的人生就開始蒙上一層陰影。」

「蒙上陰影？怎麼說？」

「柳德米拉和負責百貨公司食品賣場的部長談起了戀愛。」

「柳德米拉也還年輕嘛。」

「是嗎，她當時已經五十歲了，應該稱不上年輕了。但因為她既賣力又認真，還當上她那個單位的主任。不過之所以能升職，似乎也是那個男人幫了她一把的關係。」

「這就是陰影嗎？」

「那個男人頻繁地出現在母女倆的家裡，也漸漸覺得女兒薇拉很礙事。因此男人在附近的公寓又租了一個房間，讓薇拉一個人住在那裡。從此以後，薇拉就變成孤零零的一個人了。」

「嗯，不過本來就是沒有血緣關係的母女，對柳德米拉而言，或許還是會以自己為優先吧。」

「柳德米拉本人是怎麼想的就無法確認了……」

「薇拉大概原本就註定是天煞孤星的命運吧。」

「是沒錯，這麼一來，她也變得更孤獨了。」

「她母親的這段戀情有繼續下去嗎？」

「有，大概持續了三年吧。女人心真是不可思議啊，原本覺得女兒就是全世界的柳德米拉不知不覺間變了一個人，完全以男朋友為優先。她黏著男人，也不再關心薇拉的情況，所以薇拉只能自己照顧自己。幸好男人還會出伙食費、生活費就是了。」

「嗯嗯。不過這也可以理解。」

「可以理解？怎麼理解？」

「因為女兒可以跳舞掙錢，母親才拚了命地培養，一旦男人願意提供生活費，自然會把男人看得比較重要。」

「嗯……是這樣嗎……」

「然後就引發了悲劇嗎？」

「悲劇發生了。女兒薇拉順利地長大，逐漸成為足以代表國立莫斯科音樂劇場芭蕾舞團的舞者……」

「嗯。」

「然後柳德米拉被殺了。」

「你說什麼！怎麼會？是誰殺了她？」

「大概是男朋友吧。就是她的上司、那個負責百貨公司食品賣場的部長。他後來再也沒有去上班了，所以應該是那個男人幹的。」

「唔嗯。」

「那個男人平常是個不好不壞、很標準的勞動者，大家都不認為他是什麼問題人物。反而是柳德米拉，雖然優秀，但也是非常強勢的女性，據說她沒有半個女性友人，所以想必是男女間的糾紛吧。同一棟公寓的鄰居也作證，表示曾聽過好幾次兩人爭吵的聲音。」

「她是怎麼遇害的？」

「從公寓四樓的露台上墜落。」

「是她自己家的露台嗎？」

「是她房間的露台。頭部受到重創。大家都認為是被那個男人推下去的。男方是莫斯科人，沒多久就在莫斯科河發現他的屍體。還有人目擊到他喝得酩酊大醉、走路東倒西歪的模樣。恐怕是喝得醉醺醺的，然後就不小心掉進河裡。這種事在俄羅斯其實司空見慣，冬天的時候經常有人喝伏特加喝到茫了，就這麼掉進莫斯科河淹死。」

「好不容易活著離開奧斯威辛集中營……」

「是啊，沒想到最後卻在和平的故鄉被交往的男人殺死。另一方面，薇拉·艾德洛娃、也就是法蘭契絲卡·克雷斯潘當時已經十九歲，出落成亭亭玉立的可人兒，成為名符其實、背負著國立莫斯科音樂劇場芭蕾舞團招牌的存在。」

「嗯。」

「不過，這或許也算是一種災禍吧。薇拉變成大明星，男性支持者的信件猶如雪片般飛來。而母親的男朋友，也就是那位部長是個無可救藥的酒鬼。」

「平凡的俄羅斯男人嗎。」

「沒錯，很平凡。喝了酒之後看到發育成熟的薇拉，似乎忍不住就想染指。大概是仗著自己有拿出生活費吧。因此也有傳言指出薇拉與柳德米拉的關係變得很緊繃。問題是，就算是薇拉，也不可能接受這種醉醺醺的中年男子。更不可能勾引對自己有恩的母親的男朋友。」

「確實不太可能。」

「就算真的有什麼，肯定也是男人霸王硬上弓。然而發生命案後，警察帶走薇拉，問了很多令人不愉快的問題，還說她是重點證人。真是無妄之災。明明薇拉打從心底討厭死這個男人了。」

「不難想像呢。」

「國立莫斯科音樂劇場芭蕾舞團不只國內，也經常在東德和現在的哈薩克、白俄羅斯等地進行巡迴公演。長大成人的薇拉有愈來愈多機會以首席舞者的身分上台，也經常跟著舞團四處公演。那個時期的國立莫斯科音樂劇場芭蕾舞團有兩大台柱，分別是薇拉‧艾德洛娃和葉夫根尼亞‧姬哈利瓦這兩位傑出的女孩。聽說兩人視彼此為競爭對手，互相爭奪首席舞者的寶座。」

「嗯嗯。」

「只不過，即使實力在伯仲之間，這兩個人的家世卻是天差地別。薇拉沒有父親，母親也只是區區百貨公司的銷售員，而且才剛死於情殺，薇拉本人還被視為重點證人、被警方叫去問案。即便是無中生有，也有人謠傳這是母親、女兒、男人之間的三角關係。另一方面，葉夫根尼亞的父親則是共產黨的幹部，母親也是共產黨員，都是宣誓效忠國家的人物。基於蘇聯時代的背景，薇拉根本不是她的對手。」

「確實是這樣。」

「在蘇聯時代，若是能成為國立莫斯科音樂劇場芭蕾舞團的獨舞，就能讓國家預算養活自己。因此審查非常嚴格，就連母親和祖母都會成為審查的對象。當時的蘇聯有很多豐腴的女性，如果母親或祖母過於肥胖的話，不管本人再怎麼纖瘦、跳得再出色，都是無法通過審查的。因為由國家預算培養的首席舞者一旦進入要肩負起國家名譽的關鍵時期，萬一開始變胖的話，等於是浪費國家預算，所以非常嚴格。」
「原來如此啊。」
「因為葉夫根尼亞的母親和祖母都很瘦，所以想也知道最後是她通過了考核，薇拉則落選了。」
「薇拉肯定很震驚吧。」
「她似乎受到很大的打擊。根據認識當時的薇拉、也就是法蘭契絲卡·克雷斯潘的人形容，她看起來隨時都會想不開。這也難怪，畢竟薇拉一心一意地跳舞就是為了這個目標。從還是兩歲的集中營時代開始，就連一天都沒有懈怠過。」
「確實。」
「她應該也有達成目標的自信，結果卻失去了一切。母親、芭蕾舞、生活，還有名譽。當然，她並沒有真的失去芭蕾舞，只是成為代表國家的舞者一直都是她的目標，如今這個美夢已經粉碎了。她已經沒有機會爬到金字塔頂端、君臨整個芭蕾舞界了。」
「至少在蘇聯是不可能了。」
「沒錯，至少在蘇聯不可能。實際上，很多人都說薇拉跳得比較好，不管是表現力還是藝術性，薇拉都在葉夫根尼亞之上。薇拉的體型及美貌的程度也優於葉夫根尼亞。證據會說話，在那之後過了十幾年，法蘭契絲卡·克雷斯潘站上了世界的頂點，而葉夫根尼亞的知名度始終不高，在西方幾乎可以說是沒沒無名。不過其實她長得很可愛，表情十分靈動。法蘭契絲卡則是屬於美艷型，略帶冰山美人的印象。」
「可以理解，畢竟她這一路走來經歷了相當嚴峻的人生。」
「沒錯，決心的質或量都跟葉夫根尼亞不在同一個基準，這些也會顯露在表情上。跌落谷底，無依無靠的法蘭契絲卡鑽牛角尖，認為自己已經沒有未來了。」

「為什麼會這樣。」

「因為她還很年輕吧。當時她才十九歲，對世間還很陌生，視野肯定也還很狹隘吧。大概只看到共產世界講究家世背景的現實，認為必須徹底改變生存方式和環境才行。所以她毫不戀棧地退出國立莫斯科音樂劇場芭蕾舞團，逃亡海外。她拜託一直寫信給自己的東柏林支持者，然後移居到東德。」

「穿越國境呢。」

「沒錯。她在東德與對方相會，然後戀愛、結婚。」

「她結婚了？」

潔驚訝地反問。

「如果男人向她求婚，她應該也無法拒絕吧。畢竟世上已經沒有其他可依賴的人了，只能答應男人的要求。婚後，夫妻倆住在東柏林的伯恩瑙大街上一間簡樸的公寓裡。」

「嗯。」

「然而，那個時代的東德與地獄無異。東德人在日漸惡化的經濟狀況中過著水深火熱的日子。街上林立著便宜的酒館，是醉漢與宵小的天堂。相較起來，蘇聯那邊要好得多了。我猜薇拉根本不曉得這個事實，才會懷抱著夢想前往東德。畢竟她是個年輕的小姑娘，對這個世界還一無所知。」

「在那種地方還能繼續跳芭蕾舞嗎？」

「沒辦法。」

「嗯？」

「她已經打算放棄芭蕾舞了。」

「你說什麼？」

「或許是對於從兩歲開始就一路跳到十九歲、一天也沒有鬆懈過的日子感到疲憊了。即便是像我這種程度的人，也能理解她的心情。再怎麼有實力，身處於充滿競爭的芭蕾舞界，想必也有很多辛酸苦痛。於是她開始鑽牛角尖，認為一旦芭蕾舞這條路走不通的話，自己大概已經沒有未來可言了。她失去了活下去的希望。」

「情況怎麼會變成這樣呢。」

「也沒有可以商量的對象，所有的事情都必須自己一個人決定。因此她靠自己一個人的力量做出了這個決定。」

「沒有人阻止她嗎？」

「因為她實在太孤獨了，沒有父母和兄弟姊妹，也沒有親戚。就連會阻止她的養母也已經不在了。」

「芭蕾舞大概會讓她想起那段集中營的悲慘歲月吧。」

「嗯。所以她想搬到國外，從此不要再想起任何與芭蕾舞有關的事。沒想到去了以後……」

「竟然來到了一個垃圾場嗎？」

「沒錯。她就在那間公寓裡生下孩子，足見她真的是鐵了心要放棄芭蕾舞了。」

「她還生過小孩！」

潔又發出驚詫的叫聲。

「居然在那麼貧困的情況下生小孩。如果還打算繼續跳舞的話，應該不會這麼做吧。我想她是真的心意已決，這輩子要與孩子度過平凡的一生。」
「嗯。」
「問題是，事情一直往不好的方向發展。當時大概是薇拉．艾德洛娃這輩子最黑暗的時期吧。」
「可想而知呢。」
「她在一九六二年產下孩子，取名羅斯梅林．約瑟夫。她丈夫叫法蘭茲．約瑟夫。因此法蘭契絲卡變成名為薇拉．約瑟夫的德國人。成了羅斯梅林．約瑟夫的母親。」
「是男孩嗎？」
「是女孩。之所以取名為羅斯梅林，好像是因為從小公寓的廚房窗戶可以看到狹窄的後院，後院裡綻放著羅斯梅林的花。」
「羅斯梅林的花？」
「我也不清楚，好像是一種淺紫色的小花，會開滿整棵灌木。」
「嗯，可是我從來都沒聽說過法蘭契絲卡．克雷斯潘有小孩的事。」
「確實沒聽說過。」
「刻意保密嗎？」
「倒也不是，狂熱的支持者其實都知道。那個孩子好像死了。」
「死了……」
「聽說是病死。那時候的她實在太窮困了。東柏林在戰敗後有很長一段時間陷入混亂，生活物資和食物都很匱乏，根本買不到藥品。衰神大概纏上她了吧。沒過多久，那個孩子就死了。」

「嗯。」

「雖然孩子還活著的時候，她就對人生感到絕望，為此煩惱不已。」

「等一下，育兒沒有燃起她的生存意志嗎？」

「她的丈夫法蘭茲是個一無可取的人。原本在郵局上班，但沒多久就被開除，之後就沉溺在酒精裡，完全不工作。總是跟狐群狗黨鬼混，甚至還碰了毒品，所以腦袋愈來愈不清楚，是個成天只會挑剔和說教的男人。」

「這個人竟然好意思對別人說教啊。」

「畢竟強詞奪理的故事要多少有多少。家中一貧如洗，薇拉只好出去工作。這時法蘭茲便要她去跳舞，還說『憑妳的才華，賺得肯定更多』。」

「要是他也去工作的話，收入就會更不錯了。」

「任誰都會這麼想吧。總之他帶著薇拉去參觀當地的芭蕾舞團。」

「哦，結果呢？」

「薇拉好像也嚇了一跳。在她看來，那個舞團的水準實在太低了，她真心認為自己不應該在這種地方登台跳舞。」

「莫斯科的水準比較高嘛。」

「不確定她到底看到什麼樣的芭蕾舞，總之看在薇拉眼中，兩者之間的差距實在太大了。於是她又陷入苦惱。自己真的該加入這種芭蕾舞團嗎？沒有更適合自己的路嗎？」

「嗯。」

「已經有一年半沒跳舞，她的身體大概也開始蠢蠢欲動了吧。整整一年半完全沒有跳舞喔，這大概是有生以來頭一遭吧，所以想舞動的欲望也變得愈來愈強烈。將技藝鑽研到她那種程度的人，肯定都是這樣吧。芭蕾舞的女神也絕不容許她放棄。」

「嗯，或許真是如此。」

「但她也不想在講求家世背景的共產主義社會跳舞。她已經受夠了。我很能理解她的心情。」

「嗯，然後呢？」

「當時正好是柏林圍牆剛蓋好的時候，牆壁另一頭的西柏林是唯一朝自由世界打開的門，許多追求自由的人都夢想著逃到西柏林。因此牆邊到處都是一群又一群想挖隧道逃往西側的年輕團體。她去接觸了那些團體，求他們幫自己逃走。」

「帶著嬰兒嗎？當時孩子還活著吧？太危險了，行不通的。」

「每個團體都是這麼說的。那是一個只要你試圖穿越國境，都會被毫不留情地射殺的時代，所以得拿命去拚。光是身為女性，要逃跑就很困難了，更何況還帶著稚子，想也知道更加不可能。所以在眾人的勸說下，她暫時放棄逃脫的計畫。」

「那當然。她在西邊也沒有認識的人吧？」

「沒有。」

「她想抱著稚子，隻身前往西柏林嗎？」

「她大概很有自信吧，相信憑藉自己的才華，一定能加入自由世界的芭蕾舞團，然後也一定能站上世界的頂端。」

「嗯。」

「可是她突然被東德的祕密警察逮捕了。祕密警察逼她說出挖隧道的團體都是哪些人、在哪裡施工。她當然堅決不鬆口，但警方拿孩子來要脅她開口。好像也被刑求了。」

「這樣竟然還能獲救啊。」

「某位有權有勢的特權階級對她伸出了援手。」

「特權階級？」

「財閥。有個名叫波尼法茲的天然氣會長，這個人在政界很吃得開。」

「孩子沒事吧。」

「沒事，不過從此以後變得體弱多病，最後發高燒過世了。」

「這樣啊。」

「波尼法茲會長很熱愛芭蕾舞，也聽過薇拉．艾德洛娃在蘇聯時代的傳聞。他問薇拉願不願意加入布倫希爾德芭蕾舞團，說自己可以當她的推薦人，還說『像妳這麼有才華的人真不該寶珠蒙塵，我願意提供任何援助』。」

「嗯。」

「布倫希爾德當時在東柏林是數一數二的芭蕾舞團，擁有能夠舉行國際巡迴演出的實力與名氣。以下是我的推測，那時候的薇拉應該很心動吧。既然現在鑽牆逃走已經行不通了，以她的聰明才智，應該會思考要怎麼變更脫身計畫。」

「你是說，她打算採取別的作戰策略逃到西側？」

「我是這麼認為的。既然如此，這無疑是天上掉下來的好機會。不如先加入布倫希爾德芭蕾舞團，以海外公演為目標。只要能站上這個芭蕾舞團的頂峰，遲早有機會前往自由主義圈公演。這麼一來就能伺機逃離劇場，亡命該國。」

「有道理。」

「她是個當機立斷的女人，立刻跟早已相見兩相厭的法蘭茲離婚。」

「對方竟然會同意離婚啊。」

「我不清楚那方面的來龍去脈。不過，聽說發生了很嚴重的事。」

「很嚴重的事？」

「有人說法蘭茲因為酗酒和嗑藥的關係搞壞了腦袋，然後將妻子出賣給祕密警察，就只為了一點錢。」

「真是意想不到呢。」

「不，以當時的世道來說非常有可能吧。反正妻子也打算拋棄自己。」

「唔嗯。」

「另一方面，她對丈夫早就已經死心了。因為法蘭茲會讓她想起母親那個醉鬼男朋友，每次想起就會產生排斥反應。」

「嗯……」

「因此她透過天然氣會長的介紹，加入了布倫希爾德芭蕾舞團。憑她的實力，應該也不是太費力的事吧。然後，她成為對自己非常感興趣的波尼法茲會長的情婦。」

「哦，還真是下了大決心啊。」

「大概是深思熟慮後的結果吧。為了逃往自由主義圈，她又重返芭蕾舞世界，投身於沒日沒夜的特訓。為了逃走，必須要站上布倫希爾德芭蕾舞團的頂點。既然要喝奶的稚子已經不在了，自然就能生出時間來接受特訓。要是帶著小孩，就算如願去西柏林或巴黎公演，也無法從劇場後門逃走。如果將孩子放在東柏林、自己出國公演，孩子勢必會變成人質，逼迫她不得不回到孩子身邊。如今已經沒有這些枷鎖了。」

「嗯。」

「如果無論如何都想要小孩，只要再找到新的對象，就還有辦法生育。這次找個更加優秀的男人孕育孩子，而不是那種醉醺醺的窩囊廢。」

「因為她還年輕嘛……沒想到薇拉．艾德洛娃居然能一直貫徹逃往西側的意志呢。」

「怎麼說？」

「她沒有在西側生活過，在那邊也沒有親戚吧？」

「沒錯。」

「想逃往西側的人通常是在那裡有分離的家人或情人，大量獲取了西側的資訊。至於從小就住在東側的人則因為受到徹底的洗腦教育，會認定東側才是理想國度。更遑論她孑然一身，在東西兩側都沒有親戚。儘管如此，她想逃往西側的意志卻是如此堅定，這一點很讓我訝異。」

「是這樣嗎。她曾經被祕密警察抓住，受到刑求。然後再加上母親遇害，自己在芭蕾舞界的地位也被不如自己的人取而代之，大概打從心底恨透了這一切吧。」

「你那是我們這些住在自由主義圈的人才有的想法。倘若只認識對面那種世界，大概會覺得這種不擇手段也要活下去的嚴峻人世才是正常的吧。」

「是嗎。」

「她可是在奧斯威辛集中營長大的人，應該會認為西方世界依舊是人間煉獄吧。」

「……」

「祕密警察或至親的死對於集中營裡的人而言，可以說是家常便飯，西方世界至今應該都還是抱持這樣的認知。比起集中營，莫斯科或東德已經是相當光明的世界了。」

「是這樣的嗎。」

「從現代人的角度來看，可能會覺得穿越國境沒什麼了不起的，不過在當時可是會丟掉性命的行徑。只認識東側世界，而且還無依無靠的年輕女性應該不會想到要賭命穿越國境吧。」

「嗯……這是觀點上的不同喔，潔。總之她還是穿越國境、亡命天涯了。接下來就如同世人所知。薇拉．約瑟夫……不，離婚後的薇拉．艾德洛娃按照計畫拚了命地練習，成為足以代表布倫希爾德的首席舞者，得償宿願。」

「嗯。」

「但布倫希爾德不太想帶薇拉去海外公演，薇拉只好拜託波尼法茲會長，計畫了好幾次海外旅行，但是都沒有成功。」

「拜託金主幫自己亡命天涯啊。」

「是啊，可惜天不從人願。不過她在布倫希爾德芭蕾舞團的名氣愈來愈響亮，也不能不帶她出去。即便如此，有一陣子仍受到嚴密的監視，後來逐漸取得信賴，不再受到監管，最後終於在一九七二年的倫敦公演逃出生天。名字也從薇拉．艾德洛娃改回法蘭契絲卡．克雷斯潘，開始在西方國家跳芭蕾舞。」

「她的名字也太多了。」
「就是說啊。要全部記住可不容易。」
「接下來就一帆風順了嗎……」
「她是那種決定要做就一定會堅持到底的人。一旦決定要亡命天涯，就真的逃脫了。而且這個判斷應該是正確的吧？」
「等等，海因里希，話可不能說得這麼滿。」
「為什麼？難道在莫斯科當個備位的首席舞者比較好嗎？」
「她被殺了喔，海因里希。在紐約被殺了，別忘了這點。」
「啊，對耶，確實如此。要是留在東側，就不會死於非命嗎……」
「無論如何，她的人生都太波瀾萬丈了。確實是跟男人不同類型的波瀾萬丈。」
「嗯。」
「整個過程充滿困境，而且是難以突破的困境。可以確定這是她之所以死去的理由。」
「可以確定？你有自信嗎？」
「有。」
潔說得十分篤定。
「我們必須找出那個理由。」
「目前還看不出來。至少我看不出來。」
「可能藏起來了，但一定存在。」

「是什麼樣的理由呢……」

「這個還不知道。」

「她是個不同尋常的努力之人，也是冷靜的執行者，還對自己非常苛刻。對自己是如此，對別人恐怕也是一樣。」

「應該是這樣沒錯。感謝會喚來感謝，理所當然，苛刻也會招來苛刻。」

「嗯，對呀，沒錯……所以你的意思是說，她對別人的苛刻回到自己身上了？」

「目前還不清楚。話說回來，那位天然氣老爹後來怎麼樣了？」

「哦，是沒聽說他有追到曼哈頓，大概死心了吧。他的年紀似乎很大了，可能沒多久就過世了吧？」

「痛恨只認家世背景的社會，與此同時也將人脈運用得淋漓盡致呢。」

「站在她的立場，這也是沒辦法的事。畢竟她在鐵幕的另一邊就是以這種方式長大的。」

「嗯，所謂的人人平等完全是胡說八道，這個社會終究還是在鼓勵人們使用特權。」

「這種解釋倒也不能說錯。根本沒有人人平等這種事。你認為這是她死亡的原因嗎？」

「還不清楚。」

潔說完後沉思半晌，才接著問：

「逃到自由主義的國度以後，在這邊的男女關係如何？」

「嗯，關於這方面的手腕，她似乎也變得爐火純青呢。」

「嗯。」

「顯然很有一套吧，不然也無法將舞台移到紐約了。」

「畢竟紐約跟閒散的聖彼得堡或東柏林不太一樣。」

「聚集了來自世界各地、稀奇古怪的人們，那些人多得跟東京早上擠電車的人口沒兩樣。」

「可以想像呢。」

「我搜集到各式各樣的情報，但其中似乎也有很多不實的部分，現階段還不好說。我還需要一點時間進行調查，可以嗎？」

潔說道。

「當然沒問題。不過請稍微加快一下腳步，否則我會忘記。」

「我明白。那就之後再說啦。過幾天再打第三通電話給你。」

說完後，我便掛上了電話。

4

「哈囉，潔。」

我又打去了。雖然潔要我加快腳步，但距離上一通電話又過了好幾天。

「等你好久了，海因里希，你也花太多時間了，至少有超過十天吧？我記得有說過請你動作快一點，結果這次反而隔得最久呢。」

果然不出我所料，潔大肆抱怨。但我反而覺得很高興，因為這表示潔還沒有失去興趣。

「不好意思。因為打聽到太多令人消化不良的情報了，花了很多時間取證。國際金融機構那些人的心簡直太黑了，完全超出我能理解的範圍，只要能賺到錢就可以不擇手段嗎。哪怕死再多人、有再多人被強暴、受到刑求也不關他們的事。」

「國際金融機構？雖然我不知道你打聽到什麼……」

潔說到一半就被我打斷。

「你知道那群人不近人情的理由嗎？」

被我這麼一問，潔回答：

「只要聚集大量的金錢，就會產生想賺更多錢的欲望。有錢人就是這麼可憐的守財奴。」

「潔，真的是這樣嗎？」

「當然，就好比純度99％的鈾。」

「是沒錯啦，因為錢如果不增加就會縮水。但就算是這樣，聽了還是會讓人根本不想認真工作了，真的需要來點白蘭地才能振作起來。」

「也就是說，你讓我等了這麼久，其實是因為你把時間花在酒館裡嗎？」

潔質問我。

「不不不，才不是這樣……」

「希特勒打造屠殺猶太人的設施，花在那些東西的錢其實是向美國的猶太人借來的。」

潔又說道。

「好像是。然後就這樣殺死一堆無辜的人。」

「但是也有人因為對納粹的投資而發家致富。」
「那些站在道德制高點的人原來個個都心懷鬼胎嗎。」
「完全是伊索寓言呢。只不過是兒童不宜的伊索寓言。」
「那群人借錢給挑起戰爭的雙方，從中牟取暴利，然後坐在特等席上隔山觀虎鬥。死去的都是什麼也不知道的年輕人。」
「日本剛開國時，法國支持幕府、英國支持發動革命的薩長同盟[24]，但其實這兩國說穿了就是巴黎的沃爾菲勒家族與倫敦的沃爾菲勒家族。在那之前還有培里[25]來到橫濱要求日本開國，而培里正是紐約的沃爾菲勒家族派去的人。」
聽到這裡，我莞爾一笑。
「真沒想到。」
「他們擁有的錢就是這麼多，簡直是天文數字。自十九世紀起，全球化不斷加速。雅各布．希夫這位出身自沃爾菲勒家系的資產家在他的自傳裡寫到，日本用於日俄戰爭的公債讓他賺了最多錢喔。當時的借款，日本政府一直老老實實地還到東京奧運那個時候。」
「我懂了。話說回來，潔，你應該沒有忘了法蘭契絲卡．克雷斯潘的命案吧。」
「勉強還記得，不過雜事實在太多了。你現在在哪裡？」
「基輔。」
「基輔？」
「我在烏克蘭。」

「你鑽過了鐵幕嗎。」

「現在是這樣沒錯，但克里姆林宮是不是這麼想的我就不知道了。我只知道一件很嚴重的事，那就是這裡就像是在地獄的鍋蓋上。你不這麼認為嗎？」

「因為是地緣政治領域的陸路咽喉點嘛。」

「咽喉點？」

「你知道自己剛才意有所指的鍋子裡裝了什麼嗎？」

「不知道。」

「第三次世界大戰。」

「啊啊。」

我發出絕望的吶喊。

「我的頭都暈了。但你說的沒錯，哪怕是比喻也絕不誇張。但願第三次世界大戰能永遠乖乖地待在鍋子裡。」

「但願如此。」

「有太多險惡又匪夷所思的陰謀在檯面下蠢動。或許與這次的事件沒有直接關係，但還是必須得讓世人知道這些事。我身為記者的使命感在燃燒。全都是非常有益、貴重的情報。」

---

24 日本幕末時期，在從土佐藩脫藩的坂本龍馬與中岡慎太郎的斡旋下，由薩摩藩與長州藩兩大勢力締結的政治軍事同盟，成為日後倒幕力量的核心。

25 馬修．培里（Matthew Perry）。美國海軍將領，推動以蒸汽船為主力的海軍政策且重視士官教育，被譽為「蒸汽船海軍之父」、「海軍教育的先驅」。於 1852 年以東印度艦隊司令官的身分，帶著時任美國總統的米勒德．菲爾莫爾的親筆信率隊航行到日本進行開國交涉，史稱「黑船來航」。這也是讓日本邁向開放與近代化的重要歷史事件之一。

「你去基輔做什麼？」

「我在追一個人。」

「有個學者在這邊的大學開了地緣政治課，我也去聽了。他說地球儀上只有十處該領域的起火點。」

「好像是呢，其中又以烏克蘭……」

「為最大的起火點。」

潔不假思索地說。

「直布羅陀海峽、英吉利海峽、麻六甲海峽、台灣海峽、蘇伊士、巴拿馬、南沙和朝鮮半島，日本其實也有點危險。」

「其中又以這裡最危險。怎麼也想不到都已經二十一世紀了，竟然還存在發生世界大戰的可能性。今日、今時都還有人每天都在進行想要發動戰爭的策畫。情報員忙著飛來飛去，就像是拍戲時進行前置作業的工作人員。來到這裡之後，我才知道真的有人明目張膽地在幹這種事。」

「你是說戰爭商人嗎。而且那裡簡直是條條大路通戰爭。」

「因為戰爭能讓某些人大賺一筆嘛。戰鬥機、坦克、轟炸機和飛彈沒有一樣不是破百萬的兵器，隨便加一加，沒有一億也有數千萬。要是哪個國家要攻打某個地方，這些武器立刻就會以比瘋搶熱狗還誇張的速度被搶購一空，就像雜貨店的傳單那樣，被風吹得漫天飛舞。」

「哦，因為那裡曾經是可薩王國嘛。」

「可薩王國？」

「你沒聽過嗎？」

「沒聽過。」
「掘起於七世紀的王國，解釋起來很花時間。歷史從來就不是只有一個面向，尤其是這部分的說明。」
「請簡單扼要地說明，說不定很重要。」
我催促他。
「基督教國家從西邊、伊斯蘭教國家從南邊攻打過來，就在遭逢這麼一個面臨存亡的危機時，可薩國王決定改信別的宗教。」
「哦，這麼一來，同一個宗教的國家就不會打過來了……」
「可是啊，不管是改信基督教還是改信伊斯蘭教，都等於是與另一個宗教為敵，還是會受到侵略。因此包含自己在內，可薩國王要求全體國民改信這兩個宗教的源頭，也就是猶太教。」
「有道理耶，這個判斷真聰明。」
「如果是猶太教的話，就能堵住雙方的嘴巴。因為這兩種宗教都是從猶太教發展出來的新教。猶太人指的並不是人種，而是猶太教的信徒。於是誕生了在歷史上也相當罕見，與中東的閃族沒有血緣關係、只有白人的猶太教國家。如今世上之所以會有這麼多的白人猶太人，據說都是可薩王國的後裔。」
「我明白了，原來是這樣啊！」
「學界也有人提出不同的論調，但多數的學者都認為大致上是這樣沒錯。」
「你也是嗎？」
「我也是。」
「可薩王國的人民因此保住了性命嗎？」

「當時是這樣沒錯，但十三世紀就被來自東方的韃靼人滅國，國民因而離散到世界各地。」

「結果還是不行啊。」

「是的。」

「你剛剛說韃靼人？」

「就是蒙古人啦。」

「現在有人會用『Caucasian』來稱呼白人，但意思其實是指高加索地方的人。」

「沒錯，就是指那一帶的人。」

「是我們的原鄉呢。」

「或許是吧。」

「然後，猶太人如今成了白人的代名詞嗎。你口中的可薩王國……」

「是烏克蘭的一部分。」

「原來如此。」

我恍然大悟。

「難道是歷史把我召喚到這裡來的嗎。真是受教了。烏克蘭原本是鄉下人的意思吧？」

「好像是俄羅斯人擅自這樣稱呼的。不過烏克蘭原本就是俄羅斯文明的發祥地，被稱為基輔羅斯的一群人後來北上，就成了俄羅斯人。這裡的羅斯就是俄羅斯的語源。」

「對耶，都是羅斯呢。被翻譯成鄉下人還真是抱歉。」

「哥薩克兵和烏克蘭人都是過去的俄羅斯精銳。」

「你很懂嘛，潔。」

「只要待在大學裡，自然就懂一些門道了。最近的教授們對國際政治和地緣政治學都非常有研究。這是他們的興趣。」

「哥薩克啊……但他們的祖先是人工的新生猶太人嗎。這個國家確實有各式各樣的人種。這麼聽來，確實可以理解。猶太系跟俄羅斯系……」

「過去被希特勒主張是世上最高級人種的亞利安人，相傳原本也是誕生於裏海的遊牧民族，是一群很驍勇善戰的人。我們大學的那些教授大概也是這種人。」

「亞利安人啊，這樣我就明白了。」

「明白什麼？」

「雖然烏克蘭也有很多好人，但不知道為什麼，這裡有很多納粹分子。」

「真的嗎？」

「新納粹[26]。雖然還是少數派，但已經是危險的徵兆。萬一出現助長他們氣焰的支持者……」

「例如沃爾菲勒嗎？」

「沒錯，他們提供軍事資金。還有部分的美國民主黨員也是。現在或許已經遍布烏克蘭的軍隊了。」

「哦。」

「你覺得不太可能吧。但可不能掉以輕心。猶太人居然拿錢給叫囂著要殲滅低等民族猶太人的軍隊組織，簡直太荒謬了。」

---

26 新納粹主義（neo-Nazism）。出現於第二次世界大戰之後的思想，以及與其相關的組織和政治活動。主張源自納粹的白人至上主義以及敵視其他民族的種族優越論，甚至進而宣揚法西斯思想。

「新納粹不討厭猶太人吧。」

「是這樣嗎？」

「嗯。」

「總之就連美國總統之中也有人是靠他們的金援才得以勝選、入主白宮的，所以才對那群人言聽計從。這種事已經持續了幾百年之久。也因此國際金融資本才能在這裡恣意妄為，根本沒有人敢提出反對意見。不僅錢賺得盆滿缽滿，還肆無忌憚地挑起戰爭。」

「你能理解希特勒的憤怒嗎？」

「倒也不是完全不能理解，但我還是不能原諒奧斯威辛集中營。又不是所有的猶太人都是惡徒。」

「你說得沒錯，海因里希。」

「給新納粹錢、豢養他們，讓俄羅斯人橫征暴斂，到底有什麼好處呢？

為了介入俄羅斯的軍事。這麼一來，俄軍就能以保護自己的國民為由，長驅直入。烏克蘭在蘇聯解體後獨立，但俄羅斯還沒放棄，還想將烏克蘭納為己有。因為如果放著不管，烏克蘭可能會加入ＮＡＴＯ[27]。一旦這件事成真，俄羅斯不僅不能再對烏克蘭出手，因為距離很近，還會對莫斯科造成莫大的威脅。」

「那麼，海因里希，這就是你蒐集到的情報嗎？」

「基輔這裡有個頻頻與軍事總部接觸的男人，我去打探對方是什麼來頭。因為西方國家的記者都在偷偷討論這個人。他是白人，可能是阿什肯納茲猶太人。打扮得珠光寶氣，手錶和公事包都是最高級的名牌貨。他喝的是最高級的酒，身邊一直都是美女如雲，因為他本人長得非常俊俏吧。總是隨身攜帶大把鈔票，當然不會明目張膽地堆在餐廳的桌子上，而是在檯面下悄悄交易，我就看過好幾次。」

「所以你追著他去了基輔？」

「嗯，我一直在觀察他，動用所有的關係、徹底調查這個人，結果發現……」

「發現什麼？」

「大發現喔，潔。他叫傑森．艾普斯坦，是個超級大人物。在曼哈頓和佛羅里達、特拉維夫都有豪宅，甚至還持有一座維吉尼亞的私人小島，是納森．沃爾菲勒的孫子。聽說這個人極為優秀，從哈佛畢業之後，曾經在紐約的名門高中教過一段時間的發育生物學，同時兼職投資，而且投資手腕也很高竿。」

「嗯嗯。」

「但真正重要的不是以上這些，是他在短時間內就讓亡命天涯的法蘭契絲卡．克雷斯潘變成大明星。」

「哦。他在德國的名氣怎樣？」

「至少有所耳聞。他在美國……不只，包括歐洲等西方國家的各大組織都很吃得開。不只金融業、製造業、科技業及政界，就連醫學界、製藥公司、演藝圈、電影圈、芭蕾舞及古典音樂、歌劇的世界都要敬他三分。所以大概不費吹灰之力就能將流亡海外的俄籍芭蕾舞者推上業界頂點，更何況法蘭契絲卡也不是沒有天分的人。再加上他有的是錢，人脈很廣，腦袋還很聰明。」

「他是在哪裡認識法蘭契絲卡的？」

「紐約。他把在倫敦的劇場跳舞的法蘭契絲卡找到曼哈頓來，給她豪宅住，還為她準備了一切可以讓舞者盡情發揮所長的環境。」

「他們交往過嗎？」

27　北大西洋公約組織（North Atlantic Treaty Organization）。由北美的美國、加拿大2國與30個歐洲國家組成的北大西洋集體軍事防衛同盟。

「把她找去島上，搭乘遊艇環遊地中海，打得可火熱。」
「這件事鮮為人知呢。」
「因為是最高機密啊。」
「她是利用傑森作為踏板，一躍成為明星嗎。」
「這句話說得太露骨了，但確實也可以這麼說。否則就算是才華橫溢的天才芭蕾舞者，也無法在這麼短的時間內飛上枝頭當鳳凰吧。」
「但我聽說納森．沃爾菲勒才是她背後的贊助者。」
「嗯，最後是這樣沒錯。畢竟她和許多男人交往過。傑森也是名符其實的花花公子，左擁右抱，忙得不亦樂乎，身為國際策略家也有很多見不得人的工作要做……」
「既是國際策略家，又是個花花公子嗎？」
「對呀。所以說，就是那個啊，他就像是那個……」
「什麼？」
「００７啦。雖然情報員的說法會比較貼切。」
「他是祕密特務嗎？」
「聽完我接下來說的話你就明白了，潔。我在這裡見到了一個摩薩德退役的前情報員老先生。」
「這次是真貨啊。」
「似乎不是很厲害的大人物，坐了很久的冷板凳。其實我以前就認識他了，是偶然在這裡再次遇見的。他說自己其實很優秀，至於是不是真的，我就不清楚了。不過，他的確握有很多情報。據老先生所說，傑森現在經手的工作就像我剛才說的那樣——在烏克蘭挑起戰爭。但這只是他的副業，他還有更重大的任務，那就是開發生化武器。」

「例如炭疽桿菌嗎？這可不太妙。」

「不，不是那種東西。你說的是會致人於死地的劇毒。傑森經手的比較像西班牙流感之類的病毒。」

「像是感冒類冠狀病毒的基因工程嗎。」

「就是那個。沒那麼致命的病毒，但影響力遠大得多，足以拖垮全球的經濟，影響建築業或製藥業、能源業的勢力版圖，將軍需產業及股價引導到他們期望的方向。」

「疫苗產業也會賺大錢呢，畢竟所有的人類都要施打，商機無限。」

「波士頓有這方面的研究所。」

「確實有。」

「事先從經濟及倫理的角度施加壓力，要他們研究冠狀病毒的變異株。但該研究所的人似乎倒抽了一口氣，說現在還辦不到，拒絕了。」

「嗯……」

「這時某個國家有研究所願意接下這個委託。那也是美國的沃爾菲勒出資的研究所，所以當然便退而求其次交給那家研究所。還在那裡擴建了專用的實驗大樓，帶入變異株並展開研究。而承包這項工程的人不用多說，依舊是與沃爾菲勒沆瀣一氣的法國醫療建設公司——維羅尼克公司。還要求他們施工的時候偷偷地在理應密不透風的研究室部分區域開洞，讓病毒傳播開來。」

「原來如此。」

「這種事情在那個國家絕非異想天開的天方夜譚。通過研究所前面的動線前方剛好是販賣食材的市場，籠子裡關著蝙蝠、蛇、鳥、鱷魚、穿山甲及各式各樣的小動物。再往前就是一座競技場。」

「該不會能舉辦奧運吧？」

「怎麼可能！規模沒有那麼大，但那邊也會舉辦讓來自世界各地的軍人齊聚一堂較量的軍人運動會。讓身強體壯的軍人們遭受感染，再讓他們把病毒帶回各自的國家，藉此傳播疾病。」

「嗯。」

「這麼說，傳染源就是那個動物市場吧。傑森擬訂這樣的計畫，正朝這個方向運作。如此複雜的組織架構想必也可以用來洗錢，對他們來說有太多好處了。這個計畫的規模大到可能連００７的作者也想不到，很驚人吧。目前正緊鼓密鼓地進行中，所以應該快點將這件事公諸於世，不是嗎。」

「只要知道有哪些組織涉入其中，大概就能避免病毒繼續擴散流傳。話說回來，傑森會說很多國語言吧。」

「好像是。聽說能流利地說四國語言。」

「哦，真厲害。」

「英文、德文、中文和希伯來文。查到那些人竟然在幹這種勾當後，我真是快氣壞了。他們也有信仰吧，他們的神能允許這種事發生嗎？」

「耶和華嗎。但如果是這樣的話，問題就簡單了。」

「什麼意思？」

「這麼一來就能猜到俄羅斯的領導者在想什麼了。」

潔接著說。

「上次的世界大戰讓俄羅斯死了兩千五百萬人。誰下的毒手？當然是納粹。萬一烏克蘭軍今後也納粹化了，俄羅斯攻打烏克蘭等於是報第二次世界大戰的一箭之仇。」

「原來如此。報復邪惡的納粹嗎。如果是俄羅斯那群人的話，確實會這麼思考呢。」

「但如果說是聖戰，還能想到更可怕的事。」

「什麼？」

「車諾比。」

「啊。」

「俄羅斯高層認為那並不是偶發的意外，而是針對俄羅斯的攻擊。」

「誰發動的攻擊？」

「多數人認為是光明會[28]，如果真是光明會，可能是德國人，但真相只有天知道。因為聖經早有預言。」

「預言第二次世界大戰會殘留後續影響嗎？」

「《啟示錄》第八章中的第十、十一節，這裡提到的苦艾，名稱就是車諾比。」

「什麼？真的假的？」

「所以俄羅斯如果發動侵略戰爭，應該首先就會突襲車諾比、占領那個地方。他們大概也在尋找這方面的證據，萬一……」

「潔，等一下，你怎麼知道這件事？事實上，他也說了同樣的話。俄羅斯從以前就有這樣的計畫。但

28 由德國教授兼哲學家約翰．亞當．魏薩普（Johann Adam Weishaupt）於 1776 年創設的思想組織。在後續的陰謀論中被認為是在檯面下運用其長期累積的人脈、資源與龐大影響力介入世界運作的祕密結社。

就算調查核電廠事故又能怎樣呢？」

「只要有證據，就能同樣以核武器報復。換句話說，俄羅斯也能正當地使用戰術核武。」

「太瘋狂了！到底在想什麼呀！這會導致整個歐洲的滅亡。萬一波蘭或其他國家受到波及，NATO也會以核彈對莫斯科展開報復行動喔。」

「那就會引發第三次世界大戰了。」

「倘若這個假設成立的話，日本又會怎麼樣呢？日本不就也能用核武器報復了。」

「或許吧，所以美國不讓日本擁有核武器。總之萬一發展成這樣的事態，或許就連傑森007也始料未及。」

「那當然。簡直是難以相信的惡夢。人類怎麼會這麼愚蠢啊！只因為國際策略家姑息且愚不可及的計畫，世界就要毀滅了。啊，怎麼會這樣。《啟示錄》是怎麼描寫的？」

我用呻吟般的聲調問他。

「怎麼描寫世界末日的光景？」

「第三位使者吹響號角後，宛如火把般閃亮的星辰從天空落下，落在河流的三分之一及其水源上。這顆星星的名字叫作『車諾比（苦艾）』，三分之一的水都變得跟『苦艾』一樣苦澀。因為水變苦了，死了很多人。」

「這是什麼預言。神將這種預言託付給被選中的人嗎。」

我深深嘆息，沉默了好一會兒才終於開口。

「潔，我該怎麼做才好？」

「去趟郵局。」

「啊？」

我忍不住發出莫名其妙的叫聲。

「你剛才說什麼？再說一次。」

「我叫你去郵局，海因里希。」

「這裡的郵局嗎？」

「前東柏林的郵局。」

「柏林？你又要我回去嗎？」

「沒錯，海因里希，你必須跑這一趟。我發現非常重要的線索了。我想請你調查一九六〇年代從東柏林寄出的信件中，原本要寄去鐵幕對面的信都是怎麼處理的。」

「鐵幕對面的範圍也太大了，依國而異吧……」

「或許是吧，我想知道的是當時的東柏林都怎麼處理。」

「突然冒出車諾比，還以為終於要有戲劇化的進展了，結果你居然要我去郵局？」

「是的，你對００７的調查已經結束了吧？」

「欸，是沒錯啦……」

「對了，還有東京奧運！」

潔大聲嚷嚷。

「什麼？」

「東京奧運於一九六四年在東京舉行，海因里希。」

「所以呢？」

「剛好可以藉這個機會大大方方地鑽過鐵幕。」

我又沉默了半晌。因為我不明白潔這句話是什麼意思。

「這裡頭一定有什麼耶和華的安排。」

想了又想之後，我對他說：

「我聽不懂你想表達什麼。」

「我現在只能告訴你，我聽見神的使者吹號角的聲音了。那就期待你下一次的報告囉，海因里希。」

「關於郵局的調查嗎？」

「沒錯。」

潔回答。

「我是幫你跑腿的小廝嗎。」

我忍不住怨聲載道。

5

「潔，我現在人在柏林。」

我劈頭就說。

「等你好久了。」

遠方的潔說道。

「我去了郵局。」

「嗯，結果如何？」

我還沒說完，他就急不可待地催促，接著我看著自己做的筆記開始說明。

「全球的郵政制度遵循萬國郵政公約，運費大致統一。除此之外，對於寄送所花的時間、拒絕受理的內容也有官方的規定。每五年召開一次國際會議，商討以上的規定並依法執行。因此每五年會進行必要的修正。」

「嗯。不分自由主義圈、共產主義圈，有辦法寄到全世界任何一個國家嗎？」

「基本上是這樣，但實務上無法寄到正在打仗的國家。」

「也對。」

「即使並非交戰狀態，就連正準備開火的國家，通常也會停止接收外國寄來的郵件，直到恢復正常的狀態為止。這個判斷屬於該國郵政單位的權限。」

「問題是，根據國家不同，對於一個國家是不是處於準交戰情勢的判斷也都不一樣吧。」

潔提出質疑。

「你說的沒錯。」

「即使眼下尚未砲聲隆隆、子彈飛來飛去，倘若那個國家判斷對方正準備與本國開戰，就會停辦國際郵務吧。」
「特別是國家分成東西兩邊、政治面屬於紅色的那一方，對於以上的判斷就會更加嚴格。做出與你的推測相同的判斷也是可以預期的。」
「即使全世界大部分的國家都認為現在是承平時代，因為遭受自由主義圈敵視政策對待而被孤立的國家，根據自己受到的制裁內容，可能會判斷目前就是戰爭時期，或者情勢相當於戰時。其中多少也有報復的意思。」
「沒錯。東德——尤其是柏林圍牆剛完工時——不管是因為國際情勢還是情感層面，對於相關的判斷都很嚴格，就是基於這個道理。」
「果然。當時是六〇年代吧，有哪些國家是停止郵件寄送的對象？」
「伊朗、索馬利亞、納米比亞、阿拉伯聯合大公國、以色列、阿曼……這些地方吧。」
「東柏林當局怎麼處理寄給那些國家的信呢？」
「包裹類的當然是在郵局窗口就直接拒收了，投進郵筒的信件則歸類為禁止交寄的郵件，全部集中在一個地方，暫時丟進集貨站角落的籃子裡。」
「嗯。」
「等過了一定的時間再退回給寄件人。」
「像是寫信給芬蘭的聖誕老公公嗎？」
「你是小朋友嗎？這個難度更高吧。不過這個比喻很浪漫，總之過了一定的時間，基本上就會退回寄件人的地址。」

「真沒有夢想啊。」

「是沒有啊。」

「萬一寄件人沒有寫地址呢？」

「那就繼續躺在籃子裡，過一陣子再燒掉。」

「通常會擱在籃子裡多久？」

「好像是一到兩週。」

「然後不是退回，就是燒毀。」

「嗯。」

「為什麼要裝在籃子裡一段時間呢？」

「負責國際函件的事務局起初大概也有心尋找寄送的方法。只不過，東柏林的郵政當局並沒有留下六〇年代時，這類信件最後是得到哪些補救措施、或是送達目的地的紀錄。」

「也就是說，國際函件事務局其實什麼也沒做？」

「說穿了就是這樣。」

「國際函件事務局有製作這類禁止交寄的函件清單嗎？」

「當時並沒有。不像現在有網路可用，那個時代並沒有比較簡便的手段。」

「納粹在第二次世界大戰造成的疙瘩目前還遺留在歐洲人身上。」

「或許是這樣吧。」

我同意他的說法。

「那麼當時那些禁止交寄的信件也沒有留下紀錄了。」

「沒有。」

「啊哈哈，我投降了。」

潔說道。

「真遺憾啊。不過潔，你似乎不怎麼遺憾呢。」

「因為我早就預料到了。對了，海因里希，有羅斯梅林．約瑟夫的死亡證明嗎？」

「羅斯梅林？哦，法蘭契絲卡的女兒嗎。這個我查過了，是有的。」

「這樣啊。那麼有舉行葬禮嗎？」

「葬禮啊……這我就不清楚了，但我想應該沒有。如同我之前說過的，當時的東柏林正處於一片混亂的狀態。柏林圍牆剛蓋好，死了很多人。」

「試圖逃往西側的人嗎？」

「這種人也很多。」

我點點頭。

「他們都被毫不留情地射殺，也有人被祕密警察逮捕、訊問、刑求、也有人最後被殺害。另外街頭上、暗巷裡也有許多市井小民神不知、鬼不覺地死在黑幫的手中。還發生過幫派間的惡鬥。當時的治安實在太惡劣了。」

「嗯。」

「這些被害人多半是貧困階級，沒有錢辦喪事，想必也無法舉行正式的葬禮。」

「只是由親朋好友運到火葬場嗎？」

「能火葬的人已經很走運了，大多數可能連運到火葬場的機會都沒有。多半是運到無名氏公墓，扔進坑裡草草了事。也有人是由朋友搬到郊外的原野或山腳下，挖洞掩埋，或是燃燒枯枝、將遺體火化。」

「戶政單位有沒有追蹤、記錄、製作名冊？」

「多多少少吧。但絕大多數都是由家人向戶政單位通報，戶政單位就不疑有他地直接採信、記錄下來、為其除戶。」

「原來如此，跟剛剛戰敗後一樣呢。」

「打造了圍牆，結果讓社會又退回到戰後的混亂期。」

「希特勒的遺產嗎？」

「可以這麼說。」

耳邊傳來潔咂嘴的輕微聲響。

「戰爭的罪孽太深重了。馬上就是新世紀了，我們也不是古羅馬時代的人，現在更應該避免那種罪大惡極、蠢到不行的自相殘殺。」

「我們累積了許多愚蠢的經驗。人類得到教訓，提高智慧，才會進步。今後應該不會再發生上一個時代那種愚蠢的戰爭了。要是再重蹈覆轍，人類跟猴子又有什麼兩樣。」

我如此感嘆。

「我也想相信人類不是猴子喔，海因里希。但傑森．艾普斯坦還在幕後興風作浪吧？」

「嗯啊……」

我無奈地回應。他說的沒錯，我差點忘了。

「也有那種人呢。真是的，那傢伙究竟想做什麼……」

「身為智慧成長後的萬物之靈，今後無論如何都要避免毫無意義的大屠殺。這就要看我們的本事了。必須要展現出與猴子不同的那一面呢。」

我被潔的嘲諷堵得說不出話來，一時半刻陷入沉思。可惜我什麼也想不出來，真讓人不甘心。

「所以呢，我們該怎麼做才好？你認為智慧應該有所成長的我現在應該怎麼做才好。實不相瞞，應該已經進化過的我還沒聽見你所說的號角聲，莫非是我重聽了嗎？」

「應該將傑森繩之以法。」

潔發出有如聖人宣教般莊嚴肅穆的聲音。聽完這句話，我又沉默了整整三十秒。

「如果想避免上一個時代那種愚蠢的殺戮，這無疑是最理想的選擇吧？」

「避免戰爭啊……」

我複誦他的話。

「沒錯，海因里希。不能讓傑森不安好心眼的陰謀得逞。」

「可是潔……」

「不光是他，不管有錢人使出什麼詭計，絕對不能上勾。必須識破、再加以閃避。這是我們從無數的世界大戰中學到的智慧，是人類的進步。」

「繩之以法啊……」

「沒錯。」

「可是……有心無力吧。那傢伙很清楚怎麼鑽法律漏洞，過去也有過無數次鋌而走險的經驗，但一次也沒被抓過。絕對不是那種會自己露出馬腳的人。所有見不得人的勾當早就都妥善藏好了。」
「現在還不是說喪氣話的時候喔，海因里希。人類的存亡就靠你了。」
聽到這句話，我不由得噗哧一笑。
「我是很想……」
「你辦不到嗎？」
「嗯。」
「那只能從其他的方向將他繩之以法了。」
潔說道。
「從其他的方向……」
我輕聲嘆息。因為我認為這也是不可能的任務。
「你有辦法嗎，那傢伙詭計多端，不可能露出狐狸尾巴的……」
「要是沒有辦法的話，可能又要發生世界大戰囉，海因里希。那傢伙的計畫已經逐步在進行了吧？」
「潔，這次的工作改變了我對希特勒的認知喔。那傢伙或許並不是世人口中的狂人。不對，他的確是一個惡徒，但應該可以做得更好一點。」
「有傳聞說傑森．艾普斯坦是個聲名狼藉的男人？」
潔這麼問我。
「嗯，看樣子是。他很愛玩女人，騙了很多年輕女孩，也鬧上過警局，有傳聞說納森對他失去耐性了，便將他逐出家門。還有人說他因此失去了資金來源。雖然有能力，卻不為家族所待見。」
「嗯。」
「不過，要從這個方向著手也行不通。他好像因為女性問題被警方追著跑呢，但始終沒有落網。」
「意思是他很有自信？」
「跟你一樣的類型，肯定沒錯。」
「如果他一直認為周遭的人都很無能，那麼他遲早會掉以輕心、露出馬腳的。時機差不多快成熟了。

他住在紐約哪裡？」
潔問我。
「曼哈頓。」
「曼哈頓？該不會是沃爾菲勒中心那棟摩天大樓吧。」
「正是沃爾菲勒中心。他住在四十五樓。」
「你說什麼！」
語聲未落，潔已然沉默，顯然正陷入沉思。
「怎麼了？」
「我應該聽見神的號角聲了。」
「……」
「他在沃爾菲勒中心和特拉維夫都有房子對吧？我看到故事的脈絡了。」
潔意味深長地說。

「呵呵，他沒有我想像得那麼聰明嘛。」

「神的號角啊。可薩那些後來才因為人為方針而改變信仰的人也能聽得見嗎？對了，烏克蘭流傳一個這樣的民間故事。有個身染重病、花光了父母留下來的財產、家人及朋友也相繼離去，於是衰弱到只剩下一口氣的男人就這麼倒在路邊。他領悟到自己大限將至，便坐了起來、靠著磚牆，準備迎接死亡。這時，鎮上的教堂敲響了七點的鐘聲，而男人眼前出現了一扇不可思議的門，門上貼著十字架。

男人彷彿聽見門的另一邊傳來呼喚自己的聲音，就搖搖晃晃地離開牆邊，奮力爬過去，推開那扇門，然後用盡最後的力氣進入門內。

說時遲那時快，男人全身被刺眼的光芒給籠罩，體內開始湧出力量。回過神來，他已經站了起來，全身的病痛都痊癒了，男人得到所向無敵的力量。

這個男人重生為超人，拯救市民、消滅壞人，成為民眾心目中的英雄。最後甚至拯救了即將覆滅的祖國，幫助祖國重建。

這個故事大概也是在述說讓人民變成猶太教徒而存續下來的可薩王國，以及該國人民的歷史吧。」

「就是這個。」

我說到一個段落，耳邊傳來潔的喃喃低語。

「什麼？」

「七點對吧？」

「嗯。」

「神的號角啊，海因里希。」

潔說道。

「什麼意思？」

「剛才又吹響了，你沒聽見嗎？」

「完全沒有。」

「你知道這表示什麼嗎？海因里希。」

「不知道。」

「表示我們去曼哈頓的時候到了。來吧，你準備好了嗎？」

潔意氣風發地說。

「不過，可以再給我一個禮拜嗎？我想去中東查點東西。等我處理完這件事就會去紐約。」

「中東？查點東西？你要去哪裡？」

「敘利亞。我有個老朋友現在好像在那裡，我先去找他，然後再去曼哈頓。我們在機場會合吧。」

「那個老朋友是什麼人啊？」

「一個電影導演。」

「電影導演？這次是電影導演？你這傢伙真是永遠不按牌理出牌耶。」

「有嗎？」

「郵局之後是敘利亞？而且是電影導演？這次又是為了什麼……」

「一切都是自然而然的結果喔。等見了面再解釋給你聽吧。」

潔對我說道。

第七章 七點之門

1

潔從中東出發，我則是從柏林起飛，然後兩個人在紐約ＪＦＫ機場[29]的餐廳會合。因為已經很久沒有當面聊了，所以我們聊得非常開心。曬得一身黑的潔，對我在舊社會主義圈的奮鬥讚許有加，我也大著膽子自吹自擂了一番。

被問到這趟旅行的收穫大嗎，我回答超乎想像。不只是法蘭契絲卡・克雷斯潘的生平，也對以歐洲為中心的國際政治結構，尤其是發生戰爭的原理有了更多的了解、也有很多發人深省的發現。這個結構打從十九世紀開始就沒有變過，經常成為歐洲戰火的引爆點。我向潔說明，這個情況今後大概也不會有任何改變。他並未反駁，只是輕輕點了個頭。

「差不多該走了，沒有時間了。」

潔說道，於是我們走出餐廳。

「快點搞定，然後快點回斯德哥爾摩吧。」

他這麼表示。

我們拖著行李箱，並肩走到車站，搭地下鐵前往曼哈頓。這趟長途旅行花了我太多錢，潔也買了很多參考資料，彼此都處於阮囊羞澀的狀態，所以我們不敢搭計程車。

由於我事先聯絡了紐約北分局，公關課的麥可・穆拉托夫親自到門口迎接我們。彼此報上姓名，握手致意。

「你們想看二十年前法蘭契絲卡・克雷斯潘命案的現場？」

穆拉托夫問我們。他的態度就像是看到想來這裡參觀自由女神或帝國大廈的觀光客，似乎有幾分詫異。身為有些實績的專家，我們是來幫助他們，可不打算只是在發生芭蕾舞者命案的沃爾菲勒中心五十樓無所事事地走一圈、拍幾張紀念照，然後就道謝告辭。

「請跟我來。」

穆拉托夫帶頭在走廊上前進，我們默默地跟在他後面。

「警局內有給訪客使用的置物櫃，請先把行李箱放在那裡。」

這位公關部門的負責人說道。說起來，公關課派人來接待我們本來就是一件很不可思議的事。他可能原本就是負責偵辦未解懸案的刑警吧。

這時穆拉托夫又對我們說：

「最近有克雷斯潘的電影上映，造訪的人潮絡繹不絕，來自世界各地的影迷及芭蕾舞迷都來了。大部分都是為雜誌寫報導、為電視製作紀錄片節目的人。」

「沒有電影的製作方嗎？」

「啊啊，那種人最棘手了……」

北分局的公關人員嘆了一口大氣。

「看來克雷斯潘的電影很賣座呢，好萊塢目前似乎掀起一陣製作克雷斯潘或芭蕾舞題材電影的風潮，真傷腦筋。」

「為什麼傷腦筋？」

29 約翰·甘迺迪國際機場。相當於紐約的「天空玄關」，也是美國代表性的機場之一。

潔問他。

「因為他們想在實際的案發現場拍攝，有個知名導演還說想在案發現場甄選芭蕾舞者……真是的，目前接到很多這方面的要求。」

「這時就得由公關出馬了。」

「要是劇場能幫忙婉拒就好了，但劇場說他們無所謂，結果就讓我們的工作量增加了。」

「什麼時候要甄選？」

「明天。」

「明天！」

我驚訝地大喊。

「好匆促啊。」

「總之，所有的媒體相關人士跑來這裡之後，開口的第一句話都跟你們一樣。」

「想參觀沃爾菲勒中心的命案現場嗎？」

「沒錯。還有想拍攝劇場的舞台。」

「這種時候需要由公關出面處理嗎？」

「我簡直想委託旅行社了，但他們也很忙……」

聽到這裡，我語帶抗議地說：

「我們不是觀光客。我確實看過電影，但並不是來湊熱鬧的。」

「啊，我不是說兩位。」

穆拉托夫急著解釋。

「因為接到瑞典大使館的通知，類似這樣的情況，照規定是要由敝單位來負責。」

「你拜託瑞典大使幫你聯絡嗎？」

潔驚訝地問我。

「剛好認識而已，因為我去年訪問過駐美大使。」

「因為大使親自致電，我還以為出了什麼大事了，心想該不會發生了什麼國際問題吧。」

「大使怎麼說？」

潔問道。

「他告訴我們有位在瑞典赫赫有名的偵探要來，一定能幫上你們的忙。」

「你沒聽過御手洗先生的大名嗎？」

我問穆拉托夫，後者露出尷尬的表情。

「哎。實不相瞞……兩位應該明白吧，我們就是只知道這座狹窄的島上發生了什麼事的鄉下人。在這座島上出生、長大，頂多只有小學校外教學時才有機會踏上島外的土地，對整個世界的認識少得可憐。」

「都沒有出國旅行嗎？」

潔問道。

「出國嗎？我是去過夏威夷三次。」

「去夏威夷不算出國吧。」

潔指出盲點。

「啊，那裡也是美國。」

穆拉托夫似乎這才想起夏威夷是美國的一州。

「御手洗先生長期在日本工作，是至今依然廣為世人所知的『占星術殺人』一案的解決者，你不知道嗎？」

聽我這麼說，穆拉托夫瞪大了雙眼。

「哦、哦、哦！」

他接連不斷地驚呼。

「這麼說我就知道了。哦，原來是那位御手洗先生啊，久仰大名。這麼有名的人對我們的案件感興趣嗎？這樣啊，真是太光榮了。」

「當時的承辦警官還在嗎？」

我問穆拉托夫。

「畢竟已經是二十年前的案子了，那個時候負責案子的刑警大部分都已經蒙主寵召，再不然就是退休了。」

「沒有負責未解懸案的偵辦單位嗎？」

「沒有這樣的編制。」

「你看起來還很年輕，大概不清楚克雷斯潘的命案全貌吧。」

「案發當時我還沒當警察，但這起命案太轟動了，所以我連細節都一清二楚。只不過，像御手洗先生這麼有名的偵探親自出馬，我想丹尼爾．卡登警監會比較適合和兩位談談。他是當時直接參與偵辦的警官。」

「哦。」

「他是唯一的最佳人選。現在剛好不在，不過應該很快就會回來了。要不要先到會客室喝杯咖啡？大概再過三十分鐘應該就能見到他。」

將行李箱放進大型的置物櫃後，我們踏進會客室。窗邊有張桌子，是個很舒服的房間。裡頭不只一張桌子，但是都沒有人使用，目前只有我們而已。

在窗邊的位子坐下等待，穆拉托夫則是走向後面的咖啡機，將美式咖啡倒入紙杯中，端了過來。

「這個房間真不錯。讓星巴克來這裡開店，應該會大受歡迎。」

潔說道。

「星巴克紐約北分局店嗎。這裡的視野很不錯吧？你不是第一個提出這種建議的人，只可惜警察都是群死腦筋。」

「如果全世界的警察局門口都有家咖啡廳也不錯呢。」

「聽起來真不賴。」

穆拉托夫也表示同意。

「從穆拉托夫先生的名字來看，你是俄羅斯裔嗎？」

被我這麼一問，穆拉托夫點點頭。

「我祖父那一代是移民。當時有很多來自俄羅斯的移民。」

「是在俄羅斯生活很辛苦的年輕人嗎？」

穆拉托夫再次頷首。

「都怪托洛茨基主義[30]。」

穆拉托夫又慢條斯理地點頭。

「你很了解啊。當時的年輕人都很迷托洛茨基主義。與史達林主義對立，結果被逮捕、被刑求，聽說有人兩條手臂都折斷了。因此人們拋棄祖國，經由南美來到這個國度。只不過，『史達林沒錯』好像是祖父的口頭禪，晚年經常喟嘆自己當時為什麼要受到托洛茨基主義的影響。」

「聽起來是個悲慘的時代呢。」

我感慨地說道，接著向他說明我在來到這裡以前，就追隨法蘭契絲卡．克雷斯潘的足跡，去過莫斯科、聖彼得堡、柏林等地。

「哦。」

因為穆拉托夫的表情有了變化，因此我也把先前向潔報告過的採訪資料說給這位北分局的公關課人員聽。

「真有意思。」

聽完我的說明，穆拉托夫說道。

「克雷斯潘小姐在莫斯科和柏林度過了那樣的人生啊。要是她在莫斯科打敗競爭對手葉夫根尼亞．姬哈利瓦小姐，想必就不會來到曼哈頓了吧？」

「是的。」

見我表示同意，穆拉托夫點了個頭，沉默了半晌，似乎正在遙想這位與祖父同鄉的一代名伶這輩子過得著實稱不上幸福的際遇。

「在奧斯威辛集中營學芭蕾舞，然後有驚無險地從滅絕營逃出生天，接著仍繼續在莫斯科跳舞嗎……」

就在他自言自語的時候，上衣口袋裡的手機響了起來。

「抱歉，我接一下電話。」

穆拉托夫知會一聲，便站起來、匆匆走出會客室。

「俄羅斯好冷。」

目送穆拉托夫離開後，我開了口。

「遠山白茫茫的一片，早上搭電車的人吐出來的氣息也白茫茫的。那個國家不近人情的共產革命疾風，與那種寒冷的氣候肯定脫不了關係。」

「剛從寒冷國度回來的記者面前出現一個俄羅斯裔的青年，然後討論著如今已不在世上的俄羅斯舞姬事件嗎。」

潔喃喃自語的同時，穆拉托夫回來了。

「警監他會晚點回來。」

「那我們先去沃爾菲勒中心五十樓的現場。」

潔刻不容緩地說。

穆拉托夫一時表現得不太情願，慢吞吞地點頭。

「好吧。」

30 源自俄國政治家列夫·托洛斯基（Lev Trotsky）的政治理論與思想。為馬克思主義的分流之一，與史達林主義有所歧異。

「因為時間很寶貴。」

潔向他解釋。

「那我先去拿本案的資料。」

穆拉托夫說。

2

我們離開北分局，在十字路口攔了輛計程車。

「不好意思，局裡的車都出去了。」

麥可．穆拉托夫邊坐上計程車邊向我們道歉，接著告訴計程車司機：

「麻煩到沃爾菲勒中心。」

穆拉托夫擁有專業警官少有的謙虛，跟普通人沒兩樣。這點讓我很有好感。

「四月一日，在第三大道發生了聯邦銀行的襲擊事件對吧。」

潔向坐在我旁邊的穆拉托夫問道。

「對。」

穆拉托夫點頭回答。

「那個案子的搜查……」

「目前還在進行中。」

「有什麼發現嗎？」

「我沒聽說，但幸好錢已經拿回來了，也沒有人受傷。雖然可以說是虛驚一場……」

「可是讓大夥士氣不振嗎？被捕的人沒有說什麼嗎？」

「什麼也沒有。只說把錢上繳之後，等到風波過去就會收到滿意的報酬。但事情變成這樣，自然沒有人會支付報酬了。畢竟才拿著搶來的錢踏出銀行，結果就在門口被逮住了。」

「可喜可賀呢。」

「真的可喜可賀。」

「是誰答應成功後會支付報酬的？」

「這就不清楚了。而且有毒癮的人經常來這一招，憑空捏造出不存在的人物。」

「原來如此。」

「這種事件在曼哈頓很常見嗎？」

我也問穆拉托夫。

「很常見。」

穆拉托夫回答。

「嗑藥嗑到腦子壞掉，只剩下冒險心特別旺盛的年輕人要多少有多少，一天到晚盡是惹出一堆奇怪的事件。」

「還有個男人乘著廣告氣球，逃向空中對吧。」

我提出第二個問題。

「啊，沒錯。」

穆拉托夫點頭。

「銀行搶匪認識那個男人嗎？」

「為什麼這麼說？」

穆拉托夫看著我的臉，一臉匪夷所思地反問。

「這兩個案子完全無關。」

我點點頭，沒有繼續說下去。

計程車停在沃爾菲勒中心的大門口。這裡同時也是空中芭蕾舞劇場「小數點劇場」的入口，所以洋溢高格調的氛圍。黃銅製的窗框與鑲嵌著厚重玻璃的門排成一列，左右兩邊還設有旋轉門。

走進門內，大理石地板呈現出精緻的幾何圖案，光可鑑人的寬敞大廳迎接著人們的到來。大廳牆角處有好幾根黃銅製的移動式金屬桿，頂端掛著金黃色的繩索。這是當大廳被觀眾擠得水洩不通時，用來幫搭電梯的人潮整隊的工具。

右手邊是一排大型電梯門，前面是一格一格讓劇場的工作人員驗票的小包廂。穆拉托夫走近其中一個包廂，出示警徽並說了些什麼，立刻得到通行的許可。接著他向我們招手，帶我們走向電梯。

超大型的電梯空間幾乎可以容納兩輛小型車。走進去之後，穆拉托夫按下五十樓的按鈕。這一台是專門通往劇場的電梯，因此只有一顆按鈕，設計得非常簡約。這個寬敞空間裡只有我們三個人，讓人有些閒得手足無措的感覺。

「好寬敞啊。」

我這麼驚嘆。

「這裡應該可以舉辦小提琴獨奏會了。」

「確實有辦法呢。」

穆拉托夫同意我的形容。

抵達五十樓、走出電梯之後迎面又是一個大廳，這裡鋪著紅色的地毯。穆拉托夫毫無顧忌地走在前面，推開寫著「小數點劇場」的大型門扉，帶我們走進冷清無人的劇場內。

真是豪華氣派的劇場。進入之後，我們就沿著通往舞台的斜坡往下走，頭上是頂著二樓觀眾席的天花板，左右兩邊是宛如五層樓建築的巨大空間。掛著紅色帳幔、從高處俯瞰舞台的包廂座位彷彿在上空疊了好幾層。

順著彷彿綿延無盡的斜坡往下走，還下了樓梯，才站到了舞台下方。舞台前有個宛如游泳池般的橢圓形樂池，如今空無一物，但公演時想必坐滿了演奏家。

潔沿著靠近觀眾席的樂池邊緣往前走，走到中央的位置。我們也慢慢地跟上去。

「那是指揮台嗎？」

潔從邊緣望向樂池裡問道。

「指揮家伯納德．科恩就是從這裡看到法蘭契絲卡的臉嗎？」

他走到這裡顯然是想知道兩者之間的相對位置與距離。

「是的。」

穆拉托夫回答。

「原來如此，確實很近呢。當舞者來到舞台前方，等於是與指揮家面對面。相距不遠，這麼一來確實可以清楚地看到臉。」

「如果是認識法蘭契絲卡的人，一眼就能看出是不是本人。」

穆拉托夫說道，潔點頭稱是。

「我想上去舞台那邊看看。」

潔都這麼說了，穆拉托夫便轉過身去，回到牆邊的走道上。潔緊隨在後。

舞台下的角落有座通往舞台側邊的狹窄台階，我們排成一列走了上去。

在舞台側邊的暗處，可以看到幾根綁有大型金屬重物以和布幕維持重量平衡的粗繩索。角落則是被布蓋住的龐然大物，不知道是正在上演，還是即將上演的表演要用的大道具。

「克雷斯潘小姐就是在這裡從經紀人手中接過專用休息室的鑰匙嗎？」

潔問道。

「不，應該是另一頭的側邊。啊，也可能是這裡。因為從這裡也可以通往休息室。這個部分我不是很清楚。」

穆拉托夫邊點頭邊說。

潔也微微頷首，然後慢條斯理地在舞台上走來走去。

「哦，這座舞台微微傾斜呢。」

潔喃喃自語。

「是的，你真內行。確實有一點點傾斜，樂池那邊比較低。」
「為什麼？」
我提出疑問。
「為了讓舞者的跳躍看起來跳得更高。」
「原來如此啊。」
我恍然大悟。
「聽說巴黎的歌劇院也是這種舞台。」
穆拉托夫接著補充。
潔走到舞台中央，面向觀眾席，接著回過頭看背後，又邁出步伐。然後停下腳步，稍微往回走一小步。如此進三步退兩步地走到樂池邊，往下看了看，接下來往後轉，回到背景的地平線前。他就像這樣徹底感受、在舞台上走到滿意為止。不過舞台實在太大了，所以花了很多時間。
當他再次回到舞台後方的背景幕旁，我們也走到他的身邊。這時我才驚訝地發現背景幕竟然有好幾層，而且每層之間還隔著不算短的距離。換言之，整座舞台的深度非常可觀。
「這裡真的非常寬敞耶。」
我的驚訝溢於言表。
「是很大。」
穆拉托夫附和。
「可以讓交響樂團或大型合唱團上台……還有種做法是在舞台左右兩邊再各加一個舞台。」

「哦哦。」

「大型的芭蕾舞劇場基本上都是這種構造。」

穆拉托夫像是劇場導覽那樣為我們說明，接著又說：

「請跟我來，我讓你們看個有趣的東西。」

說完，穆拉托夫就領著我們鑽進層層疊疊背景幕的最後一層後方，只見牆邊還掛著另一塊背景幕。

「就是這裡。」

他邊說邊讓我們站到他的旁邊，然後輕輕地拉動最後一塊背景幕，挪出一個空隙給我們看。

結果，背景幕後面的牆壁居然是一片遠遠超出我們想像的巨大玻璃，往上似乎直達三層樓的高度。

「從這裡可以將曼哈頓島的摩天大樓群盡收眼底。如果是夜景的話就更美了。」

「哇！」

我發出讚嘆的驚呼。

「這是一整片玻璃嗎？」

「不是，上面還有窗框，但是從觀眾席看過來就是一整片的玻璃。有的舞台演出會把這片壯觀的景色加入舞台裝置裡，特別是夜景之類的。」

「原來如此，所以才會在五十樓打造出一座舞台啊。」

「或許是這樣吧。全世界只有這座劇場蓋在這麼高的樓層。」

「我想也是。」

潔說道。

「除此之外我還沒聽說過。」

「好想見識一下那樣的舞台演出啊。畢竟是只有這裡才能一觀的場面。」

我也跟著附和。

「這座劇場大概象徵了先進的曼哈頓文化吧。畢竟這樣的劇場在二十世紀的機械文明到來以前，是無論如何也做不出來的。」

現在的穆拉托夫就宛如沃爾菲勒中心的公關負責人。

「因為超高層的摩天大樓是十九世紀之後才有的產物嘛。」

「沒錯。那這裡可以告一段落了。我們現在就去命案現場吧。」

穆拉托夫說完，我們迫不及待地點頭。於是我們又回到舞台上，排成一列穿越舞台、走向另一頭的舞台側邊。據說那裡就是克雷斯潘從經紀人手中接過休息室鑰匙的地方。

「往這裡。」

穆拉托夫走在前面，動作迅速地穿過舞台側邊的空間，往深處走去。接著就看到有個通往左方通道的出入口。穆拉托夫頭也不回地走進去，我們也隨即跟上。

那是條隧道，牆上有一盞一盞瓦斯燈風格設計的古典燈具。雖然亮著一整排的燈，但依舊照亮不了腳邊，狹窄的通道頗為寂寥。走了一小段路便穿出隧道，眼前總算再次大放光明，腳底下踩的是紅色的地毯。

「休息室就在這附近嗎？」

潔問道。

「往前走就到了。」

「這裡跟剛才劇場入口處那個大廳相通嗎？」

「大廳……」

穆拉托夫想了一下。

「我是指剛才走出大型電梯之後的那個地方。可以從那裡過來嗎？」

「沒辦法。」

穆拉托夫說得斬釘截鐵。

「那裡沒有門可以通往這裡，也不存在相通的路。換句話說，觀眾是絕對進不來的。」

「原來是這樣。要是支持者大舉湧入的話也很傷腦筋呢。」

我回道。

「你說的沒錯。」

穆拉托夫說完這句，手指向了洗手間的門。

「這間洗手間是給保全和工作人員使用的。」

「也包含飾演配角的舞者嗎？」

「是的。」

「那麼那些在台前幕後協助《史卡博羅慶典》演出的相關人員要怎麼過來這裡？」

潔問穆拉托夫。

「要使用專用的電梯，我現在就帶你們去看。」

穆拉托夫邊說邊踏出步伐。

「話說，四十九樓以下的住戶也能搭乘那座電梯嗎？」
潔提出疑問。
「可以的。雖然要前往五十樓以上就要用那座專用電梯，但也不能阻止這裡的住戶搭乘。」
「那住戶不就可以搭電梯來這裡了？」
「不行。因為要到五十樓以上的樓層必須持有專用的通行證。」
「什麼樣的通行證？」
「一張卡片。只有相關人員手上才有這個。如果不在電梯內感應刷卡，電梯就不會動。」
「樓梯呢？」
「樓梯也只到四十九樓。那邊被牆壁隔開，雖然有門，但隨時都鎖著。」
「鑰匙在誰身上？」
「只有劇場老闆戈登先生才有鑰匙。」
「原來如此，管制得滴水不漏呢。」
我表示佩服。
「只要有這張卡片，就能從任何一層樓搭乘通往五十樓以上樓層的專用電梯。因為感應器就裝設在緊急按鈕旁邊。」
穆拉托夫說明。
「不管從哪一層樓都能搭嗎？」
「是的。」

「但鑰匙和卡片都有遭到複製的風險呢。就連那道樓梯間的門也有被破壞的風險。」
潔繼續提出疑慮。
「這就是通往五十樓以上樓層的專用電梯。」
穆拉托夫指著電梯門對我們說道。
「然後那個叫做鮑伯．路吉的保全人員就是把椅子放在這裡，坐在椅子上監視。」
「嗯嗯，就是這裡啊。」
「是的。克雷斯潘小姐演出時，他一向是守在這裡，面對我們剛才所提到的那些風險，他相當於最後一道防護網。啊，抱歉！」
穆拉托夫舉起右手。
「最後應該是這個。」
穆拉托夫連忙拿出兩把鑰匙讓我們看。
「這是克雷斯潘小姐的休息室鑰匙。而且路吉是個威武不能屈的男人，絕對不會讓任何上到這裡的可疑人物通過倒數第二道防線。」
「這個人值得信賴嗎？」
對於我的問題，穆拉托夫猛點頭。
「他是劇場老闆吉姆．戈登先生的老朋友，據說戈登先生從他還是少年的時候就認識他了。作為劇場老闆，對他可說是抱持絕對的信賴。」
「哦。」

「不過這個問題，到了最後確實是個非常重要的關鍵。」
「你是指他是不是真的值得信任嗎？」
「是的。」
「這話怎麼說？」
雖然明明知道他所指為何，但我還是刻意問了。
「我想兩位也很清楚，現場是固若金湯的密室。那個高聳入雲的密室，窗戶全都是封閉式的。無論是跟劇場觀眾席和電梯之間的關聯，都如同我剛才的說明，而且休息室通往走廊的那扇門還鎖上了。所以根本沒有人能殺死那位世紀的舞姬。」
「唔嗯。」
我點頭附和。
「就算有，也無法來到這裡。就算能來到這裡，也沒辦法從坐在那張椅子上的鮑伯．路吉眼皮底下通過。」
「我了解了。」
「即使能通過，那扇門也上了鎖。」
潔補充說明。穆拉托夫則是深深地點頭。
「沒錯，所以根本不可能。法蘭契絲卡．克莉絲小姐沒道理遇害。到底有誰能做到呢？」
「確實就像你所說的。」
我也跟著附和。

「可是，克雷斯潘小姐卻死了。還是被毆打致死的。這是鐵錚錚的事實。」

穆拉托夫說道。

「沒錯。」

「這麼一來就表示剛才的說明有漏洞。問題在於到底是哪裡有漏洞呢？」

「沒有吧。」

「鮑伯．路吉。」

我話才剛說出口，身後的潔就說出了這個名字。接著穆拉托夫也用力點著頭。

「你說的沒錯。這個密室得建立在他說謊，或是他親自進入休息室殺死克雷斯潘小姐的前提下。只要這些疑問都成立，就能打破這個密室的門扉。」

「嗯……」

我嘴裡呢喃著。

「倘若，他偷偷打了一把備份鑰匙。」

潔又補上一句。

「沒錯。只剩下這個可能性了，關鍵就是坐在那張椅子上的男人。除此之外還有別的可能性嗎？如果有的話請務必告訴我。」

穆拉托夫面向潔問道。至於潔則是不發一語。

「全世界有許多自詡聰明的人出現在我們面前，然而都沒有人能回答這個問題。所以最後路吉才會被捕。」

這位北分局公關課人員這麼說道。

3

穆拉托夫昂首闊步地往前走，帶我們來到走廊的盡頭，然後開口。

「那麼，接下來就是兩位期待已久的現場了。」

「世紀懸案的現場啊。」

他的右手所指的前方有一扇漆成焦糖色的木門，擦得亮晶晶的、散發出豔麗的光澤，看起來很厚實、頗具重量感。

穆拉托夫把隨身攜帶的小皮包放在地上，從口袋裡掏出鑰匙、插入鑰匙孔。門板上有兩個鑰匙孔，上下各一。

「案發當時只有一個鑰匙孔，案發後才改成兩個。不過我很好奇這麼做到底能提升多少安全性。」

穆拉托夫說完，又將另一把鑰匙插進下面的鑰匙孔。

「或許只是在徒增使用者的困擾。」

「通往五十樓以上的電梯、前往五十樓以上的樓層必備的通行卡片、坐在走廊上的鮑伯・路吉、最後是鑰匙。沒錯吧？」

潔問道。

「是的。」

穆拉托夫回答。

「不只鑰匙，還有這扇堅固的橡木門。」

「簡直跟金庫沒兩樣嘛。」

我忍不住嘟囔。

「感覺自己好像變成鈔票了。」

潔在門前蹲下，觀察門板下方的空隙。

「門的下方有空隙呢，而且還很寬，只要把臉頰貼在地板上，似乎能多多少少看到裡面的樣子。」

「你說的沒錯。案發當時，內側的旋轉式鎖頭只轉了四分之一，所以警方懷疑或許也能從外面利用鐵絲上鎖。」

「基本的密室手法。」

我回應。

「不過，這個可能性也只會讓待在走廊上監視的路吉立場變得更加不利而已。因為只有他能夠在不引起任何人注意的情況下辦到這點。總之後來又加裝了一個非旋轉式的鎖。」

「原來如此。」

潔點頭回應，站了起來。

「可以了嗎？要進去囉。」

說完，穆拉托夫便推開房門。

「好大啊。房間裡的樣子跟當時一樣嗎？」

潔踏進室內，往四周圍看了一圈後問道。

「基本上沒有什麼改變。」

穆拉托夫回答。

「沒有鋪地毯呢。」

「當時也沒有。」

他又接著補充。

「地板是寄木細工風格的拼花式，案發後有更換過嗎？」

「沒換，這樣比較貼近舞台環境的條件。因為使用這個房間的人都是飾演主角的舞者，她們會在這裡練習。」

「原來是這樣，所以才要打造得這麼寬敞啊。」

「是的。有時也會讓一些樂手進來，或是跟其他舞者排練群舞。」

「也沒有擺鋼琴。」

潔說道。

「置物櫃裡有打光燈。現在收起來了，有需要的時候才會搬進來。」

「案發當時呢？」

「就是我們現在看到的狀態。」

聽完他的回答，潔默默點頭。又看了屋子裡一遍，才再次開口。

「沒有鏡子呢。」
「對耶。」
我也有此疑問。
「確認自己的動作會需要鏡子。」
「這裡沒有。鏡子在這條走道最裡面的房間。那邊規畫成更衣室，可以看見自己的全身。」
「了解。待會兒希望也能仔細地拜見一下。」
「沒問題。現在塞了很多東西，變得很擠，原本的空間很充裕。」
「面面俱到呢。」
穆拉托夫點點頭。
「不愧是世界首屈一指的劇場。」
我說。
「從門口那邊看過來，左手邊是一張氣派的辦公桌，還有旋轉椅。正前方的牆壁是固定式的衣櫃，上頭有許多抽屜和收納空間的櫃門。是要用來放芭蕾舞者的私人物品和服裝嗎？」
潔問道。
「沒錯。」
穆拉托夫回答。
「有什麼地方跟當時不一樣嗎？」
「這邊的上方原本釘了一個很大的架子，擺滿長椅及路燈、行道樹等大道具及各式各樣的帽子、鞋子、舞台用的小道具等，用簾子遮起來。」
「拆掉了嗎？」
「對，因為太危險了。案發當時，上面擺了一個克雷斯潘小姐的大行李箱，起初都說是那個行李箱不慎滑落，砸到克雷斯潘小姐的頭。」
「嗯？所以說行李箱……」
「發現時是掉在地上。裡面是芭蕾舞者的毛皮大衣。」
「行李箱的角有沾到血跡嗎？」
「沒有。所以後來推翻了這個可能性，可是因為女性要上下移動重物很危險，所以最後還是拆掉了。」
「基本上搆不到吧。」
「要站在梯子上，所以反而更危險。因為梯子很不穩。」
「這不是該讓歷史性的大人物做的事情呢，畢竟會伴隨著風險。那些東西現在上哪兒去了？」
「部分在更衣室，剩下的收在走廊那邊的置物櫃裡。」
「她頭部的傷是怎樣的程度？」
潔問道。
「很嚴重。頭蓋骨都凹陷、骨折了。」
「有嚴重破壞一部分的大腦嗎？」
「那倒是沒有。」
「有照片嗎？」

「現在我手邊沒有……」

「位置在哪裡？頭部的那個傷勢。」

「這邊，頭頂部。稍微偏左邊的地方。」

穆拉托夫一邊說、一邊用手指著自己的頭標示出位置。

「大腦的布羅德曼分區的第四區或第六區，屬於運動區。」

潔說明。

「運動區是什麼？」

我提出問題。

「讓人能做出自身意圖動作的部位。這個部位受損的話就無法跳舞了。」

聽到這裡，我沉默不語。

「是從前方毆打的，還是從後面？」

「從前方。」

「前方！」

我和潔不約而同地拉高了音量。因為這完全出乎我的預料。這也就表示，凶狠的犯人在自己眼前舉起了鐵製雕像之類的可怕凶器，但這位聲名遠播的芭蕾舞者卻不躲也不逃嗎？

「換句話說，克雷斯潘小姐認識犯人嗎？」

我問道。穆拉托夫則是點點頭，但隨即又稍微修正一下自己的說法。

「根據鑑識人員的見解，確定不是從後方遭受攻擊，但也不是正前方。而是她面向旁邊、也就是犯人面對她的左側臉時，用鐵製的雕像用力毆打她的頭頂。他們也做出了犯人是以右手施力的結論。」

「所以說，克雷斯潘小姐有看到舉起凶器的犯人模樣？犯人曾出現在她的視線範圍內？」

我問穆拉托夫。

「或許有這個可能性。」

穆拉托夫點頭回答。

「不過，若是犯人的動作非常快、而且前方又有什麼東西吸引她的注意力，令她無暇他顧，或者是單純沒有注意到的話，可能就沒發現了。畢竟是在左側面。」

「既然如此，應該是她信賴的人吧。」

潔說道。

「那是個她做夢也沒想到會做出這種事的人。是她認為和自己站在同一邊的人、相信是自己人的人物。另一方面，假設克雷斯潘小姐有兩個敵人，她正激動地與站在前面的人吵架，這時有另一個人站在她的左側，以迅雷不及掩耳的速度動手行兇，而且她完全沒有想到對方會攻擊自己。這個狀況也不是沒有可能。」

穆拉托夫深深地點了一下頭，然後說：

「或許吧。」

「又或者是她與前方的人爭執的內容激怒了旁邊的人，但是她自己並不覺得這件事有這麼嚴重。」

「嗯……」

穆拉托夫念念有詞。

「沒想到自己竟然會因此遇害。然後呢，除了剛剛說的架子以外，還有哪些不同的地方嗎？」

潔換了一個話題。

「當天是公演期間，因此這扇窗戶旁邊立著一座大型的人造花花環。聽說克雷斯潘小姐喜歡別人在自己演出的期間送來人造花的花環，而不是真花。」

「哦，這是為什麼？」

「我也不清楚。我帶了幾張現場的照片來，請看看這個。」

穆拉托夫打開皮包上方的拉鍊，抽出一本放入沖洗好照片的相簿，翻開來遞給潔看。

我也從旁邊探頭探腦窺看，裡面收著無數張這個房間內部的照片。正如他所說，窗邊擺了一座大型的花環。

「鑰匙在地板上。」

潔說。

「沒錯，鑰匙掉在地板上。就在這一帶，遺體的旁邊。」

穆拉托夫補充。

「放在桌上的東西也都一樣，仿造奧斯卡小金人製成的鐵製雕像被視為凶器。只有那個不翼而飛，直到最後都沒有找到。」

「確定那座雕像在案發前真的擺在桌子上嗎？」

潔問道。

「有很多人的證詞佐證。當天進到這裡打掃的工作人員也證實了這件事。」

「那座雕像很重嗎?」

「大部分的證詞都說很重。被那玩意兒砸到頭,大概非死即傷吧。也是從這點才研判下手的是男人。」

潔點點頭。

「桌上放置雕像的地方沒有周遭灰塵形成的圓形痕跡,可能是因為血濺到桌上,後來一起被犯人擦掉了。」

潔又點點頭。

「又或是犯人擔心留下蛛絲馬跡,才慎重地擦拭乾淨。地板也是一樣。不過地上留有淡淡的血跡,但桌上沒有,可見這個人做事並不是那麼細心。也因此能研判犯人可能很急。」

「很急?為什麼要著急?」

潔尖銳地質問,這讓穆拉托夫露出感到意外的表情。

「不能急嗎?」

「這個地方外面的人又進不來,走廊上還有人在監視,所以誰也想不到犯人會侵入這裡,動手殺人。而且用鐵製的雕像行兇後,芭蕾舞者還離開休息室,鎖上房門回到舞台。犯人則繼續留在休息室。換句話說,這裡會有很長一段時間都沒有外部人士進入。既然如此,根本就沒必要著急吧。」

「啊,原來是這個意思。」

「無論是誰,都不會進來這個房間。」

「有道理。確實就像你所說的。」

穆拉托夫表示同意,我也點點頭。

「不僅如此，萬一這間休息室有什麼絕對不會被發現的隱藏房間、也就是可以讓犯人藏身的地方，那就更不用急了，時間非常充裕。所以到底是在急什麼呢？」

「嗯……」

穆拉托夫念念有詞地附和。

「可以好整以暇地清潔善後呢。」

「沒錯。」

潔點點頭。

「但凶手顯然很著急，留下心急火燎的痕跡。到底為什麼呢……」

「而且真要說的話，凶器很奇特啊。」

潔又提出一個疑點。

「怎麼說？」

「奇特的地方接連冒出來呢。首先，凶手在情急之下，突然抓起擺在桌上的雕像，用來犯案。」

「情急之下？突然？」

「沒錯，應該是情急之下的舉動。因為如果是仿造奧斯卡小金人的話，體積應該不小吧？」

「由證詞可知確實很大。大家都說高度有十五英寸（約三十八公分）。」

「這也太荒唐了！」

潔的聲音有些急促。

「高達十五英寸的凶器肯定也有一定的粗度。若是藏在衣服底下，肯定會凸出來。丟掉又太顯眼了。

怎麼會用那種東西來行兇呢。如果是有計畫的犯案，有太多更方便、更小的凶器可以用來殺人。萬一必須帶著凶器逃離現場，凶手打算怎麼辦才好？帶著這麼引人注意的凶器踏入人群，很難不讓人起疑。」

「有道理。」

「也就是說，凶手來這裡的時候兩手空空，其實沒有打算要殺人。」

「不惜穿過重重防守，進入固若金湯的密室？」

「是的。」

「即使要穿過一層又一層的關卡？」

「沒錯。」

「到底是為什麼？」

穆拉托夫感到疑惑。

「大概是為了談判吧。」

「談什麼？」

潔笑著攤開雙手。

「這點目前還不清楚。但是他被克雷斯潘小姐超乎預期之外的態度激怒，失去理智，因而失手殺害克雷斯潘小姐。」

「嗯，這樣啊……」

「之所以用那種東西當凶器，大概是太過激動了，一時失去理智，最後沒想太多就抓起手邊的東西。只有這個可能性了。」

「了解。這樣啊，原來不是計畫性……」

「完全沒有喔。」

「嗯……」

「但是最後並沒有找到凶器吧？」

「沒有。」

「這二十年間都沒找到，還真是件怪事啊。又不能丟進馬桶沖走。這個房間的那堆大道具裡也沒有發現嗎？」

「沒有。」

「既然如此，該不會凶器其實不是那座鐵製的雕像……」

這時我從旁邊插嘴。

「雖然也可以評估一下這個可能性。但這整件事從根本來說就很奇怪喔，海因里希。」

潔對我說。

「哪裡奇怪了？」

「那為什麼還要帶走雕像？」

「……對耶。」

「直到殺害克雷斯潘小姐的前一刻都還放在這張桌子上，後來卻憑空消失。」

「啊，沒錯……」

「如果不是凶器，為什麼必須得帶走那麼笨重的物品？」

「確實是這樣。」

「就算留在現場也無妨，只要擦去指紋就沒辦法鎖定犯人了。因為那本來就是擺在那裡的東西，一般來說都不會帶走吧。所以為何要帶走呢？這是第二個謎團。」

「會不會是凶手情緒太過激動了，什麼都顧不得、一心只想著非得帶走不可？因為上面沾到了被害人的血跡。」

「很好的想法，海因里希，我也認為這就是正確答案。這也是非常重要的一個關鍵。」

「怎麼說呢？」

「換句話說，犯人是有辦法帶走雕像的人物。」

「有辦法帶走……」

穆拉托夫聽到這裡，驚訝地追問：

「這什麼意思？」

「對呀，什麼意思啊？」

我也跟著問，於是潔開始解釋。

「因為，如果是我們知道名字的相關人士，基本上都不可能帶走凶器。劇場老闆、經紀人、指揮家、共演的舞者等人……他們都不可能帶走那玩意兒。要是帶著高達十五英寸的小金人，大家一定會問那是什麼吧。就算藏在上衣底下，旁人也會問起衣服鼓起的那一大塊是怎麼回事。」

「一定會。」

我表示同意。

「但要是扔掉的話，應該早就被發現了。」
「……有道理。所以如果不是凶器，也就沒有必要帶走……」
「就算是凶器，也沒有必要帶走這麼難處理的東西喔，海因里希。總而言之，要是想得極端一點，可能會變成接下來這種難以想像的情況。」
「什麼情況？」
我驚駭地反問。
「這個凶手知道一條可以讓自己在不與任何人打照面的情況下，帶著凶器從這裡踏上歸途的路。」
聽到這裡，我不禁莞爾。就連穆拉托夫也跟著笑了出來。
「這是第三個謎團嗎？」
我笑著問潔。
「正是。」
潔邊說邊舉起右手。但是他的臉面向旁邊，有些心不在焉。
「不可能有那種東西吧？難道是四次元通道嗎？」
我有些不以為然。
「是嗎……」
潔慢條斯理地低下頭，臉上沒有一絲笑意。他認真地思索半晌，接著喃喃自語。
「所以是在瞬間……進行空間移動嗎。」
「只能這樣了吧。」

我不當一回事地隨口胡謅。
「只有這個可能性了，潔。如果犯人有超能力的話就可以為所欲為，很方便呢。」
潔抬起頭來看著我，表情毫無笑意。
「話說，海因里希，這就是事實。這個犯人真的有辦法做到人類辦不到的事情。」
「真了不起！」
我真的被他逗樂了。
「原來凶手是魔法師啊。如果是魔法師的話，確實能讓頭蓋骨凹陷、骨折的芭蕾舞者暫時活過來，登上舞台跳舞呢。」
「就是這個！」
就在這個時候，潔大喊一聲。
「海因里希，你突破盲點了。」
因為潔說這段話的表情，左看右看都不像是在開玩笑，令我又噗哧一笑。
「這是嚴肅的事實。」
「知道了、知道了，潔。玩笑就開到這裡為止，要不要討論點別的？」
我這麼提議，但潔瀟灑地轉身說道：
「那我先失陪了。我要用放大鏡檢查這個房間的每一個角落。」
大聲宣布後，潔從上衣口袋裡拿出大型放大鏡，然後頭也不回地走向那扇固定式窗戶。
「用放大鏡啊。」

我說完後便盯著潔看，只見他用左手推了推厚厚的玻璃，開始滴水不漏地檢查窗框與牆壁、以及窗框與玻璃的接縫處。大概是在觀察灰塵堆積的厚度和混合的程度。順著窗戶，仔細地檢查每一個角落。

望向穆拉托夫，笑容已經從他臉上消失了。他看著潔做事的表情就像看到了什麼詭異的東西，然後讓他一句話也說不出來。

4

在那之後，潔的放大鏡調查持續了一個小時以上。他觀察完窗框的細節，又趴在地上、手腳並用地仔細研究地板與牆壁的接縫處，以及拼木地板的接合部分，接著再把抽屜全部拉出來、一一檢查抽屜深處和每個木框。

檢查完法蘭契絲卡·克雷斯遇害的現場，調查轉移到廁所，接下來再轉往到浴室，結束後再移動到後方如今已經變成儲藏室的更衣室。有趣的是他最重視的並不是案發現場，檢查其他房間的時候反而還比現場的調查更用心。

更衣室原本也很寬廣，但現在塞滿了堆積如山的各種紙箱，所以給人很狹窄的印象。潔開始移動那些紙箱的位置，先拖到旁邊，然後再次沿著地板與牆壁的交界、木頭地板的接縫處移動身體，目光如炬地觀察每一個縫隙。

「案發當時有這些東西嗎？」

潔問穆拉托夫。

「那個時候沒有。」

穆拉托夫回答。

「原本都放在現場房間的那個架子上。」

更衣室沒有面向地上五十樓高空處的玻璃窗，牆上固定著相當大的全身鏡。潔特別仔細地觀察鏡子周圍與木框的接縫處，還有木框與貼著壁紙的牆壁接縫處。

更衣室確認完畢，潔拍掉上衣和褲子沾到的灰塵，小心翼翼地將偌大的放大鏡收回上衣的口袋。看樣子他已經結束調查了。

調查需要很長的時間，因此一回過神來，房間裡已變得陰暗許多。由潔打頭陣，我們三個人魚貫走出更衣室，回到案發現場的房間。從大型窗戶看出去的中央公園綠意和哈林湖的水面也開始沉入黃昏時分的暮色裡，西方的天空邊緣染上了幾分夕陽的顏色。因為潔站在窗前，往窗外眺望了好一會兒，穆拉托夫也走向門口處，打開了電燈。

「調查的結果如何呢？」

穆拉托夫走回來問潔。

但是潔只是兀自沉思，顯然沒聽見他在問什麼。於是我走到潔旁邊，拍拍他的肩膀。

「潔，穆拉托夫先生在問你，有沒有調查到什麼令你滿意的成果？」

都這麼多年的老交情了，我早就知道潔有各式各樣的怪毛病，以及和平常人不太一樣的地方。當他完成這類調查，會需要花上一段時間在腦子裡整理、思索調查到的成果，這段時間內通常聽不見別人的聲音。

另一方面，他可以落落大方、不容別人置喙地表達自己的意見，甚至變得非常健談，可是當別人問他問題時，他反而不太能回答，有時大腦會反應不過來。如果是聽講的學生就能預測他們可能會問哪些問題，所以倒是還好。但是像現在這樣調查刑事案件等場合，完全無法預料別人會問什麼。

「嗯？嗯，你說什麼？」

潔終於回過神來，轉身面向我問道。

「調查的結果如何……」

我再問一遍。

「哦，還不錯，得到了相當滿意的結果喔。」

他快活地回答。

「坐實了你的假設嗎？」

「可以這麼說。只不過，畢竟已經過了相當長的一段時間。這點超乎我的預想。」

「過了很長一段時間，有哪裡不同嗎？」

「灰塵變成熱帶雨林，掩埋地表。」

「嗯嗯……」

我不太明白這句話意味著什麼，思索了好半晌。

「卡登警監應該已經回來了。」

這時穆拉托夫開口。

「警監先前就說過今晚要去南布朗克斯區的 Polifemo 吃晚餐。既然都這麼說了，他通常不會改變預定計畫。」

「想必是 Polifemo 有什麼吸引他的地方吧。」

潔說道。

「那是一家義大利餐廳。如何，如果兩位不介意，我們也過去吧。到警監特別中意的那張桌子等他。」

「聽起來不錯！」

潔不假思索地答應，然後又說：

「真是個好主意。剛好我也有點餓了。就這麼辦吧。」

當我們踏進 Polifemo 的店內，丹尼爾．卡登警監已經到了，正在與餐廳老闆有說有笑。我們一走近鋪著白色桌巾的桌子，他和老闆便注意到我們，臉上綻放笑意。接著老闆乾脆地與警監道別，走進了廚房，警監則是起身迎接我們。

硬要說的話，卡登警監給人的印象頗為年輕，頭髮十分茂密。鬢角夾雜了一些白髮，但應該還不至於歸類到老年組。只見他臉上帶著笑容，與我和潔握手。

「歡迎來到紐約。」

他向我們寒暄。

「兩位從北歐遠道而來，舟車勞頓，想必已經累壞了吧。快請坐吧。」

「還好，飛機很平穩，所以不會覺得累人。」

潔回應，同時拉開椅子坐下。

「我們剛剛還去沃爾菲勒中心的案發現場調查過一番。」
「哦，你們已經看過克雷斯潘命案的現場啦。」
卡登又接著問我們。
「有什麼感想嗎？」
「案發當時，警監是直接承辦此案的人員吧？」
潔向警監詢問。
「是的。我在案發後兩個小時就抵達現場，也親自訊問了鮑伯．路吉。」
卡登回答。
「後來經過漫長的歲月，現在我也老啦。可惜我太不中用了，明明在最新鮮的狀態看過多如牛毛的證據，案情卻一直停滯不前，沒有絲毫進展，就像是落地生根似的。」
「不過你還是出人頭地了。」
「只要在刑警辦公室坐得久一點，這是任誰都能做到的平凡目標。參與過法蘭契絲卡．克雷斯潘命案首次調查的人，整個刑警辦公室如今只剩下我一個人了。」
「所以警監就是克雷斯潘命案的活字典了。」
「可以這麼說吧。雖然是一部不中用的字典，不過想問什麼請盡管說。」
「客氣了，像我們這種剛剛才抵達ＪＦＫ機場的人，還要請你多加關照。」
「我也聽聞瑞典大使有親自來電關心，說有個非常有能力的人要來幫助我們。如果這是事實的話，你才是我們的希望呢。」

「大使只是剛好認識這位海因里希罷了。不過我想明天傍晚應該就能多說明一些了。」

「明天？而且是明天傍晚嗎？為什麼？」

「我直到昨天以前都在中東各地跑來跑去，浪費了幾天……可是後天又一定要離開這裡。因為校長只給我幾天的假，他是有名的小氣鬼，大家都拿他沒輒。無論是哪個系的教授，只要喝酒聚餐的場合就會說起校長的壞話。」

「我也想加入說壞話的行列了。今天到後天就只剩三天而已，到底能做到……難不成……我有聽說你是舉世聞名的大人物，但是再怎麼厲害，也沒辦法在後天之前解決這起高懸二十年的疑案吧。」

聽到對方這麼說，潔露出了凝重的表情。

「這我就傷腦筋了。我三天後一定要回斯德哥爾摩，否則大學那邊會陷入一片混亂的。」

「我們這邊也同樣傷透腦筋。我追了這個案子二十年。案發後，我偵辦過無數案件，但無論再怎麼專心處理其他案件，克雷斯潘這起事件也從未離開我的腦海片刻。然而近十年來，案情沒有絲毫進展，簡直令人束手無策。而你打算只在這三天內……」

「我們並不是現在才開始調查的喔，警監。這幾個月，海因里希為了調查這起案件，從俄羅斯飛到德國，再飛到烏克蘭，全力追尋著這位不世出舞姬的足跡。」

「有什麼收穫嗎？」

「關於這個部分請你稍後再跟穆拉托夫先生詢問。我們搜集到的情報，剛才差不多都已經告訴他了。我在瑞典時也盡量整理可以弄到手的資料，反覆思考整件事，還飛到中東實地調查、進行準備。」

「中東啊？難怪你曬得很黑。問題是，去中東做什麼？」

「去敘利亞和以色列。」

「我理解兩位所做的努力了，可是再怎麼說，要在三天內……也罷，眼下也只能全力以赴完成目前能做的事。」

「就這麼辦。那麼先點餐吧，待會兒再聊。」

視線一隅捕捉到剛才那位老闆走過來的身影，潔便問卡登：

「有什麼推薦的菜色嗎？」

「那可多了，這裡的漁夫海鮮義大利麵很好吃喔。」

卡登說道。

「那我就點這個。」

潔毫無遲疑地決定。

「那我來一份白酒蛤蜊義大利麵吧。」

我跟著點餐。

「番茄蛤蜊義大利麵。」

穆拉托夫也趕緊補上一句。

「那我點中華風蕈菇蒸豬肉吧。我最近迷上了這道菜。」

卡登也點了餐。

「這真的很好吃喔。再來一道四人份的凱薩沙拉，大家分著吃吧。還有柳橙起司比薩。我是個大胃王，大概很快又要胖了。」

「是這幾樣餐點沒錯吧。」

老闆拚命記下我們點的餐，嘴裡念念有詞。轉身離去時，我以視線追逐他彎腰駝背的背影，彷彿看到了自己的未來。

「幸好我沒有囉哩叭嗦地要我減肥的老婆。」

卡登補上一句。

「是胖是瘦，輪不到其他人來說三道四。」

「很好啊，這種生活態度充滿了自由主義圈的風格。」

潔的語氣顯得很佩服。

「但是他很快就要加入東德或蘇聯的行列了。」

接著潔又指著我說道。

「會囉哩叭嗦地監視他的人就要進到家裡了。」

「你要結婚啦？」

卡登警監驚訝地瞪大了眼睛問我。想必是因為我的樣子看起來了無生趣，一點也不像即將步入結婚禮堂的人。這點我倒是還有自知之明。

「都到了這個歲數，神還要惡作劇……」

我心不甘、情不願地回應。

「哎呀，別這麼說嘛，真是恭喜你了，休泰奧爾多先生。曼哈頓這種就連神也置之不理的鬼地方可真不是人待的。這裡才不是伊甸園。對吧，麥可。」

警監尋求同事的支持。
「這裡是毒品與槍枝氾濫的的所多瑪城[31]，警監。」
「麥可，我問的是你能接受整天用那雙火眼金睛盯著你不要變胖的女警嗎。」
「哦。」
穆拉托夫無精打采地回答。
「原來是這個問題啊。」
「你可以理解我的意思吧，麥可。所以你的答案是？」
哪知道穆拉托夫竟然用面無表情的沉默來回答上司的質問。
「喂，難不成你也是東側陣營的人……」
笑容從警監的臉上消失。
「女朋友催促我要在聖誕節前舉行婚禮……」
穆拉托夫無可奈何地從實招來。只見警監一時啞口無言。
「真是的，擋不住全世界的赤化進展啊。」
然後他不知道是生氣、還是已經死心了，開始喃喃自語。
「紅色蜂蜜的風味啊。自由的燈塔——美利堅合眾國也變成風中殘燭了。我只能一個人孤立無援地墜落嗎。」
「卡登警監今天的工作是到剛剛才結束嗎？」
潔這麼問他，試圖轉換變得黯淡的話題。

「還是說，你去追尋紅色的蜂蜜呢？」

卡登搖搖頭。

「我不記得自己這十年來有做過這麼沒有建設性的事。紐約大學的劇場今天有理查．路吉參與演出的歌劇，我去觀劇了。因為我答應要代替父母照顧他。等到他來大廳碰面後，我鼓勵他、分享我的感想。」

「理查．路吉？」

「鮑伯．路吉的獨生子。鮑伯目前人在維吉尼亞的州立監獄服刑。」

「哦哦。」

潔點頭回應。

「是那位冤獄被害人的兒子嗎。」

「沒錯，他的獨生子。理查是個非常好的孩子，我從他讀幼稚園的時候就認識他了。」

「你代替父母照顧他啊。」

潔問道，卡登沒有說話，默默地點了頭。

「那孩子有一副好歌喉，可不輸他的母親。他母親以前在俱樂部駐唱，雖然時間不長，但非常受人歡迎。母親教他彈鋼琴，他也爭氣地考上紐約大學音樂系。聲樂似乎是母親的夢想，所以他為了母親主修聲樂。但母親在他高中時因為癌症過世了。」

聽到這裡，潔臉上浮現出沉重的表情，喃喃自語：

「真是太不幸了。」

31　與蛾摩拉同為聖經中記載的兩座城市，相傳神因為居民的罪孽而降下天火、毀滅了這兩座城。

「神有時真的很殘酷。儘管如此，他仍然不願意放棄聲樂，所以現在偶爾也會參加發表會。我也是個喜歡音樂的人，所以退休後又多了一項樂趣。這種警官很罕見吧？」

「會嗎？」

潔反問。

「因為看的是歌劇嘛。與其他州的警官舉辦聯歡會的時候，大家聽我提起這件事都笑了，還說什麼愛看歌劇的警官是保育類動物。」

「那他們都喜歡聽什麼？」

卡登聞言陷入沉思，想了一會兒才說：

「我也不知道。」

「今天的演出也是歌劇嗎？」

「是的。」

「哪一齣劇目？」

「是《茶花女》喔。」

「他是主演嗎？」

「怎麼可能。他演僕人，是配角。但演得不錯。以前都是合唱而已，這次升格了，所以遲早能演到更好的角色吧。畢竟他有天分，聲音也很出色。」

卡登說著說著就眉開眼笑。

「是不是很像傻爸爸啊。」

我想這個人雖然沒有娶妻，但確實有個兒子。

「來，開動吧。今晚由紐約北分局請客。」

卡登警監看著眼前的餐點說道。我們也恭敬不如從命地向他道謝。

「聽說這家店有法蘭契絲卡．克雷斯潘畫的服裝設計圖對吧。」

潔這麼一問，卡登邊吃邊指向自己背後的牆壁上方處。

「就是這個。」

「果然沒錯。」

潔點點頭。

「我也覺得應該是那幅畫，從剛才就一直盯著看。服裝不是平常的舞衣風格，這點也很新鮮。」

「所以我總是坐在這裡，懷著懺悔的心情。」

「這就是所謂的天賦異秉吧。就算只是畫著玩的，風格也與眾不同，完全是世間還沒有的類型。」

潔自顧自地說著，對警監的感傷置若罔聞。警監也點頭附和。

「無論是跳舞、說話，還是畫畫都無法掩蓋才能的光芒。能想到我們這些凡人無法理解的事物，無疑就是天賦異秉、讓人覺得他們確實是天選之人。你也是長久以來都被讚譽為天才的人，肯定能理解吧。」

「這幅畫是由鮑伯．路吉賣給老闆的嗎？」

潔向卡登確認。

「是的。他說是在芭蕾舞者休息室的垃圾桶撿到的，但誰也不相信。他與克雷斯潘小姐是連話都沒說過的陌生人。克雷斯潘小姐遇害的那天，他一直守在走廊上監視有沒有可疑人士，但先前卻又從休息室的垃圾桶撿來這張畫？一般人都不會相信吧。」
我點頭表示同意。
「這也加重了他的嫌疑。再怎麼堅持自己在走廊上監視時既沒有進入休息室、更沒有靠近那扇門，也沒有人會相信。」
「你的意思是，他其實認識大名鼎鼎的芭蕾舞者，不但認識，還很熟稔、熟到兩人之間的矛盾足以發展成殺意嗎？」
我也提出疑問，卡登點頭後回答：
「雖然沒有發現這方面的跡象。」
「可是大家都深信不疑。」
潔說道。
「現場是前所未見的森嚴密室。位於地上五十樓，窗戶是固定式，沒有可以從觀眾席連接到那裡的通道，一般人也無法爬樓梯或搭專用電梯到五十樓，附近就只有鮑伯一個人。如果不是鮑伯幹的，我們北分局的面子可就沒地方擱了。」
「也是。」
我也有同感。
「如果是冤獄就更沒面子了。」
潔小聲地犯嘀咕。
「鮑伯在我們不知道的地方做出這麼可疑的行徑，所以完全被我們鎖定了。」

「嗯。」

合情合理，於是我點頭附和。

「而且那傢伙年輕時是貧民窟的小混混。青少年時期在一群夥伴中就以打架技巧聞名，如果赤手空拳的話，不管是誰都打不過他。還有，他似乎意外地有女人緣呢。大概是因為他是個沉默寡言，又有虔誠信仰的男人。」

「他沒有嗑藥的前科吧。」

潔向卡登問道。

「聽說沒有，但這座島上的高中生應該沒有一個人完全沒碰過的吧，只差在有沒有被抓到而已。就像他的兒子理查那樣，鮑伯也是認真努力的類型，要是能考上紐約大學就好了。」

「固若金湯的密室全靠他一個人支撐……」

我喃喃自語。

「沒錯。」

卡登點頭如搗蒜。

「所以只要能攻下他，就能突破密室的謎團。」

「您攻下他了嗎？」

「沒有。」

卡登回應完便搖了搖頭。

「不知不覺間，這起匪夷所思的奇特事件已經攸關紐約北分局的顏面了，但局裡卻沒有人知道該怎麼解決。而且犧牲者還是足以歷史留名的人物。除非抓住某個人，否則根本無法平息輿論的質疑聲浪。」

卡登警監將叉子舉到臉部前方、邊揮舞邊這麼說道。

「這種事很常見呢，警監。」

潔接著說。

「無論是美國、瑞典，還是日本，都只有這條路可走。如果不逮捕任何人，光是社會大眾抨擊的口水就足以淹沒警察局。只不過，因為冤獄而被關上二十年的人要更加無辜吧。」

「你是指鮑伯嗎？」

「是的。」

潔點點頭。

「你認為他是冤枉的？」

「沒錯。」

潔斬釘截鐵地回答。

「你也是這麼認為的吧？卡登警監。」

這位警監因為潔的問題而露出了不置可否的表情，彷彿痙攣發作似地、下巴正在微微顫抖。

「不然您也不會這麼多年來都一直坐在這裡了。」

被潔戳破後，警監開口說道：

「十九年。我坐在這裡已經十九年了，占了我刑警生涯的大半。每次來這家店，我的腳就會不由自主地走向這幅畫前面的桌子。基本上都是只有我一個人，今晚卻難得坐滿了四個人。這種盛況還是頭一遭呢。

要是沒有這幅畫，鮑伯或許就不會被逮捕了。拜這幅畫所賜，分局內的氣氛為之一變，意見一口氣就傾向於逮捕鮑伯那一邊。我拚命想壓下來，只可惜力有未逮。就在我還沒有意識到事態有多麼嚴重時，鮑伯已經進了拘留室。他被別的員警帶回警局。

我立刻趕到拘留室，衝到鐵柵門前。那個傢伙一臉已經放棄的表情，失魂落魄地站在鐵柵門旁。只說他已經厭倦一切了，對世事經驗豐富的蠢蛋早就知道事情會是這樣的發展了。

我問鮑伯有沒有什麼要求，但他什麼也沒說，甚至連香菸都不要。後來我才知道，當時他已經決定要戒菸。畢竟自己漸漸有了歲數，如果有逞兇鬥狠的流氓來找麻煩，為了不要馬失前蹄，每天都要鍛鍊身體。香菸是健康的大敵，所以就打算戒菸了。

我又問他有沒有什麼我可以幫得上忙的地方，他說唯一放不下的只有兒子。擔心父親吃牢飯的話，兒子可能會走上歪路。從頭到尾都沒要求我放他出去。日後我經常想起這件事。漸漸地我懂了。那傢伙並不恨我，也知道我有信仰。更重要的是，他深知我身為警察的能力。很清楚我沒有放他出去的能力。

最讓我挫折的莫過於這一點。在那之後，我思考過無數次，像我這種人真的可以當警察嗎？想要辭職的念頭已經萌生無數次，但又不知道自己還能做什麼。不過，一開始我想得很天真，樂觀地以為拘留鮑伯只是一時的權宜之計。沒想到都過了二十年，他還是沒被放出來。

當然，我也盡了我最大的努力。我不想找藉口，但這二十年來我可沒有在混吃等死。然而，如果真的要問我這二十年來做了什麼，也就只有去看他兒子的棒球或足球比賽，頂多再加上戲劇發表會而已。也拜這所賜，我的禮拜天全都消失無蹤了。要是我跟一般人一樣結婚、生子，想必會告訴自己全天下的父親都是這樣吧。我甚至連校外參觀都跟去了，緊迫盯人地不讓他的兒子誤入歧途。」

「也託你的福，他沒有誤入歧途吧？」

潔問道。

「嗯，算是吧。如果一天到晚都有個當警察的父親跟在旁邊，想變壞也沒辦法。」

「這可是很大的功勞呢。」

「鮑伯很感謝我，但我能做的也只有這些。不過這種事就算不是警官也能辦到，無奈最重要的案情依舊毫無進展。

當然，我也還在繼續追查喔。一次又一次地前往現場蒐證，但是完全看不出誰有嫌疑。密室難攻不破，完全束手無策。二十年來，我最不甘心的就是自己的無能為力。最後甚至就連自己到底該做些什麼才好都不知道了。

啊，不過這完全就是藉口。我努力了，但總是努力錯方向。我的能力確實不足，這點無庸置疑，不容許我找藉口。就算用掉自己所有的禮拜天，也無法抵銷路吉在鐵柵門內流逝的二十年。但是，現在你們從北歐飛來了、來幫助我了。如果你能順利破案、把鮑伯從監獄放出來，要我做什麼都可以。我答應你，真的做什麼都可以。言語完全不足以表達我的感激。」

「你剛才明明還說過只有三天辦不到呢。」

「沒錯，不管你再怎麼厲害，也無法在三天內破案。」

「但就算只有三天，我也非破案不可。因為我短期內無法再來紐約，這就是受薪階級的悲哀。」

「嗯啊。」

警監發出失望透頂的喟嘆，身體深深地陷入椅子裡，攤在椅背上。

「你認為我辦不到嗎？」

潔問他。

「我面對這個久攻不下的謎團長達二十年喔。你打算只用三天……」

「不只三天，警監。我可不是什麼都沒思考、腦袋空空就直接來到現場，抱著瞎貓碰上死耗子的心態看看能不能找到什麼線索。要是腦中一片空白就跑來二十年前的現場終究也只是浪費時間。經過今天的調查也有所確認了，因為已經有些頭緒，所以我才會來找你。」

卡登聽得目瞪口呆。

「你說什麼？真的嗎？你已經有想法了？」

「沒錯。我確信我一定能解開謎團。」

但卡登發出了勉強的笑聲。

「如果是真的，那可真是奇蹟了。不過，要是不知道犯人是誰的話還是白搭。」

潔冷哼一聲，看著天花板。這家店的天花板是寄木細工風格的拼花木板，匠心獨具。潔看著那稀罕的設計說：

「我已經知道誰是犯人了。」

卡登的表情凝結在臉上，我也險些從椅子上跳起來。

「潔，你剛才說什麼！」

我問他。

「我當然知道凶手是誰。要我立刻在這裡說出他的名字也不是不行。但這起命案十分離奇，不是只有這個問題而已。要說明他是怎麼辦到的，並且加以證明，這才是最困難的地方。」

「啊，原、原來如此。」

我回道。

「嗯，因為情況實在太離奇了。」

「可是知道凶手的名字也很重要。」

「說的沒錯。這比聽到耶穌基督復活還更令我驚訝。到底是誰啊？」

卡登也追問。

「想知道名字嗎？」

潔回問一句。

「對，名字。」

「這個名字你們也很熟悉吧。傑森．艾普斯坦，就是住在案發現場往下五層樓的那個人。」

「傑森！」

警監大驚失色地站起來。我也震驚得有點坐不住。

「你說傑森？是那個傑森嗎？」

「沒錯，海因里希。」

「艾普斯坦？那個投資客？」

卡登也跟著問道。

「那個007嗎！」

「就是他，海因里希。同時也是培養法蘭契絲卡的製作人。隨便你要給他安上什麼頭銜。」
「暗地裡在烏克蘭、中國從事戰爭生意的男人，在曼哈頓殺了芭蕾舞者？」
「正是。」
「怎麼可能！他那種人策動的應該是更龐大的陰謀。」
「你說的對。所以肯定發生了什麼令冷酷無情的他失去理智的事。喪失冷靜確實很不像他。單純的殺人只會降低他的格調。」
「身為支配整個世界的沃爾菲勒家族一員……」
「沒錯。雖然很聰明，但終究不被家族看重。」
「傑森．艾普斯坦……案發當時，他在距離命案現場好幾萬光年外的地方呢。」
「就只是五層樓的距離而已。」
「你確定嗎？潔。」
我的音量愈來愈大。
「那當然。」
「可是傑森．艾普斯坦甚至沒有靠近過劇場，人在相隔遙遠的地方……」
「『應該』是在相隔遙遠的地方。」
潔接著我的話說道。
「因為警方沒有去確認吧？明明他就住在同一棟大樓。」
「他確實有聲名狼藉的一面。過去也有搜查官一心想讓他接受法律的制裁。」

「那麼機會終於來了。」

「這是不可能的。」

「為什麼？」

「因為他是個聰明又思考靈活的男人。精通生物學、經濟學和法律。大概不會輕易露出狐狸尾巴。更何況這次的事……總之不可能。」

「怎麼說呢？」

「他要怎麼動手？當時克雷斯潘小姐可是身處在宛如金庫的密室裡呢。」

「逮捕需要證據。」

我也附和警監的觀點。

「而且還是要相當明確的證據。光靠聲名狼藉無法將他繩之以法。根本不會起訴。」

「你的夥伴說的沒錯，御手洗先生。以他的財力，可以雇用辯才無礙的律師軍團。有需要的話，甚至還能組成夢幻般的團隊，而且不只一團。」

卡登也語重心長地說。

「必須有清楚明白、強而有力的證據喔。」

我又補上一句。

「非找出來不行呢，能夠讓夢幻律師團俯首稱臣的強力鐵證。」

潔這麼說。

「沒錯。」

「所以，希望之後能請他來現場一趟。」

卡登聞言啞然失語。

「什麼！你說什麼？」

「請他來現場。」

「什麼時候……」

「現在。」

感覺卡登的眼珠子瞪到都快要彈出來了。

「他怎麼可能會來！」

「為什麼不可能呢？只要往上爬五層樓就行了，非常簡單。」

「難道要告訴他，我們想逮捕你，請你移駕到小數點劇場的主演休息室嗎？他一定會要求我們出示逮捕令吧。如果沒有的話，他一定不會來。」

「對呀，潔。逮捕需要逮捕令。就算告訴他『我是舉世聞名的御手洗潔喔，傑森』也沒用吧。」

「我們調查過了，他沒有電梯的感應卡。以前好像有，但已經還回去了。不愧是謹慎到滴水不漏的男人。他不是那種知道自己可能被捕還乖乖前來的類型。更何況我們也拿不到逮捕令。光靠這種間接證據，沒有哪個法官會發出逮捕令的。既然如此，就無法強制嫌犯到案說明。這裡可不是共產國家。」

「沒時間了。不需要那些東西、也不需要告訴對方我是御手洗潔。他會來的，一定會來。」

潔說得十分篤定。

「能做到那種事的話就跟施展魔法沒兩樣了！」

這位警監幾乎是用喊的說出這句話。

「你有信心嗎？潔。」

「有。只要這樣對他說就行了。」

「對他說什麼？」

卡登激動地探出身體。

「再過一個小時就七點了，對吧？海因里希。」

「對啊。」

我看著手錶回答。

「告訴他，密室的秘門會在七點打開，請他一定要過來看。」

「密室的秘門！」

我和警監異口同聲地喊了出來。

「有那種東西嗎？你剛才找到了？」

「現在還是隱藏狀態。」

潔這麼說道。

「看不到的喔，因為那是四次元的門。但是到了七點，這扇密室的隱藏秘門就會打開。打開後他就能進去了。」

「只有他能進去嗎？」

「只有猶太人能進去。烏克蘭和猶太人都有各式各樣的傳說顯示那扇門會在七點的時候開啟。」

「現場有門嗎?」
「嗯嗯,隱藏起來的祕密之門。」
「你確定七點會打開?」
「肯定會打開。請轉達他,我想讓他看看這個。」
「為什麼要讓他看?」
「因為他是法蘭契絲卡的製作人。」
「那扇門通往哪裡啊?」
我問潔。
「他的住處啊。」
潔從容不迫地說。
「怎麼可能!那棟大樓才沒有那種空間。」
卡登也不禁失笑。
「不管是牆壁的厚度、地板的厚度,過去都已經檢查過無數次了。牆壁和地板都沒有厚到能夠藏起一條祕密通道的空間。」
「只要經由四次元的通道就行了。」
「喂,你的腦袋還正常嗎?潔。」
我問他。
「只要這麼說,他就會來嗎?隱藏的門再過一個小時就會打開,請他來看一下。就這樣?」

卡登也表示懷疑。
「就憑他那強烈的好奇心，一定會來的。我保證。」
「但願他沒出門。」
「他在家，我調查過了。」
潔說得十分篤定。

5

於是，卡登警監說他要帶應該還沒離開警局的蓋瑞·摩斯去艾普斯坦家。這是為了以防萬一，一旦事態演變成逮捕劇的時候就會需要幫手。
「這樣應該沒問題。」
潔說。
「不過不會演變成逮捕劇啦。」
我問他為什麼，潔便解釋：
「因為他不會抵抗。」
「只要見到艾普斯坦，請他過去五十樓的克雷斯潘命案現場就好？說有個來自瑞典、赫赫有名的大學教授想見個面，人在五十樓的事件現場等他？」

「對。」
「如果被問到原因，只要告訴他到了晚上七點，現場的隱藏秘門就會開啟，屆時想讓他看看，這樣就行了？」
「沒錯，這樣就好。」
潔回答。
「如果他問那扇門在哪裡呢？」
「就說，來了就知道。」
「如果他問我為什麼七點會打開呢？」
「就說因為烏克蘭有個民間傳說，相傳有人進入了在七點時開啟的門，結果變身成為救國救民的英雄。也可以順便再告訴他，《史卡博羅慶典》裡面的天鵝也曾穿過了於七點出現在湖畔的鏡子。」
聽完潔這番話，我不禁皺起眉頭，內心有股不祥的預感。
「潔，這樣真的沒問題嗎？真的能找到那扇門嗎？」
「等門打開就知道了。」
「……」
然後潔還樂觀地安慰我：
「沒問題的，海因里希。」
「好吧。那我去會一會艾普斯坦先生了。」
卡登警監說。

「要是他能因此露出狐狸尾巴，相信很多人都喜聞樂見。」

我閉上嘴巴，硬生生地壓下心中強烈的不安。若是問我究竟在不安什麼，我也答不上來。只是內心深處一陣騷動，總覺得我的朋友正往非常危險的方向走去。

我和潔，以及公關課的穆拉托夫回到沃爾菲勒中心五十樓的案發現場時，結果就被眼前的景象嚇了一跳。辦公桌被挪動到左邊的牆邊，原本擺放桌子的地方井然有序地擺了兩排折疊椅。

穆拉托夫走向正在調整椅子位置的年輕人問道：

「問你一下，這些椅子是要做什麼的？」

「明天要在這裡舉行芭蕾舞者的甄選。」

年輕人回答。

「電影的甄選嗎？」

「對，《法蘭契絲卡的一切》的甄選。」

另一個年輕人回答。

「這樣啊，我記得導演是……」

「艾爾文．托夫勒。」

耳邊傳來一個聲音，有個坐在輪椅上的銀髮男人從更衣室及洗手間所在的走道上現身。沒有人幫他推輪椅，輪椅仍無聲地前進，看樣子是電動款式。

排成兩排的椅子中，只有前排中央有一張長得跟其他張不一樣的帆布椅，穆拉托夫走上前去，打量帆布椅背的後側。我也靠過去，伸長脖子窺探。上頭寫著托夫勒的名字，看來是導演專用的椅子。輪椅上的男人靠近潔，伸出手想與他握手。

「你就是御手洗先生吧？」

「是的。」

「我是吉姆・戈登。」

「哦，劇場老闆本人啊。」

聽到潔這麼回話，劇場老闆笑了出來。接著也靠近到我身邊，與我握手。

「嗯，大家都是這麼喊我的。我也聽北分局說了，有個大名鼎鼎的人從北歐遠道而來。」

戈登說道。潔則是猛搖著頭。

「我可比不上您。」

「我？」

「您的名聲僅次於逝者。」

「這我可不敢當，不過我早年幹了很多壞事，所以如你所見，現在淪落到在輪椅上過日子。」

「聽說您經常贊助慈善事業。」

「嗯，跟一般人差不多吧。不過那都是以前的事了。今後若是有什麼失禮的地方，還請多多見諒。」

這位劇場老闆說道。

「誰叫劇場相關人士也和警方相關人士一樣，都是些不懂禮數的傢伙呢。」

「您別擔心。關於這點，我也沒有資格說別人。」

沒錯。我在心裡對潔的回答點頭如搗蒜。

「那我們彼此就都不要有什麼顧忌吧。」

戈登對潔說道。

「我失陪了。」

語畢，年輕人便退到走廊上。

「您也會參加明天的評審嗎？」

潔詢問戈登。

聽到潔這麼說，我定睛一看，才注意到前排折疊椅的一角留下了可以放進一台輪椅的空間。

「聽說是為了尋找法蘭契絲卡呢。」

劇場老闆此時露出了沉鬱的表情，深深點頭。

「儘管在那之後已經過了二十年，法蘭契絲卡的面容和舞蹈至今仍歷歷在目。如果要尋找法蘭契絲卡的話，大概沒有比我更適任的人選了。」

戈登說道。

「畢竟她是我的劇場舞台上最傑出的舞者。所以如果要找出與她相似的舞者，我當然義不容辭。但是想也知道，應該沒有舞者能望其項背。」

潔聞言也點頭表示認同。

「縱使世界再遼闊，也找不到那樣的人。」

我對這句話也抱有同樣的感受。

「雖然我沒有抱太大的期待，但還是很期待明天的到來。你們也是評審嗎？」

潔搖頭。

「我的朋友可能會參加，但我不會參與評選。」

「為什麼？」

「因為我對芭蕾舞沒有研究。但他的未婚妻是芭蕾舞者。」

聽到這句話，我這才想起被我拋在斯德哥爾摩的艾格妮塔。像這種時候，她浮現在我腦海中的臉多半是嘟著嘴抱怨時的表情，到底是為什麼呢？

對於芭蕾舞，我也是門外漢，但如果有需要的話，我至少還能判斷動作流不流暢。因為艾格妮塔帶我看過好幾次芭蕾舞的表演，而且她都會在一旁解說。只不過多半是兒童或學生的舞台，還沒看過知名舞者的演出。更何況我也不認為名聞遐邇的電影導演會要求我這種市井小民加入飾演法蘭契絲卡的芭蕾舞者甄選。

「明天的評審有哪些人？」

潔又問戈登。

「大概都是跟生前的法蘭契絲卡相識的人。」

「哦。那可都是名氣響亮的成員啊。」

聽到潔這麼說，劇場老闆愁眉苦臉地搖頭。

「沒有那麼多人啦。其中很多人都已經作古了。雖然受到歲月的沖刷，身體已經不聽使喚，但像我這種人還能活著就算是很幸運了。」

「評論家湯瑪斯．貝格爵士還在嗎？」
「死了。他死得很早。事件發生的隔年就過世了。」
「當時只有導演、指揮家、經紀人，還有與演對手戲的男舞者有進入克雷斯潘小姐倒地的現場對吧。」
「還有我。史考特．漢米爾頓導演已經不在了。他的自殺對我來說是很大的打擊。這個人很優秀，卻飽受挫折。要是他還活著，電影大概會拍攝得很順利吧。因為他很能幹，又有幽默感，還頗具魅力，留下了許多舞台劇的傑作。英年早逝真的很可惜。這二十年的變化太大了，因為蒙主寵召的人很多，再也不會出現那麼堅強的陣容了。」
「除此之外還有誰去世了？」
「紐約芭蕾振興財團的理事比爾．休瓦茨先生也不在了。他是培養出法蘭契絲卡的功臣之一。直到最後都不曉得犯人是誰，但他肯定不會原諒扼殺芭蕾文化的凶手吧。要是他還活著的話，明天肯定會來的。」
「我想也是。」
我回應戈登的話。
「北分局的理查．艾軒鮑爾警督也過世了。他是偵辦法蘭契絲卡命案的中心人物。」
「當時進入現場的人呢？」
「指揮家伯納德．科恩先生還在，但他很忙碌，我猜明天恐怕來不了。」
「經紀人呢？」
「我聽說傑克還在這個城市從事經紀工作，所以明天應該會來吧。舞者傑瑞米．希利人在英國，大概也來不了。」

「只有一個人啊，再加上您，也就只有兩個人。」

潔向他確認。

「是啊。」

劇場老闆閉上眼睛，點點頭。

「戈登先生，您看過《法蘭契絲卡．克雷斯潘的奇蹟》嗎？」

潔在其中一張折疊椅上坐下，接著問道。

「當然看過啊。」

戈登回答。

「試映會看過一次，後來又去電影院看了三次。」

「哦。」

「那部電影很難形容，感覺甜美，又帶著淡淡的苦澀，還有感傷……不，老實說，是一部我根本不忍直視、感到難受的電影。法蘭契絲卡是我的偶像。她活力四射的時代不僅是這個劇場、也是我個人最輝煌的時代。我們現在所在的這個房間就是世界的中心。世界各地所有與芭蕾舞有關的人、有實力的舞者都以這座劇場為目標，拚命地跳著舞。」

「您說的一點也沒錯。」

穆拉托夫像是感慨萬千地附和。

「所有人都以這裡為目標。」

相對年輕的他又接著開口。

「不管是在莫斯科、基輔，還是聖彼得堡。」

就連我也忍不住插嘴，因為承受不了內心的某種傷感。在這之前，我並沒有特別愛看芭蕾舞，但現在不一樣了。追尋著再也不會出現、舉世聞名、不幸香消玉殞的舞姬足跡，走遍寒風徹骨的俄羅斯、柏林東側、正被捲入陰謀的烏克蘭，就在飛來飛去、跑來跑去的過程中，不知從何時開始，她的死對我而言就有如聽到了親人的死訊。

「那種時代再也不會回來了。」

戈登說道。

「自從她莫名其妙地死在這裡，我的人生也開始走下坡。因為整個芭蕾文化都跟著她一起入土了。」

說到這裡，吉姆．戈登抬起頭來，原本蒼白的臉色染上了紅暈。

「法蘭契絲卡．克雷斯潘不在了，這麼大的劇場還能用來做什麼？再也不會出現能讓觀眾將五層樓的位子坐得滿滿的舞者了。這座令我引以為傲的劇場也不再是世界的中心。劇場的情況在那之後就像是溜滑梯似地一路滑落。在那個宛如地獄般的夜晚，當自己還能以健康的雙腳站在染血倒地的法蘭契絲卡身邊時，我彷彿就清楚地預料到了結果……」

白髮蒼蒼的劇場老闆在輪椅上揚起下巴，一動也不動地凝視著天花板。接著他又開口：

「在那之後，我的人生就像康尼島[32]的雲霄飛車。還以為要爬到世界的最高峰，下一瞬間就急轉而下、失速衝向谷底。」

潔和穆拉托夫都點頭附和。

「真是高低起伏、驚險刺激的人生。後來沉溺於酒精裡，結果就變成現在這樣了。身體變得很差，全身上下都是癌細胞，淪落到必須要仰賴輪椅生活。但還是比那孩子好一點。那個孩子當年才三十五、還是三十六歲……」

「三十五。」

潔回應他。

「三十五啊，才三十五歲而已。正是人生的巔峰呢！」

劇場老闆感慨萬千地說道。

「當時的她真的是所向無敵。不論是誰、不管那個人做了什麼，都完全比不上她。無論是技術、動作、還是活力。話說回來，她的活力實在很神奇。從裡到外都光芒四射。那股活力究竟是從哪裡湧出來的啊。站在舞台之後，那孩子簡直是千變萬化，看起來無所不能。

誕生在這個世界上的云云眾生之中，到底有誰能預料到如此芳華正盛的女孩子竟然會死於非命。所有人做夢都沒想到，那麼超凡入聖的舞者，竟然在某個晚上突然就香消玉殞了。我確信藝術的女神絕對不會容許這種事發生。她是芭蕾舞之神的化身，大家都相信她能在不被任何人左右的情況下、自由自在地跳到一百歲。我當然也是這麼認為的。然而這只是一場夢。她連一句話都沒留下，就這麼消失了。而且是瞬間消失，彷彿她過去的種種都是幻影。

我的夢想也崩解了，沒有任何預兆，也不讓我有任何心理準備，就這麼潰散了。就像是在對我說：『辛苦了，你可以回去了。』簡直跟上電視沒兩樣嘛。

我的酒喝得愈來愈兇，某天突然倒下，全身動彈不得。那個瞬間，我至今都還記得清清楚楚。我就像

32 位於紐約布魯克林區南端的半島區域。原本是獨立於布魯克林之外的島嶼，之後因為建設所需的填河作業而形成現今的半島型態。是紐約近郊著名的觀光度假區域。

是斷了線的傀儡，軟弱無力地倒在地上，不但非常想吐、頭也很痛。從此以後，我再也無法靠自己的力量行動自如了。

幸虧送醫送得及時。因為妻子很快就發現我的異狀，趕緊叫來救護車。所以如你所見，我還能說話，跟以前一樣，依舊是個多嘴多舌的老頭子。但下半身沒有復原，最後進行截肢手術，從此就得住在輪椅上了。也罷，因為我沒幹過什麼正經事，這也沒辦法，怨不得任何人。」

劇場老闆滔滔不絕地說著，聲音嘶啞，有時候還冒出莫名其妙的話語。因為實在太饒舌了，我們全都呆若木雞地愣在當場。這個人到底哪來這麼多話可以說啊，用潰堤的水壩來形容簡直再適合不過。我能想像，大概是平常都沒有人能跟他聊起克雷斯潘，所以累積了太多想要說的話。

「關於這起命案的謎團，您有什麼想法？」

潔問道。

「那可太多了。」

戈登想都不想就立刻回答。

「我一直思考、一直思考，想了至少有上千次吧。我親眼見到法蘭契絲卡的遺體。她就躺在我茫然佇立的腳邊，一動也不動。即使已經冷透了，她的模樣還是能讓我相信她才剛走下舞台。無論身體再冰冷，她依舊是名舞者，依舊是芭蕾舞的化身。

所以，我相信哪怕她一度遇害，也能再次站起來、繼續上台跳舞、然後現在才剛剛回到後台。就算現在問我，我還是只能這麼說。因為我確實感覺到了。她不是人類，至少不會是普通人。就算被殺了也還是會再站起來，回到舞台上、堅持跳到最後一刻。她就是這樣的人，那孩子絕對不會拋下做到一半的工作。

無論發生什麼事，也都一定會堅持到最後。絕對不會半途而廢，更不會逃跑。」

「哦。」

穆拉托夫情不自禁地讚嘆。

「啊啊，沒錯，我敢替她打包票，而且絲毫不會猶豫。她不是普通人。不僅如此，她就像是神一般的存在。這就像是那種啊、那種會發生在聖經裡的故事，所以不能輕易地套用人類社會了無新意的標準衡量。但也因為這個緣故才變得讓大家無法理解，最後就演變成難解的謎團，在整個社會引發了大騷動。如果是神的信徒就能明白，人世間難免會發生這種事。」

「原來如此。」

穆拉托夫回應。

「嗯嗯，難免會有這樣的事情。我對此深信不移。就像《路加福音》或《馬太福音》吧，這座走在文明最尖端的島又出現一章足以流傳後世的神之傳說。肯定會有人在幕後寫下這一章吧，但那個人顯然不是我。耶穌基督被釘上十字架三天後又復活了不是嗎。想必各位都知道這件事吧？就只是這樣而已，為什麼大家都不相信呢。真令我費解。她同樣復活了，重新獲得了生命。只不過她的復活期間只維持了一個小時。」

這個坐在輪椅上的男人熱切地說著。不知不覺間，我也被這番說詞打動了，逐漸相信他的主張。有道理，她是在惡魔打造出來的萬惡集中營裡出生、長大，然後越過鐵幕、飛向自由世界的傳奇舞者。並不是那種待在安逸的環境裡渾渾噩噩過日子的人。所以就算發生這樣的奇蹟或許也沒什麼不可思議的。受到他的熱情影響，我開始產生這樣的想法。對上帝的信仰也從背後推了我一把。有道理啊，這位舞姬復活了。

不知不覺間，我開始相信這個說法了。

「傑森．艾普斯坦先生應該再一會兒就到了。」

我幾乎是無意識地開口。

「嗯？傑森？誰啊。」

戈登反問我。我想讓這位信仰如此堅定的人會會傑森．艾普斯坦。心想如果是他的話，或許能判斷潔所主張的艾普斯坦犯案嫌疑到底是不是事實。不對，我只是認為，可能會願意拿自身的榮光來交換這起命案的這個人，有權利看看嫌疑人的模樣。

「這個男人可能是命案的真兇。至少也是嫌犯。」

我這麼告訴他。然而出乎我的意料，只見劇場老闆皺著眉搖頭。

「不要，我不想看到那種人的臉！」

他以不容置喙的強硬語氣拒絕。

「可能是真兇？別開玩笑了。如果那種人出現在我面前，我可不敢保證自己會做出什麼事。那個人把我的工作、我的夢想全都破壞殆盡了。我希望他永遠不要出現在我面前、也希望別人不要告訴我他叫什麼名字。我死都不想看到那種傢伙。開什麼玩笑，那是我在這個世上最不想見的人！」

戈登咬牙切齒地說。

「更何況我必須回去了。因為我妻子很囉嗦，每天都叨唸著不可以熬夜，熬夜會致命什麼的。我得回家吃藥還有妻子做的健康晚餐了。嗨，艾蜜莉，妳來啦。」

回頭一看，有個年輕女性站在微微打開的門後面，正在輕輕地敲著門。看樣子門沒有關緊。

「請問談得差不多了嗎？」

女人大概是在問我們。

「啊，可以了，我正要回去。」

戈登應聲。於是她向我們打了招呼後就慢慢地走進房間，走向劇場老闆的輪椅、站到他的身後。

「那我先走了，祝各位順心。」

被輪椅推著前進的戈登向我們道別。

「如果各位見到那個嫌犯，請幫我轉告他一句，下地獄去吧。」

丟下這句話之後，被女人推著走的劇場老闆就消失在走廊上。之所以要讓人推輪椅或許是為了節省輪椅電池的電力吧。

6

「我還以為明天來這裡或許就能見到當時所有的相關人員……」

劇場老闆的身影消失後，潔說道。

「沒想到那麼多人都不在了，只能見到其中一小部分。」

「時間過得很快呢。」

我回應他。

「時間的流逝很冷酷，一點也不留情。二十年的歲月足以將許多人都沖刷到記憶的遠處。」

「留下來的人當中，指揮家伯納德．科恩忙於演奏會、傑瑞米．希利則是遠在大西洋的另一邊。」

穆拉托夫也說道。

「比爾．休瓦茨理事、艾軒鮑爾警督、評論家湯瑪斯．貝格爵士也都去世了。明天就只剩經紀人能來。」

潔喃喃自語。

「芭蕾舞者之死，這件事本身儼然已經成為歷史了。」

我又附和。

「二十年都能培養出新的才能了。現在正是世代交替的季節呢。明天的甄選或許能找到足以代替克雷斯潘的新星，但那又怎樣呢……環繞著克雷斯潘的光環可不只是技術而已。」

潔看向手錶。

「再過十分鐘就七點了。」

「傑森．艾普斯坦會來嗎？」

我問他。

「真的會來嗎？」

穆拉托夫也跟著問。

「他一定會來。」

潔的語氣還是顯得胸有成竹，但音量比先前略為遜色。我看得出來，他似乎沒有像剛才那麼自信十足。

叩叩。這時傳來敲門的聲音。

「請進！」

潔和穆拉托夫異口同聲地回答。

門緩緩打開，丹尼爾．卡登警監雙眼圓睜的表情映入眼簾。只見他一語不發、戰戰兢兢地走進房間。這也讓我瞬間緊張了起來。

他身後有個體格很不錯的年輕人。此人大概就是警監提過的蓋瑞．摩斯。

緊接著，那個我在烏克蘭從遠處看過好幾次的男人走了進來。身上穿著一看就知道製作精良的西裝，左手戴的歐米茄錶是經常可以在男性雜誌上看到的高檔貨。頭髮梳得服服貼貼，貌似鈦金屬製的細框眼鏡在鼻梁上發光。

「久仰大名，我們恭候多時了。」

潔迎上前去，狀甚親暱地主動要和對方握手。

來人不太情願地握住潔的手，然後用一臉「來，下一個」的表情、一聲不吭地望向我。他在基輔的時候，對身旁的美女總是言笑晏晏，今晚卻緊繃著一張臉、皮笑肉不笑地稍微提起嘴角，以宛如握住門把的態度與我握手。那一瞬間，我不禁提高警覺。因為我擔心他是不是也想起曾在烏克蘭見過我，但是從他臉上完全看不出端倪，他只是凝視著我背後的空間，握住我的手。

眼前的他是個如假包換的好男人，散發出華貴的氣質，瀰漫著俊美男演員的風情。就憑這般條件，想要多少女人都可以追到手吧。我差點脫口而出「我在烏克蘭見過你」，幸好在最後一刻把話給吞回去。

「我叫海因里希．休泰奧爾多，很榮幸見到您。」

我只說到這裡。身為投資客的他是企業界的名人，看在我這種記者眼中其實就是一種巨星，很難得有機會能這麼近距離地見到他們。

「休泰奧爾多先生是嗎，嗯哼。」

讓人意外的是他複誦了我的姓氏。或許是因為我的姓氏在這個地方比較少見的關係吧。

「我是北分局公關課的麥可．穆拉托夫。」

穆拉托夫也自報家門。他的姓氏也很特別，但傑森並沒有太大的反應。

「我是北分局的蓋瑞．摩斯。」

那位刑警對我說道，還朝我伸出手，於是我也立刻回握。摩斯接著又走到潔的面前自我介紹。

「各位是遠渡大西洋，來到這個歷史性的房間嗎？」

傑森以彷彿要開始演講的語氣開口。

「這裡是芭蕾舞文化逝去的地方。」

潔回應他。

「因為某人不顧一切的舉動。」

聽到這句話，這個大名鼎鼎的投資客瞬間挑了一下眉毛，然後左眼瞥了潔一眼。

「這位是御手洗潔先生，他是瑞典警察史上最厲害的偵探。」

卡登警監誇大其詞地說道。只見赫赫有名的投資客不可一世地揚起下巴說：

「哦，就是你啊！」

卡登意外地張大雙眼。

「哦，您知道御手洗先生啊。」

傑森聞言，臉上第一次浮現了充滿諷刺意味的笑容，點點頭說：

「略有耳聞。」

「沒想到就連您也聽說過他的大名！這真是太驚訝了。」

卡登說完，傑森將雙手插在長褲的口袋裡，走到離潔遠一點的地方又說：

「哪有什麼聽過沒聽過。這位可是世間罕見、很擅長宣傳自己的人物呢。」

也不知道有沒有聽見他的嘲諷，潔發了一會兒呆，然後才反應過來說：

「承蒙謬讚。」

「哦，我沒有惡意喔。」

傑森邊說邊稍微提起褲管，坐在其中一張折疊椅上。

「聲名響徹全世界的人，基本上都是這樣吧。硬要說的話，或許我也是這種類型呢。」

「在對您甚為了解的人之中，或許其中有部分的人都想這麼說呢。」

「是嗎，我倒是不敢苟同。」

傑森說道。

「今晚也把忙得不可開交的我叫出來，說是有什麼重要的東西要給我看。好像是什麼根本不存在的祕密之門是吧。」

「因為是宣傳自己的絕佳機會嘛。」

潔回應他。

「應該把全曼哈頓的媒體都找來呢。」

潔語帶譏嘲。但傑森彬彬有禮地回答：

「好主意！不如我來找吧？我認識很多媒體人，大家應該不到三十分鐘就會趕來。但是為了你的名譽，我想還是別這麼做好了。」

傑森像是要展現某種威嚴、裝腔作勢地說道。

「他們大概也不想在頗具傳統的報紙上寫下像是漫畫刊物那樣的標題吧。」

就在傑森極盡諷刺之能事的同時，潔彎起手肘、開始旋轉兩條手臂，一臉認真地做著手臂體操。

「你說有秘門嗎？有意思，請務必讓我見識一下你的本事。再一分鐘就會打開吧？」

傑森看著左手腕的歐米茄錶問道。

潔似乎有點心不在焉的樣子，但隨即回過神來說：

「應該會打開。」

「到底是哪裡有門呢？是在哪個房間裡啊？請務必帶我去看看。」

傑森興致勃勃地說。

「可是如果沒有出現的話，那麼請恕我馬上就要失陪囉。別看我這樣，我也是很忙碌的。」

接著，他又語氣爽朗地滔滔不絕。

「我在這棟建築物的四十五樓有住處，也有對這座劇場出資，所以已經來過這個房間無數次了。但是說到門，總共就只有這扇隔開走廊的門和通往洗手間的門、浴室的門、更衣室的門而已。既然你說是隱藏起來的門，想必都不是在指這些吧？」

潔凝視著半空中點了點頭，接著說：

「應該有。」

傑森露出狐疑的表情。至於我的話，正在與從心中泉湧而出、近似絕望的不安對抗。

「喂，御手洗老弟，你該不會不知道那扇秘門在哪裡吧？」

傑森緊迫盯人地質問。只見潔搔搔頭，感覺愈來愈沒自信。在我看來，他確實不知道。

「呃……」

潔無精打采地低下頭，然後小小聲地說：

「這個嘛，我確實不知道位置，但理論上應該有，而且應該會在晚上七點的時候打開。」

「已經七點了。」

傑森邊看他的歐米茄錶邊說，接著氣勢驚人地站起來，攤開雙手、人轉了一圈。

「你不讓我見識一下你推論的結果嗎？我不是名偵探，但是現在看來什麼變化也沒有。大概只有瑞典警察史上最厲害的名偵探才看得見那扇門。來吧，不要客氣，舉起你的右手，告訴我那扇門在哪裡？」

然後傑森走到窗邊，對著窗玻璃又推又敲，充滿惡意地沿著牆壁往前走。

「在我看來，這裡還是平常熟悉的那個房間啊。」

警官們也都不約而同地環顧室內。

「如果有隱藏的門，那應該不是在這個房間。因為這裡太引人注目了。」

潔這麼解釋。

「我也有同感。」

這位知名的投資客語帶嘲諷。

「如果是在這個房間裡，那可就太明顯了。」

說完，他就跟在已經先往前邁步的潔後面，我和穆拉托夫、摩斯、卡登警監也隨即跟上他。

潔往左轉，先打開洗手間的門、將上半身探了進去。看看牆壁和天花板，接著再敲打牆壁。確定沒有任何變化後，再打開對面的浴室門、走進貼滿磁磚的浴室。同樣抬頭看向天花板、凝視牆壁。因為看不出絲毫變化，於是他又咚咚咚地敲打牆壁，在浴室裡走了一圈。接下來，他還試著用全身的重量去推，可是都沒有出現任何他所期待的現象。

「怎麼啦？名偵探老弟。」

「好奇怪啊……」

潔不解地側著頭嘟囔。然後著急似地加快腳步回到走道上，急匆匆地走向走道盡頭、急促地推開那裡的門。

牆邊堆滿了箱子，乍看之下是個儲藏室，但這裡原本是更衣室。

他先是慌亂地在房裡走來走去，然後又開始邊走邊咚咚咚地敲打牆壁，但是依舊一點變化也沒有。

潔停下腳步，目不轉睛地盯著天花板，然後站到大型穿衣鏡的前面。

「天鵝就是穿過這種大鏡子後變成人類的呢。」

背後傳來傑森不懷好意的調侃。

潔敲著鏡子，也試著到處按壓看看，再用右肩輕輕地撞向鏡面。這時投資客驚訝地說：

「欸？你的身體完全穿不過去呢。」

傑森的笑容消失了，暫時轉為嚴肅的表情。
「真是遺憾啊。不如你先變成天鵝再來找我？」
就在傑森消遣他的時候，潔抓住鏡框用力搖晃。
「喂喂喂，別破壞東西啊，那玩意兒很貴的。」
傑森立刻補上一句。看得出來，挫了這個自以為是名偵探的北歐不速之客威風，令他感到無比愉悅。幾位北分局的警官們始終默不作聲地看著這場莫名其妙的鬧劇。
潔放開大鏡子的鏡框，抱著頭吶喊：
「啊，怎麼會這樣！」
說完便無精打采地蹲在地上。朋友這副有如喪家犬的模樣著實令我於心不忍。
「潔。」
雖然自認應該無法為朋友做什麼，我仍悄悄地喊他。
「你先冷靜點，從頭再思考一遍吧。」
「對呀，名偵探老弟，這種時候更需要冷靜。」
傑森幸災樂禍地接著我的話繼續說道。定睛一看，他顯然正拚命忍住從內心深處湧現的笑意。從他的表情看來，這可能是他這幾年遇見最好笑的事。
「朋友說的話都是金玉良言。很多事急也急不來喔。現在請先把面子擱在一邊、讓自己冷靜冷靜。然後檢視每一件發生的事，重新來過。」
他甚至還眉開眼笑地幫潔出主意。

「就算重新思考也改變不了什麼。」

潔邊說邊搖搖晃晃地站起身來。

「這是唯一的解答。除了這裡之外，沒有其他符合的場所。」

他又伸出手推了一下鏡面。

「只有可能是這裡。因為這裡是走道盡頭的房間。再往後已經沒有房間了！」

潔激動地吶喊，再次抓著鏡框用力搖晃。

「喂，拜託不要弄壞啊。」

傑森又說了一次。

「潔。」

我看不下去，卻又想不出下一句話該說什麼。

傑森走了幾步，站到潔的身後，輕輕地抓住他的肩膀、把他從鏡框前拉開。

「既然你知道這裡已經是盡頭了，應該也很清楚再怎麼掙扎也不會有任何收穫。破壞劇場的器具只會收到高額的修理費請款單。」

潔聽了這句話，竟然把頭撞向木製鏡框。

「大學教授一個月的薪水轉眼間就會化為泡影喔。」

「啊，太奇怪了，我無法發揮平常的實力。」

潔嘆息似地說。

「海因里希，你說的沒錯。我太專注研究腦科學了，似乎忘了當偵探的方法。」

「不管是誰都會遭遇挫折的，別往心裡去。」
傑森親切地對他說。
「你已經露出敗相了。像這種時候，乾乾脆脆地放棄也很重要。你已經做得很好了。」
他甚至還安慰潔。
「啊，我已經江郎才盡了！」
潔抱著頭呻吟。
「太失敗了。我明明很有自信。」
「真是遺憾啊。」
傑森又隨即回應。
「真的沒有門嗎……」
「看樣子真的沒有，是你想多了。」
接著又直言不諱地對潔說道。
「既然如此，那個故事要怎麼解釋，明明好幾個故事都指向同一點。」
「這我就不清楚了。」
投資客說完，裝模作樣地抱起胳膊。
「看來我引退的時機到了。」
潔低語著。
「結束偵探工作，然後回去橫濱嗎……」

這時傑森又搭話了。

「哦，這個想法不錯耶！」

另一方面，我則是飽受衝擊。

「我贊成你的決定。最好是回到最能讓身心安頓的地方，稍微休息一下，直到你的腦袋恢復正常。」

從潔的口中說出來的地方不是斯德哥爾摩，而是橫濱。這點也讓我受到不為人知的打擊。斯德哥爾摩有潔親口說過很喜歡的河流、森林、美食，可是他選擇靜養的地方卻不是那裡嗎？

「啊，頭好痛。」

潔邊喊邊按著太陽穴呻吟。

「這可不妙，長途旅行讓你累壞了，快點回旅館休息比較好。如果想喝一杯，我可以請客喔。我也知道一些能靜靜小酌的好地方。」

「海因里希，到旅館去吧。我還有大學的工作要做。」

潔轉向我這邊開口。

「嗯嗯，就這麼辦，這樣比較好。在最能讓自己內心平靜的地方做最適合自己的工作，這才是最好的選擇。偵探這份工作沒有你認為的那麼適合自己。」

這個投資客又見縫插針。

「啊啊。」

潔還是捧著腦袋。

「你一想到什麼立刻就躁進過頭了，沒有仔細蒐證。」

「嗯嗯，沒錯，我確實是一有想法就暴衝了。」

潔喃喃自語。

「對，簡直是橫衝直撞，必須再慎重一點。還是向學生教課比較好。我也當過老師，所以很清楚那樣比較適合你。再繼續當偵探的話，你大概會遭遇無數的挫折，身敗名裂。」

傑森發出忠告，慢吞吞地離開潔的身旁。

「偵探老弟，有沒有人說過你有自閉症？」

「什麼，自閉症……」

「你的樣子明顯是自閉症患者的特徵。你與旁人的溝通存在一條明顯的界線。」

「我有自閉症……」

「沒錯。你不擅長與他人進行順暢的溝通。」

「我不擅長與他人順暢溝通……」

「是的。話說，警監，這下子該怎麼收場呢？」

卡登警監被問得窮於回答。仰賴的名偵探竟然變成這副德行，顯然已經回天乏術了。他只能一語不發地站在那裡。

「那我就先失陪了。電影公司和導演邀請我加入明天在這裡舉行甄選的評審陣容，所以我要回去休息了。」

傑森說道。

「你也要參與甄選審查啊。」

卡登感到很驚訝。

「我原本想拒絕，但導演特地親自出面邀請了，盛情難卻啊。」

「甄選是從幾點開始？」

穆拉托夫問他。

「下午兩點。聽說晚餐是便當，那我還是回自己家吃飯好了。話說回來，名偵探老弟，相逢自是有緣，你難得來紐約一趟，不如也加入評審吧？要不要我幫你跟導演說一聲啊？」

已經徹底喪失鬥志的潔低著頭，有氣無力地搖著腦袋。

「不用了，我沒那個本事。讓我的朋友參加吧。」

「我嗎？」

我驚訝地反問。

「嗯嗯，你對於芭蕾舞的動作很有鑑賞眼光。」

「那我就幫你跟導演說一聲吧。名偵探老弟似乎已經完全失去自信了，但也別那麼沮喪嘛，勝敗乃兵家常事。那麼各位，請恕我先告辭了。」

這位知名投資客說完，便走向出口。

7

後來潔消沉的程度甚至讓我擔心他會不會想不開，完全不敢開口跟他搭話。既然聊不起來，我們便早早前往附近一間穆拉托夫介紹的廉價旅館辦理入住手續，然後各自回房休息。不過才看了一會兒電視，我就立刻睡著了。

第二天早上，我去敲了潔的房門，想找他一起吃早餐。但是他不在房裡，看來是一早就出門了，於是我只好獨自用餐。吃完飯後走出旅館，我漫無目的地在中央公園散步。從步道旁的綠地走向哈林湖、凝視水面，再沿著湖走一圈。後來看到長椅，我就在那裡坐下、仔細地思考這整件事。

散步時，我一直在對抗空虛的感覺。倘若今天即將要解開這起高懸二十年的重大事件，心情該有多麼雀躍啊。可是潔還無法找回正常的步調。在我看來，打從他跟傑森·艾普斯坦碰面後就失去了平日的冷靜。我們明天就必須返回瑞典了，所以幾乎沒有多餘的時間，勢必得在今天內破案才行。然而以他現在的狀況來看，想也知道不可能辦到。那麼今天接下來的時間要怎麼打發呢？我心中思考這個問題，覺得這一切都無比空虛，不由得陷入無奈的情緒。

我走進湖畔的咖啡廳，點了三明治和咖啡當午餐。等待用餐的過程中，腦海中依舊浮現出一向可靠的摯友在昨晚顯露的狼狽萬分模樣。潔有時會出現那種莫名其妙的舉動，但這麼做通常都有他的理由。像是研究進入最後的收尾階段、思緒纏成一團亂麻的時候，或者是被什麼東西吸引了注意力、對其他的事物都變得心不在焉的場合，然而昨夜的狀況都不是這樣。

我喝著咖啡，凝視水面，心情沉入了無底深淵。朋友現在在哪裡、又在做什麼呢？但願他能做點有意義的事。我千里迢迢橫越大西洋、來到這個大都會，結果似乎只看到了友人的失態。

吃完孤獨的午餐，經過好幾次嘆氣後，我站了起來。因為時間愈來愈緊迫了。我離開餐廳，準備前往作為甄選會場的小數點劇場主演休息室。

休息室前的走廊上擺了幾張椅子。踏進會場後，發現室內的折疊椅又多了三排，大桌子則是消失了。

在電影雜誌及電視節目上看過好幾次，無人不知、無人不曉的艾爾文．托夫勒導演和昨晚見過的傑森．艾普斯坦正站在最前排的椅子前說話。兩個貌似副導演的男人穿過人群，走上前去加入談笑。電影導演留著一頭豐厚的銀色長髮，戴著黑框眼鏡。我們是第一次見面。

傑森看到我便露出潔白的牙齒喊道：

「休泰奧爾多先生來了。」

接著他把我介紹給托夫勒導演。

「這位則是赫赫有名的電影導演。」

潔曾提過托夫勒導演是他的老朋友。看來剛才和傑森聊得很開心，導演笑嘻嘻地伸出手與我握手。

「久仰大名，你就是把潔在瑞典的活躍表現記錄下來的作家對吧？」

導演問我。

「有什麼可以拍成電影的刺激案件嗎？」

「多的是呢。」

我說道。

「比東京的占星術殺人事件更精彩嗎？」

導演又問。

「啊，您也知道那個案子啊！」

接著我告訴他。

「那個案子確實很奇特，但北歐有更加光怪陸離的事件喔。」

「哦，聽起來真不賴。如果是發生在北國寒冷的空氣下就更完美了。」

「是在白夜的晨曦中展開的。」

「已經出版了嗎？」

「不，還沒有。不過，發生在這裡的事件應該也不會比東京的占星術殺人事件遜色。」

我指著自己的腳邊說道。接著導演也點點頭。

「法蘭契絲卡．克雷斯潘的命案也很迷人，充滿吸引力。我打算靜觀其變。」

「會把過程加到這部電影的劇情裡嗎？」

導演對我的問題露出不置可否的表情。

「我叫編劇先不要寫，直到這起案件水落石出。」

「他們大概很想寫吧。」

「你今天都做了什麼呢？休泰奧爾多先生。」

傑森問我。

「我去中央公園散步，繞著哈林湖走了一圈……」

「與瑞典第一的夥伴同行嗎？」

「沒有，今天早上只有我一個人。」

我老實回答。

「這是個聰明的選擇呢。」

大名鼎鼎的投資客微笑說道。

「從名偵探那個失魂落魄的樣子來看，要是帶他去湖邊的話，他可能會直接跳進去。」

我不情不願地對這個狠毒的笑話表示同意，完全想不到可以反擊的話。因為朋友確實從昨晚就一直都是那副德行。

「那一位的精神不穩定，建議你最好別放他一個人喔。」

說完後，傑森就在其中一張折疊椅上坐下。我除了點頭，別無他法。

「坐吧。」

導演招呼大家。

接下來，公關課的麥可・穆拉托夫、刑事單位的丹尼爾・卡登警監、蓋瑞・摩斯刑警等北分局的人也陸續到了，所以我站起來，將他們介紹給導演。與導演握手後，他們似乎不打算在前排的椅子落坐，默默地走向最後一排的椅子。因此我也跟在他們身後，走向最後一排。警官們想必不會加入審查陣容。

接著出現的是坐在輪椅上、被一位女性推著出現的吉姆・戈登。他的輪椅從傑森的前面經過時，我不禁捏了一把冷汗。可是他跟導演似乎早就見過面了，聊了兩三句後，輪椅便被推向與傑森相反的另一邊，我這才放下心中大石。那個女性則坐在旁邊的椅子上。

看似芭蕾舞劇導演或編劇之類的人物，還有副導演、托夫勒導演的同事之類的人物依序在最前排坐下，不一會兒就把最前排坐滿了。其中也有幾位女性，但我並沒有特別希望認識他們。

緊接著輪到參加甄選的芭蕾舞者們登場。大家都穿著毛領外套，底下大概是跳舞時的服裝吧。室內雖然開著暖氣，但是只穿著舞衣坐在椅子上等還是很冷。

芭蕾舞者有四人，每個人的身邊都跟著一個右手提著大型包包的經紀人或教練，所以總共有八人。全都是女性。預定每人表演二十分鐘左右的舞蹈，再跟導演進行面談。已經告知各自開始的時間，所以排在後面的女孩大概要再過幾個小時後才會亮相。聽說這次大約有十幾人參加甄選。想當然耳，到了這個階段，這十幾人都是經過嚴格挑選、具有一定水準的舞者。

導演起身，說是要帶她們去更衣室。正要出發時，貌似副導演的男人追上來，不知跟他說了些什麼。於是導演朝我們的方向招手，我站起來走向他。

「休泰奧爾多先生，我原本是想麻煩警察的……」

托夫勒導演對我說。

「我聽說你對這座劇場也很熟悉。如果方便的話，你能不能幫我們向舞者們介紹洗手間和浴室、更衣室的位置呢？因為可能還有人沒換衣服。但我接下來還有會議要開。」

我爽快地答應下來，站出來對女孩們說：

「各位小姐，請跟我來。」

我先帶她們看了前面的浴室和洗手間。雖然也不是特別懷疑是不是有可疑分子躲在裡面，但我還是一馬當先地推開門，走進去檢查一下內部。女性經紀人也跟著探入上半身，以認真的視線確認一遍。

「這裡是更衣室。」

我退到走道上，為這群女孩介紹後面的房間。

或許是甄選前的緊張感，她們始終一聲不吭地跟著我，也不問問題。

繼昨晚之後，我再次走進更衣室的最深處，仔細地將上半身探向地上雜物的另一頭檢查，確定沒有人躲在後面。紙箱都貼著封箱膠帶，我也確認過都沒有開封。

這段期間，女孩們直挺挺地站在鏡子前，接著雙手平伸、輕盈地轉起圈來。從動作就能看出她們的核心非常穩，讓人心懷敬佩地感受到與我們常人之間的不同。我猜的果然沒錯，脫下大衣後，四個女孩的身上都穿著芭蕾舞衣。

當一個人站在鏡子前跳舞時，其他人則乖乖排隊，等著輪到自己。為了不干擾到她們的動作，經紀人迅速地退到走道上，而我也跟著退了出去，等待大家跳完。

一段時間後，她們終於出來了。我走在前面，領著大家回到排著椅子的房間。貌似副導演的男人迎上來，指示她們坐在正中央的那排椅子上。女孩們安靜地走進會場後便坐了下來。

副導演給我一個計分板，上方用夾子固定住一張B4大小的白紙，紙上羅列著芭蕾舞者的名字，旁邊則是用來寫分數的空白欄位、再旁邊是要以文字說明理由的欄位。我的目光落在記分板上，瀏覽上頭的內容。

「滿分為十分。如果需要寫到小數點也可以記上。」

貌似副導演的年輕人告訴我。定睛一看，最前排的評審都已經拿到這塊夾著計分用紙的板子。

「如果有必要的話，請將理由寫在旁邊的說明欄。」

「好的。」

我說完後，他就遞給我一枝原子筆。

「我需要坐到最前面嗎？」

我向年輕人詢問。

「沒關係的，坐在這裡也無妨，請選擇您喜歡的位置就好。」

年輕人回答。

「芭蕾舞者會依照這個順序上台嗎？」

我用原子筆的尾端在紙面上滑動，指著從上面依序排下來的舞者名字。

「是的。萬一順序有所變動，我們會通知大家。」

聽完他的講解，我點點頭、走向警官們就坐的最後一排，再通過他們前方、走到最裡面的椅子坐下，以免萬一有什麼風吹草動的話，才不會擋到他們衝出去的動線。

往前看，前面的評審變多了。不僅如此，前方給舞者表演用的空間還搬入了深灰色的屏風，立在通往更衣室的走道入口前，擋住窗戶。設置完屏風，再搬來兩盞燈具放在左右兩邊。開啟的燈光照亮了左右兩邊，作為舞台的空間變得充滿光彩、亮如白晝。芭蕾舞者都穿著白色衣裳，這樣確實能看清楚手腳的動作。

除了背後的屏風，又搬來了一個不可思議的木框、配置於前方。接著再搬入兩只長方形的黑色木箱，立在後面的左右兩邊，臨時的舞台就大功告成了。

托夫勒導演筆直地舉起右手，耳邊隨即傳來高亢的喊聲。

「辛蒂．湯普森。」

只見一位穿著舞衣的女孩早已在屏風前就定位，右手伸向前方、腳往後方高高提起。隨著音樂響起，女孩也開始翩然起舞。這應該是《史卡博羅慶典》裡頗具觀賞性的舞蹈，但是既沒有冗長的交響樂前奏曲、也沒有主辦人的致辭，說開始就開始了。這不免讓我感到有些唐突。

剛才沒注意到，音響器材已經被搬到入口那扇門的旁邊。垂直立起的長方形木箱，應該就是揚聲器吧。兩個年輕男性工作人員站在器材後面的門前，大概是為了確認入場的是不是參加甄選的當事人，同時防止相關人員以外的人闖入。

揭開甄選的序幕，即便外行如我也能立刻反應過來，眼前的表演是現階段芭蕾舞文化的最高峰。與我在斯德哥爾摩的藝術劇場看過好幾次、學生們那雜亂且稚嫩的動作全然不同。身體的核心很穩定，腳的部分也像是鞋底長了吸盤、每次踩到地面都能牢牢地吸住地板、未顯晃動。每個踮腳尖的動作都平穩得不得了，可以持續轉上十幾圈的驚豔連續旋轉技能就有如機械般正確，令我大開眼界。

旋轉完畢後，立刻彎下身子迅速鑽過木框，接著起身並伸直背脊，舉起右手、擺出靜止的姿勢。舞鞋彷彿貼著地面，實在太厲害了，看得我一句話也說不出來。連一絲晃動的感覺都沒有，不過這應該是理所當然的基本功吧。不到這種程度的女孩根本無法來到這裡挑戰。

我拚命忍住想大聲喝采、用力拍手的衝動。第一個舞者就跳得這麼好，要是後面的女孩也都是這般水準的話，像我這樣的外行人根本沒資格為她們打分數。我覺得自己只能給所有人打下十分的滿分，然後夾著尾巴逃回旅館。

今天的甄選是我有生以來看過的芭蕾舞者中水準最高的一群。尤其是多達十幾次的連續旋轉，實在難以讓人想像是血肉之軀能做出來的動作。令人驚訝的是她們居然都不會頭昏眼花，擺出結束的姿勢時也不會搖晃。究竟要每天做到什麼樣的練習、做足什麼樣的訓練量、擁有什麼樣的人生觀，才能讓自己做出這樣的動作啊。實在無法想像她們跟我是同一種生物，明知這種感想完全是從外行人的角度出發，卻依舊無法停止這種想法。

回過神來，音樂也停了。舞者坐在導演跟前的椅子上，開始回答工作人員提出的問題。會被問到出生地、出生國、學校等資訊，還有以前演過哪些角色、在哪些劇場表演過、喜歡的角色、不擅長的角色、師承於誰、從幾歲開始跳舞、有什麼目標、英語流利嗎……等諸多問題。也會問受測者有沒有看過法蘭契絲卡．克雷斯潘的演出、與自己的舞蹈有哪些相似的地方、自己認同法蘭契絲卡．克雷斯潘的舞蹈嗎、會不會排斥自己跳舞的樣子被拍攝下來……等等。

等到這一切都結束後，評審們會起身聚集到導演身旁，然後開始討論。其中不乏上了年紀的女性身影。完全聽不見對話的內容，不過他們的表情都很認真嚴肅，顯然正在請教參與審查的芭蕾舞專家的意見，並且向專家提出問題、表達自己的想法。整段討論花了很長一段時間。如果每個挑戰者都要花費這麼多的時間，等到甄選結束後可能都已經三更半夜了。

坐在輪椅上的劇場老闆並未離開自己的位置，而是由負責推輪椅的女性加入評審陣容、一臉認真地聽他們討論。她沒有發表意見，大概是為了等等要向戈恩先生報告才參與的。

傑森．艾普斯坦也沒站起來，只是抱著胳膊，陷入沉思。所以我也沒起身。如果他們叫我，我也只能硬著頭皮上前。但去了也無話可說，頂多只能說出「哇，真是令我大開眼界呀」這種廢話。看得出來前方進行的討論其實也就是平常一起工作、彼此都很熟悉的電影製作方習以為常的對話。我在芭蕾舞或電影的領域都是外行人，這種外部人士根本派不上用場。

眼角餘光不時捕捉到他們開會的模樣，原本我想在計分欄位寫十分，後來改變主意，寫下九點九分。如果問我為什麼扣了〇點一分，我會回答要是舞者能多點笑容就好了。我不敢自以為是地認為跳舞時應該保持笑容，而且觀眾席離舞台那麼遠，也不見得能看到舞者的笑容。但因為接下來是要拍電影，不禁讓我想起艾格妮塔以前說過，如果是兒童芭蕾舞的話，笑容是很重要的。

討論到一個段落後，眾人原地解散、加快腳步回到自己的座位。接著，第二位舞者也開始了她的演出。與評分表的順序一樣，甄選繼續順利地進行下去。

我覺得第二位舞者的水準絲毫不比前一個遜色，再次佩服得五體投地。但與此同時，也再度陷入不知道該如何評分的狀態。這次的舞者也以非常認真的態度應戰，臉上依舊沒有笑容。兩者微乎其微的動作差異表現出她們的個性，也代表了她們對這支舞的理解差異。但無論是哪一邊，毫無疑問都是很棒的演出。

原來如此。我終於意會過來，那個木框代表了鏡子。是那面會於晚上七點出現在湖邊、天鵝凱蘿爾穿過去之後就變成人類的大型鏡子。

最後是與導演的問答時間。我對這部分沒什麼特別的感觸。因為我並不了解芭蕾舞者的生活，即使聽了也沒什麼特別的感想。想要獲得方才展現過的技術，就不能只仰賴尋常的努力，還要徹底進行修練。雖然大家都從三歲就開始學舞，但她們卻說三歲才起步太晚了。這麼說倒也是。我聽說法蘭契絲卡．克雷斯潘從兩歲起就在集中營裡跳舞了。問題是，就算她們也從兩歲就開始跳舞好了，也根本不可能經歷集中營裡那種充滿強烈壓迫感的環境。從這個角度來說，凡是戰後出生的人，無論是誰都不可能成為法蘭契絲卡。

問答時間結束後，評審們又紛紛起立，聚集到導演身旁，又開始一場漫長的討論。這時我又意識到一件事。傑森．艾普斯坦為什麼不站起來？吉姆．戈恩為什麼不離開他所在的地方呢？這次就連推輪椅的女性也沒起身。因為這些舞者優秀歸優秀，但是從外型到氣質、再到散發出來的氛圍，都跟他們想忘也忘不了的法蘭契絲卡．克雷斯潘存在天與地的差別。所以他們完全無動於衷，自然也提不起勁來走向導演。

換言之，他們一點也不興奮，並沒有「法蘭契絲卡出現了！」的那種感動。要是能讓他們萌生「這就是法蘭契絲卡、她回來了！」的感受，他們一定會有所動作、興奮地衝向導演吧。

現在電影製作方正在討論的內容大概是這些世界最高水準的舞者們的能耐。無論哪個女孩都是擁有極為優秀舞姿的舞者。也就是說，這已經變成一場芭蕾舞的競賽了，眾人正打算從中選出冠軍。然而，這並不是今天的目的吧。除了技術以外，這次甄選的目的應該是期待能在哪個舞者身上看到再次降臨的法蘭契絲卡。劇場老闆吉姆．戈登和投資客傑森．艾普斯坦根本就不在乎哪個舞者跳得最好，所以才會無動於衷。

仔細想想，我也是這樣。看完兩個挑戰者的舞蹈後，我就意識到這件事了。她們都跳得很好，這點無庸置疑，但是我一心想看到法蘭契絲卡再臨，所以總覺得興致缺缺。我們來這裡是為了追尋法蘭契絲卡，不是為了評出誰才是曼哈頓芭蕾舞大賽的冠軍。無論她們跳得再好，如果不像法蘭契絲卡的話也是枉然。我並不是屬於芭蕾舞這個專業世界的人。

貌似副導演的年輕人走到第二排，對挑戰者說話。第三位女孩起身，走到左手邊的屏風後面。大概是要去更衣室吧。陪同她的女性也跟著過去了。

我問一旁的穆拉托夫：「你有沒有什麼感想？」

「哦，我覺得大家都跳得很好。」

他這樣回答。

「不愧是站在世界頂點的舞者，完全沒有可以扣分的地方，評審想必也很難取捨吧。」

看樣子，他也把這次的甄選當成芭蕾舞者的技術評鑑大賽了。

「能免費欣賞真是太幸運了，但同時也要慶幸自己不是評審……」

「但這是為了尋找第二個法蘭契絲卡．克雷斯潘吧？」

我試探性地問，只見他大吃一驚地說：

「咦，是這樣嗎。所以是要找出長得跟她很像的人嗎？」

「因為是克雷斯潘小姐的傳記電影嘛。就算不像，電影應該也能開拍，但如果能找到像她的人自然是再好不過了。」

「哦，原來如此。我懂了。」

穆拉托夫點頭附和。

一旁的丹尼爾．卡登警監不解地探過身來。穆拉托夫說明之後，他也點頭表示同意。

「有道理呢。要是能找到長相和氣質都跟法蘭契絲卡．克雷斯潘大同小異的女性，那就太好了。」

「有這種人嗎？」

我問他。

「沒有，大家都是很優秀的舞者，但也都不像她。」

警監也這麼認為，我以點頭代替回應。果然大家想的都一樣。

我陷入長考。雖然我贊成卡登警監的說法，卻有一點不同的意見。為了電影，能找到那樣的舞者自然是最理想的結果。然而，假設那種舞者真的存在，那個人也只不過是法蘭契絲卡．克雷斯潘的模仿者罷了。光論這部電影的話還沒什麼問題，在那之後她還能繼續活動嗎？

舞者本身若是無法發揮強烈的個性，大概就無法在這個競爭激烈的世界活下去吧。假設真的有個法蘭契絲卡．克雷斯潘的複製品，包括舞者的技術層次在內，這個奇蹟般的存在能受到珍惜與好評，並且在人生道路上順遂前進的機率——

「說得直接一點，不就該選那個三號嗎？她長得太漂亮了。」

穆拉托夫的發言打斷我的思緒。他舉起右手示意。我揚起視線，順著他指的方向看過去，就看到第三個女孩站在屏風的後面。確實如他所說，五官非常端正清麗。

圍著導演的討論進行到一個段落後，評審們紛紛回座。第三位舞者報上姓名，開始跳舞。

第三個女孩顯然也是實力派的芭蕾舞者，只不過外表是截至目前的參賽者裡頭最美麗的，身材比例也很完美。我應該沒有抱持先入為主的成見，總覺得她沒有忘記笑容，也因此讓我頗有好感。

站在音響器材的另一邊、負責場控的工作人員這時轉身背對大家、把門打開一條縫。大概是聽到敲門的聲音吧，他們正從那細細的門縫與敲門的人說話。

工作人員關上門，又轉了回來。可能是為了不要影響到挑戰者表演，所以請對方先在走廊上稍等一下。看來我猜得沒錯。演出結束後，舞者坐在導演面前的椅子上、開始回答工作人員的問題。這時有個同樣穿著大衣的年輕女性，與一個陪她前來的年長女性不聲不響地穿過門走了進來。在工作人員的帶領下，從與我們位子相反的另一邊走到第二排的座位。已經結束表演的那兩位舞者並沒有離開，還繼續坐在第二排的椅子上觀摩。

然後這個第四位挑戰者從第二排最左側走出來，好像要與陪她來的人一起走到左手邊的屏風後面。想必是要去更衣室脫下大衣，做點演出前的準備運動吧。我一邊看著她們、一邊拿出評分用紙，給第三位挑戰者打了十分的滿分。

問答時間結束後，要穿回大衣的挑戰者便走向更衣室。評審們起身，又圍著導演開會。這時入口的門開了，兩組人馬——四名女性走進會場，在工作人員的指引下走向第二排的座位。我轉向右邊觀察她們的長相，感覺這次也沒有肖似法蘭契絲卡的女性。

我從後方看著評審們討論。傑森和負責照顧劇場老闆戈登的女性這次還是沒有起身。大概是因為即使覺得第三位舞者長得最漂亮，也沒能在她身上看到法蘭契絲卡的影子吧。還是說，傑森打從一開始就不打算加入評審會議呢。

坐在折疊椅上的相關人員開始有人起身去上廁所。基本上都是從入口那扇門出去，沿著外面的走廊前往廁所。守在門邊的工作人員會關注大家的動向，直到他們回來之前都不會示意讓甄選會重新開始。

儘管如此，甄選會仍依照預定計畫順利地進行。下一位舞者、再下一位舞者的技術都非常完美，至少看在我的眼裡沒有任何瑕疵。然而，即便是這群最高水準的舞者，像這樣一直看著相同的表演，雖然微乎其微，卻依然能發現無論巧拙都還是存在相似之處。像是要進入快動作前一刻的氣息控制、沒有在即將施展高難度連續技之前出現因為灌注精神而產生的停滯感、又或者是手腳那行雲流水的動作，彷彿是要昭告天下：「這點小事根本算不了什麼。」不讓觀眾察覺到她們做好心理準備的痕跡。即使在這個水準之高的女性世界裡，依然存在著諸如此類的細微差距。我不敢說我真的看得出箇中玄機，但至少能感覺得出來一絲絲的不同。不過連一點舞步都不會跳的人說出這種話，實在沒有任何公信力呢。

時間過得很快，被屏風遮掩的窗外已經暗了下來。看了一眼手錶，時間已經過了七點，是吃晚餐的時間了。明明沒做什麼了不起的事，我卻覺得有些疲憊。

可是甄選還沒有結束。已經審查過十個人、完成大半了，現在名單上還有兩個人沒登台。

8

日本料理餐廳「Teaism」原本是開在華盛頓特區的餐廳，進軍曼哈頓之後大受好評，深受一群熱愛東洋事物的西方人喜愛。每一道菜都散發出日本茶的香氣，洋溢十足的東洋風情。許多醫生也保證餐點中含有大量維生素以及平常不容易攝取到的鋅與膳食纖維，可以避免美國人常見的糖分與脂肪攝取過剩。

將前方的舞台空間照得亮如白晝的燈光被關掉了，眼睛已經習慣那個亮度的我們反而覺得會場變得有點暗。裝滿便當木盒的推車緩緩地被推進會場，停在成排椅子的左右兩邊，工作人員將幾個便當疊在一起，交給坐在最外面的人，請他們拿一個後再往下傳遞。打開便當盒，裡頭還有一杯裝在紙杯裡的綠茶，上頭蓋著塑膠蓋。

把這個在乾淨的木盒裡呈現美麗擺盤的日式便當置於膝上、拿起筷子享用時，潔的身影浮現在腦海裡。潔說自己的身體需要日本食物，因此在斯德哥爾摩的時候我也經常陪他吃日本料理，所以已經能嫻熟地用筷子進食了，甚至敢自詡是全北歐最會用筷子的瑞典人。但是來到美國以後，就發現這裡有很多像我這樣會用筷子的美國人，令我相當驚訝。尤以西岸為多。

潔並未出現在會場。看樣子他今天不打算露面。他現在人在哪裡？又在做什麼？一想到這裡，我不禁也想問自己：我到底在做什麼呢？只要再看完兩位舞者的表演、在計分表寫下分數，我的任務就完成了。什麼也沒發生，然後今晚在旅館睡一覺，明天再從 JFK 機場搭乘北歐航空的班機回斯德哥爾摩。我到底是來做什麼的啊？來當芭蕾舞者選拔大會的評審嗎？

認識潔久了，如今我已經是個與日本人無異的日本料理老饕，甚至覺得紐約的便當、還有便當裡附的綠茶比瑞典的食物還更美味。從這個角度來說，我很滿意今天的晚餐，然而便當再怎麼好吃也無濟於事。我飛越大西洋並不是為了來吃便當，而是來破解法蘭契絲卡・克雷斯潘的命案。若是無法達成這個目的，書就寫不出來，也得不到真正的成就感。

環顧會場，傑森・艾普斯坦也跟潔一樣不見人影。大概是如他昨天所說，回自己位於往下五層樓的住家吃飯了。像他這樣的大富豪，想必也有自己的廚師。儘管我覺得如果沒吃到號稱紐約第一的Teaism的便當實在有點可惜，但這不過就是庶民的想法，他可以吩咐家裡的廚師為他烹調出就連在東京也吃不到的頂級日本料理。那是個我這種位在金字塔底層的人即便在夢裡也想像不出來的上流社會。

但不管怎樣，我都期待這趟曼哈頓之旅能刺激一點，誰知道竟然會這麼枯燥乏味，只留下比了無新意的旅行團更單調的印象，究竟是哪個環節出了錯？這趟只有去中央公園散步、吃日本料理、好整以暇地觀賞芭蕾舞。就算斯德哥爾摩公園的冰淇淋小販來到紐約觀光，做的大概也都是這些。相較起來，前往北邊的俄羅斯、舊東德的旅行還更刺激一點。這樣跟留在斯德哥爾摩與艾格妮塔過的小日子根本沒有差別。而且我也不覺得從現在開始到回旅館睡覺的這幾個小時之間還會再發生什麼刺激的事。

見大家都用完餐了，年輕的副導演推著空空如也的餐車來回收便當盒。穆拉托夫把四個木盒疊在一起還回去的時候，還對我說：「這個真的好好吃啊。」

就連他的話題也轉向芭蕾舞和便當，早已忘了要破案的事。

便當的空盒再次在推車上疊成一座小山，然後被副導演推向了走廊。我從後方目送他離去。

第二排的椅子坐著兩位接下來要上台的芭蕾舞者和陪她們前來的女性，總共四人。我不經意地望向她們，雖然沒有強烈的興趣，卻感到有些在意。因為隨行的女性猛一看好像有三個人，而不是兩個。因為那兩個應該是舞者的女性，其中一位看起來感覺已經沒那麼年輕了。

話雖如此，也還不到要稱之為年長者的程度。那名女性始終低著頭，因為體型與其他舞者一樣纖細，所以還是給人一種相對年輕的印象。特別的是，那個人戴著眼鏡，而且還是黑框眼鏡。仔細一看，鏡片帶點淡淡的藍色，所以應該是太陽眼鏡吧。我從未見過戴眼鏡的芭蕾舞者，所以忍不住一直盯著她看。不過跳舞的時候應該會拿下來吧。

入口的門被打開，傑森·艾普斯坦從自己的家回來了。他將整個會場看了一圈，然後回到原本的座位上。坐下前瞥了導演那邊一眼。導演正在與工作人員圍成一圈開會，所以大概是不好意思上前打擾。至於劇場老闆吉姆·戈登則一直低頭看著擺在雙腿上的書。

「休泰奧爾多先生。」

這時突然有人呼喚我。我大吃一驚，望向聲音的來處。只見坐在椅子上的蓋瑞·摩斯刑警身旁有個中年女性，正看著我這邊。後面則是貌似要參加甄選的女孩。

「不好意思，打擾你工作。」

中年女性說道。

「不會，我什麼也沒做。」

我回應。

「更衣室在這座屏風後面嗎？因為其他的工作人員都在忙著做準備，一時走不開，所以要我來問你。」

「原來如此。」

我站起來，從警官們前面穿了過去，來到她面前。

「我帶妳們過去吧。」

接著我便帶頭走到屏風後面，穿過走道，然後先停在洗手間前面。從走道的窗戶可以看到太陽落下後的曼哈頓，以及中央公園那還沒亮起路燈、陷入昏暗的綠意。

「這裡是洗手間。」

說完後，我這次也率先踏進一步，從牆壁一路檢查到天花板。想也知道裡面沒有半個人。洗手間的空間十分狹小，推開門看到的就是一切，所以一眼就能看出有沒有人躲在裡面。

「這裡是浴室。」

我也推開對面浴室的門。浴室的空間同樣不大，所以也是推開門就一覽無遺，可以確定沒有人躲在裡面。

陪同的女性也自動自發地走進浴室看了一下。

「更衣室在這邊。」

我回到走道上，帶著她們走到盡頭，推開更衣室的門。燈已經開了。我直接走到房間深處，再次檢查紙箱的後面，依舊跟白天時看到的一模一樣。沒有人躲在裡面，這裡也沒有任何異狀。

兩位女性也跟著我走進房間。她們看也不看雜物一眼，只是注視著大鏡子。參加甄選的女孩開始一顆、兩顆地解開大衣的釦子。

「我可以活動一下嗎？」

女孩問我。

「哦，當然可以，請。」

說完我就準備退到走道上，以免妨礙到她。舞者脫下大衣，交給同行的女性。那個女性接過後便小心翼翼地折好。回到走道後，我站在偌大的玻璃窗前看著陰暗的中央公園。

陪同的女性也來到走道上，接著問我：

「叫到希娜之前，她想在這裡活動一下身體，請問方便嗎？」

「哦哦，沒問題。那我先回座位了。」

我轉過身背對她，然後穿過走道與屏風、回到明亮的會場，坐回自己的位置上。

「大家都是在更衣室練習嗎？」

穆拉托夫問我。我點頭回應。

「因為那裡有鏡子。」

「必須要先暖身才行吧。」

穆拉托夫接著說，我又點了點頭。

導演還在跟同事們開會。這時猛然發現，剛才我帶去更衣室的舞者已經回到屏風後面待命了，隨行的女性也站在她的身後。等到甄選再次開始，她們就是第一組，所以已經準備好了。

托夫勒導演起身，轉了半圈面向這裡。先前和他開會的工作人員則是小跑步回到自己的崗位。

「既然已經吃過晚餐了，我們就接著開始甄選吧。」

導演宣布。

「有沒有一起來的朋友去洗手間還沒回來的？如果沒有的話，為了安全方面的考量會把入口的門鎖上，沒問題吧？」

導演問道。因為都沒有反應，於是他對站在入口門邊的工作人員說：

「那就關門吧。」

工作人員背過身去鎖門。

接著對站在屏風後面的芭蕾舞者示意後，她就靜靜地來到中央的空間。

「希娜．克勞德。」

舞者報上姓名後，就開始跳舞。音樂也同步響起，這是大名鼎鼎的伯納德．科恩為《史卡博羅慶典》譜寫的交響樂。

她先是小跑步來到舞台中間，略微停止後又衝出去，在右端停下來擺姿勢、轉身、又接著朝反方向飛奔，然後在左端停下來擺出姿勢。以上的動作重複了幾次。

接下來，她又再次奔跑。但這次步伐有所變化，是以小跳步的方式移動到右端，擺出姿勢。然後同樣以小跳步的方式移動到左端，擺出姿勢。重複移動到左右兩端的動作，每次來到舞台邊一定會停下來擺姿勢。這時，她的左手由上往下緩緩地落下，一條腿滑到後方停了下來，展現芭蕾舞特有的靜止姿勢。

緊接著，她再次舞動到正中央，雙手往左右兩邊水平延伸，開始原地旋轉。然後放慢速度繼續旋轉，跳躍了好幾次。我記得這段舞應該是群舞的部分。

她邊舞動邊高高躍起，雙手往左右兩邊水平延伸，表現出優雅展翅的模樣。這時雙手往上舉起，在頭上圍成圓形，繼續慢慢地旋轉，一面踢著一條腿跳躍。優雅地舞動身軀、跳躍、再停下來擺姿勢。然後又在舞台上小跑步繞行好幾圈，最後直立不動，揮著雙臂，慢慢地往後退。

肩膀到手肘的肌肉那優雅又行雲流水的動作就有如振翅的天鵝。停下來後，上半身在舞動雙臂的同時也筆直地伸展，一動也不動。女性纖細的身體充分表現出孤獨天鵝的困惑、悲傷與希望，並傳達給觀眾。那高雅、美麗的動作也同時蘊含了令觀看者深深著迷的力量。這就是芭蕾舞啊，真的是很厲害的存在呢。無聲的部分反而是藝術的精髓所在。

她的動作完美無缺。如果我只看了她一個人的舞蹈，肯定會驚豔得說不出話來吧。但是因為我已經接二連三看過大量相同的動作，因而有所比較，所以就連我這種人也能看出她在旋轉和抬腿時出現了微乎其微的晃動。會不會是因為她太緊張了？

在頭上圍成圓形的雙手先是和緩且優雅地放了下來，然後舉起一隻手旋轉、再旋轉。同時彎起一條腿。最後終於進入多達十幾次的連續旋轉大招，這裡也表演得可圈可點。她弓著身體、穿過木框，然後再弓著身體，迅速地站起來擺出姿勢。

每個動作都乾淨俐落，很有看頭，表現出優雅又流暢的身體動作。她不負眾望地完成了所有的表演。

工作人員搬來椅子擺到導演面前，她踩著輕盈的腳步走過去，在椅子上坐下。這個時候，我才初次感受到她是個活生生的人，不由得鬆了一口氣。坐下來之後，女孩也依然在喘氣，一時半刻無法正常地說話。為了掩飾，她的臉上一直掛著笑容。這點也令我如釋重負，暗自慶幸她不是精靈，跟我們一樣都是普通的人類。

問完問題，相關人士又同時站了起來，然後快步來到導演身邊圍了個圓圈。因為要再穿回外套，舞者朝著隨行女性等候的更衣室方向走去。

另一方面，圍著導演展開的討論十分白熱化，每個人的語氣都莫名激動。我不明白為什麼，卻也能猜到幾分。剛才這位甄選者也表現得非常好，但似乎少了點什麼。我不覺得這是因為我當評審的眼光進步了、也不覺得是因為一直看著同樣的動作，所以看出點門道來了。或許只是因為整天都坐在椅子上看她們跳舞，已經看到疲乏了也說不定。確實覺得少了點什麼，卻又說不出個所以然來。希娜．克勞德並不比前面的挑戰者差，但也沒有特別不同，這不是她的問題。如果真要說有哪裡不一樣，那就是我了吧。

評審們原地解散，又匆匆地回到座位上。終於要輪到最後一位挑戰者了。我挺起胸膛，重新在椅子上坐好。既然是最後了，就應該堅持到底，才算有始有終。然而就在這個時候，我不禁在內心驚呼。因為最後一位挑戰者是那個戴著黑框眼鏡的女性，她並未摘下眼鏡，直接站了起來。

而且這個人也沒有報上姓名，就逕自走到演出的舞台上。我不禁心想這是什麼情況啊，難道是太過緊張、忘了要先自我介紹嗎？不過在場者也沒有人多說什麼。

她快步穿過舞台，在右端停下來擺姿勢。原地轉身，衝向另一邊，在左端停下來擺姿勢。再轉身奔向右邊，呈現靜止的姿勢。

接著變換舞步，踩著小跳步反覆地從右邊移動到左邊、再從左邊移動到右邊，然後停在舞台邊緣擺姿勢。然後她的左手由上往下緩緩地落下，一條腿滑到後方後靜止，於眾人面前展現了優雅的姿態。

接著再前進到舞台的中央，雙手往左右兩邊平伸至極限，開始原地旋轉。然後再放慢速度，繼續旋轉，過程中也跳躍好幾次。一個人就完成了群舞的部分。

旋轉、跳躍、雙手水平伸直，優雅地做出類似行禮的動作。然後再度舉起雙手，在頭上圍成圓形，繼續慢慢地旋轉，同時還踢著一條腿跳躍。她展現了優雅的舞動，然後躍起，最後停下來、擺出姿勢。接著又一次邊小跑步邊揮舞著雙臂、在舞台上繞行好幾圈。這一段向眾人展現了自己是這片湖泊最美麗的天鵝，也是演出的重頭戲。

終於要進入最後的高潮——連續的旋轉大招。然而與此同時，我本能地萌生了不祥的預感。這位舞者跟前面登場的女孩們有些不同。似乎少了點什麼。或許是熱情，或許是朝著目標前進的意志。不過，那種感覺也可能是因為反覆練習至今應該具備的穩定感吧。

就在轉了一圈、接著要再一次旋轉時，她的腳絆了一下。那是個稍微離地的動作，於是她便在旋轉的狀態下摔了一跤。包含我在內的現場眾人都忍不住驚呼。

因為是以不合人體工學的姿勢讓肩膀著地，那股衝擊使她一時半刻還爬不起來。守在門口的工作人員大驚失色地關掉音樂。

似乎還能聽見眼鏡飛出去，掉在舞台上的細微聲響。

就在那一刻，奇蹟出現了。有個芭蕾舞者從左手邊的屏風後面衝了出來，我和其他人全都目瞪口呆。那個女孩的舞蹈令我們眼睛一亮。與剛才那些舞者的動作完全不同，轉圈的速度也有著雲泥之別。除了奇蹟，我想不到更好的形容詞。有什麼非比尋常的事發生了。

「法蘭契絲卡！」

有人大聲嚷嚷。而且還不只一個人。那是坐在輪椅上的劇場老闆，還有另一個人的聲音。緊接著，會場有如捅了馬蜂窩，掀起一陣大騷動。騷動的喧騰又繼續擴張、演變成滔天巨浪。同時，現場響起了足以撼動整個空間的掌聲。坐在折疊椅上的人全都像是彈起來似地紛紛起身。僅僅轉瞬之間，在場眾人全都起立鼓掌。回過神後，我已經跟著站起來了。

發生什麼事了？我還是一頭霧水。到底出了什麼事？

莫非是時空的裂縫。一九七七年的法蘭契絲卡．克雷斯潘從時空裂縫竄出來、衝進這個房間裡了。

這個人是從哪裡來的？又是怎麼進來的？我以陷入混亂的腦袋拚命思考，感覺好想放聲大叫。
樣貌年輕的法蘭契絲卡以誰也沒見識過的技巧連續旋轉，之後微微欠身鑽過木框，再有如跳躍似地站起來。接著她往後方抬起一隻腳，雙手舉到頭上，胸膛挺起、背部向後仰到極限，擺出靜止的姿勢。如此鮮活的靜止姿勢，過去誰也沒見過。
「哇喔！」歡呼聲幾乎要把天花板給掀開了。
我不禁聯想到狂風。彷彿一陣狂風突然吹進屋裡。
「法蘭契絲卡！」
「法蘭契絲卡！」
「奇蹟出現了！」
大家拚命鼓掌，扯著嗓門叫好。
一旁的穆拉托夫也跟著大喊。
「法蘭契絲卡回來了！」
所有人都坐不住了，紛紛站起來衝向前方。
倒在地上的舞者緩緩起身，被眾人團團圍住。
劇場老闆吉姆．戈登和另一個男人想撥開人群靠近她、看清楚她的臉，無奈輪椅無法越雷池一步。
「法蘭契絲卡。」
男人也對眼前的女性這麼喊著。
「妳還活著嗎？怎麼會？這是怎麼一回事？」

明明現場鬧哄哄的，但音量大到連我也能聽見。可見男人有多麼大聲。
「到底是怎麼了？妳是怎麼活下來的？之前人都在哪裡？是我呀，我是伯納德．科恩！」
男人大喊大叫。
伯納德．科恩？他也來了嗎？
「已經過了二十年，我們都老啦。不，妳還很年輕呢，只有我老了。在那之後，我沒有一天沒想起妳的事。」
「科恩先生，您認錯人了。」
但是，戴上有人幫忙撿回來的眼鏡後，原本應該是最後登台的舞者這麼說道。
「什麼意思？」
名聞遐邇的指揮家滿是疑惑，所有人為了聽她回答，現場頓時鴉雀無聲，靜得連一根針掉地上都聽得見。只有芭蕾舞者的喘氣聲格外響亮。
「我叫安妮亞．塞爾金，初次見面，請多多指教。」
「妳說什麼？安妮亞……妳真的不是法蘭契絲卡嗎？」
「那這孩子又是誰？」
劇場老闆從後面大喊。
「她就是法蘭契絲卡！如假包換的法蘭契絲卡！與那天晚上倒在這裡的法蘭契絲卡一模一樣。芭蕾舞也是，她的舞姿無疑是如假包換的法蘭契絲卡，動作絲毫不比法蘭契絲卡遜色。如果這不是法蘭契絲卡，那她到底是誰？」

白髮蒼蒼的劇場老闆揮舞著右手，在輪椅上大喊著。

湧向舞台的人們也把最後出現的女孩圍了起來。然而這個展現出世間少有舞姿的女孩，卻一句話也不說。

「她叫羅斯梅林。羅斯梅林．塞爾金。是我的……不，是法蘭契絲卡的女兒。」

安妮亞以喃喃自語的口吻說道。

「法蘭契絲卡的……女兒……」

丹尼爾．卡登警監同樣是喃喃自語的語氣。仔細一看，他的臉上露出魂不守舍的表情。

「法蘭契絲卡的女兒……嗎？妳說妳叫塞爾金。妳們，不對，這個小姑娘是怎麼進來的？為什麼？等等，更重要的問題是，她是從哪裡來的？她到底是從什麼地方進入這個房間的？應該沒有別的入口才對。大門已經鎖上，洗手間和更衣室剛才也檢查過了，應該沒有其他人……不是嗎？」

警監以錯愕到近乎茫然的口吻繼續低語，然後對我投以探詢的眼神。

「連影子都沒有喔，沒有半個人躲在裡面。我確實檢查過了！」

我從人群中大聲回答。

「我做了不可饒恕的事。」

這時傳來了女性的聲音。是安妮亞。

「我為此苦惱了好久好久。可以的話，我好想逃跑，逃得遠遠的，守口如瓶，什麼也不說。如果真的有辦法的話……」

我們全都沉默不語，只是豎起耳朵，深怕聽漏了任何一個字。但就算聽清楚了，也不明白這句話的意思。

「可是神並未饒恕我。丈夫死後，我就下定了決心，下定決心要來到這裡。為了向大家說出殺害法蘭契絲卡的人是誰，還有整起事件的真相。」

就在這個時候……

「別讓他跑了！」

有個宏亮的聲音響遍整個會場。

「摩斯先生，守著門！」

年輕的刑警在那個聲音的催促下衝向門口。

「潔！」

這次輪到我驚訝地喊了出來。

從昨晚就不見人影的潔突然從屏風後面現身，指著入口的那扇門。

我轉過頭去望向門口，只見傑森．艾普斯坦就站在門前，整個人被兩個年輕的工作人員和摩斯刑警給壓制住。

不愧是風流灑脫的花花公子，即便如此也沒有露出醜態。只見他掛著從容不迫的表情攤開雙手，一副「真拿你們沒辦法」的樣子。

「我來請求支援。」

卡登警監說完便把手探進上衣的口袋裡。

「潔！你是從哪裡進來的？我剛才明明仔細地檢查過了！」

不理會我的叫嚷，潔反而冒出一句乍聽之下沒有任何關係的話。

「你有沒有聞到什麼香味？海因里希。」

於是我把注意力集中在鼻腔，感覺確實有一股淡淡的香氣，好像是植物的香味。

「迷迭香嗎……」

我喃喃自語，潔點點頭後接著說道：

「昨天晚上我有說過吧？七點的時候門會打開。」

「你是說過……」

我回答。

「我就是從那裡進來的。伴隨著迷迭香的香氣，門開啟了。」

「可是昨晚不是沒有打開嗎？為什麼今天晚上就開了？」

「因為那是我們的時間。他們過的是另一種時間。」

潔又冒出了沒頭沒腦的話。

「愛麗絲時間。」

「愛麗絲時間？」

「而且門要是打開的話，他就不會來了。」

潔指著傑森說。

我聞言望向傑森．艾普斯坦，這次他總算露出不悅的表情了。

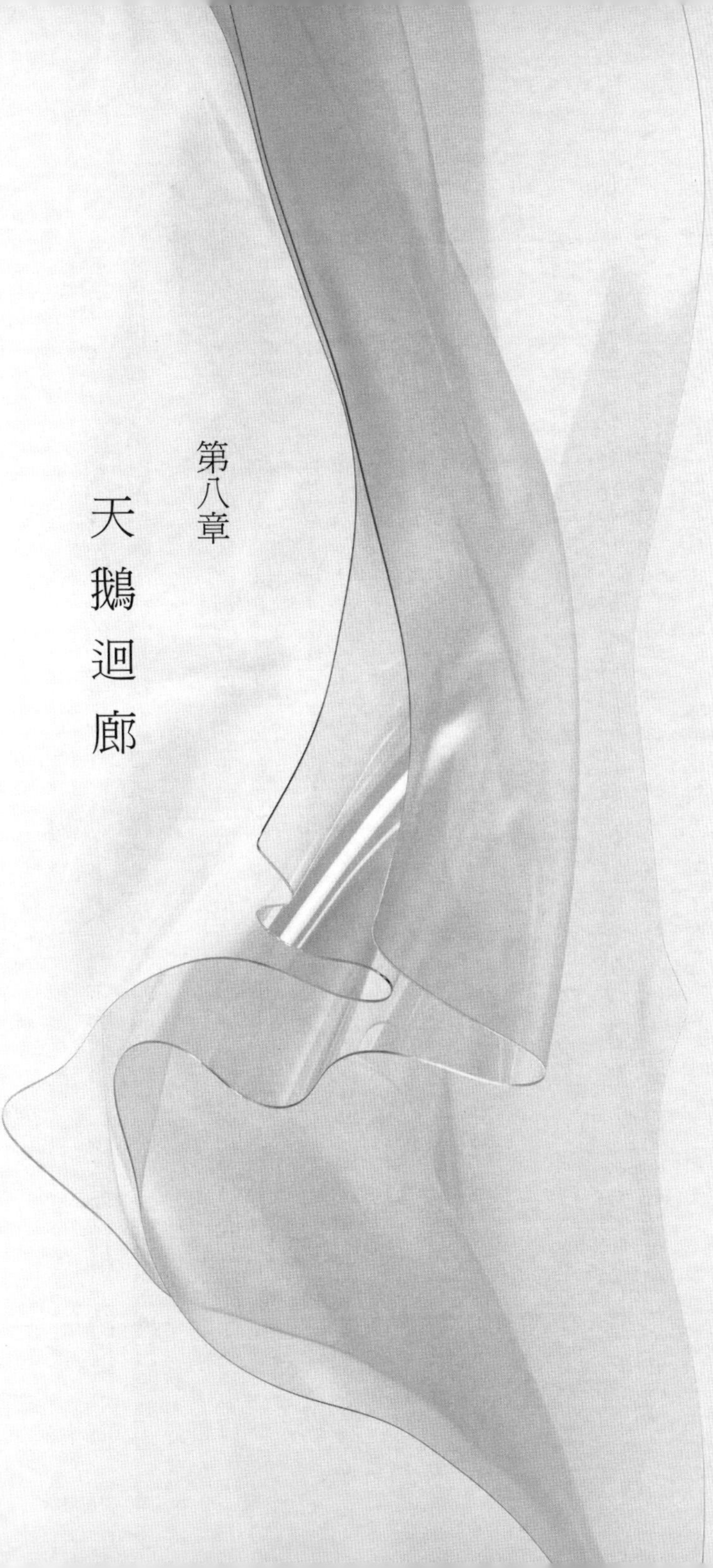

第八章

天鵝迴廊

1

一九六三年，由於被熱愛芭蕾舞的富豪相中，於是決定成為對方的情婦，之後更得到對方的推薦，加入了東德的布倫希爾德芭蕾舞團，法蘭契絲卡的專業舞者之路就此展開。與此同時，她也重新擬訂跨越國境的計畫。

不用說，法蘭契絲卡沒多久就被視為舞團的明日之星。布倫希爾德芭蕾舞團擁有世界級的知名度，只要能站上舞團的頂點，就有機會前往西方國家巡迴表演。因此，公演期間一定能找到逃走的機會。

這麼一來，女兒羅斯梅林就成了最主要的問題。即使已經正式成為專業舞者，但抱著一個還在喝奶的孩子也無法從東德逃到西方。把女兒養大需要時間，而且就算去西方巡演，留在東柏林的女兒也等於成了人質，她根本走不了。

日夜思量的結果，法蘭契絲卡寫信給人應該在以色列特拉維夫的雙胞胎姊姊——安妮亞．塞爾金，表示想見她一面，請她隔年四月的第一週來東柏林的菩提樹下國家歌劇院[33]休息室詳談。這是一九六四年的事了。

法蘭契絲卡是從別人口中才得知自己有個雙胞胎姊姊。但就只是聽說而已，她對姊姊並沒有印象。兩個人都在奧斯威辛集中營出生，不過只有安妮亞被移送到特雷布林卡集中營，從此以後便失去聯絡。

柳德米拉不知道從哪裡得知這個祕密，然後告訴了法蘭契絲卡。如果能將羅斯梅林託付給安妮亞的話，因為姊姊跟自己的長相應該很相似，年幼的羅斯梅林或許就不會意識到有哪裡不對。

但萬萬沒有想到，法蘭契絲卡寄出的信在東側這邊被歸類為禁止交寄的郵件，所以被丟進郵局的籃子裡，等待銷毀。

幸運的是，有個猶太人無意中看到這封在郵局的籃子裡躺了一段時間的信。那位郵局職員名叫斯特凡．荀貝格，他也是奧斯威辛集中營的生還者，聽過芭蕾舞者法蘭契絲卡．克雷斯潘的大名。

於是他偷偷帶走那封信，思考該怎麼處理才好。他當然也沒有把信寄出去的手段，但那年剛好出現了一個機會。一九六四年，斯特凡帶著法蘭契絲卡的信前往東京。因為他是很有天分的撐竿跳選手，作為德國聯隊代表的一員參加東京奧運。

他在代代木的選手村與以色列選手團接觸，然後拜託選手團的團長、表示這是東德赫赫有名的芭蕾舞者寫的信，無奈沒辦法從東德寄出去，所以希望能請他轉交給舞者住在特拉維夫的姊姊。團長雖然沒聽過法蘭契絲卡的名字，但還是看在同為猶太人的份上答應了。

如此這般，法蘭契絲卡的信在一九六五年的一月奇蹟似地送到了安妮亞．塞爾金所住的公寓。安妮亞當時二十三歲，與丈夫都是小學老師。她二十歲就結婚了，遺憾的是因為先天不孕，兩人並沒有孩子。

安妮亞看完信之後大吃一驚。她也曾聽聞自己有個雙胞胎妹妹，因此決定排除萬難，無論如何都要前往東柏林。沒過多久，學校開始放春假了，安妮亞便請了兩週的假，打算利用那段時間去一趟東柏林。

與丈夫埃里希商量後，兩人一同前往以色列歐洲協會，發起與東柏林的小學進行親善交流的活動。他們帶著十餘名學生從特拉維夫出發，與丈夫以特例的身分前往鐵幕的另一邊。

姊姊從以前就懷抱著想見見妹妹的強烈意念。一九六五年四月三日的晚上，她將學生們交給丈夫照顧，

33　現今的柏林國立歌劇院。因位於柏林市中心的菩提樹下大街而得名。

這對悲戚的姊妹終於在東柏林的菩提樹下國家歌劇院休息室見面了。姊妹倆都在感謝猶太的神讓她們得以在亂世中重逢。果不其然，她們的長相和體型宛如一個模子印出來似的，雖說這是意料中的事，但這點還是讓姊妹倆大吃一驚。

法蘭契絲卡絮絮叨叨地向姊姊說明截至目前的來龍去脈，告訴她自己打算站上東德芭蕾舞界的頂點，然後實現去西側巡迴公演的心願。因為自己拚了命地努力，遲早會實現這個目標。如果競爭者是這個國家目前的這群舞者的話，她有十足的自信。這麼一來就能逃往以色列。她詢問姊姊，在那之前能否幫自己扶養孩子、承諾一定會寄養育費給姊姊。萬一送不到的話，等到自己來接孩子時絕對會一次付清。

妹妹向她苦苦哀求，如果把孩子留在身邊，不僅無法專心練習，也會讓計畫變得非常冒險，還會給現在照顧自己的男性添麻煩。法蘭契絲卡聲淚俱下地表示，為了站上頂點，自己必須盡可能卸下所有的重擔。而她能拜託的就只有住在西側、與自己血脈相連的姊姊而已。

「要幫妳照顧多久？」安妮亞問她。「五年左右。」法蘭契絲卡回答。羅斯梅林今年三歲，也就是說，自己在那孩子滿十歲之前一定要成功。就算賭上自己這條命，也要出人頭地。法蘭契絲卡信心十足地再次斷言。

她拿出護照翻到某一頁遞了出來，上面是羅斯梅林的照片。原來法蘭契絲卡早已為三歲的羅斯梅林辦好了護照。她向安妮亞懇求：「請妳收下這個，把羅斯梅林帶走。如果是姊姊的話，一定能扮演好這孩子的母親。」

安妮亞感到相當不知所措。她不想惹麻煩，也不知道丈夫會有什麼反應，但終究無法拒絕，只好牽著年幼的羅斯梅林的小手，回到丈夫和學生們下榻的旅館。之後順利地完成交流活動，帶著羅斯梅林回到以色列。

羅斯梅林在特拉維夫成長，上了幼兒園，之後又進了小學。她是個優秀的女孩，成績很好，性格也很可愛，再加上或許是血緣的加持吧，就連芭蕾舞也跳得有聲有色，還參加了奧洛特當地的芭蕾舞教室。就連安妮亞原本擔心會不會心有芥蒂的丈夫埃里希也很喜歡羅斯梅林，對這孩子疼愛有加。這對想要孩子卻難以實現心願的夫妻倆也拜羅斯梅林所賜，過著幸福快樂的日子。

羅斯梅林在芭蕾舞教室也成了最頂尖的學生，開始在當地的芭蕾舞比賽大放異彩。見女兒滿舞台翩翩飛舞，不知怎地，就連母親安妮亞的血液也開始騷動，於是就請女兒教自己跳舞，結果竟然發現自己也頗有舞蹈天分。她買下當時剛開始普及的錄放影機，為女兒將會客室改裝成練習室，鑲上大型的鏡子。

安妮亞第一個買的就是法蘭契絲卡．克雷斯潘的錄影帶。當母親的練習環境也完成了，她就開始一邊觀看影片一邊瘋狂練習，還拜託當地的前芭蕾舞者以友情價教她跳舞，母女倆爭相潛心研究芭蕾舞。

也就是說，母女倆成了競爭對手，但仔細想想，這也誠屬自然。因為兩人並不是親生母女，只不過是居住在特拉維夫、而且還是郊外一個名叫奧洛特的小鎮中的養母與養女。雖然比不上法蘭契絲卡，但是羅斯梅林在奧洛特也逐漸成為打遍天下無敵手的芭蕾舞高手。至於安妮亞則是從未在人前跳過舞。

另一方面，法蘭契絲卡也如同她自己的宣言，成為東德的大明星，獲得參加海外公演的資格。然而，或許是擔心她會逃亡，所以遲遲不給她機會。就算好不容易得到機會，頂多也只能在被人監視的情況下到鄰國西德公演，插翅難飛。不過，當時間來到一九七二年的八月，法蘭契絲卡終於有機會去倫敦公演了。

而且這次對她的監視沒有過往那麼森嚴，於是她立刻抓緊機會逃走，順利流亡海外。這個時候，羅斯梅林已經滿十歲了，正好是法蘭契絲卡承諾安妮亞要去接孩子的年紀。

然而，逃到倫敦的法蘭契絲卡頓時成為西側媒體的寵兒，無時無刻都受到媒體的包圍，根本沒有屬於自己的時間。再加上保護她不受來自東側的刺客攻擊的這個名目也很冠冕堂皇，由不得法蘭契絲卡自作主張。可以想像東側的情報單位確實會持續監視自己的行動一段時間，與此同時，暗殺的傳聞也是傳得滿天飛，為了不給周圍的人添麻煩，法蘭契絲卡只好先按兵不動。她在記者會的發言也因為在ＭＩ６[34]的監控下受到嚴格的限制，無法暢所欲言。既然如此，這樣跟還在東側的時候幾乎沒有兩樣嘛。法蘭契絲卡的內心也萌生了不滿。

因此，只好將一切都寄託在信紙裡。法蘭契絲卡每天寫信給安妮亞，沒有一天或忘，每封信都一定有給愛女羅斯梅林的訊息。法蘭契絲卡一再地告訴女兒「我好想妳」、「我想快點見到妳」、「因為有這麼強烈的信念，我才能堅持到現在」。她也向安妮亞表達謝意，感謝她養育羅斯梅林，並希望安妮亞能寄幾張女兒的照片給她，同時也寄了一大筆錢給安妮亞。安妮亞收到信後，也回寄了很多羅斯梅林的照片給她。

為了寄錢給女兒，法蘭契絲卡在西側積極地展開活動。隨著她逐漸踏上通往巨星之路的階梯，寄給女兒的錢變成十倍、一百倍，這也讓羅斯梅林得以運用那筆錢進入私立名校就讀。這所學校的芭蕾舞教育也很有名，從這個角度來看，姊姊安妮亞稱職地完成了養育的義務。

只不過，法蘭契絲卡的立場卻變得日益困難。經紀人嚴禁她讓世人知道女兒的存在。因為對於經紀人來說，她就像隻會下金蛋的鵝，為了強調、維持她的神祕感，必須讓法蘭契絲卡保持單身。事實上，她確實像個身不由己的禁臠。法蘭契絲卡雖然是名留青史的天才舞姬，但是就某種意義來說，她比待在東德的時候還像是籠中之鳥。

另一方面，姊姊安妮亞怎麼也無法告訴已經視如己出的羅斯梅林「妳的母親其實是法蘭契絲卡」。也不敢讓羅斯梅林看法蘭契絲卡寫給她的信。所有送給羅斯梅林的禮物都被收在儲藏室的大箱子裡。

儘管如此，她還是把羅斯梅林撫養成一個性格良善的好孩子，成績也很優秀，老師們都建議她在服完兵役之後要去讀以色列最好的大學。羅斯梅林的芭蕾舞才能也令人嘆為觀止，天才神童的名號一天比一天更家喻戶曉，就連母親安妮亞也連帶受到敬仰，在家長會也被賦予各種重要的職務。事到如今才要表明羅斯梅林不是自己的親生女兒，可以說是致命的屈辱。

況且，她也不想擾亂女兒平靜的生活。不知原因為何，羅斯梅林完全不記得三歲時在東柏林的一切。安妮亞不想給她不必要的打擊，以免害她成績退步，從優等生的寶座滑落。

就連丈夫埃里希也贊成她的決定。因為他已漸漸變得比妻子還更溺愛羅斯梅林，以這個孩子為榮。有天夜裡，他一臉認真地告訴安妮亞，他已經無法想像沒有羅斯梅林的生活了，無論發生什麼事，他都不想失去羅斯梅林。當時他雙眼還浮現一層淚光，表示為了留住羅斯梅林，自己什麼都願意做。光是想像沒有羅斯梅林的生活，就覺得好單調、了無生趣，感到難以承受。

安妮亞也是相同的心情。一想到萬一失去羅斯梅林的話，就覺得自己一定會發瘋的。假如羅斯梅林死了，自己也會隨她而去。沒有那個孩子，自己也無法繼續活下去。身為羅斯梅林的母親，這份自豪已經成為她現今賴以生存的理由。

她很怕失去羅斯梅林。羅斯梅林正準備發光發熱。羅斯梅林擁有異於常人的魅力與美好之處。自己身

34 英國祕密情報局。為大眾所知的通稱為軍情六處，為英國的情報機關之一，負責海外情資的蒐集與情報工作。

為拉拔她長大的母親，事到如今，無論如何都不想把女兒還給妹妹了。

一九七五年，羅斯梅林十三歲了。就在這一年，身為美國大富豪家族沃爾菲勒的血脈、同樣也是鴻商富賈的傑森·艾普斯坦在特拉維夫南方海邊的雅法興建了豪宅，還在宅邸內打造了可以用餐的小劇場，輪番招待當地的音樂家及名人，某天也輪到了在當地已經小有名氣的羅斯梅林，而安妮亞與埃里希·塞爾金夫婦也應邀前往豪宅。羅斯梅林在晚宴上表演舞蹈，塞爾金夫妻倆也與傑森·艾普斯坦相談甚歡。

傑森·艾普斯坦一年中有將近一半的時間都在雅法的別墅度過。每次他來雅法，一定會邀請羅斯梅林和塞爾金夫婦一同用餐，然後欣賞羅斯梅林跳舞。為了幫羅斯梅林的舞蹈伴奏，還曾經邀請一流的樂團到府演奏。

傑森很看重羅斯梅林出類拔萃的天分，也很欣賞她的性格，希望她能一展長才。每次有知名的芭蕾舞者去以色列公演，他都會寄出所費不貲的門票給羅斯梅林，也在以色列請了知名的芭蕾舞者當她的私人訓練員，答應會盡一切力量援助她，還說會招待她去美國。

隨著與傑森·艾普斯坦愈來愈熟絡，安妮亞·塞爾金逐漸產生一股難以抑制的衝動。傑森在財經界很有影響力，在政界也有許多人脈，跟美國歷代總統都有交情。他本身是個大富豪，對於美國的媒體、演藝圈都有不容小覷的影響力。還曾經在紐約某所明星高中當過發育生物學的教師，算是個高知識分子。而且外表也很出眾，還曾經在知名電影導演友人的邀約下參與電影演出。

身上也散發出一股喜愛周遊於女性之間的氣質，但本人絲毫不掩飾自己遊戲人間的事實，所以也有風評欠佳的一面。只是對安妮亞而言，如果要找人商量自己現在的煩惱，他無疑是再適合不過的人選。傑森是美國人，而且擁有巨大的影響力。忘了是在哪本八卦雜誌上看到的，傑森在紐約與法蘭契絲卡過從甚密，因此也有人推測他們的關係並不單純。還有人認為法蘭契絲卡之所以能在短時間內成為家喻戶曉的大明星，都是因為背後有傑森強大的政治影響力在運作。

傑森顯然被羅斯梅林的才華給吸引，但安妮亞覺得他對自己也很感興趣。他們一家人之所以能屢次獲邀前往傑森的豪宅，也是因為自己的魅力使然，她認為這絕對不是自己自作多情。只不過，魅力的來源大概跟自己長得和那個芭蕾舞界的超級巨星一模一樣脫不了關係吧。如果真是如此，表示八卦雜誌說的沒錯，傑森喜歡法蘭契絲卡。也就是說，可以判斷那兩個人真的在交往。要是沒猜錯這點的話，安妮亞內心盤算這對自己而言無疑是一件好事。

某一天上午，安妮亞在特拉維夫的鬧區偶遇傑森。

「咦，這不是安妮亞嗎。」

傑森．艾普斯坦先開口。

另一方面，安妮亞緊張到呼吸困難。她其實已經在腦海中想像過上百次這樣的不期而遇了。一想到機會終於降臨，竟然不由得緊張到喘不過氣來。

「艾普斯坦先生，終於見到你了。」

安妮亞情不自禁地脫口而出。傑森露出了有點意外的表情。這也難怪，因為他大概做夢也沒想到安妮亞會這麼說。

「我有事想找你商量。」

安妮亞說出一直藏在胸臆中的話。

腦海中浮現出「卑劣的陰謀」這種形容詞。可是安妮亞已經走投無路了，不得不去實踐這個卑劣的陰謀。

傑森邀請她到身後的咖啡館坐坐，於是兩人面對面地在戶外的露天座位坐下。雙方都戴著太陽眼鏡，沒有人發現他們是誰。打從法蘭契絲卡亡命到西側後，安妮亞在外面都不敢摘下太陽眼鏡，就連待在室內或下雨時也一定會戴著平光眼鏡。

安妮亞點了一杯蘇打，傑森則點了可樂娜啤酒跟漢堡、沙拉。

店員離開後，桌子對面的傑森傾身向前，觀察安妮亞的表情。他的臉上始終掛著玩世不恭的神情，但或許也一直在意著某件事。安妮亞平常都跟丈夫出雙入對，所以傑森都沒機會開口。但今天沒有閒雜人等，安妮亞猜想傑森大概會伺機提出那件事。事實上，她也認為今天是千載難逢的機會。

「有沒有人說過妳很像誰？」

果然不出她所料，傑森劈頭就提出這個問題。被問到這個問題時要做出什麼反應，安妮亞也已經沙盤推演過無數次了。所以她嫣然一笑，微微頷首後才開口。

「艾普斯坦先生。」

「叫我傑森就好。」

這句話也在預料之中。安妮亞感到謝天謝地。

「傑森，你說的該不會是那位出身東德的芭蕾舞者吧？」

傑森果然如她所料地點頭。

「這樣的話……確實如你所想。」

安妮亞說道。

或許是慎重起見，傑森沒有再說下去。顯然是想等到安妮亞說出下一句話再判斷要怎麼應對。

「你是指法蘭契絲卡．克雷斯潘吧。」

接著她再下一城，不等對方回應就直接說出結論：

「她是我的妹妹。」

如同她先前的預想，傑森驚訝地瞪大雙眼，口中還念念有詞。

「姊妹啊……」

「我們是雙胞胎姊妹。」

安妮亞接著說。

「要我拿下眼鏡嗎？」

被對方這麼一問，傑森戒慎恐懼地點頭。

摘下眼鏡，安妮亞露出毫無遮掩的面孔。傑森一瞬也不瞬地盯著她，看著看著，眼睛愈睜愈大。安妮亞把眼鏡戴了回去，這是她第一次讓傑森看到自己沒有戴眼鏡的臉龐。

傑森吐出一口大氣後說道：

「太令我驚訝了。」

然後又接著說：

「比我在林登聽到攻打河內的消息時還更驚訝。」

「你是在說越戰的事吧。」
為了表示自己並非不學無術之人，安妮亞也隨即回應。
「我只覺得法蘭契絲卡就在自己的面前。」
安妮亞默不作聲，以微笑回應。為了讓自己看起來更有魅力，就連臉的角度也經過一番妥善計算。
「還有誰知道這件事？」
「沒有了。不對，只有我丈夫知道。」
「嗯哼。」
傑森應了一聲，點點頭。
「你跟法蘭契絲卡很熟吧。」
安妮亞問道。她早有預料這兩個人的關係匪淺。
「我見過她。」
傑森慎重地回答。
「妳呢？」
「只有一次。她在東柏林把羅斯梅林託付給我的時候。」
「哪裡？」
「菩提樹下國家歌劇院的休息室。」
「竟然是這樣啊！」
傑森大吃一驚，但隨即陷入沉思。另一方面，安妮亞倒是胸有成竹。她已經全都想好、全部決定好了，而且也沒打算掩飾。為了如願以償，最好不要有任何隱瞞。像傑森這種有錢有勢的人，要揭穿自己隱瞞的事情實在太容易了。一旦穿幫，他一定不會答應自己提出的任何要求吧。取得他的信賴也很重要。

「也就是說，羅斯梅林……」

「是的，是我妹妹的女兒。」

傑森看起來很冷靜，但內心顯然正掀起驚濤駭浪。

「法蘭契絲卡．克雷斯潘的女兒。難怪啊……」

他的語氣似是感慨萬千。

「沒錯，她很有才華。而且是天賦異秉的才華。」

「確實天賦異秉……」

傑森也表示同意。

「確實是天賦異秉的奇才。」

傑森一再重複這句話，抱著胳膊，陷入沉思。

他大概也想過安妮亞與法蘭契絲卡是不是有某些連結，應該也懷疑她們會不會有血緣關係，但肯定沒想到羅斯梅林居然是法蘭契絲卡的孩子。由於是意料之外的發展，這令他大受衝擊。

「嗯嗯。」

他深深地吐出了一口氣，接著問安妮亞：

「妳剛剛說有事要我商量？」

安妮亞端正身子、正要回答的時候，可樂娜啤酒和漢堡正好送上來，打斷了他們的對話。

等店員退下後，傑森再問了一次。
「妳想商量什麼？」
安妮亞也不喝蘇打，先探出身子。看在傑森眼中，或許會覺得她有些急躁亢奮。
「我覺得法蘭契絲卡很自私。」
安妮亞不顧一切地直言。
「自私？」
「沒錯。因為有了孩子，就要我從以色列去找她。我和丈夫都只是小學老師，你對政治的世界瞭若指掌，想必很清楚像我們這樣的普通人要穿過鐵幕有多麼不容易。」
「嗯。」
傑森點頭表示理解。
「我們幫她順利逃出生天，她卻反過來要我們把孩子還給她，這也太任性妄為了。那孩子的天分或許來自於母親的遺傳，但我們不管生活過得再苦，還是拚命擠出學費供她去城裡最好的芭蕾舞教室、讓她上最好的學校，這點也功不可沒吧。而且不只一朝一夕，而是每年都堅持挺過來了。如果她當初留在法蘭契絲卡的身邊，是絕對走不到這一步的。」
「嗯。」
傑森又點點頭。
「妹妹現在才開始寄養育費來，但是在我們帶著那個孩子回到這個城市生活的七年間，她一毛錢也沒付過。或許從東側無法寄錢過來，但她顯然從未想過我們為了籌錢究竟付出多少苦心。」

傑森不發一語地點頭。

「就這樣十年過去了，如今那孩子已經視我們為親生父母，和我們處得很好。我也是一樣的心情，那個孩子就是我的女兒，我不想交給任何人了。如果要拆散我們，我也沒有辦法苟活。要是失去那孩子，等於是要我去死。事到如今才讓我變成一個失去孩子的母親，這叫我該怎麼面對、又該何去何從呢？根本無法再活下去了。未來不管走到哪裡，所有人都會問我今天怎麼沒看到羅斯梅林啊。」

「肯定會被問個沒完呢。」

「話又說回來，法蘭契絲卡如今已經聲名大噪了，而且是前所未見的家喻戶曉。而她之所以能擁有這麼高的知名度，也是建立在沒有孩子的前提下。經紀人不准她公開自己有孩子的事實。既然如此，她現在要孩子做什麼？她真的太自私任性了。既要身為巨星的名聲，又想要孩子，實在太過貪心。應該知道魚與熊掌不可兼得不是嗎。我有說錯嗎？」

「嗯，或許妳的想法才是正確的。」

「她現在的說詞是，既然羅斯梅林有跳芭蕾舞的天分，就應該回到她的身邊、由她自己照顧。問題是，她就算把羅斯梅林帶去紐約又能怎麼樣呢。又不能公開說自己是羅斯梅林的母親，還不是得另外租一間公寓，雇個人來照顧孩子。這麼一來，羅斯梅林實在太可憐了，根本等於失去了父母。」

「嗯，這麼說也有道理。」

「守在那孩子身邊的應該是我，而法蘭契絲卡應該要放棄孩子。畢竟她還有更重要的任務。更別說自從她逃出來以後，根本也沒有來過特拉維夫不是嗎。完全沒有信守承諾。不只是她廣大的追隨者和經紀人，還有全世界的芭蕾舞迷，每個人都希望法蘭契絲卡．克雷斯潘沒有孩子。她不能這麼自私！」

安妮亞說到這裡，氣得流下兩行清淚。

傑森始終默不作聲，沉默了好半晌。之後安妮亞也安靜下來，一時半刻似乎已無話可說了。

「那麼，妳希望我怎麼幫忙？」

傑森問道。

「你無所不能，對吧？傑森。」

聽了這句話，傑森不禁面露苦笑。但他的表情已經回應了安妮亞的期待。

「你在世界各地都擁有壓倒性的影響力，既能掀起戰火，也能阻止戰爭，更何況……」

「更何況？」

「聽說你和法蘭契絲卡交情匪淺……」

被這麼一問，傑森顯得更慎重了，沉思了好一會兒才開口：

「嗯，要這麼說也不是不行啦。總之妳希望法蘭契絲卡能放棄要回羅斯梅林對吧？」

傑森直指問題的核心，而安妮亞則是慢慢地、慢慢地低下頭去。這顯然就是默認的意思了。

「沒錯吧？」

傑森又問了一遍。

「為此我什麼都願意做。」

安妮亞不顧一切地說道。

「只要是我能辦到的事，什麼都可以。」

「什麼都可以嗎？」

傑森抓住她這句話不放。

「對。」

傑森又深深地嘆了一口氣。安妮亞並沒有忽略他嘆完氣以後，薄唇浮現出一閃即逝的笑意。

我就知道。安妮亞心想。他就是這樣的人。傑森已經理解「什麼都可以」指的只會是一種行為了。安妮亞也是心知肚明才會說出這句話。

「確實，如果是我的話，應該能完成妳的重大心願。」

他慢悠悠地說。

「不，這件事或許全世界只有我辦得到。」

「沒錯。」

安妮亞斷言，但她彷彿沒聽見傑森的回答，只是下意識地想說出「沒錯」這兩個字。因為考慮到丈夫和法蘭契絲卡的感受，自己接下來要做的會是非常糟糕的事情。

見安妮亞沒有想再多說什麼了，傑森便接替說下去。

「這個任務比讓南北越合併更加困難。」

傑森打了個比方，語氣中帶著些微笑意。

「法蘭契絲卡的確很貪心，比胡志明還貪心也說不定。她要的是桌上堆積如山的鈔票、承諾未來十年都能在世界各地的主要芭蕾舞劇擔綱主角的合約、還有……」

聽到這裡，安妮亞的心情沉落谷底。今時今日的法蘭契絲卡大概就連這些事也都會在背後牽扯龐大的利益糾葛。羅斯梅林是這位大明星懷胎十月生下來的孩子，而自己卻希望她放棄這個孩子。為此，就需要自己就算一百輩子做牛做馬也賺不到的錢。現在的法蘭契絲卡已經有立場、也有實力能大大方方地提出這樣的要求。既然如此，這件事果然只能拜託傑森．艾普斯坦了。

「麻煩的是羅斯梅林將來或許真能繼承母親的衣缽，背負起全世界的芭蕾舞界。那個孩子或許真的擁有這樣的天分。這麼一來，芭蕾舞界的重擔就會壓在那孩子的肩上。因此法蘭契絲卡的女兒，羅斯梅林．克雷斯潘……」

「羅斯梅林．塞爾金。」

安妮亞糾正他。

「對法蘭契絲卡而言，那孩子不是必要的。但我需要那孩子。這句話我敢自信滿滿地說出來，是我培養出世界級的羅斯梅林。」

「嗯嗯。妳接下來有時間嗎？」

傑森提出意料之中的問題。

「有。」

安妮亞回應的聲調很低沉。

「到幾點？」

「到五點，之後就要準備晚飯了……」

講完後就覺得心臟跳得好快。傑森果然對自己的身體感興趣。大概是想確認看看自己的身體跟妹妹法蘭契絲卡是不是很相像。以前曾經在某本書上看過，有支配欲望的男人通常都對這種事感興趣。

關於這一點，坦白說安妮亞自己也很好奇。好奇那個日夜鍛鍊、爬上世界頂峰的女人擁有什麼樣的身體。她一直想知道女人的機能是怎麼回事。

安妮亞認為自己深知男人有對這種事產生興趣的癖好，也認為應該善加利用。她想破腦袋也想不出還有什麼其他的方法能讓法蘭契絲卡放棄羅斯梅林。就算自己說破了嘴，她也聽不進去吧，所以只能借助大人物的力量。而且還得是連她都無法違抗的大人物。這種時候已經顧不上手段了，無論如何都不能讓法蘭契絲卡要回羅斯梅林。

傑森在桌上放下包含足額小費的紙鈔，用杯子壓住，然後起身。接著他伸出手去握住安妮亞的右手。安妮亞也不逃避，用力回握，意味著契約成立。

這並不是單純的不倫之戀。對金字塔頂端具有高度影響力的傑森．艾普斯坦這個人讓安妮亞感受到男性的魅力。他相貌堂堂的模樣也令安妮亞心旌搖曳，所以她其實很期待這件事的發生，並沒有欺騙自己，也沒有絲毫勉強。但她的目的終究不是一晌貪歡，而是有明確價值的目的。那是自己無論付出再大的代價都想實現的目的、也是身為母親的目標。安妮亞已經陷入鑽牛角尖的死胡同，即使可能因此與丈夫鬧翻也無妨。就算犧牲一切，也必須達成目的。

因此，進入金碧輝煌的寢室、被傑森脫去衣服後，安妮亞依舊抓住他的手再次確認。

「所以你算是答應我了？傑森。」

傑森看著安妮亞的眼睛，似乎在反問這句話是什麼意思。

「你會讓我妹妹放棄羅斯梅林嗎？」

聽到這裡，傑森似乎有點興奮，他急切地說：

「當然，我答應妳。」

「如果是你的話，一定能辦到。」

已經一絲不掛的安妮亞說道。

「能辦到這件事的，就只有你了。」

翻雲覆雨的過程中，安妮雅嬌喘連連，感覺比實際獲得的感受還更加亢奮。身為女人，她可不想輸給妹妹。即使是同卵雙胞胎，萬一身為女性的價值產生巨大的落差，表示自己的努力還不夠。

當一切歸於平靜，兩人並肩仰躺在床上的時候，安妮亞終究還是按捺不住、開口問道：

「我表現得如何？」

「什麼意思？」

傑森反問。

「我和法蘭契絲卡一樣嗎？」

「一樣？」

「觸感、形狀……什麼什麼之類的。」

「安妮亞。」

「你盡管說沒關係，傑森，我不會往心裡去。你是有權有勢的人，充滿男性的魅力，凡是女人都會被你吸引。問你喔，你在我身上看到了法蘭契絲卡的影子嗎？」

「既然妳都這麼問了，那我就直說吧。我知道她的一切，無謂是身體，還是想法。所以我答應妳，一定會為妳達成目的。如果是我說的話，她應該會聽進去，她欠我的太多了，不敢跟我唱反調。再加上我有錢，在政界也有影響力，她對我千依百順、言聽計從。」

聽到這裡，安妮亞抱緊身旁的傑森。她是打從心底感到欣喜，而不是出於偽裝的演技。

「我好開心喔。就是因為這樣，我才會請你幫忙。你太無所不能了。」

「還有一件事。」

被抱著的傑森說道。定睛一看，他豎起了食指。

「妳比較棒喔。」

「咦？真的嗎？」

安妮亞下意識地反問。

「真的啊。妳的身體很柔軟，觸感非常好。法蘭契絲卡又乾又硬，全身上下都是用來跳芭蕾舞的機械，在床上一點都不舒服。」

這是她最想聽到的答案。這時安妮亞再度默默地抱緊他，欲言又止的唇瓣喜孜孜地抿成一條線。即使同樣都是擁抱，對方還是覺得抱著自己的時候比較愉悅。

2

「可以請你跟塞爾金女士一起在這裡等著嗎？」

潔以匆匆忙忙的語氣交代穆拉托夫。

傑森・艾普斯坦已經被接獲警監命令趕來的刑警們帶走了。

「可以是可以，不過你要上哪兒去？」

穆拉托夫反問他。

「這個晚點再解釋。因為事情有點複雜。」

潔丟下這句話。我在一旁問道：

「像一團亂麻嗎？」

「比亂麻纏得還緊呢，所以說明起來需要時間。海因里希，你跟我一起去。摩斯警官、卡登警監也請跟著來。沒有時間了，我們邊走邊解謎吧。接下來將會是一場小小的冒險，如果警監對體力沒有自信的話，請與公關課的穆拉托夫先生交換，留在這裡等我們的消息。」

「要去哪裡？」

卡登警監問潔。

「健身房。塞爾金女士，我們三十分鐘後回來。」

潔對那對芭蕾舞者母女說道，後者點了點頭回應。

「只要能知道事件的真相，到哪裡我都願意奉陪。公關的工作不適合我，但這個案子是我追了一輩子的目標。」

「那麼請跟我來。」

潔說道。

「三十分鐘？潔，三十分鐘就能搞定嗎？」

我忍不住問他。

「不管能不能搞定，三十分鐘都必須回來。因為已經確定嚴密的時間了，就像日本國鐵那樣嚴格。」

「我們到底要去哪裡啊？」

「穿過鏡子，到未知的國度去。」

我被潔的回答堵得說不出話來。

「只剩三十分鐘了，所以我們動作快一點吧！」

潔邊說邊追過準備好要回家、正魚貫通過入口大門的電影相關人士以及芭蕾舞者們。來到走廊上，潔踩著匆促的腳步穿過人群走向電梯。按下按鈕之後，他轉頭面向卡登。

「警監，你會去健身房嗎？」

「每週至少去一到兩次。要我在一分鐘內跑完四百公尺確實有點強人所難，但除此之外……」卡登回答。

「這樣就行了，我們不需要跑步。」

「但這一切未免也太倉卒了。」

「有什麼抱怨請找我在斯德哥爾摩的校長。總之我今晚一定要結束這一切才行。因為明天晚上我們就不在這裡了。」

「這樣啊。」

電梯來了，潔率先走進去，又接著往下說：

「艾普斯坦先生在前往拘留室的路上了，但接下來才是麻煩的地方，大概會很棘手。」

潔按下四十樓的按鈕。

「現在大概有一打的律師軍團正朝這裡趕來。」

卡登說完，站在一旁的蓋瑞・摩斯刑警也點頭如搗蒜。

「如果他犯下的是殺人罪，就沒有時效的問題了。」

卡登邊說邊凝視著潔的臉。

「一切都仰賴你接下來的說明了。艾普斯坦先生二十年前的罪狀究竟是蓄意殺人？還是過失致死？」

「這點不用擔心，是蓄意殺人。」

潔回答他的疑問。

「如果是這樣的話，有些同事大概會感到很欣慰。」

「請轉告他們，可以準備開香檳慶祝了。」

潔如此斷言。

「如果能解開高懸二十年的懸案，一定要開一瓶最貴的。」

然而，這時我看著潔的臉，提心弔膽地開口了。因為我總覺得事情沒有這麼簡單。

「潔，找不到凶器，也不清楚動機，就連目擊證人都……」

「有啊。現在正和公關課的穆拉托夫先生在樓上等著。」

他指向天花板。

「你是說塞爾金女士嗎？安妮亞・塞爾金？」

「凶器也是，等一下就能看到了。」

他說話的語氣滿是自信。

「凶器？」

「凶器還在嗎？在哪裡？」

卡登也跟著追問。

「接下來就知道了。」

「接下來？」

「門格勒未能打造出無痛症的軍隊。」

潔突然提起完全無關的話題。

「但是他成功創造出雙胞胎。雖說成功了，但也不是嘗試十次、就十次都能成功那種程度。十次裡面大概只有一、兩次成功的機率。他在戰後逃亡至南美，當了一段時間的婦產科醫生。雖然並不是那個時候的事情，不過後來在他的周圍誕生了許多雙胞胎。」

「真的嗎？」

「真的。只不過，沒有人能證明這是門格勒幹的好事。不過還在德國的時期，他可能就發現了如何讓受精卵分裂成兩個胚胎的方法。」

「也就是說，安妮亞，塞爾金和法蘭契絲卡．克雷斯潘……」

我話還沒說完，潔就不急不徐地點頭。

「是他的第一號人體實驗嗎？」

「聽說達豪有一對、其他集中營有兩對雙胞胎都是在門格勒的監視下誕生，所以說……」

「有這個可能性嗎！」

我忍不住拉高了音量。潔又接著說：

「所以他才想把法蘭契絲卡帶到南美去，親眼見證她是不是能平安成長。」

「原來如此！是這麼一回事啊。」

我繼續大聲嚷嚷。

「只是有這個可能性喔，海因里希。而且這也不是我們現在要解決的懸案。」

「但最終還是失敗了，上帝不允許這種事發生。」

警監感觸良多地說道。

「或許吧，警監。」

「所以他創造的作品自相殘殺了？是這樣嗎？」

卡登追問。但潔只是微微頷首，一言不發。

「要是戰爭打得再久一點，可能會誕生更多的雙胞胎。不過上帝並沒有給門格勒太多時間。」

「雙胞胎如果能量產的話，確實會對戰爭有利……」

卡登喃喃自語。

「因為能增加軍人的數量。」

原本沉默寡言的蓋瑞·摩斯突然冒出一句。

「這麼一來，戰爭得持續到那群嬰兒長大成人呢。」

卡登又開始喃喃自語。

「那還真的是得比誰的氣長呢。等他們長大，希特勒都變成老爺爺了。」

「最好是痴呆到連戰爭是自己發起的都忘了。」

潔也回應。

「失智症……疾病面前，眾生平等。」

我跟著說道。

「不過，萬一他活到一百歲還沒得失智症，而且研究所的實驗還在繼續的話……」

「德國境內就都是雙胞胎了。」

潔邊笑邊說。

「不管是身分證件、西裝、鋼筆、桌椅、帽子或假髮，凡是德國生產的國民商品都得成對呢！」

「有可能會是這種未來。」

我這麼附和。

「而且戰後的歐洲還不知道要怎麼處理德國的這個問題呢。面對這種世紀性的難題，世界衛生組織大概也會傷透腦筋。」

「話說回來，製造雙胞胎的難度比較低。即使是當時的技術也不是沒機會成功。」

潔補充。

「由納粹不人道的科學創造出來的雙胞胎嗎。一個人被培育成天才，然後被另一人殺害……是這樣的嗎？原本就不應該存在的雙胞胎，最後又變回一個人……這就是上帝的安排。」

卡登問道。

「也可以這樣理解吧。」

潔掛著痛心疾首的表情點了頭。

「這個富含訓誡意義的故事很有魅力，就像是令人難以抗拒、神聖的伊索寓言。上帝不允許的存在遲早都會毀滅。人類愚蠢的欲望終究會塵歸塵、土歸土。」

電梯門開了，潔打頭陣，率先走出電梯。

「這裡是哪裡？」

左顧右盼後，卡登問道。

「四十樓，法蘭契絲卡‧克雷斯潘的住處所在地。」

說完，潔就大搖大擺地在走廊上前進，領著我們走到那扇雕刻得美侖美奐的房門前。然後他掏出鑰匙，插進門把下面的鑰匙孔。

「那把鑰匙是從哪裡來的？」

「克雷斯潘小姐生前寄給塞爾金女士，希望她能交給女兒羅斯梅林。因為對於羅斯梅林而言，這是自己家的鑰匙，意味她隨時都可以開門回家。」

「原來如此，真是天下父母心啊。」

卡登的語氣似是充滿了感動。

「這就表示她隨時都在等著女兒回家。」

「嗯，可以理解她的心情呢。法蘭契絲卡肯定對那一天充滿嚮往、望眼欲穿吧。畢竟她過去的人生實在是受盡了折磨。」

「我們也進去吧，警監。要感傷等進去再感傷。如你所說，法蘭契絲卡想在這個家裡等著女兒羅斯梅林回來、想與她一起生活的念想比什麼都還更強烈。不管別人怎麼說、使出什麼樣的眼淚攻勢，就算拿槍指著她，她也絕對不會妥協。如同字面上的意思，她會不惜賭上性命。」

「我想也是，我完全可以理解。」

卡登警監感慨萬千地說。

「我也替入監服刑的路吉當了好幾年父親。每當理查來找我商量事情時，我都能感覺到路吉在我背後釋放出來的父愛，次數多到數也數不清。每次都讓我萌生渾身發顫的情緒。其他人大概無法體會那種感覺吧……但我能理解，非常能理解為人父母的心情。」

眼前的警監以彷彿從內心深處湧出的聲音對我們說。

「請往這邊走。不好意思啊，沒有時間了，動作請加快。」

潔邊說邊帶路。

「這裡是客廳，那這邊是寢室嗎。」

「等到明天再慢慢參觀吧，警監。今天請用像是特快車的速度掃過一遍就好，否則我們今晚就要在外頭露宿了。」

「露宿？」

我感到疑惑。

「沒錯。而且這個季節外面還很冷，會感冒喔。」

潔說完，就邁開步伐朝著長廊的盡頭走去。

「這裡是更衣室。」

說完後就開啟更衣室的門，打開牆上的開關。燈光隨即亮起，出現在我們眼前的是似曾相識的光景。一個有著大型全身鏡的空間。就跟小數點劇場的更衣室一模一樣。

「這邊。」

潔招呼我們，逕自走到大鏡子前，然後抓住木框的下緣，用力地往自己這邊拉。

「哇！」

我失聲驚呼。不只我。卡登警監、摩斯刑警也都異口同聲地喊了出來。潔抬著鏡子的邊框、以上邊為支點，就像是掀開往上掀的櫃門般打開了鏡子。

夜風從外面吹進來，還帶著某種植物的氣味。我不禁感到困惑，那邊是室外嗎？真的假的？距離地面四十層樓高的室外——

「來，跟著我。」

語畢，潔提起右腳，往鏡子踏了過去。下一瞬間，再提起左腳，身影隨即消失在鏡子裡。

「潔！」

我下意識地呼喚他的名字。感覺潔的身體就要消失在異次元的世界裡。

3

「來吧，各位請到這邊來。」

外頭傳來潔的聲音，於是我和卡登警監彎下腰，將上半身從掀起的鏡子下方探進去，望向另一頭。

只見前方有個大概一扇門大小、長方形的洞，身材纖瘦的潔就站在那邊，還能看到他的頭髮被風微微吹動。

「快點過來，海因里希，別拖拖拉拉。」

潔說完就往我這邊伸來白皙的手。我握住他的手，被他拉著跨過鑲嵌著鏡子的牆壁，來到潔站的地方。

「瞧，你也穿過鏡子了，海因里希。這麼一來，你也是人類了。」

潔說著莫名其妙的話。

這是個寬一碼半左右的空間，極為狹窄。但並不是我想像中的那種危險場所。冷風吹過夾在石牆與石牆之間的狹長空間，拍打在我臉上，我忍不住縮起脖子。

不過夜風的氣息意外地宜人，散發出植物的清香。沒想到會在離地四十樓的地方聞到這種香味。

「警監跟摩斯刑警也快點到這邊來。沒有時間了，動作要快。」

兩人聞言立刻把腦袋伸進來，抓住潔的手，站到這邊的地鋪石地板上。

「很好，大家都穿過鏡子了。四隻天鵝變成四個人類。雖然欠缺魅力，但總算要展開冒險之旅了。」

潔這麼說道。他到底在說些什麼啊？我聽得一頭霧水。感覺很像是在開玩笑，但我聽不懂他的意思。

「真不敢相信啊，外面居然有這種地方。」

卡登警監自言自語。這時潔走到他的旁邊。

「請穿過巷子從這邊出來。外面有條迴廊。但是請小心點，千萬不要推擠喔。因為這條路非常狹窄，而且離地一百五十碼，掉下去肯定沒命。」

一行人魚貫地往前走，終於抵達大樓的外牆處，上下左右有無數的窗戶，視野頓時豁然開朗，前方是中央公園寬廣、幽暗的綠意，有如一座長方形的奇特島嶼。

「這裡有個寬七十英寸的露台，是一條迴廊。請牢牢地抓住牆壁上的石頭，石頭上有凹陷處，只要用手指勾住就不會有危險了。」

潔走到迴廊左轉處等著我們，做出以上的指示。

「竟然能通到這種地方！」

卡登警監驚嘆不已，望著眼前中央公園那一望無際的綠意。

「真是壯觀的景色啊，簡直就像是來到世界盡頭的祕境。」

「跟從窗戶看到的風景完全不一樣呢。」

摩斯刑警也讚嘆。

「嗯嗯，沒有任何遮擋，可以將如此遼闊的綠意一覽無遺，宛如未經開發的叢林。沒想到窗外有個視野這麼好的露台，真是太驚人了。」

「是新月呢。」

潔喃喃自語。仔細一看，新月就掛在大樓的空隙之間。

「真是不可思議的機關，只可惜大家都不知道。」

潔說。

「為什麼大家都沒發現呢？」

「因為鏡子的門鎖上了，所以任誰都不曉得那會是一扇門。」

「可是剛才打開了。」

卡登提出質疑。

「你念了什麼咒語嗎……」

「並不是這樣。晚點我再解釋。請慢慢地走過來。」

我們一行人貼著牆壁緩緩前行。原本大家都面向公園，但是在潔的指示下慢慢地轉身面向牆壁、再慢慢地往前走，慎重地往左手邊前進。

「請看各自的腳邊。露台有點凹凸不平，所以會因為雨水流進去的關係而積水。凹陷處積水後就形成湖泊。你們看這塊石頭，還刻著『約拿湖』幾個字。這座牆面的迴廊是仿造沙岡那部作品的幻想舞台去打造的。」

原來如此，這時我總算進入狀況，也理解朋友開的玩笑是什麼意思了。這裡就是天鵝迴廊。

「這是約拿湖……」

「這湖也太小了。」

「原來是迷你的庭園造景啊。問題是，這麼迷你的空中庭園是誰的作品？」

卡登問道。

「建造這座大樓的人，也就是沃爾菲勒的總帥。」

潔這麼說明。

「哦，是他啊。聽說他是整個芭蕾舞文化的大金主……竟然神不知、鬼不覺地在摩天大樓的窗外蓋了這麼一條祕密的步道，用來暗喻現在是芭蕾舞界的頂點。沒想到這棟大樓居然有這麼個隱密的機關！我做夢也想不到。」

「這是從沙岡的故事得到靈感，然後在可以俯瞰中央公園的地方打造了這個迴廊吧。」

「為了掩人耳目吧。」

我剛說完，潔也隨即開口。

「因為要是經常來到外頭散步，如果旁邊有無數大樓的窗戶，肯定會很引人注目吧。」

「嗯嗯，有道理。」

「雖然可以等到傍晚以後再出來，但遲早會引起流言蜚語。我們現在要爬上這面牆。」

潔說得雲淡風清。

「什麼啊！」

卡登警監發出怯懦的驚呼聲。聽到這句話，我也覺得眼前一黑，全身動彈不得。內心湧出源源不絕的恐懼，雙腿都怕得發抖了，真心想退回屋裡。要爬上摩天大樓的外牆，無疑是前所未有的大冒險。對於我這種外行人而言，簡直是不可能的任務。

「這是要攀岩嗎。對老人家也太不友善了。」

因為卡登都這麼說了，我也急著想要接句贊同的話，然而潔不給我任何插嘴的機會就直接開口：

「不用擔心。大概只有一層樓的高度，所以其實沒有想像中那麼困難。上面還有露台，每層樓都有可以休息的地方。而且牆面的石頭上部都有可以把手指伸進去抓住的凹槽，就跟梯子一樣，所以一旦習慣就沒那麼可怕了。」

潔回道。話雖如此，依舊無法否定這將會是場命懸一線的大冒險。我很後悔自己沒想太多就跟來了。才沒有爬完一層樓的高度就能解脫這種事，後面還有得爬呢。

「今天沒下雨，風也不強。所以不要想得太過困難，請試試看吧。像我這樣，看好了。」

丟下這句話，潔開始往上爬。

「等等我，潔！」求饒的悲鳴幾乎脫口而出。這次換摩斯刑警大聲地打斷我。

「鏡子的門呢？」

「不要管它，自己就會關上了。」

潔從牆上對著下方的我們說。仔細一看，潔正用右手抓著石頭，左手則是自然往下垂。這種事我可做不來，我又不是猴子。

「要走囉，大家跟上來。」

頭上傳來潔冷酷的催促。我嚇出一身冷汗，想退開讓警官先行。但卡登舉起右手，示意要我先走，不用謙讓。這也很合理，因為走道窄到不行，根本不能換位置。

想哭的心情瞬間襲上心頭，我只好鼓舞自己，這一切都是為了寫出暢銷小說。做好視死如歸的心理準備後，我把手伸向牆上的石頭。

指尖傳來石頭冰冷的觸感，可以輕鬆地深深插進人工鑿出的凹陷處。試著把鞋尖也插進去，用來踩腳的空隙比想像中的還要深，比預期的還更能保持身體穩定。內心湧出微弱的自信，說不定真能走到終點。

原來如此，一旦開始走，確實沒有想像中那麼可怕。手能牢牢地抓住石頭，落腳的空間也夠深。內心湧現了早知道就先減肥，讓體重輕一點再來的後悔，但其實就跟爬梯子一樣，應該有辦法做到。只不過，這是建立在只盯著眼前牆面的前提下，萬一往下看，我也沒把握自己軟弱的精神撐不撐得住。

「休泰奧爾多先生，感覺如何？」

腳下傳來警監的大聲詢問。

「不輕鬆，但也沒想像中那麼辛苦。但我建議千萬別往下看。」

我回答。

「試著往下看一下吧，海因里希。」

頭上傳來潔的聲音。

「才不要，死都不要！」

我毫不猶豫地拒絕。

「沒事的，梯子底下就是露台。」

潔這麼強調。有道理，我這才發現完全看不見地面上的人行步道。但就算是這樣，心情也不會因此就變得輕鬆。

只爬了一層樓的高度，確實稱不上大冒險。不一會兒，上面那層樓的迴廊就出現在身體旁邊。當迴廊地面高度逐漸降到鞋子的位置，用來讓手指攀住的牆石也逐漸移到右上方的位置，好讓人可以順勢站上迴廊，實在是很貼心的設計。若非這種設計，像我這樣的普通人是絕對爬不上來的吧。

「歡迎來到約拿森林。」

爬上來後，潔一面說、一面抓住我的右手，幫我保持平衡。接著他指著牆壁，牆面上刻著「約拿森林」幾個字。不過我直到身體穩穩地站在迴廊上，才敢分神去看那幾個字。

接在我後面，卡登警監也上來了。我和潔稍微往右手邊移動，挪出一個能讓他站立的空間。

「這座迴廊居然種植了這麼茂密的灌木。」

潔向我們介紹。

「這是什麼樹？」

我問他。

「不知道，總之是一座小型的森林。」

最後就連摩斯刑警也上來了，我們幾個又並肩站在迴廊上，呼吸著來自中央公園的新鮮空氣，稍事休息，緩解恐懼的情緒。

「休息夠了嗎？各位，要繼續往上走囉。請轉動一下手臂、放鬆一下肌肉。往上爬的梯子在這裡，位置稍微錯開，但這裡也有這座露台當底，所以就算往下看也不可怕。只是要再往上爬一層樓，並不是什麼大冒險，那麼……」

話都還沒說完，潔又開始往上爬。

光是看著這一幕，恐懼又一次湧上心頭，不過幸好已經不像剛才那麼害怕了。雖然減輕的程度並不多，但至少習慣了點。如同潔剛才說的，確實不是什麼大問題。潔的身影已經移動到很高的地方了，所以我也面向牆壁，開始往上爬。一邊爬也一邊心想好在自己還算年輕啊，要是再大個十歲的話，想必根本沒辦法冒這種險吧。

抵達上面這層，讓手指攀住的牆石這次逐漸往左上方緩緩移動，我也隨之爬到露台上，這個時候又傳來潔的聲音。

「這裡是艾德拉，海因里希。」

潔在那裡等著，手指著刻在牆面石頭上的「艾德拉」幾個字。他已經來第二次了，感覺很熟門熟路。

「是那個救了凱蘿爾的長笛女孩住的別墅所在地的名字對吧。」

等腳踩到安穩的迴廊地面後，我才回應。

「我記得喔。那個善良的女孩救了在大雨中瑟瑟發抖、赤身露體的凱蘿爾。」

「沒錯。」

潔說。

「中央公園的景色變得愈來愈美了。」

隨後爬上來的卡登警監也不禁感嘆，他似乎很喜歡公園的風景。我和潔稍微往左手邊靠，騰出空間。

「因為視野變得更開闊了。」

我附和。

「讓我想起小時候看的冒險科幻小說。」

卡登又說。

「我剛才也有想到，是那本談到地球空洞說之類的小說吧。」

「就是那個。」

他點頭回應我。

「那也是個很像我們現在這樣的冒險故事。」

「時間不多了，繼續往上爬吧。」

潔以朗誦般的語氣說道，接著又抓住梯子牆壁的下方，開始往上爬。

「各位都習慣了吧？」

潔邊問邊手腳並用地往上爬。我不禁懷疑這個男人的字典裡難道就沒有害怕這兩個字嗎。日本人跟我們果然不一樣。

即便聽到這句話，但這次心中確實沒有湧現太大的恐懼。就連膽小如我，也逐漸習慣這個攀岩活動了。只是還無法像潔那樣足不點地地一路爬上去。爬到差不多一層樓的距離後，那些用來讓手指攀住的石頭這次開始往右上方延伸。

順利地來到迴廊上後，等著眾人的潔劈頭就說：

「這裡是兔子森林。」

我也記得這個橋段。出現在凱蘿爾夢中的地點。有隻從一絲不掛的凱蘿爾面前跑過、手裡拿著懷錶的白兔。白兔的懷錶指著與凱蘿爾生活的世界完全不同的時間，這個機械簡直就像是要測量以不同的速度流動的另一種時間。

作者沙岡為這個奇幻故事賦予了非常深刻的涵義，而這則小短劇就像是在主張這一點。因此我對這一幕場面的印象極為深刻。

「哦哦，已經爬到這麼高的地方啦，中央公園看起來又不一樣了。」

爬上來再走到我旁邊後，卡登警監又讚嘆了一遍。看樣子他真的非常喜歡中央公園。

「原來要費盡千辛萬苦才能爬到這麼高的箱子上啊。」

聞言後我也隨即點頭。

「螞蟻和蟑螂就是這麼上樓的吧。」

然後還說了一句毫無營養的玩笑話。沒想到警監深深頷首說道：

「就是說啊。」

「我們人類只能搭電梯，所以對高度沒有太真實的感受。」

我才剛說完，潔就立刻接著說：

「那你想不想繼續好好感受呢，海因里希，這才到半路呢。」

「什麼？還有一半嗎！」

我煩躁地大叫。

「還早呢，要再到上面那層才是一半。快走吧，不要輸給蟑螂！」

潔說完，又再度抓住梯子牆壁。

或許是夜更深了，風變得有點冷。我邊爬邊感受到氣溫的變化。又或許是待在高處的關係，這裡的風與站在平地時吹到的感覺不太一樣。

「這裡是化石之谷喔，海因里希。」

已經往左手邊爬上去、去到該層迴廊那邊等著我們的潔說道。

「哦，化石之谷啊。」

我立刻反應過來。是那個有腔棘魚和各式各樣的古代生物從懸崖的岩石裡跑出來、圍成一圈跳舞的地方。

「你看這個。」

潔蹲下來指著牆壁。

「你瞧，這是紡錘蟲。這個大概是菊石，不是完整的，所以比較難判斷，但應該沒錯。這面牆用的是裡面包覆真化石的石料。」

潔說明。

「用了真正的化石嗎？真是太講究了。」

我說出自己的感想。

「這想必也是沃爾菲勒總帥的指示吧。」

「完全無庸置疑呢。警監，你還好嗎？累了吧？」

潔站起來，關心慢慢爬上來這裡的警監。

「還好。一想到終於能釐清二十年來的疑問，這根本不算什麼。」

卡登警監的語氣十分堅定。

「說得好！」

潔大聲讚譽。

接下來，他又抓住梯子牆壁，以爐火純青的動作熟門熟路地往上爬。不一會兒，我也跟了上去。

等到我往上爬，往右上方移動過去，準備要踩到迴廊上時……

「這裡就是錫登了。」

潔邊說邊等著我過來。牆上也雕刻著「錫登」的字樣。這是凱蘿爾要搭船的那個港口城市。

說完後，潔舉起了左手，指著牆壁的一道縫。

「瞧，這裡有條巷子。」

我們稍微靠過去看。

「與克雷斯潘家的那條小巷一樣。這條巷子通往傑森·艾普斯坦住處一個有鏡子的房間。」

「啊！」

卡登警監驚呼。

「也就是說，他也能利用這條步道嗎？」

「就是這樣，警監。因為傑森也是沃爾菲勒一族的人。」

潔回答。

「換句話說，法蘭契絲卡·克雷斯潘也……」

聽見我的疑問，潔慢條斯理地點頭。

「你是說，那個富可敵國的家族接受她了？」

我再問了一次。

「四十樓的房間都給她住了，表示不止傑森，連總帥也有這個意思吧。」

「這真是太驚人了。據說沃爾菲勒家族一向是藉由近親聯姻來鞏固家族的財富，盡可能肥水不落外人田。大概是認為就算完全沒有血緣關係，念在她那稀世的才華，所以也有資格加入沃爾菲勒家族吧。」

卡登說完，潔點點頭後開口。

「不過，我認為這恐怕也是殺害法蘭契絲卡．克雷斯潘的動機之一。」

聽到這句話，卡登倒抽了一口氣，把話吞回去。思索了半晌後，好不容易才點了個頭、擠出一句喃喃自語：「原來如此。」

「那就加快腳步吧，各位，我們的進度有些落後了。」

再上去的樓層全都沒有刻著地名的文字了，迴廊的牆上只寫著「海」，最後迎接我們的則是「史卡博羅」這個名字。

「各位辛苦了。我們到了。」

潔等到所有的人都來到迴廊後說道。

「這裡是終點站史卡博羅。」

「天吶，終於平安抵達啦，感覺壽命都要縮短了。千萬別叫我再來一遍喔。」

卡登說道。

「如果還要回到四十樓，這次請讓我搭電梯好嗎，潔。」

我也求饒了。

「總之我們總算在時間限制內趕上了。不過還有一件事要在史卡博羅完成。跟我來。」

潔在迴廊上前進，走到迴廊上種植的灌木樹叢前蹲下。

「大家也壓低身子。這片樹叢的中央埋著小箱子。請大家合力撥開這些植物。」

因為潔都一聲令下了，所以我們伸出手、將灌木的樹枝撥向兩邊，底下的土也露了出來。仔細一看，就看到像是蓋子的部分，灌木根部確實埋著金屬製的小箱子。

「我要打開了。」

潔邊說邊掀起蓋子。

蓋瑞．摩斯點亮手電筒，照亮箱子，裡面頓時大放光明。

「空的。」

卡登喃喃自語。箱子裡空無一物。

接著，潔將右手伸到光線下，再緩緩地張開手，掌心裡有一把古色古香，貌似鑄造的鑰匙。

「對鑑識人員真不好意思，但我只是借用一下。這把鑰匙原本藏在這裡。」

「這是哪裡的鑰匙？」

卡登問他。

「小數點劇場主演休息室的更衣室鑰匙。還有，請大家看看這裡。」

潔又撥開另一個地方的灌木。

在那處灌木根部的地面，可以看到露出一部分的某個物體。

「摩斯刑警，麻煩你照亮這裡。」

聽到潔的指示，刑警隨即照辦。

即使用手電筒照亮那個黑色的物體，也看不出是什麼東西。

「這是什麼？」

卡登又問。

「奧斯卡小金人，就是凶器。」

「那個小金人雕像！」

警監忍不住大喊，並伸出了右手。不過，就在即將摸到雕像的前一刻，他的手停在半空中，然後視線轉向了潔。

「接下來還需要爬牆嗎？」

「不用了。」

潔回答。於是警監便用手帕蓋住那個物體，但就在即將握住臉的部分時，忽然改變心意。

「交給鑑識人員吧。」

接著他吐出這句話。

「難怪這麼多年都找不到。」

「二十年來都躺在這裡嗎？」

我也問道。

「如果二十年來都埋在土裡，說不定還能找到一些證據。」

「走吧，只剩下幾分鐘了。」

潔邊起身邊說。

接下來，他沿著迴廊慢慢地前進，鑽進沒走多久就出現在眼前的巷子。我們也有樣學樣地跟在後頭。站在後面的蓋瑞·摩斯刑警幫忙用手電筒的微弱燈光照亮前方的去路。這裡已經不用擔心會掉下去了，雖然陰暗，但很安全，我們不由得鬆了一口氣。

潔將剛才的鑰匙插進左手邊的石牆某處，轉一圈再拔出來，然後用力推動下半部。耳邊傳來微弱的咿軋聲，牆壁往內側開啟。潔壓低身體，右腳先踩進去，再整個人緩緩地走進去。

我們站在原地等待，沒過多久，裡頭大放光明，光線還透到巷子這裡，甚至令我們早已習慣黑暗的眼睛覺得有些刺眼。

「進來吧。」

潔的聲音從裡面傳來。

我先蹲低身體後才進入室內。結果眼前出現了一個令我瞠目結舌、亮如白晝的世界。

我將手舉到眉梢，稍微瞇著雙眼。等到眼睛習慣明亮的燈光後，這才逐漸反應過來。牆邊堆了許多紙箱，這裡是我知道的那個更衣室空間。

卡登警監和摩斯刑警也跟上來了。他們都瞇著眼睛，被刺眼的光線照射得幾乎睜不開雙眼。紛紛把手舉到眉毛的高度，努力適應這種炫目感。

「啊啊，漫長的旅途終於結束，總算回到人類的世界了。」

卡登卸下心中大石似地感嘆。不過全部的人都同意這句話，一點也沒有誇張。

「安全又舒適的文明世界。」

蓋瑞．摩斯刑警也接著附和。

「就是說啊，我都快忘記文明世界的存在了。幸好沒有消失，真是太好了。」

說完便關掉手電筒。

潔還是站在原地，然後將右手的手指舉到鼻尖。

「各位，請學我這樣聞聞自己指尖的味道。」

大家依言舉起自己的手，照他所說的去做。

「啊！」

發出驚呼的是卡登警監。

「好香的植物氣味。這是……」

「這是迷迭香。」

潔為大家釋疑。

「埋藏那個箱子和凶器的灌木叢，種的植物就是迷迭香。」

他接著補充。

「透過外面的通道進來這裡的人，最後為了取出鑰匙而在整片迷迭香裡翻找，手指就一定會染上這個味道。」

「命案當晚，大家聞到的植物香氣就是這個啊。」

卡登恍然大悟。

「因為有這股香味的證詞，你才會知道有人從外部侵入案發現場嗎？」

潔點頭後回答：

「我猜法蘭契絲卡·克雷斯潘可能有輕微的植物過敏。」

「怎麼說？」

「因為人造的花環。公演時，她要求送來的花環一定要是人造花。」

「哦，原來如此。原來是因為過敏啊。」

「如果她真的對植物過敏，這個氣味就一定是法蘭契絲卡以外的人帶進來的。」

「說的也是，有道理。」

卡登警監表示認同。

4

潔打頭陣，領著我們走進剛才的甄選會場。坐在輪椅上的吉姆．戈登和貌似他秘書的女性、指揮家伯納德．科恩、過去曾擔任法蘭契絲卡的經紀人，現在是藝能經紀公司老闆的傑克．李奇、電影導演艾爾文．托夫勒以及北分局公關課的麥可．穆拉托夫等人都在那裡等著我們。這些人看到我們後，無不瞪大了雙眼。

「嚇死人了，你們到底是從哪裡進來的？」

傑克問道。

「從祕密的迴廊啊。」

卡登警監以低沉的嗓音回答。

芭蕾者母女安妮亞．塞爾金與羅斯梅林．塞爾金則是一臉平靜，表情毫無波瀾。這是因為，她們早就知道這棟大樓存在著祕密迴廊。

會場直到剛才都還充滿了熱切與緊張的情緒，現在卻異樣地靜謐，感覺空氣十分冰冷。因為燈光及屏風、音響設備、大部分的折疊椅都搬走了。小數點劇場的主演休息室因此陷入了一片靜寂。

他們請工作人員將剩下的折疊椅擺成圓形，然後就坐在那裡一直等著我們回來。定睛一看，還有四張椅子空著，是留給我們的位置。於是我們慢慢地朝著那幾張椅子走過去。

「警監，查出什麼了嗎？」

穆拉托夫問道。大概是從我們身上嗅出不尋常的氣息吧。也可能是在我們臉上看到這場與死亡擦肩的大冒險已經讓我們的精神和肉體都疲憊不堪了，導致面部表情也起了變化。

回到既平穩又安定的人世間，我覺得疲勞一股腦兒全都湧了上來，光是要開口說話都感到疲憊不堪。我們緩慢地在準備好的椅子上坐下。或許就連我們的動作都流露出再明顯不過的疲倦。實際上在我們四個人當中，一時之間竟然沒有人想打破沉默。

「以前不是說過根本沒有什麼祕密的通道嗎？」

指揮家伯納德．科恩探出身子向卡登警監問道。

「我記得當時有非常仔細地把這棟大樓的牆壁和地板厚度都給徹底查了一遍，確定沒有足以隱藏密道的空間啊。」

「是的。」

卡登回答。

「因為不是在地板或牆壁裡面，而是藏在外頭。」

「外面？你是指外牆嗎？」

「沒錯。」

「怎麼樣都不可能攀著大樓的外牆爬到這邊來吧。」

伯納德提出質疑。

「但確實有這個可能。」

卡登惜字如金地說。

「真是難以置信。各位都是攀岩的專家嗎？」

電影導演艾爾文．托夫勒追問。

「我連山都沒爬過。」

感覺沒有人想回答他的問題，我只好開口。

「我們都是攀岩的外行人。」

卡登也接著回應。

「這樣你們也敢嘗試啊。」

傑克．李奇也說道。

「我也覺得能平安無事地坐在這裡，實在很不可思議呢。」

我回答。

「但你們到底是從哪個地方進去的？祕密入口在哪裡？」

「更衣室的鏡子。那其實是一扇門。」

我為大家說明。

「一如《史卡博羅慶典》故事的記述，我們剛才穿過了鏡子。」

「昨天不是滴水不漏地檢查過了嗎？鏡子牢牢地固定在牆上，完全無法移動喔。」

公關課的穆拉托夫說。

「看來是這棟大樓安裝了隱密的時鐘機關，時間到了就會打開。」

卡登回答。

「時間到了就會打開？幾點？」

「是幾點啊？」

卡登轉過去問潔。

「晚上七點。只有七點到八點間的一個小時會開啟。」

潔回答。

「跟沙岡寫的故事一樣，天鵝在七點的時候穿過鏡子，人類也一樣。還有，雖然作品中沒提到，但鏡子的門到了八點就會關閉，不能再通過了。」

「七點到八點？只有一個小時？」

伯納德詫異地喃喃自語。

「所以我們剛才也在急行軍呢。要是不能在八點前回來，我們就會被關在外面，被迫在離地一百五十碼的地方待上一整天。」

「你說八點？可是八點早就過啦。」

坐在輪椅上的劇場老闆吉姆．戈登以嘶啞的嗓音提出疑問。

「而且御手洗先生，你在昨天晚上七點的時候，不是有來這裡仔細地檢查過嗎？當時傑森．艾普斯坦也在。更衣室的鏡子也確認過了，沒錯吧。當時並沒有打開不是嗎？」

穆拉托夫繼續追問。

「那是我故意在傑森面前演的一場戲。我早就知道不會開了。因為時間不對。」

「你知道不會開，卻還……」

「我刻意裝成自己弄錯。這麼一來，認定、期待我往錯誤的方向愈走愈遠的傑森一定會上勾，也會參加今天的評審團。這麼一來就能輕易地逮捕他了。」

「原來如此，你想得這麼遠啊。」

我滿心佩服。

「那麼，關於不擅長與他人正常地溝通……」

「我從來沒有這種感覺。」

「七點這個時間不對？但你剛才明明就說七點……」

「那是我們的時間。他們——沃爾菲勒一族擁有另外一種自己的時間。」

「另外一種自己的時間？」

吉姆和伯納德異口同聲地驚呼。兩個人的臉色都變了。尤其是吉姆，表情變得有如挪威民間故事中的鬼怪一般。

「沒錯，沃爾菲勒一族有兩種時間觀念。這是喜歡祕密行動、宛如祕密結社成員的人特有的作風。」

潔向眾人說明。

「我也是猶太人，可是從來沒有聽說過這種事。」

「他們一族很喜歡鬥智，也很熱愛挑撥離間。這是自恃聰明的菁英分子常有的通病呢。」

「你的意思是希望他們不要自以為了不起嗎？」
「瞧不起一般大眾的人通常都有這個毛病。但這倒是幫了我一個大忙。」
「因為他們做夢也沒想到會有你這樣的人存在。」
「大概是認定反正誰也看不出來吧。他們其實給了很多提示，但真的看不出來嗎。《史卡博羅慶典》的內容也埋了許多的伏筆。不過最露骨的還是這個。戈登先生，您這座劇場的名字是……」
「小數點劇場，怎麼了？」
「沒錯，這是誰取的名字呢？」
「不是我。」
「我知道不是您。」
「一開始就是這個名字了。我連同名字一起買下整個劇場。因為售價比行情便宜許多。」
「條件是不能改名嗎？」
「對，就是這樣。」
「您不覺得這個名字很奇怪嗎？」
「會啊。小數點……與十進位有關呢。」
「沃爾菲勒一族不相信十二進位。他們覺得只有十進位是這個社會的重要原理。而且認為只有時間是採用十二進位這一點非常不合理。」
「竟然是這樣！所以……」
「嗯。」

「難不成，他們就連時間也是採用十進位嗎？」

「答對了。沃爾菲勒家的人活在以十進位推進的時間裡，他們稱之為『愛麗絲時間』，就像這樣。」

潔從內側的口袋掏出一張紙。他撫平紙上的皺摺後又高舉到大家面前。只見上頭畫了兩個圓，圓形裡寫著數字。

「這是我隨手畫的，內側的圓是現在我們使用的十二進位時鐘，外側的圓則是沃爾菲勒家採用的十進位時鐘。」

大家都興致勃勃地看著那張圖。

「他們稱為『愛麗絲時間』的十進位時間，是把我們使用的十二進位時間分成十等分。如此一來，時間愈晚，兩者的誤差就愈大。」

「時間愈晚……」

「一點的時候還沒有差很多，但到了九點就差很多了。」

「原來如此。」

「所以我們剛才討論的晚上七點是指愛麗絲時間的七點。以十二進位的時間計算是幾點呢……稍微簡單地計算一下，大概是晚上八點二十四分。鏡子的門將會在晚上八點二十四分打開。」

所有人都屏氣凝神地聽他說明這個奇妙的情況。

「門關上的時間是愛麗絲時間的八點，換算成我們的時間就是晚上九點三十六分。」

「原來是八點二十四分。所以鏡子的門在昨晚七點的時候才沒有打開啊。」

穆拉托夫說。

「沒錯。」

潔回應。

「八點二十四分打開，九點三十六分關上嗎？」

吉姆問道。

「所以七點開演的《史卡博羅慶典》的休息時間是八點半開始的三十分鐘，剛好是鏡子開啟的期間。」

「那天晚上，上半場結束的正確時間是八點三十八分。」

吉姆補充。

「這樣啊。那麼在稍早之前，殺死法蘭契絲卡的凶手就已經進到這個房間裡，等待法蘭契絲卡回來休息了。」

「哦……」

在座的所有人開始竊竊私語。

「原來是這樣啊……」

伯納德感嘆。

「這棟大樓裡竟然有這樣的機關。整棟大樓就跟時鐘一樣。而且是從落成時就藏著這個祕密了。」

「房屋其實是供人類居住的機械。不禁讓人想起某位知名建築師說過的這句話。」

潔說道。

「你是指勒．柯比意[35]吧。」

---

35 Le Corbusier。出生於瑞士，之後主要於法國活躍的建築家，被譽為現代主義建築的巨匠。

我立刻附和。

「只有三個房間裡有這種時間到了就會打開的鏡子門嗎?」

卡登提出疑問。

「大概是吧。不過這個部分就留給警方確認了。」

「那個十進位的時間,叫愛麗絲時間對吧?沃爾菲勒一族為什麼要使用這種方式呢?是為了藉由擁有共同的祕密來強化族人的團結嗎?還是有什麼宗教上的用意?不過我也沒看過《塔木德》就是了。」

伯納德問道。

「都不是這些原因喔。」

潔立刻回答。

「沃爾菲勒一族變得富可敵國的原點是拿破崙戰爭吧?散布於歐州各地的兄弟姊妹從各國逐一向人在倫敦的沃爾菲勒家初代納森提供情報。因為世人預測拿破崙會勝利而導致股價暴跌,大量收購這些股票的初代納森則因為日後的股價飆漲,進而得到了天文數字的獲利。」

「嗯,因為拿破崙其實輸了。」

「據說當時沃爾菲勒家族的兄弟姊妹們都用暗號交換情報。」

「這我也略有耳聞。暗號……你的意思是說,愛麗絲時間就是暗號嗎?」

伯納德這麼追問,潔則是頷首回應。

「像是活用在毒品現場交易或洗錢的會合時間等場合,擁有就算走漏風聲也不用擔心的優點。只不過,這裡還有更進一步的意義。」

「怎麼說？」

「例如那起聯邦銀行的搶案。雖然順利地搶走現金，最後卻未能逃脫，讓整個計畫崩盤。這是因為搶匪搶到現金後離開銀行的時刻，與男人靠氣球升空逃走、廂型車爆炸、以及可能是要用於逃脫的待命車輛等各種時間都錯開了，最後才導致搶匪變得如此顯眼，無法順利逃走。」

「沒錯。」

這句話是我說的。因為我認為自己比其他人都更清楚這起搶案的內幕。

「這是因為搶銀行的團隊和負責掩護他們逃走的團隊，在行動時間方面出現了落差。」

潔指著畫著兩個同心圓的圖說明。

「在那起事件中，廣告氣球升空的時間是四點三十九分，廂型車爆炸的時間則是四點四十八分，然而銀行搶匪搶奪現金、離開銀行的時間是四點整。距離氣球男升空還有三十九分鐘、距離廂型車爆炸也還有四十八分鐘。當時銀行前面的馬路上什麼都還沒發生，人潮也尚未聚集，所以拖著裝有現金的行李箱在大馬路上狂奔的搶匪很顯眼，一下子就被巡邏的警官逮住了。」

「你說的沒錯。」

卡登警監說。

「時間之所以會差到這麼多，原因其實很簡單。因為氣球男還有引爆廂型車的團隊用的是愛麗絲時間，但是搶銀行的團隊用的是我們一般人使用的時間，所以時間才會產生誤差。」

「原來是這樣啊。」

「如果銀行搶匪團隊也用愛麗絲時間的話，離開銀行的時間應該是四點四十八分。因為愛麗絲時間的四點換算成我們的時間正是四點四十八分。這麼一來便是男人抓著氣球升空的九分鐘後，也會與廂型車爆炸發生在同一個時間。銀行前的馬路早已是一片混亂，看熱鬧的群眾在人行道上跑來跑去，打開警笛的警車也迅速趕往爆炸現場。在這樣的情況下，搶匪應該能成功地混進人群裡面，逃之夭夭吧。」

「哦，有道理，原來當初是這個打算啊。」

穆拉托夫的語氣好像十分佩服。

「真是巧妙的計畫。」

「問題是這種時間落差到底是怎麼發生的。銀行搶匪不曉得愛麗絲時間，所以是用一般的時間去執行基於愛麗絲時間擬訂的計畫。可是，情況怎麼會變成這樣呢？執行這種犯罪計畫的人不是前科犯就是受雇的社會邊緣人，想也知道這種人不可能會知道愛麗絲時間。而雇用那些人，將整個犯罪計畫傳達、教授給他們的人顯然也不清楚沃爾菲勒一族有使用愛麗絲時間的習慣。」

「嗯嗯，原來如此。」

我說道。如今我總算理解這裡頭的迂迴曲折了。

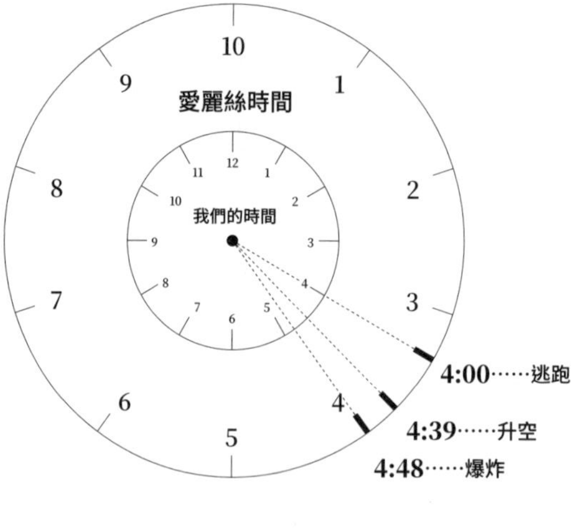

「這個問題非常嚴重。但是會對誰造成嚴重的影響呢？苦主無疑是傑森。也就是說，這個混入傑森麾下的集團並負責傳達工作的人物可能是ＦＢＩ的間諜。」

「嗯，有道理，非常有可能。」

「我調查了傑森遊走在法律邊緣的工作內容，他就像這樣把愛麗絲時間當成逼出間諜的道具。」

「原來是這樣啊。」

「那個間諜後來怎麼樣了？」

卡登警監問道。

「大概被處死了吧。請調查一下銀行搶案發生後出現的非自然死亡、身分也不明的屍體。如果是傑森下令殺害那個人的話，還能以謀殺的嫌疑追究他的刑責。」

「嗯嗯。」

經過潔的說明，我們頻頻點頭，感到相當佩服。

「換句話說，這件事讓傑森痛失獲得大筆不義之財的機會嗎？扣掉人事成本，他應該至少錯失了數百萬美元。這確實是很嚴重的損失。」

聽我這麼一說，潔則是搖了搖頭。

「這點還很難說喔。因為這起銀行搶案也可以視為傑森對沃爾菲勒總帥的警告。」

「你說警告？」

「嗯。總帥覺得孫子傑森的行為過於危險，揚言斷絕他的資金來源。因此傑森策畫了聯邦銀行的搶案，藉此威脅總帥，要是斷絕他的資金來源，他只好出此下策。」

「這樣啊！」

「後來總帥反省了自己的做法，決定重新開啟資金供應的金流。」

「真有一套啊。」

穆拉托夫說。

「確實很有一套。」

潔點點頭，表示贊同。

「真是錯綜複雜的案件。」

蓋瑞．摩斯刑警嘆息似地說道。

「好了，針對以上的說明，如果沒有其他問題，終於要開始進入我們心中最大的懸案——法蘭契絲卡．克雷斯潘命案的解析了。」

潔說到這裡，輪番打量一遍在座所有人的臉。

大家都拚了命地思考，沒有人出聲。眾人光是要跟上潔的說明就絞盡腦汁、費盡心力了，恐怕誰也想不到任何問題。大家對於聯邦銀行的那起搶案應該都沒有任何概念。可能還有人是到了現在才聽說氣球男或廂型車爆炸的事。

應該是有些疲倦了，潔停止說話，凝視著天花板。與此同時，他也在等著大家提出問題。

過了好一會兒，他才移開視線說：

「都沒有問題嗎？」

沒有一個人出聲，所以他就接著往下說。

「那就要進入最後的說明了。法蘭契絲卡・克雷斯潘命案的全貌。」

話還沒說完，所有人的臉上都掠過一絲緊張。二十年來，一直都令曼哈頓北分局傷透腦筋的謎團終於迎來了撥雲見日的時刻。

這時，潔慢條斯理地把臉轉向了安妮亞・塞爾金。

「可以麻煩妳來為大家說明嗎？」

後者怯生生地猛然抬頭。

5

話雖如此，她依舊低著頭，半晌不發一語。過了好一會兒才開口：

「我明白了。這是我的任務，我來這裡就是為了這個。」

安妮亞說得義不容辭。說話的時候看也沒看旁邊的女兒一眼。潔只是默默點頭，什麼也沒說。

「自從我在東柏林的菩提樹下國家歌劇院休息室受託這個孩子後，就盡全力撫養這孩子，全心全意、心無旁騖。

妹妹希望我暫時幫忙照顧這個孩子，我問她需要多久，她說大概五年，還說一定會寄來養育費，等到順利逃走就會來接孩子。然而十年、十二年過去，妹妹都沒有來接她。就連信誓旦旦表示一定會寄的養育費也是到了逃亡後才開始寄來，在那之前沒有付過一塊謝克爾[36]。我們夫妻倆都只是不值得一提的小學老師，生活過得並不輕鬆。每當學校放假，我就去雜貨店當收銀員、當家教掙錢，好為這孩子聘請最好的芭蕾舞老師。

話說回來，我只有答應幫忙照顧羅斯梅林，從頭到尾都沒有同意等她成功逃脫就把孩子還給她。我在東柏林見到法蘭契絲卡時，她的狀況糟透了。容貌憔悴，瘦得只剩下皮包骨，皮膚黝黑暗沉，眼睛底下掛著黑眼圈，頭髮毫無光澤，簡直跟幽靈沒兩樣。經濟顯然是陷入困境了，感覺連一日三餐都成問題，實在不是能養育小孩的狀態。看到她的狀態，令人感覺如果我不收養這個孩子，孩子可能就會死掉，所以我才會同意。如果不是這麼想的話，我大概不會答應照顧這孩子吧。我是為了救孩子的命才會接受她的要求。

在養育她的過程中，我覺得這孩子真的很優秀，擁有出類拔萃的資質。不只聰明，還有超群的記憶力，運動神經也很棒，在藝術方面也擁有各式各樣的天賦。無論是跑步、跳舞，還是畫畫，樣樣都是班上的第一名。

我小時候也學過體操，對芭蕾舞雖然一竅不通，但是也學過很多才藝。

各位或許已經知道了，這孩子在學校非常受歡迎，一向都是班上的風雲人物。性格也很溫馴，雖然也有不服輸的一面，但是從來都沒有傷害過任何人。總之就是個非常有魅力的孩子，就連我們父母都被她迷得神魂顛倒。我丈夫更是疼她疼得要命，還說要是失去這孩子，自己也活不下去了。當然，我也是一樣的。」

「媽媽，這個部分就不要再提了。」

羅斯梅林小聲地阻止母親。

「媽媽並不是在炫耀喔，只是想讓大家知道，妳是多麼讓我感到驕傲。總之這孩子鋒芒漸露，成為了足以代表國家的舞者之一。」

「她今年三十五歲嗎？」

導演艾爾文．托夫勒問道。

「是的。」

安妮亞回答。

「正好是法蘭契絲卡逝世的年紀，這真的是奇蹟啊。」

伯納德讚嘆。

「只能說是她回來了。」

「是的，我認為這是神的旨意。彷彿冥冥中一切都準備就緒，亡命天涯的妹妹成為芭蕾舞界及媒體的寵兒，聲名要比在德國的時候還更加響亮，也因為隨時受到監視的關係，沒辦法來以色列。她甚至還被下了封口令，不准透露自己有女兒的事。法蘭契絲卡之所以能爬上芭蕾舞界的頂點，除了傑森在政治方面的影響力以外，當然也是因為本身就有實力，才能成為芭蕾舞界的巨星，但也因此必須得保持孤高的單身形象。眾人將她抬上了超越世俗的神壇、將她塑造成了女神般的存在。既然身為女神，那就不能嫁人。看在粉絲眼中大概就是如此吧，但我實在……實在不覺得她是那種有如女神般充滿慈愛的人。」

「怎麼說呢……」

或許是為了拍攝傳記電影，這時導演艾爾文從旁插嘴發問，應該是希望能盡可能多了解一點法蘭契絲卡的為人。

「她比誰都爭強好勝，甚至到了有些瘋狂的地步，為了贏可以不擇手段……可能還不至於害競爭對手

36　以色列貨幣。1985年後改用新謝克爾。

受傷，但我在她身上感受不到溫柔體貼的感情或是為別人盡心盡力的親切。周圍的人不管是男是女，對她而言都只是供自己利用的棋子罷了。」

「嗯哼。」

導演點頭附和。

「她要我寄女兒的照片給她，我已經寄了很多了，卻還是要求我多寄一點，完全不知道什麼叫做滿足。她也寄了很多東西和信件、照片過來，說是要給女兒的。不過女兒已經長大了，有自己的興趣。而且感覺她絲毫沒有要到以色列來的打算。如果真的想見女兒，只要來以色列就能見到了。可是她只會要求我把女兒帶去紐約、要我把女兒還給她。而且是一而再、再而三地提出要求。

於是我問女兒，想不想回到法蘭契絲卡身邊。但女兒感到很不安，覺得事到如今已經無法再接受新的母親了。這也難怪，那個人每天都忙於芭蕾舞公演，不可能有時間照顧羅斯梅林。而且性格也很嚴厲，好像還完全不會做飯，肯定是想花錢雇用幫傭來打理女兒的三餐和生活起居吧。說不定就連住的地方都不一樣，因為她不能讓世人知道自己有一個女兒。

這種生活對女兒來說絕對稱不上是什麼好的環境。不過，女兒已經長大成人，或許也該獨立了。小有名氣、也累積了實力之後，男人就變得不敢輕易靠近了，所以她到現在還是孤家寡人，將來或許也會一直維持單身吧。

法蘭契絲卡只是想像養寵物那樣把羅斯梅林留在身邊。她寫了好幾封信來，說什麼想與女兒手牽手去她最喜歡的餐廳吃飯，女兒肯定也會愛上那家餐廳的味道。為什麼會這麼自以為是呢？還說想帶女兒去她喜歡的咖啡館、劇場、電影院。然後停在某個街角，緊緊地抱住女兒。也想在看得到海的碼頭緊緊抱住女兒。回到家之後，不管是在沙發還是床上，時時刻刻都想緊緊地擁抱女兒。簡直是把女兒當成愛犬了。只為了能隨時隨地抱到女兒，就要我把孩子還給她嗎？

這完全是少女式的妄想，說出口的話從來沒有考慮到對方的狀況。羅斯梅林已經有了自己的世界，她已經是個大人了，而且還要學習芭蕾舞。或許那個人會說羅斯梅林可以跟著自己學舞，但羅斯梅林除了跳舞之外，也想畫畫、寫作，需要有自己的時間，所以保持適當的距離也很重要。我很清楚要怎麼拿捏這之間的尺度，只有我能辦到。我實在無法想像除了我以外，還有誰能勝任羅斯梅林的母親。這孩子固然有才華，但另一方面也需要悉心的照顧。

妹妹已經在芭蕾舞界獲得巨大的成就，而且是空前絕後的成就，成了全世界無人不知、無人不曉的名人。而這樣的成功則是建立於不能擁有孩子的前提下。既然如此，她就應該放棄這個孩子。孩子交給我、芭蕾舞界的功成名就歸妹妹，這樣才能取得平衡。因為我一無所有，只有貧窮、沒沒無名、謹小慎微的生活。孩子是我唯一的寄託，但妹妹除了孩子之外什麼都有了。那個人要什麼有什麼，為什麼還不滿足呢。我覺得她太過窮奢極欲了，才會連孩子都想要我讓給她。

因為這件事，我煩惱到睡不著覺，最後只好去拜託在特拉維夫蓋了別墅、據說一年之中有一半的時間都在這裡度過的傑森．艾普斯坦先生，請他說服妹妹。畢竟是他在短時間內就將妹妹推上巨星的地位，而且八卦雜誌都報導他和妹妹正在交往。每個人都說他不只給法蘭契絲卡豪宅住，還給她別墅和遊艇。所以我猜妹妹應該沒辦法違抗他的意思。

艾普斯坦先生聽完我的請求，也同意我的看法。他告訴我：『法蘭契絲卡．克雷斯潘比較適合當個沒有小孩的孤高大明星。因為她是世界第一的芭蕾舞者。而妳是個腳踏實地的市井小民，含辛茹苦地帶大羅斯梅林。法蘭契絲卡在工作上大獲成功，而妳則是培養出前途無量的小小芭蕾舞者，這樣才能取得平衡。再說了，法蘭契絲卡從東柏林寫信給妳、把女兒交給妳的想法，我認為可以視為神的分配。所以不管是上帝還是法官，應該都會要妳們彼此都不要心懷芥蒂。』

他覺得如果是自己的話，就能說服法蘭契絲卡，而且這件事也只有他辦得到。因為法蘭契絲卡欠了他很多人情。不光是錢，他也為法蘭契絲卡貢獻了很多政治影響力。因為可以說是竭盡所能了，所以她會對自己言聽計從。我也是這麼認為的。

於是到了一九七七年，命運的那一天，我應艾普斯坦先生的邀約飛來曼哈頓。因為女兒要上學，所以我是隻身赴約的。艾普斯坦先生讓我住在他家，所以我也知道這座小數點劇場正在演出由法蘭契絲卡·克雷斯潘主演的《史卡博羅慶典》。在艾普斯坦先生的帶領下，我於八點二十四分離開他家，順著天鵝迴廊爬上外牆，從裝設鏡子門的更衣室進入休息室，然後在這裡等著結束上半場演出的妹妹回到這裡。

離開住處時，艾普斯坦先生只說接下來會展開一場小小的冒險，要我別擔心，要是我真的害怕的話也可以回頭。但這次的談判最好不要被別人知道，所以經由不會被發現的通道應該會比較好。我確實大吃一驚，那也的確是一場冒險，但是我不覺得有那麼困難。我從孩提時代就有練體操，而且如果必須爬的部分只有一層樓的高度，四十五樓到五十樓也只有五層樓的距離。

當時這個房間有桌子，還有附屬的旋轉椅，艾普斯坦先生就坐在椅子上。除此之外還有沙發，我就是坐在沙發上等著妹妹回來。艾普斯坦先生顯然經常以這種方式與法蘭契絲卡在這個休息室見面，尤其是有什麼祕密要討論的時候。因為他們都是很容易引人注目的名人。

艾普斯坦先生與法蘭契絲卡交往的事在檯面上是需要嚴格保密的祕密，因此艾普斯坦先生似乎都利用這條祕密通道悄悄地進入法蘭契絲卡的家。他說連電話都有可能遭到監聽了，所以直接見面反而是最安全的做法。

法蘭契絲卡很快就回來了。她一踏進房間就看到我們，似乎嚇了一大跳，當場愣住了。接下來，她開口的第一句話就是：

『妳為什麼不遵守約定？』

不是好久不見，也不是最近好嗎？連句招呼也沒打，劈頭就是指責的語氣。因此這場談判打從一開始就潛伏著危機，沒有一絲能心意相通的預感。聽到這句話，我也火冒三丈、不甘示弱地說：

『說到不遵守約定，妳也沒好到哪裡去吧！』

『妳什麼意思？』

她反問我。

『妳說五年後就會來接羅斯梅林。可是都已經過了十年了，感覺妳也沒有要來接她的打算。』

『我想去啊，可是無論如何都去不了。這件事我不是告訴過妳嗎？我沒去也是有我的苦衷。』

『從來沒聽妳說過。妳還說會寄養育費過來，可是那五年間，我連一塊謝克爾都沒收到。妳也知道我們家並不寬裕，要籌出錢讓羅斯梅林在衣食無缺的環境下長大有多麼不容易吧。』

『所以我不是要妳把羅斯梅林還給我嗎？而且一件事歸一件事，不要混為一談。』

法蘭契絲卡激動地轉過身體，鑽石耳環閃閃發光。我猜她本能地知道我會來找她，為了向我展示她有養育孩子的財力，手指和耳朵上都戴著價值連城的鑽石。

『妳應該也知道我想說什麼吧。妳已是聲名大噪的芭蕾舞者。經紀人應該也不希望妳有小孩的事情曝光。妳的形象就是沒有小孩的舞者喔。』

『我有打算去說服經紀人。』

『沒用的，經紀人才不會這麼想。而且他們的意見也代表支持者的意見。支持者才不會接受妳有小孩的事實。在妳那些遍布全世界，支撐芭蕾舞這項文化的無數、無聲的舞迷眼中，妳就是這樣的存在。可不能一意孤行喔。』

『妳說我一意孤行？』

『而且我們夫婦也無意強人所難、引起風波，至少五年前是如此。如果妳遵守約定，五年前就來以色列帶走羅斯梅林，我們也會乖乖地把孩子交給妳。問題是距離菩提樹下國家歌劇院的那一晚已經過了多少年了？已經過了十二年耶。羅斯梅林已經成為我們夫婦的心肝寶貝，在我們心裡深深地紮根，事到如此已經拔不出來了。』

『少在那邊胡說八道，那孩子是我生的，是我的女兒。這點妳也很清楚吧。把孩子還給我。妳根本無法改變我們是母女的事實。』

『養大她的人可是我喔。』

『我不是說了嗎。我很想去接她，但是去不成。』

『所以這也表示妳無法勝任她的母親啊。』

『啊？』

『證明妳無法帶走那孩子、把她扶養長大。妳還不懂嗎？妳所置身的世界都在告訴妳，放棄那個孩子吧。妳的人生已經由不得妳了……』

『別開玩笑了。我走到這一步沒有倚靠任何人，是我每一天、每一天都花上十個小時跳舞，而且沒有一天懈怠，才終於走到這一天的。就連一日三餐，我也從來沒有吃飽過，因為吃多了會胖。每天一大早起床，以冷水沐浴，然後是慢跑、晨練、跳上一整天的舞。進食只敢吃一點點，也不跟男人約會，從來沒有享受過任何人世間的樂趣，只是日以繼夜地練舞，長達十年、二十年喔。』

『這點我非常佩服妳。』

『這不是重點！妳知道是什麼讓我能數十年如一日地堅持下來嗎？是羅斯梅林啊，是我想親手抱到女兒的心願讓我堅持到現在！為了達成這個心願，我想像著見到她的情景，一天一天地堅持下來。除此之外，我沒有任何想望。』

那一瞬間，房裡只剩下寂靜。受制於妹妹的迫力，我也一時無語。

『世界第一的芭蕾舞者？那又怎樣！只要努力到我這個程度，任何人都辦得到吧。世界第一對我的意義就只是這樣而已。我才是真的一無所有。什麼都沒有、什麼都沒想、什麼感覺都沒有。沒有勝利的感覺，也沒有成就感或任何意義。這一切到底是為誰辛苦為誰忙？我又沒有家人，身邊連一個親人也沒有。

我已經什麼都沒有了，只剩下芭蕾舞。對我而言，跳舞就跟自己的身體一樣自然，天經地義，就像每個人也都有手有腳，這有什麼問題嗎？只要像我這樣每天練習，手腳就會自動跳得很好了。

大家都很羨慕我能在大劇場跳舞，收獲如雷的掌聲，得到至高無上的評價，沐浴在耀眼的榮耀之中。可是那都只是場面話罷了，我沒有任何感覺，也沒有任何感動。那是虛無，有的就只是虛無而已。回到獨自一人的房裡、躺在獨自一人的床上，然後機械式地入睡。天一亮，身體會自動在固定的時間醒來，再去沖冷水澡、出門慢跑、進行訓練，接著又開始跳舞。身體已經記住每個動作了，會自顧自地動起來。所以剩下的只有虛無，對我來說就只是虛無。我能從虛無中感受到什麼呢？我不過只是一具機械，從生下來之後就是這樣過日子。數十年如一日的機械。我只能這樣機械式地過日子，也不知道除此之外還能怎麼做。工廠裡不是有這種機械嗎？日以繼夜地只重複相同的動作，直到壞掉被丟棄的那天。

是那個孩子教會我除了這些以外，人類還可以有其他的動作。羅斯梅林，那孩子教會我這個世界還有人類的情感、身為女人的喜悅。除了那孩子以外，我的人生、我的每一天都毫無意義。我對花過敏，萬一長時間待在有很多花的房間裡還會覺得不舒服。所以我其實一直都在懷疑，自己真的是女人嗎？

可是羅斯梅林為我帶來比花更芬芳的香味。她的頭髮、嬌小身體的味道，為我帶來宛如花卉般甜美的香氣，再怎麼聞也不會不舒服。所以我才能努力到現在、才能確定自己是個女人。即使是了無生趣的每一天，只要想起那孩子髮絲的氣味，就會萌生欣喜若狂的感受。機械也好、怪物也罷，我會覺得自己無所不能。而我一點也不討厭這種感覺。

妳大概會覺得我是個不幸的女人吧。沒錯，我也覺得自己很不幸。可是那又怎樣？我連自憐自傷的感情都沒有。就算不幸又何妨，不管別人怎麼說，我完全都不在乎。因為沒有人像我這麼會跳舞。不會跳舞的人再怎麼說我、罵我、中傷我，反倒只會令我竊喜。只要有羅斯梅林、只要能擁抱那個孩子，我什麼都能辦到、什麼都能承受。放出什麼妖魔鬼怪我都不會畏懼，我都能迎難而上。只要有羅斯梅林在身邊，我就會變得非常強大。

萬一失去羅斯梅林，我就跟行屍走肉沒兩樣。一想到現在這種與機械無異的生活將孤獨地持續到我死去的那天，我無論如何都無法忍受，一天也活不下去，或許除了死亡就沒有其他選擇了。所以為了奪回那孩子，我什麼都敢做，真的什麼都敢做喔。』

妹妹這時拿起立於牆邊的竹製細手杖，開始心浮氣躁地擺弄起來。那很像卓別林跳芭蕾舞的小道具，以日本的竹子製成。後來我才聽說，與卓別林本人愛用的那根拐杖幾乎一模一樣。

看樣子無法輕易地說服妹妹了，我受到強烈的衝擊。羅斯梅林是我的掌上明珠，對我而言，她也如同字面的意思那樣、宛如散發香氣的花。只不過，這點之於法蘭契絲卡也是一樣的，不如說她比我還更需要羅斯梅林。

『妳冷靜點，法蘭契絲卡。』

耳邊傳來艾普斯坦先生的聲音。

『你說什麼！』

妹妹應聲的語氣十分可怕。因為她一心以為艾普斯坦先生站在自己這邊。

『妳有上法庭對簿公堂的勇氣嗎？』

他問法蘭契絲卡。妹妹瞪著艾普斯坦先生，不知是為了表示抗議，還是勉為其難地同意。然後……

『法庭？』

法蘭契絲卡口中念念有詞。

『考慮一下經紀人的感受吧。』

這句話讓她沉默了。

『還有全世界的支持者。到底要怎麼做妳才肯放手？』

『這個女人對你說了什麼？』

法蘭契絲卡冒出一句乍聽之下毫不相關的話。

『什麼意思?』

『你明明很清楚我什麼都不想要。』

她以宛若從地獄裡湧現的陰沉嗓音低語。

『這倒是,因為妳什麼都有了嘛。』

艾普斯坦先生說。

『豪宅、別墅、遊艇,還有名留青史的舞姬地位和名聲。這是妳的實力。但想必妳也認同,成功不只是因為妳一個人的力量吧?憑妳的實力或許遲早都能走到今天這一步。但即便是妳這樣的人,應該也得多花一點時間,或許要到四、五十歲才能爬到今天的地位。妳是貨真價實的天才,但妳畢竟是個女人,如果不能在四十歲以前達成這個目標,今天的成就就不會這麼光輝耀眼。這點妳也同意吧?』

『啊啊,你竟然說出這種話。』

法蘭契絲卡憤恨地嘟囔著。

『傑森.艾普斯坦,這就是你想說的話嗎?』

然後……現在當著女兒的面說這段好像不太好,但當時她又接著說:『你和這個女人上床了吧?』

『我對床第之事一竅不通,不知道要怎麼在床上取悅男人,我的身體對這種事也沒有任何反應。我會的就只有芭蕾舞而已。我對你太失望了。還以為你是能夠隨心所欲操縱全世界的人,沒想到你竟然會被這種女人……這種什麼也沒有、窮極無聊的女人給騙了。你難道看不出來,為了讓我閉嘴,這個女人正在算計著該怎麼利用你嗎?你就只有這種程度嗎?

說話呀、說句什麼來聽聽。法蘭契絲卡,妳誤會了,我沒有跟這個女人上床。你連這樣的藉口都懶得說嗎？我對你真是失望至極。沒想到你只是這種程度的男人！』

他一句話也沒說。

『不僅如此，你還對這個女人言聽計從。要我冷靜一點、還問我要怎麼樣才肯罷手。這個女人哪裡吸引你了？她到底有什麼比我好的地方？身體嗎？就憑這種無聊透頂的女人？』

『法蘭契絲卡，他的意思是妳擁有至高無上的名聲，而沒沒無名的我就只有這個孩子……』

我拚命想幫忙解釋，就在那一瞬間……

『住口，妳這個蕩婦！』

法蘭契絲卡怒吼著，揚起卓別林的拐杖就用力地朝我的頭揮下。

我倒在地上，意識在轉瞬之間飄得好遠。與此同時，耳邊傳來破口大罵的聲音和沉重的悶響。

隨著神志逐漸清醒，我慢慢地撐起身體，結果就發現法蘭契絲卡倒在地上。她的頭部流出鮮血，暗紅色的血液正在拼木地板上逐漸蔓延開來。

『糟了！』

艾普斯坦先生驚呼。定睛一看，他手裡拿著奧斯卡小金人，茫然地站在那裡。

他在原地站了好久好久，真的好久好久。然後才垂頭喪氣地說：

『法蘭契絲卡說的沒錯，我怎麼會做出這麼魯莽的事。我父親也曾說過，我的缺點就是做事欠缺思慮，這點遲早會成為我的致命傷。他們說的一點都沒錯。這下子我真的完蛋了。因為她說得太過分，我才會被激怒、失去冷靜。居然因為這麼無聊的原因殺人，我真的是沒救了。有什麼方法可以逃走嗎……』

『等等。』

我打斷他的囈語，慢慢地站起來。

『有辦法。我可以救你。』

我對他這麼說道，彷彿得到了天啟。

『你是為了幫我才做出這種事的，所以這次換我來幫你。』

即使我都這麼說了，大受打擊的艾普斯坦先生還是反應不過來。

『我知道《史卡博羅慶典》怎麼跳。法蘭契絲卡的眾多劇碼之中，我最熟悉的就是《史卡博羅慶典》，就算閉上眼睛還是能跳。所以下半場就由我上台演出。如果是我的話，應該有辦法替代她。因為我們的長相一樣。』

都說得如此詳盡了，艾普斯坦先生似乎還是不能理解我的意思，一臉呆滯的表情。

『妳這麼做有什麼用意……』

世間都說這個男人的智商高達兩百，如今看來簡直跟中學生沒兩樣。

『當然是為了爭取時間啊。這麼一來就表示法蘭契絲卡直到十點都還活著。你可以利用這段時間逃走，也能製造不在場證明。因為，根本就不會有人知道有一個跟法蘭契絲卡長得一模一樣的女人現在就在曼哈頓這裡。』

聽到這裡，艾普斯坦先生的雙眸終於一點一滴地恢復光彩。

『當然，我跳得不會像法蘭契絲卡那麼好，但如果是《史卡博羅慶典》的話，我倒是挺有自信的。請幫我找一套跟她一模一樣的衣服，然後再把我的衣服全部帶回你家。還有鞋子。只要留下外套就好。因為一切結束後，我得披上外套，用最快的速度離開這裡。』

『妳竟然打算代替法蘭契絲卡，完成下半場的舞台演出……』

『只剩下這條路可走了。相信我，我辦得到！』

艾普斯坦先生雖然驚魂未定，但不愧是聰明人，不一會兒就理解我的計畫，於是我們約好在中央公園會合，而不是他家。他吩咐我從北側的入口走小路進去，他會在第四張長椅那邊等我。那裡有樹蔭，再加上夜也深了，人煙稀少。如果是他家的話，就要擔心我進去的時候可能被人看見的風險。

接著他拿出手帕包住自己的手，抓起那根竹製手杖，小心翼翼地放到架子上。

接下來就如同各位所知道的那樣，我們找出與法蘭契絲卡一樣的米色舞衣穿上，把外套放在入口附近，然後我就前往舞台上台跳舞。經紀人傑克·李奇先生在舞台側邊跟我要鑰匙，所以我把鑰匙交給他。

一切宛如夢中，所以我完全沒注意到額頭流血了。這裡有個很大的問題，那就是我不知道凱蘿爾存活的新版本要怎麼跳。我反覆觀看、反覆練習的《史卡博羅慶典》錄影帶是凱蘿爾死去的原版劇本。雖然我很害怕，但也不能回頭了，只好硬著頭皮揣摩凱蘿爾香消玉殞的演出。幸好大家都是一流的舞者，臨機應變地配合我的表演，總算沒出大亂子。

演出結束後，我立刻急著要趕回休息室。李奇先生在側邊提醒我還要謝幕，但我頭也不回地跑掉了。因為我真的覺得身心俱疲，已經連路都走不穩了。只跟他要了鑰匙就迅速離開。

以最快的速度回到這裡、插入鑰匙開門的瞬間，眼角餘光掃到坐在椅子上的保全鮑伯·路吉先生站了起來，大概是看到法蘭契絲卡·克雷斯潘順利完成演出回來，覺得可以放心了，於是他目送我進屋後，就轉身朝著洗手間走去。

我心想這真是太走運了。連忙衝進休息室，在舞衣外披上自己的外套。在我忙著繫緊腰帶的同時，就看見當時還在的那個架子上有一頂帽子。我馬上抓過來戴上、拉低帽緣遮住大半張臉，然後衝出房間、鎖門、按電梯。鑰匙是從門縫底下遠遠地甩進房間裡。

慶幸的是電梯很快就來了，不會被路吉先生看到也讓我鬆了口氣，電梯裡沒人也真的太幸運了。

一樓大廳擠滿了觀眾，我盡量不引起他人注意、踩著飛快的腳步離開劇場。雖然外頭飄著細雨，但我可是求之不得。這麼一來只要豎起外套的衣領，再撐著傘，就沒有人會注意到我了。畢竟我腳上還穿著舞鞋呢。

走到雨中，正準備穿過馬路時，一陣突來的強風吹走了我的帽子。熙熙攘攘的車流走走停停，要是不戴著帽子就從車子前走過，車燈就會照亮這張與法蘭契絲卡·克雷斯潘相同的臉。

我一時之間感受到強烈的迷惘，但後來乾脆豁出去了。我繞到賣雜誌的攤販後面，把外套脫掉、恢復成芭蕾舞者的模樣，然後踮著腳尖，以一路旋轉的方式穿過車陣，直接橫越了大馬路。

踮著腳尖在人行道上前進，再穿過一條路，然後急如星火地衝入中央公園的黑暗之中，一如逃進舞台側邊那樣。

當時我為什麼會那麼做呢？真是不可思議。那個瞬間，好像有什麼力量在命令我，叫我『跳吧』。或許是剛剛完成一個大舞台的關係吧。總覺得自己的體內有一種還很亢奮、尚未冷卻的東西。我一直像是在跟女兒競爭似地練習芭蕾舞，在我的內心深處，肯定也孕育出了作為芭蕾舞者的靈魂吧。劇場前細雨紛飛的車道，就是我不為人知的芭蕾舞時代的最後一個舞台。即使我這個人從未被任何人知曉。

艾普斯坦先生依約在第四張長椅等我，我接過自己穿來紐約的衣服後換上。他還幫我準備了變裝用的眼鏡。接著我又穿上艾普斯坦先生的外套，攔了一輛計程車，然後直接前往機場。

我在機場旁的飯店住了一晚，然後就搭乘第二天的飛機回到以色列。刻意搭乘另一班飛機的艾普斯坦先生也來到特拉維夫，在別墅待了一陣子，稍事休養。我畢竟是有丈夫的人，不能堂而皇之地去找他，不過還是通了好幾次電話，協助他冷靜下來。

以上就是那天事件的全貌。真是可怕的一夜，在那之後我有好幾天都顫抖到停不下來。回過神來，羅斯梅林還待在我們家，試圖搶走她的人已經不在人世間了。幾天之後，明知罪孽深重，但我還是為此感到歡欣鼓舞。

然而歸根究底，我還是做錯了。丈夫去年因病去世，只剩下我一個人。一旦羅斯梅林開始獨立生活，我就真的孑然一身了。丈夫過世前非常痛苦，在我不眠不休地照顧他的時候，心想這應該是是神給我的懲罰。所以我知道自己不能再保持沉默了。

當御手洗先生出現在我家時，我就覺得他是神派來的使者，因此我答應他來紐約，把一切都給說清楚。

我不願意傷害為了我才犯下重罪的艾普斯坦先生，所以猶豫了很久。但如果這是神的旨意，我也只能從善如流。

法蘭契絲卡．克雷斯潘的命案變成世紀懸案，還拍成了電影。聽說電影拍得很唯美，令觀眾感動萬分。然而，幕後的真相卻是如此醜陋的東西，這是我最希望讓大家知道的事。」

第八章　天鵝迴廊 ———— 634

尾聲

勿忘草

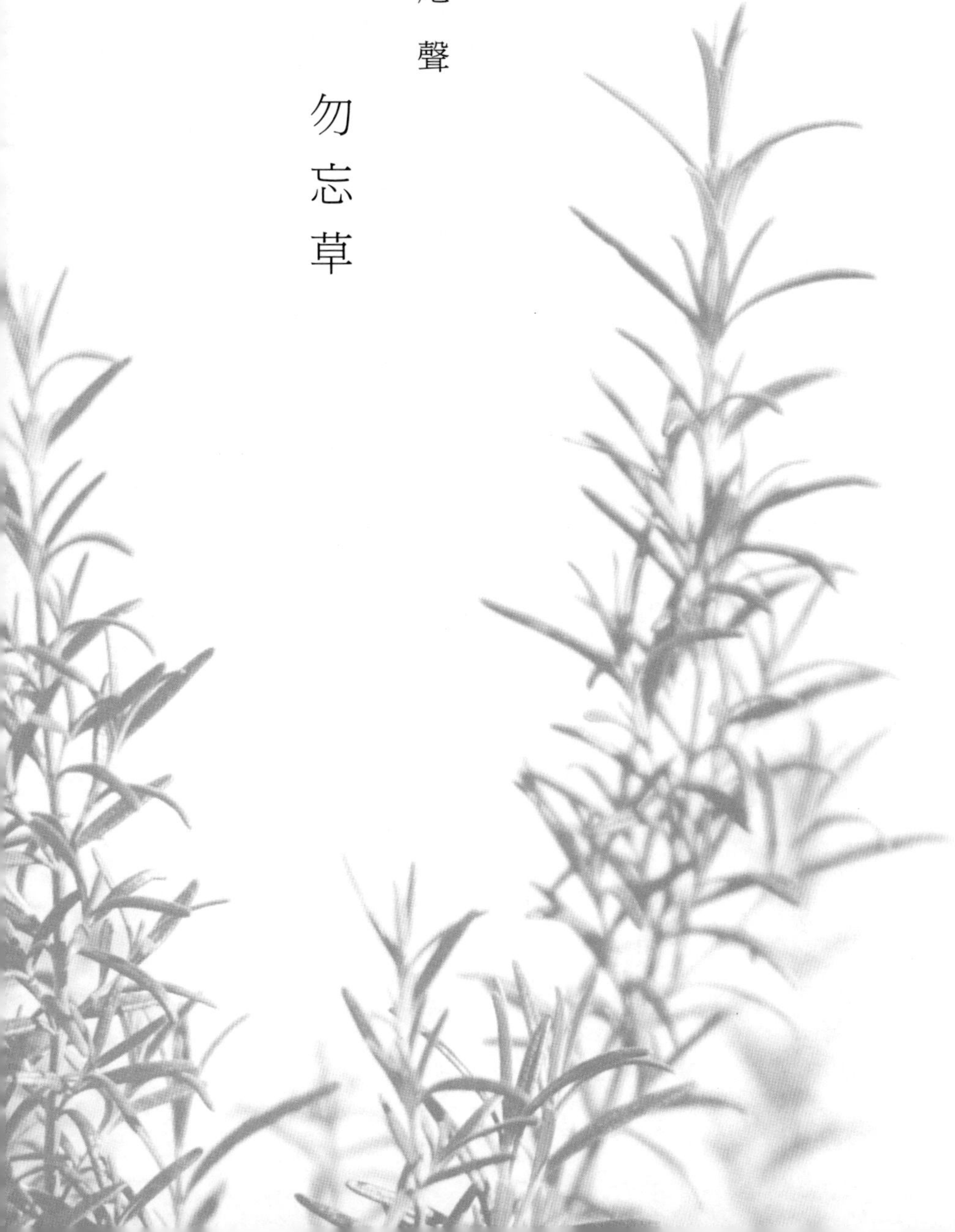

「法蘭契絲卡・克雷斯潘的亡靈事件對你來說不是一段太愉快的回憶吧。」

第二天早上,我們走在從地下鐵車站通往機場的通道時,潔這麼問我。

「是啊。」

我想了一下之後回答。

「安妮亞應該很介意吧。但我覺得沒有那麼嚴重。或許世人會稱此為兩個女人面目可憎的競爭,我個人倒是不這麼認為。」

「嗯。」

「這兩個女人——法蘭契絲卡和安妮亞姊妹倆對羅斯梅林的母愛都是無庸置疑。母親之間的競爭絕對不是什麼面目可憎的東西。」

「我不確定如果在場有女性的話,她們會不會贊成你前面那套關於世人的說詞,但我姑且同意。」

潔說道。

「這句話很耐人尋味呢。如果是女性的話又會怎麼說?」

「大概會覺得這是一段佳話吧。艾爾文・托夫勒導演更是喜出望外,說不定能拍出曠世傑作。為了留住謬思女神,肯定會淨化身心、全力以赴。」

「淨化身心?完全是東洋的作法呢。」

「他也是日本研究者。」

「那他真是撿到寶了。法蘭契絲卡・克雷斯潘死而復生,然後突然就衝到了自己的身邊。這個法蘭契絲卡的獨生女,芭蕾舞也跳得很好,而且正好與當時的母親同年。我想不到這個世界上有誰比她還更有能力去扮演法蘭契絲卡。彷彿是上帝在她背後操縱這一切。如果說這不是命運女神的運籌，到底要怎麼解釋這一切呢。」

「嗯嗯，他確實是個運氣很好的男人，特別是跟女演員的合作運極佳。與足以代表一個時代的女演員都有著不可思議的緣分。」

「或許羅斯梅林．塞爾金也將因此成為舉世聞名的明星。不對，是羅斯梅林．克雷斯潘。」

「嗯。母女都成為歷史巨星的例子少之又少，但是她或許真的能再次寫下歷史。從這個角度來說，艾爾文也得好好感謝安妮亞。因為是她培養出了羅斯梅林。」

「對啊，還好我讓你在菲里斯河畔的小電影院看了《法蘭契絲卡．克雷斯潘的奇蹟》。」

「曼哈頓北分局的刑警們也都要感謝你呢。」

潔說。

「別說感謝了，他們甚至沒來送行。」

我笑著發出不平之鳴。

「不過大家都很忙吧。畢竟這裡是全世界最多犯罪的城市之一。但是應該也有人想向你致上最深的謝意。」

「感謝什麼的就不必了。」

潔想也不想地駁回。

「是這樣嗎？」

「感謝的情緒對純粹的邏輯科學是有害的。」

「哦，是嗎。」

「梵谷畫向日葵的時候，要是有人向他道謝的話，你猜會發生什麼事。他肯定會失去用那種放肆的筆觸描繪下一幅畫的氣力。」

「會嗎。」

「完成美麗的創作，這件事本身就是至高無上的報酬。」

「嗯，這倒是沒錯。」

「還有，倘若又發生震撼全球的重大刑案，遲早會再見面的。所以告別的儀式只是浪費時間和精力。」

「嗯嗯，說的也是。總而言之，沒有白跑這一趟真的是太好了。」

我一說出這句話，就聽見遠處傳來手風琴的聲音。

我們踏進報到櫃台所在的大廳，整個空間已經被大批整裝待發的旅客給擠得水洩不通。

街頭表演的音樂家能進來這種地方表演嗎？我感到有些意外，下意識地用視線搜尋傳出音樂的源頭，只不過人實在太多了，沒辦法一下子就找到。就在這個時候，又聽見了傳遍整個機場大廳的嘹亮男人歌聲，逐漸蓋過人群的嘈雜喧嘩，也令他們開始停下腳步。這個時候，我終於看見有個站在遠處牆壁前、高高舉起右手的人。

「啊！」

我忍不住驚呼一聲。因為那個人就是丹尼爾．卡登警監。

他旁邊是個彈奏手風琴的男人，再旁邊則是穿著晚禮服的年輕男子，正以高亢的男高音撼動整個大廳。潔也嚇了一跳，盯著他們看了好一會兒，才開始慢慢地走向他們。

他走得很慢，顯然是在聽歌。撥開駐足停留的人們，慢慢地、慢慢地前進。慢條斯理地靠近在牆壁前面站成一排的男人。

優美的旋律和具有說服力的男聲靜靜地滲入了現場眾多觀眾的精神面。他們原本心浮氣躁的表情逐漸變得平靜就是最好的證明。

卡登警監臉上掛著柔和的笑容。那個彈手風琴的人竟然是公關課的穆拉托夫。站在他旁邊展露歌喉的年輕人就沒見過了。他的身旁還站了蓋瑞．摩斯刑警。除了唱歌的人以外，所有人都露出溫暖的微笑。

潔在他們面前停下腳步，靜待整首歌迎向結尾。

一曲既罷，潔走向年輕的歌手，伸出右手與對方握手。年輕人用雙手緊緊握住潔的手，一再地向他行禮。最後終於按捺不住，一把抱住潔。

這個擁抱持續了好久好久。分開時，他慌張地低下頭，趕緊拭去眼角的淚水。這一切都被我盡收眼底。

「Non ti scordar di me.」

潔說出一句話。是我不知道的外文。

年輕人忙不迭地頻頻點頭，面露微笑。

我們背後響起如雷貫耳的掌聲，還有大聲叫好的聲音。

「Non ti scordar di me!」的歡呼和「Beautiful!」的喝采不絕於耳。

說真的，那哀愁到流露美感的旋律令我大受感動。不知道這首曲子叫什麼啊。

「這位是理查．路吉。是因為我們可恥的錯誤、目前還被關在監獄裡的鮑伯．路吉的兒子。」

卡登警監等掌聲平息後便為我們介紹。

「好動人的歌聲。」

潔拍拍他的雙臂稱讚。

「你可以更有自信一點，你擁有這個城市最優秀的歌喉。令尊很快就會出來了，到時候請務必要唱給他聽。」

「家父會喜歡嗎？」

理查不安地問道。潔點點頭。

「他大概會說，這輩子絕對不要再回到聽不見你唱歌的牢房了。」

「御手洗先生，這次真的多虧你的大力幫忙。除了你以外，誰也做不到此等豐功偉業。我們一直都在等待你的出現，等了好久好久，還以為永遠等不到曙光綻放的那一天了。我真的打從心底感謝你洗清了家父的冤屈。若是問我有多麼感恩，就是今後每當唱起這首歌時，我都會想起你的恩情，終生不忘。」

「不用記那麼久啦。」

潔說。

「記一陣子就行了。我暫時也不會忘記在這座機場聽到你的歌聲。請務必好好保護嗓子。你的父親一直都把你的事情放在首位呢。」

「好的。我也以家父為榮，還有這位養育我的父親。」

說完，他輕輕地碰了碰卡登警監的手臂。

潔再次點頭。

「那麼，還請各位多多保重。在此之前，我從來沒有碰過如此觸動人心的離別。我們就等到下次有什麼難解的案件時再相見吧。」

潔說完便走向出境的門，而這支北分局的樂隊也魚貫地跟在後面。

進入 X 光機安檢門以前，這支裡頭有個晚禮服正裝男子的奇妙隊伍在旁邊排成一列，朝我們揮手道別。

「禮數好周到啊。」

我領回通過安檢門的行李箱後說道。

「是啊，那副打扮，誰也想不到他們是神色驃悍的曼哈頓警察吧。」

潔說。

「比較像是在科尼島賣冰淇淋的小販呢。」

我同意他的比喻。在我們走向北歐航空的登機門時，我又問道：

「你不是還說這樣是在浪費時間和精力嗎？」

「我收回那句話。」

潔乾脆地撤回前言。

「是不是？如果有人向梵谷道謝，說不定他還能再畫出另一幅向日葵呢。」

「不，是曲子選得好。」

潔說道。

「我是看在選曲的份上。」

「剛才你對理查說了一句話，那句話是什麼意思？」

逮到機會，我提出這件很想問明白的事情。潔稍微想了一下，反問我：

「哦，你是指『Non ti scordar di me』嗎？」

「對。那是義大利文嗎？」

「沒錯。是『勿忘草』的意思。也是剛才那首歌的歌名。」

「哦哦。」

我明白了。感覺茅塞頓開。

「他選擇那首歌是想表示終其一生都不會忘記這份喜悅與感謝嗎？」

潔立刻點點頭。

「倘若你沒有出現的話，他的父親就會在監獄裡度過一生吧。而且對他來說，漫漫長夜也終將沒有迎接破曉的那一天。」

聽我這麼說，潔揚起嘴角，微微一笑。

「我大概也不會忘記那麼美麗的旋律吧。」

我補上一句。

「那首曲子其實暗示了這件事的全貌。」

潔說道。

「怎麼說呢？」

「這起事件有一種令人無法忘懷的花草。整件事始於那種花草的香味，如今也與香味一同落幕了。」

聽完這句話，我陷入沉思。

這次的命案既美麗又血腥。美麗的母愛與女人之間醜陋的競爭意識，有如盤根錯節的藤蔓般複雜，位處那個中心的就是羅斯梅林．塞爾金。由法蘭契絲卡．克雷斯潘這位不世出的舞姬懷胎十月所生下的一朵花。兩個女人為了搶奪這朵在事件的幕後悄然綻放的小花，因而引發了悲劇。

不過，這朵花在不久的將來應該會長成遠近馳名的花。

「你是指羅斯梅林嗎？」

我一問，潔就點點頭回答：

「羅斯梅林（Rosmarin）是德語的發音，轉換成英文的話，就是『Rosemary（迷迭香）』。」

潔的回答讓我不由得停下腳步，恍然大悟地深深頷首。

到了這個時候，我才終於明白了一切。

致繁體中文版的讀者朋友們——

《迷迭香的甜美氣息》誕生緣由

島田莊司

日本的推理文學界有著非常錯綜複雜的脈絡。舉例來說，光名稱就有「本格Mystery」、「Mystery」、「推理小說」、「社會派Mystery」、「偵探小說」等林林總總的稱呼，始終處於一片混亂的狀態。那麼，究竟為什麼會出現這種情況呢？

如果是「歷史Mystery」、「醫學Mystery」，從名稱就可以猜到內容，但先前所述的作品則很難看出差異。之所以會出現這麼多不一樣的名稱，可以說是宛如掙扎般的我國推理史的懊惱產物，要進行說明並不容易。歐美的偵探小說於十九世紀抬頭，以作為新思想、已經在社會上扎根的科學思考為母體。但科學在當時的日本尚未抬頭，要引進這種充滿吸引力的新文學並非易事，因此江戶川亂步善用在十八世紀的日本非常受歡迎「黃表紙[1]」這種官能趣味的小說，以及活用見世物小屋[2]的背德性，創造出推理小說的趣味。亂步的小說收穫了廣大支持，吸引一批盲目的追隨者，創作出許多富有江戶風情的色情作品，全都稱為「偵探小說」。那些書如果不包上書套，在電車上根本不敢拿出來看，受到許多文學家的輕蔑與嘲笑。

後來多虧松本清張的自然主義體質偵探小說（Mystery）洗刷了前述的印象，也就是「推理小說」。這跟「社會派Mystery」其實是一樣的東西，只是為了宣言成長蛻變的結果，有必要確立一個新的名稱。

架構是「自然主義偵探小說」，但是在這樣的類型之中，在此之前出現的優秀職業私家偵探也成為了禁忌。這是因為那樣的存在在日本並不是自然的產物。所幸「自然主義偵探小說」的風格仍提升了曾經讓作者們傷透腦筋的社會地位低落問題，也因為如此，自然主義的文學地位被人們認為要比偵探發想還更高。只不過，這完全是一場誤會，「自然主義」是受到達爾文的「進化論」發想刺激而衍生的一種平等主義，與不畏懼怨靈或作祟，並且以冷靜的科學邏輯信念分析事物、從而獲得世間認可的偵探小說可說是手足般的關係。

這些用語解說起來往往讓人聽得頭都痛了，與其每次都得從歷史的脈絡開始說明，用小說的形式來說明的話，我認為會更加一目瞭然。以下就舉個具體的故事實例。

某位天才芭蕾舞者在舞台上跳舞。不料卻在中場休息時間於休息室遭人殺害。屍體被發現後，公演隨即中止，並立刻找來警察開始調查。警官們紛紛湧入大街小巷，開始一步一腳印地展開搜查，都快要把鞋底磨穿了。這就是「推理小說」。然後，期待問案的結果能揭發引起這場悲劇的社會黑暗面。

然而，這位渾身是血的芭蕾舞者竟然緩緩地站了起來，又回到舞台上，繼續下半場的演出。結束演出後又回到休息室，這才倒地不起。因為責任感很強、因為這是獻給心愛之人的重要公演，所以就算化為亡靈也要繼續跳舞。如果用詩人的詞彙來美麗地描寫其中的感動，就成了「Mystery」。

這位芭蕾舞者事實上已經死去了，卻基於一些錯綜複雜的因素，讓她在犯人幕後的計畫驅使下繼續活了下來，並且繼續在眾人面前跳到了最後一幕。即便觀者擁有科學的冷靜目光，但只要這個詭計具備能夠讓所有的人都能心服口服的邏輯結構，這個故事就會變化成「本格推理」的姿態。換言之，所謂的「本格」，就是對於科學所擁有的高度所進行的另一種邏輯性解釋。

我記得上述的解說是我在一九九〇年左右寫下的，到了二〇二一年在偶然的情況下又發現這篇文章，看過後才意識到自己還沒有寫下本說明中提到的「本格Mystery」小說。因為覺得故事本身很有趣，所以就實際寫來看看，最後誕生的就是這本小說。

二〇二三年十二月

①江戶後期的草双紙（娛樂繪本）的一種，以幽默諷刺的題材為特色，是一種以圖為主、文字為輔的大人向繪本書。

②收取費用後，讓觀眾進入小屋或帳棚內觀賞奇特的表演或展示物的生意。除了常見的賣藝之外，也著重於珍奇、怪異、驚世駭俗、情色等直擊感官、吸引人們好奇的要素。其中有不少演出方式都遊走、甚至逾越了道德與法規邊緣。但也常成為掛羊頭賣狗肉、以宣傳和話術誘騙好奇者上當的斂財手法。

解說

奇想與救贖——重嚐二十世紀本格的芬芳

冒業

本文涉及故事謎底，建議讀完本篇故事後再進行閱讀。

應該有不少人覺得這部「御手洗潔系列」全新鉅作的「死者之舞」謎團真相意外地單純。特別是「雙胞胎代為跳舞」如此古典的謎底，未免有點太簡單、太「復古」了？

這其實正是島田莊司的一貫特色。或者說，是開始提倡「二十一世紀本格」之前的島田的「本格Mystery」（本格ミステリー）[1]實踐。從一九八九年至二〇〇〇年，島田往往以「決定性的一句」去為宏大的不可思議謎團提供解答[2]，從《占星術殺人魔法》、《黑暗坡的食人樹》、《水晶金字塔》到《俄羅斯幽靈軍艦之謎》[3]均是如此。島田在書末的〈致繁體中文版的讀者朋友們——《迷迭香的甜美氣息》誕生緣由〉中直言，《迷迭香的甜美氣息》的點子來自他一九九〇年寫的文章[4]，就連謎底也完全一樣（不過其餘的細節有頗多差異）。由此可見，《迷迭香的甜美氣息》為一部重返「二十世紀本格」的復刻作，將破案年份設定為一九九七年也是這個原因。

自一九八九年開始，島田很多作品都遵從他在文章〈本格Mystery論〉（本格ミステリー論）所建立的理論框架。島田認為「本格Mystery」是兼備「幻想氣氛」和「邏輯性」的混種小說：前半有難以用科學說明的華麗謎團，後半則運用邏輯推理跟科學為謎團提供解答，驅逐「幻想氣氛」從而營造出「反差的美感」（段差の美）。《迷迭香的甜美氣息》正是這種「雙重性格」的示範作：傳奇芭蕾舞者法蘭契絲卡·克雷斯潘早於表演中途已經死去，最後兩幕卻仍在眾人視線底下翩翩起舞，表演完畢才被發現陳屍在休息室內，現場更是出入口從頭到尾都有人在監視的密室。

島田這套「奇想理論」是基於他對愛·倫坡（Edgar Allen Poe）的現代偵探小說開山之作〈莫爾格街凶殺案〉（The Murders in the Rue Morgue）的詮釋。可是〈莫爾格街凶殺案〉是短篇小說，在成功建立起「幻想氣氛」後馬上就可以進入「邏輯性解答」的環節。長篇小說卻不能這樣做，揭露謎底之前有還有很長的路要走。

那麼，長篇小說介於「前半」（富有詩意的謎團）和「後半」（邏輯性解答）之間的「中間」會有著怎樣的內容？島田曾採用三種策略去應付「本格Mystery」的「長篇化」書寫：一種是加入大量與謎團相關的傳說故事和歷史，以維持「幻想氣氛」，同時從這些「遠因」鋪陳出謎團最終解答的伏筆；一種是加入乍看之下與故事主軸無關，實際上卻與謎團相呼應的「劇中劇故事」文本或手記；最後一種是島田在著作《本格Mystery宣言II：混合維納斯論》中提倡的「多目的型本格Mystery」（コード多様型本格ミステリー），在故事同時加入複數的主題和思想，與核心謎團平行地進行。

讀畢《迷迭香的甜美氣息》就會發現它把三種策略全用了：死者法蘭契絲卡的人生軌跡與二戰史、德國納粹史、猶太人史、東德史、蘇聯史等有著千絲萬縷的關係，這錯綜複雜的背景亦是最終造成她死亡的蝴蝶之翼；法蘭契絲卡所跳的舞劇《史卡博羅慶典》是結合《天鵝湖》、《愛麗絲鏡中奇遇》和英國民歌《史卡博羅市集》（Scarborough Fair）等的故事，內容除了呼應法蘭契絲卡的出身，當中的特殊時間設定和「十等分」的情節更是解開密室之謎的關鍵；二十年後御手洗潔和海因里希．休泰奧爾多對命案展開調查、走遍多國期間，島田就借他們的口加入大量國際政治相關的討論，更從兩人的「過去」視角投射出他對當前以色列和烏克蘭局勢的個人看法[5]。此外，因為此案而被關了二十年的保全人員鮑伯．路吉更是象徵島田一直關注的冤獄問題。

不單如此，島田這次更結合他在二〇〇一年提出的另一綱領「二十一世紀本格」，並轉化為第四種「長篇化」策略：將借用腦科學理論的「多重解決」置於故事中段。

熟讀島田作品的人會知道「多重解決」在他筆下並不多見。其中一個原因是「多重解決」與「幻想氣氛」彼此有所衝突：當謎題已經存在多個合理解答，它往往就不再是超自然的「奇想」現象了[6]。然而《迷迭香的甜美氣息》卻能夠讓「幻想氣氛」一直維持到最後，原因之一是第一個腦科學解釋是幾乎不可能發生、與奇蹟無異的現象[7]。

自動人現象——即使已經死去，身體仍然會自動自覺做出生前所熟習的動作的現象。雖然現象本身很迷人，可是假如真的採納為最終解答，恐怕大部分人都不會滿意。何況光靠它並不能說明現場的密室狀態以及凶器是如何消失。有趣的是，在故事裡由腦科學家那迪亞．諾姆教授提出的自動人假說有一段很長的時間是最廣為人所接受的解釋，更對事件的傳奇色彩錦上添花。這是因為對故事中人來說，「死者之舞」並非推理小說的謎題，而是真實懸案，故此他們對合理解釋的標準與推理讀者並不相同[8]。

接著故事又提出另一種腦科學解釋：法蘭契絲卡被襲後沒有立即死去，她是經歷了納粹德國軍方人體實驗的「人工無痛症」患者，於是並未發現自己頭部已經出現致命傷，依舊繼續跳舞，直至表演完結才死去。無痛症是比「自動人現象」更廣為人知的自律神經性病變，而納粹黨的人體實驗亦確實真有其事。只是這解釋與法醫的死亡時間推定（在第二和第三幕之間死亡）有矛盾，打從一開始就不太可能是正確答案。可是島田加入這段解釋其實還有別的用意：令人知道法蘭契絲卡在奧斯威辛集中營長大的經歷與納粹的人體實驗時間是有所重疊的，她更深得醫生約瑟夫·門格勒（Josef Mengele）的歡心。熟悉這位「死亡天使」背景的人便會知道，門格勒曾對上千對雙胞胎進行極不人道的實驗，可見「門格勒」這名字正是解謎的線索所在。

換句話說，「人工無痛症」只是個幌子，實際上是為「雙胞胎解答」埋下伏線。而與此同時，法蘭契絲卡和姊姊安妮亞卻因為曲折的人生和因戰爭造成的混亂，令她們的關係（以及女兒羅斯梅林的存在）一直埋藏於代表「秩序」的自由世界所難以窺探的「混沌」當中。這使得「雙胞胎解答」既有事前的提示又沒有明講，保證了公平性又不至於太過明顯[9]。

由此可見，《迷迭香的甜美氣息》於中段提出的兩種腦科學解釋並非要實踐「二十一世紀本格」的理念，反而是要排除它們，以確保謎團回歸至更「物理性」的「二十世紀本格」[10]。因此當後半部御手洗潔正式登場，兩種解釋馬上被他用短短兩三句就完全否定。唯有這一次，御手洗的腦科學研究者背景是用來驅逐「二十一世紀本格」解答的可能性，讓故事得以維持在古典偵探小說的世界。

為了達成朝向「二十世紀本格」的折返，島田甚至安排了一個頗幽默的場景：御手洗第一次尋找密道時的失態。雖然最終揭露他實際上是假裝失敗，目的是令本作反派兼凶手的傑森·艾普斯坦放下戒心。不過有趣的是當御手洗（假裝）意志消沉時，他表示自己「太專注研究腦科學了，似乎忘了當偵探的方法」。

這對白簡直是「本格Mystery的島田」對「二十一世紀本格的島田」開的一個玩笑，也是對以往的解謎過度依賴艱澀難懂的腦科學知識的自嘲。

除了「雙胞胎解答」，破解另外幾個重要謎團「密室」、「凶器的消失」以及短暫的迷迭香氣味的關鍵詞是「時間」，與島田早期代表作之一《斜屋犯罪》的關鍵詞「空間」形成了有趣的對照。沃爾菲勒一族過著與眾不同的時間，他們的時鐘是十進位而不是十二進位，更根據「愛麗絲時間」組織自己的社會活動。御手洗從看似與命案完全無關的搶劫案中觀察到涉事的兩組罪犯有著不同的時間觀，並結合他對《史卡博羅慶典》的解讀發現了「愛麗絲時間」，從而解開了沃爾菲勒中心的密道會打開的時間。如果要說《迷迭香的甜美氣息》與島田在一九九〇年的原初構想最大的不同，正是這個「愛麗絲時間」，也是舞劇會從《天鵝湖》改為《史卡博羅慶典》最大的理由。

上述已提到，島田莊司會藉著歷史或傳說等「遠因」鋪陳出幻想性謎團的邏輯性解答，或者是由現在的偵探解決發生在遙遠過去的幻想性謎團，在兩個時空之間往返進行「本格Mystery」的長篇書寫。然而《迷迭香的甜美氣息》卻存在著三重的時空：一九四〇年代死者法蘭契絲卡的身世、一九七七年的命案，以及一九九七年御手洗的介入。類似結構只在少數作品、例如同樣是「御手洗在紐約」的《摩天樓的怪人》[11]出現。

這正是書名中的「迷迭香」（ローズマリー）除了密室秘道的線索以外的另一重意義：二十年後長大成人、與法蘭契絲卡去世時同年、並且也是芭蕾舞者的女兒羅斯梅林。儘管法蘭契絲卡畢生都未能給予她什麼，其戲劇性的死法卻令女兒獲得主演母親的傳記電影的機會，隨時會成為下一位遠近馳名的明星。另一方面，鮑伯·路吉終於無罪釋放，兒子理查也成為了能唱出動人歌聲的好青年。

御手洗潔驅散了上一代的黑暗，讓年輕世代得以迎接光明的未來。

① 島田荘司於收錄在《二十一世紀本格宣言》（21世紀本格宣言）的文章〈本格Mystery究竟具備了怎樣的思想？〉（本格ミステリーは、いかなる思想を持つか）中區分了「本格推理」、「本格偵探」和「本格Mystery」三者：「本格推理」是「邏輯性寫實小說」、「本格偵探」是「純邏輯性小說」，至於「本格Mystery」則是「邏輯性幻想小說」。

② 故此，在中國大陸由作家御手洗熊貓提倡、以龐大複雜而且機關重重著稱的「島田流」或「世界性詭計」的推理小說書寫方式，與島田本人的實際理念其實有一定差異。

③ 《俄羅斯幽靈軍艦之謎》雖然單行本在二〇〇一年出版，不過內容是改寫自從前的中篇小說。

④ 該文章為〈本格偵探小說論〉（本格探偵小說論），原本是岡嶋二人的長篇小說《然後，門被關上了》（そして扉が閉ざされた）一九九〇年講談社文庫版的書末解說，後來收錄在島田在一九九五年出版的評論文集《本格Mystery宣言II：混合維納斯論》（本格ミステリー宣言II ハイブリッド・ヴィーナス論）。

⑤ 此作最具爭議性的內容大概是普遍日本人對以色列問題的立場可能有過度武斷之嫌，以及前半部提及的「日本人與猶太人同源論」，但由於和故事主軸無關，這些都不在本文的討論範圍內。

⑥ 當然也有例外，像是井上真偽二〇一五年的《那種可能性我已經想到了》的偵探主角上苙丞為了尋找奇蹟，會針對不可思議的謎團設想出所有可以用常理說明的可能性並一一將它們否定，直至再也沒有合理解答為止，如此便能判定該事件是真正的奇蹟。此作是「幻想氣氛」和「多重解決」得以並存的例子。

⑦ 類似的作法在麻耶雄嵩一九九一年的出道作《有翼之闇：麥卡托鮎最後的事件》和山口雅也二〇〇二年的《奇偶》也有出現，但不確定兩者是否有對島田的創作造成影響。

⑧ 關於這方面的討論，可以參考筆者即將在專欄「今天獨步獨什麼」刊登的拙文〈哪有這麼巧：本格推理真的不能接受偶然嗎？〉。

⑨ 隆納德．諾克斯（Ronald Knox）在一九二八年提出的「推理小說十誡」（Ten Commandments of Detection）第十誡是：「除非先寫出有雙胞胎，否則凶手不准是雙胞胎。」可是到怎樣程度就已經算是「先寫出」（duly prepared）其實值得商榷。

⑩ 島田多次在不同場合提及「二十世紀」是「物理學的世紀」，而「二十一世紀」則是「生物學的世紀」。不過話說回來，雙胞胎算是「基因（分子生物學）詭計」嗎？如果算，那它也屬於「二十一世紀本格」的範圍了。這就交由各位讀者自行判斷。

⑪ 這次不但和《摩天樓的怪人》一樣，命案是發生在大廈的高層，密室的解答更是有頗多相似之處，但為免爆前作的雷就不作詳細比較。

冒業

九〇年代出生。推理、科幻評論人及作者。台灣推理作家協會國際成員。二〇二一年以〈千年後的安魂曲〉獲得第十九屆「台灣推理作家協會徵文獎」首獎。自二〇一九年開始與一眾香港推理作家推出合集系列《偵探冰室》。

自二〇一四年開設部落格「我思空間」發表作品評論。曾為劉慈欣小說合集《流浪地球：劉慈欣中短篇科幻小說選》撰寫代序，並為譚劍科幻小說《黑夜旋律》、子謙推理小說《阿帕忒遊戲》、京極夏彥推理小說《姑獲鳥之夏》、方丈貴惠推理小說《孤島的來訪者》、今村昌弘推理小說《凶人邸殺人事件》、大島清昭推理小說《影踏亭怪談》、麻耶雄嵩推理小說《夏與冬的奏鳴曲》、以及梨恐怖小說《真可憐（笑）》撰寫解說文。目前與獨步文化合作連載專欄「今天獨步獨什麼」介紹日本推理小說評論最新狀況，藉此推廣推理小說評論普及化。

另著有〈九百年後的前奏曲〉（收錄於《故事的那時此刻》）以及結合東方奇幻與數碼龐克的桌上遊戲《無盡攻殿》小說版（與Pure Studio的PureHay合著）。二〇二三年出版第一本個人推理犯罪長篇小說《千禧黑夜》。近作為首部長篇科幻小說《記憶管理局》。

筆名是「不務正業」的異變體。

TITLE

迷迭香的甜美氣息

STAFF

出版 瑞昇文化事業股份有限公司
作者 島田莊司
譯者 緋華璃
封面繪師 MOS

創辦人 / 董事長 駱東墻
CEO / 行銷 陳冠偉
總編輯 郭湘齡
責任編輯 徐承義
文字編輯 張聿雯
美術編輯 謝彥如
國際版權 駱念德 張聿雯

排版 謝彥如
製版 明宏彩色照相製版有限公司
印刷 龍岡數位文化股份有限公司
絃億彩色印刷有限公司

法律顧問 立勤國際法律事務所 黃沛聲律師
戶名 瑞昇文化事業股份有限公司
劃撥帳號 19598343
地址 新北市中和區景平路 464 巷 2 弄 1-4 號
電話 / 傳真 (02)2945-3191 / (02)2945-3190
網址 www.rising-books.com.tw
Mail deepblue@rising-books.com.tw
港澳總經銷 泛華發行代理有限公司

初版日期 2024 年 11 月
定價 NT$800 /HK$250

國家圖書館出版品預行編目資料

迷迭香的甜美氣息 / 島田莊司作 ; 緋華璃譯 .
-- 初版 . -- 新北市 : 瑞昇文化事業股份有限公司 , 2024.11
656 面 ; 14.8x21 公分
ISBN 978-986-401-782-9(平裝)

861.57 113015574

讀小說
Reading Novel